1ª Edição – Maio de 2023

Coordenação editorial
Ronaldo A. Sperdutti

Preparação de originais
Eliana Machado Coelho

Revisão
Profª Valquíria Rofrano
Ana Maria Rael Gambarini

Projeto gráfico e arte da capa
Juliana Mollinari

Imagem da capa
Shutterstock

Diagramação
Juliana Mollinari

Assistente editorial
Ana Maria Rael Gambarini

Impressão e acabamento
Gráfica Loyola

Proibida a reprodução total ou parcial desta obra sem prévia autorização da editora.

© 2023 by Boa Nova Editora.

Av. Porto Ferreira, 1031 | Parque Iracema
CEP 15809-020 | Catanduva-SP
17 3531.4444

www.lumeneditorial.com.br
www.boanova.net

atendimento@lumeneditorial.com.br
boanova@boanova.net

Dados Internacionais de Catalogação na Publicação (CIP)
(Câmara Brasileira do Livro, SP, Brasil)

```
Schellida (Espírito)
    O amor é uma escolha / pelo espírito Schellida ;
psicografado por Eliana Machado Coelho. -- 1. ed. --
Catanduva, SP : Lúmen Editorial, 2023.

    ISBN 978-65-5792-071-8

    1. Espiritismo - Doutrina 2. Psicografia
3. Romance espírita I. Coelho, Eliana Machado.
II. Título.

23-148553                                    CDD-133.93
```

Índices para catálogo sistemático:

1. Romance espírita psicografado   133.93

Henrique Ribeiro Soares - Bibliotecário - CRB-8/9314

Impresso no Brasil – Printed in Brazil
01-05-23-10.000

PSICOGRAFIA
ELIANA MACHADO COELHO
ROMANCE DO ESPÍRITO SCHELLIDA

O amor é uma escolha

LÚMEN
EDITORIAL

 **Sumário**

Seu maior dom 7
Capítulo 1 - Babete 11
Capítulo 2 - As visões de Iraci 28
Capítulo 3 - Reencontrando Otília 43
Capítulo 4 - Os segredos de Babete 54
Capítulo 5 - Filho adotivo, rejeição e abandono .. 66
Capítulo 6 - A cruz do orfanato 83
Capítulo 7 - Assombração 93
Capítulo 8 - O segredo de Iraci 105
Capítulo 9 - O testamento 115
Capítulo 10 - Amigos duvidosos 131
Capítulo 11 - Conselheiro bom oferece luz 145
Capítulo 12 - As queixas de Lana 165
Capítulo 13 - Tirania 178
Capítulo 14 - Conselhos da avó 193
Capítulo 15 - A mala 206
Capítulo 16 - O castigo do silêncio.................... 220
Capítulo 17 - Cicatrizes na alma 231
Capítulo 18 - As decisões de Otília 246
Capítulo 19 - É necessário mudar 261
Capítulo 20 - As cobranças da vida................... 273
Capítulo 21 - Informações valiosas.................... 294
Capítulo 22 - O incêndio 307
Capítulo 23 - A morte de Laurinha 319
Capítulo 24 - Julião e Babete............................ 331
Capítulo 25 - Os chamados 343
Capítulo 26 - As agressões............................... 358
Capítulo 27 - Colocando limites 374
Capítulo 28 - Educar os pensamentos 388
Capítulo 29 - Acácia 398
Capítulo 30 - Mudança de planos 419
Capítulo 31 - Quem é o Bernardo? 436
Capítulo 32 - Amar é uma escolha 450
Capítulo 33 - A hora da verdade........................ 472

Capítulo 34 – Pense nas suas escolhas 491
Capítulo 35 – Decepção não mata 504
Capítulo 36 – Mães que não amam 518
Capítulo 37 – Manipulações de narcisistas 531
Capítulo 38 – Sociedade inesperada 553
Capítulo 39 – Novos planos 573
Capítulo 40 – Abraço aconchegante 588
Capítulo 41 – As dores são necessárias 599
Capítulo 42 – Sinceridade é importante 612
Capítulo 43 – Juntos 625
Capítulo 44 – Veneno e fofoca 637
Capítulo 45 – Tem gente que cura 649
Capítulo 46 – Planos de mudança 668
Capítulo 47 – A cor âmbar no campo 682
Capítulo 48 – As tramas de Matias 693
Capítulo 49 – A história de Rafael 708
Capítulo 50 – Vida nova 721
Capítulo 51 – O conflito de Babete 729
Capítulo 52 – A forma de falar 744
Capítulo 53 – Habilidade emocional 772
Capítulo 54 – Tudo é escolha 789
Capítulo 55 – Escolha amar 814

Seu maior dom

Deus nos deu o poder da escolha.
Comece o dia escolhendo os dons que deseja aprimorar e oferecer... o dom do sorriso, da palavra amiga, da oração, da paciência, da perseverança, da caridade, do respeito, da gratidão...
Todo coração é capaz de amar.
Deixe transbordar, de sua alma, a vontade de recomeçar, de se recompor, de ser prioridade...
Lembre-se de que, quanto mais é doada, mais a luz se multiplica.
Seja Luz!
Seja a centelha de amor e paz que se propaga, pois tudo o que oferecemos retorna multiplicado para nós.
Escolha olhar o mundo com bons olhos.
Escolha amar...
Escolha se amar...
Seu maior dom é o poder da Escolha!

Pelo espírito Erick Bernstein
Psicografia de Eliana Machado Coelho
Verão de 2023

O ser que faz você perder a paciência
ou se irritar é o seu mestre.
Eduque-se. Aprenda rápido para
que não precise ser o seu discípulo por muito tempo.

Schellida
Psicografia de Eliana Machado Coelho

CAPÍTULO 1
Babete

Ao ouvir os gritos que vinham do outro cômodo, a jovem Babete levantou-se rapidamente. Estava atordoada, muito confusa, sem forças e não entendia o que havia acontecido. Mesmo assim, cambaleando, foi até à sala, seguindo os sons pavorosos, vindos daquele ambiente. Parou à porta, agarrando-se ao batente. Desorientada, não entendia a cena chocante de sua madrinha Leonora, com os joelhos no chão, sacodindo a pequena Laura. Viu-a agoniada, apertando o corpinho da filha contra o peito e dando longos gritos de dor, que somente uma alma extremamente aflita, poderia sentir, diante de tamanho sofrimento.

Entre as lágrimas que embaralhavam sua visão, a mulher conseguiu reconhecer Babete assustada e em pé, junto ao batente da porta. Por estar ali, tinha sido ela. Leonora, com toda a força de seus pulmões, respirou fundo e berrou:

— Você matou a minha filhinha!!! Matou a minha menininha!!!... Assassina!!! Demônio!!! Você é um demônio!!! Maldita!!! Maldita!!!...

O desespero tomou conta de Babete, que foi dominada por uma sensação estranha de angústia e tristeza irremediáveis, que a envolviam dolorosamente. Pálida, trêmula e com a respiração alterada tentou vencer o medo, a aflição e se aproximar da madrinha, ainda de joelhos no chão. Mas, após dois passos, sentiu o sangue fugir de seu rosto e foi vencida por uma fraqueza inominável. Caindo, desfaleceu.

Alguns anos antes...

— Mãe, ouvi um barulho estranho. Uma coisa, que não sei o que é, fez barulho embaixo da mesa do escritório do papai. Era como se alguém desse batidas ou pancadas... Depois, vi aquele vulto. Parecia uma mulher muito, mas muito estranha, com cabelos loiros e desgrenhados, branca, com roxos em volta dos olhos, feia e... Os olhos eram bem verdes. Ah... tinha uma pinta no rosto.

— Isso é coisa da sua imaginação, Babete — interrompeu-a. — Não dê importância. É coisa que você acha que viu e ouviu, mas não viu nem ouviu. Por exemplo, se diz ter visto um vulto, como pode afirmar que era o vulto de uma mulher, com cabelos desgrenhados e?... Vulto não tem detalhes, menina! Seja inteligente e pense nisso! — falou com modos ríspidos.

— Mas, mãe... Vi o vulto e a imagem da mulher veio na minha cabeça, entende?

— Não! Não entendo e acho que nunca vou entendê-la. Você vive no mundo da lua! Sempre distraída e... Não deve ser coisa séria. Isso... Talvez... — Iraci parou com o que fazia. Suspirou profundamente e olhou para a filha. Nos últimos dias, estava bem preocupada e quase sem tempo. Talvez a garota quisesse mais atenção, coisa que não lhe dava. De frente, olhou-a nos olhos e falou: — Sobre os barulhos... Você escutou algo que veio de fora. Algum empregado no quintal, mexendo no jardim ou... Eram seis e meia da noite, hora da penumbra e...

— O que é penumbra? — perguntou de imediato, interrompendo-a.

— Quando está escurecendo, é o ponto de transição da luz para a sombra. Então, à meia-luz, tudo fica incompleto ou imperfeito, pois nossa visão precisa se adaptar com a pouca claridade e começo da escuridão. Penumbra é meia-luz, é esse tipo de claridade. Nessa hora, enxergamos mal e podemos ver sombras e vultos, mas que, na verdade, é uma ilusão ótica. É isso.

— Não, mãe. Não é isso. Já procurei pelo barulho e não tinha ninguém por perto trabalhando ou fazendo algo e já vi o vulto dessa mulher de dia mesmo, beeem claro e também à noite. Vi, não só na minha cabeça. Vi meeesmo. Ela tá aparecendo mais vezes.

— É impressão sua, Babete! — disse mais firme, insatisfeita. — Não tem nada acontecendo. Você precisa é ter amizade com outras crianças da sua idade. Veja, sua prima Cleide tem a mesma idade sua e é bem mais madura e atenciosa. Ela não brinca com crianças de seis anos como você faz. Você é mais infantil do que suas duas irmãs mais novas! Onde já se viu isso?!

— Para, mãe! — exaltou ao pedir. — A senhora não tem resposta para o que eu conto sobre o que ouço e vejo e então fica procurando meus defeitos pra mudar de assunto e me fazer ficar quieta.

— Babete!!! Não fale assim comigo! — zangou-se e se virou, olhando-a com dureza.

— A verdade é que a senhora não sabe o que responder, não sabe explicar o que eu escuto e vejo e ninguém mais vê.

— Está bem! Acho que é isso mesmo — deu-se por vencida, mesmo zangada. Gostaria de fugir daquela conversa. — Vamos encerrar esse assunto. Seria melhor conversar com sua madrinha. Ela é bem mais paciente do que eu e...

— Ela fala a mesma coisa que a senhora, que tudo é coisa da minha imaginação, da minha cabeça... — entristeceu-se e abaixou o olhar.

— Preciso ir — decidiu, falando secamente. — À noite, nós conversamos. Não posso me atrasar mais.

— Mãe, tem reunião na escola. Não esquece.

— Quando é mesmo? — perguntou, quase saindo pela porta.

— Na sexta-feira.

— Está certo. Eu irei. Droga... — murmurou a última palavra, mas foi ouvida. Ficou insatisfeita pela obrigação.

A garota não se sentiu bem. Uma angústia apertou seu coração, mas não sabia dizer o que era. Estava triste e frágil, sem ninguém para orientá-la. Alguns passos até a janela e ainda pôde ouvir o ruído alto do motor do carro de sua mãe, sumindo na estrada, encoberto pela poeira.

Babete era uma menina esguia e ágil. Pele muito alva, cabelos longos, abaixo da altura da cintura, ruivo-escuro, cheios e ondulados. Seus olhos verdes eram chamativos no rosto bem assimétrico cujas covinhas delicadas sempre apareciam quando sorria. Lábios cheios, rosados que faziam destacar seus dentes branquinhos. Tinha uma beleza evidente e rara para sua idade. Sabia sorrir com o olhar, mesmo estando séria. De alguma forma, Babete brilhava. Era chamativa. Brincadeiras de mau-gosto, feitas por coleguinhas da escola ou mesmo por suas irmãs, devido às suas características, pareciam não a afetar. Embora parecesse muito com o pai, principalmente os olhos, ninguém sabia dizer de quem havia herdado os cabelos ruivos, apesar de sua avó paterna afirmar ter tido uma irmã, exatamente como ela, mas que havia falecido ainda menina. Poucos a conheceram. Babete só poderia ter herdado esses traços dessa tia-avó. Mais ninguém de sua família era igual ou parecido com ela. Nem mesmo as irmãs Síria e Agnes, que haviam puxado um pouco à mãe.

Aquele era um dia muito quente e a garota decidiu ir até a cozinha, não porque estava com fome, mas por querer companhia.

— O que minha lindinha qué? — indagou a empregada sorridente, sem ao menos se virar. Havia escutado os passos da menina.

— Nada — Babete respondeu sem ânimo.

— Um leitim gelado ou um suquim? — insistiu a mulher, mexendo nas panelas sobre o fogão.

— Um suco, então. Bem gelado — a garota sorriu, aceitando a oferta como se fosse um mimo.

— Senta aí, que vou preparár um suquim de manga com bacaxi pro cê. Sei que é o que mais gosta — sorriu, pegando o liquidificador e as frutas. Tinha acabado de trazer e ainda estavam frescas em uma cesta.

— Tem queijo com doce de leite, Fifi? — Babete quis saber.

— Tem. Mas se cumê doce agora num vai armoçá. Conheço bem minha menina — achou graça, olhou para ela e deu uma piscadinha.

Após o barulho forte do motor do liquidificador ser desligado, a garota perguntou:

— Fifi, você já ouviu ou viu coisa que não existe?

— Huuummm... Num sei não...

— Eu ainda ando escutando coisa que não existe. Vejo coisa que não existe. Sei de coisa que ainda não aconteceu... Mas ninguém acredita em mim.

— Babete, minha fia... ocê já é quase uma moça. Em criança, a gente orve dizê que isso é normal e costuma deixá de acontecê quando ela cresce... Mas, a menina tá grandinha, né? Então...

— Ninguém acredita em mim, Fifi! — interrompeu-a, afirmando com jeito triste.

— Olha... veja se tá bom esse suquim. Coloquei só um bucadinho de açuca pra não estragá seu armoço. — Ofereceu-lhe o copo e puxou outra cadeira, sentando-se a sua frente. Viu-a tomar alguns goles e disse: — Fia, não tô desacreditando do cê e tumbém não acho que sua mainha tá. Tem muita, muita coisa acontecendo e sua mainha tá preocupada. Tem que ir pra fazenda todo dia, tem que aprender um montão de coisa que só seu pai sabia e ela nunca gostô. Ocê entende?

— Eu sei... Se meu pai não tivesse morrido, as coisas seriam diferentes. A gente poderia mudar. Talvez para a fazenda mesmo. Essa casa aqui...

— E sua escola?

— Ah... Eu... Tenho muitos colegas que vão para a escola a cavalo. Deixam o animal lá no estábulo do seu José.

— E quando chuvê muito? E quando tivé sol demais?... — Não houve resposta. — Sua mainha tem que pensar nessas coisa toda, antes de decidir mudar.

— Por que meu pai precisou morrer, Fifi? — olhou-a com tristeza.

— São mistério da vida... Mistério de Deus... — levantou-se e ficou atrás da menina. Afagou seus cabelos longos e avermelhados e beijou-lhe a cabeça. Jogou o pano de copa no ombro e voltou para perto do fogão onde mexeu nas panelas.

Arrastando a cadeira para se levantar, provocou barulho e agradeceu:

— Obrigada, Fifi! — saiu correndo, embalando a longa cabeleira de um lado para outro.

— Nada... — murmurou a mulher, sorrindo levemente, enquanto a observava.

Na fazenda, Iraci tomava conhecimento das novidades, atualizando-se e aprendendo sobre como lidar com os negócios deixados pelo marido.

Bernardo, antigo funcionário e administrador das terras, explicava algumas situações. Ao lado, Heitor, cunhado e compadre de Iraci, irmão de seu falecido marido, também acompanhava e procurava ajudá-la da melhor maneira possível, fazendo-a compreender e ensinando-a como cuidar daquele patrimônio.

— São touros reprodutores, dona Iraci. São valiosos e não podemos mexer com esses animais — dizia o senhor Bernardo, pacientemente. — Precisamos procurar quem quer pagar para suas vacas serem cobertas e pegarem cria. O veterinário está errado quando pensa em vender esses bichos. Não está certo não — afirmava o senhor, parecendo contrariado. — Esse homem não pode ficar dando opiniões, além do tipo de trabalho dele, que é cuidar da saúde dos bichos.

— Não entendo nada disso e gostaria de não ter de lidar com essa situação — mostrou-se nervosa e um tanto constrangida.

— Calma, comadre... — pediu Heitor, muito tranquilo. — No começo é difícil. Principalmente, porque a comadre ainda tem tristeza na cabeça. Com o tempo, vai acostumar com tudo isso e vai ficar fácil.

Ao longe, outro funcionário chamou Bernardo, que pediu licença e se afastou.

— É difícil e complicado... — ela murmurou e virou-se, escondendo os olhos. Vislumbrou a paisagem ao longe e respirou fundo, parecia buscar forças e ser mais firme consigo mesma. Mostrava que começava a se desesperar ao imaginar o que a vida lhe reservaria pela frente, pois não parecia capaz de cuidar de tudo sozinha, sem o marido. Uma onda de angústia irremediável era expressa em sua face. — Tenho de aprender como lidar com a fazenda e tantas outras coisas... O testamento nem foi aberto ainda. Até estranhei meu marido ter deixado um testamento. Mas, creio que não preciso me preocupar com isso... Tenho de me importar com outras coisas... Nem cheguei a visitar as instalações da fábrica de ração para animal, no interior de São Paulo. Só lembro do Dárcio — referiu-se ao marido falecido — falar que criadores de gado estão sempre em busca de novidades no setor de comida e produtos suplementares que ajudam no aumento do rendimento e diminuição de doenças, por isso ele deveria procurar e investir em novas tecnologias e informações na área. Falava do instituto de pesquisa pecuária pra lá, segurança alimentar pra cá, aumento e sustentação da pecuária e a produtividade da fazenda, encontrar mercado lucrativo, reduzir o risco de doenças relacionadas à pecuária... Esses negócios podem exigir bastante conhecimento e consumir muito capital. Não me acho hábil nem capaz. Não bastasse tudo isso... Babete está com a mania de dizer que viu coisas de novo. Acho que quer chamar a atenção e... Isso está me consumindo mais ainda.

— A Babete sempre teve isso desde pequena. Mas, agora, acho que quer chamar a atenção mesmo. A Leonora me contou — referiu-se a sua esposa, madrinha da menina. — Mas... Olha, comadre, é melhor ter uma filha igual à Babete, que sonha e é ativa, do que igual à Laura. Minha pobre Laurinha não anda, não fala... É toda tortinha... Dependente de tudo e de todos. É igual a uma plantinha cativa no vaso. Se ninguém cuidar, ela morre. Coitadinha... Fico pensando no que uma criaturinha como ela imagina da vida ou faz no mundo? Com quatro anos tem a inocência de um recém-nascido... E o que vai ser dela? Só Deus pra saber! Ainda bem que temos a Cleide, com a idade da Babete. Porque, se algo acontecer comigo ou com a Leonora, quem vai cuidar da nossa Laura?

— Vira essa boca pra lá, compadre! — ela reagiu.

— Agradeça a Deus, comadre, pela filha saudável que tem. Procure compreender... Daqui a pouco ela vai crescer e tudo isso vai passar... — Um instante de silêncio e considerou: — E se levar a Babete para conversar com o padre?

— O padre já conversou com ela várias vezes. Ela é batizada, já fez a primeira comunhão... Dizem que essas coisas de imaginação da cabeça de criança passavam com o tempo. Mas, minha filha já está com doze anos e isso não passa! Ao contrário. Fico observando a Cleide, com a mesma idade, é esperta, madura e responsável.

— É assim mesmo, comadre. Cada coisa no seu tempo. Vamos orientar a Babete e também respeitar o tempo dela. Sabe que não podemos comparar as crianças, não sabe?

— É verdade, mas... Preciso aprender a cuidar de terra, gado e da empresa de ração para tentar conservar o patrimônio das minhas filhas.

O barulho de um automóvel se aproximando chamou a atenção e Heitor disse:

— O médico veterinário chegou. Vamos lá conversar com ele. Depois vamos lá pra casa.

A mulher ofereceu suave sorriso, pareceu mais animada e assim foi feito.

Bem mais tarde, antes de ir para sua casa, Iraci conversava com a cunhada.

— Cada dia é mais confuso do que o outro, Leonora. É difícil aprender sobre tudo o que tem naquela fazenda. Quando vim de São Paulo para cá e me casei com o Dárcio, deixei claro que não sabia nada sobre fazenda, gado, ração e não tinha interesse algum em aprender.

— Lembro-me bem disso — a cunhada esboçou um leve sorriso.

— Sempre gostei da cidade e nunca me adaptei totalmente ao campo. Só suportei ficar longe da minha cidade natal pelo Dárcio e... — ficou reflexiva. Depois, decidiu dizer, murmurando: — É tão difícil sem ele... Não sei se vou conseguir, Leonora.

— Vai! Vai sim! Você tem suas filhas. Filhos nos dão garra, força e coragem. Por eles, tiramos força de onde não sabemos ou melhor... Tiramos forças de Deus para fazermos qualquer coisa por eles.

— A Babete é muito meninona. Às vezes, acho que não entende ou quer fugir da realidade em que vive. É muito imatura. Agora, novamente, começou dizer que ouviu barulho, viu vulto... A história de sempre.

— Ela é uma boa menina, inteligente... Isso vai passar quando amadurecer mais. Oro muito pela minha afilhada.

— Ela brinca com bonecas ainda! — ressaltou. — Brinca de casinha com meninas com a metade de sua idade e... Parece que não quer crescer. A Síria, com dez anos, e a Agnes, com oito anos, são mais maduras do que a irmã! — referiu-se às duas outras filhas mais novas.

— Iraci, eu gostaria que minha Laurinha fosse igualzinha à Babete.

A cunhada ergueu o olhar e fitou-a por longo tempo. Lembrou-se do que havia ouvido de Heitor, sobre o mesmo assunto, naquela manhã.

— Imagino que sim... — murmurou.

— Laurinha não fala — prosseguiu Leonora —, não anda. É dependente total. No seu lugar, se eu ficasse sem o Heitor, não saberia o que fazer. Não conseguiria lidar com terra, gado e tomar conta da minha filha ao mesmo tempo. A Babete é esperta, sabe se cuidar, falar com os empregados... Estuda e vai bem na escola. A cada dia ela fica mais independente, não é? Mas não é o caso da Laurinha. Fico muito preocupada e pensando no que será dela na nossa ausência. O que será da Laura? O que será da minha filha mais velha, que terá de cuidar da irmã pelo resto da vida? A Cleide tem um futuro pela frente, mas, nele, terá de dar um jeito de encaixar a irmã totalmente dependente, caso eu e o pai morramos. — Sem ser vista, Cleide estava parada na penumbra do outro cômodo, encostada ao batente. — Tudo é recente, Iraci — prosseguiu. — Você é uma mulher culta. Veio de cidade grande. Estudou. É capaz de encontrar forças, tomar as rédeas da situação e se sair bem. O desânimo e as preocupações são normais, no começo. Aos poucos, você se acostuma.

— Não sei se consigo sozinha. Às vezes, tenho vergonha de lidar com alguns assuntos de gado, cobertura de vaca, inseminação... Conversar com o médico veterinário sobre reprodução, venda de sêmen... Isso não é pra mim. Precisarei de alguém que me ajude.

— As mulheres sempre quiseram se igualar aos homens. Você tem essa chance! Aproveita! Você já é uma mulher à frente do seu tempo. Sai sozinha, dirige, vai pra longe, que eu sei... Quantas mulheres, nesta cidade, são capazes de dirigir ou têm um carro só pra elas? — sorriu. — Quanto à Babete... Vou conversar com ela novamente. Fica tranquila.

— Obrigada, Leonora. Se não fosse por você e o Heitor...

Em sua casa, Iraci chegou e cumprimentou a empregada, depois perguntou:

— Efigênia, onde estão as meninas?

— No quarto delas. Tomaram um banhinho e disseram que iam brincá lá. Num quiseram jantá não. Falaram que ia esperá a senhora.

— Tem alguma novidade para mim? Alguém me procurou?

— Só chegô cartas, dona Iraci. Parece conta. Botei lá no escritório do seu... — calou-se. Ia falar o nome de Dárcio, mas se conteve.

— Obrigada. Mais tarde, vejo o que é.

Quando pensou em se retirar para ir atrás das filhas, ouviu:

— Na hora que quisé jantá é só falá.

— Obrigada, Efigênia — sorriu levemente.

Seguindo pelo corredor, Iraci se deteve à porta entreaberta do quarto da filha mais velha e ouviu:

— Vocês entenderam, não é? Agora, temos de arrumar um jeito de fazer a mãe acreditar. Tá ruim essa coisa de falar pra ela o que vejo, escuto e sinto e ela não dar importância. Passo por mentirosa. — Breve pausa. — Eu sei. Tá bom. Mas, vamos fazer diferente pra ela acreditar. Vocês têm de fazer alguma coisa bem diferente.

Entrando, Iraci quis saber:

— Falando sozinha? — franziu a testa, incomodada com o que ouviu.

— A bênção, mãe! — levantou-se e foi à sua direção, pendurando em seu pescoço ao abraçá-la.

— Deus a abençoe — respondeu secamente. Mais preocupada do que interessada, novamente, indagou: — Estava falando sozinha?

— É!... Com meus bichinhos de pelúcia e bonecas e...

— E quem mais?

— Ninguém.

— Babete... Eu ouvi você fazendo perguntas. Com quem acha que estava falando?

— Se eu contar, a senhora não vai acreditar mesmo.

— Babete, estou ficando nervosa com essas suas histórias! — procurou demonstrar-se calma, mas não estava. — Já tenho muitos problemas. Não fique inventando coisa. É normal ter amigos imaginários até sete anos. Você tem doze! Vamos parar com essas histórias, por favor!

— Se eu parar de contar e negar tudo, estarei mentindo. É isso o que a senhora quer?

Iraci pareceu levar um choque. Ficou surpresa e preocupada com as palavras da filha. Babete se mostrava inteligente demais em alguns momentos e, em outros, agia com infantilidade, em sua opinião. Dizia ver e ouvir coisas, conversava com amigos imaginários. Ela não sabia o que fazer nem como agir.

Sem saber o que responder, perguntou:

— Você não jantou porque estava me esperando?

— Claro — sorriu com graça, deixando aparecer a covinha que tinha na face.

— Vou tomar um banho antes. Está bem? — sorriu levemente.
— Tá.
— Avise a Efigênia e suas irmãs que vamos jantar daqui a um pouquinho.
— Tá bom.

Durante o jantar...
— A senhora tá vermelha, mãe! — Síria observou.
— Fiquei muito tempo sob o sol, conversando com o administrador da fazenda, com o veterinário e seu tio Heitor. Andamos muito de um lado para o outro e sem qualquer sombra. Estou exausta... — suspirou fundo e abaixou o olhar.
— Amanhã, posso ir com a senhora? — Babete pediu.
— Você tem aula. Não vai começar a pedir coisa.
— Gosto da fazenda, de brincar lá... — tornou a menina.
— Em outro dia, você vai. Levo todas — respondeu séria.
— Sexta-feira tem reunião dos pais na escola. Depois, podemos ir pra fazenda, né? — Babete insistiu.
— Não sei. Estou tão cansada que gostaria de ficar na cama pelo menos um dia. Mas, não posso. Preciso aprender rápido a trabalhar com o que temos. Seu padrinho não poderá me orientar e ajudar por muito tempo. Ele tem sua própria fazenda e seus negócios para cuidar. O Heitor já está sendo bom demais e não posso abusar.
— Num quero intrometê, mas... Dona Iraci, acho que o Bernardo é bem capaz de cuidá das coisa lá pra senhora — sugeriu a empregada que ouvia a conversa.
— Eu sei, Efigênia. Mas, preciso aprender e entender o que está sendo feito. Afinal, é um grande patrimônio e as principais decisões dependerão de mim. Posso colocar tudo a perder. Se isso acontecer, viveremos do quê? — Não houve resposta. — A verdade é que não entendo de fazenda, agropecuária... Já pensei em vender tudo isso e voltar para São Paulo. Mas seria difícil encontrar alguém que pague o valor real dessas terras e tudo o que tem nelas. E não é só isso. Em

São Paulo, tudo é superfaturado, muito caro. O dinheiro pode não durar muito, se não souber trabalhar com finanças e... O que vou fazer para viver e me sustentar com minhas filhas?

— Foi só uma opinião... — murmurou a empregada.

— Eu sei e agradeço. Concordo que o Bernardo é um ótimo administrador. Sempre foi o braço direito do Dárcio, mas não posso deixar tudo por conta dele. Preciso entender o que está acontecendo.

Síria e Agnes cochichavam e brincavam, não prestavam a menor atenção na conversa.

— Quando eu crescer, estudar e me formar não sei se quero tomar conta da fazenda. Virei na fazenda só para passear — disse Babete, atenta.

Iraci, sisuda, observou-a com o canto dos olhos e não disse nada.

— É mesmo, Babete? — Efigênia sorriu ao perguntar. — E o que minha menininha vai ser quando se formá?

— Tô pensando ainda, Fifi. Acho que gosto de cuidar de gente. Então... Posso ser enfermeira, não acha?

— Ocê é inteligente e esperta. Pode ser o que quisé — tornou a empregada.

— Deveria estudar algo relacionado à pecuária, Medicina Veterinária, por exemplo. Seria mais sensato para acompanhar o patrimônio que seu pai deixou. Não desprezando a profissão, mas como enfermeira não acredito que conseguirá manter o que tem hoje — disse Iraci em tom amargo. Secando a boca com o guardanapo, levantou-se em seguida sem dizer mais nada, deixando bastante comida no prato.

Babete a acompanhou com os olhos e Efigênia sugeriu, talvez para tirá-la de pensamentos contrariados:

— Come logo antes que esfria. Dispois tem aquele doce que ocê gosta.

— Minha mãe deveria vender tudo e ir embora daqui. Já falei para ela. Seria tão bom.

Um pouco mais tarde, Iraci estava em seu quarto quando a filha mais velha chegou e sentou-se na cama ao seu lado.

— O que é isso? — perguntou a menina ao vê-la com algo entre as mãos.

— É meu colar que arrebentou. Gosto tanto dele. Ganhei do meu pai.

— Manda arrumar.

— Sim. Eu vou. Mas, aqui na cidade, não tem quem o conserte. — Um instante e sugeriu: — É tarde. Deveria estar deitada.

— Mãe — esperou que a olhasse. — Vamos embora daqui?

— Novamente essa história... — murmurou.

— Talvez o papai quisesse isso.

— Seu pai sempre amou estas terras — riu baixinho com um suspiro. — Quando nos conhecemos, na faculdade, percebi de imediato sua paixão pela pecuária. Ele fazia pós-graduação para dar mais ênfase em técnicas de planejamento, execução e avaliação de projetos pecuários. Seu pai tinha uma habilidade e um conhecimento impressionantes para projetos no ambiente empresarial rural e... Não falava de outra coisa. Inúmeras vezes, sugeriu que eu mudasse de curso — sorriu. Fez longa pausa e continuou em tom suave como se fossem boas aquelas recordações. — Namorávamos. Acreditei que não daria certo. Vivíamos em mundos tão distantes. Ele terminou a pós-graduação e eu continuei na faculdade de Letras, junto com minha prima Otília, que fazia outro curso. Mas, seu pai não desistiu de mim... Uma vez por mês, ele viajava até a cidade de São Paulo para nos vermos. Ficava três dias e voltava para Minhas Gerais para cuidar da fazenda de seu avô junto com o irmão. Ele pediu minha mão em noivado para o meu pai e... — sorriu largamente, lembrando-se de cada detalhe. — Foi um dia tão emocionante para mim. Não esperava que fosse ficar noiva do meu primeiro namorado. O Dárcio era um jovem tão responsável, respeitoso, gentil, educado... Junto com os meus pais, meu irmão e minha prima Otília, que sempre torceu por mim, vim para Minas Gerais a fim de conhecer os pais dele e oficializarmos o noivado.

— A senhora não conhecia os meus avós, pais do papai?

— Não pessoalmente. Só por fotos que seu pai me mostrava quando ia me ver. Seus avós me conheceram e sem demora foi feita uma festa de noivado como eu jamais imaginei — contava com orgulho. — Fiquei surpresa. Nunca tinha visto ou idealizado algo assim. Minha mãe e a mãe dele se deram muito bem. Pareciam se conhecer há décadas. Então, tive de decidir que, se me casasse com o seu pai, teria de morar no campo. Não poderia ser diferente. Abandonei meus sonhos de lecionar nos melhores colégios e faculdades de São Paulo para vir morar aqui. Depois que nos casamos, até cheguei a pensar em lecionar no grupo escolar da cidade, mas... Nem sei o porquê de não ir e... Seu avô, pai do seu pai, morreu e, em seguida, sua avó. Na partilha da herança, ficou uma fazenda para cada filho. Sem demora, seu pai comprou outra fazenda para plantio de forragem. Seu tio e padrinho Heitor, que nunca foi tão empenhado nos negócios quanto o seu pai, passou a cuidar da fazenda dele e seu pai das nossas, que prosperaram de forma impressionante. O Dárcio sempre gostou de se atualizar, quando se tratava do desenvolvimento das fazendas. Sempre investiu em conhecimento, estudo, tecnologia... É visível a diferença de nossas terras, das produções e lucros, com a do seu tio e padrinho Heitor. Não bastasse, o seu pai partiu para a área de produção de ração animal e investiu em uma indústria no interior de São Paulo. Nos últimos anos, ele viajou para lá muitas vezes, mas nunca fui com ele, apesar dos convites. Foi aí que começou com a produção agrícola usada especificamente para alimentar o gado, que é chamada de forragem. Por isso, na segunda fazenda, foi plantado trigo, alfafa, cevada, trevo, grama e sei lá mais o quê... Por ter dado certo, ele passou a investir na área de ração. Também chegou a dar consultoria em pecuária e ganhava bem por isso. Dárcio era feliz com o que fazia.

— O que é consultoria em pecuária? — quis saber a filha, sempre curiosa, quando se tratava de algo que não conhecia.

— É dar conselhos e orientações direcionados aos criadores de gado sobre seus negócios.

— Ãaaah... — ergueu as sobrancelhas, admirando-se.

— Por isso, gostaria de cuidar de tudo o que ele deixou. Quero que seu pai tenha orgulho de mim, de nós... Por darmos continuidade ao que sempre amou. Por outro lado, seria bom viajarmos mais, aproveitarmos os rendimentos que temos e... Preciso de alguém para me ajudar.

— Mas... E se eu não amar o que o papai amava? Ele fez o que quis da vida dele, mas eu não vou poder fazer nada diferente na minha? Não poderei fazer algo que ame ou me faça feliz? E se eu tiver outros sonhos?

A mãe não esperava por aquelas perguntas. Olhou para a menina por longo tempo sem saber o que responder. Então, decidiu explicar seu modo de ver a situação, mas ficou nervosa, alterada:

— Babete, se abandonarmos a fazenda ou não soubermos administrá-la, perderemos tudo, inclusive a vida boa que temos hoje! Temos uma vida confortável que precisamos mantê-la! E essa vida pode ser ainda melhor!

— Mas, para ter esse conforto, trabalhamos muito. O papai quase não parava em casa. Agora, a senhora também não para.

— Não conheço outra forma de termos uma vida razoável sem trabalharmos como fazemos. Ao menos, trabalho honesto e com ganho justo. Temos uma fazenda próspera e uma vida boa, mas não somos ricos, muito menos milionários! — enfatizou. — Se pararmos de trabalhar com o que fazemos, se vendermos e abandonarmos tudo, não teremos como nos sustentar ao longo do tempo. Deixe-me explicar melhor... — Encarou-a e disse: — Não vejo como uma enfermeira continuaria o que seu pai conquistou! Não daria para ser enfermeira e manter uma fazenda só para vir aqui passear! Não sei se conseguiria se manter com essa profissão, com conforto e comodidades, da mesma forma que nos mantemos! Se eu abandonar a fazenda, agora, e for dar aulas, que era meu sonho, não imagino como sustentaria vocês e continuaríamos com a vida que temos, com as facilidades, o conforto, a casa, os empregados!... Muita gente perderia o emprego, pois temos vários funcionários que têm família e dependem de nós.

— Enfermeira não ganha tanto assim para pagar os empregados que a gente tem?
— Lógico que não! — sorriu. Após um momento em que a observou, orientou: — Espere o tempo passar. Continue estudando. Sabe... Na sua idade, não conseguimos ter uma visão completa do futuro nem sabemos o que queremos ser na vida. Aos poucos, conhecerá muitas atividades diferentes, mudará de opinião várias vezes e... É bom mudarmos de opinião, sabia? — sorriu largamente. — É sinal que aprendemos algo, que vemos o mundo de modo diferente... — Diante do silêncio da menina, a mãe pediu: — Agora, vá dormir. Amanhã levantaremos cedo.
— Quero dormir aqui com a senhora.
— Você tem um quarto... Durma lá.
— Ah... deixa, vai?
— Não, Babete! Não insista. Agora, vai.
— Tá bom... — disse contrariada. — A bênção, mãe.
— Deus a abençoe.
Babete foi para o seu quarto, enquanto Iraci ficou pensativa. Havia algumas noites que não dormia bem. Na verdade, desde que Dárcio faleceu, tinha sempre o sono interrompido ou passava a noite, totalmente, insone.
Ao deitar, era o momento mais difícil. Os pensamentos tumultuosos, ansiedade, muitas lembranças boas e ruins... E a dor de um arrependimento algoz que a consumia... Tudo ficava em sua mente e, consequentemente, não relaxava, não descontraía. Via-se num labirinto hostil e sem saída. Teria de aprender e cuidar de algo que nunca apreciou. Não sabia como desvencilhar-se de tantas atribuições e tarefas indesejáveis.
As palavras da filha a fizeram pensar e ficaram ecoando em sua mente: "E se eu não amar o que o papai amava? Ele fez o que quis da vida dele, mas não vou poder fazer nada diferente na minha? Não poderei fazer algo que ame ou me faça feliz? E se eu tiver outros sonhos?"

CAPÍTULO 2
As visões de Iraci

Com o terço entre as mãos, Iraci fez uma prece mecanicamente, de palavras decoradas, em seguida, o sinal da cruz e se deitou.

Algum tempo depois, não sabia dizer se estava ou não dormindo. Talvez fosse no instante entre o sono e a vigília que ela sentiu o colchão afundar como se alguém tivesse se sentado nele, pois as molas balançaram. Teve certeza. Ela abriu os olhos e lamentou ser incomodada, já que estava sendo tão difícil pegar no sono. Sentiu novos balanços do colchão e percebeu a coberta ser puxada.

Tudo escuro.

De imediato, lembrou-se da filha. Certamente, Babete pensou que estivesse dormindo e tinha voltado para se deitar com ela.

Iraci se remexeu, procurou o interruptor perto da cabeceira e acendeu a luz, ao mesmo tempo que disse enérgica:

— Eu não falei para você dormir no seu!... — calou-se assustada. Não havia ninguém no quarto.

Sentou-se rápido, olhou em toda a volta para conferir.

Ninguém.

Ela não estava dormindo. Tinha certeza de sentir o colchão se movimentar como se alguém tivesse sentado nele, depois deitado e puxado a coberta.

O que mais a surpreendeu e assustou foi que as cobertas do outro lado da cama estavam remexidas, desdobradas.

Elas foram levantadas e viradas como se alguém houvesse deitado e se coberto, depois se descoberto e ficado dobradas em seguida.

Desde que Dárcio faleceu, ela não desarrumava aquele lado da cama onde ele dormia. Ao se deitar, ocupava o mesmo lugar e lado de sempre.

— Meu Deus... — sussurrou. — Que coisa estranha... — Fez o sinal da cruz novamente. Criou coragem, esticou as cobertas do outro lado da cama e deitou-se. Ergueu o braço e apagou a luz.

Não dormiu. Ficou quieta e de olhos fechados por toda a madrugada.

Antes de o dia clarear, levantou-se, acendeu a luz e olhou para as cobertas do outro lado da cama. Estavam exatamente como ela arrumou.

Aquilo foi muito estranho, por isso decidiu não contar para ninguém.

Sexta-feira chegou.

Junto com a filha, Iraci foi à escola para a reunião de pais e mestres.

— Pedi para que aguardasse um pouco, após o final da reunião, porque preciso falar com a senhora — disse a professora com sorriso gentil, frente à mãe de Babete.

— As notas dela estão muito boas — considerou Iraci. — Minha filha está dando algum outro trabalho?

— Não! — sorriu largamente. — Babete é ótima aluna, muito gentil e educada. As notas estão excelentes. Como eu disse no decorrer da reunião, ela está entre os cinco melhores alunos desta sala. Fico muito surpresa com a inteligência dela, o que outros professores também confirmam. Mas... É que... Até entendo que o falecimento do pai possa tê-la afetado e... Talvez, por isso... — a professora fazia muitos rodeios e não sabia como entrar no assunto que desejava.

Iraci disfarçou a ansiedade com sorriso leve e pediu:
— Pode ser direta, professora.
— Bem... Às vezes, ela fala coisas que não são comuns. Outro dia, uma aluna chamada Tereza faltou. A Babete disse que essa colega não veio à aula porque estava bastante triste com a morte do seu cãozinho, pois gostava muito dele. No dia seguinte, a mãe da Tereza veio trazê-la, explicou a mesma coisa, que o cachorrinho morreu e a filha chorou muito. No decorrer da conversa, a dona Antônia se justificou, pedindo desculpas por não ter avisado no mesmo dia, pois o cachorrinho tinha morrido pouco antes de a Tereza vir para a aula. Devido a isso, não deu tempo de avisar a ninguém nem mandar um único bilhete. Fiquei intrigada. Como a Babete sabia que o cachorro tinha morrido? — Fez breve pausa, mas não esperou que a pergunta fosse respondida. — Então, discretamente, chamei a Babete no canto e perguntei como soube do fato. Ela respondeu que foi um rapaz, amigo da Tereza, quem lhe contou. Tornei a perguntar que amigo, que rapaz era esse? Ela me deu um nome estranho: Klaus. E ainda se curvou sobre a carteira e escreveu, dizendo: "escreve assim". Lógico que eu quis saber detalhes, pois não existe ninguém com esse nome, aqui na escola, e creio que nem na cidade. Com muita naturalidade, a Babete falou que ninguém o via. Que esse Klaus era o anjo da guarda da Tereza. Falou que o cãozinho já estava bem velho, mas precisou morrer, horas antes da aula, porque o empregado que traria a coleguinha para a escola, naquele dia, estava enfurecido e embriagado, por causa de uma briga em casa. Os pais da colega não tinham percebido isso. Se viesse dirigindo para trazê-la, teria acontecido um acidente. Nem eu soube o que dizer para sua filha. Fiquei ainda mais surpresa quando, dois dias depois, soube que o empregado da fazenda dos pais da Tereza, matou a esposa e se matou, por ter descoberto uma traição da mulher. Talvez, se viesse dirigindo para a cidade, mesmo com a menina no carro... Pois ele sempre vinha para a cidade trazer Tereza junto com a esposa.

— Sim!... — exclamou sussurrando. — Eu soube disso. Sei quem são... — ficou atordoada. Lembrou-se da notícia que correu à cidade.

— Não contei nada para a dona Antônia, mãe da aluna Tereza. Mas, foi muito estranho. Porém, não foi só isso. Outro dia, a Babete contou que sua avó paterna foi visitá-la. Disse que conversaram muito e a avó lhe deu muitos conselhos. Dona Iraci, seus sogros foram pessoas muito conhecidas na região. Sabemos que são falecidos há anos. Bem... Coisas assim assustam os outros colegas ou podem deixar sua filha com alguma fama que... Isso não seria bom para ela. A senhora entende. Talvez fosse bom orientá-la.

— Sim. Claro. Conversarei com minha filha.

— Mas, veja bem... Não quero interferir... Peço que fale com jeitinho. A perda do pai ainda é recente e pode tê-la afetado. Sei que a senhora também está sofrendo muito, tem muitos afazeres por assumir o trabalho deixado por seu marido, deseja manter os negócios... Imagino o quanto esteja atarefada e...

— Pode deixar. Saberei como falar — sorriu, mostrando-se compreensiva. — Obrigada, professora, por ser tão discreta e me avisar.

Após conversar com a professora, Iraci encontrou-se com a filha no pátio da escola e se foram.

A mãe ficou insatisfeita com a situação. Não sabia como agir. Nos últimos tempos, aquele tipo de assunto sobre Babete ver, ouvir e saber o que ninguém mais sabia, era o principal em suas conversas e a incomodava muito. Já estava sem paciência e cansada demais. Desejava não ter de falar mais sobre aquilo. Sentia-se irritada.

Entraram no carro e após percorrer poucos quilômetros, a mulher estacionou.

— Paramos aqui por quê? — a menina quis saber.

— Vamos ao cemitério. Vou comprar algumas flores para colocar no túmulo do seu pai. Ouvi dizer, que alguém comentou, que abandonei a campa. Fofoqueiros!...

— Pensei que fôssemos até a fazenda hoje.

Sem responder nada, a mãe desceu do veículo e entrou na pequena floricultura. Não demorou e Iraci retornou com flores, que colocou no banco de trás. Ocupou o lugar frente à direção e se foram.

Não muito longe, estacionou o automóvel ao lado do cemitério e desceram.

Chegando aos portões, a menina parou, olhou para cima e a mãe percebeu.

— O que foi? — quis saber a mulher, já insatisfeita.

— Nada. Só estou orando — Babete respondeu.

— Vamos orar lá dentro.

— Não, mãe. Aqui, antes de entrar, também é preciso orar e pedir para nosso anjo da guarda nos proteger e também pedir permissão para entrar.

— Pedir permissão a quem, menina?! — irritou-se. — É um cemitério! Os portões estão abertos. Não tem de pedir permissão para ninguém! — puxou-a pela mão.

— Tem sim! — ficou firme, parada e não se deixou levar. — Tem de pedir permissão para aquele homem, ali, em pé, naquele negócio alto. De lá de cima ele vê tudo!

Iraci olhou em toda a volta. Os muros simples não eram altos, assim como os portões. Não havia nenhum homem. Aliás, não tinha ninguém, nenhum degrau ou negócio alto, conforme a filha falou.

— Não tem ninguém aqui, Babete! — disse com dureza na voz. — Pare com isso e vamos logo! — firme, puxou-a pela mão e foram entrando.

O cemitério não era muito grande.

As ruas sem asfalto, de terra vermelha batida, estavam cascalhadas somente em frente aos poucos mausoléus erguidos por famílias importantes ou políticos da cidade. As demais campas eram bem simples, algumas até de terra, com gramas ou floridas em cima.

Silêncio absoluto e o local totalmente deserto.

Iraci parou frente ao mausoléu da família. Pegou as chaves de dentro da bolsa e abriu a porta de grade e vidro.

No altar interior, havia as fotos de todos os falecidos em porta-retratos com as datas de nascimento e morte, além de dizeres homenageando-os. Ali, estavam quase todos os parentes de seu marido.

Ela suspirou fundo e observou a foto de Dárcio. Fazia cerca de duas semanas que não visitava o túmulo. Observando-a, Babete ficou em pé ao seu lado e parecia inquieta, mas sem dizer nada.

A mãe colocou o buquê de flores na bancada do altar e pegou um vaso no canto. Em seguida, pediu para a filha:

— Espere aqui. Vou pegar água para as flores.

— Não vai demorar, né? — demonstrou-se preocupada.

— É ali, menina! Não vou fugir não — apontou para o outro lado da rua, que dava em uma calçada estreita e um muro. — A torneira fica ali, no muro. Dá para ver daqui.

A garota não disse nada, mas estava apreensiva. Com o olhar, acompanhou a mãe, que lhe deu as costas e, automaticamente, olhou para os dois lados da rua antes de atravessá-la, chegando ao muro onde havia a torneira.

Após pegar a água de que precisava, Iraci fechou a torneira e se virou para a campa procurando pela filha, mas, não a viu devido ao homem alto, de grande porte, com roupas escuras, usando um casaco grosso e longo. Ele conversava com a menina em frente a ela, obstruindo a visão da mãe.

Iraci atravessou a rua a passos acelerados e, ao chegar perto, fez-se ver, interrompendo a conversa:

— Pois não? — indagou firme e séria.

— Ele quer saber as horas — disse Babete com simplicidade.

A mulher olhou para o pulso e disse:

— 10h20min.

Após isso, ouviu uma voz rouca, estrondosa e abafada:

— Obrigado, dona.

— Por nada — murmurou, considerando-o muito estranho em todos os sentidos.

O homem não a encarou e, ao dar alguns passos lentos, ela percebeu que tinha dificuldade para andar. Quando já estava de costas, mas ainda perto o suficiente, ouviu-o dizer:

— A hora passa diferente aqui. Muito diferente... E ele está arrependido, perturbado, confuso e muito triste com a senhora.

— Ele quem? — tornou Iraci.

— O seu marido! — respondeu. Parou de andar, entretanto não se virou. Porém, ela pode ouvi-lo bem alto: — Ele chora muito. Igual a mim, ele não fez a passagem por completo. Vive vagando, porque tem coisa que ainda o prende aqui. Não resolveu em vida, quer resolver depois de morto. Tá perturbado demais e confuso — sem se voltar, continuou andando vagarosamente como se arrastasse uma das pernas.

— Do que o senhor está falando?! Ei! Espere! Olhe para mim! — exigiu e, no mesmo instante, virou-se para dentro do mausoléu e colocou o vaso que segurava sobre a bancada. A ação não demorou dois segundos. Voltando-se para a direção onde o homem caminhava, não o viu mais. — Ele sumiu! — quase gritou.

Deixando a filha parada, correu poucos metros para tentar ver onde o homem poderia ter ido.

Não havia local para ele se esconder. Não teria dado tempo de correr tanto a ponto de desaparecer, principalmente, para alguém com dificuldade de locomoção. A rua era comprida, sem qualquer cruzamento.

Iraci apoiou o pé em cima de uma campa e subiu, olhando por cima para ver melhor. Imaginou que talvez tivesse pulado os túmulos e estivesse na outra rua. Mas não viu ninguém por todo o tempo em que ficou observando.

Voltando, encontrou a filha em pé, parada no mesmo lugar em que a deixou.

— De onde esse homem veio, que eu não vi?! O que disse para você?! Para onde foi?!

— Ele surgiu de repente. Perguntou as horas. Depois sumiu da mesma forma que apareceu — respondeu com simplicidade.

— Não me deixe louca, Babete!!! Pare de brincar com isso!!! — ficou nervosa a ponto de chorar, mas procurou esconder o rosto e as poucas lágrimas. Sentia raiva.

— Não estou brincando! Quando atravessou a rua para ir até a torneira, a senhora olhou e viu que não tinha ninguém, em lado nenhum, mãe! Aí, o homem apareceu, na minha frente. Perguntou as horas e a senhora chegou. Ainda bem que viu, senão ia me chamar de mentirosa.

O coração de Iraci batia acelerado. Um medo inominável correu em todo seu corpo enquanto uma angústia covarde e deprimente a fazia tremer. Pegou as flores, pôs no vaso e, em seguida, colocou-o na bancada do altar. Tirou algumas velas da bolsa e deixou ao lado do vaso sem as acender. Procurou pelas chaves e fechou as portas do mausoléu.

— Não vamos rezar? — a menina quis saber.

— Não. Precisamos ir. Depressa! Vamos! — exclamou em tom baixo e voz abafada, alçando a bolsa no ombro. Pegando a mão da filha, puxou-a e saíram a passos rápidos dali.

Em silêncio, a menina acompanhou a mãe até os portões, mas, na hora de sair, falou:

— Espere!

— O que foi agora?! — perguntou muito nervosa, virando-se para a filha. Quando viu Babete, novamente, olhar para cima, fechar os olhos por poucos segundos, a mãe insistiu, enérgica: — O que foi?!

— Estou orando para sair daqui e agradecer ao homem, em cima daquele negócio, pela proteção que tivemos — apontou para onde não havia nada.

Isso deixou a mulher ainda mais irritada. Iraci, que ainda segurava a mão da filha, puxou-a firme e saíram para a rua, seguindo pela calçada, sem olhar para trás.

Ao entrar no carro, Babete perguntou:

— Está brava, mãe?

— Não — respondeu com voz quase inaudível.

Visivelmente alterada, não desejava conversar. Foi embora o mais rápido possível.

O caminho para casa foi feito em silêncio.

Alguns dias se passaram após esse episódio, mas a mulher não o esqueceu. Lembrava-se vivamente da noite em que ouviu a filha brincando e falando sozinha no quarto. Babete dizia que precisavam arrumar um jeito de sua mãe acreditar. Era ruim ela falar de suas experiências e a mãe não dar importância. Que teriam de fazer diferente.

Sua filha estaria conversando com almas do outro mundo? Haveria algum tipo de pacto ou complô para aqueles acontecimentos só para que confiasse na menina? Mas qual a razão? Qual o interesse naquilo? Que tipo de menina era Babete?

Tinha certeza do que viu no cemitério. Ficou tão assustada que nem quis contar a ninguém a respeito.

Ela não era o tipo de pessoa que acreditava em aparições ou fantasmas. Na sua opinião, isso não existia. Foi criada na cidade grande. Muito racional, nunca deu importância a assuntos daquele tipo. Aprendeu assim com seus pais. Tinha fé em Deus. Era católica e isso bastava. Mas, apesar desses princípios, não poderia negar o que tinha visto e não sabia o que fazer.

Sozinha, em mais uma noite insone, encarava a angústia e preocupações que disfarçava à luz do dia. Não suportando ficar mais deitada, Iraci se levantou após algumas horas e foi para a sala. Mal conseguia enxergar o ambiente. O dia estava longe de amanhecer. Caminhou até o escritório, onde havia um pouco mais de claridade devido à luz cálida da lua, que transpassava as janelas e cortinas de renda.

Contornou a mesa e acomodou-se na cadeira, atrás dela. Sentia-se fragilizada e insegura, com dúvidas a respeito da vida que deveria ter a partir de agora. Nunca, em sua existência, havia ficado à frente de negócios para controlar as finanças ou cuidar das coisas. Mal sabia o que seu marido fazia. Dárcio, sempre empolgado, contava somente os resultados, tinha certeza de que ela não gostava daquele tipo de trabalho, por isso jamais a chamou para acompanhá-lo nos negócios, embora a convidasse para as viagens, o que a esposa nunca aceitava. Iraci não fazia ideia do quanto qualquer um dos empregados recebia por mês, nem imaginou o valor de uma única cabeça de gado, ignorava tudo sobre administração das fazendas e da fábrica de ração, além de outras coisas. Seu marido sempre cuidou de tudo. Saber que havia um testamento foi algo surpreendente. Jamais imaginou isso. Era um homem jovem, falecido aos trinta e seis anos em um acidente inesperado. Por que alguém, tão jovem, com esposa e três filhas faria um testamento? Isso a incomodou. Dárcio poderia saber de coisas que ela nem imaginava? Teria outras razões pessoais para isso?

Inclinando-se no encosto da cadeira, fechou os olhos e procurou acalmar os pensamentos. Gostaria de vender tudo. Essa ideia sempre lhe passava pela cabeça. Mas, o que faria da vida? Precisava pensar no futuro, além de outras decisões importantes.

Já havia conversado muito com seu cunhado sobre a possibilidade de se desfazer das terras, mas Heitor não aconselhava. Porém, achava-o tão tranquilo para os negócios, tão devagar para novas técnicas e novidades na área que não sabia dizer se ele seria a referência certa para opinar. Seu cunhado quase não se atualizava, se o fizesse, seus bens valeriam muito mais. Heitor não conhecia muito além daquele pequeno mundo no interior de Minas Gerais. Nunca tinha viajado. Era Dárcio quem o ajudava com algumas inovações.

Em meio a esses pensamentos, continuou com os olhos fechados por longos minutos. Mas, o silêncio foi interrompido por um barulho que a fez sobressaltar. Eram pancadas na mesa. Talvez se parecessem com murros.

Assustada, levantou-se rápido. Olhou em volta e, apesar da pouca luz, viu que não havia ninguém ali.

Um frio estranho correu por todo o seu corpo e um medo pavoroso apoderou-se do seu ser.

Rápida, caminhou em direção da porta e apalpou a parede ao lado para encontrar o interruptor. No exato momento em que a lâmpada acendeu, acreditou ver uma figura que sumiu tão rapidamente quanto apareceu. Poderia dizer que era uma mulher em frente à mesa onde, antes, estava.

Mesmo com o ambiente claro, podendo enxergar perfeitamente e reparar em todos os detalhes, sem ver mais ninguém, sentiu-se como se estivesse sendo vigiada. Seu medo aumentou. No mesmo instante, abriu a porta, apagou a luz e saiu, fechando a porta atrás de si. Na grande sala de estar, novamente, teve a sensação de ser vigiada. Era algo muito estranho. Foi para o seu quarto e deitou-se. Acendeu o abajur, que ficou aceso o restante da noite, fazendo companhia para sua insônia.

Era uma manhã de sol e Iraci estava abaixada no jardim removendo a terra e plantando algumas mudas de flores, que esperava brotarem antes da primavera. Desejava ter um jardim florido para trazer mais alegria e cor a sua vida e ao seu lar.

Babete andava de bicicleta ao redor da casa, enquanto cantava uma música. As outras meninas, que quase nunca estavam próximas à irmã mais velha, brincavam de casinha sob uma árvore frondosa. A mãe observou-as por alguns segundos e Efigênia se aproximou, trazendo mais ferramentas para auxiliar.

Iraci a encarou e gostou da companhia e ajuda. No instante seguinte, com muita naturalidade, olhou para sua casa, fixando-se na janela de vidro do escritório cujas cortinas estavam abertas. Nesse momento, ficou séria, arregalou os olhos e se levantou às pressas, perguntando:

— Quem é aquela?! Quem é que está lá dentro de casa, na janela?!

— Quem, dona Iraci? — Efigênia indagou com ingenuidade e se virou para olhar, mas não viu ninguém.

— Sumiu! — quase gritou a patroa, limpando as mãos no avental e indo à direção da casa.

A empregada largou o que fazia e a seguiu.

Entraram.

Iraci foi para o escritório e, abruptamente, abriu a porta. Mas não havia ninguém.

— Lá de fora, vi uma mulher nesta janela! Ela estava olhando para mim! Você não viu?

— Não... Vi ninguém não.

— Não estou ficando louca! Eu vi!

— Tem mais ninguém aqui não, além de nóis, dona Iraci. É sábado. O Joel e a Ozana num vem hoje pra cá não.

Com expressão preocupada, ainda contou:

— Há algumas noites, sentei-me aqui — apontou a cadeira. — De repente, ouvi pancadas. Pareciam vir por debaixo da mesa. Levantei, acendi a luz e o som parou. Mas...

— Mas, o quê? — a empregada perguntou, diante da longa pausa.

— Por um segundo, tive a impressão de ter visto alguém. Depois, a nítida sensação de ser vigiada, mesmo quando fui para a sala e para o meu quarto. Foi muito estranho.

— A Ozana — referiu-se à outra empregada — num gosta de faxiná este escritório não. Ela diz que sente calafrios quando entra aqui.

— Sempre achei isso uma bobagem. Não vamos dar atenção a esse tipo de coisa. Bem... Vamos voltar ao jardim para terminar logo com aquilo.

— Sim senhora...

No dia seguinte, conversando com Leonora, a cunhada duvidou:

— Tem certeza, comadre?

— Não tenho a menor dúvida — ressaltou com calma, falava sempre de modo ponderado. — Vi uma mulher na janela por poucos segundos, mas foram suficientes para ter a certeza do que vi.

— Será que não foram reflexos e sombras daquelas árvores do quintal?

— Não. Era um rosto pálido, cabelos claros e desarrumados. Parecia usar uma daquelas roupas com babado no peito e mangas longas, brancas. Só consegui vê-la da cintura para cima. Mas... O estranho é que... — relutou. Não sabia se deveria contar. Depois de longa pausa, decidiu dizer: — A Babete tinha me descrito, exatamente, essa mulher. Ela disse que a viu pela casa várias vezes. Eu não acreditei. — Longa pausa e indagou: — Será que estou nervosa, cansada, estressada e me deixando influenciar por minha filha?

— Ouvimos coisas estranhas sobre essa casa. Até comentei com você, antes de comprarem. Lembra?

— Sim. Lembro. Mas não dei importância. Nunca acreditei nessas coisas.

— Quantos anos faz que vocês moram nela?

— A Babete tinha nove anos, na ocasião em que nos mudamos. Então... Faz três anos que moramos lá.

— Essa casa ficou fechada por muitos, muitos anos antes de vocês comprarem — tornou Leonora. — Eu era pequena, quando minha mãe contou que, na época em que ela era menina, o dono, um homem muito velho, fechou tudo e foi embora. Era um fazendeiro rico da região. Não sou capaz de me lembrar da história, mas muitos falavam sobre coisas estranhas dessa casa. Ela ficou fechada por mais de cinquenta ou sessenta anos, eu acho. Até vocês comprarem. Talvez, pessoas mais antigas saibam detalhes de por que o velho a fechou e ninguém conseguiu morar mais lá. Minha mãe morreu, talvez minha tia, irmã dela, saiba algo sobre o lugar.

— E para que vamos querer saber? — Iraci perguntou. Não desejava resposta, mas sim mostrar que estava insatisfeita com o assunto.

— Essa casa ficou fechada por anos! Ninguém conseguia morar nela por muito tempo. Os herdeiros colocaram à venda e...

— Sim. Os herdeiros a colocaram à venda, teve quem a comprou, mas não pagou e ela voltou aos donos. Anos se passaram. Alugaram, mas não deu certo, o pessoal não pagava o aluguel, foi embora devendo... Um dos herdeiros ficou com ela e veio morar aqui, mas não se adaptou. Colocou-a à venda, novamente, e o Dárcio a comprou. Foi assim... — Iraci decidiu contar — Quando a Babete tinha três anos, eu decidi que seria melhor morarmos na cidade do que na fazenda. Logo ela precisaria frequentar a escola e tudo seria longe. É difícil de se locomover com criança. Então, o Dárcio comprou uma casa na cidade, mas não era tão grande e confortável como desejávamos. Porém, para mim, que não gostava do campo, estava bom. Ele reclamava por ter de ir e voltar da fazenda todos os dias, mas depois se adaptou. Embora dormisse lá na fazenda, algumas vezes, quando ficava até tarde resolvendo coisas. Então, fiquei de olho nesta casa. Velha, mas muito grande e imponente, com um quintal magnífico. Uma mansão. Daí, compramos diretamente com o herdeiro e mandamos reformar, totalmente. Nós nos mudamos, quando a Babete tinha nove, Síria sete e Agnes cinco anos. Portanto, estamos lá há três anos.

— É uma casa invejável. Bonita demais. Mas... você não achou que o Dárcio começou a ficar muito diferente, depois que passaram a morar lá? — Leonora quis saber.

— Um pouco, mas... O que isso tem a ver? — a cunhada se incomodou com o assunto.

— Sabe, Iraci, às vezes, quem morou na casa teve muitos problemas e deixou tudo impregnado de pensamentos ruins. A própria Babete começou a ver e ouvir mais coisas, que ninguém mais vê e ouve, depois que se mudaram.

— Tolice. Não acredito nisso. A minha filha sempre gostou de estorinhas e de fantasiar. Vive sonhando e com a cabeça nas nuvens. Certamente, inventa essas coisas e... Por eu estar bastante estressada e preocupada, creio que me deixei levar pelas conversas dela.

— Por que você não tira uns dias para descansar? Viaja um pouco com as meninas. Vai para São Paulo, vai para a praia...

— Já pensei nisso. Mas não sei se é o certo a fazer justamente agora. O testamento nem foi lido. Não sei o porquê de ter de esperar sessenta dias para abri-lo. Que exigência mais infundada e desnecessária por parte do Dárcio. Estou bem incomodada com isso.

— E se você fosse viajar e ver o seu irmão?

— Não! De jeito nenhum!

— Iraci... Faz muito tempo que não se veem. Vocês são irmãos. Quem sabe ele até não ajudaria a cuidar dos negócios, da fazenda... Já pensou se ele viesse trabalhar aqui com você?

— Não! Nunca. Para mim, ele está morto. Não tenho irmão.

— Pensa bem, comadre...

— Posso até pensar em visitar a Otília, minha prima. Nada mais além disso. Mas... Vamos mudar de assunto, por favor.

A conversa tomou outro rumo.

CAPÍTULO 3
Reencontrando Otília

Dois dias se passaram...
Iraci arrumou as malas e, junto com as filhas, foi para a casa de sua prima.
Várias horas de viagem e chegaram a Santos, cidade praiana do estado de São Paulo, onde Otília e a família as esperavam.
Era início de noite. Após muito tempo na estrada e dentro de um ônibus, Iraci, Babete, Síria e Agnes estavam exaustas.
Otília e o esposo ficaram alegres ao vê-las.
— Ainda bem que foram nos buscar na rodoviária. Não seria mais capaz de encontrar sua casa. Faz anos que não venho aqui.
— Não foi por falta de convite que não veio. Isso não foi — Otília sorriu, feliz por ver a prima. Era uma mulher gentil, agradável e de sorriso fácil no rosto arredondado, que esbanjava simpatia. Pouca estatura e acima do peso, tinha voz melodiosa, muito carinhosa e cativante. Sempre parecia falar rindo e com leveza. Era amável e educada por natureza. Mas, seu ponto forte era o de ser espiritualizada. — O importante é estarem aqui. Não imagina como estou feliz com isso.
— Babete está demorando tanto no banho. Vou apressá-la.
— Deixa a menina, Iraci. Ela está cansada. E nada melhor do que um banho relaxante. Alguns dias de praia serão ótimos para todas vocês. Mas... Como estão? Vocês estão bem? — fechou o sorriso e ficou no aguardo da resposta.
— Não está sendo fácil... Desde que o Dárcio morreu... — parou de falar e ficou em silêncio por longos minutos.

— Não precisa dizer nada, se não quiser. Não veio aqui para ficar triste.

— Onde está o Matias e a Lana? — quis saber dos filhos de Otília.

— O Matias está fazendo um curso de inglês. Daqui a pouco chega. A Lana está na casa de uma amiguinha. Também não deve demorar.

— Eles devem estar grandes. Faz anos que não os vejo — tornou Iraci.

— O Matias está mais alto do que o pai! — enfatizou. — Também está com dezesseis anos e logo fará dezessete. A Lana, com quinze, está mais alta do que eu. Quando fomos ao velório do Dárcio, eles não puderam ir por estarem em período de provas.

— Lembro-me de você ter comentado. — Depois de suspiro profundo, Iraci considerou: — Bem que vocês poderiam morar mais perto de mim ou, pelo menos, na cidade de São Paulo. Sinto tanto sua falta... — pegou suas mãos por sobre a mesa e ofereceu sorriso melancólico.

— Ora! Mude-se para Santos! Tenho certeza de que as meninas adorariam morar aqui — sugeriu sorrindo.

— Sabe, Otília, já pensei em vender tudo e morar na cidade de São Paulo, onde fui criada e conheço bem — soltou as mãos da outra e remexeu-se na cadeira. — Mas tenho receio. Não sei o que fazer para sobreviver nem por onde começar. Preciso de alguém que me ajude.

— Falei brincando. Mudança é uma decisão muito difícil, no seu caso, principalmente.

— Às vezes, sinto-me sozinha e não sei com quem me aconselhar ou trocar ideia. Não sei se estou fazendo a coisa certa... Não tenho com quem me abrir...

— Você me contou que o Heitor e a Leonora, seus cunhados, são ótimas pessoas. Eles não são amigáveis?

— Sim. São. Mas... A verdade é que nunca me afinei muito bem com a vida no campo e com pessoas pacatas. Você me conhece. Nasci e fui criada em São Paulo, na agitação da capital paulista, cidade grande, com pessoas bem diferentes das quais convivo. Casei-me com o Dárcio e aceitei morar em uma fazenda, mas... Nunca foi fácil para mim. Nunca!

— Entendo. Senti muito quando me mudei da cidade de São Paulo para Santos, por conta do trabalho do Cláudio e outras coisas... Mais de cem quilômetros de distância de onde morávamos e de toda a minha família. Isso dá cerca de uma hora e quarenta minutos de viagem de carro, duas horas e quarenta minutos de ônibus... Se o trânsito estiver tranquilo! — ressaltou. — Porque, em feriados prolongados, férias, chuvas, acidentes, etc... o engarrafamento é imenso. Podemos ficar mais de oito horas trancados em um carro só para descer ou subir a Serra do Mar. As duas únicas rodovias que ligam Santos a São Paulo ficam intransitáveis. Visitar nossos parentes uma vez por semana é inviável, cansativo demais... Para você, creio que não foi nada diferente.

— Não foi mesmo... — Pensou um momento e disse: — Ai... Lembra quando me casei e fui morar longe e nos separamos? — falou dengosa ao mesmo tempo em que se expressava como um lamento.

— No dia do seu casamento, choramos tanto! — Otília riu alto. — Igual a duas bobas... — gargalhou com gosto. — Também... Acho que nunca bebemos daquele jeito!

Recordaram a cena em que Iraci, ainda com vestido de noiva, agarrava-se à prima e se queixava pela separação. Eram muito amigas. Inseparáveis, desde criança. Estudaram na mesma faculdade, embora cursos diferentes. Mesmo quando Otília se casou, antes dela, a amizade continuou, pois ainda moravam na mesma cidade. Mas, com o casamento, Iraci precisou residir em outro estado, mais longe e isso as separou. Nesse dia, no final da festa realizada na fazenda de seu sogro, elas estavam embriagadas, falavam sem pensar muito, debulharam-se em lágrimas, lamentaram a separação e juraram não ficarem muito tempo distante uma da outra.

Mas a vida não obedeceu a seus desejos. Com o tempo, pouco se viam devido à distância. E tudo piorou quando Otília se mudou para a cidade praiana.

— Estávamos totalmente embriagadas — Iraci riu. — Ainda bem que foi no final da festa e quase ninguém viu.

— Só a nossa família. Eles viram — a outra falou rindo. — Nós pegamos as bebidas e fomos para um quarto e ficamos lá, tomando todas — gargalhou.

— Nem me lembre disso. Passei tão mal! — Iraci riu alto. — Tive uma dor de cabeça horrível! No dia seguinte, fui viajar passando mal. Tínhamos de pegar o avião e eu daquele jeito... Que horror!

— Acho que foi a última vez que aprontamos juntas — Otília disse, agora, mais séria.

— É... Foi. No começo de casada, senti muito a sua falta. No primeiro ano de casamento, chorei bastante, às escondidas, claro. Minha vida mudou muito mais do que eu pensava. Longe de todos os amigos, da família... O Dárcio era ótimo para mim, meus sogros também. Não tenho do que me queixar. Comecei a me aproximar da Leonora, mas... — meneou a cabeça, fazendo uma careta ao franzir o rosto, mostrando insatisfação. — No campo, para mim, a vida é morta.

— Ah!... Iraci! Não diga isso!... Não seja amarga.

— É sério. Estranhei muito e não me acostumei até hoje. Essa é a verdade.

— Mas, você parou com tudo na sua vida. Poderia ter feito algo, dado aulas...

— Tem razão. Deveria ter dado aulas, feito algo... Nesses anos todos... Nesses quatorze anos de casamento com o Dárcio, parei no tempo. Não tenho do que me orgulhar. Não fiz nada para mim, a não ser... — deteve as palavras e suspirou profundamente.

— Sempre é tempo de recomeçar e de se refazer. Pode tomar as rédeas da situação, fazer coisas novas a qualquer momento. Lembre-se disso. Você é uma mulher jovem, bonita, inteligente e muito esperta. Tem capacidade para começar uma vida nova quando quiser, ainda mais com o patrimônio que te restou. Sejamos realistas. Mas, lembre: todas as vezes que quiser recomeçar, comece por dentro, pela mente, pelo espírito.

Séria, Iraci comentou:

— Tenho uma fazenda gigante com gado e touros reprodutores e não sei o que fazer. Tem outra de forragem. Também uma indústria de ração animal que nunca, sequer, fui visitar. Não sei nem por onde começar. Não sei se quero levar isso adiante. Detesto ter de ir ao pasto, ver vacas e touros cruzando, tendo ao lado o meu cunhado e um monte de funcionários. Ver o veterinário recolhendo sêmens para vender e... Ah! Tudo isso é detestável para mim! Preciso de um homem ao meu lado para fazer essas coisas.

— Eu te entendo. E pelo que sei, terá de se empenhar muito para se adaptar e fazer as coisas acontecerem. Também não posso te aconselhar a vender tudo e mudar de estado, mudar de vida, pois nunca se sabe...

— Tem muitas outras coisas acontecendo, Otília... — olhou-a, trazendo no semblante uma expressão preocupada e um tanto aflita. Gostaria de dizer algo, mas não conseguia.
— Estou me sentindo perdida, desorientada... Foi por isso que vim aqui vê-la e... O que me aconselha?

— Oração. A oração reduz toda a inquietude e dores, conforta e consola, além de atrair energias positivas e iluminar nossas decisões. Prima, as decisões importantes da sua vida pertencem somente a você. Nunca deixe nas mãos de outra pessoa, pois os resultados serão de responsabilidade sua e pesarão nas suas costas. O que eu posso fazer é ajudar a enxergar certas situações e apontar algumas coisas, mas não posso opinar diretamente, dizer o que é certo para você. Se fizer isso, estarei escolhendo o que seria melhor para mim. Nem tudo o que é bom para mim será para você.

— Eu sei, mas é que... Otília, tanta coisa aconteceu. Estou tão insegura, tão apreensiva.

— Lógico que está. Seu marido faleceu há um mês. Foi inesperado. Um homem jovem, saudável... Quantos anos o Dárcio tinha?

— Trinta e seis.

— Tudo foi um susto. Ainda está sob o efeito do choque. É normal que se preocupe e se sinta insegura, tenha medo de lidar com o patrimônio que ele deixou. Mas... Quem sabe, conhecendo um pouco mais sobre os assuntos da fazenda, acostume-se e pegue gosto. Com a idade, costumamos mudar de ideia, de opinião e, às vezes, com isso, descobrimos novos dons, novos gostos, novos rumos e prazeres em atividades que nem imaginamos.

— Estou apreensiva por ele ter deixado um testamento. Acredita? Por que um homem jovem, bem-casado e com três filhas, deixaria um testamento?

— Não sofra por aquilo que ainda não aconteceu. De repente, ele deixou orientações para os negócios. Nada mais.

— Tudo está me preocupando. Não bastasse estar sozinha, tocando a fazenda, a Babete anda inventando coisas. Você nem sabe. Nos últimos tempos... — contou sobre a filha, mas não falou nada sobre suas próprias experiências em ter conversado com alguém muito estranho no cemitério, sobre sentir alguém sentar em sua cama e ter visto uma mulher no escritório e na janela. — Não sei o que fazer com ela e estou ficando nervosa.

— Iraci, o que a Babete tem é mediunidade.

— Ora! Não venha com essas coisas. Sei que, quando mais nova, você sempre gostou daqueles livros de romances que falavam de espíritos. Não acredito nisso. Sabe como sou.

— Não deixei de ler os romances mediúnicos, mas ainda acrescentei outros livros: os da Codificação Espírita, que explicam muito mais sobre isso tudo. Sou espírita, sabe disso.

— É livre para ser e crer no que quiser, mas eu não acredito.

— Como não acreditar, Iraci? Você é católica ainda?

— Lógico que sou!

— Então... Acredita na *Bíblia* ou, pelo menos, em muito do que ela diz, certo?

— Lógico! — ressaltou.

— Então não acredita em espírito nem em mediunidade?

— Não — olhou-a firme.

— Pois bem... No *Novo Testamento*, em Mateus, capítulo 17, Jesus chamou Pedro, Tiago e João para irem com Ele a um monte. Lá, transfigurou-se diante deles. Seu rosto resplandeceu. E eis que lhes apareceram Moisés e Elias falando com Ele. Depois, nesse mesmo capítulo, em conversa com os apóstolos, Jesus afirma, com todas as letras, que Elias já veio e não o conheceram. E é então que os apóstolos entenderam que Jesus falava de João Batista. Prima, essa é somente uma das passagens bíblicas que se fala de ver espíritos dos que já partiram e também de reencarnação na *Bíblia*. Sabemos que muita coisa foi tirada e modificada da *Bíblia* pela Igreja Católica, que deixou de acreditar em reencarnação, porque uma rainha exigiu. E, nas *Bíblias* mais recentes, com a desculpa da modernização ortográfica e outras coisas, para ficar com linguagem mais fácil, mexeram e tiraram muita coisa, principalmente, nas *Bíblias* protestantes ou evangélicas, que conhecemos como crentes. Mas, nós sabemos disso. Sabemos o que Jesus fez e falou.

— Mas, no caso, foi Jesus. Ele tinha o poder de ver e falar com quem queria e... — não conseguiu terminar.

— Jesus disse que poderemos fazer o que Ele fez e muito mais. Não disse que era somente Ele que teria esse dom. Você precisa abrir mais a sua mente e conhecer coisas novas sobre espiritualidade. A Babete não está inventando nada. Ela vê! Simples assim! — ressaltou. — O que precisa, neste momento, é educar essa menina sobre mediunidade. Esse dom pode ser momentâneo para chamar vocês para a religiosidade e depois desaparecer. Mas, pode também ser um dom para algumas tarefas. Existem médiuns maravilhosos como Chico Xavier, Divaldo Franco e outros, não menos importantes, com missões de orientar pessoas, fazer oratórias ou palestras, trazer cartas ou mensagens psicografadas confortantes e instrutivas da espiritualidade... Ou, simplesmente, ser uma pessoa do bem, que trabalha com amor ao próximo. Sabe, prima, todos nós somos médiuns em diferentes graus e tarefas.

Existem vários tipos de mediunidade que podemos educar, aperfeiçoar e descobrir o que fazer com ela. Mediunidade é um atributo do espírito que não dá para escolher. Não, aqui, encarnado. Nós nascemos com ela para determinada tarefa que contribui para a nossa evolução. — Ofereceu breve pausa e Iraci ficou em silêncio. — Por que acha que existimos? Por que nascemos, vivemos e morremos?

— Porque Deus quis — Iraci respondeu sem pensar.

— Que resposta excelente, hein! Parabéns! — Otília riu, falando com ironia. — O que mais? O que nós somos? Por que somos diferentes? Por que passamos experiências diferentes? Por que nascemos com necessidades especiais e outros não? Por quê?

— Porque Deus quer nos testar! — falou, quase irritada.

— Você é uma mulher inteligente, Iraci! Não venha com respostas fracas e inúteis para o raciocínio de qualquer pessoa. Nós somos todos filhos de Deus, filhos do mesmo Pai. Somos irmãos porque fomos criados por Esse Criador, que é Fonte Universal e Força Suprema de tudo e de todos. Você acha que essa Força Poderosa, que essa Inteligência Suprema, capaz de criar tudo e todos, vai fazer um de seus filhos ser limitado, doente, nascer sem um braço ou perdê-lo em um acidente no decorrer da vida só por prazer pessoal? Ora! Poupe-me desse tipo de ignorância! Acha que Deus é tão medíocre e idiota quanto nós, meros seres em evolução? Deus, a Inteligência Suprema, criou a todos iguais, simples e ignorantes. Somos uma centelha Dele. O Criador não dá privilégio a ninguém. Deus nos criou simples e ignorantes, mas com a obrigação de evoluir, sair da ignorância e ter sabedoria. Essa sabedoria, minha amiga, nós só adquirimos por meio de experiências que nos fazem compreender as Leis Divinas e imutáveis de perdão e amor. Nós só conseguimos aprender o que precisamos por meio das diversas reencarnações, porque uma só não é suficiente. É preciso muito trabalho em si mesmo para evoluirmos. Quando alguém nasce sem qualquer defeito físico ou sem necessidades especiais, não significa que Deus quis isso porque gosta mais dele. Quando alguém nasce sem um braço, não é porque Deus é sádico e gosta menos dele ou quis, por puro capricho, ver como ele se sairia, para testá-lo. Pensar isso é um absurdo! No livro *O Evangelho Segundo o Espiritismo* tem uma frase ótima, de Allan Kardec, para nos ensinar sobre isso que diz: "Todo privilégio seria uma preferência e toda preferência seria uma injustiça."

— Então, por que isso acontece?

— De acordo com a necessidade evolutiva da pessoa, ela nasce ou vivencia seus desafios, problemas e limitações a fim de se trabalhar, de aprender a ser melhor. Nascemos, inclusive, em determinada família, com pai, mãe e irmãos que merecemos a fim de vivenciarmos experiências para a nossa evolução, acerto de contas, harmonização, aprendizado, desenvolvimento pessoal... Deus não erra nunca. Suas Leis imutáveis estão registradas na nossa consciência. Sabemos quando erramos, mesmo que, quando encarnados, não acreditamos que estejamos errados. Depois, em outras encarnações, nascemos com os desafios, com as necessidades, familiares e rodeados daqueles que precisamos ter ao lado para aprendermos e evoluirmos experimentando e harmonizando tudo o que fizemos e que não estava de acordo com o amor ao próximo que tanto Jesus nos ensinou. Deus não é injusto. Aliás, foi Jesus quem nos assegurou, em Seus ensinamentos, que Deus é bom e justo. Então, prima, se eu nascer sem um braço é porque cortei o braço de alguém ou porque sou um espírito com entendimento suficiente que quer desenvolver algo espiritualizado em mim ou que facilite a vida de quem passa por essa dificuldade. Se eu for um espírito sem evolução, vou reclamar, ficarei revoltada. Se tiver um pouquinho de elevação, não reclamarei. Reclamação é pobreza de entendimento, pobreza de evolução. Se nasci em uma família difícil, tenho uma mãe ou pai problemático, mereço isso. Tenho algo para fazer ou aprender, ali, naquele meio. Tenho algo espiritual para desenvolver em mim. É possível que, em experiência passada, em outra vida, eu tenha infernizado a vida daqueles que conviviam comigo da mesma forma que me sinto infernizada hoje. Sinal de que tenho isso para harmonizar, para me equilibrar e criar forças para sair dali e partir para uma vida melhor. Nada está errado, somente as minhas reclamações. As energias que perco reclamando são as que usaria procurando soluções e prosperidade. A escolha de como gastá-las é minha. — Viu-a pensativa e, por fim, comentou: — Lembre-se sempre dessa frase que te falei: "Todo privilégio seria uma preferência, e toda preferência seria uma injustiça". Pense comigo: seria injusto Deus me fazer nascer perfeita, rica, linda e maravilhosa, porque Ele quer e fazer você nascer com necessidades especiais, com dificuldades de locomoção, problemas de visão ou outras coisas. Deus não privilegia ninguém, não concede vantagens, não oferece direitos que não temos nem permissão especial ou regalias. Deus é justo. Ele não tira seus direitos ou interfere, negativamente, no seu destino. Nunca. Nós somos os responsáveis pelas consequências de tudo o que nos acontece. Todo privilégio é preferência. Toda preferência é injustiça.

Nesse momento, ouviu-se um barulho. Era Matias que havia chegado.

Assim que entrou, um tanto recatado, o jovem cumprimentou:

— Oi, tia. Como vai? — Mesmo sendo sua prima de segundo grau, Matias e Lana acostumaram-se a chamar Iraci de tia. Assim como as filhas de Iraci chamavam Otília também dessa forma.

— Oi, meu querido! — levantou-se e foi abraçá-lo. — Como você cresceu! Está enorme! Bonito! — afagou-lhe o rosto enquanto sorria.

— Faz tempo que a senhora não me vê... É isso — ficou sem jeito. Era tímido. — E as meninas, como estão? — Matias quis saber, mais por educação do que por interesse.

— Meu Deus! Esqueci da Babete no chuveiro! — alarmou-se Iraci.

— Fica tranquila — afirmou Otília. — Escutei quando ela saiu do banheiro. Faz tempo. Certamente, está na sala com as irmãs e o Cláudio assistindo à TV.

Sem demora, Lana chegou.

— Oi, tia! Como vai a senhora? — cumprimentou-a animada e foi ao seu encontro para abraçá-la.

— Oi, Lana! Como você está linda! Está grande também!

— A senhora sempre bonita, né, tia? O que faz para ficar sempre elegante e maravilhosa?

— Bondade sua, minha querida... — apreciou o elogio.

Diferente do irmão, a jovem era bem comunicativa e extrovertida.

Matias pediu licença e se retirou, enquanto elas prosseguiram conversando.

CAPÍTULO 4
Os segredos de Babete

À noite, devido ao cansaço da viagem, Babete não parecia animada para conversar. Porém, na manhã seguinte, acordou bem disposta. Levantou antes de sua mãe e irmãs, tão cedo quanto Otília, que estava na cozinha preparando o desjejum.

— Bom dia, tia! — cumprimentou-a, sorridente.

— Bom dia, Babete! Dormiu bem?

— Dormi sim. Nem vi a noite passar. Quando abri os olhos, estranhei. Não sabia onde estava — sorriu lindamente, deixando as covinhas aparecerem nas laterais de seu rosto suave.

— Sente-se aí, estou preparando o café. O tio Cláudio foi comprar pão e deve voltar logo.

— Minha mãe ainda não acordou e minhas irmãs também estão dormindo. Nem viram eu me trocar.

— É bom a Iraci dormir bem. Está precisando.

— Sonhei com minha vó, mãe do meu pai — disse sem pretensões.

— É mesmo? — sorriu admirada. — Ela faleceu quando você era bem pequena. Como sabe que era ela em seu sonho?

— Porque ela me disse faz tempo.

— Ãaah...

— Ela me visita sempre — tornou a garota.

— Em sonho? — interessou-se Otília.

— Também.

Intrigada, a mulher quis saber:

— E o que sonhou com ela? Pode contar?

— No sonho de hoje, ela pediu para eu falar para a senhora o que vejo, porque minha mãe não acredita.

Otília parou com o que fazia e, calmamente, ocupou um lugar à mesa, ficando à frente da menina. Com jeito e fisionomia agradáveis, perguntou:

— E o que você vê?

— Vejo minha avó... Não. Vejo minhas duas avós. É difícil elas me visitarem juntas, mas já aconteceu.

— E o que elas te pedem? Querem alguma coisa?

— É segredo, tia... Mas vou contar... — olhou para os lados, garantindo estarem sozinhas. — Todas as vezes que aparecem, elas orientam para eu orar. Falam muito de Jesus pra mim... Não pedem nada não. É como se fosse uma visita mesmo. Querem saber como estou. Uma vez eu estava muito chateada com os colegas da escola. Alguns diziam que tenho cabelo de fogo, cabelo de pica-pau, cara de fantasma... Aí, elas disseram para eu não ficar triste nem chateada, que não era para responder para eles. Logo aquilo iria parar. Então eu olhava pra eles, não dizia nada e, com o tempo, pararam. Só de vez em quando alguém fala alguma coisa, mas nem ligo, porque gosto do jeito que sou.

— Você é linda! Tem cabelos maravilhosos. Queria eu ter cabelos assim — viu-a sorrindo lindamente.

— Outro dia, a minha vó, a Bete, que foi mãe do meu pai, falou que não era para sair falando para todos sobre o que vejo e os outros não veem. Disse que deveria guardar como um segredo. Explicou que o que vejo e ninguém mais vê, é do mundo dos mortos. Ela também falou que não é tudo do mundo dos mortos que consigo ver.

— Então, o que você vê são pessoas que já morreram? — Otília perguntou, querendo interagir, mostrando-se interessada e ganhando a confiança da garota.

— É sim. Vejo gente que já morreu. Mas, nem todos. Entendi que pode ter gente que já morreu, está do meu lado e eu não vejo. Entende?

— Como sabe que não vê todos?

— Porque a vó Bete falou. Por exemplo, nunca vi o meu pai, depois que morreu. Mas, sabe... Já senti que ele tá triste. Muito triste. Uns dez dias depois de sua morte, senti que ele estava lá em casa. Às vezes, fica com muita raiva; outras, chora, muito triste.

— E o que a sua avó falou sobre isso?

— Disse que, um dia, vou entender melhor tudo isso. Que algumas coisas precisam acontecer dessa forma e meu pai vai melhorar. Não entendi muito não, mas... Sabe, tia, minha mãe não acredita em mim. Ela me dá bronca quando conto coisas que ninguém sabe, ouve ou vê. Ela não gosta quando digo que tem uma mulher morta que mora na nossa casa, sabia?

Confusa, Otília pediu:

— Como assim? Explique isso melhor.

Babete suspirou fundo, olhou para os lados, talvez para garantir que sua mãe não estivesse escutando. Ajeitou-se na cadeira, passou as mãos nos cabelos longos segurando-os como se fosse fazer um rabo, depois, torceu-os ao lado, no ombro, e jogou-os para trás. Aproximando-se mais de Otília, falou baixinho, sussurrando:

— Essa mulher não está viva e parece uma fumaça. Sei que é um espírito. Foi assim: quando meu pai era vivo ainda e estava no escritório, essa mulher ficava ao lado dele. Muitas vezes, em cima do ombro dele. Ela é revoltada, feia, tá sempre com raiva. Contei isso pro meu pai, mas ele disse que eu era boba, que não estava vendo nada. Gritou comigo. Ficou muito, muito irritado com isso. Foi assim, tia: essa mulher começou a aparecer só depois que a gente se mudou para essa casa nova. Ninguém mais a via. Ficava só ao lado dele. E meu pai foi ficando cada vez mais irritado. Não tinha paciência com nada nem ninguém. Nem com a minha mãe. Até parei de ficar perto e conversar com ele... — falou bem baixinho, olhando para o lado, em direção ao corredor que dava para os quartos.

Otília se levantou e foi para perto da menina. Afagando seus cabelos, disse:

— É provável que seu pai estivesse preocupado com alguns problemas — dissimulou, pois imaginou algumas coisas. Não achou que seria um assunto apropriado para alguém daquela idade e não a queria preocupada. — Sabe... Pessoas frustradas respondem mal e não têm paciência.

— O que é fus... tada?... — achou graça de si mesma por não saber pronunciar.

— Pessoa frustrada — sorriu para explicar. Gostou de seu interesse. — Frustração é quando alguém cria grande expectativa, acredita que uma coisa ou situação vai dar certo conforme planejou e sonhou ou acredita que é muito boa em determinada coisa, que merece determinado resultado positivo, mas as consequências são negativas e falhou. Nada acontece como esperava. Então essa pessoa fica frustrada por ser incapaz ou porque seu sonho e projeto não se realizaram de acordo com o que desejava. Isso é frustração. É um sentimento ruim e, normalmente, pessoas despreparadas, que não têm o domínio de si, quando frustradas, descarregam suas contrariedades em cima dos outros, sendo mal-humoradas, respondendo mal, ficando irritadas...

— Ah... Entendi. Já fiquei frustrada, tia — fechou os olhos e balançou a cabeça negativamente.

— Quando? — segurou o riso. Achou graça nos seus modos.

— Quando fui a segunda melhor aluna da classe. Fiquei muito frustrada. Tinha estudado tanto! — falou de um jeito engraçado, dramático.

— Ah... Sei... — expressou-se com ironia. — Segunda melhor...

Babete não deu importância, percebendo que se tratava de uma brincadeira. Sem demora, aproveitando estarem sozinhas e vendo-a interessada, contou-lhe outras coisas como o que aconteceu na escola, sobre ter conhecimento de que o cachorrinho de sua colega havia morrido. Falou sobre o que viu no cemitério e sua mãe ter visto também, mas não admitiu. Otília ouviu com atenção. No final, a menina afirmou:

— De tudo isso, o que me deixa com medo é a mulher do escritório.

— Babete, você acha que essa mulher já morou nessa casa, quando era viva?

— Não sei dizer, tia. Ela é estranha. Olha pra mim de um jeito esquisito. Ela sabe que a vejo.

— Babete, sua avó tem razão. O melhor é não sair contando isso para qualquer pessoa. Nem todos acreditam e poucos entendem.

— Mas eu gostaria de saber o porquê de só eu ver, ouvir ou saber dessas coisas que ninguém mais sabe.

— As pessoas que veem, ouvem ou sabem de coisas que aconteceram e ninguém mais sabe são chamadas de médiuns.

— Médiuns?

— Sim. Médiuns. A mediunidade é um dom com o qual algumas pessoas nascem. Ao longo da vida, esse dom, esse atributo se manifesta e precisa ser educado, compreendido, aprendido a ser usado, ou seja, a pessoa precisa adquirir conhecimento para saber o que fazer com ele. Aprender e educar esse dom é importante para não cometer enganos com ele ou passar ridículo. Não é conveniente sair por aí falando tudo o que se vê, ouve ou sabe, por meio da mediunidade.

— Por quê?

— Porque se fosse para os outros saberem, eles nasceriam com o mesmo dom. É pena, nos dias de hoje, não termos tantas literaturas que falem de mediunidade para crianças.[1] Mas, no que eu puder te ajudar, até que cresça e entenda o que é esse dom, conte comigo.

— A senhora acredita em mim?

— Lógico que acredito! — sorriu largamente. — Você é esperta, inteligente, está adiantada um ano na escola. Vai saber lidar com esse dom. Tenho certeza. — Com jeitinho, perguntou: — Posso dizer para sua mãe que você me contou? Talvez, se conversar com ela...

— Pode — sorriu com doçura.

— Bom dia! — disse Iraci ao chegar à cozinha.

— Bom dia, prima! Dormiu bem?

---

[1] Nota da Médium: Atualmente, já existem diversas literaturas para crianças e adolescentes voltadas para o esclarecimento infantil e infanto-juvenil para a evangelização Cristã-Espírita, tratando de diversos assuntos cristãos, mediunidade e outros temas.

— Apaguei! Fazia tempo que não dormia dessa forma. Foi tão bom... — suspirou.

— Então vamos tomar um bom café, porque o dia está lindo e a praia estará ótima! — exclamou animada.

Nesse momento, Cláudio chegou trazendo pães e frios, que tinha ido buscar.

Bem mais tarde...

— Faz anos que não coloco os pés na areia. Que coisa boa! — disse Iraci sorrindo, enquanto sentada na cadeira de praia sob um guarda-sol.

Ao lado, Otília argumentou:

— São nas coisas simples da vida que estão os segredos do bem-estar que nos trazem tranquilidade. Todos nós precisamos de contato com a natureza. Mesmo morando em um estado tão lindo quanto o de Minas Gerais e em uma fazenda, você não se permite estar em contato com a natureza, por isso não relaxa.

— Sabe que não gosto do interior nem de mato. Praia é diferente. Aquela fazenda está me deixando muito nervosa e...

— Pare de pensar na fazenda. Dê um tempo para você. Por esses dias, caminhe pela praia com as meninas o quanto puder no início da manhã ou no final da tarde. Será bom para vocês.

— Não consigo parar de pensar naquela fazenda. Sabe disso e... — Iraci ficou pensativa por longos segundos. Decidia se falaria ou não algo. Por fim, comentou: — Sabe... O médico veterinário tem grandes planos para os negócios. Ele me anima muito a continuar com a fazenda. Tem grandes ideias e... Se colocá-lo à frente de tudo, talvez eu tenha mais tranquilidade.

— Ele é pessoa de confiança?

— Lógico! Um dos homens de maior confiança do Dárcio. Se bem que... Tem o Bernardo, administrador da fazenda desde a época do meu sogro. Para dizer a verdade, o Bernardo e o Rogério, que é o médico veterinário, não se dão muito bem. Às vezes, brigam, sem ofensas, mas com palavras duras. Eles têm opiniões bem diferentes. O Rogério é inovador, ele...

— O que o Dárcio dizia, quando os dois brigavam? — interrompeu-a.

— Não sei muito bem. Nunca fui de me preocupar com os assuntos da fazenda. Se o tema era gado, eu sempre estava longe. Percebo que o Rogério é bom no que faz. Pensa grande. É um homem futurista! — falava empolgada. — Ele tem planos de negócios no exterior, mas o Bernardo resiste.

— Será que o Bernardo não quer ficar com os pés no chão? Talvez seja um homem precavido.

— Não creio que seja isso. Acho que ele é caipira mesmo. Homem limitado e sem ambições, igual ao meu cunhado, que não prospera nada.

— O que o Heitor fala?

— Meu cunhado é tão devagar, tão sem ambições que nem a isso opina. Fica só olhando e é completamente neutro. Sabe como é... Assim como coisas neutras não têm vida, pessoas neutras são insignificantes — suspirou profundamente e deixou o olhar perdido ao longe, na linha entre o mar e o céu. — Não bastasse tudo isso, ainda tem o problema com a Babete...

— A Babete tem mediunidade. Não é problema.

— Ora, Otília!... Ela inventa essas coisas para chamar a atenção! — expressou-se enérgica.

— Ela me contou sobre a mulher, ou melhor, sobre o espírito com aparência feminina que vê na casa de vocês. Talvez seja alguém que morou lá. Comentou que o via rodeando o pai. É provável que o perseguia e estava insatisfeita por ele ter comprado a casa. Existem muitos casos em que um espírito não deixa a residência onde viveu. Está tão preso ao que experimentou, quando encarnado, que não aceita a nova condição nem mesmo sabe que está desencarnado.

— Tolice! Acha que vou acreditar que tem uma alma penada dentro da minha própria casa?! — riu com deboche. — Sou uma mulher racional. Não creio nessas crendices sem fundamentos. Assim que reformamos toda a casa, mobiliamos e, antes de mudarmos, chamei o padre para abençoar nosso novo lar. Ele benzeu a casa inteira.

— Nem sempre isso é suficiente. Não estou duvidando das preces e do benzimento do padre, mas, às vezes, não é suficiente. Lembro que, assim que mudaram, você comentou comigo sobre o Dárcio estar com um comportamento diferente, estranho, irritado e que não conseguia dormir.

— Insônia é comum em quem tem preocupações e está estressado. Eu mesma não consigo dormir direito desde que ele morreu — suspirou fundo, novamente, mostrando-se insatisfeita. Começou a achar sua prima invasiva demais.

— Só quero que preste atenção ao que vou dizer. A Babete é médium. Ela consegue sim captar algumas coisas que existem no mundo dos espíritos. Isso é um atributo, um dom que ela tem e precisa ser educada e orientada para que adquira conhecimento e entenda a razão, o motivo de ter nascido com ele. Para isso, é necessário estudo, evangelização moral-cristã a fim de não se desvirtuar ou se desequilibrar ao longo da vida.

— Por favor, Otília!... — ressaltou. Ficou incomodada. — A Babete é muito criança para esse tipo de coisa. É óbvio que está mentindo para chamar a atenção. Desde que o pai morreu, vem criando essas ideias absurdas, falando demais e mais coisas a cada dia. Foi o meio que encontrou para se tornar o centro das atenções daqueles que estão ao seu lado. Até na escola, inventou coisas semelhantes. Ela é ingênua, boba, imatura demais para a própria idade e...

— Ou inteligente demais para arquitetar uma estratégia como essa, da qual pode ser desmascarada com facilidade, mas, até agora, isso não aconteceu. Você ou outras pessoas conseguiram desmascará-la? — não houve resposta. — Isso significa que, se está mentindo, ela é muito esperta.

— Ela usa situações e as manipula! Não vou dar atenção ou esse monstro da mentira só vai crescer. Por favor, Otília! Tenha bom senso!

— E o homem que você viu no cemitério? Pelo que Babete me contou, ele apareceu do nada, conversou com vocês e depois sumiu, bem debaixo dos seus olhos. Diga que sua filha foi capaz de forjar isso também.

— Deve ter sido um debilitado qualquer, capaz de fingir e pregar peças nas pessoas, querendo assustar para ganhar audiência. Decerto, correu, fugiu, escondeu-se em algum lugar.

— E a colega da escola que faltou e a Babete sabia o motivo sem que ninguém contasse. Como ela descobriu?

— Ora... É provável que Babete tenha encontrado com algum funcionário da fazenda da dona Antônia e soube por acaso. Inventou uma mentira que deu certo. Foi isso. Nesse dia, a Efigênia a levou para a escola, junto com as irmãs.

— É mais fácil você desacreditar de sua filha do que lhe dar atenção, não é mesmo? — falou em tom indignado.

— Não vim aqui para isso! Vamos mudar de assunto! — exigiu.

— Está bem... Está bem... — concordou a contragosto, disfarçando seu amargor.

Após longos minutos sem conversarem, Iraci comentou:

— O Matias está bem diferente. Embora um pouco tímido, está mais comunicativo e... — não completou.

— Foi preciso um tranquilo e longo trabalho com ele. Exigiu paciência e muito diálogo para se libertar de ideias pessimistas. É normal algumas crianças ou jovens não aceitarem e se revoltarem com a ideia de que foram rejeitados e abandonados pela mãe e pelo pai e tiveram de ser adotados.

— Mas o Matias foi adotado com cinco anos. Ele aceitou e sempre soube que era filho adotivo.

— Sim. Tanto ele quanto a Lana sempre souberam que eram adotivos. — Sem perceber, sorriu ao se lembrar e contou: — O Matias simpatizou conosco no primeiro instante e nós com ele. Quis ser adotado. Não precisou ser conquistado e adaptou-se logo com a gente. Mas, à medida que foi crescendo, via e entendia que outras crianças não foram abandonadas nem viveram em orfanatos e isso começou a mexer muito com seu emocional. Como nos contou, perguntava-se, em pensamento, por que sua mãe verdadeira não o quis? Por que o rejeitou? Por que não foi amado por ela? Por que teve de viver em um orfanato, criado como um animal sem dono? Palavras dele — olhou para a prima. — Essas e muitas outras perguntas, sempre sem respostas, deixavam o Matias triste e revoltado. Não adiantavam as orientações, as conversas, o amor e o carinho recebidos de mim e do pai. Não era nossa culpa. Mas, como a maioria das pessoas frustradas, decepcionadas e feridas, descontava sua indignação, sua contrariedade e insatisfação em nós, nos estudos, nos colegas, funcionários da escola e professores... Menos na irmã, talvez por ser adotada também. Em outras palavras, isso se chama revolta. Revoltado, não conversava, não se abria com ninguém. Começou a brigar na escola e, lógico, fazendo *bullying*, desafiando os colegas que mais invejava ou despertasse nele a insatisfação com sua própria vida, pois, neles, via tudo o que gostaria de ter: pais consanguíneos. Foram meses e meses de sessões com psicoterapia em silêncio. Ele ia às sessões e não dizia absolutamente nada. Confesso que eu já estava quase desistindo da psicóloga por causa de dinheiro. Mas, depois de vários meses, ele começou a se abrir, falar e vimos pequenos progressos. Cada pessoa tem o seu tempo e não se pode desistir. Ele havia largado as reuniões da Mocidade Espírita de Moral Cristã, na casa Espírita que frequentamos e, de repente, decidiu voltar. Fiquei tão feliz!

 A psicóloga sugeriu algumas sessões de psicoterapia com a nossa presença no *setting* terapêutico e ele aceitou — prosseguiu Otília. — Eu e o Cláudio fomos. A princípio, ouvimos o que ele tinha para dizer e... Depois falamos... Foi muito bom. Hoje, posso dizer que a psicoterapia ajudou imensamente! Tudo ficou mais claro e lógico para ele com o reforço dos ensinamentos filosóficos da Doutrina Espírita, que nos esclarece sobre as causas e efeitos das experiências que vivemos, onde aprendemos que nada é por acaso. Falei o que já havia aprendido nas reuniões da Mocidade Espírita, que antes de reencarnarmos fazemos planejamentos reencarnatórios e o que nos acontece é por merecimento. Certamente, o Matias necessitava da experiência de ser abandonado pelo pai e pela mãe. É bom lembrar que ninguém faz um filho sozinho, então a responsabilidade é dos dois. Com toda a certeza, estava nos planos reencarnatórios meus e do Cláudio para adotá-lo, ampará-lo e guiá-lo, após e se fosse abandonado. Deus nunca erra. Não foi por acaso que fomos visitar aquele orfanato para trabalhos assistenciais e, em meio a tantas crianças, nós nos apaixonamos por ele e ele por nós. É a abençoada Lei de Atração, que Deus criou.

E foi com a psicoterapia, com os ensinamentos e reflexões da abençoada Doutrina Espírita, que o Matias foi entendendo e aceitando sua condição como encarnado e percebendo que o que acontece a ele é para ele se trabalhar e evoluir. A revolta é o orgulho ao extremo. Quem se revolta acredita ter direitos que nunca mereceu. — Otília fez breve pausa, depois, continuou: — Estamos reencarnados, exatamente onde e ao lado de quem precisamos, experimentando situações para trabalharmos nosso orgulho, sermos humildes, aprendermos a ser amorosos, mansos e prudentes e não revoltados ou indignados com o que nos acontece. Quando ficamos indignados, revoltados com uma situação ou pessoa, podemos ter a certeza de que temos muito o que trabalhar em nós e merecemos aquilo. Nada é por acaso. Não somos inocentes. Temos débitos de outras vidas. Deus não se engana. Pessoas difíceis e acontecimentos complicados são provas de que precisamos desenvolver em nós habilidades emocionais, domínio de reações e sentimentos negativos com amor e bondade, fazer enfrentamentos contra o medo e nos equilibrarmos. Se continuarmos com explosões emocionais, revoltas, indignações, falando e fazendo tudo o que desejamos para expressarmos nossa raiva e contrariedade, só estamos demonstrando o quanto ainda somos inferiores e temos muito o que aprender. É certo que mais e mais situações complicadas e pessoas difíceis vamos atrair até aprendermos a agir, a pensar e a sentir diferente. Isso se chama: reforma íntima, algo que o Espiritismo explica e orienta muito bem. Se não nos reformarmos, se não mudarmos, as coisas continuarão como estão ou piores. Então, aos poucos, o Matias foi entendendo isso. A luz do Espiritismo fez com que ele compreendesse e aceitasse sua posição na vida, no mundo. Isso foi uma bênção. Só tenho a agradecer a Deus por isso.

Após ouvir a história, Iraci só comentou:

— Que bom — disse com ar de desprezo, disfarçado com sorriso. Achou o assunto chato.

CAPÍTULO 5
Filho adotivo, rejeição e abandono

No dia seguinte, antes de ir para o curso de inglês, Matias foi à sessão de psicoterapia. A psicóloga o cumprimentou, como sempre, e pediu que se acomodasse frente a ela. Sem demora, perguntou:
— Como tem passado, Matias?
— Bem.
— Alguma novidade?
— Ah... Tem uma prima da minha mãe junto com as filhas dela lá em casa. Tiraram uns dias de férias depois que o marido da prima morreu. Eu a chamo de tia.
— Desculpa. Deixe-me ver se entendi... A prima da tua mãe ficou viúva. Ela tem filhas e foram passar alguns dias na sua casa. É isso?
— É isso. Eu chamo essa prima da minha mãe de tia. Tia Iraci. Ela veio para cá com as três filhas.
— Entendi... Você gosta delas?
— É... Elas são legais.
— Quantos anos têm as meninas, filhas dessa prima?
— Não sei direito. A mais velha acho que uns dez anos. É uma menina... Sei lá... Diferente. Quando olho para ela fico meio impressionado. As outras são menores. Não sei dizer a idade direito.
— Pensei que alguma delas tivesse a mesma idade sua. Mas... Por que você acha uma das meninas diferente?
— Não sei dizer. Ela é normal, mas... Não sei.
— A presença delas te incomoda?

— Não. Ah.... Sei lá — remexeu-se na poltrona onde estava sentado, esticando o corpo. Tirou o boné que usava e ficou rodeando-o nas mãos. — É assim... Estava tudo bem até eu escutar uma conversa da minha mãe com a tia Iraci.

— Que conversa? Quer falar sobre o que ouviu?

— Nós fomos à praia, né. Minha mãe e a tia Iraci ficaram lá nas cadeiras conversando, as meninas foram pra água. A tia Iraci olhava muito pra mim. Eu estava um pouco longe, conversando com um amigo que encontrei. Aí, de vez em quando, minha mãe também me olhava...

— E por que você acha que o assunto era sobre você? Elas poderiam falar sobre muitas outras coisas e olharem sem pretensões, com simplicidade.

— Estavam falando sobre eu ser adotivo.

— Tem certeza? Ouviu algo a respeito?

— Não ouvi, mas... — calou-se.

— Elas poderiam falar sobre o quanto você cresceu, está se tornando um jovem bonito, com boas notas... Não acha?

— Talvez. Não sei. Mas, é que depois, lá em casa, eu ia tomar banho, sabe... O banheiro fica num corredor que dá pra cozinha, então, antes de entrar, ouvi a tia Iraci dizer algo sobre eu estar mais falante. Comentou que a terapia estava me fazendo bem, porque, da última vez que me viu, eu parecia mais rebelde, que não conversava nem cumprimentava direito... Isso foi logo depois que voltamos da praia. Aí a minha mãe disse assim: "Foi como eu te falei, na praia: a psicoterapia e o Espiritismo ajudaram e estão ajudando o Matias a aceitar suas experiências." Isso quer dizer que, na praia, quando estavam me olhando, falavam de mim.

— Você acha que sua mãe falaria mal de você para a Iraci ou mentiria a seu respeito?

— Não.

— Então, qual o problema de estarem falando de você?

Longo período de silêncio. Matias sentiu o coração apertado por não saber explicar o que sentia. Buscava respostas para sua dor.

— Não gosto que falem que sou adotivo. Não sei por quê. Já te disse isso. A Lana não se importa, mas eu sim — mostrou-se zangado. — Minha irmã não liga, ela é melhor e mais evoluída do que eu. Não entendo por que sinto uma coisa dentro de mim, quando o assunto é sobre minha adoção. Sei que você falou que preciso trabalhar isso e que cada um tem seu tempo. Mas... Fico com raiva quando vejo gente falando de adoção. Fui abandonado, largado no mundo, deixado dentro de uma caixa nos fundos de um hospital pela mulher que me teve! Se ninguém me pegasse, teria morrido. Por quê?!

— Matias... — tentou aproveitar a pausa para argumentar, mas foi interrompida.

— Não! Espera!... A razão de minha mãe verdadeira ter feito isso comigo, não é nada, não tô nem aí. O pior é eu querer entender por que sinto algo ruim, essa raiva, essa tristeza profunda, quando o assunto é adoção. Quero arrancar de mim esse sentimento tenebroso, que me corrói. Dane-se minha mãe verdadeira! Dane-se meu pai verdadeiro! Ele foi um vagabundo quando a abandonou! Ela me rejeitou por causa dele! Quero saber por que me dá isso! Por que sinto essa coisa tão ruim, quando lembro que sou adotado? É um ódio tão grande! Quero quebrar as coisas! Bater nos outros! — chorou. Colocou o boné na cabeça e abaixou a aba, quase cobrindo os olhos. Endireitou-se na poltrona, curvando o corpo em seguida. Apoiou os cotovelos nos joelhos e entrelaçou os dedos das mãos à frente do corpo, deixando o olhar perdido no chão. Nunca havia falado daquela forma, sobre o que sentia e sofria. Mostrava-se um jovem consciente, sabia o que o magoava e buscava soluções e uma forma diferente de ver a própria vida. Secou o rosto com as mãos e ainda disse: — Eu entendo que a gente só vive o que precisa. Se Deus não é injusto, eu tô passando por tudo o que preciso. Fui rejeitado, abandonado, vivi de caridade em um orfanato até os cinco anos de idade... Por incrível que pareça, lembro muito bem essa época. Sinto ódio quando o assunto é adoção! Entendo que Deus não é burro, nada tá errado. Tô vivendo o que preciso. Fui adotado por um casal que sempre foi bom para mim. Eles me tratam como filho deles. O que mais eu quero?! Por que sinto isso?! O que é que preciso para não ficar revoltado? Por que a raiva, quando o assunto é adoção? — nova, longa e silenciosa pausa. Até que ergueu a cabeça e encarou a psicóloga, olhando-a nos olhos como que pedindo uma resposta.

Serena, entendendo que aquele era o momento certo de falar, Valéria se manifestou:

— Matias, você não sente raiva, ódio e tristeza por ter sido adotado. Você tem esses sentimentos ruins por ter sido rejeitado e abandonado por seus pais biológicos. O assunto da adoção só te incomoda porque falar ou ouvir sobre adoção, inconscientemente, te remete à lembrança de que foi rejeitado e abandonado por seus pais biológicos sem entender a razão. Você consegue compreender o que eu disse? — Ele acenou positivamente com a cabeça e a psicóloga prosseguiu: — Você mesmo falou, várias vezes, que seus pais adotivos sempre foram bons para você e o tratam como filho verdadeiro.

— É verdade. Mas... Por que sinto essa raiva dentro de mim? Gostaria de aceitar mais os pais que me criaram e não ser tão... ...tão ríspido e grosseiro com eles. Sei que sou malcriado, respondão, mas não consigo me controlar. Não é culpa deles a raiva que sinto, sou muito grato por terem me tirado daquele lugar e... Eu entendo o que minha mãe fala sobre, no planejamento reencarnatório, a gente ter aceitado tudo isso e ter combinado de viver juntos nesta vida. Que, na espiritualidade, todos nós planejamos progredir e nos elevarmos. Entendo isso e aceito. Mas, por que me revolto?

— É que, quando você olha para os pais que tem hoje, quando ouve conversar sobre adoção, inconscientemente, sabe que, para ter os pais que tem, para ter sido adotado, teve de, antes, ser rejeitado e abandonado por aqueles que cederam meios materiais para vir à vida, ou seja, os pais biológicos.

Matias ficou estático, olhando-a com perplexidade por alguns segundos. Depois, com mais tranquilidade, perguntou:

— Então, o ódio que sinto é dos meus pais verdadeiros, os que me abandonaram?

— Ninguém odeia nem ama aquilo ou aquele que não conhece. Eu diria que o que te revolta é a ação, a atitude deles de terem te rejeitado e abandonado. Você se sente vítima das atitudes deles. Conheci algumas pessoas como você, que foram rejeitadas e abandonadas, depois, adotados e, apesar disso, não desenvolveram necessidade de expressar sentimentos negativos de raiva intensa e desejo de agressão, por exemplo. Lógico que tiveram outros sentimentos, dúvidas e...

— Minha irmã é assim. Mas... Por que sou diferente? — esperou a resposta.

— Você não é diferente. Você é único, assim como todas as outras pessoas. Deixe-me terminar o que estava falando... Também conheci os que passaram pela mesma experiência da rejeição e abandono e sofreram tanto, tão demasiadamente que desenvolveram expressões de seus sentimentos negativos como ansiedade, raiva, tristeza extrema, agressões, submissões e outros transtornos de personalidade... Em diferentes graus, é claro. Raramente, encontramos aquele que não sofre nada, não sente nada, mas isso também pode ser um problema muito sério de saúde emocional — sorriu. — Por essa razão, não acredite que sua irmã é melhor do que você, por demonstrar que não se importa em ser adotiva. — Viu-o atento e continuou: — Por que te digo isso? Porque, cada um, de acordo com sua própria evolução moral e espiritual, lida de modo diferente com situações semelhantes. Somos seres únicos, individuais e bem diferentes uns dos outros. De acordo com a experiência vivenciada e a intensidade de atenção que colocamos no que aconteceu ou acontece, o sofrimento, os sentimentos negativos, a raiva, a contrariedade, a tristeza possuem graus diferentes e inevitáveis, podendo estar reprimidos ou represados e isso pode ser muito problemático. Disfarçadamente, essas pessoas podem não lidar adequadamente com essas emoções e não buscarem ajuda por acharem que não necessitam. Futuramente, não sabemos o que pode ou não acontecer. Cada caso é um caso. Vamos nos focar no seu caso agora. Isso é o mais importante a fazer. Certo? — Ele pendeu com a cabeça positivamente, Valéria sorriu e explicou: — Sem se conhecer, sem se compreender, sem se ajudar, você nunca vai se amar nem vai se admirar, não vai descobrir sua força e capacidade. Nunca vai se melhorar e não vai poder ajudar nem a si nem aos outros. O importante é entender e separar as coisas. — Fez breve pausa e continuou: — Hoje, você repetiu, várias vezes, que sente raiva quando o assunto é adoção. Ao mesmo tempo, disse que os seus pais adotivos sempre foram bons e o tratam como filho deles. Bem... É necessário que compreenda que não tem raiva quando o assunto é adoção. Sente raiva e experimenta uma bagagem de sensações e sentimentos negativos porque, quando o assunto é adoção, inconscientemente, sabe que, para ser adotado, você precisou ser rejeitado e abandonado. Isso é chamado: gatilho, ou seja, uma coisa lembra a outra. Adoção te faz lembrar de que foi rejeitado e abandonado. Que fique claro que não se sente bem é com a rejeição e com o abandono. Percebo que não tem raiva dos seus pais atuais, até porque, eles sempre foram muito bons. Você tem raiva da atitude daqueles que o rejeitaram e abandonaram. Tudo isso é inconsciente.

— Tá. Entendi.

— Que ótimo! — sorriu com leveza. — À medida que vamos entendendo a situação que gera as ações, sentimentos e pensamentos negativos e que nos fazem mal, vamos descobrindo, de forma consciente, que precisamos mudar nossas reações. Então, responder duramente para sua mãe e seu pai, não vai amenizar sua dor por não compreender que foi rejeitado e abandonado. Eles são as únicas pessoas que te promoveram a uma vida melhor até hoje. No momento em que for responder duramente para eles, pare e pense antes se a resposta é adequada e necessária. No começo, não é fácil se vigiar e, se acaso não pensar, for impulsivo e responder mal, sabe que precisará ser consciente e humilde e pedir desculpas pelo ato impensado. O pedido de desculpas vai fazer com que você se obrigue a se corrigir, pois, normalmente, não gostamos de pedir desculpas. Pedir desculpa é uma forma de admitirmos que erramos, mas também uma maneira de nos obrigar a não errarmos mais, pois admitiu-se o erro. Precisamos parar de romantizar nossos erros dizendo: Foi mal da minha parte... Que bom que você entendeu... — falou com voz engraçada. — Quer dizer que o outro tem a obrigação de nos entender, mas nós não temos a obrigação de nos melhorarmos. Então, esforce-se para agir diferente e assumir que entendeu que errou. Quer crescer emocionalmente? Diga: desculpe-me. Estava errado. Vou me esforçar para ser melhor. Vou me esforçar para não errar mais. Isso é assumir o erro. Significa muito mais para você, significa muito mais para o seu crescimento do que para os outros.

— É... Eu sei. Mas tem outras coisas... Por que tenho raiva de alguns colegas e... — deteve as palavras.

— Aquele colega da escola que você ficou zoando, fazendo *bullying*, teve raiva e agrediu... Bem... É preciso que entenda que fez aquilo por ele ter o que você deseja ter. — Breves segundos de silêncio e o viu reflexivo. — Lembra quando me contou que zoava com o menino e depois batia nele dizendo que fez isso porque ele era filhinho de mamãe? Palavras suas! — ressaltou. — Porque ele era todo engomadinho e ficava estudando só para ser bem-visto pelos professores?... Disse também que sempre era o papai, a mamãe ou a vovó que iam buscá-lo na escola, porque o bobão não ia sozinho para a casa? — silêncio. — Na verdade, você não tem nada contra esse colega. Você tem uma tristeza muito grande, uma dor enorme dentro de si, porque estava vendo que esse menino era querido, era amado pelos pais e pela avó. Era algo que te remetia à rejeição e ao abandono feito por seus pais biológicos, pois não recebeu nada disso deles. Essa dor é tão imensa que você quis destruir esse incômodo e o meio que encontrou foi fazendo seu colega sofrer. Desejou que experimentasse a dor, a tristeza que vem sentindo, mesmo que de outra forma ou por outro motivo, mesmo que, para isso, precisasse agredi-lo para fazer com que ele soubesse o que era sofrer.

— A diretora do colégio disse que eu tinha comportamento antissocial... — murmurou sem encarar Valéria.

— É só um termo. As pessoas com comportamento diferente, fora dos padrões aceitos pela sociedade, normalmente, tiveram experiências de vida que as levaram a isso em seu passado distante ou nem tanto. Qualquer forma de agressão aos outros, violência física ou psicológica, desejo ou ato de destruir as coisas e patrimônios, tirar o sossego das outras pessoas de algum jeito como: som alto, falas exageradas, xingamentos inapropriados, etc... São atitudes e comportamentos impróprios a uma sociedade, pois desrespeitam o próximo. Todas as atitudes propositais, exageradas e provocativas que invadem a vida dos outros, proporcionando prejuízo emocional ou material são próprias de pessoas ignorantes, sem educação e/ou desequilibradas. São próprias de pessoas desajustadas, que não vivem bem consigo mesmas, que não são capazes de seguirem regras básicas da boa convivência em sociedade, saudáveis para todos.

— É verdade... — aceitou. — Se eu for agredido ou se tiver minhas coisas danificadas por outra pessoa, está errado. Não vou concordar nem gostar... Já falamos nisso. Não vou fazer mais isso com nenhum colega... — sorriu com leveza, mostrando constrangimento.

— Não vai mais fazer porque entendeu que as pessoas, coisas ou situações te incomodam porque te remetem ou te lembram, mesmo que inconscientemente, de que sente dor com a rejeição e o abandono. Na verdade, você não tem raiva dessas pessoas, certo?

— Certo.

— O que nós temos de fazer, agora, é trabalharmos os aspectos dessa dor, para que a rejeição e o abandono que sofreu não representem raiva.

— E por que a rejeição e o abandono representam raiva para mim? Por que sinto uma coisa muito ruim com isso? Tem explicação?

— O ajustamento, a harmonia consciencial de uma pessoa depende muito da sua bagagem de conhecimento, instrução, realidade em que vive, sabedoria a respeito da vida e outros fatores. Agora mesmo me disse que a agressão a colegas é algo que não vai mais acontecer. Você chegou a essa conclusão quando ganhou conhecimento, entendimento, instrução e adquiriu sabedoria para perceber que seu colega não tem nada a ver com a sua dor e que causando dor a ele, não aliviará a sua. Você teve a capacidade de enfrentamento e fez buscas para descobrir tudo isso, por meio da psicoterapia, religiosidade, autoconhecimento, etc... Vamos dizer que não é fácil assumir que estamos errados e, principalmente, revertermos e mudarmos atitudes que não resolvem, que causam prejuízo de qualquer forma a si ou aos outros. É para isso que a psicoterapia serve. E cada caso é um caso. Mas... Deixe-me seguir para responder à sua pergunta. Para uma pessoa adotada, seja criança, adolescente ou adulto, é muito comum querer saber sua origem, quem foram seus pais biológicos, por que foi abandonado... Se a pessoa se preocupou demais com isso, sempre terá problemas de ajustamento, adaptação à nova família. Ao mesmo tempo que, em muitos casos, ela não se sente pertencente à família que a adotou por falta de consanguinidade. No caso de famílias com mais recursos morais, famílias espiritualizadas, unidas, que buscam resolver situações com sabedoria e positividade, o adotado, geralmente, oferece mais foco no aqui e agora e no seu futuro, nem tanto no passado, na rejeição e no abandono feitos pelos pais biológicos. Ele aprende perdão, aceitação e considera mais importante o que está por vir do que o que já aconteceu. No caso de famílias sem recursos morais, sem espiritualização, sem princípios, sem valores, sem união, sem positividade, tóxicas, independentemente de fatores financeiros, o adotado, geralmente, foca tão somente na rejeição e no abandono que sofreu. Fica acreditando ou imaginando que se vivesse com os pais biológicos ou fosse adotado por outro tipo de família, sua vida seria melhor e diferente. Em casos assim, muitos buscam alívio para suas dores nos vícios: álcool, drogas, jogos, sexo, etc... Pode se tornar pessoa bem irresponsável, sem comprometimento com nada nem ninguém, agressiva, egoísta, narcisista... A pilastra mestra dos desajustes, das dores e contrariedade de pessoas adotadas é em função de dois aspectos: rejeição e abandono. A não compreensão ou aceitação desses dois fatores acarretam revolta, justamente por não saberem o motivo que levou seus pais biológicos a abrirem mão delas. Entre os adotados que são abandonados com uma carta, bilhete, peças como correntinhas ou medalhinhas é comum aceitarem a rejeição e o abandono com mais facilidade, em alguns casos. Eles compreendem que sua mãe ou pai deixou algo de si para eles ou quis que levassem algo para o decorrer de suas vidas. Acredita-se na possibilidade de reencontrá-los. Cartas ou bilhetes confortam, quando explicam a razão de suas dores, dificuldades ou desespero ao abandoná-los, pedindo que alguém cuide deles.

Se o adotado sentir que, na família que o adotou, existem indícios de rejeição ou arrependimento por tê-lo adotado, pode-se criar, ainda mais forte, uma sensação de insegurança e instabilidade — concluiu a psicóloga.

— Não é o meu caso. Não sinto que meus pais me rejeitam ou estão arrependidos — afirmou Matias, bem convicto.

A mulher sorriu e continuou:

— Situações onde o adotado sente alguma rejeição da família, os vínculos familiares são difíceis. Agora, vou responder às suas perguntas. Por que a rejeição e o abandono representam, ainda, tanta raiva em você? Por que sente algo ruim com isso? — Breve pausa e respondeu com imensa tranquilidade: — Porque, à medida que vai crescendo, o adotado pode ter dificuldades em lidar com situações e circunstâncias das quais desconfia, das quais sente ou passa por sua ideia a possibilidade de ser rejeitado ou abandonado novamente. Inconscientemente, cria-se o medo de ser rejeitado, posto de lado como foi quando nasceu. Desperta nele grande tristeza,

que pode se transformar em estado depressivo ou de ansiedade, com raiva extrema, explosões de sentimentos negativos, crise de pânico, etc. Qualquer situação considerada de risco o abala. Ele não suporta a ideia de ser abandonado pela nova família, por amigos, colocado de lado pelos colegas da escola ou do trabalho. Sempre desconfia de que está sendo traído, de que será o escolhido para demissão. Muitas vezes, isso o faz se manifestar com arrogância ou agressividade nas palavras e atitudes, podendo, inclusive, desenvolver transtorno de personalidade narcisista. Quando não, apresenta características do outro extremo, que é a submissão, aceitando humilhações, inferioridades, relacionamentos abusivos, podendo desenvolver transtorno de personalidade limítrofe, mais conhecida como *Borderline*, que é a sensação de instabilidade emocional, insegurança, inutilidade, impulsividade, prejuízo nas relações sociais a todo instante, além de ser sentimentalmente intensa e dependente, medo, paranoia, etc...
— Um instante e continuou: — O primeiro, a maioria, tende para o lado de querer parecer melhor que os demais, deseja sobressair sempre e fala muito de si, podendo menosprezar os demais a sua volta. O segundo, tende a ser extremamente submisso e aceitar qualquer posição inferior como eu disse. De qualquer forma, os dois têm incrível, imensa dificuldade em situações que podem terminar em ruptura como: namoro, casamento, amizade, demissão... Inconscientemente, acreditam que podem ser abandonados, novamente, e não têm visão do futuro, não têm esperança ou perspectiva de uma vida melhor e diferente daquela que tem ou tinha. Têm medo de recomeçar. Vivem com medo, podendo manifestar esse sentimento com raiva, manipulações para obterem lucros, então, expressam excessiva submissão, aceitando qualquer coisa para não serem rejeitados ou abandonados de novo. — Fez breve pausa e o observou. Depois, continuou: — Por isso, você sente raiva quando, direta ou indiretamente, consciente ou inconscientemente, o assunto é adoção. Adoção é um gatilho que te remete à rejeição ou ao abandono. Você não tem raiva dos seus pais adotivos. Você não tem raiva do mundo

ou das pessoas. Tem medo. E, no seu caso, sua agressividade com seus colegas é porque eles representam o que não tem e desejaria. Sua agressividade com seus pais, não querendo conversar, distanciando-se e respondendo mal para eles é para não se apegar e não se apegar para não se decepcionar, porque tem medo de sofrer, porque acredita que, ainda, pode ser rejeitado e abandonado por eles. À medida que tiver mais confiança em si mesmo, esse medo vai passar, essa dor vai aliviar. — Viu-o muito atento e disse: — Matias, esse sentimento, essa dificuldade com a rejeição e com o abandono não é somente de filhos adotivos não. Não é uma insegurança somente dos que foram abandonados em orfanatos e nunca tiveram nem mesmo pais adotivos. Essa dor imensa e essa tristeza indefinidas também são experimentadas por filhos consanguíneos, que todos os dias vivem sob o mesmo teto que seus pais, quando eles são ausentes, narcisistas, arrogantes, egoístas, insensíveis, depressivos, tóxicos, transtornados ou frustrados, agressivos de modo físico, moral ou espiritual. Milhares e milhares de filhos são rejeitados e abandonados por seus pais consanguíneos, mesmo vivendo sob o mesmo teto, diariamente, e independente do nível social, do grau de escolarização, cultura... Às vezes, é só o pai, também pode ser só a mãe. Terrível quando são os dois. Esses filhos não têm atenção ou carinho, conforto, segurança, explicações de o porquê de seus pais serem assim. Alguns são pais mecânicos, automáticos por conta da obrigatoriedade, rudes ao se apresentarem com feições que agridem e geram medo ou desprezo, perversos com castigos e agressões, grosseiros com palavras e gestos. Existem várias formas e tipos de torturas psicológicas que muitos não imaginam. Uma delas é a comparação. Comparar o filho a outra criança ou adolescente é uma agressão sem precedentes. Além disso, famílias sem religiosidade, sem espiritualização, sem recursos morais, sem princípios, sem educação, sem união, sem harmonia e respeito entre si é a causa de muito desequilíbrio e tristeza indefinidos. Existem muitos filhos inseguros, doentes emocionalmente, com raiva reprimida, conflitos imensos, dúvidas e que nem sabem o porquê e demonstram com rebeldia. Às vezes, alguns deles, se manifestam agredindo o próprio corpo, o próprio visual, unindo-se a outros jovens problemáticos, aderindo às causas desnecessárias, sem fundamentos e improdutivas para chamarem a atenção como um grito de socorro. Cada caso é um caso. Você consegue entender?

— Consigo. Entendi sim.

— Mesmo você entendendo, é necessário voltarmos a esse assunto outras vezes e isso vai acontecer naturalmente, sem forçarmos ou quando quiser. O importante, Matias, é compreendermos e aceitarmos que nascemos para evoluir. Entender que tudo o que nos acontece é para mudarmos a nós e não ao mundo. Entender isso é ter inteligência emocional. Quando temos um problema, nós o atraímos por diversos meios e isso não importa. O importante é que existe um caminho para a solução e essa solução só depende de nós e de mais ninguém. Precisamos tomar muito cuidado quando vivemos em um meio, em uma sociedade, em um grupo ou quando encontramos um profissional na área da saúde mental que quer nos fortalecer como vítimas. Cuidado.

— Nos fortalecer como vítimas? Como assim? — quis saber o jovem.

— Nos dias atuais, com a melhor das intenções, encontramos pessoas, grupos, sociedades ou profissionais que querem ajudar a nos libertar das dores e não nos fazer crescer por meio delas. Percebemos muito isso hoje em dia. Necessitamos ficar atentos. Se uma dor emocional, psicológica é percebida, dentro de certas abordagens e terapias, ou pela visão de alguns amigos e conhecidos, alguns querem te libertar da dor e não fazer com que você cresça por meio dela. Sem maldade, o objetivo dessas pessoas é te confortar, te livrar da dor e não te ver crescer. Isso nem é culpa da pessoa, ela não o faz por mal. É um problema de sua visão limitada e incompleta perante a vida. Como eu já te disse: tudo o que nos acontece é porque atraímos por diversos meios. O objetivo de uma dor, na nossa existência, é o nosso crescimento. Piedade, conforto, acomodação não fazem ninguém evoluir. Muitas vezes, as pessoas acreditam que transferindo a responsabilidade de um problema, de uma dor para uma outra pessoa ou fator externo, haverá a diminuição do peso ou um alívio, mas isso tira qualquer possibilidade de reação, de ação e de mudança que ela poderia ter ao enfrentar esse problema ou essa dor. Tem gente que, quando acha um responsável por seus problemas, acomoda-se e só fica apontando de quem é a culpa por ele estar naquele estado, naquela condição, naquela situação. O mundo é responsável por sua infelicidade, infortúnio e tristeza e ele uma pobre vítima de Deus ou da sociedade. Acha que quem tem de mudar é o mundo e não ele. Isso é errado. Por exemplo, se eu achar que minha irmã é a culpada por algum problema que eu tenha, por alguma dificuldade, por alguma dor, eu aponto para ela e digo que minha vida é uma droga por culpa dela e é ela quem tem de mudar. Não! Quem deve mudar sou eu! — enfatizou. — Imagine se minha irmã rasga meu caderno da escola. Vou sentar e chorar, ficar apontando para minha irmã e dizer: coitada de mim, foi ela quem rasgou o meu caderno da escola... — arremedou com voz engraçada. — Posso até fazer isso no primeiro momento, mas precisarei ter um enfrentamento e alguma reação positiva para mim e por mim. Devo tomar uma providência. A primeira, é levar o caso até minha mãe. A segunda, é dar um jeito de recuperar o prejuízo porque a escola e a professora não têm nada a ver com minhas dificuldades e meus problemas. Espero que nossa mãe tome uma providência, mas, independente disso, devo tomar precauções para que minha irmã não tenha mais acesso aos meus materiais importantes. A experiência me mostrou que não devo confiar, totalmente, nela e devo me alertar para esse tipo de atitude dela e dos outros. O que não devo fazer é sentar e reclamar que minha irmã rasgou meu caderno e ficar dando uma de coitada, sem tomar atitude alguma. Preciso ter um posicionamento. Achar um culpado e me acomodar não é uma opção saudável.

— No meu caso, você está querendo dizer que não devo ficar só olhando para a rejeição e abandono que sofri?

— Exatamente. Olhar a causa da sua dor, sem fazer nada, não vai te fazer crescer. Ficar preso no passado, analisando sua condição, imaginando que poderia ser diferente, não vai ajudar nem mudar nada. Quando descobrimos o que causou uma dor, uma dificuldade, um problema e não nos esforçamos para mudarmos, não nos esforçamos para crescermos, tornamos essa descoberta um comodismo ao vitimismo. Algo do tipo: já encontrei o culpado, agora, me acomodo. Sou vítima, sou um coitado, pronto, acabou e as pessoas têm de me aceitar como sou: um submisso e dependente emocional ou um zangado, mal-humorado e agressivo com palavras e ações.

— No meu caso, o comodismo e o vitimismo está em dizer: fui rejeitado e abandonado, a culpa por eu ter uma explosão de raiva é pela rejeição e abandono que meus pais biológicos fizeram. Não preciso mudar nada. Sou vítima. Vou continuar assim, porque a culpa não é minha e o mundo tem de me aceitar do jeito que eu sou. É isso?

— Que magnífico! Você entendeu perfeitamente! — Alegrou-se Valéria. — Isso serve para tudo. O nosso crescimento moral, a nossa evolução espiritual está no esforço de mudar, de conter as explosões de raiva até que a mesma situação que nos deixou com raiva, não seja mais uma razão para ter raiva. Essa conquista só se consegue com treino. — Breve pausa e explicou: — Todos nós temos problemas e dificuldades, todos! Sem exceção! — enfatizou. — Estamos vivendo neste planeta para crescermos, evoluirmos, sermos melhores do que já somos. Despertar a vontade de crescer é voltar-se para o futuro, ocupar-se em ser melhor, mais tranquilo, bom e prudente com você. A rebeldia, a arrogância, o mau humor nunca trouxeram paz e conforto. Falar o que pensa de modo grosseiro, agredir com palavras ou ações, provocar, tentar ou prejudicar, incomodar os outros só traz amargura, cedo ou tarde. Outra coisa: crescimento e evolução, em todos os sentidos, não são voltados, nunca, para analisar o passado e o que aconteceu para te deixar mal. A descoberta da sua dor é importante, mas se focar nela, será a sua perdição. Não importa como nós encontramos um problema, não importa como conseguimos uma dor, o mais importante, o primordial é sairmos do problema, é crescermos por meio da dor e sabermos que se pode fazer isso é um alívio. Se e quando nós precisamos do porquê da dor, da causa do problema para sairmos da condição que tanto incomoda, Deus, o Universo, a Natureza, todas as forças do mundo vão trazer à tona a causa para isso ser trabalhado. E trabalhar isso é criar metas, objetivos e seguir. Sem dúvida, vai conseguir melhorar e ser feliz. Nunca se sentar e se sentir vítima, só falar do problema e da dor trouxeram melhoras e felicidade a alguém. É a sincronicidade. É a busca por soluções que nos deixa melhores. É a mudança de comportamento que nos faz ir à direção do crescimento, que nos faz sentir equilibrados, atrai o que é bom, útil e saudável para as nossas vidas. Esse é um conceito Junguiano. Quando nos empenhamos para mudarmos para melhor, para progredirmos e prosperarmos, a Natureza, Deus, tudo e todos vão se movimentar para trazer as ferramentas de que precisamos para que vençamos tudo o que quisermos.

— Entendi... — falou baixinho.

— Isso serve para tudo na vida, Matias. Se uma dificuldade, uma dor, um problema chegaram até nós, aconteceram em nossa vida, eles são nossos. Nós temos de resolvê-los de alguma forma, nem se for ignorando. Cada caso é um caso. Lógico que poderemos ter ajuda e a ajuda vai aparecer quando nós buscarmos outros objetivos bons, outros focos adequados à saúde física e mental equilibrada, outras tarefas úteis para nós e para o mundo, quando buscarmos crescimento pessoal e espiritual, ocupações e pensamentos saudáveis. Sentar, reclamar e esperar, querendo ficar confortável e recebendo consolo de um bando de gente passando a mão na nossa cabeça... Isso nunca vai trazer solução. Continue se achando vítima, continue sendo agressivo ou submisso, continue reclamando, sendo rebelde e agredindo as pessoas com comportamentos impróprios e continuará com sua dor, com seus problemas. Mude para melhor. A determinação, a vontade e a garra vão te tirar de sua dor, de seu problema. Não há substitutos para a força de vontade. É somente você quem poderá fazer as coisas por si mesmo. Quando se empenhar a ser melhor e fazer algo bom para si mesmo, não se preocupe, tenha fé, pois, no meio do caminho, vão aparecer ferramentas, oportunidades, pessoas dispostas e muito mais para te ajudar na jornada, sem que você procure por isso. Sempre atraímos o que buscamos. Só não atrai nada aquele que não busca, que fica parado ou empacado no passado, focado no que deveria ter acontecido, lamentando ter sido vítima, voltado para as dores e não se esforçando para mudar.

— Preciso focar nos meus estudos. Deixar de lado alguns amigos...

— Já está crescendo! Focando em futuro próspero. — Um instante e lembrou: — Os amigos, os colegas do momento são só companheiros de jornada. Eles mudam, outros aparecem conforme as nossas necessidades.

— Entendi...

— Bem... Nossa sessão terminou, por hoje. Pense em tudo o que conversamos — sorriu.

— Obrigado, Valéria. Nossa conversa foi muito boa.

— Até semana que vem!

— Até.

Matias teria muito para refletir.

CAPÍTULO 6
A cruz do orfanato

Naquele dia o sol não brilhava. Embora nublado, estava quente, sem vento e abafado.

No quintal de casa, Matias mexia nas engrenagens de sua bicicleta e, a certa distância, Babete o observava.

A garota parecia interessada e esperançosa de que o jovem a convidasse para dar uma volta e ele sabia disso.

Após lubrificar as correntes, quase murmurando, disse:

— Pede para a tua mãe te deixar dar uma volta de bicicleta na praia. Veja se ela deixa.

Babete entrou correndo e logo voltou com a resposta:

— Ela deixou, mas pediu para não irmos longe.

— Só vamos até a praia, ali, em frente. Monta, aqui, na garupa.

— Posso pedalar? — pediu animada.

— Na rua não. Na praia eu deixo.

— Tá bom — contentou-se.

Após se acomodar na garupa da velha bicicleta, segurou a cintura de Matias e se foram. Aquilo a encantou. Ficou extremamente feliz.

Na praia, conforme prometido, o jovem a deixou pedalar sozinha pela areia, orientando para que não fosse longe. Não gostaria de perdê-la de vista. Enquanto isso, ficou sentado, olhando-a ir de um lado para outro, pensativo ainda sobre o que havia conversado com Valéria na sessão de psicoterapia.

Compreendeu que precisava mudar para não continuar com aquela dor. Estava decidido a se esforçar. Sabia que, para livrar-se do sofrimento e de tudo o que não gostaria de ser e ter, necessitaria mudar de atitudes, pois, ser como sempre foi nunca solucionou nada nem teve alívio para o desconforto emocional que sentia. Seria como se autoeducar. Achou bom ter os pais que tinha. Eles eram compreensivos, firmes quando necessário... Talvez sua vida fosse diferente em companhia de outras pessoas. Gostava das orientações da psicóloga e percebia o próprio progresso, mesmo que lento.

A praia estava quase deserta e sem movimento. Naquele dia, poucos faziam caminhada e quase nenhum banhista estava na água.

Muito tempo depois, Babete chegou até ele, ofereceu a bicicleta e perguntou:

— Você não quer andar? — sorriu lindamente, deixando as covinhas aparecerem no seu rosto.

— Não... — ele retribuiu o sorriso e observou que a menina não era egoísta. — Anda aí, você.

— Tem certeza?

— Tenho. Aproveita que está na praia. Não é sempre que pode vir aqui. Anda aí.

— No que você está pensando? — indagou de repente, talvez por vê-lo pensativo demais.

Matias franziu a testa e ficou reflexivo. O que uma menina daquela idade entenderia sobre dúvidas, inseguranças e anseios? No momento seguinte, achou graça e sorriu ao responder:

— Nada. Não estou pensando em nada.

— Está sim... — achou graça.

— Você lê pensamentos, por acaso?

— Não exatamente. Mas... Sabe... Uma de suas avós, a que está morta, ela é a mãe do seu pai. Ela está me dizendo que sua mãe de verdade merece piedade e perdão. Não fique com raiva dela.

— Do que você está falando?! — ficou sério, quase irritado.

— Sua mãe verdadeira já morreu e tá aí do seu lado, chorando muito. Ela está meio confusa. Não consegue ver sua avó, que também está aí, oh! — apontou.

— Você não sabe do que está falando! Vamos embora!

— Sei sim! — quase gritou. — Sua mãe de verdade chora porque deixou você e fugiu! Ela achou que foi a melhor coisa que fez, mas depois se arrependeu. Na verdade, ela fez a melhor coisa, nem imagina. Quando você fica revoltado, porque não conheceu sua mãe, é porque ela entra em desespero e aí você sente raiva e nem sabe a razão.

— Quem te disse isso?!

— Ela, oh! — apontou para onde não havia ninguém.

— Você é boba! — enervou-se.

— Não sou! Está confuso porque sua mãe o abandonou e você nunca lhe perdoou por isso. Ela fica desesperada e você com raiva. Acha que sua vida seria diferente com ela? Seria nada! Seria uma porcaria imeeensa! — gesticulou abrindo os braços para demonstrar grandeza. — Você ainda vai descobrir isso.

— Deixa de ser idiota! Vamos embora! — Levantou-se, tomou a bicicleta das mãos da menina e foi caminhando rumo à calçada.

Babete o seguiu a pé, mas dizia:

— Eu deveria ter ficado quieta. Mas precisava saber. Ela se arrependeu de ter abandonado você. Garante que sua vida é bem melhor com seus pais. Ela era cheia de vícios.

— Cale a boca! — parou e a encarou. — Fica calada. Entendeu? Pare de mentir! Deve ter escutado sua mãe conversando com a minha e agora...

— Não estou mentindo! Ela colocou você em uma caixa e abandonou no hospital. Queria que uma enfermeira ou médico o adotasse.

— E o que mais? — parou e a encarou. — Você não sabe de mais nada! Só está repetindo coisas que ouviu.

— Não! Não estou! E posso provar! Quando você era pequeno, lá no orfanato, entrou na igreja e olhou para Jesus na cruz e falou assim: "Olha aqui, cara, só vou acreditar em você se eu for adotado logo. Todos meus colegas já foram, só restou eu!" Aí, você puxou a toalha do altar e deixou tudo cair no chão. O vaso com água, as flores e outras coisas. E ainda falou de novo, olhando para Jesus: "Tô com raiva mesmo! Me prova que você existe!" E saiu correndo. Depois de uns dias, a tia Otília apareceu lá. Hoje, quando lembra isso, acha que foi coincidência, mas, fica em dúvida depois. Você é inseguro — expressou-se em tom engraçado, parecendo reprová-lo. Mas, foi Jesus fazendo com que acreditasse Nele. E é só por isso que ainda acredita um pouco. Acha que o mundo é culpado pelo que passou. Que sua mãe verdadeira deveria ter recebido ajuda do seu pai, da família... fica perdendo tempo imaginando um monte de coisa que poderia ser. Vai se decepcionar no dia em que descobrir tudo sobre ela e a família.

Os olhos de Matias cresceram. Sobre ter puxado a toalha do altar e dito aquilo frente à cruz no orfanato, nunca havia contado para ninguém. Nem nas sessões de psicoterapias. Após encarar Babete por alguns segundos, viu-a firme em postura e convicção sobre o que falava. Havia certa autoridade naquela menina, que não sabia explicar.

Começaram a sentir a garoa fina que se iniciou repentinamente.

Sem dizer nada, com atitude mais tranquila, ele se virou e continuou andando e empurrando a bicicleta, seguido pela garota.

O silêncio foi total até chegarem à casa.

Ao vê-los molhados, Otília comentou alegremente sem saber o que tinha acontecido:

— Estava preocupada com vocês! — sorriu. — Pensei que começariam a encolher e diminuir de tamanho — brincou. — Estão encharcados!

O filho esboçou um sorriso forçado e foi guardar a bicicleta, enquanto Babete correu para o banheiro para tirar as roupas molhadas.

A mulher sentiu algo estranho no ar, mas aquele não era o momento de perguntar.

Poucos dias se passaram.

Matias se mantinha distante e bem quieto. Quase não conversava ou interagia com ninguém, bem diferente de sua irmã. Lana sempre encontrava uma forma de brincar e se socializar. A mãe percebia a quietude do jovem, mas não dizia nada.

Na sessão de psicoterapia, o jovem contou o ocorrido.

— Então ela falou isso! Ninguém! Ninguém sabia disso! Nem você! — ressaltou. — Acredita em uma coisa dessas?

— Pelo que já conversamos, você é do tipo de pessoa que tem ótima memória. Lembra-se desse ocorrido com muita nitidez de detalhes.

— Lembro sim. E lembro muito bem. Foi um dia diferente em que quebrei uma coisa, puxando a toalha do altar... Não me senti bem por ter feito aquilo. No orfanato, eu fazia isso sem que ninguém visse ou desconfiasse. Mas a Babete soube, de alguma forma, ela soube! — falou impressionado. — Você acredita nisso?

— Nisso, o quê?

— Acredita que ela pode adivinhar, ou melhor, saber de coisas que aconteceram e que ninguém mais sabe?

— Sim. Acredito em mediunidade. É um dom, de maior ou menor grau, mas comum em algumas pessoas, mesmo crianças. Essa capacidade, muito divulgada e estudada por espíritas e alguns espiritualistas do mundo todo, também foi estudo de Jung. Carl Gustav Jung foi psiquiatra e psicoterapeuta suíço que fundamentou a Psicologia Analítica. A mediunidade já foi descrita na maioria das civilizações no mundo todo desde antes de Cristo. Sempre causa grande impressão nas pessoas. Embora seja um tema pouco estudado nos últimos anos, mediunidade já foi objeto de grande investigação e estudo por fundadores da moderna Psicologia e Psiquiatria. Todo o material de grandes estudiosos como de Jung, Myers, Janet e Freud, sobre mediunidade, já foi revisado, com destaques importantes. Enquanto Freud e Janet associam a mediunidade com a psicopatologia, Jung e James acreditam na possibilidade não patológica e de origem no inconsciente pessoal, sem tirar a possibilidade da real atuação de um espírito desencarnado. Myers diz que a mediunidade é um desenvolvimento superior da personalidade e tem como causa um entrelaçamento, uma ligação entre o inconsciente da pessoa, a telepatia e a ação, ou melhor, a influência de espíritos desencarnados. Os livros da Codificação Espírita explicam isso com muita clareza. Devemos admitir que explicam melhor do que esses nomes acima — deu uma risadinha.

— Existem psicólogos e psicanalistas que não acreditam na mediunidade.

— Falam isso por falta de estudo e informação. Até mesmo o *CID 10 — Código Internacional de Doenças* — reconhece a existência da mediunidade. O item F 44.3 aponta: "Estado de transe e Possessão." Configurando como diagnóstico médico e qualificando o transe patológico, só quando a mediunidade é vista como doença, ou seja, o indivíduo não tem controle sobre esse fenômeno, ocorrendo de forma involuntária, em qualquer lugar e de forma não desejada. É a Medicina oficial se abrindo para a questão da mediunidade. Simples assim. Não existe motivo para negar a existência, deve-se procurar estudo e informação.

— É que existem psicólogos, psicanalistas e até psiquiatras que não acreditam nisso e outros não creem nem em Deus. Já encontrei profissionais assim, quando minha mãe procurava um psicólogo para me atender. Lembro-me da minha mãe dizer: "se não acredita em Deus, não vai acreditar na gente. Vamos procurar outro" — achou graça.

— Lamento por eles. São pessoas com limitações e que não buscaram estudos sérios a respeito. São pessoas ou profissionais materialistas ou de fé cega. No último caso, em virtude de suas próprias crenças religiosas.

— Por que as pessoas são materialistas? — interessou-se Matias.

— Muito provavelmente, porque é cômodo viver o presente sem a preocupação de ter de assumir as responsabilidades de tudo o que se faz. Alguns cometem equívocos, fazem o que não devem com outras pessoas e aí não aceitam serem responsáveis para terem de harmonizar o que desarmonizaram. Não aceitam a Lei de Causa e Efeito. Mas, quando a conta chega e precisam experimentar a dor, o amargor que, um dia, proporcionaram, acham que é puro azar, que é vítima do mundo e culpa dos outros. Acreditam que o mundo tem a obrigação de ajudá-los. Geralmente, acham-se vitimistas, reclamam do quanto a vida foi cruel, do quanto outras pessoas foram más com eles...

— Eu sou uma pessoa que se vitimiza? Que acha que o mundo e as pessoas foram cruéis comigo?

— Você se vê assim?

— Não sei. Gostaria que você me dissesse — fitou-a longamente e sorriu.

— Eu não diria que você se vitimiza. Creio que fica contrariado por não encontrar respostas.

— Respostas como o porquê que a mulher que me teve, me abandonou, né?

— Lógico, Matias. Creio que isso está evidente. E essa curiosidade é normal. Foi sobre o que mais falamos nas últimas sessões, não foi?

— Foi... Só acredito no que a Babete disse porque mencionou o orfanato e coisas que ninguém sabia... Mas, por que será que essa mulher, que foi minha mãe biológica, está ao meu lado como espírito? Por que me rejeitou e me abandonou?

— Matias, vamos crer que sua mãe biológica, aquela que te deu à luz, esteja morta. Nesse caso, é bem possível que você nunca saiba a razão de ela não ter ficado com você. Jamais vai saber quais circunstâncias a levaram a te rejeitar e abandonar. Se eu puder falar como profissional, diria que a grande maioria de mães que desistem de ficar com seus filhos se arrependem. Elas o fazem, não pelo egoísmo de quererem ficar sozinhas, mas, muitas vezes, pelo desespero de estarem sozinhas. Uma mãe abandona seu filho por medo do presente e do futuro, pela aflição em não poder oferecer nada: nem casa, nem abrigo, nem condições para que tenha boa saúde, boa escolaridade, vida confortável... Sem esperança de ter apoio por parte do pai da criança, por parte da sua própria família, ela perde a fé. A ânsia e a angústia tomam conta do seu ser, o desespero é tão grande que a aflição sequestra seus pensamentos coordenados e raciocínio lógico. Ela fica confusa. Medo, pavor, pânico é o que, geralmente, a definem. Em sua mente, muito provavelmente, não existe o desejo de se livrar do filho no sentido de que ele não deveria existir e precisa estar morto. Se ela o quisesse morto, teria abortado. Quando essa mãe, desesperada, abandona seu filho, é com a esperança de que alguém, melhor do que ela, de alguma forma, cuide muito bem dele. Sua mãe o deixou dentro de uma caixa, agasalhado com panos, nos fundos do hospital. Uma maternidade. O desejo dela, o sonho dela, era que você fosse encontrado, pois o deixou em lugar visível, pelo que contaram. Ela queria que fosse cuidado por um profissional da saúde, por isso procurou um hospital. Alguém mais responsável do que ela. Sua mãe não tinha nada contra você, tanto que o deixou nascer. Sofreu todas as dificuldades da gestação, as dores do parto e sabe-se lá mais o quê. Como eu disse, as mulheres que abandonam um filho, na maioria das vezes, não é por não o amar, é por amá-lo e acreditar que esse filho viveria melhor sem ela, sob os cuidados de outra pessoa. Porque não é fácil abrir mão de um filho.

— Ela está desencarnada, conforme a Babete disse. Está confusa e chorando ainda.

— Você é espírita. Crê em Deus, em Jesus, em reencarnação... Deve saber que os desencarnados recebem nossas vibrações, preces, pensamentos... O que acha de orar por ela?

— Orar por ela? — surpreendeu-se.

— Sim. Fazer uma prece, oferecer pensamentos bons e positivos. Como se conversasse com ela. Dentro da sua crença, da sua fé, dos seus princípios religiosos e filosóficos, pode, muito bem, conversar com ela, orar, desejar o bem...

— Por que me pede para fazer isso?

— Não estou pedindo — Valéria foi firme. — Perguntei o que você acha de orar por ela, dentro do seu alicerce moral e religioso, pois, sabendo que os espíritos recebem nossas vibrações, vai se sentir melhor se oferecer algo bom a ela.

— Entendi em parte...

— É assim, Matias, sempre nos sentimos bem, quando consolamos pessoas e fazemos o bem. Isso nos deixa melhores e aliviados. Pode experimentar. Prece não custa nada e faz bem ao coração de quem faz e de quem recebe. Pense nisso.

— Não sei o nome dela... — murmurou.

— Não precisa saber. Mas... Se isso o incomoda, dê um nome a ela. Quando sabemos dar um nome a algumas coisas ou a alguém, tudo fica mais claro. — Viu-o reflexivo por longos segundos. Tendo em vista o fim do horário da sessão, Valéria falou: — Bem... Nosso tempo acabou por hoje. Aguardo você na próxima semana.

— Obrigado. — Antes de sair, Matias sorriu e disse: — Obrigado mesmo, Valéria. Essas últimas sessões estão valendo muito a pena. Foram muito boas e me esclareceram bastante. Estou me sentindo muito leve.

— Que bom. Mas quero lembrar que essas últimas sessões só foram boas por causa das primeiras terem existido. Nem sempre os resultados são rápidos — sorriu. — A construção de uma casa com alicerce exposto, paredes de tijolos ainda à mostra e pela metade... Não significa muito, não tem nada de atrativo. Mas, com reboco, acabamento, pintura, mobília e decoração de bom gosto, é outra coisa! Todos admiram! Pessoas são assim. A pessoa precisa se construir ou se reconstruir. Fazer o acabamento, entendendo o que aconteceu com ela, reconstruindo-se com firmeza e descobrindo suas aptidões, suas fraquezas, seus dons e talentos. Decorando-se com alegria e descobrindo sua missão e importância no mundo. A psicoterapia, com profissional responsável, faz isso com as pessoas que se esforçam em melhorar e crescer. Sabe, Matias, não existe ser humano sem dor, sem problemas, sem dúvidas, sem inseguranças e conflitos. Não existe. O que existe são meios diferentes de fazerem pessoas saberem lidar com a dor, com os problemas, as dúvidas, inseguranças e os conflitos. Quando a pessoa descobre que o que lhe aconteceu foi em função de ela ser melhor, mais forte e equilibrada, ela perde o medo, vive com mais leveza, torna-se feliz, segura de si, independente do que esteja vivendo. Seus pensamentos e a forma de ver a vida mudam, seu jeito de lidar com a vida e com os outros mudam. Ela não dá mais importância ao que não precisa, nem olha para as coisas ou pessoas pequenas. Ninguém mais a maltrata porque ela não deixa ou ignora totalmente, então suas esperanças, vitórias e prosperidade só aumentam. Ela evolui e encontra a paz.

— Isso é possível?

— Sim. Posso garantir que é.

— Me dê dois exemplos de pessoas com dificuldades para evoluir e encontrar a paz — pediu.

— Dou até mais! As que só reclamam e não se esforçam para mudarem e serem melhores, superando os desafios. As que se vitimizam e culpam os outros por suas dificuldades. As que fazem fofocas, mentem, falam mal e encontram defeitos no que os outros realizam, vivem de intrigas, fazem provocações, procuram os defeitos alheios, querem viver a vida alheia, serem mais do que são, querem assemelharem-se aos outros e copiam até mesmo o trabalho intelectual ou os imitam assumindo a autoria... Vemos isso em muitas empresas e outras organizações. É gente com má formação de caráter. Essas pessoas não tem paz e não evoluem.

— Obrigado, Valéria. Até a próxima semana — saiu sorrindo.

— Até...

CAPÍTULO 7
Assombração

Ao retornar para casa, Matias estava só em seu quarto. Ainda pensava muito sobre o que havia conversado na psicoterapia. Fechando a porta, sentou-se na cama. Olhando pela janela, percebeu que começava a escurecer. Era quase noite.

Murmurando de forma inaudível, fez a oração do Pai Nosso e, no final, no mesmo volume e tom de voz, disse:

— Não sei o seu nome. Nem isso sei... Então... Acho que vou te arrumar um nome... Fátima. Tá bom, Fátima? Devo parecer bobo falando, mas... Vamos lá... Você que foi minha mãe e me deu à luz... Vou te chamar de Fátima. Acho que nunca gostei de você até... Até hoje. Não dá para mentir, sei que os espíritos sabem nossos pensamentos... Até hoje, nunca gostei de você, mas a Valéria, a psicóloga que estou indo... Quando ela falou sobre as dificuldades e o desespero que faz uma mulher abandonar um filho... Nunca tinha pensado nisso. Se tinha, não dei tanta importância. Mas, da forma como ela falou, mexeu comigo. Imagino que foi difícil para você, mas para mim também foi. Não fui adotado quando bebê e vivi no orfanato por mais de cinco anos. Passei poucas e boas lá. Apanhei muito. Ficava de castigo direto. Na maioria das vezes, o castigo era ficar sem comer por longo tempo. Quando não era o dia inteiro. Eu apanhava também dos moleques mais velhos e, assim que me tornei um moleque mais velho, batia nos menores. Sentia muita raiva e só agora entendi que essa raiva foi porque fui rejeitado, abandonado e tenho medo de que isso aconteça de novo. Encontrei pessoas que me quiseram. Esses meus pais são bons para mim. Minha mãe Otília é bem firme, durona quando precisa, mas a gente se dá bem. Ela sempre me explica o porquê de estar sendo durona comigo ou por não me deixar fazer o que quero. Fico com raiva por um momento, mas depois entendo que ela tem razão. Melhorei muito na escola, desde que comecei a entender o que a psicóloga, a Valéria, me explicava sobre a vida. Aquele outro psicólogo era um idiota. Ele falava mal do Espiritismo. O imbecil nem conhecia e falava mal do Kardec. Dizia que eu tinha de me libertar... Viver sem as amarras da religiosidade, sem dar muita atenção para meus pais. Dizia que a vida era minha, que era um absurdo dar satisfação aos pais... Mas, a vida só é minha mesmo, quando eu puder me sustentar sozinho e não depender de ninguém para nada. Mas, até aí... Sei lá... Tenho muito o que aprender com os mais velhos. Até os cinco anos, sempre fui livre de pai e mãe e olha no que deu. Um cara idiota, que brigava e batia nos outros, que quebrava as coisas dos outros, ficava caladão em casa com o propósito de fazer meus pais sofrerem. Como se eles pudessem adivinhar o que eu pensava e queria... Aí, minha mãe encontrou a psicóloga Valéria. Ela é muito legal. Está explicando melhor as coisas para mim. E quando entendo, dá um alívio. Sinto que quero fazer coisas boas e sei que posso fazer coisas boas, das quais tenha orgulho de mim mesmo. Aí, comecei compreender o que meus pais diziam e orientavam. Passei a me entender melhor com eles. Nunca tive muito problema com a Lana, minha irmã. Ela também é adotiva. As coisas estão mudando para mim. Estou indo melhor na escola. Tá que preciso melhorar as companhias... Mas deixei de andar com alguns caras encrenqueiros. Ainda não arrumei colegas legais... A Valéria disse que isso é questão de tempo. Acho que colegas melhores ainda não se sentem seguros de estarem comigo — riu sozinho. — Voltei para o grupo de estudo da Mocidade Espírita. Ao menos ali o pessoal é bacana. Outro dia, vieram aqui em casa. Jogamos vôlei na praia e também na quadra do centro espírita. Estou começando a me enturmar com eles. Aí, apareceu a Babete, essa menina que é filha da prima da minha mãe, sabe? É aquela ruivinha interessante e engraçada... Olhar para ela é diferente — riu de novo. — Ela invade a alma da gente com aqueles olhos verdes. É esquisito. Parece que a gente leva um choque — riu. — Então... a Babete disse que viu você, minha mãe verdadeira. Disse que estava chorando. Isso me deixou chateado, meio pra baixo... Fiquei com raiva de novo. Mas... Aí, acho que a raiva foi porque não entendia o seu lado, a razão de você ter me abandonado. Mas, conversando com a Valéria, ela falou de um jeito... Daí percebi que fiquei com pena. Se estava chorando, não deveria estar bem. Então ela sugeriu que eu orasse. — Longa pausa. — Estou explicando tudo isso para que entenda o que está acontecendo. Não precisa chorar nem se arrepender e ficar confusa. Já foi! Tá feito! Bola pra frente! — ressaltou. — Não dá pra mudar. Você deve ter tido um problemão bem sério para me abandonar no hospital. Hoje, tenho uma família bem legal. Fui bem acolhido, sou querido, bem cuidado. Estou estudando em uma escola legal. Penso em fazer faculdade... Então, Fátima, mãe que me teve, quero te dizer obrigado. Eu agradeço por me dar a vida. Você foi a porta para eu chegar neste mundo... Não sei o que tenho para aprender com isso tudo que experimento, mas sei que tenho algo para aprender, né? Então, olha... Não chora não, cara. Fica na paz. Ora pra Deus e pede ajuda para Ele. Se fizer isso, tenho certeza de que vai ser socorrida e amparada. Vai para um lugar legal e não fica vagando por aqui no meio dos encarnados, que não é o seu lugar. Reza, pedindo ajuda. Saber que você está triste, também me deixa triste e preocupado. Olha, deixa o passado quieto. Vamos orar... — Breve pausa e orou, conforme aprendeu na Doutrina Espírita, não oração pronta, mas com palavras que saíam do seu coração: — Deus, Pai da Vida, eu e a Fátima agradecemos a vida. É nela que temos a oportunidade de corrigir as falhas, de nos aperfeiçoarmos... Sabe, Deus, quero pedir muita luz para a Fátima, a mulher que me deu a oportunidade da vida e que, agora, está no mundo espiritual. Ela precisa de socorro em lugar apropriado e de paz. Muita paz. Na boa, eu vou ficar bem, ser um homem bom. Fui um idiota por muito tempo, mas estou me encontrando, entendendo a mim e aos outros. Deus, ajuda a Fátima a parar de sofrer. Peço que os espíritos mais elevados tomem conta dela e a ajudem a ir para uma colônia espiritual boa, para se sentir amparada, para que possa aprender e ficar plena, recomposta e esclarecida — ficou emocionado, deixando duas lágrimas rolarem em seu rosto. — Por favor, Deus. Ajuda a gente. Que assim seja — secou o rosto com as mãos. Terminou e ficou em silêncio por longos minutos.

Depois, respirou fundo, levantou-se e foi para a cozinha.

— Já vou servir o jantar, Matias — disse Otília. — Não vá sair.

— É cedo, mãe. São quase 7h da noite ainda. Só vou ali no portão.

Ela nada disse e o jovem se foi.

Chegando à frente da casa, viu Babete sentada em cima do muro, com as pernas balançando para o lado da rua. Pensou em voltar, mas, sem vê-lo, a menina indagou:

— Você está aí?

— Não. Fui. — Ela achou graça e se virou, olhando para ele e vendo-o sorrir.

— Desculpa pelo que falei na praia — disse a menina.

— Não tem importância. — Matias ficou em silêncio e ela também. Algum tempo depois, ele resolveu perguntar: — Foi somente lá na praia que viu a mulher chorando ao meu lado?

— Não. Ela vivia grudada em você, pra lá e pra cá. Se jogava no chão, chorava... Lá na praia, foi a primeira vez que vi sua avó, mãe do seu pai, que lamenta muito pelo que o filho se tornou.

Ele olhou para os lados, aproximou-se mais, debruçando no muro e ficando ao lado dela. Com tranquilidade, quis saber:

— Ainda a vê? Vê mais alguém comigo?

— Não é tudo o que vejo nem a toda hora. Às vezes, sinto ou posso saber como se eu enxergasse a cena dentro da minha cabeça. Tem momentos que não vejo nem sinto nada.

— Estudei sobre isso na casa espírita que frequentamos. Lá, tem um grupo de jovens da Mocidade Espírita, nós estudamos e conversamos muito a respeito desse e de outros assuntos. Isso o que você tem, sobre ver o que os outros não podem ver, é mediunidade. O médium não é adivinho. Ele só sabe o que a espiritualidade deixa saber, por isso que não é sempre que sabe de tudo. Só sabe o que seu mentor ou anjo da guarda diz.

— Eu gostaria de estudar essas coisas.

— Pede para sua mãe te levar a uma casa espírita séria, onde façam estudos da Doutrina. Que eu saiba, é o único lugar que se aprende sobre isso.

— Minha mãe não acredita em mim. Ela acha que é coisa da minha imaginação. Pensa que invento, minto... Não suporta saber que eu vejo gente que já morreu ou que saiba de alguma coisa que ninguém mais sabe — conversava sem olhar para ele, sempre voltada para a rua e balançando, suavemente, as pernas.

Às vezes, Matias tentava se curvar debruçado no muro, esforçando-se para ver seu rosto entre os cabelos longos soltos, mas a menina não se virava. Só olhava para frente.

Mesmo assim, curioso, ele indagou:

— Tem alguém ao meu lado agora?

— Não vejo... Mas sei que sua avó, a que foi mãe do seu pai, está aqui. E disse que o nome da sua mãe é Lilian. Mas o nome não importa. Sua oração foi ouvida e fez muito bem a ela, que rezou junto e se emocionou quando pediu ajuda e socorro. A Lilian sentiu que não tem mais raiva dela e entendeu. Aí viu a sua avó e outros, que a levaram para um lugar igual ao que pediu.

Matias sentiu-se gelar. Não sabia o que dizer. Ficou confuso e aliviado ao mesmo tempo. Certo grau de nervosismo o dominou. Embora fosse espírita e educado com os princípios dessa filosofia, não duvidou das palavras de Babete, porque seria impossível a menina saber tudo aquilo.

— Então... A Lilian está bem agora.

— Está.

— Como você vê esses espíritos? — interessou-se.

— Alguns, aparecem para mim igual a você. Outros tem uma imagem fraca, transparente e ainda tem aqueles que vejo na minha cabeça como se fosse uma lembrança.

— A pessoa que estiver junto de você nunca vê nada?

— Teve um dia que minha mãe viu, mas não quis acreditar nem assim. Ainda brigou comigo.

— Se você morasse aqui, a gente iria junto para a casa espírita — o jovem sorriu. — Aprenderia tanta coisa. Seria muito bom. Tiraria suas dúvidas, aprenderia coisas novas, educaria a mediunidade...

Babete voltou-se para ele. Ficou parada, olhando-o por um momento longo. Seu rosto alvo iluminou-se de modo diferente quando sorriu e deixou as covinhas aparecerem nas laterais da face. Seus olhos tinham um brilho forte e único, que invadiu a alma de Matias a ponto de inquietá-lo e fazer o jovem se remexer.

Nesse instante, ouviram a voz de Otília chamando-os para jantar. Olharam em direção de onde vinha o som, mas não se incomodaram em atender ou responder.

— Minha família é espírita. No espiritismo tem muitas explicações sobre tudo isso. Você deveria conhecer.

— A tia Otília me falou. Ela também disse para eu não contar sobre isso para todos.

— Também acho. Nem todos entendem. Alguns podem querer explorar esse dom, fazer perguntas descabidas, quererem respostas para coisas absurdas e sem necessidade ou problemas que eles próprios têm de resolver. Isso eu aprendi na casa espírita.

— Você acha que isso some quando a gente cresce? — Babete se preocupou em saber.

— Até onde sei, na maioria dos casos, sim. Some.

Novamente, Otília os chamou e, dessa vez, obedeceram.

Iraci e as filhas se arrumaram para irem embora e Otília estava triste. Gostou muito da companhia da prima e das meninas.

— Minha casa está aberta para vocês. Nem precisa avisar. Quando quiser, é só vir para cá. E enquanto não vierem, manda notícias. Como não tenho telefone, liga para a dona Álvara, aqui do lado, que ela me chama. Você a conheceu. É uma senhora muito bondosa. Pode ligar no comecinho da noite que, nesse horário, sempre estou em casa.

— Está bem. Vou ligar. Ficar aqui esses dias me fez um bem imenso — afirmou Iraci, parecendo satisfeita. — Você também sabe que minha casa é sua. É só irem! Você, o Cláudio, a Lana e o Matias sempre serão bem-vindos.

Olharam-se por um instante e se abraçaram demoradamente.

— Pensa com carinho naquilo que falei sobre a Babete — Otília pediu com jeitinho, mas percebeu a prima fechar o sorriso e silenciar. — Mesmo não acreditando... Dê uma lida no livro que te dei.

— Não posso garantir, Otília. Sabe o quanto sou sincera. Além disso, ao voltar, tenho tanta, mas tanta coisa para tomar conta e aprender e... Isso ainda me tomaria mais tempo.

A prima somente sorriu. Decidiu não dizer mais nada e respeitou, apesar de sentir o coração apertado e uma angústia indefinida sobre aquele assunto.

Foram para a rodoviária e se despediram definitivamente. Iraci e as filhas teriam longo caminho de volta para casa.

Após a viagem demorada, chegaram aonde moravam.

Sem perder tempo, Babete correu para a cozinha à procura de Efigênia, jogando-se em seus braços e dizendo:

— Que bom ver você, Fifi!!! Senti tanta saudade! — falou feliz.

— Eu tumbém tava com sardade d'ocê, menina! — abraçou-a e tentou levantá-la, mas não conseguiu. — Upa! Como ocê cresceu! Nem tô conseguindo suspendê a menina do chão. O passeio foi bão?

— Foi ótimo, Fifi! A tia Otília é muito legal. Passeamos muito. Fomos à praia todos os dias! Até enjoei! Andei de bicicleta na areia...

— Bom dia, Efigênia — a patroa cumprimentou.

— Bom dia, dona Iraci. Que bão que já tão de vorta! Senti farta d'ocês — torcia as mãos, trazendo os olhos marejados.

— Também sentimos a sua. Muito! — enfatizou.

— Bom dia, Fifi!

— Bom dia, Fifi!

Síria e Agnes cumprimentaram ao entrar correndo.

— Bom dia, meninas! É tão bom ver ocês! — abraçou-as com carinho.

Nesse momento, Babete foi para o quintal e elas continuaram conversando.

— Estou exausta, Efigênia. A viagem foi bem cansativa — Iraci comentou, depois de beber água.

— A Ozana já arrumô seu quarto e preparô a banheira pro seu banho. Num sei se a senhora vai querê durmi antes do armoço.

— Estou bem cansada mesmo. Acho que vou tomar um banho e descansar. Ainda tem algumas horas antes do almoço e... À tarde, quero conversar com o Heitor. Preciso ver se ele tem alguma novidade.

— Vô pedi pro Joel — referiu-se ao outro empregado — colocar a mala d'ocês direto na lavanderia.

— Sim. Pode lavar tudo. Talvez tenha alguma roupa limpa, mas... Veio na mesma mala que as sujas... Melhor lavar.

Quando a viu virar para sair, Efigênia avisou:

— Dona Iraci, o doutô Rogério — referiu-se ao médico veterinário — ligô quase todo dia nos úrtimos dia. Fico perguntando quando é que a senhora vortava. Falei que num sabia. Mas, ontem, foi a Ozana que atendeu. Eu tinha comentado com ela que a senhora já tava no caminho de casa dentro de um ônibus. Ai, ela atendeu e ele perguntô e ela falô que a senhora vortava hoje.

— Não tem problema. Certamente, aconteceu algo na fazenda e ele precisa da minha decisão — disse isso, virou-se e foi para o quarto.

No quintal, Babete já estava brincando com os dois cachorros havia algum tempo. Tinha sentido saudade dos animais de estimação.

Ao vê-la, Joel alegrou-se e disse:

— Sabia que a menina ia chegar hoje e dei banho neles. Por isso prendi os dois aqui no cercado para não rolarem na terra e se sujarem. Se passar muito a mão neles vai se encher de pelos — sorriu, observando a felicidade da garota.

— Bom dia, seu Joel! O senhor está bem?

— Ah... Estou sim. Fiquei com saudade de você — afirmou sorrindo, fazendo-lhe um carinho na cabeça.

— Eu também do senhor.

Os cachorros faziam festa, abanavam a cauda e se remexiam, soltando grunhidos de alegria por vê-la.

Modificando a voz, impostando-a de modo doce, Babete dizia:

— Senti tanta saudade de vocês dois... Ah... que gracinha... Meus cachorrinhos bonitinhos... coisinhas lindas... — afagava-os com ternura e os animais correspondiam com lambidas em suas mãos.

Eram dois cães sem raça definida. Grandes e fortes, de pelagem totalmente preta. Era difícil distingui-los de imediato pela grande semelhança. Mas Babete sabia quem era quem.

— Quando eles estiverem secos, vou soltar para brincar com você.

— Tá bom, seu Joel. Agora vou lá tomar banho. Estou cansada da viagem que foi loooonga demais.

— Então vai. Vai lá — incentivou-a sorrindo. Sentia que a menina trazia alegria para aquele lugar.

Babete virou as costas e correu, balançando de um lado para o outro, os cabelos ruivos, ondulados e compridos. Bonitos de se ver.

O homem contemplou-a por alguns instantes e voltou-se para outra tarefa.

Mas a garota não entrou na casa pela porta dos fundos, por onde havia saído. Deu a volta pelo largo corredor e foi para a frente da suntuosa residência, sem nem mesmo saber por que. Parou no jardim da frente, sob uma árvore bem frondosa e olhou para a casa que sempre emanava um encanto, como uma atração inexplicável por sua exuberância.

A maioria das janelas estavam abertas, permitindo o frescor e a luz da primavera adentrarem livremente em seu interior. Algumas cortinas brancas e longas esvoaçavam com leveza, dando um toque alegre com seus movimentos sobre as floreiras penduradas do lado de fora. Somente uma das vidraças estava fechada: a do escritório. E foi nela que Babete prendeu a sua atenção.

Através dos vidros lacrados, na lateral em seu interior, a janela exibia as cortinas mortas, estáticas. Bem no meio da vidraça transparente, Babete viu, nitidamente, a mulher que, muitas vezes, estava ali.

A menina não pensou em nada. Talvez nem tenha sentido medo. A passos lentos, aproximou-se e, à medida que chegava perto, mais nítida era a figura feminina.

Quando se encontrava cerca de um metro, onde havia uma floreira pendurada na janela, a menina parou. Foi nesse momento que pôde ver muito bem aquele rosto pálido e sem vida. Em torno das pálpebras e lábios havia um tom roxo. Os olhos verdes eram grandes, fundos e assustados. Mesmo estando atrás do vidro, deu para ver quando estendeu a mão em direção da menina e fez um movimento chamando-a, ao mesmo tempo, abrindo a boca como se quisesse falar.

Nesse instante, um grito chamou a atenção da garota, que olhou para o lado:

— Babete!!! Sai daí!!! Ficou doida?!!! Sai daí!!! — era Ozana, desesperada, correndo em sua direção.

Novamente, a menina olhou para a janela e a figura da mulher sumiu.

Ozana a alcançou, envolveu-a com um abraço e tirou-a dali, quase arrastando-a até a cozinha, onde, aos gritos, contou tudo para Efigênia.

— Crei Deus Pai Todo Poderoso! Nossa Senhora do Livramento foi quem me mandou lá! A assombração tava esticando o braço pra essa menina! Chamando ela!!! Eu vi!!! Eu vi a assombração!!!

— Carma, Ozana! Deixa de arruaça! — pediu Efigênia.

— Não fico mais nessa casa! Vou é embora daqui! Eu vi uma assombração! — Olhando para Babete, disse no mesmo tom eufórico: — Menina! Precisa fugir dessas coisas! Aquela assombração é tão perigosa que apareceu até de dia! Reza! Vai conversar e pedir bênção pro padre! Essa casa precisa de água benta e muita oração! Fico arrepiada!!! Olha meu braço! — mostrou. — Sabia que naquele escritório tinha coisa, mas nunca tinha visto!

— O que é toda essa gritaria?! — Iraci perguntou enérgica, chegando à cozinha.

Sem trégua, Ozana contou:

— Eu tinha visto a menina correndo pro jardim da frente. Fiquei feliz por ver que tinha chegado de viagem e fui cumprimentar. Aí, ela foi devagar na direção da janela. Então olhei e vi aquela assombração feia, pálida, esticando a mão e chamando a Babete! Aí eu gritei! Fui lá, peguei a menina e vim pra cá! Mas tô indo embora, dona Iraci! Pode fazer minhas contas! — exigiu, mostrando-se bem assustada.

— Se quer ir embora, farei suas contas! Mas, pare de fazer escândalo! E não venha com conversas idiotas sobre assombração! — enervou-se. — Vem, Babete! Vem comigo! — ficou irritada e exigiu.

Em seu quarto, a sós com a filha, ordenou:

— Pare com essas coisas!!! Estou cheia disso!

— Não fui eu que...
— Cale a boca!!! — determinou com um grito. — Viu o que você fez?! Perdemos uma empregada de confiança, que trabalha para a gente há mais de cinco anos! Tudo por causa das suas mentiras!
— Não fiz nada! Ela viu a mulher na janela do escritório, igual eu vi!
— Cale a boca, Babete!!! — berrou. — Você não viu nada! Pode ser um reflexo das cortinas no vidro! Você deve ter falado para ela! Aí, a desequilibrada da Ozana enxergou dizendo que viu coisa onde não havia nada! Pare com isso! Não me deixe louca! Não quero mais problemas!
— Mas, eu não falei nada para a Oza... — parou de falar quando levou um tapa no rosto e outro bem forte nas costas. Amedrontada, ficou quieta.
— Calada! Está de castigo para parar de mentir! Não vai almoçar hoje, entendeu?!
— Sim, senhora... — murmurou baixinho e chorando, secando o rosto com as mãos.
— Agora, já para o seu quarto!!! — berrou com toda a força de seus pulmões. — Não saia de lá até eu permitir!!!
Muito magoada e assustada, a filha obedeceu. Jogando-se sobre a cama, encolheu-se e chorou baixinho.

CAPÍTULO 8
O segredo de Iraci

Após almoçar, Iraci se arrumou e saiu. Não pareceu ter qualquer preocupação por ter deixado Babete sem comer, enquanto Síria e Agnes almoçaram e foram para o quintal.

Preocupada, logo após ver a patroa virar as costas, Efigênia preparou um lanche e foi até o quarto de Babete.

Bateu à porta e, sem esperar permissão, vagarosamente, entrou observando a garota de bruços. Com jeitinho, falou bem baixinho:

— Vim trazê um lanchinho pra menina.

Voltando-se para ela, a garota olhou-a por um momento, sentando-se em seguida.

— Tô de castigo, Fifi. Minha mãe falou que não é para eu almoçar hoje.

— Ela já saiu. As orde foi pra ocê num armoça. Mas eu truxe um lanche. Num é armoço — expressou-se com extrema bondade, natural de sua índole. — E outra coisa... Ela num precisa sabê, num é verdade?

Babete sorriu forçosamente. Um sorriso triste, mais de gratidão do que felicidade, mais para agradar-lhe do que para demonstrar satisfação própria. A menina respirou profundamente, tirou os cabelos do rosto e ficou pensativa. Depois, murmurou:

— Estou com tanta fome. Viajamos a noite toda...

— E não cumeu nadinha desde que chegô. Come esse lanchinho, come. Sei que gosta. O suco é de goiaba. Esse cacho de uva colhi agorinha no quintar dos fundo. Tá fresquinho — disse e colocou a bandeja sobre a escrivaninha.

Babete se levantou. Acomodou-se na cadeira e começou a comer bem devagar. Estava triste, magoada com sua mãe.

Após algum tempo, perguntou:

— A Ozana vai embora mesmo?

— Num sei não. Ozana faz muito barulho por pouca coisa. Serviço que paga bem tá difici. Na hora que ela pôr uma mão na consciência e a otra no borso, vai mudá de ideia.

— Eu não menti nem a Ozana. Aliás, Fifi, eu não disse nada. Igual a mim, a Ozana viu a mulher lá na janela. Não sei por que tenho de ficar de castigo.

— Dona Iraci tá nervosa, preocupada dimais. Otro dia, ela também viu arguém naquela janela.

— Viu?! — surpreendeu-se a menina.

— Num fale nada não. Mas, viu sim. Eu tava cum ela, mas num vi nadinha. Dispois ela correu pra dentro de casa e eu atrás. Olhamo o escritório todo e num tinha ninguém.

— Ela não me contou.

— Mas, Babete... Ocê num precisa falá tudo o que vê.

— A tia Otília disse a mesma coisa... Mas, é que, às vezes, não consigo ficar quieta e guardar pra mim.

— Antes de falá, pensa. Segura a língua trancada atrás dos dentes.

A garota riu mais descontraidamente e continuou comendo o lanche.

Ao vê-la terminar, Efigênia orientou:

— Nem precisa contá pra ninguém que ocê lanchô.

— Será nosso segredo! — falou bem animada agora.

A mulher pegou a bandeja, deu-lhe uma piscadinha e se retirou.

Longe de sua casa e também da fazenda, Iraci e o médico veterinário conversavam.

— Você não me disse que viajaria. Fiquei muito preocupado.
— Não deu... Não tivemos tempo de ficar a sós. Com o Heitor me seguindo feito uma sombra... O que poderia fazer?
— O tempo que ele se disponibilizou a te ajudar acabou. Agora seu cunhado cuidará da própria fazenda e de seus próprios negócios. Não tem de ficar metendo o bedelho nas suas coisas. Aliás... Podemos dizer que ele não é mais seu cunhado, não é mesmo? — Abraçou-a pelas costas, recostando seu rosto ao dela. — Estamos livres dele.
— Mas ninguém pode desconfiar. Você precisa se manter distante.
— Pode deixar, meu amor... — beijou-a na face e a soltou do abraço. — Com o tempo... Diremos que, por trabalharmos próximos, nós nos conhecemos melhor e nos apaixonamos. Tudo ficará bem mais fácil, pois as pessoas entenderão. Sei que é cedo demais revelar algo agora.
— Estou muito nervosa ainda.
— Relaxa... — Rogério sorriu. — Não há motivo para se estressar.
— Eu não esperava a morte do Dárcio. Quem diria... Tão novo, morrer em um acidente tão estúpido — Iraci pareceu lamentar verdadeiramente.
— São coisas da vida. Destino inexplicável... Só Deus mesmo para saber o que nos reserva. Não é mesmo? — tornou a sorrir com leveza.
— Cheguei a pensar... — ela titubeou. Não sabia se deveria falar.
— O quê? — olhou-a indefinidamente e ficou no aguardo.
— Um acidente como o dele, com um carro tão novo... Será que o Dárcio se matou? Será que descobriu sobre nós e foi capaz de tirar a própria vida?
— Impossível! — ressaltou. — Fui uma das últimas pessoas que o viu saindo da fazenda. Ele estava bem, muito animado com os negócios... Não via a hora de pegar o carro e ir para a indústria de ração, no interior de São Paulo. Um acidente como o dele... Despencou serra abaixo e sem ninguém ver...

Só pode ter dormido ao volante. Foi o destino e... Penso que estava escrito para nós dois ficarmos juntos, vivendo o nosso amor... — Breve instante e comentou: — Logo após a morte dele, fiquei preocupado por você ter se afastado de mim.

— É lógico que precisei me afastar. Não teria cabimento os outros nos verem juntos.

— Poderíamos ter nos encontrado aqui, como sempre.

Rogério ficou à sua frente, tirando-lhe uma mecha de cabelo do rosto, afagando-lhe em seguida. Iraci encolheu um ombro, vagarosamente, prendendo a mão dele em sua face. Ele a envolveu, demonstrando carinho ao acarinhar os cabelos.

— Como ficaremos? — ela quis saber, aparentando insegurança.

— Daremos um tempo, lógico. As pessoas da cidade, os funcionários da fazenda vão se acostumar a nos verem juntos. O mais importante para mim são suas filhas, principalmente, a Babete, por ser mais velha. Ela pode influenciar as outras. Não quero contrariar ninguém. Sabe que gosto muito dessas meninas.

— Babete era a mais apegada ao pai. Mas... É uma menina meiga. Vai aceitar.

— Estou torcendo para que sim. A única pessoa, no momento, que parece não me aceitar é o Bernardo.

— Por que insiste nisso? — Iraci respirou fundo, de modo enfadado.

— Quantos anos ele tem? Uns sessenta?

— Talvez. Não sei dizer.

Rogério suspirou, franziu a testa expressando preocupação e disse:

— Ele era o braço direito do Dárcio e penso que se sente dono das terras e dos negócios do patrão.

— Não sei direito o que fazer... O Bernardo sempre foi um administrador exemplar. O Dárcio gostava e confiava muito nele.

— Sei disso. Mas quem comandava, decidia e determinava era o Dárcio. Agora, o Bernardo acha que tem de ser ele a decidir tudo, por isso manda, exige e quer ser obedecido. Quando, na verdade, não entende nada, principalmente, de reprodutores — Rogério suspirou fundo, envergando a boca, balançando a cabeça negativamente.

— Já vi como ele se impõe. Até comigo. Porém... Penso em esperar até a abertura do testamento. Depois, vou pensar direito no que fazer.

— O Bernardo era muito bom no sentido de cumprir as ordens do Dárcio — insistiu no assunto para influenciá-la em alguma decisão futura. — Mas, agora, não quer obedecer a ninguém. Não sabe tomar decisões. O mundo dos negócios, nessa área, demanda esperteza e conhecimento. Duas coisas que ele não tem. — Iraci suspirou fundo, parecendo exausta. Indo até ela, ele massageou seus ombros com carinho, sorriu e ainda disse: — Não fique assim... Vou cuidar de tudo para você. Não se preocupe tanto.

Beijaram-se com paixão.

Ele a envolveu com carinhos e a levou para o quarto, deitando-a sobre a cama.

Amaram-se.

Algum tempo depois, estavam deitados e Rogério acendeu um cigarro. Ao seu lado, Iraci reclamou:

— Não bastassem as preocupações com a fazenda, tem a Babete...

— Ela ainda está inventando coisa?

— Mais do que você imagina.

— Não brigue com ela — Rogério pediu em tom bondoso.

— Já briguei. Ficou no quarto de castigo.

— Não faça isso. Tenha mais paciência — sorriu.

— A Babete está passando dos limites! — contou sobre o que aconteceu logo após ter chegado e sobre a empregada que pediu demissão.

— É coisa de criança, Iraci. Só quer chamar a atenção.

— Ela não é tão criança assim. Isso está me deixando louca. E se não passar? E se piorar e continuar dizendo que vê coisas?

— Desculpe... Vou falar algo que, talvez, desagrade a você — olhou-a longamente. — Se isso continuar e não tiver jeito, acredito que seja o caso de levá-la ao médico.

— Já pensei nisso... — ela se levantou e começou a se vestir. — Fico com medo de minha filha ser doente... Será mais um problema.

— Calma... Estarei ao seu lado e prometo ajudá-la. Juntos, passaremos por tudo o que for preciso. Pode contar comigo. — Levantou-se e também se vestiu. Abraçou-a com força, recostada em seu peito.

Conversaram por mais algum tempo, depois Rogério orientou:

— Está ficando tarde e logo vai escurecer. É melhor ir. Não fica bem uma mãe de família chegar à noite à sua casa.

— Não quero ir... Se eu pudesse ficar com você...

— Em breve, meu amor. Em breve...

Beijou-a demoradamente. Despediram-se e ela se foi.

Iraci não dava trégua para os seus pensamentos, enquanto retornava para casa. A distância a percorrer entre o sítio de Rogério até a cidade onde ela morava não era muita, mas a estrada de terra esburacada exigia pouca velocidade.

Ao entrar em casa, sentiu o cheiro do jantar que enchia o ar. Efigênia cozinhava muito bem e sabia variar.

Ao se encontrar com a empregada, perguntou:

— As meninas já tomaram banho?

— Já sim, dona Iraci. Cada uma tá lá no seu quartinho.

— Vou tomar um banho e logo jantar. Arrume a mesa e chame as minhas filhas.

— Sim, senhora — obedeceu sem questionar.

Iraci era uma mulher bonita, no auge dos seus trinta e quatro anos, mas parecia ter bem menos idade. Cabelos castanhos, ondulados e compridos eram usados, na maioria das vezes, presos pela metade e soltos na nuca. Alta e esguia, era elegante no andar e no vestir. Tinha uma pele viçosa, bem cuidada e lisa. Sobrancelhas bem delineadas, olhos castanhos grandes e expressivos. Sempre séria e de poucas palavras.

Não se envolvia em conversas com empregados ou conhecidos. Ela era um enigma para as pessoas. Não se sabia o que pensava ou iria decidir. Casou-se cedo e engravidou de imediato. Viver no campo não lhe agradava. Com o tempo, chegou a pensar em se separar e voltar para sua cidade natal. Porém, uma mulher emancipada e ainda com filhas pequenas, não seria bem vista por parentes, amigos e sociedade. Certamente, não ficaria com a guarda das filhas. Essa ideia lhe agradava, pois não conseguiria cuidar delas, não teria segurança financeira para isso. Para o marido, por ser rico e ter estabilidade, seria bem mais fácil. Muito provavelmente não teria direito, sequer, a uma pensão, porque tinha curso superior e era apta para trabalhar. Sua situação seria difícil. Nem saberia por onde começar.

Ao lado de Dárcio tudo era cômodo. Tinha dinheiro e conforto, além de um homem bom, que nunca lhe cobrava ou exigia nada.

Percebia-se que ele se orgulhava da esposa. Além de bonita, Iraci era culta, educada e elegante.

Mas nem tudo o que possuía foi suficiente para se sentir feliz e satisfeita. O marido era um homem muito ocupado e isso a incomodava. Quase nunca dispunha de tempo para ela. Chegavam a ficar dias sem se ver ou conversar, principalmente, quando Dárcio viajava a negócios.

Entediava-se com a monotonia do lugar, a simplicidade das pessoas, a vida parca e sem sociedade elitizada ou movimentada que sempre desejou para aquela fase da vida.

As pessoas singelas, a forma comum como falavam, o sotaque e trejeitos simplórios a incomodavam, embora nunca dissesse nada. Não apreciava nem mesmo o jeito do marido falar.

Desde que era pequena, Babete e as irmãs foram forçadas pela mãe a falarem como ela. Foi exigente demais quanto a isso. Castigava as filhas quando as ouvia se exprimirem com sotaque ou articularem de forma errada. Mas isso ninguém via.

Quando o novo veterinário chegou para trabalhar na fazenda, seus modos, vestimenta e maneira de falar chamaram a atenção de Iraci. Embora tivesse seus pais morando em um sítio em cidade vizinha, Rogério era oriundo da cidade de São Paulo. Possuía trejeitos, postura e sotaque como os dela, incomuns naquele lugar. Somente Iraci falava daquela forma. Eles passaram a conversar muito sobre locais que conheciam, escolas onde estudaram, restaurantes e quaisquer outras coisas sobre o local de origem. Havia muitas coisas semelhantes entre eles, o que fazia com que as conversas durassem horas.

Sem demora, Iraci passava mais tempo com Rogério do que com o próprio marido.

Em uma das vezes em que ela decidiu visitar os pais, na capital paulista, Rogério, que também precisava ir a São Paulo, propôs para que fossem juntos.

Babete, com um ano, ficou sob os cuidados da madrinha, para que a mãe viajasse tranquila.

Após visitar seus pais e o irmão, Iraci retornou para Minas Gerais também na companhia de Rogério.

Mas antes de voltar para Minas, o seu irmão, Adriano viu-os trocando carinhos ao adentrarem de carro em um motel.

Perplexo, o rapaz aguardou que o casal saísse do estabelecimento. Ficou à porta esperando e, simplesmente, apareceu, olhando-os firmemente.

Iraci, apavorada, tentou conversar com o irmão, mas ele somente a observou e ficou calado durante todo o tempo em que ela falou e tentou se justificar.

Aquela atitude foi pior do que qualquer repreenda ou briga que o irmão pudesse ter com ela. Não sabia o que ele pensava ou faria em seguida.

Voltando para o interior de Minas Gerais, a mulher viveu dias tenebrosos, remoendo pensamentos, temendo que Adriano dissesse algo sobre seu segredo. Apavorou-se mais ainda quando descobriu que estava grávida. Não sabia se era de seu marido ou de Rogério. Sem sossego, inventou ter recebido uma ligação de sua mãe, dizendo que o pai estava doente. Seria um motivo para voltar a São Paulo e tentar se explicar com o irmão.

Novamente, não houve conversa. Adriano só a olhava e não dizia nada. Por mais que justificasse e pedisse, implorando que falasse alguma coisa, o rapaz ficou mudo.

Retornando para sua casa, Iraci decidiu não mexer mais com esse assunto e aguardar. Não tinha o que fazer, já que o irmão não comentava nada nem interagia de modo algum.

Poucos meses após o nascimento de Síria, a segunda filha, o pai de Iraci faleceu. Dárcio estava viajando a negócios e não pôde acompanhá-la. Então, ela deixou as meninas com a cunhada e as empregadas para ir ao velório na capital paulista.

Ao recebê-la, Adriano detalhou sobre tudo o que ocorreu. Desde quando o senhor passou mal, seus dias internados e até o momento em que foi a óbito. Contou sobre o sofrimento da mãe e de sua saúde abalada por conta da angústia que vivia pelo estado do marido. Porém, em nenhum momento, tocou no assunto de tê-la visto em circunstâncias comprometedoras junto com Rogério. Todo o tempo ao lado do irmão, ela também não ousou dizer nada. Comentou que não foi ver o pai, enquanto doente, por estar grávida e não poder viajar com facilidade naquele estado.

Passados seis meses, a mãe de ambos também faleceu.

Novamente, os irmãos se encontraram e somente conversaram sobre a senhora.

Ainda temerosa, Iraci decidiu falar, em poucas palavras, para o marido e algumas pessoas mais próximas, que ela e Adriano haviam discutido por causa da herança, que era a casa deixada pelos pais. Disse que, por estar bem de vida, deixaria tudo para o irmão. Depois de manipular muito bem a situação, pediu segredo para essas pessoas, dizendo que não ficaria bem se esse assunto viesse à tona. Dessa forma, ela não precisaria vê-lo com frequência e os mais próximos não questionariam, entendendo a situação.

A estabilidade financeira de Dárcio nunca o fez querer que a esposa pedisse sua parte da herança. Ao contrário. Pensando que o cunhado precisasse continuar morando na casa dos pais, o marido incentivou Iraci a esquecer o assunto.

Assim foi feito.

Os anos foram passando, o assunto entre os irmãos nunca foi resolvido e o segredo de Iraci também nunca foi revelado.

Embora alguns tivessem estranhado o fato de Adriano não comparecer ao velório do cunhado, dando apoio à irmã, acreditaram que o problema sobre a divisão dos bens ainda era pertinente. Mas, não foi o caso. A irmã, simplesmente, não o avisou sobre o falecimento de Dárcio.

Logo após a morte do marido, Iraci entendeu que precisaria cuidar de tudo para prosseguir com a mesma vida confortável. Porém, ao consultar o advogado a fim de fazer o inventário, para sua surpresa, descobriu que havia um testamento, que só deveria ser aberto quando completasse sessenta dias após o falecimento do esposo.

CAPÍTULO 9
O testamento

O dia da leitura do testamento chegou.
Foi descoberto que os bens excediam propriedades e negócios que a esposa conhecia e as surpresas iam bem além disso.
Iraci ficou perplexa e furiosa por não conhecer tantos detalhes sobre o patrimônio do marido e pior sobre o destino que ele deu a cada um.
Ao conversar com o advogado, ainda incrédula, insistiu em perguntar:
— Não há nada que eu possa fazer? — ficou austera, quase arrogante, aguardando a resposta.
— Não, dona Iraci. O senhor Dárcio tinha plena saúde mental e física, quando fez este testamento. Temos exames clínicos que ele mesmo realizou, por conta própria, e deixou para que não houvesse dúvidas.
— É muito estranho meu marido ter feito esse testamento cerrado, sigiloso, três meses antes de morrer. Chego a desconfiar...
— De quê? — o advogado perguntou diante da longa pausa e ficou esperando a resposta.
— Suicídio. Se assim for, posso contestar o testamento junto a um juiz, pelo fato de que, quem tem planos de suicídio e deixa um testamento antes de cometê-lo, não está em sua perfeita saúde mental. Não é mesmo? — espremia o olhar, demonstrando-se inconformada.
— Até onde sei, o testamento é o desejo do falecido, independentemente da forma como a morte se deu. Além disso, o

senhor Dárcio observou todas as formalidades legais e necessárias para fazer um testamento. Um pouco mais da metade ficou para os herdeiros necessitados. Creio que a senhora vai perder tempo e dinheiro se recorrer.

— Ainda não saiu o laudo da perícia sobre o acidente em que ele morreu. Se houver um defeito no carro ou se o Dárcio... — ela falava sempre com insinuações ou deixando dúvidas.

— Tudo indica que ele dormiu ao volante. Não houve marcas de freio na pista — tornou o advogado.

— Exatamente! Ele dormiu ou estava bem consciente do que fazia. Na segunda hipótese, foi suicídio! — Diante do silêncio do advogado, Iraci pediu: — Dê-me licença, doutor Osvaldo. Estou bem abalada e nervosa com tudo isso. Conversaremos em outro momento. — Sentiu que o homem não estava de acordo com o que ela gostaria de fazer.

— Ligue-me quando quiser — o homem ainda propôs.

— Fique certo disso.

— Não se esqueça de que a senhora tem direito a receber pensão como viúva.

Ela o olhou e não disse nada.

Despediram-se e a mulher se foi.

— Fiquei ansioso com sua demora. Pensei que seria mais rápido — disse Rogério, após um suspiro, indo à direção de Iraci, parada à porta da sala de sua casa.

— Fiquei conversando com o advogado e algumas pessoas no final de tudo — explicou. Envergando a boca para baixo, pendeu com a cabeça, negativamente, mostrando-se insatisfeita.

— Venha... — foram para a cozinha. — Sente-se — pediu, indicando uma cadeira. — Quer água?

— Sim. Por favor.

Após providenciar um copo com água, Rogério acomodou-se à sua frente e ficou aguardando ansiosamente.

Poucos segundos e Iraci contou:

— O Dárcio deixou um testamento. Desde que soube, sempre perguntei quem, em sã consciência, aos trinta e seis anos, deixa um testamento?! — indagou contrariada e não esperou qualquer resposta. — Mas, não foi só isso. Os bens do Dárcio vão além da fazenda e da indústria de ração animal.

— Que bom para você e para as meninas! — alegrou-se forçosamente, porém sentiu que havia algo errado.

— Além da fazenda de gado reprodutor, da fazenda de plantação de forragem e da indústria no interior de São Paulo, ele tinha um grande valor em aplicações e investimentos bancários e uma fazenda de café no sul deste estado. Eu desconhecia, totalmente, qualquer outro patrimônio ou bens que o meu marido pudesse ter.

— Ora... Está preocupada por ter de administrar tudo isso? Não fique assim! — sorriu. — É uma mulher esperta e dará um jeito. Eu te conheço...

— Não! Não darei jeito algum — olhou-o com semblante decepcionado.

— Como não dará jeito? Pretende vender?

— O Dárcio deixou para mim e para as filhas, somente e tão somente, a fazenda de gado reprodutor e os valores em aplicações e investimentos bancários. Eu ignorava, totalmente, que a indústria de ração animal tinha um sócio com mais de setenta por cento da sociedade. E, para esse sócio, o Dárcio deixou todo o restante da indústria. Doou para ele. Esse sócio, agora, proprietário absoluto, é o Bernardo. Além de se tornar dono da indústria de ração, esse velho ficará com a fazenda de café e a fazenda de plantação de forragem. Ah!... — falou com ironia. — O Bernardo ficará também com a casa onde moro. Ela passou a pertencer ao Bernardo — fazendo questão de repetir o nome do administrador, olhou-o, indefinidamente, aguardando uma reação.

— O quê?!!! — inconformado, Rogério gritou, espalmando as mãos sobre a mesa.

— Foi isso o que você ouviu.

Ele se levantou, esfregou as mãos nos cabelos, enquanto andava, vagarosamente, de um lado para outro da cozinha.

— Não é possível! — tornou o homem, agora, em tom moderado.

— Foi o que pensei. Achei muito estranho o Bernardo ser convocado para a leitura do testamento do patrão. Na verdade, ele estava lá por ser o sócio na indústria de ração. Quem diria?!

— Ao Heitor, foi deixado algo?

— Máquinas agrícolas, tratores e outras coisas pequenas e um pedaço de terra, que é um lote sem grande importância.

— Mas por que o Bernardo?! — tornou Rogério ainda inquieto.

— Não sei. Não foi justificado. Ah!... — expressou-se, novamente, com ironia. — Tenho menos de um mês para sair da casa em que moro para entregá-la ao Bernardo — fez questão de repetir o nome do homem.

— Um mero administrador da fazenda! Por que ele ficaria com mais da metade dos bens do Dárcio, sendo que a família tem muito mais direito?! — mostrou-se indignado.

— Não foi mais da metade dos bens. O valor da fazenda de gado reprodutor é bem maior do que tudo o que o Dárcio deixou para o Bernardo. Tenho consciência de que meu marido não nos deixou sem nada ou com menos de cinquenta por cento dos bens, como manda a Lei. Mas, tenho certeza de que essa sociedade na indústria de ração animal foi uma farsa. Essa sociedade e o que lhe restou como herança faz esse velho ter mais bens do que eu. Um mero administrador de fazenda jamais teria condições de ser sócio em um negócio desse porte. Tudo indica que houve uma trama, essa suposta sociedade foi de caso pensado. Houve um planejamento, coação ou sei lá o quê. — Breve instante e confessou: — Estou enfurecida — expressou-se com frieza e tom baixo na voz pausada. — Falei com o doutor Osvaldo, o advogado do Dárcio, que penso em tornar nulo o testamento, pois foi feito pouco tempo antes da morte do meu marido. Creio que não deveria ser válido. Mas, ele acha improvável que eu consiga torná-lo sem efeito. — Longa pausa. — A possibilidade

de ele não estar em plena saúde mental é uma boa hipótese, se encontrar um bom advogado que lute por ela. Além do que, se não foi acidente e sim suicídio, isso prova que meu marido não estava bem. Dessa forma, não tinha consciência do que estava fazendo. O doutor Osvaldo disse que foi apresentado atestado de saúde física e mental. Isso me fez pensar que estava prevendo qualquer tentativa de tornar sem efeito esse maldito testamento. É algo muito estranho...
— ficou pensativa. — Na minha opinião, essa atitude mostra, mais ainda, que ele não estava bem. Mas... Se não foi suicídio nem acidente, ainda resta outra opção.

— Qual? — Rogério se interessou em saber.

— A de assassinato — encarou-o e viu seus olhos crescerem. — Penso em contratar uma empresa para investigação particular e um bom advogado. Acho que o doutor Osvaldo não simpatiza muito comigo nem com minhas ideias.

— Espera... Vamos pensar melhor... — ficou reflexivo e preocupado.

— Não tem o que pensar, Rogério! — reagiu firme. — Por que razão o Dárcio, um homem de trinta e seis anos, bem de vida e com saúde, faria um testamento deixando bens para um velho de uns sessenta anos e mero administrador de suas terras? Por quê? Foi coagido a fazer esse maldito testamento? Suicidou-se? Foi assassinado? Por que não pensou em mim e nas filhas? Quero saber se estava suficientemente bem para tomar essa decisão. Preciso revogar esse testamento de qualquer forma e ter de volta o que é meu! — mostrou-se enervada e gananciosa.

Rogério se aproximou e a abraçou, pedindo em tom ameno:
— Não fique assim. Calma...

— Uma coisa me pareceu muito estranha. O Bernardo estava sério o tempo inteiro. Não se manifestou em nenhum momento. Além disso, Dárcio deixou um envelope para ele.

— Como assim? Que envelope? — surpreendeu-se e ficou interessado.

— Um simples envelope. Não sei o que tinha. O advogado o entregou direto para Bernardo. Disse que era pessoal, que não precisaria mostrar a ninguém. O velho o abriu parcialmente e olhou dentro. Eu vi várias folhas, mas não tive a menor oportunidade de lê-las. Logo o fechou e guardou naquela pasta que sempre está com ele.

— Sei...

— O que será que Dárcio deixou naqueles papéis? Fiquei intrigada.

— Isso não importa, Iraci. Vamos nos acalmar. Fiquei indignado por saber que você e suas filhas foram prejudicadas. Achei um absurdo!

— Eu também — abraçou-o e recostou o rosto em seu peito. Rogério a afagou, mostrando carinho e apoio.

— Bem que nunca gostei dele. Nunca nos demos bem. Velho maldito! — o homem disse. Afastando-se, encarou-a e perguntou: — Ele continuará trabalhando ou indo até a fazenda?

— Lógico que não! Se tiver algo dele, em algum lugar das minhas terras, só terá uma única chance para ir buscar. — Breve instante e comentou: — Nunca soube ao certo o grau de amizade entre o Bernardo e o Dárcio. Hoje, lamento não ter tido mais interesses nos negócios da minha família. Nunca imaginei que isso pudesse acontecer.

— Em todo caso, você e as meninas ficaram bem, financeiramente falando.

— Ainda não terminou. Quero esse testamento nulo. Vou pensar seriamente em como abrir uma investigação sobre o acidente. Deixar nas mãos do delegado de uma cidadezinha fajuta como a de onde o acidente ocorreu é...

— Calma! — interrompeu-a. — Não seja precipitada. Não faça nada sem falar comigo antes.

— Por quê? Você tem medo de algo? — encarou-o, indefinidamente, tentando entender a razão daquele receio.

— Tenho. Tenho medo de que, de vítima, você passe a ser suspeita.

— Suspeita? — riu, duvidando. — Como pode ser isso?

— Se alguém desconfiar de que nós temos um romance há anos, pode acusar um de nós ou nós dois! Pense nisso!

— Que absurdo... — ela balançou a cabeça, negativamente, reagindo àquela ideia. — Um de nós envolvido na morte do Dárcio... — riu. — Estávamos juntos quando o acidente aconteceu.
— Por isso mesmo! É possível alguém nos acusar. Precisamos agir com muita calma. Se uma acusação acontecer, precisaremos de um álibi. Nesse caso, só teremos um ao outro, pois como lembrou, estávamos juntos. Mas... Você ainda era a esposa dele. Haverá suspeitas, descobrirão que temos um romance há anos... Será um alvoroço terrível para nós. Não acha? — viu-a pensativa e sem resposta. De imediato, pediu com generosidade: — Prometa que não fará nada sem antes me avisar.
— Está certo. — Sem demora, decidiu: — Agora vou embora. Já está tarde.
— Sinto muito por tudo isso, meu amor... — abraçou-a.
— Obrigada por ficar do meu lado.
— Sempre...
Beijaram-se, despediram-se e ela se foi.

Ao chegar à sua casa, Iraci foi avisada de que Bernardo a esperava para conversarem. Ela achou estranho e não gostou da surpresa. Mesmo assim, foi até a sala de estar onde estava sendo aguardada.
— Boa noite.
— Boa noite, dona Iraci — levantou-se e fez um gesto cortês.
— Pode continuar sentado — ela pediu e procurou uma poltrona para se acomodar. — O senhor quer falar comigo sobre?...
— Bem... — sentado, abaixou o olhar e ficou com os cotovelos sobre os joelhos, retorcendo o chapéu entre as mãos, na frente do corpo. — Sobre o testamento do senhor Dárcio... Não precisa sair desta casa não. A senhora e as meninas podem continuar aqui. De maneira nenhuma vou fazer qualquer coisa para incomodar uma de vocês.

— Achei muito estranho o desejo do meu marido. Você sabia disso? — encarou-o, desconfiada.

— Dona Iraci, a senhora não vai ser prejudicada.

— Como não?! — reagiu. — Meu marido deixa um testamento favorecendo a um mero funcionário, que nem família tem, está idoso e ainda vem me dizer que não serei prejudicada?! Vou revogar esse testamento! Pode ter certeza! — falava com firmeza, mas sem levantar a voz. — Encontrarei um meio de anular esse desejo do Dárcio, provando que ele não estava bem mentalmente. Ele pode ter sido induzido a cometer o acidente ou sofrido algum transtorno mental e ter-se suicidado! Ou pior! Pode ter sido morto, assassinado! Quem sabe alguém não o matou, provocando aquele acidente. Não é mesmo, Bernardo?

Bem sério, o homem a encarou. Levantou-se e respondeu firme, rodando o chapéu nas mãos:

— É mesmo, dona Iraci. É possível encontrar pessoas muito interessadas na morte do senhor Dárcio. Até mesmo pessoas que parecem acima de qualquer suspeita. Mas, pense: dificilmente um homem sem família, de sessenta e três anos, bem empregado e sem ambições, iria querer fortuna e, para isso, matar o patrão, correndo o risco de ir para a cadeia até o fim da vida. Não sou burro, dona Iraci. Eu tinha o senhor Dárcio como um filho. Sempre fiquei feliz pelas conquistas e prosperidade dele. Eu estou estabilizado e trabalhando com o que gosto. Na minha idade, não vou querer encrenca com ninguém. — Andou alguns passos e parou. Virou-se e ainda disse: — Se a senhora me permite um conselho, investigue muito bem a morte do seu marido. Vá, o quanto antes, falar com o delegado e comente as suas suspeitas. Se precisar da minha ajuda, saiba que pode falar comigo quando quiser. Tenha uma boa noite, dona Iraci. Com licença.

Ficou calada e pensativa, olhando-o sair sem ser acompanhado. O homem conhecia sua casa.

Em seus pensamentos, questionou-se:

"Por que Bernardo disse aquilo? Foi como se ele suspeitasse de alguma coisa ou de alguém. Por outro lado, é estranho um mero administrador de fazenda entrar no testamento de seu patrão. Isso não faz sentido."

Ficou nervosa. Nunca imaginou experimentar nada semelhante. Começou a se sentir frágil e sozinha. Não tinha mais ninguém, além de Rogério, com quem pudesse contar. Não tinha com quem se aconselhar ou pedir ajuda. Seu irmão estava fora de cogitação. Sua prima e melhor amiga não poderia fazer nada. Além de estar longe, Otília ignorava qualquer envolvimento seu com o médico veterinário. Teve vontade de contar a ela, mas não coragem.

Sentindo-se estremecida, começou a se achar sem forças, muito abalada emocionalmente.

Nos dias que se seguiram, Iraci procurou cuidar da mudança. Apesar de não gostar do campo, de forma alguma, decidiu que ela e as filhas iriam para a fazenda até saber o que fazer exatamente da vida. Essa decisão teve muita influência de Rogério, que passou a ajudá-la em tudo.

Os empregados, que trabalharam para ela na cidade, foram dispensados. Somente Efigênia aceitou acompanhá-la.

Na casa principal da fazenda, algumas coisas precisavam ser arrumadas antes de mudarem, mas não houve tempo. Fazia muitos anos que ninguém a usava como moradia. Por ser de madeira, necessitava de reparos nos telhados, consertos das infiltrações e muitas outras coisas. Isso provocou incômodo, insatisfação e irritação em Iraci. Desde que tinha ido morar na cidade nem ela ou o marido deram qualquer manutenção ao lugar, que foi usado para diversos fins e serviços na fazenda.

Embora fosse a casa principal e bem grande, não tinha mais as acomodações e o conforto de antes e estava longe de ser como a residência na cidade. Não havia estuque, laje ou forração no teto. As telhas velhas estavam à mostra e algumas quebradas, fazendo goteiras em vários cômodos. O assoalho de madeira era muito antigo, gasto pelo tempo e podre em alguns lugares onde havia as goteiras, rangia e parecia querer quebrar a cada passo. As paredes de madeira estavam feias, a caiação, feita havia muito tempo, estava desbotada. Os móveis lascados e quebrados, na maioria.

Iraci levou algumas das mobílias que tinha na casa da cidade, mas eram incompatíveis e poucas para o novo ambiente e tudo ficou bem estranho, além de triste.

A insônia tomou conta das noites da dona da casa, mais do que de costume. O pouco tempo em que dormia, tinha pesadelos, que não sabia descrever. Não se lembrava.

Agnes e Síria pareceram não se importar. Apesar de ter desejado morar na fazenda, Babete não esperava tantos problemas na casa, além da má acomodação. A filha mais velha ficou infeliz ali, logo na primeira semana.

Dona de tudo, Iraci deu a Rogério o poder de tomar conta dos negócios, passando a ele uma procuração total. Mas, isso não lhe trouxe sossego. Ficava cada dia mais nervosa, insatisfeita e irritada.

Assim que mudaram, Babete começou a afirmar ver sombras e até mesmo a figura da mesma mulher que via no escritório de seu pai, na casa da cidade.

— Pare com isso, menina!!! — exigia a mãe. — Pare com essas mentiras!!! — Iraci gritava e a agredia.

— Não é mentira... — falou chorando. — Eu vi a mesma mulher! Vi também o meu pai! Ele está feio, triste com a senhora... Muito zangado com o que faz... — afirmava a garota.

— Cale a boca! — gritou e deu-lhe vários tapas no rosto, na cabeça nas costas. — Está inventando tudo isso! Diga que é mentira!

— Não tô... — afirmou chorando. — O papai não sai de trás da senhora... Ele diz que se arrepende do que fez, mas que a senhora fez coisa errada também e está bravo, furioso com a senhora... Tem outros espíritos dizendo pra senhora bater em mim e nas minhas irmãs. Eles são feios, horrorosos!...

— Cale a boca, Babete!!! — começou a surrar a filha.

Os gritos atraíram a atenção de Efigênia, que correu até o quarto para ver o que estava acontecendo.

A empregada entrou entre mãe e filha, tirando a menina das mãos de Iraci que, descontrolada, levou as mãos à cabeça e começou a gritar.

Tirando a garota do quarto e levando-a para o outro cômodo, Efigênia voltou, segurou a patroa pelo braço e pediu:

— Carma... Carma, dona Iraci... Vamô orá pra Mãe Santíssima acarmá a senhora...

Iraci caiu num choro compulsivo, abaixando-se até o chão. Ficou agachada, segurando a própria cabeça.

Rogério chegou e quis saber o que estava acontecendo. Ele a acalmou, enquanto a empregada cuidava de Babete.

Depois, sozinha no quarto, a menina parou de chorar e desejou sair dali. Gostaria que houvesse um jeito ou alguém que a ajudasse, socorresse, acolhesse.

Lembrou-se de Matias. Era um jovem bonito e atencioso. O momento em que se sentou na garupa da bicicleta e o abraçou pela cintura, enquanto ele pedalava, tinha sido muito bom. Sentiu o vento no rosto e sorriu espontaneamente. Seria bom se Matias pudesse ampará-la. Bem que ele poderia chegar ali e levá-la embora, igual aos contos de princesa que lia nos livros. Poderia ser resgatada e protegida para não apanhar mais, não sofrer e ter uma vida decente. Isso seria muito bom. Além disso, Matias acreditava no que ela via, sentia e escutava. Saberia orientá-la. Bem que o jovem poderia estar ali e abraçá-la.

Dessa forma, com esses pensamentos, que acalentavam seu coração e a faziam suportar o que vivia, Babete adormeceu.

Mais tarde...

— Não sei o que fazer com a Babete. Esse assunto de que viu espíritos, vultos ou qualquer coisa desse tipo está me deixando insana... — chorou.

— Acho que já passou da hora de procurarmos um médico psiquiatra — disse Rogério bem sério. — Isso é crise de alucinação. Só pode.

Encarando-o, Iraci contou:

— Ela disse ter visto aquela mulher que via no escritório da casa na cidade. Também afirmou ter visto o Dárcio e... Falou que ele está furioso comigo pelo que fiz e vive atrás de mim... Será que ela percebeu algo entre nós e está querendo dizer que não aprova, por isso inventa que vê o pai?

— Se não for mentira, é crise de alucinação. Devemos levá-la ao médico. Precisamos descobrir se é doença e tratar para que não piore. Se não for nada, ela será desmascarada e passará vergonha... Certamente, deixará de mentir.

— Você acha?

— Tenho certeza — afirmou em tom calmo. Sempre no controle das emoções.

Antes de levar a filha ao médico, Iraci foi até a casa da cunhada e comadre conversar. Concordou com Rogério que não deveria se afastar dos únicos parentes próximos de seu finado marido para não levantar suspeitas. Sem pensar, ela concordou.

— Estou nervosa demais, Leonora. Minha vida mudou radicalmente. Vivo insegura, não durmo bem e... — falava com a voz trêmula e gestos nervosos, quase aflitivos. — A Babete está tendo crises de alucinação.

— Crise de alucinação? O que é isso? — perguntou com simplicidade.

— É ver coisa que não existe. Todos os dias e a qualquer hora Babete diz que vê uma mulher na casa, no quintal e até no estábulo. Fala que essa assombração estende uma mão e a chama para que a siga. Chego a ficar apavorada, Leonora. Não bastasse, também diz que vê o pai... — chorou. — Falou que o Dárcio está cada dia mais feio e... Falou que vê outros espíritos também... — chorou.

— Calma, Iraci... — pediu preocupada, afagando-lhe as costas.

— Não consigo mais ter calma... — gaguejou. — Estou muito nervosa. A única coisa a fazer é levá-la a um psiquiatra.

— Meu Deus... — a madrinha de Babete lamentou e ficou preocupada.

— Acabei batendo nela algumas vezes para que parasse de mentir, mas nem isso adiantou. Bati, deixei de castigo... Mas que nada... Não teve efeito. A Babete está estranha. Irá fazer treze anos em pouco tempo e...

— Acho que ela está com medo de você, Iraci.

— Alguns funcionários estiveram lá em casa arrumando o telhado, então, ela parou e ficou olhando um dos homens. O rapaz perguntou o porquê de não tirar os olhos dele e a Babete disse: "Tem uma mancha escura aí na sua barriga, perto do estômago. Se não parar de beber, você vai ficar muito, muito doente e vai morrer — fez breve pausa. — O homem ficou zangado e com razão. Não quis mais ajudar a arrumar o telhado e... Ela quer aparecer, quer chamar a atenção. Só pode ser isso.

— Que tal deixar a Babete aqui comigo alguns dias? Pode fazer bem. Teve uma mudança muito grande na vida de vocês. O pai morreu, precisaram mudar da casa que gostavam tanto... A Cleide me disse que ela está faltando à escola.

— Não deixei que fosse, porque... — não soube explicar. — Os dias estão difíceis, Leonora. Os negócios da fazenda também estão complicados.

— Ora! Mas, o Rogério, o veterinário, não está cuidando de tudo para você? — torceu a boca, com uma expressão estranha como uma dúvida.

— Sim. Está, mas...

— Aquela fazenda sempre foi próspera, Iraci. A única coisa ruim lá é a casa onde moram, que nunca mais foi cuidada, desde que se mudaram para a cidade. Mas, se arrumar... Por que não contrata um novo administrador? Um homem que já está acostumado com isso. Não sei se um veterinário tem jeito pra negócios. Veterinário só sabe cuidar da saúde dos bichos. Lembra que o Dárcio, apesar de todo estudo e conhecimento que tinha, não abria mão de um administrador bom. O Bernardo já trabalhou com gado no Mato Grosso ou em Goiás... Não sei direito. Aqui, em Minas, trabalhou com nosso sogro e...

Interrompendo-a, Iraci afirmou com modos irritados:

— O Rogério é muito bom no que faz! O problema foi o golpe que sofri. Nunca soube que o Dárcio tinha um sócio. Nunca pensei que o Dárcio poderia beneficiá-lo por meio de um testamento. Nunca imaginei, sequer, que meu marido tinha um testamento!

— Mas você ficou com a melhor parte! O Heitor disse que juntando tudo o que o Bernardo tem, não se compara à fazenda e tudo o que tem nela, que ficou para você e as meninas. São animais valiosos, até internacionalmente. Sua fazenda é muito produtiva também em forragem.

— O Dárcio me apunhalou pelas costas! Onde já se viu deixar fazendas e indústria de ração para um velho que nem da família é?! Essa história de sociedade na indústria está muito mal contada. De qualquer forma, eu e minhas filhas não herdamos o que nos era de direito! Agora... Se a Babete estiver doente, com algum problema...

— Ela não tem nada! — falou com firmeza. Tinha fé. Gostava muito da afilhada. — Deixa essa menina aqui em casa alguns dias. Sou a madrinha, sei lidar com ela.

— Vou pensar...

Enquanto isso, Babete e a prima estavam no quintal. Conversaram um pouco, mas se distanciaram, em seguida, cada uma para um lado. Não tinham muita amizade nem afinidade alguma. Apesar da mesma idade, eram incompatíveis para brincar ou falar longamente sobre alguma coisa.

Logo após a tia e a prima irem embora, Cleide chamou sua mãe, pedindo para que a acompanhasse.

Leonora foi com a filha até o galinheiro e ela contou:

— Mamãe, quando a tia pediu para chamar a Babete, porque ia embora, vim aqui e ela me empurrou para fora do galinheiro e saiu correndo. Aí fui me despedir da tia, mas depois voltei para cá. Quando entrei, vi isso... — apontou e pareceu preocupada.

Os ovos, que se encontravam chocando nos ninhos, estavam todos quebrados e jogados ao chão. Em muitos, podiam-se ver os pintinhos em formação.

Leonora ficou horrorizada e muito surpresa.

— A Babete fez isso?! — murmurou incrédula.

— Só pode ter sido ela, mamãe. Ninguém mais entrou aqui.

— Por que ela faria isso? Que pecado!...

— Mamãe... — quando a mãe olhou, Cleide completou: — Ela não parece bem, né? É uma menina tão estranha. Às vezes, tenho medo dela.

— Acho que não está bem mesmo. Ninguém faria isso se estivesse normal. — Abraçou a filha e a puxou para junto de si, afagando seus cabelos.

Iraci estava inclinada a deixar a filha passar alguns dias na casa da madrinha, mas, em conversa com Rogério, ele a alertou:

— Pense comigo: se quando estiver lá, a Babete começar a falar que vê o Dárcio triste e irritado com o que você fez, o que a madrinha vai imaginar? Leonora e Heitor podem começar a suspeitar de que nosso romance começou antes da morte do Dárcio. Não! Melhor não a deixar lá nenhum dia.

— É verdade. Não tinha lembrado isso. Você tem razão — Iraci concordou com ele.

Em um dia qualquer, Babete estava perto do pátio e com o olhar perdido ao longe.

De repente, Rogério surgiu e ficou ao seu lado. Sorriu sem encará-la, olhou para a mesma direção e, inesperadamente, perguntou:

— Está vendo gente morta te chamando ainda, menina?

— Estou. Mas ela não está me chamando. Está dizendo que você é um canalha e imprestável — respondeu com frieza e naturalidade. — Disse que não imaginava que você era assim.

— Deixe de ser malcriada com os mais velhos! — exigiu severamente, segurando em seu braço e falando entre os dentes com voz baixa.

— Meu pai também não gosta de você. Ele diz que você é culpado por ele ter morrido — encarou-o, séria.

Ligeiro, o veterinário se abaixou, ficando com a face na altura dos olhos da garota. Segurando seu rosto, olhou-a nos olhos com dureza ao falar no mesmo tom de antes:

— Se disser isso, novamente, mato sua mãe também. Vou esquartejá-la todinha na sua frente. Não me tente, menina. Não me tente. Ah... pode imaginar o que vou fazer com suas irmãs? ...e depois com você?...

O coração de Babete disparou e passou a tremer de medo.

Rogério apertou seu rostinho com força, depois o largou com um empurrão. Erguendo-se, foi cuidar de outras coisas, mas disse antes de se virar.

— Lembre-se: se contar para sua mãe, ela morre — sorriu, cinicamente, como se caçoasse da situação.

Enquanto o olhava rumo ao pasto, apesar do medo, Babete sentiu raiva. Não sabia o que fazer. Se tivesse a ajuda de alguém, seria diferente. Mas, todos que poderiam socorrê-la estavam longe. Otília saberia orientar sobre o que fazer. Lembrou-se de Matias. Bem que ele poderia estar ali para conversarem. Desejava ouvir sua voz. Quem sabe ter um carinho. Imaginá-lo, ali, confortava seu coração. A dor parecia menor.

Recordou-se de quando andou de bicicleta na praia e o olhava sentado na areia. Gostou de vê-lo sorrir enquanto acompanhava o que ela fazia. Deu várias voltas em torno dele, pois não queria se afastar. Lembrar isso era muito bom.

CAPÍTULO 10
Amigos duvidosos

Mesmo sem saber do ocorrido no galinheiro, Iraci não permitiu que a filha passasse alguns dias na casa de Leonora, devido às sugestões do veterinário.

Também ficou por conta dele o agendamento de uma consulta com um médico psiquiatra, que ela não via a hora de ir.

No dia marcado, Rogério a acompanhou à clínica junto com Babete.

No consultório, demonstrando-se apreensiva, Iraci contou a situação do seu jeito. Falou que acreditava que a filha inventava aquelas histórias para chamar a atenção. Chorou e se queixou bastante de sua situação como viúva, que precisava executar tarefas e tomar decisões das quais nunca apreciou. Em seu jeito de falar e expressar, ficou evidente seu nervosismo, angústia e possível transtorno.

Sem pedir e aguardar o resultado de qualquer exame ou indicar opções naturais e psicoterapia para aquele estado emocional abalado, visto que o luto e toda problemática vivida eram bem recentes, o médico psiquiatra disse:

— A senhora está bem alterada! Isso não é normal. Vou passar medicações para essa ansiedade e para que tenha um sono melhor. Precisa se acalmar de qualquer jeito. E quanto a essa menina... — olhou para a garota, concluindo imprudente e negligentemente: — O que ela tem é Esquizofrenia. Vai precisar de medicação para essas alucinações, controle de raiva e crises nervosas. Isso vai fazer parar essas visões. Vai ter de tomar remédio pelo resto da vida. Ainda bem que hoje em dia tem remédio — riu. — Antigamente, tinha de amarrar e colocar num porão. Essa desorganização mental não tem cura. Ela até pode ter pensamentos com alguma clareza, mas são todos distorcidos.

— Mas... Esquizofrenia?... — a mãe disse assustada.

— A senhora me parece uma pessoa com instrução e deve saber do que estou falando. A evolução dos sintomas da Esquizofrenia, ou melhor, a piora dos sintomas desse quadro clínico é contínua e aumenta em diferentes graus, de acordo com o paciente. Cada um é cada um.

— Mas ela só tem doze anos! Vai fazer treze no mês que vem... — murmurou desalentada.

— Geralmente, senhora, a Esquizofrenia é percebida após os vinte e cinco anos. É raro antes dos dez e depois dos cinquenta anos. Mas, tudo é possível. Tudo! — ressaltou enquanto preparava as receitas, prescrevendo as medicações.

— A minha avó está dizendo que o senhor está mentindo — Babete se manifestou com simplicidade, encarando-o.

O homem parou de escrever, olhou-a, sorriu e perguntou:

— É mesmo? Está vendo coisa aqui também?

— Não estou vendo coisa. Vejo minha avó Bete, que está muito triste. Mas não é só ela. A mãe do senhor está decepcionada com o que está fazendo. Sua esposa também. Estão envergonhadas e contrariadas.

— Pare com isso, Babete! — exigiu a mãe.

— É verdade! A mãe e a mulher dele já morreram. Pergunta se não é verdade! Ele ganhou dinheiro para falar essas coisas pra gente — a menina tentou defender-se.

— Você tem razão, garotinha! — tornou o médico enfático, olhando-a de um jeito estranho, desafiador. — Ganho dinheiro nas consultas médicas para dar os diagnósticos, falar com as pessoas sobre seus problemas e receitar remédios para melhorar a qualidade de vida dos pacientes. Estudei muito para isso. Gastei muito tempo e dinheiro com estudos. Além do mais, preciso de dinheiro para pagar o aluguel daqui, pagar o salário da recepcionista, comprar materiais para trabalhar, sustentar minha casa e família... Preciso viver e estar bem para atender bem — riu e voltou a escrever.

— Mas não é só sua mãe que está com vergonha do senhor. Sua esposa também. Ela morreu, não é mesmo? E morreu antes da hora porque o senhor deu remédios fortes para ela e ainda...

— Babete! — a mãe a repreendeu, puxando-a pelo braço, fazendo-a parar.

— Deixa... Pode deixar. Estou acostumado... — terminou de fazer as prescrições. Depois, bem sério, disse: — Estas são suas medicações e estas as da menina. Espero que se adaptem aos remédios e que dê tudo certo. Podemos nos ver daqui a um mês.

— Doutor, moramos muito longe como deve saber. Podemos voltar com um tempo maior? — Rogério propôs.

— Sim. Claro... — sorriu forçadamente. — Como já conheço o caso, pode vir só você ou a mãe para me contar como estão indo. Posso compreender que a distância é um problema e... Entendo — olhou para Babete que o encarava fixamente. Havia algo muito estranho naquele olhar, que mexeu com ele. Até para irem, a mãe precisou puxá-la para que se virasse.

Após saírem, o médico ficou pensativo e preocupado. Sentiu algo ruim em suas emoções.

Por sua vez, Babete passou a ter medo do que poderia lhe acontecer.

Longe dali...

— Então, quero fazer um teste vocacional — dizia Matias. — Estou vendo a importância de descobrir, agora, na minha idade, o que devo fazer profissionalmente. Afinal, a profissão é algo que vou exercer pelo resto da vida, eu acho — riu.

— Não somos obrigados a exercer a profissão escolhida para o resto da vida. Mas, é muito importante ter uma profissão que te dê sustento e segurança. Além disso, essa profissão é o que pode e vai te dar base e garantia financeira até que faça

O AMOR É UMA ESCOLHA   133

e realize seu sonho, caso queira mudar de carreira. Mesmo se não escolher uma profissão que não seja boa emocionalmente, no futuro, poderá mudar de ramo, mas terá de ter suporte para fazer isso. Entende o que estou falando? — perguntou Otília, com tranquilidade.

— Entendo sim. É isso o que tenho conversado muito com a Valéria — referiu-se à psicóloga. — Ela tem me mostrado a importância de, na minha idade, escolher bem uma profissão, uma carreira, o que quero fazer — tornou o filho. — Estou bem atento para não focar em problemas desnecessários, assuntos sem futuro... Não quero perder meu tempo, mãe.

— Que bom que você pensa assim, meu filho — sorriu satisfeita. — É uma idade importante, quando muita coisa do seu futuro se decide agora. Quero que se torne um homem independente, seguro, honesto, bondoso e respeitoso para consigo mesmo e para com os outros. Que tenha princípios e valores importantes que te tragam paz e equilíbrio.

— Tenho pensado em tudo isso, mãe. Estou colocando foco e vontade no que realmente é importante para minha vida... — Perdeu o olhar num canto, ficou pensativo e em seguida comentou: — Sabe, mãe... Só agora, depois que me afastei daquela galera, é que vejo o quanto perdi tempo. Errei, né? — fez uma fisionomia insatisfeita.

— Não, Matias! — Otília ressaltou. — Se conseguiu se afastar daquela galera como diz, não errou. Foi um período de lição e aprendizado. Fico orgulhosa de você — sorriu. — Conseguiu entender que não precisa ter comportamentos desequilibrados, rebeldes e agir com raiva. Hoje, é capaz de perceber que as companhias podem nos influenciar e prejudicar muito, sem que saibamos. Só quando nos colocamos fora do grupo, conseguimos observá-lo melhor e decidirmos se ele é bom ou não para nós no momento e no futuro.

Lana, que havia entrado e escutou o final da conversa, comentou:

— E onde está a nossa boa ação, se a gente se afastar de algumas pessoas só por não serem boas e não agirem com equilíbrio? Isso é preconceito!

— Filha... Discordo de você — disse Otília com bondade. — Algumas companhias e amizades interferem sim na nossa vida. Elas nos colocam para baixo, nos incentivam a fazer o que não é bom para nós... Podem até nos colocar em perigo. Outras amizades e companhias são positivas, nos incentivam a coisas boas, práticas no bem ou, na melhor das hipóteses, a dar boas risadas... — riu ao considerar.

— Ora! Mas, Jesus não andou com pobres, ladrões e prostitutas? Não é isso o que dizem? — expressou-se contrariada, quase ofensiva.

— Por isso Ele foi para a cruz! — Matias disse irônico. — Quem levantou a mão e escolheu Jesus em vez de Barrabás foi o povo para quem Ele pregava e queria ajudar.

— Calma... Não é assim... — a mãe interferiu com tranquilidade. — Jesus tinha uma missão. Tanto que Ele mesmo disse que os sãos não precisam de médico, mas sim os doentes. Ele precisava andar por toda parte e no meio de todos.

— Então! — tornou a filha. — Qual é o problema de nós termos companhias que não são tão certinhas como a família exige?

— Por acaso, você é Jesus e nós não estamos sabendo? Tem algum trabalho tão importante e sério como o Dele e não nos contou? — Matias perguntou com um toque de rispidez e ironia no tom da voz. — Jesus veio para uma missão imensa! Se toca, menina! Seu nome ficará na história da humanidade por milhares de anos! Ele era e continua sendo um Mestre. Tinha autoridade porque tinha moral, caráter, bondade, equilíbrio... Ele não andava no meio de qualquer um por amizade. Fez isso para pregar, deixar ensinamentos, valores de bondade e justiça. Mas, me diga... Sua intenção é andar no meio de bandido para pregar igual a Jesus? Se for, fico quieto — riu, contorcendo a boca para o lado.

— Qual é, hein, Matias?! — Lana esbravejou.

— Calma... — Otília tentou dizer, mas foi interrompida.

— A senhora deixa que ele fale, mas, na minha vez, pede calma?! É o mesmo que dizer: "fica quieta!" Engraçado isso, não acha?

— Está certo, Lana. Então fala. Pode se defender — a mãe autorizou e ficou esperando.

— Acontece que ela... — o irmão tentou dizer.

— Espera, Matias! É a vez da sua irmã falar. Vamos respeitar a vez da Lana.

— Vocês estão querendo reclamar de mim. Só por eu ter terminado a amizade com a Marcinha e ter arrumado outra turma.

— Não, Lana. Não é sobre isso que estávamos conversando — a mãe foi firme. — Mas, se quer mudar de assunto, vamos lá! Aconteceu que você não nos contou que havia terminado a amizade com a Marcinha. Aliás!... Mentiu para nós! Disse que estava na casa da menina quando, na verdade, estava se encontrando com essa turminha muito duvidosa na praça da praia. Eu e seu pai não gostamos disso. Proibimos sim! — ressaltou. — Primeiro, porque mentiu para nós. Disse que estava em um lugar e estava em outro. Segundo, porque não está tendo amizade com gente boa e sim com pessoas que...

— Como a senhora sabe que não é gente boa? Conhece cada um deles, por acaso?!

— Fale baixo comigo! — exigiu firme. — Sei que não são pessoas boas pelas histórias que ouço a respeito deles.

— Mentira! Tudo mentira! Só quem está no meio é que pode dizer alguma coisa. A gente se dá bem. Temos os mesmos gostos e ideais.

— Quais são eles? — indagou a mãe.

— O quê?

— Quais são os ideais dessa turminha?

— A senhora não vai entender!

— Sou uma mulher inteligente, Lana. Pode explicar que entendo sim!

— A senhora só tem ouvidos para o Matias e os problemas dele. Eu deveria ter sido uma filha rebelde também! Aquela que é malcriada, que quebra tudo, que bate nos colegas da escola!

— Lana, não estou te entendendo. Preciso que me explique — disse a mãe e ficou esperando.

— Ela não tem explicação, mãe. A Lana só quer justificar que é bom estar em má companhia. Aqueles caras são piores do que a galera com quem eu andava. Ao menos nós zoávamos os outros. Dávamos uns cascudos em alguém... Mas a turminha lá de baixo, da praça da praia, rouba carro, furta pedestres só para arrumar dinheiro pra comprar drogas — Matias contou.

— Até parece! Como pode afirmar isso?! Seu noia! Vagal! Andou com eles pra afirmar isso tudo?

— Andar com pessoas que não estão no mesmo processo evolutivo que o seu não vai ajudar seu crescimento, sua idiota!

— Matias, para — a mãe pediu. Voltando-se para Lana, Otília disse: — Filha, seja como for, sabemos que aquele grupo não é boa companhia para você. São jovens com comportamentos duvidosos. Fumam, bebem. É provável que usem drogas e...

— Alguma vez eu cheguei aqui cheirando a álcool, a cigarro?...

— Por enquanto não — o irmão falou em tom de zombaria. — É questão de tempo!

— Matias, vai pro seu quarto, filho — enérgica, Otília pediu.

— Isso mesmo! Corre! Obedece à mamãe!... — Lana gritou com sarcasmo.

— Espere, Lana — pediu a mãe, segurando-se, emocionalmente, para não reagir e gritar. — O assunto agora é entre mim e você. Vamos conversar. O que está acontecendo?

— Não está acontecendo nada! Nada! Estou cheia de ser vigiada! Foi esse dedo duro que contou que eu estava com essa galera e deixei de ir na casa da dondoca da Marcinha. Aquela menina imbecil! Aqui em casa só o Matias tem vez! Só ele merece atenção! Só ele! Só ele! Tudo ele!

— Quando foi que não demos atenção a você, Lana? Quando?

— Sei lá... Quando percebi, não reclamei, tá bom! Nunca falei nada, mas tudo sempre foi o Matias! A senhora ia até a escola, direto, por causa dele! Ficava conversando com ele sempre! Levava na psicóloga, na quadra de futebol!...

— Não fui à escola por sua causa porque nunca me deu trabalho, igual ao seu irmão! Quando foi que bateu em alguém?

Quando foi que arrumou confusão? Seu irmão quase foi expulso! Mas você!... Me diga quando foi que faltei a uma reunião dos pais ou comemorativa? Sempre tive orgulho por seu comportamento, por ser extrovertida, inteligente, educada... Sempre deixei isso bem claro. Só recebi elogios seus, por parte de seus professores, e nunca, nunca a desprezei ou desprezei seu irmão. Jamais disse que um era melhor do que o outro. Jamais tivemos preferencialismo entre vocês. Eu e seu pai sempre soubemos separar e compreender suas personalidades. Você teve total liberdade para conversar com a gente e nunca manifestou essa queixa. O que está acontecendo? Por que isso agora? — Não houve resposta. Lana estava com o semblante fechado, sisudo e não dizia nada, entortando sempre a boca para se mostrar insatisfeita. — Vamos lá, filha! Diga o que te incomoda. — Longo silêncio. — Será que existe mesmo alguma queixa verdadeira da sua parte? Ou... Será que esses novos amigos estão colocando ideias na sua cabeça e insinuando que seus pais têm preferência e outras coisas que não existem? — A filha continuou quieta. — Sabe... Quando pessoas de mau caráter querem te levar para o lado delas, querem tirar vantagens de você de alguma forma, elas falam mal daqueles que te amam e levantam suspeitas incabíveis. Pessoas más, que querem se aproveitar, fazem insinuações sobre aqueles que te ajudam. Elas desejam que fique sozinha, sem apoio, sem conforto para que corram para elas. Amigos duvidosos são assim. Pessoas sem moral, sem escrúpulos, sem caráter são assim. Fazem de tudo para que não veja o quanto é querida, amada, protegida. Elas não querem que prospere. Levantam dúvidas, questionam sentimentos. Pessoas que estão na lama, na pior situação de suas vidas, geralmente, não gostam de ver as que estão bem. Muitas delas, que querem tirar proveito de você, vão fazer de tudo para que se desequilibre, veja o mal onde não existe, sinta-se incomodada, não seja honesta, não faça o bem nem o que é certo e melhor para você mesma... Elas querem te ver na lama, igual a elas. Para depois se acharem cheias de razão. — Silêncio. — Percebo que você, filha, nem sabe do que reclamar. Se o seu irmão chegou aqui em casa e nos contou que a viu em companhia de um pessoal duvidoso, em companhia de pessoas sem futuro promissor e equilibrado, ele fez o certo. Ele gosta muito de você. Se não te considerasse nenhum pouco, o Matias diria: que se dane! Mas não. A partir daí, descobrimos que você mentia. Que não estava na casa da Marcinha como dizia. Sabe-se lá Deus há quanto tempo vem mentindo...

— Não faz muito tempo que tenho esses novos amigos!

— Amigos?! Tem certeza de que são seus amigos de verdade? Se algo acontecer com você, agora, eles são capazes de te apoiar e ajudar ou socorrer? Se sim, por quanto tempo? — perguntou em tom pausado e voz moderada. Mas, não houve resposta. — Então, Lana, antes de duvidar do seu pai, da sua mãe, do seu irmão, duvide dos seus amigos. Nós, que somos sua família, estaremos sempre te ajudando e apoiando.

— Você não é minha mãe!!! — berrou e a encarou com olhar de fúria.

— Sou sim — disse com calma e em voz baixa. — Eu sou a sua mãe e, nesta casa, está a sua família. Você não nasceu de mim, mas sou sua mãe porque escolhi ser. Nunca te deixei de lado nem te abandonei desde que entrou aqui. Sempre que precisou de mim estive ao seu lado. Foi comigo que sempre encontrou apoio e orientação para o seu bem. Se e quando precisar de seus amigos, eles só poderão te apoiar na rua. Tenha a certeza disso.

Otília a olhou por longo tempo e se virou. Foi para outro cômodo sem dizer mais nada.

Enfurecida, a jovem se dirigiu para o quarto e não conversou com mais ninguém.

No dia seguinte, a esposa conversava com o marido, contando-lhe tudo o que havia acontecido.

— O que você acha, Cláudio?

— É muito estranho. A Lana nunca nos deu problema. Foi uma menina tranquila, alegre, conversava sobre tudo...

— Antes, quando o Matias era confuso, Lana se apresentava como a filha perfeita. Agora, que o irmão está com outra visão sobre a vida, ela arruma problemas. Típico de pessoa que quer atenção e se destacar nem que seja com atitudes negativas. Começou mentir, responder mal, afastou-se de uma amizade de anos com uma menina muito educada...

— Já pensou em conversar com a mãe da Marcinha? Saber o que aconteceu entre as duas pode nos ajudar a entender esse comportamento. Não acha?

Otília aceitou a sugestão do marido e foi procurar a mãe da menina, que era a melhor amiga de sua filha. Depois de explicar tudo, a mulher ouviu:

— Para dizer a verdade, também estranhei o distanciamento das duas. A Lana nunca mais foi lá à nossa casa e minha filha não falou mais dela. As duas são amigas desde os primeiros anos escolares. Perguntei o motivo e a Marcinha contou que a Lana passou a ficar com uma outra colega da classe. A menina tem um jeito diferente, meio rebelde. Faz muita bagunça, é malcriada com os professores e funcionários da escola, fala muita besteira... A Marcinha comentou com a Lana que aquela menina não é alguém agradável nem colega adequada, mas sua filha não deu importância, por isso minha menina se afastou. Depois disso, a Lana e a outra passaram a caçoar dela. Piadas inapropriadas, chamamentos inadequados, risadas... Sabe como é. Não dá para ter amizade com quem zomba da gente. Precisei ir buscá-la na escola alguns dias por causa dessas implicâncias.

— Por que não foi conversar comigo? — surpreendeu-se Otília.

— Não quis incomodar ou me intrometer. A Lana sempre pareceu uma boa menina. Frequentou minha casa por anos. Sempre educada, gentil, animada... Não sei o que aconteceu.

— Eu que não sei o que aconteceu. Ela nunca me deu trabalho. Ao contrário do Matias, a Lana sempre foi de conversar, contar novidades da escola, dos amigos, sempre amorosa, atenciosa.

— Tenho percebido que o Matias mudou muito. Ele estudava na mesma sala que o meu sobrinho.

— É verdade. Ele está diferente. Há anos eu e o Cláudio estamos trabalhando com nosso filho e os resultados foram ótimos. Hoje é outra pessoa.

— Será que a Lana não está com ciúme do irmão?

— Nunca deixamos de dar atenção a ela. Nunca. Conversamos, brincamos... Ela sempre estava junto de mim quando fazia os salgados pra fora. Conversávamos bastante. Foi de uns meses para cá que mudou.

— O Matias está fazendo psicoterapia ainda?

— Sim. Encontramos uma ótima psicóloga.

— Não seria o caso de levar a Lana também?

— Quando eram pequenos, apesar de somente o Matias apresentar nítida necessidade de equilíbrio emocional, levamos os dois a psicólogos. Como sabe, ambos são adotivos. A Lana sempre aceitou muito bem essa situação. Nunca manifestou contrariedade por nós, pais adotivos, ou mesmo pelo irmão. Foi uma criança alegre, falante. Você a conhece. Mas, agora, de uns três meses para cá... Tudo mudou drasticamente. Vou conversar com ela e consultar a Valéria, psicóloga do Matias, para que indique alguém.

— Três meses! Exatamente o tempo em que a amizade delas acabou. Minha filha ficou bem triste com isso. A Marcinha se deprimiu muito. Só agora, depois das férias, começou a melhorar.

— Imagino o quanto tenha se magoado. Desculpe por tudo. Não sei o que dizer.

— Não é culpa sua. Só espero que as coisas se resolvam. Sempre gostei muito da sua filha, que frequentou minha casa por anos e, de repente, isso. Só posso lamentar e desejar boa sorte.

— Obrigada, Lourdes. Desculpe-nos por tudo o que causamos.

— Imagina. São coisas da vida que devemos tomar como lições. Fica em paz.
— Obrigada.
Despediram-se.

Ao chegar à sua casa, procurou pela filha.
Lana estava no quarto ouvindo música em alto volume. De costas para a porta, não viu sua mãe entrar. Indo até o aparelho, Otília diminuiu o volume deixando muito baixo.
— Hei!!! Qual é?!! — zangou-se a filha insatisfeita.
— O que é isso, Lana?
— O que é isso o quê? — reagiu em tom agressivo.
— Duas coisas: qual a razão de o som estar tão alto e o jeito de falar comigo! — foi firme.
— Estou ouvindo o que gosto. Por isso está alto.
— Você não é surda. Pode ouvir o que gosta em tom moderado. Os outros não são obrigados a ter o mesmo gosto que você. Pode usar fones de ouvido, se quiser.
— Pronto! Começou!... — expressou-se descontente.
— Vamos conversar, filha — propôs de um jeito brando.
— Tô de saída.
— Ouça-me, por favor — pediu com jeitinho. — O que acha de irmos conversar com a Valéria, a psicóloga do seu irmão, para ver se ela conhece um colega, também psicólogo, para você?
— Não tenho tempo para isso.
— Como não, filha?
— Estou bem. Não tô a fim de psicólogo nenhum.
— Quero entender a razão dessa sua mudança de comportamento.
— Não tem nada para entender! Acho que você tem é que aceitar como sou. Simples assim.
— Você não era assim, Lana. Fui conversar com a Lourdes, mãe da Marcinha e...
— Saco!!!...

— Ela me contou que você se afastou da sua melhor amiga sem motivo. Não aconteceu nada, a não ser a aproximação de uma outra colega. Disse que a menina é um tanto rebelde.

— Acho que está falando da Darlena. Mas ela não é tudo isso não. Quanto exagero.

— Não conheço essa Darlena.

— Chegou agora. Foi transferida para minha escola.

— Antes da Darlena, você e a Marcinha se davam muito bem. O que aconteceu?

— Não aconteceu nada. Só cansei da Marcinha. Ela ficou com ciúme. A Darlena é descolada, descomplicada, alegre, sem medo de ser feliz. Ela é descontraída, divertida... Já a Marcinha é toda recatada e tímida, além de medrosa.

— Certo. Mas, eu gostaria de entender por que você e essa nova colega começaram a zoar com a Marcinha?

— Eeeh... Pronto... — torceu o nariz e a boca.

— Ser alegre e divertida é uma coisa. Ser cruel é outra. A Marcinha merece ser respeitada, não acha? — Não houve resposta. — Mesmo que tenha se cansado da amizade, sabe que deve respeito a ela. Mas, não foi o que aconteceu. Soube que a Lourdes precisou ir buscar a filha na escola por sua causa. Você e a nova amiga começaram a caçoar da Marcinha. Que espécie de pessoa faz isso? A mesma que está te ensinando e incentivando a responder mal, aqui, dentro de casa?

— Vai querer interferir nas minhas amizades, vai?!

— Lógico! Se foi essa Darlena quem te levou a conhecer a turminha com a qual seu irmão te viu, lá na praça, essa menina não é sua amiga e não quer seu bem. Pense, filha.

— Saco... Quer me enclausurar, né? Quer me proibir de ter amigos, de sair de casa... O que mais?

— Não é isso. Quero que enxergue que essas pessoas, com quem está saindo, não são suas amigas. São qualquer coisa, menos amigos. — Longos segundos de silêncio. — Não consegue ver que, depois deles, você mesma está fazendo um inferno na sua vida, aqui, dentro de casa? Por causa das insinuações ou opiniões deles, está discutindo com seu irmão, comigo, com seu pai. Antes deles não era melhor? Não vivíamos melhor? Deixou de ir à casa espírita, de frequentar a mocidade, um grupo do qual gostava tanto. Deixou de lado colegas bons, para quê? Para fazer um inferno dos seus e dos nossos dias?

— Você está sendo controladora! Quer tirar o direito que tenho de conhecer o mundo e as pessoas, não percebeu? — expressou-se de modo arrogante. — Não me deixa ter minhas próprias experiências!

— Aos quinze anos! — foi firme. — Nem todas as experiências se podem ter nessa idade e sabe por quê? Quer entender o porquê de eu querer controlar? — não esperou resposta. — Porque vai sobrar para mim! As consequências de tudo o que não puder arcar e resolver vão sobrar para mim! Com quinze anos, ou melhor, enquanto não tiver estrutura psicológica, estabilidade financeira e discernimento moral, tudo, exatamente tudo o que fizer e der errado, serei eu e a nossa família que teremos de arcar, sustentar, resolver, apoiar! Seus amigos descolados, alegres e divertidos vão sumir! Amigos desse tipo desaparecem quando você tiver a primeira dificuldade! Com quinze anos, ninguém entende e não sabe nada da vida! É incapaz de ver a maldade ou a irresponsabilidade na ação dos outros. Na sua idade, o melhor é aprender, principalmente, com as experiências alheias. O que precisa, agora, é dar prioridade e foco nos seus estudos. Preocupar-se com o que vai fazer para ter uma vida, no mínimo, sustentada por si mesma, pelos próprios esforços e trabalho. Eu e seu pai não vamos durar para sempre e seu irmão precisa cuidar dele mesmo! Você é capaz de entender isso?!

Lana fez cara de desdém. Sorriu com sarcasmo e virou as costas, tentando sair do quarto.

Rápida, a mãe segurou-a pelo braço e perguntou:

— Aonde você vai?

— Me larga! Qual é?! — fez um movimento rápido e se soltou. — Quem pensa que é para me segurar?! — virou-se e se foi.

Otília ficou perplexa, assustada e sem saber o que fazer.

CAPÍTULO 11
Conselheiro bom oferece luz

Os dias foram passando.
Sempre que tinham tempo, Otília e Cláudio ponderavam juntos.

— Já conversamos com ela, falamos tudo. O que mais podemos fazer? Estou cansado, Otília. Essa situação está me esgotando.

— E a mim não? Só acho que, como pai, você deve ser mais exigente, mais firme. A Lana sai, não diz aonde vai, volta tarde, às vezes, de madrugada! — enfatizava em pranto. — Você nunca vê porque está dormindo!

— Quer que eu fique acordado com você? Quem é que vai trabalhar no dia seguinte? Quem é que vai deixar de produzir no trabalho porque está com sono e corre o risco de ser demitido?

— E eu não trabalho? Acha que não é trabalhoso ficar em pé o dia inteiro com a barriga no fogão e no forno fazendo bolos, doces e salgados?! Também tenho compromissos e preciso ser pontual. O que ganho contribui, e muito, para nossa casa!

— Mas não é a mesma coisa! Não queira comparar!

— Como não? Só pelo fato de eu trabalhar em casa não significa trabalho? Só pelo fato de meus horários e dias da semana serem diferentes dos seus não é cansativo? A partir das quartas-feiras não saio do fogão! Tem sexta-feira que passo a madrugada em pé, sozinha, nesta cozinha!

Tem sábado que preciso sair correndo para fazer entregas, enquanto você está descansando!

— Eu não deveria descansar?

— Você não reconhece meu valor, meu trabalho, o que faço e, muitas vezes, isso me invalida para os nossos filhos!

Cláudio demonstrava-se contrariado e cansado da situação. Não suportava resolver problemas de casa, deixando Otília sempre sobrecarregada.

— Não sei o que fazer! Se for falar com ela mais uma vez, sou capaz de perder a cabeça! A Lana responde mal, está com comportamento agressivo e... Você não ajuda!

— Eu não ajudo?

— Só sabe falar disso nos últimos tempos!

— Não tenho com quem dividir os problemas que temos! Se não for com você, com quem mais devo falar?

— Deve ser espiritual. Nossa filha nunca foi assim. Se ao menos ela aceitasse ir à casa espírita...

— Pare com isso, Cláudio! Se a pessoa não tem inclinação à maldade, à crueldade, à malícia, espírito nenhum a faz ser nada! Vamos parar de colocar a culpa nos obsessores tão somente! Tá certo que eles colaboram com ideias, mas as iniciativas são nossas! Tem muito encarnado perverso e malvado servindo de instrutor para obsessor! Estou farta disso! Quer um exemplo? — Não esperou que respondesse e exemplificou: — A bebida alcoólica está lá na garrafa, o obsessor manda você beber. Quem pega a garrafa e despeja no copo e vira o copo na boca é você e não o obsessor!

— O assunto não é esse! Para com isso! Eu também estou cheio dessa história! Quando não é uma coisa, é outra! Quando não é um, é outro! Começo a achar que ser pai que troca ideia e conversa não resolve nada! Os filhos só abusam! Às vezes, acho que é melhor ser tirano! Exigir e pronto! — Cláudio ficou contrariado e repleto de pensamentos inadequados, desabafando: — Tem hora que o arrepen... — não completou. — Pior é saber que foi ideia minha.

— Nunca mais ouse falar isso! — a mulher falou baixo, exigindo, encarando-o contrariada.

Naquele dia, Cláudio estava no trabalho, um colega se aproximou e perguntou algo sobre o serviço. Mais por curiosidade do que para ajudar, quis saber:
— Tudo bem com você?
— É... — titubeou. — Tudo bem.
— Nos últimos dias, você está meio quieto.
— Algumas coisas lá em casa estão me deixando cheio.
— No final do expediente, a gente vai lá no bar tomar uma. Aí você conversa — Margarido propôs.
Cláudio não respondeu.
Ao término do horário, o colega o esperou e ambos foram para o bar.
Após pedirem duas cervejas, Margarido quis saber:
— Tua patroa também tá te enchendo o saco?
— Mais ou menos. Não é bem ela, são coisas dos filhos.
— Eles aporrinham as mães e elas descontam na gente.
— Quase isso — Cláudio disse, tomando a cerveja.
— Também não quero voltar para casa. A patroa começa a falar, exigir, gritar, cobrar as coisas... Reclama de tudo! Que limpou a casa e não quer que suje, que as coisas tão caras, que não dou atenção... Não para de falar. Diz que tenho de tomar atitudes com os meninos. Enche o saco pedindo dinheiro e mais dinheiro. Acha que sou dono de banco! Outro dia, ela pegou dinheiro lá de casa para ajudar a família dela! Um absurdo! Se eu fizer a mesma coisa, ela vai brigar comigo. A gente fica ajudando parentes, vai faltar coisa em casa. Outro dia, a gente não tinha dinheiro pra pegar o gás. Foi um sufoco! Tive que dar um cheque pré-datado. Ajudar os pais dela, até concordo. Meus sogros são gente muito boa. Aposentados, ganham pouco. Mas, tem o filho mais novo, irmão da minha mulher. O cara não faz nada. Não trabalha, não estuda... Diz que não arruma emprego. Arrumei serviço pra ele no porto

— Margarido referiu-se ao Porto de Santos[1]. O homem deu um gole na cerveja, depois continuou: — Ele trabalhou lá um mês, depois não foi mais. Disse que é trabalho pesado. Não gosta de carregar caixas. Safado! Penso que, quando ajudo os sogros, ele também é ajudado. O resultado é que vai continuar acomodado. Você não acha?

— É bem provável — o outro murmurou. Pegou a garrafa e encheu os copos novamente.

— E você? O que aconteceu? — Margarido quis saber.

— Minha filha era uma menina boa, alegre e de repente mudou. Está respondona, mal-humorada. Não quer saber de estudar, passa o dia todo na rua. Eu e a Otília não sabemos mais o que fazer. Antes, era o Matias. Desde os sete anos, esse menino foi muito rebelde, mas melhorou bastante.

— Lembro que você me contou. Gastaram uma fortuna com psicólogo para ele. Sua vida e da Otília era bem melhor quando vieram morar aqui e não tinham filhos. Me lembro de você muito mais alegre, quando começou a trabalhar na empresa.

— Ainda gasto com psicólogo, mas valeu a pena. O Matias está se tornando um bom rapaz. Muito consciente de seus deveres. Agora, a Lana... A Otília quer que faça consulta com psicólogo, mas ela não quer. E tem a questão do dinheiro também. Não tá fácil. A mulher fica jogando na minha cara que não tomo atitude, fica fazendo cobranças...

— O psicólogo lá em casa é um cinto de couro! Dou uma cintada neles e ficam mansinhos — riu. — Pena que não posso fazer o mesmo com a patroa, quando ela fala demais e grita — gargalhou. — Já tive vontade de tapar a boca dela com um pano.

— Otília não é de me encher o saco, mas, ultimamente, não para de falar da Lana. Não sei o que fazer.

— É que não são seus filhos, senão uma surra resolveria. Você é bom demais. Se fosse eu... Tá vendo? Quis ser bom, fazer caridade, ferrou com sua vida.

---

1 É um porto estuarino, localizado nos municípios de Santos, Cubatão e Guarujá, no estado de São Paulo. Principal porto brasileiro e maior complexo portuário da América Latina, possuindo grande variedade de terminais de carga para diversos produtos.

— São meus filhos sim. Não vou bater. Apanhei muito do meu pai. Não tenho boas lembranças dele por isso. Não aprovo surras. Mas... Estou ficando cheio dessa história. Se brigamos com a Lana, vão dizer que fizemos isso por não ser nossa filha de sangue. Se largamos e deixamos fazer o que quer, vão dizer que não nos importamos porque não é nossa filha. Não sei o que fazer. Ela tá se envolvendo com péssimas companhias.

— Porque não contrata uns caras pra dar um susto nesses amigos dela? Um chá de porrete e eles somem! — Margarido sugeriu. No mesmo instante, chamou o dono do bar e pediu: — Traz umas pinguinhas pra gente!

— Não vou mandar bater em ninguém. Não gosto disso — tornou Cláudio. — Estou muito aborrecido. Inclusive com a Otília, que está falando muito. Nunca foi assim, mas, agora... Não tenho sossego. Ela fica em casa o dia inteiro, deveria dar conta disso. Quando o dia termina, saio do trabalho e estou sem vontade de voltar pra casa. Não sei o que dizer nem o que fazer — pegou a cachaça que chegou e tomou em um único gole. E pediu novamente: — Traz outra!

— Poderiam estar livres dessa — Margarido comentou. — Chegou no ponto do arrependimento, né? Se não era pra ter filhos, deveria ter deixado quieto. Foi arrumar pra cabeça. E ainda arrumou dois! — Diante do silêncio do colega, Margarido afirmou: — Não consegue admitir, mas se arrependeu de ter adotado, de ter casado... Sei como é. Já pensei muito nisso. Se bem que, no meu caso, os filhos são meus mesmo. Mas, já pensei muitas vezes: pra que fui arrumar o segundo? Pra que fui arrumar o primeiro? Pra que fui casar? Solteiro, sem filhos, seria uma paz imensa na minha vida. Fui burro! Muito burro! — Breve pausa e comentou: — Você e a Otília sempre se deram bem. A burrada foi adotar filho. Nunca se sabe como serão ingratos, mais tarde. Nunca se sabe o quanto de trabalho vão dar. O que você e sua mulher gastaram com psicólogo daria uma viagem de volta ao mundo! Tenho certeza!

Continuaram conversando e bebendo.
Aquelas palavras do colega incomodaram, profundamente, Cláudio, mas ele não disse nada e não as esqueceria com facilidade.

Ao chegar à sua casa, Cláudio estava visivelmente alcoolizado. Trôpego, foi para o quarto à procura da esposa.
Otília guardava algumas roupas que havia passado e não percebeu seu estado de imediato.
— Oi! Você chegou! Que bom — estava com a porta do guarda-roupa aberta e não o olhou direito. — Estava preocupada. Demorou hoje.
— Oi — ele murmurou tão somente.
— Toma um banho para irmos jantar.
O marido se virou e saiu.
Quando foi para a cozinha, passando pela sala, viu-o deitado no sofá com a televisão ligada.
— Vamos, homem! — expressou-se em tom de brincadeira. — Toma logo um banho pra gente jantar — disse ainda no mesmo tom. Curvando-se perto dele para lhe dar um beijinho, sentiu forte cheiro de bebida alcoólica. No mesmo instante, parou, ficou séria e perguntou: — Saiu para beber com os amigos?
Cláudio se sentou, olhou para ela e indagou:
— Vai implicar com isso também? Não posso arejar a cabeça? — falou com voz grogue.
— Não me importo que saia com seus amigos. Só não gosto quando bebe demais e passa dos limites, como agora.
— Que limite?! Do que está falando?! — alterou a voz.
— Disso! — Com as mãos abertas e espalmadas, fez um gesto e apontou para ele. — Desse seu jeito! Sempre prometendo que nunca mais vai beber, mas não se empenha. Olha o resultado! — disse contrariada.
— Vida de droga! O problema é incompreensão! Tenho de trabalhar, aguentar desaforos, resolver coisas. Chego em

casa, problema daqui e dali! Dinheiro faltando! Filho problema, filha dando trabalho, mulher reclamando! E o que faço?! Pensa que sou o quê?!

— Tome banho quando quiser e jante quando quiser, mas durma neste sofá — disse séria, virou as costas e ainda murmurou: — Comigo não vai brigar.

Cláudio foi atrás de Otília, que já estava na cozinha e perguntou com voz grogue e alterada:

— Quer dizer que, quando você fala, sou obrigado a ouvir, mas quando sou eu que tenho algo para dizer, para reclamar, não posso? Você vira as costas e sai! Fico só! Não tenho direito algum! Fico sozinho sempre!

— Não vou discutir com bêbado.

— Mas, quando quer reclamar dos meninos tenho de te ouvir! Quando as contas da casa não batem, falta dinheiro, tenho de te dar atenção e ajudar a planejar! Mas, agora... Só porque bebi...

— Tá bom, Cláudio. Fala — encarou-o e ficou esperando. — O que tem para dizer embriagado, que sóbrio não consegue? Vai! Diz! — sentou-se e esperou.

— Você não sabe o que eu passo e o que vivo! Não tem ideia das dificuldades do meu serviço. Tenho um chefe que é um idiota, um imbecil e pensa que sabe tudo. Sempre fico tenso para falar com ele. Tenho medo de perder o emprego. Daí, vamos viver do quê? Mas, não é só isso. Vivo tendo problemas no trabalho. A logística precisa funcionar igual a um relógio! Um relógio! Mas, nem sempre dá. Então, a culpa é minha. Tenho de me virar para fazer as coisas acontecerem... Não basta isso, chego em casa e você quer que eu fale com as crianças! Será que não tem capacidade para resolver essas coisas? Tem de ser eu?

— Somos os pais deles. Nós dois precisamos saber o que acontece com eles, ajudá-los nas dúvidas, nas dificuldades e...

— Tô cheio de ter que equilibrar as coisas. Você fica em casa, poderia cuidar disso.

— Posso não trabalhar fora! — reagiu de imediato. — Mas, aqui em casa, sou eu quem faz tudo! Financeiramente, ajudo muito com os doces, bolos e salgados que faço. Tem mês que ganho mais do que você! Além disso, cuido da casa, das roupas, dos nossos filhos. Acha que isso não é um segundo emprego? Quem faz todo o serviço da casa?! Quem vai fazer compras? Quem faz a comida? Além de tudo isso, acha que não tenho nenhuma preocupação? Só você é quem se preocupa nesta casa?

— Não interessa! Você tá em casa!

— Interessa sim!!! — Otília reagiu. — Parei de trabalhar fora quando as crianças vieram e isso foi de comum acordo!

— Eram outros tempos! Emprego era mais seguro. Hoje em dia, a situação é outra. Até porque, quanto mais crescem, mais gastos essas crianças deram e ainda dão. E só eu pra ter trabalho seguro, garantido. Pro Matias, é curso de inglês, é terapia e... Daqui a pouco é faculdade! A Lana tá aí sem saber o que quer da vida e dando trabalho. Toca pagar outro psicólogo também! Você só sabe arrumar essas coisas! Pensa que sou rico?! Se arrependimento matasse, eu tava morto e enterrado!

— Não diga isso, Cláudio! — gritou.

O marido se aproximou, ergueu o dedo indicador frente à face da esposa e disse em tom médio na voz grogue:

— Digo. Digo sim. Tenho esse direito. A gente podia tá livre disso! Podia tá passeando e viajando muito, mas não! Fomos arrumar sarna para se coçar. Arrumar problemas que a gente não tinha. Pensa... Fomos dois idiotas! Sei que a culpa foi minha. Eu tive a ideia... Não me olha assim. Sabe que tenho razão.

— Nunca! Nunca me arrependi! Não inventa ideias. São meus filhos. De alguma forma, em algum lugar Deus permitiu que nos uníssemos para ser uma família. Eu amo meus filhos com toda a força do meu coração.

— Bobagem! Isso não é verdade!

Otília não suportou o que ouvia. Chorando, virou-se e foi para o quarto.

Após xingar alguns palavrões, o marido foi para o banheiro.

O que o casal não viu foi que o filho Matias, que entrava em casa, ouviu toda conversa. Ao mesmo tempo, Lana, que havia chegado sem que a mãe soubesse, estava no quarto e também escutou tudo.

Nenhum dos dois se manifestou.

Matias sentiu o coração apertado e doído de tal forma que o fez chorar em silêncio. Secando, com as mãos, as lágrimas que corriam em seu rosto, sentou-se no quintal e esperou a emoção passar.

Enquanto isso, furiosa, Lana pegou uma tesoura e cortou as roupas de cama do quarto.

Naquela noite, magoada, Otília não conversou mais com o marido. No quarto, trancou a porta e ficou lá, triste e chorando.

Cláudio tentou entrar no quarto, mas ao ver que ela não abria, foi para o sofá, onde se deitou e nem viu os filhos.

— Ele estava bêbado, não estava? — perguntou Valéria, depois de ouvir toda a história contada por Matias.

— Sim. Muito bêbado. Nunca o vi assim — o jovem afirmou. — Isso me deixou mal. Muito mal. Tive vontade de enfrentar e dizer um monte de coisa.

— Como o quê? O que sentiu vontade de falar?

— Que não pedi para me adotar. Que, se quiser, posso viver na rua — quase chorou. Segurou as emoções. Mesmo assim, seus olhos marejaram.

— Matias... Ele estava embriagado. Acha que devemos levar isso tão a sério? O que um bêbado fala, tem importância?

— A bebida dá coragem de dizer a verdade.

— Discordo. A bebida não dá coragem de falar a verdade. Bebida nos faz falar qualquer besteira. Sobriedade é honestidade e prudência. A pessoa sóbria, que pensa no que vai dizer ao outro, mesmo que tenha de fazer um enfrentamento, é honesta, prudente, gentil, verdadeira. É muito diferente. Dizer a verdade com sensatez é uma coisa. Dizer qualquer besteira, impensadamente, é outra, principalmente, quando se trata de falar sob o efeito de bebida alcoólica ou qualquer outra droga. Perceba que sua mãe discordou e se magoou com ele.

— Você está me invalidando? Invalidando minha opinião?

— Não, Matias — afirmou a psicóloga com convicção. — Estou te oferecendo um outro ângulo de visão, além de mais informações para que tenha diversos pontos de vista e sustente uma opinião alicerçada em verdades e não suposições. Você me apresentou uma situação e mostrou sua opinião sob uma única forma de ver. Sentimentos de dúvida e outros conflitos não nos deixam enxergar outras verdades e outros ângulos. Por exemplo: acha mesmo que a pessoa sob o efeito de drogas, incluindo o álcool, é capaz de ser responsável e ter o domínio de si? — não houve resposta. — Claro que não. Se assim o fosse, seria permitido dirigir sob o efeito de álcool. No mundo inteiro, centenas de milhares de pessoas, por estarem entorpecidas, arrependeram-se de incontáveis feitos, práticas, palavras, opiniões, ações, manifesto e até mesmo inatividade ou descaso, que é deixar de tomar atitudes. Você não tem ideia.

— Achei que estivesse me invalidando, inutilizando... ou melhor, não dando crédito ao meu modo de ver a situação.

— Não. De forma alguma.

— Desculpa.

— Foi bom ter dito isso. Foi sincero. Com isso, eu pude mostrar outras formas de ver a mesma situação. Eu estaria muito errada se dissesse somente o que você deseja ouvir. Passar a mão na cabeça não é uma boa forma de fazer alguém se equilibrar. É necessário esclarecimentos e verdades. — Breve pausa. — O que gostaria de ouvir? Que você deveria enfrentar seu pai? Desejaria que eu dissesse que ele é um crápula, que errou, que deveria morrer enforcado por isso? — exagerou para que tivesse um choque de realidade. — Que você é um pobre rapaz, coitadinho e deveria se coagir, ir embora de casa e morar na rua? Percebe que não são opiniões ou opções saudáveis? — sorriu com leveza ao observá-lo. — Matias, por aí, está cheio de gente que, com a melhor das intenções, mas sem qualquer base, fundamento, princípios ou conhecimento, fica inflamando e irritando os outros sobre como lidar com família, parentes, comportamento no trabalho. Fica instigando, estimulando outras pessoas a sentirem mais raiva, ficarem mais irritadas, piorando as emoções, os conflitos, as dúvidas, estimulando intriga e ódio... Isso nunca trouxe equilíbrio e soluções para quem está em dúvida ou desesperado. Por essa razão, a responsabilidade de um profissional na área da saúde mental é importante. Um profissional desse deve mostrar caminhos e alternativas prudentes, ele precisa ser o mediador, nunca pode jogar mais lenha e combustível na fogueira. O bom conselheiro é aquele que oferece luz à consciência para que o outro encontre a melhor solução, o equilíbrio, tenha visão ampla e muito mais sobre uma situação. Entende?

— Entendo.

— Fuja de pessoas que te estimulem à discórdia, à intriga, ao ódio e a tudo o que for negativo. Pense muito bem antes de aceitar opiniões desse tipo.

— O que você acha que aconteceu com meu pai, então?

— Vamos lá... Vamos recordar... Você sempre afirmou que seu pai foi atencioso, nunca o desprezou, nunca percebeu rejeição.

— Verdade.

— De repente, chega embriagado a casa e fala coisas desagradáveis. Pelo que me contou, podemos perceber, nitidamente, que seu pai está com medo e se sentindo inseguro. Matias, ninguém é cem por cento firme e consciente o tempo inteiro. Ele deve ter tido problemas no trabalho, até comentou isso com sua mãe, mas superficialmente. Percebe? O medo de perder o emprego, a insegurança com o amanhã, o desafio de enfrentar, diariamente, diversos problemas com um chefe é algo desgastante. Todos nós vivenciamos situações semelhantes de modo diferente. Nunca sabemos o que o outro está passando, por isso precisamos ser respeitosos e gentis. Alguns podem estar naquele momento onde o positivismo e o ânimo vão embora. Talvez seja o caso dele. Perdeu momentaneamente as forças. Daí bebeu. A bebida, como falamos, tira nosso equilíbrio. Faz com que percamos o bom senso, a razão. Falamos e fazemos qualquer coisa quando estamos sob o efeito do álcool e conforme a quantidade pior fica o controle sobre nós mesmos. Em muitos casos, quando falamos, não medimos nada, não filtramos o que dizemos nem a intensidade com que dizemos as coisas. Para mostrar que estamos sofrendo, somos capazes de dizer e fazer absurdos. Por isso, não é aconselhável beber para se tratar de assuntos importantes. Seu pai errou sem dúvida alguma. Primeiro, vamos lembrar que ele nunca, nunca maltratou você, sua irmã ou sua mãe, mesmo em outros momentos em que bebeu.

— Não. Nunca mesmo.

— Segundo... Você acha que todas as coisas boas que ele fez para você e sua família, até hoje, devem perder o valor por causa de uma única atitude desequilibrada e sob o efeito do álcool? — Matias não respondeu e a psicóloga ficou observando-o. Esperou um momento, depois prosseguiu: — Se seu pai continuar falando a mesma coisa, repetir essas afirmações, aí sim, podemos acreditar que ele tem essa opinião. Do contrário... Podemos considerar como um episódio em que se demonstrou fraco, influenciado por situações ou pessoas que não sabe lidar. Tudo na vida dele virou um pacote, uma bagunça, que não soube separar. Seu pai ficou confuso. E quem nunca ficou? Mas, se isso se repetir, então a situação muda. — Viu-o pensativo e acrescentou: — Lembra-se de quando você disse a eles coisas para magoá-los? Dizia que eles não eram seus pais e por aí afora?... Na verdade, não era o que sentia e desejava dizer a eles. Falou só para desabafar sua dor, sua contrariedade com a vida. Desejava que o outro sentisse dor para saber como você sofria. Com as psicoterapias, com o tempo, entendeu e aprendeu a lidar e ter o domínio sobre si.

— Verdade.
— Dê um tempo. Seu pai não é super-herói. Ele é humano. Sua mãe também. Eles têm o direito de não estarem bem, de terem medo, insegurança, falar sem pensar...
— Estou com vontade de conversar com minha mãe a respeito dessa situação.
— Sim. Por que não?
— Acho que ela não está legal. Não estão conversando direito. Só o essencial.
— Deixe claro para sua mãe sobre o que ouviu e o que está pensando, agora, depois da nossa conversa, pois tenho certeza de que sua forma de ver a situação mudou.
— Mudou mesmo — sorriu.
Conversaram mais um pouco.

No mesmo instante, Lana estava em companhia de Darlena, sua nova amiga, contando o que havia acontecido.
— Ele falou isso?!! Que canalha!!! Vagabundo!!! Seu pai é um egoísta miserável! Deve ter adotado você e seu irmão pra se exibir pra sociedade, pra família! Bem que dizem que a bebida faz os canalhas falarem a verdade. Sempre acreditei nisso! — Darlena se manifestou e deu uma baforada de cigarro.
— Tô mal com essa história. Cretino! Egoísta! Monstro! Ele é um monstro! Bem que sempre desconfiei. Ninguém é tão bom assim. Adotou a gente e agora tá arrependido e tem de ficar de cara cheia pra dizer isso. Tô mal. Tô me sentindo uma droga, uma... — falou alguns palavrões.
— Calma, amiga. Não fica assim. Dá o troco! Dá um jeito de se vingar desse canalha. Bem que se fala que família não é quem tem seu sangue. Até mosquito tem meu sangue e não é da minha família, não me trata bem e quer me sugar! Família é com quem a gente se dá bem.

— Ele me paga! Não é nem meu pai... — chorou. — Nem ela é minha mãe!...

— São dois cretinos! Querem mostrar que fazem caridade, são bondosos, o caramba... — xingou.

— Ele sempre apoiou a Otília. Vai ver ela quis adotar a gente só pra parar de trabalhar fora. Acho que passa o dia inteiro em casa pensando em como infernizar a vida da gente. Monstro!

— E o seu irmão? O que falou? — Darlena quis saber.

— Acho que não sabe. Chegou em casa depois que o vagabundo do Cláudio se esparramou no sofá. Se ouviu, o Matias não disse nada. Mas, se souber, meu irmão ficará do lado dela, quando, na verdade, não deveria ficar do lado de nenhum dos dois. Matias virou um tremendo puxa-saco. É o filhinho de ouro!

— Vai contar pro seu irmão?

— Não sei... — Lana ficou pensativa.

— Conta! Ele precisa saber. Não é seu irmão nem eles são seus pais, mas você não deve nada pra ninguém e precisa deixar isso claro. Família de aparência não é família — envenenava a outra. — Querem viver de falsidade, de aparência, do caramba!... Fica fora!

— Verdade, amiga — Lana concordou. — Eles vão me pagar por tudo isso. Não imagina como dói ser excluída. Nunca vou esquecer o vagabundo do Cláudio dizendo que estava arrependido... Disse que poderiam estar livres disso! Disso?! Disso é o nome que dá pra gente?! Desgraçado! Infeliz! A gente não é uma coisa pra ele chamar de disso! Falou ainda que poderiam viajar, que foram arrumar sarna para se coçar — chorou.

Darlena lhe passou um cigarro e falou alguns palavrões, ofendendo os pais de Lana, o que acrescentava mais sentimentos pesados, tristes e raivosos.

— Dê um pé nessa turma assim que puder! Não são seus pais mesmo. Aqueles dois vermes, que se dizem seus pais, ainda têm a audácia de quererem colocar limite em você!... Manda se catar! Você não tá sozinha! Tem amigos. Não precisa desses cretinos. E corta essa de chamar de pai e mãe. Nem genitores são! Eles não são nada e nunca foram. Cai fora!

Naquela tarde, Matias chegou à sua casa. Tendo a certeza de que sua irmã não estava, procurou por Otília.

— Oi, mãe.

— Oi, filho! — sorriu normalmente. — Tudo bem?

— Tô bem sim. — Percebendo-a voltar para o que fazia, chamou-a: — Mãe, preciso conversar com você. Senta aí... — indicou uma cadeira à mesa da cozinha.

Otília sentiu que havia algo sério na fisionomia do jovem. Ela já estava apreensiva por encontrar as roupas de cama cortadas pela filha. Pensou que fosse comentar a respeito disso, já que a moça não quis dar satisfações do que havia feito. Secando as mãos, sentou-se conforme o pedido. Sob o efeito de grande expectativa, aguardou que ele se acomodasse a sua frente.

— Eu ouvi o que o pai falou.

— Falou? Sobre?... — indagou baixinho. Havia entendido. Talvez quisesse ganhar tempo para pensar em como explicar.

— O pai chegou embriagado, falou aquelas coisas sobre se arrepender de nos adotar. Ouvi tudo. Tinha acabado de chegar.

Otília sentiu-se gelar. Não sabia o que dizer, mas tentaria apaziguar a situação.

— Filho... Seu pai tinha bebido. Ele estava com problemas no serviço. Isso o deixou estressado e... Não podemos dar importância ao que um bêbado fala. Geralmente, pessoa embriagada não tem controle, bom senso e...

— Concordo com você.

— Além do que... Espera. Você disse que concorda?

— Disse. Concordo com você, mãe — sorriu levemente. — Sabe, fiquei chateado com o que ouvi. Decepcionado, muito magoado... Aí, conversei com a Valéria. Ela me fez pensar e lembrar de coisas interessantes. A bebida faz as pessoas falarem besteiras. Falam qualquer coisa. É diferente de dizer verdades com sensatez, honestidade, gentilmente e de forma equilibrada, como estamos conversando agora. A bebida faz da gente idiota e não verdadeira. Pessoas sem coragem falam tudo sob o efeito do álcool. Também lembrou que tudo de bom que ele fez e falou pra gente até hoje não pode ser anulado ou esquecido por causa de um momento de desequilíbrio por causa do álcool. Ele nunca foi assim, nunca disse coisas que nos magoasse. Pelo contrário. O pai sempre teve bom senso, foi generoso. Tudo o que fez de bom para nós, até agora, não pode ser invalidado. Todos merecemos, pelo menos, uma segunda chance. Mas, que isso não seja frequente, não se repita. Vamos ver como o pai vai reagir, depois disso.

— Ele teve problemas no serviço. O chefe é um homem muito chato, perseguidor, exigente, mesquinho e egoísta. Pessoas assim destroem a paz e o emocional das outras à sua volta. Em vez de serem bons chefes, são terroristas, vivem ameaçando, aterrorizando e se impondo por conta de seu cargo. A Lei do Retorno existe e, um dia, receberão de volta o que oferecem, mas, até lá... Devemos entender que estão nas nossas vidas como instrumentos para nós nos equilibrarmos, termos fé, darmos nosso melhor... Seu pai não está sabendo lidar com isso, está preocupado com a estabilidade no emprego. Também teve problemas em algo que fez, na logística de material... Não bastasse, nos últimos tempos, estou falando muito a respeito de sua irmã, sobre o comportamento dela e... Creio que se viu sobrecarregado demais. Não percebi isso. Então ele bebeu e acabou falando asneira. Tenho certeza de que ficou fraco por causa do efeito da bebida. Não estou defendendo. Estou dando uma chance e, para isso, preciso encontrar algo que justifique o que ele fez. Mas, concordo com você. Isso não pode se repetir, não pode se tornar uma rotina. Estou pronta para outras decisões, caso seu pai insista nisso.

Matias se levantou, foi para junto da mãe, do outro lado da mesa, deu-lhe um abraço pelas costas e a segurou apertada por algum tempo. Erguendo-se, percebeu-a chorando. Massageando-lhe os ombros, como se fosse um carinho, disse em tom generoso:

— Em outros tempos, eu ficaria com raiva, revoltado. Provavelmente, ia querer quebrar tudo... — riu com simplicidade. — Mas, acho que evolui um pouco. Cresci um pouco. Não estou com raiva e sou capaz de entender o pai. Ele sempre cuidou da gente e... Não vamos ser egoístas. Vamos entender e dar uma outra chance.

Otília se levantou, virou-se e o abraçou com força. O filho correspondeu.

Ambos choraram. Não pelo problema que viviam, mas pela emoção, por saber que um apoiaria o outro.

Afastando-se um pouco, ela passou as mãos no rosto do filho, que parecia encabulado. Sorrindo, comentou:

— Eu sabia. Tinha certeza de que você se tornaria um homem bom, equilibrado e sábio. Continue assim e se torne uma ótima pessoa, filho.

— Obrigado por não desistir de mim.

— Nunca desistirei — sorriu.

— Mãe, se o problema é grana, podemos parar com a psicoterapia. A Lana está precisando e...

— Não. Posso pegar mais encomendas, fazer mais salgados... Vamos dar um jeito. Aliás, estou pensando em levar a Lana para conversar um pouco com a Valéria. Sei que não deve fazer sessões com a mesma psicóloga, mas uma conversa seria boa. Assim a Valéria pode convencê-la a fazer psicoterapia e indicar algum psicólogo para ela.

A mãe ficou feliz em perceber o quanto Matias tinha mudado. Havia crescido e amadurecido, tornando-se equilibrado e generoso.

Ficando na ponta dos pés, ela se ergueu, abraçou-o e lhe deu um demorado beijo no rosto.

Lana, que havia chegado e não sabia o que acontecia, parou à porta observando a cena. Com fisionomia de desaprovação, envergou a boca para baixo e fez uma expressão de insatisfação ao falar com deboche:

— Que cena linda! — entrou e jogou uma mochila sobre a mesa, fazendo barulho.

— Oi, filha! — a mãe a cumprimentou e foi à sua direção. Perto, puxou-a carinhosamente para lhe dar um beijo no rosto. A filha fez pouco caso e não lhe deu importância nem correspondeu. — Fiz uma coisa que você gosta! — disse animada e sorridente. — Advinha o que é?

— Ah... Me poupe! Tanto faz o que você fez.

— O que foi, Lana? — perguntou a mãe séria.

— Não foi nada. Me erra. Só acho muita hipocrisia esse jeito como tenta me tratar, Otília. Qual é a sua, hein?

A surpresa não foi somente da mãe, o irmão também achou bem estranho a sua forma de falar.

— Ei, Lana, qual é a sua? Chamando a mãe só pelo nome? — Matias se incomodou.

— Ela não é minha mãe! Nem você meu irmão! Na verdade, vocês não são nada meu — pegou a mochila e foi para o quarto.

Otília e Matias se entreolharam com um misto de assombro e decepção. Quando a mãe ia atrás da filha, o rapaz a segurou e disse baixinho:

— Não... Deixa quieto. Vou falar com ela depois.

Apesar de atender ao pedido, a mulher ficou inquieta e muito amargurada.

O que poderia fazer para ajudar Lana? Por que aquele comportamento hostil?

Essas e outras perguntas sem respostas amarguravam seu coração.

No quarto com a irmã, Matias perguntou:

— O que tá acontecendo? Por que chamou a mãe pelo nome? Você nunca fez isso.

— Porque ela não é minha mãe. Aliás, não é sua também.

— Eu a considero minha mãe. Foi quem me criou, cuidou, deu atenção, custeou minha vida até hoje, orientou...

— Você é um idiota mesmo. Fica se deixando levar por essa gente que quer aparecer pro mundo.

— Não estou entendendo. Você não era assim. De uns tempos pra cá, começou a tratar a gente mal. A mãe e o pai não fizeram nada.

— Eu ouvi o pai dizendo que se arrependeu de ter adotado a gente — contou tudo. Não sabia que o irmão também tinha ouvido.

— O pai e a mãe têm o direito de não estarem bem, de ficarem tristes e até de sentirem arrependimento. Mas, não acho que foi o caso. Ele bebeu. Deve ter bebido porque está com problemas no serviço. Tá com medo de ser demitido. Eles sempre fizeram tudo por nós. Eu sempre dei muito trabalho, preocupação e problemas para eles. Hoje penso diferente. Consegui enxergar o tempo que perdi me vitimizando e me achando um coitado, enquanto eles só queriam o meu bem, a minha vitória na vida. Eles também estão se esforçando por seu bem do mesmo jeito. Tudo o que o pai fez e falou de bom, até hoje, não pode ser anulado por uma besteira que disse quando estava embriagado. Vamos parar de ser uma flor de estufa que não consegue viver com um vento gelado que se fere toda! — enfatizou. — Vamos focar na nossa capacidade e deixar de ser problema para eles. Devemos ser gratos por eles terem nos tirado de onde tiraram.

— Olha só como você está falando! — riu em tom de zombaria. — Até parece um deles!

— Você se acha perfeita, não é Lana? Acha que não erra? Pensa que é dona da verdade? Acredita que é o símbolo perfeito de raça humana, que tem o direito de falar o que pensa e que os outros devem fazer tudo por você? O que você faz da vida, cara?! Se não fosse pelos nossos pais, onde estaria agora? O que estaria fazendo? Coloca a mão na consciência!

— Você nunca percebeu como essa mulher nos trata? — Sem demora, arremedou: — Arrumem a cama! Coloca a roupa no cesto pra lavar! Hoje é seu dia de lavar a louça! Coloca o lixo pra fora! Qual é?! Parecemos empregados dela! — disse em tom agressivo.

— E o que você gostaria que ela fizesse? Que fosse sua empregada? Precisamos colaborar! — enfatizou. — Damos trabalho, sujamos roupas e louças. Você é daquelas pessoas que se acham rainha da Inglaterra! Todos a sua volta são seus súditos! Precisa ser atendida, idolatrada, venerada, amada! Qual é, Lana?

— Não sou empregada dela!

— Nem ela é sua! Precisamos colaborar nas tarefas de casa sim! Quando for trabalhar e se emancipar, pagar suas próprias contas e se sustentar sozinha, aí sim, vai poder fazer o que quiser e quando quiser, morando sozinha. Mas, por enquanto, essa casa não é sua e tem o dever de colaborar. Qual é o seu problema para não entender isso?

— Não sou empregada! Me adotaram para quê?! Pra me fazer de escrava? Não mesmo!

— Parem com isso! — atraída pelos gritos, Otília entrou no quarto e exigiu. — Não quero briga aqui.

— Quem é você para mandar em mim?! — Lana a olhou de cima a baixo.

— Sou sua mãe! Enquanto viverem nesta casa, terão de obedecer às regras existentes aqui. E aqui não tem briga! — foi enérgica.

— Sai fora! — gritou e foi saindo.

Otília a segurou pelo braço, mas Lana reagiu, empurrando-a com muita força a ponto de fazê-la cair.

Matias se assustou e correu até ela para socorrê-la, enquanto a irmã saía sem olhar para trás.

— Mãe!

— Estou bem... Fica tranquilo — murmurou assombrada.

— Vou atrás dela. Ela não pode fazer isso.

— Não, Matias! Deixa! — ordenou e ele aceitou.

CAPÍTULO 12
As queixas de Lana

No dia seguinte, Otília estava na cozinha preparando café, quando o marido chegou.
— Bom dia.
— Bom dia, Cláudio.
— O que houve? Fui dormir não tinha deitado. Acordei e a cama do seu lado estava do mesmo jeito.
— Não dormi no quarto. Ontem, quando chegou, não quis te passar problemas, como me pediu, mas... — contou tudo o que aconteceu. Depois, revelou: — Não fui deitar esperando a Lana. Mas, ela não dormiu em casa. Isso nunca aconteceu. Não tenho ideia de onde essa menina passou a noite.
— Deveria ter me contado. Onde já se viu uma coisa dessa! Tá bom que eles devem ter ouvido as asneiras que falei, mas... Nada daquilo é verdade. Já conversamos. Não sei o que me deu... — andou de um lado para outro, passando as mãos pelos cabelos. — Que droga... — resmungou. — Nunca mais vou beber...
— Não lamente. Cumpra a promessa de não beber. Toda vez é isso... Promete e não cumpre. Chega bêbado, fala o que não deve e depois pede desculpas. Acha que se desculpar é o suficiente para desfazer a mágoa, a tristeza que me provocou? Estou cansada disso... — falou em tom triste.
— Desculpa... Não vai mais acontecer, Otília. Eu te prometo. Desculpa...
Insatisfeita, ela decidiu prosseguir com o outro assunto:

— Tem a tal amiga Darlena, mas não sei onde essa menina mora. A Lana está muito rebelde e... Meu Deus... — murmurou aflita.

— O que eu fui fazer... — Cláudio lamentou, preocupado. — Não sei porque falei aquilo. Dizem que ninguém influencia a gente, mas... Tá aí! Fiquei de papo furado com aquele imbecil e fracassado do Margarido. Deu nisso!

— Pessoas sem estrutura sempre dão opiniões infelizes e que não percebemos, no primeiro momento, só para estragarem a nossa vida. Vida que, provavelmente, elas têm inveja. Tudo o que fazemos tem consequência. Lamentar não é opção dos fortes. O forte aprende com o erro.

— Droga... Fui um fraco. Um infeliz... E agora?

— Eu só te entendo, pai, porque já fui infeliz e fraco também — disse Matias, chegando à cozinha. — Falamos sem pensar, queremos que o outro sofra só porque estamos sofrendo. Não vemos o lado bom de nada na vida, embora ele exista.

— Filho, eu... Me perdoa? — aproximou-se e pediu, parecendo implorar.

— Que é isso... — Matias se emocionou e o envolveu em um abraço. — Não esquenta, pai. Mas, procura não beber mais — disse ao se afastar.

— Nunca mais vai acontecer. Desculpe... — envergonhou-se.

— Matias, você tem ideia de onde sua irmã possa estar? — a mãe indagou.

— Não exatamente... — titubeou. — Posso ver com uns conhecidos.

— Se por acaso for com aqueles ex-colegas, esquece! — tornou ela.

— Mas, Otília... — o marido tentou dizer.

— Não vamos sacrificar um filho por causa do outro! O Matias não pode dever favores pra esses caras. Certamente, eles irão procurá-lo daqui uns dias. Já basta a Lana envolvida em encrencas.

— Tem outra coisa... Não ia comentar com vocês, até eu ter certeza... — Viu-os com grande expectativa e falou: — Arrumei emprego no mercado. Não vou ganhar muito, mas será bom para mim, por isso não posso sair para procurar a Lana ou saber sobre ela. Não quero me atrasar para levar os documentos e iniciar o serviço.

— E seus estudos?

— Fica fria, mãe. Vou trabalhar das 7h às 13h. À tarde e à noite, estarei livre. Já tenho dezessete anos e estou no último ano.

— O mercado não abre às 7h. Por que tem de ir tão cedo?

— Vou receber as entregas. Os caminhões descarregam as mercadorias a partir das 7h. O gerente precisa de ajuda para conferir bem rápido tudo o que chega. Vai dar para estudar, continuar no curso de inglês, ir à psicoterapia... Com o que ganhar, vai dar para pagar pelo curso e a psicoterapia. Aí vocês poderão focar na Lana. Talvez até dê para ajudar em casa.

— Filho... — a mãe se emocionou. — Primeiro, preocupe-se com você. Depois com outras coisas.

— Parabéns, Matias, pelo primeiro emprego. Será muito bom. Vai aprender muita coisa — o pai bateu em seu ombro. — Seja responsável e confiável. Observe tudo e fale o mínimo possível. Pergunte tudo sobre o serviço e corresponda às expectativas da empresa.

— Pode deixar, pai — sorriu. — Mas... Voltando ao assunto sobre a Lana... o que vamos fazer?

— Vocês vão trabalhar. Eu fico aqui esperando e preparando minhas encomendas — ela decidiu.

Matias saiu para ir até o mercado levar seus documentos e Cláudio, apesar da preocupação, foi para o trabalho.

Embora se ocupasse com as encomendas, Otília estava aflita e a demora era grande. Largou tudo o que fazia e foi dar uma volta pelo bairro, mas não encontrou a filha, mesmo procurando-a em diversos lugares. Angustiada, voltou para casa.

Sentou-se no sofá da sala. Primeiro chorou, depois orou e pediu que a jovem retornasse em segurança.

Passadas algumas horas, escutou o ranger do portão. Foi olhar. Era Lana entrando.

Notou que a filha andava de um jeito estranho. Praticamente, cambaleava ao adentrar pela porta da cozinha onde a mãe, séria, aguardava-a.

Ao vê-la, a jovem não disse nada. Quando foi passar por ela, ouviu sua voz firme:

— Onde você esteve?

— Não te interessa! — respondeu duramente.

— Interessa sim! — tornou firme. — Lógico que interessa. Primeiro, porque você só tem dezesseis anos! Segundo, porque, sendo menor de idade, deve satisfações a mim e ao seu pai. Não demos autorização para você passar a noite fora!

— Já vai começar! — expressou-se em tom de zombaria.

— Lana, não estou brincando — falou séria. — Onde esteve?

— Com meus amigos, minha turma, minha galera...

— Fui até a praça e não estavam lá.

— Acha que aquele é o único lugar do mundo? — riu.

— Lana!

— Qual é?!... — foi para o corredor.

Otília segurou seu braço. Aproximando-se, cheirou-a na altura do pescoço.

— Você bebeu! Usou alguma outra coisa?

— Não é da sua conta!

— Lógico que é! Está proibida de sair de casa!

— Quem vai me prender aqui? Você?!

— Lana, não me teste!

— Me deixa! Qual é?!

Otília ficou angustiada e aflita. Não sabia o que fazer. Brigar com a filha não ajudaria. Ao contrário.

Esperaria. Viu quando ela caiu na cama e dormiu profundamente.

Passado um tempo, procurou a psicóloga de Matias.

— Quanto tempo!... Entre e sente-se — convidou.

— Preciso de sua orientação — disse logo que se sentou. Otília contou tudo.

Valéria ouviu com atenção. Ao final, comentou:

— Não posso atender a Lana, enquanto o Matias estiver fazendo psicoterapia comigo.

— Sei disso. Mas... Gostaria que conversasse com ela como uma amiga, conselheira... Você conhece bem nossa família. Ajudou imensamente o Matias. Penso que, talvez, se alguém de fora a convencesse a fazer terapia com outro profissional... Estou desesperada. Ela não era assim. Não parece a mesma menina. Acabou de fazer dezesseis anos. As notas e o comportamento dela despencaram. Diferente do Matias, a Lana nunca deu trabalho. O Matias mudou muito. É nítido que amadureceu. É outro ser! — enfatizou.

— Ele se trabalhou muito — Valéria sorriu.

— Devemos isso a você.

— Não. Ele se trabalhou.

— Com as ferramentas que deu a ele — Otília insistiu.

— Mas... Conta uma coisa para mim: a Lana vem mudando e sendo rebelde à medida que o Matias vem mudando e melhorando?

— Sim. Isso mesmo.

— Entendi...

— Entendeu o quê? O que eu perdi? — a mãe quis saber.

— Lana pode querer atenção, de um jeito ou de outro.

— Acho que entendi. Era ótima aluna, ótima em tudo e se sobressaía para ser melhor do que ele. Quando o irmão começou a ser diferente, ela ainda quer atenção, mas procurou meios diferentes para fazer isso, sendo o oposto dele. Ela sempre quer ser o oposto dele!

— Não posso afirmar isso, Otília. Precisaria conversar muito com ela. Nunca devemos dar uma opinião ou parecer somente com meia dúzia de conversas.

— Mas, essa é uma possibilidade.

— Pode ser.

— Você aceitaria conversar com ela, por favor — pareceu implorar. — É possível que ela te escute.

— Conversar, sim, posso. Posso dizer o quanto será bom sessões de psicoterapia e se ela quer que indique um profissional confiável. Se for isso... Fale com ela e agendaremos um dia.
— Muito obrigada, Valéria. Pode deixar.

A custo, Lana aceitou conversar com a psicóloga.
No dia marcado, compareceu com semblante contrariado e postura desdenhosa, quase desrespeitosa com a psicóloga.
— Em que posso te ajudar, Lana?
— Estou aqui porque a Otília exigiu.
— Sabe que sou psicóloga do seu irmão e não poderei atender você. Vamos só conversar para ver em que posso te orientar. Pode ser?
— Tanto faz — sacudiu os ombros e olhou para o canto, sem encarar Valéria.
— Sua mãe me contou que está se comportando de forma muito diferente. Disse que suas notas baixaram, que recebeu reclamações e teve várias faltas escolares. Sabe me dizer se existe algum motivo para isso?
— Olha... O motivo é que estou de saco cheio.
— Do que, exatamente? — a psicóloga perguntou tranquila e séria.
— Do povo lá de casa! Claro!
— Sua família?
— Família não! Aquilo não é família, é uma farsa, sabe? Estão brincando de papai, mamãe e filhinhos — riu. — Não puderam ter filhos e foram logo adotando um casal pra ficar bonito! Oh!... Que lindo! Família perfeita para propaganda de TV! — ironizou.
— O que te leva a acreditar que sua família é uma farsa?
— Eles querem tudo perfeito. Até o imbecil do Matias está entrando na deles! Olha no que ele está se transformando! Até começou a trabalhar!
— Não estou entendendo. Desculpa... Por que você acha que sua família é uma farsa?

— O Cláudio é uma vaquinha de presépio, dizendo sim a tudo o que a Otília fala.
— Eles vivem bem?
— Vivem pra eles! Ela fala, ele obedece.
— Talvez ela tenha uma visão melhor da vida e ele entenda isso. Mas... Eles brigam?
— Quando ele bebe, ela fica muito zangada.
— Brigam?
— Do jeito dela. Ela dá uma que tem razão, fala umas verdades. Ele abaixa a cabeça e fica tristinho. Ela fica sem conversar com ele alguns dias. Depois que passa a raivinha dela, voltam a conversar e ficam de boa. Isso é ridículo.
— O que mais?
— Ela fala muito. — Arremedou: — Hoje fiz faxina na casa. Vê se conserva tudo limpinho. Hoje lavei roupa. Fiz trezentos salgadinhos. Entreguei o bolo... — Que saco! Quando não, implica com a gente. Coloca o lixo pra fora, guarda a roupa que passei, coloca a roupa suja no cesto... Tira a toalha molhada de cima da cama.
— De quem é a toalha molhada em cima da cama?
— Tá, é minha, mas eu posso tirar depois.
— Depois, quando? — indagava sempre tranquila.
— Ah!... Depois!
— As roupas que ela pede para guardar ou para colocar no cesto de roupas sujas são sempre as dela?
— Não, mas eu posso colocar depois.
— Entendi...
— Minha vida tá um saco! Não posso ter amigos, ela não deixa. Não quer nem que fique conversando, tendo ideias disso ou daquilo. Quer que vá pra casa espírita, frequentar o grupo de jovens, fazer tratamento de assistência espiritual... Fica falando um monte só porque tirei nota baixa. Reclama porque estou ouvindo minhas músicas. Que saco! Não aguento mais!
— Olhou-a e revelou: — Quer saber? Não posso nem ouvir a voz dela! Ela não me ama! Finge o tempo todo! Faz aquela voz mimosa, cheia de dengo! É nojento! Tô odiando a Otília com todas as minhas forças!!! — expressou-se rude, com raiva. —

Ela se faz de vítima. Reclama que dói aqui e ali! Conversei com minha amiga, a Darlena, que disse que a Otília tem transtorno. Só pensa nela. Só ela tem razão.

— Essa sua amiga tem alguma formação na área da saúde mental? É psicóloga, psicanalista, psiquiatra?...

— Não. Mas ela tem muita vivência! — ressaltou.

— Entendi... — tornou a psicóloga.

— Não precisa ser da área da saúde mental para ver que a Otília não é normal. É cheia de regras e exigências.

— Desculpe, Lana, mas é preciso sim ser da área da saúde mental para dar um diagnóstico desse tipo. E afirmo com convicção que somente depois de algumas sessões isso pode ser dito. De imediato, é difícil, leviano e criminoso diagnosticar alguns transtornos de personalidade. Existem muitos casos em que a pessoa é tóxica por várias razões, a pessoa é má, é cafajeste, entre outras coisas porque foi criada para ser assim, porque se desenvolveu dentro de certos costumes, vícios e hábitos, viveu em ambiente familiar em que aprendeu isso. Por exemplo, pessoas más podem ser confundidas com psicopatas. As tóxicas ou controladoras são confundidas com narcisistas, quando, na verdade, é um defeito de caráter e não de transtornos. As ansiosas são confundidas com narcisistas também. Por exemplo: por medo de escassez, medo de que falte alguma coisa, alguém cria o vício de ter controle sobre os gastos, talvez, por ter vivido situações problemáticas, nesse sentido. Já vi pais quererem controlar as saídas do filho por medo de que algo catastrófico aconteça. Pode ser que perderam um irmão, outro filho ou por ter acompanhado o desespero de outros pais que viveram esse drama. Eles querem controlar o filho por medo de passar pela experiência. Muitas vezes, esses pais vivem um trauma. Nesse caso, isso pode e deve ser tratado. Por essa razão, são necessárias várias sessões, em que o profissional da área da saúde mental precisará buscar e entender toda a vivência e problemática antes de fazer qualquer apontamento ou diagnóstico. Nunca de imediato. Isso é impossível sem conhecer pessoalmente a pessoa e os quadros individuais por sua própria voz, por isso devo afirmar que é necessário sim alguém da área da saúde mental para diagnóstico certo e somente depois de algumas, eu disse algumas sessões.

— Não interessa o que a Otília é! Tóxica, neurótica, paranoica, narcisista, louca! Dane-se ela! Minha vida é um saco por causa do que ela faz! Minha vida é uma droga! Ela só fala dela, só reclama da dor dela. Não aguento mais ter que viver com ela!

— Lana, fiquei curiosa. Isso sempre foi assim? Sempre achou isso dela? Porque, pelo que me pareceu, nunca tinha se incomodado com o jeito da sua mãe, antes.

— Mãe uma ova! Nunca foi minha mãe! Antes, eu não via isso. Não estava acordada para essas coisas. Ela pedia, eu obedecia. Agora estou mais esperta! — falava em tom irritadiço.

— Conheço sua mãe. Ela participou de algumas sessões com seu irmão, com a permissão dele — explicou. — Foi preciso e... Sabe, Lana — expressava-se com delicadeza —, a forma como enxergamos algumas pessoas, muitas vezes, está como que nublada devido às perspectivas com a gente mesmo. Quando não temos muita bagagem de vida, no caso do jovem, tudo o que nos chama para o equilíbrio, para o bom senso parece afrontamento, parece agressão. O pouco conhecimento da vida nos deixa assim e é preciso tempo. Tempo, aprendizado e olhar por outros ângulos. Aí, percebemos que as coisas podem ser vistas com mais tolerância. Caso contrário, é necessário ter força, foco em si mesmo para descobrir qual sua tarefa ou missão de vida e alçar voo, em todos os sentidos. Ficar focada no problema, focar nas coisas que te deixam insatisfeita não trará nenhuma solução. Se for insuportável viver o que está vivendo, o ideal é focar em si, em algo que te alavanque, para que se sustente e seja independente. E isso pode levar um pouquinho de tempo.

— Olha, Valéria, tô de saco cheio da minha casa, da Otília! Abri os olhos e ninguém fecha mais! Pelas suas palavras, pelas suas perguntas, estou achando que vai ficar do lado dela. Não é?! — irritada, falou como se atacasse.

— Não sou de tomar partido — disse a psicóloga com firmeza e tranquilidade. — Faço perguntas porque preciso entender, perfeitamente, o que está acontecendo. Geralmente, exigimos da vida soluções e respostas diárias para todos os desafios e não percebemos que nós é quem somos o nosso próprio problema. Vivemos o que causamos para nós mesmos e o que permitimos entrar em nossa vida. Na verdade, em vez de querer respostas, deveríamos fazer a nós duas perguntas: o que eu gostaria que mudasse na minha vida? O que estou fazendo para essa mudança acontecer? — Encarou-a com semblante neutro e aguardou. Lana, sisuda, ficou silenciosa e a psicóloga pediu: — Pode me responder a essas duas perguntas?

— Olha, Valéria, sou eu quem quero um monte de respostas para ontem! Nem é pra hoje! É pra ontem! — disse com veemência. — Se como psicóloga não puder me dar essas respostas, pra ontem, então... Não sei o que faço aqui ou na frente de qualquer outro psicólogo.

— Lana, se não sabe responder ao menos a primeira pergunta que acabei de te fazer, é porque não sabe o que quer nem qual rumo dar à sua vida. Então, se quer respostas para ontem, tenho de te fazer apontamentos e perguntas de ontem para você se situar, ver sua posição dentro da sua própria vida no mundo. — Breve pausa e comentou, desejando finalizar: — Não serei sua psicóloga, como já sabe. Pretendo indicar outro profissional para que se encontre, descubra seus propósitos e aprenda com as oportunidades, desenvolvendo-se positiva e emocionalmente. Tenho uma colega...

— Quais seriam esses apontamentos e perguntas para ontem capazes de nortear minha vida? — indagou em tom de desafio.

— Melhor você procurar essa profissional, pois...

— Não é capaz de me dizer? Já que não será minha psicóloga mesmo...

Valéria pensou e decidiu questionar:

— Sua casa é limpa e organizada?

— Não sei o que isso tem a ver, mas... É. É sim.

— Sua mãe deixou de trabalhar fora para cuidar da casa e dos filhos, certo?

— Certo. Foi mais cômodo e custava menos.

— É provável, Lana, que você precise ter mais visão da vida. Vamos falar sobre o que significa custar menos. Uma funcionária cobraria caro para cuidar de uma casa e de duas crianças, porque dá muito trabalho. Além de cuidar de todos os serviços da casa, de você e do seu irmão, sua mãe começou a fazer salgados sob encomendas. Então, se trabalhasse fora, ela não ganharia o suficiente para pagar uma funcionária, porque o trabalho é grande. Muito provavelmente, uma não desse conta e precisaria de duas empregadas para fazer o serviço que ela, sozinha, realiza. Então, vamos lá! — enfatizou. — Lana, você não acha que o mundo da sua mãe é pequeno demais e por isso você acredita que ela só fala dela?

— Mas...

— Essa pergunta foi só para fazer você pensar. Não precisa me responder. Deixe-me terminar, por favor. A Otília trabalha com todo o serviço da casa, que não é pouco. Vai ao mercado, feira, farmácia... Não tem carro. Isso significa que carrega sacolas. Lava, passa, cozinha... Faz encomendas de salgados e bolos, também sozinha. Presta atenção: lógico que ela não tem outro assunto. Vai falar sobre a vida que tem dedicada a vocês. Quando pede para que ajudem, colaborem com a casa limpa, guardem suas próprias roupas, façam alguma coisa... Tenha a certeza de que ela está usando essa oportunidade para educar você e seu irmão. Quando, mais tarde, estiverem trabalhando, terão de obedecer a ordens. Ninguém, ninguém está livre de chefes e de clientes exigentes, diretores tiranos, gerentes intolerantes. Somente os que têm habilidade emocional, terão sucesso no mundo e isso é um treino desde a infância. Os melhores pais ensinam isso aos seus filhos por meio de tarefas, experiências e conversas dentro de casa. É preciso se treinar para entender, aceitar e trabalhar. A vida, dentro de um lar, é feita de colaboração para se ter equilíbrio. Sua mãe pede para que tire a sua toalha de banho molhada de cima da cama para que aprenda a ser organizada, responsável, porque a toalha vai umedecer a colcha, o lençol, o colchão e, se isso acontecer, vai criar fungos, ácaros que vão provocar doenças, alergias, etc... É responsabilidade sua cuidar para que isso não aconteça na sua cama. Muitas coisas, quando deixamos para depois, prejudicam-nos imensamente. Você tem uma mãe que, quando te pede colaboração, está te ensinando.

— É um saco ter que ouvir a Otília falando sempre a mesma coisa!

— Não quer ouvi-la falando a mesma coisa, não quer que ela diga para tirar a toalha de cima da cama? Não perca tempo, Lana! Tire, o quanto antes, a bendita toalha de cima da cama. Não quer ouvi-la dizer que a cama precisa ser arrumada? Arrume a cama antes que ela fale: arrume a cama! Não quer ouvi-la pedir para colocar as roupas sujas no cesto? Não deixe as roupas sujas fora do cesto! Coloque-as lá o quanto antes! Percebe que é só ser responsável e fazer a sua parte sem que ninguém peça? — não houve resposta. — Quando pede para guardar os sapatos no lugar é para aprender. Desligar a TV e ir dormir, é para ter limites e disciplina. Ninguém progride, evolui ou tem sucesso sem disciplina, sem ordem, sem trabalho e colaboração dos demais.

— Então você é a favor do trabalho infantil?

— Lavar louça, secar louça, fazer algumas tarefas de casa nunca foram trabalhos infantis. Dependendo da tarefa e do tempo gasto, é claro. Mas, é educação ensinar os filhos as tarefas. Preste atenção no seu tamanho, sua idade. Você se considera criança? — não houve resposta.

— Sobre a TV... É falta de educação dela, querer desligar.

— Que horas eram? — Novamente, não houve resposta. — Garanto que era tarde ou horário de ir para a escola. Dormir tarde prejudica, e muito, o desenvolvimento, o humor, a saúde física e mental. Procure entender o que sua mãe quer te ensinar. Mais tarde, pode te fazer falta. Os melhores funcionários de uma empresa, aqueles que crescem e sobem de cargos são os que não reclamam, realizam e resolvem situações sem serem mandados. Se sua vida é um saco, porque não quer ouvir sua mãe pedindo as coisas e reclamando, tenha iniciativas. Sua vida, certamente, ficará melhor. Tenha também um pouco de tolerância quando ela falar dela. Faça ou convide-a para um programa como passear pela praia. Façam uma caminhada na areia. Isso pode ajudar muito. Outra coisa: não dê ouvidos para amigos, conhecidos... Na maioria das vezes, pessoas que falam mal da sua família não te querem bem. Na sua vida, quando algo errado ou problemático acontecer, os amigos vão sumir. Além disso, nunca exija respostas de ontem, pois as perguntas sempre estarão obsoletas, ultrapassadas, antigas... Para se ter uma ótima resposta, deve-se fazer perguntas inteligentes. Tem muita gente falando balela e fazendo outras meditarem sobre ninharias inúteis, desnecessárias e que só fazem perder tempo. Se posso te dar um conselho: foque em você, no que quer e precisa fazer da sua vida para viver melhor e se estabilizar em alguns anos. Reclamar do passado, das outras pessoas e do que fizeram a você, não fará seu futuro ser melhor. Veja o quanto você contribui para sua vida ser o que é e pare de reclamar dos outros. Se sua mãe não quer que tenha determinados amigos, é porque a experiência de vida mostrou algo para ela. Procure saber. Se com dezesseis anos, você arrumar um namorado ou ficante e engravidar ou contrair uma doença, vai dificultar sua vida e a vida dela. Por exemplo, se você engravidar, quem vai olhar essa criança? Quem vai cuidar? Manter? Arcar com as despesas? Passar horas do dia e da noite se dedicando?... Não serão seus amigos. É pouco provável que seja seu namorado. Será sua mãe, porque acho que você terá de trabalhar para ajudar financeiramente. Tenho certeza de que sua mãe não planejou tomar conta de mais nenhuma criança. Se quisesse, teria adotado mais um. Pense nisso.

A jovem se levantou e a psicóloga fez o mesmo.

Ia saindo sem dizer nada, quando Valéria disse:

— Espere. Leve o cartão de uma colega. Ela é uma psicóloga experiente e poderá te ajudar muito. O nome dela é Priscila.

Lana pegou o cartão e disse:

— Vou pensar. Tchau.

CAPÍTULO 13
Tirania

Embora Lana começasse a fazer psicoterapia com Priscila, outra psicóloga, conforme indicado e por insistência da mãe, a jovem não se empenhava em ver sua vida e necessidades de forma diferente, muito menos em melhorar. Sem saber o que desejar da vida, deixava-se levar pelas amizades duvidosas, que não teriam qualquer responsabilidade por ela, que jamais a apoiariam, quando precisasse.

No final do ano, foi reprovada por faltas. Matias, por sua vez, havia passado no vestibular e, muito feliz, preparava-se para ir para a faculdade.

Em Minas Gerais...
Iraci continuava preocupada com o ritmo dos negócios. As medicações prescritas a ela não ajudavam. Pareciam ter ajudado só no começo, mas depois não.

Rogério quase nunca trazia boas notícias. Acontecimentos inesperados a deixavam ainda mais agitada. Perderam clientes e negociações importantes que os mantinham muito bem, financeiramente, antes de Dárcio falecer. Com isso, o veterinário, que passou a ser o novo administrador da fazenda, ficava cada dia mais preocupado e nervoso.

Para facilitar o trabalho, além do romance escondido, o médico veterinário mudou-se para uma das casas existentes na fazenda. Ele e Iraci passavam parte do tempo nela, quando se encontravam.

— Mãe, a professora falou que não posso mais faltar, posso repetir por faltas — Síria comentou com simplicidade.

— Não vá mais à escola! Pronto! Problema resolvido! — Iraci se irritou. — Pra que estudar se o fim de toda mulher é enfrentar fogão e pia de louça? Veja como estou! Nasci e fui criada na melhor cidade do país! Senão, a melhor cidade da América Latina! Estudei! Tenho curso superior e olha para mim! Não tenho mais o número de empregadas de antes. Somente essa quase inútil da Efigênia, que não dá conta de tudo! Imprestável! Nem falar direito sabe! — ressaltava quase aos gritos. — Não posso, sequer, deixar um bilhete que a incompetente não lê! Casar-me com um homem rico não adiantou nada! Nada! Deveria ter percebido isso antes. Se o maldito do seu pai tivesse deixado para nós a Indústria de ração... Mas não! O beneficiado foi um mero, um imprestável funcionário. Um capataz... — xingou.

— Calma, mãe... — Síria pediu amedrontada. — Não adianta ficar assim. Só contei porque a professora pediu.

— Chega desse assunto! — berrou. — Não aguento mais problemas! Você e suas irmãs não valorizam tudo o que faço! Se eu morrer amanhã, o que será de vocês?! Irão para um orfanato! Serão colocadas para adoção!

Babete chegou atraída pelos gritos. Observou o estado alterado da mãe e perguntou:

— O que foi?

— Nada!!! — Iraci berrou. — Você é outra que só me trouxe problema! Nunca pensei que teria uma filha idiota, tola, maluca!!!

— Não sou nada disso, mãe... — murmurou triste, quase chorando. — Aquele médico errou.

A mulher foi à sua direção, segurou-a pela blusa que, devido à força, machucou seu pescoço e esbravejou:

— Quem é você para saber mais do que um médico?!! Quem?! Você é uma inútil! Deveria ficar com a boca fechada! Sua louca! Menina maluca! Se não tivesse começado com essa história de ver espírito, eu não teria mais essa preocupação! Olha o que fez com a minha vida!!! — soltou-a com um empurrão e a filha quase caiu. — Vejo outras meninas da sua idade que são espertas, inteligentes, bonitas, sabem se arrumar! Olha para você, Babete!!! Descabelada, sempre com esse cabelo solto! Uma hora vou passar a tesoura nele!!! E você, Síria?! Fica aí de boca aberta feito outra imbecil! Saiam! Sumam daqui!!!

As meninas correram. Do lado de fora, encontraram Agnes que ouviu tudo e não ousou entrar na casa.

Assustadas, com muito medo, não sabiam o que fazer nem a quem recorrer.

Caminharam sem rumo até chegarem perto do lago, não muito longe da casa principal.

Agnes abraçou a irmã mais velha pela cintura e comentou chorando:

— Babete, você não é louca não... Nem maluca. Você é normal...

— Eu sei — abraçou-a, apertando a irmã caçula junto a si. — Não fica assim não, tá? — passou a mão em suas costinhas.

— Babete... — Síria, do outro lado, abraçou-a pela cintura também — Gosto de você. Você não é louca. Acho que o seu Rogério é culpado por tudo. Ele fala e a mãe obedece. A gente tinha uma vida boa quando o papai cuidava das coisas todas. Mas agora... Eu vi o seu Rogério chamando você de retardada.

— O que a gente faz, agora, Babete? — Agnes perguntou e ficou esperando.

— Também não sei... — respondeu com imensa tristeza, quase chorando.

— E se contar pro tio Heitor? — Síria sugeriu.

— O que ele poderá fazer? — tornou Babete. — Tenho medo que tudo fique pior, pois o tio vai falar com a mãe. Bem que tentei mostrar pra mãe o que o seu Rogério faz de errado na fazenda e da forma que fala comigo e com vocês, mas a mãe não acreditou e me bateu, quando insisti. Vamos esperar.

Quando a gente crescer, o seu Rogério não poderá falar mais essas coisas pra gente. Também acho que, quando a gente for maior, poderemos demiti-lo.

— Mas até lá... Ele vai levar você ao médico de novo, não vai? — Agnes se preocupou.

— Não sei. Ele tem ido ao médico por mim e trouxe outros medicamentos.

— Você reclamou que os remédios eram ruins, que davam moleza, tontura, zoeira... Parou de reclamar por quê? Não sente mais nada? — Síria quis saber.

— Não contem nada pra nossa mãe! — advertiu, olhando-as com seriedade.

— Não vou contar.

— Nem eu — afirmou a menor.

— Eu não tomo mais nada. A vó Bete falou pra não tomar. Então, finjo que tomo, mas escondo os comprimidos debaixo da língua. Depois escondo pra mãe não ver.

— Aaaah! — Síria sorriu.

— Viu como você não é boba nem idiota, Babete? — a caçula disse e ficou olhando-a.

A irmã mais velha a puxou para junto de si.

Ficaram as três de frente para o lago por muito tempo, repletas de medo, angústias e incertezas. O futuro era incerto. Não tinham quem as ajudasse. Só restava aguardar.

A cada dia, qualquer assunto deixava Iraci mais irritada e descontrolada.

Após alguns meses sem ver a cunhada, Leonora foi até a fazenda visitá-las.

De imediato, estranhou muito o lugar e a aparência de Iraci. De mulher ponderada e tranquila, demonstrava-se agitada e sem equilíbrio das emoções. Falava muito, ou melhor, reclamava demais. Suas queixas, geralmente, eram voltadas para as filhas e as condições em que o marido as deixou, após a morte. Enquanto conversavam à mesa e tomavam café, Leonora deixou Cleide, sua filha mais velha e Laura, que possuía necessidades especiais, na varanda.

Laurinha, como era chamada, em uma cadeira de rodas adaptada, mal observava o que acontecia. Cleide, bem-arrumada, trazia certo grau de arrogância, disfarçado em educação ao observar as primas.

As meninas não tinham muito o que conversar, não havia afinidade. As três irmãs ficaram olhando a prima bem-vestida e penteada ao mesmo tempo que sentiam vergonha de seus estados, sujas e malvestidas, bem diferente do que já se apresentaram um dia.

Enquanto isso, as mães conversavam.

— É isso o que contei. Não sei mais o que faço — Iraci explicou.

— Pelo que me contou, acho que não foi uma boa ideia venderem esses animais e as crias também. Não precisa ser esperto para saber que deveria conservar essa linhagem de gado, Iraci.

— Foi uma oferta ótima! Estava tudo certo. O problema foi o comprador levar os animais e não nos pagar.

— Acho que o Rogério errou ao fazer esse negócio com gente desconhecida. Veja o que falou: não nos pagou. Não tem esse nos pagou. O homem não pagou pra você. Para o veterinário não houve problema nenhum. O problema é seu e de suas filhas. Amanhã ou depois, quando tudo der errado, o Rogério sai daqui e arruma emprego em outro lugar. Mas... E você e as meninas, como ficarão? Sem nada? Sem nenhum gado reprodutor de raça?

— Não é bem assim, Leonora.

— Como não? Abra seus olhos! Arruma um bom administrador enquanto é tempo! — salientava para alertá-la. — Nesse pouco tempo em que o Rogério está cuidando das coisas, tudo piorou. Não percebeu isso? Acorda, mulher!

— Não sei cuidar de gado, negociações de qualquer tipo que envolve essa fazenda. Não é só isso. As meninas... A Babete está acabando com meus nervos. Ela deveria ter nascido igual à Laurinha. Presa na cadeira, daria menos problema.

— Não diga isso comadre! Creia em Deus Pai!... Bate na boca! Isso é pecado, Iraci!
— Você não sabe o que estou vivendo! A Babete deu para implicar com o Rogério, com o trabalho dele. Vive me infernizando...
— O que ela está falando? Você não deveria dar atenção?
— Dar atenção a uma criança que diz que vê gente morta? Que fala com fantasmas? Como dar crédito a ela, Leonora?
— Ela parou de falar que vê coisas, não parou, desde que começou a tomar os remédios?
— Parou de falar, mas olha daquele jeito! Sabe?... Aquele olhar e jeito que incomodam. O comportamento dela é suficiente para irritar qualquer um. — Depois de suspirar profundamente, comentou: — O Dárcio acabou com a minha vida.
— Iraci — falou com bondade —, você precisa enxergar melhor as coisas. Para e pensa. O Dárcio deixou todas muito bem. Uma fazenda próspera com negócios lucrativos. Deixou reserva de dinheiro nas aplicações e investimentos bancários. Para onde foi tudo isso?
— Tentamos investir para melhorar, mas não deu certo...
— Tentamos? Oh, mulher! Você é dona de tudo! É você quem decide, faz, tenta. O Rogério é seu funcionário. E pelo visto não fez nada direito. A propósito, ele era pra tá examinando os animais e não seus negócios, Iraci!
— É que você não entende. Preciso do Rogério para cuidar de tudo.
— Por quê? — encarou-a.
— Ora!... Ele é meu segundo braço direito!
— Pra quem é canhoto, dois braços direitos não têm serventia nenhuma! Arrume um administrador antes que seja tarde. Esse homem vendeu seus melhores gados, os melhores reprodutores, aplicou mal um grande valor que já estava bem--investido pelo seu marido. O que mais você está esperando?
— Vamos ver... — simulou estar pensativa para dar o assunto como encerrado.
— Veja, Iraci. Nossa fazenda é bem inferior à que o Dárcio deixou para vocês. Nem tínhamos tanto dinheiro assim. Mas,

hoje, sua fazenda e tudo o que tem vale menos. Como foi acontecer isso?

— Vou tomar providências. Pode deixar.

Após alguns goles de café, Leonora disse, tomando bastante cuidado com as palavras.

— A professora da Cleide veio conversar comigo e perguntou da Babete. Disse que ela está faltando muito. As meninas não estão indo para escola?

— Vou dar este ano por encerrado. Tudo o que aconteceu, a mudança... Não estamos acostumadas ainda. Levar e trazê-las é um transtorno.

— O funcionário, lá da fazenda, que leva e busca a Cleide pode passar aqui para pegar as meninas. Vamos combinar para... — Leonora foi interrompida.

— No próximo ano combinamos sobre isso. No momento... Veja bem, a Babete com esse problema e as outras faltaram muito...

— Falando da minha afilhada... Conversei um pouco com ela lá fora e me pareceu bem.

— Agora entendo o porquê de chamarem pessoas com problemas mentais de lunáticos. Ela é de lua. Tem dias que parece bem, mas em outros fica estranha.

— E os remédios?

— Ela os está tomando. Se bem que... Às vezes, não parecem surtir efeito. Semana passada eu a peguei conversando novamente com aqueles bichos de pelúcia. Era como se disfarçasse. Conversava com os brinquedos, mas, na verdade, acreditava falar com espíritos. Perguntei a ela e, lógico, negou. Como disse, a Babete nunca mais nos contou que viu espíritos ou conversou com eles. Quando pergunto, nega. Mas, essas coisas que percebo, quando a observo de longe... Contei ao Rogério. Ele tem acompanhado tudo. Você sabe... Ele me ajuda muito. Para o caso não se agravar, ele achou melhor nós nos livrarmos dos brinquedos. Ela chorou e ficou com raiva. Já esperava por essa reação. Foi então que aumentamos as doses dos medicamentos. Passou uns dias, ela acalmou. Ficou normal.

— Pobrezinha... Babete sempre gostou desses bichinhos de pelúcia e das bonecas. Não sei se está certo isso.
— Eles são disfarces, Leonora. Não percebe?
— Não vejo dessa forma. — Um instante e pediu: — Iraci, deixa a Babete ficar uns dias lá em casa comigo? Ainda mais agora sem ir pra escola... Deixa essa menina ficar lá?
— Melhor não, Leonora.
— Mas você está nervosa, precisa de um descanso.
— Vou pensar.
— Gosto muito da minha afilhada, não imagina... Quero o bem dela.
De onde estava sentada à mesa, Iraci viu a Pick-Up de Rogério chegar. Isso a deixou agitada e a outra percebeu.
— Bem... Acho que vou indo. Mas... Iraci, nunca mais vi você e as meninas nas missas de domingo e...
— Em breve voltarei a frequentar. Esse período de adaptação, aqui, na fazenda foi difícil. Não se preocupe — ficou inquieta. Gostaria de que a cunhada fosse embora.
— Então eu vou indo... — levantou-se e a outra também. — Aparece lá em casa. Passa o dia lá.
— Está bem. Mando avisar — sorriu forçadamente.
Despediram-se e Leonora se foi sem demorar.
Após isso, as três filhas de Iraci entraram correndo e Síria perguntou:
— Mãe, a tia trouxe um pacote. Era biscoito?
— Sim. Mas só vou dar a vocês mais tarde e se se comportarem!
— Mas, mãe!... Não comemos nada desde cedo!
— Se pedir mais uma vez, aí é que não vão ganhar nada mesmo!
Ao se aproximar da mãe, Agnes a abraçou com jeitinho meigo, mas Iraci a afastou para olhar melhor o que Rogério fazia ao longe.
— Eu só quero um abraço — a menina disse.
A mulher foi até a mesa, abriu o pacote de biscoitos, tirou um e deu para a filha caçula e Síria reclamou:
— E eu?

— Só mais tarde, quando eu quiser! Se mexerem aqui, vão apanhar! — saiu, indo atrás do veterinário.

Com olhos lacrimosos, Síria olhou para Babete e começou a chorar em silêncio.

— Ela nunca abraça a gente...

A dor pela falta de afeto era maior do que por não ter ganhado um biscoito.

— Toma, Síria. Pega um pedaço... Toma um pedaço pra você também, Babete — disse Agnes que dividiu o biscoito em três.

— Vem... Vamos ver a Fifi — Babete chamou, depois que comeram os pedaços de biscoito.

Já em sua casa, ao dar banho em Laurinha, Leonora percebeu algumas marcas em seus bracinhos e barriga, que indicavam algum tipo de apertos e arranhões de unhas, algum tipo de agressão. Achou estranho. Quando a trocou para que fosse visitar Iraci, aquelas marcas não estavam ali. Revirando a menina, encontrou outras como beliscões avermelhados, quase roxos.

A empregada que a ajudava comentou:

— Pena essa menina não poder contar nada. Nunca vai poder dizer, coitada. — Mesmo percebendo que a patroa não gostou do comentário, continuou: — Outro dia, o Alegário disse que se pagassem bem ele daria um fim nessa menina só pra não ver gente assim, que nem ela: toda torta e dependente.

— Que conversa é essa?! — Leonora se zangou.

— Ele tava de fogo! Tinha bebido mais que bode. Janira também disse que nem ganhando mais não quer trabalhar aqui dentro da casa pra não escutar os gritos dela. Falou que se irrita com a menina gritando direto.

— Não quero saber desse tipo de conversa! Se eu souber de mais alguém falando da minha filha, vou demitir sem dó!

Antes de jantar, Leonora mostrou e contou ao marido.

— Agora estão ficando roxas de verdade. Quando chegamos, estavam bem vermelhas. Quando fui arrumar a Laurinha para irmos à Iraci, não tinha nada. Tenho certeza.

— O que será que pode ser? — Heitor preocupou-se. — Algum problema de saúde? Mas o quê?

— Será que devemos levar a Laurinha ao médico? — tornou a mãe.

Ao ver os pais preocupados, Cleide contou:

— Mamãe... Quando a gente estava lá na casa da tia Iraci, eu empurrei o carrinho da Laurinha até o pátio, onde nós brincamos de esconde-esconde. Fui me esconder atrás de um arbusto. Depois de um tempo lá, escutei a Laurinha chorar. Corri e vi a Babete pegando na Laurinha. Aí, a Babete falou: "não foi nada! Não foi nada! Só ajeitei pra ela sentar direito no carrinho." Não posso acusar, mas acho que a Babete beliscou minha irmã.

— Por que não me chamou?

— Ela logo parou de chorar e ficou quietinha. Não percebi nada errado. Mamãe... A Babete é estranha. Fica olhando de um jeito esquisito pra Laurinha. Acho que não gosta dela.

— Ela está tomando remédios fortes por causa da doença dos nervos? Será que é isso? — Heitor indagou.

— A Iraci disse que está. Mas... Achei a Babete tão normal. Percebi que estava triste, apagada. Aliás, as três meninas estavam assim. Bem malvestidas também. Alguma coisa está acontecendo naquela fazenda. A Iraci não me deixou ficar sozinha com as meninas. Nem com minha afilhada pude conversar direito. Ela não deixa mais nenhuma delas ficar aqui em casa, como antes.

— Mas será que isso são beliscões? Será que foi a Babete? — tornou o pai.

— O carrinho estava de costas para mim, quando minha irmã chorou. Não vi direito. Mas, a Babete estava mexendo nela e, depois, ficou meio estranha e falou que não tinha sido nada — Cleide repetiu.

Leonora se aproximou de Laurinha e a abraçou:

— Ainda bem que você tem uma irmã maravilhosa, que sempre vai cuidar de você, será boa e gentil — sorriu e beijou a menininha. — A partir de agora, não vamos mais deixar a Laurinha sozinha.

— Tadinha da minha menina... — Heitor se aproximou e beijou-lhe a cabeça. — Vamos ter de ficar de olho. Se a Babete não está bem, não podemos descuidar, porque ela também está doente.

— Sempre tive dó da minha prima, mesmo antes de saber que ela tinha problemas — disse Cleide em tom piedoso.

Leonora não falou nada. Só ficou pensativa.

Era noite.

Deitados no quarto da casa onde Rogério vivia, ele e Iraci conversavam.

— E agora? — ela se inquietava.

— Não se preocupe. Vai dar tudo certo. Estou indo atrás e, se ele não pagar, pegamos os animais de volta.

— Tem algo que está me incomodando. Você só está correndo atrás dos negócios e não para na fazenda. Não está cuidando da saúde dos animais, da alimentação, suplementação, vacinas e outras coisas. Talvez seja a hora de contratar um administrador de fazenda.

— Meu amor... — expressou-se de um jeito romântico. — Não está duvidando de minha capacidade, está? — sorriu e lhe fez um carinho no rosto. — Negócios são assim mesmo. Não queira controlar essas coisas. Calma. Fica tranquila. Cuide de você e das meninas.

— Estou precisando de dinheiro para comprar algumas coisas.

— Veja... É hora de economizarmos. Não precisamos de muita coisa. Vivemos no campo, em uma fazenda.

— Mas até meu carro já foi vendido! Não tenho nem como levar as meninas para a escola!

— Vendemos para investimento. Lembre-se disso. Logo, logo compramos outro bem melhor. Aquele já estava velho... — tornou no mesmo tom. — Se a indústria de ração tivesse ficado para nós, isso não estaria acontecendo. Aquela indústria é dinheiro certo! Não só! A fazenda de café, no sul de Minas, deve ter rendimentos consideráveis. Mas não. Seu marido foi egoísta. Preferiu beneficiar estranhos a nos deixar confortáveis.

— Ainda penso em contratar um advogado para...

— Iraci... Meu amor... Vamos dar foco e prioridade no que temos. Está bem? Falei por falar. Essa história de advogado, processo... Será algo desgastante e com grande possibilidade de perder a causa. Esse período financeiro difícil é uma fase. Confie em mim.

— Está bem... — abraçou-o.

— Cuide das meninas e de você. Fique de olho na Babete, principalmente. Sabe, que ela me preocupa. Gosto tanto dela como se fosse minha filha.

— Eu sei... — sorriu. — Vejo como se preocupa.

Ele a beijou e a envolveu com carícias. Tirando-a daqueles pensamentos.

Em outra noite qualquer...
Era hora do jantar e estavam todas na cozinha quando Efigênia perguntou:

— Posso fazê os prato ou a senhora vai fazê?

— Deixa que eu mesma faço — Iraci respondeu com dureza.

Indo até o fogão, a mulher fez os pratos das filhas e levou até a mesa, onde as meninas aguardavam.

Os olhos de Síria cresceram quando viu o que havia para comer. De imediato, olhou para os pratos das irmãs e reclamou:

— Arroz, feijão, mandioca e um pé de galinha cozido! Mãe! Porque eu e a Babete vamos comer pé de galinha e a Agnes coxa? Isso não é justo!

Sem dizer nada, Iraci foi até a mesa e pegou o prato que estava na frente de Síria. Retirando-o, ordenou:

— Vai para o quarto!!! — Indo até as outras, retirou de seus pratos a coxa e o pé de galinha. — Vão comer só isso por culpa da sua irmã!

— Mas, mãe!... — Síria tentou dizer e as outras ficaram quietas.

— Eu disse para ir para o quarto! — gritou. — E quem mais reclamar do que tem para comer, ficará sem nada também!

— Mas, mãe, só quero saber...

Iraci foi até Síria, agarrou nos cabelos de sua nuca e a puxou da cadeira, fazendo-a se levantar ao mesmo tempo que exigia:

— Vai logo, demônio! Some daqui! — falou com os dentes cerrados.

Babete e Agnes não ousaram levantar o olhar. Trêmulas e assustadas, ficaram em silêncio.

A mãe olhou para elas e exigiu:

— Comam logo!

Obedeceram, enquanto uma sensação estranha e amarga invadiu seus sentimentos, de modo que não saberiam explicar.

Nervosa, Efigênia achou melhor não dizer nada. Poderia piorar a situação.

Iraci fez o próprio prato, colocando para si os melhores cortes, os que tinham mais carne como peito e coxas de frango. Sentou-se à cabeceira da mesa e começou a comer, depois disse:

— Não estamos vivendo em época de vacas gordas. Comam o que tem e não reclamem. Vocês deveriam agradecer a mim por tudo o que tem. O pai de vocês nunca pensou no futuro das filhas. Agora, fiquei eu, aqui, lutando com as finanças, tenho de cuidar de gado, de vocês três... E ainda tem uma maluca que precisa de mais atenção. Quero ver o que será de vocês se eu morrer. Vão chorar pela minha ausência, pois não terá um ser vivo, neste mundo, que vai cuidar das três. Se não forem para um orfanato, ficarão solta pelo pasto que nem bicho.

Ao terminar, a filha mais velha perguntou:

— Acabei. Posso levantar? — não a encarou.
— Vai tomar logo seu remédio.
— Sim, senhora — murmurou e saiu sem olhar para os lados.
— Pede licença, antes de sair, sua inútil! — a mãe gritou.
— Com licença... — murmurou a menina.
— Vai logo! Desengonçada! Idiota! — exclamou em tom agressivo, odioso.

Babete acelerou os passos e saiu em busca dos comprimidos.

Cada vez mais tirana, Iraci deixava qualquer situação alterar seu humor e descontava suas frustrações nas filhas, principalmente, na mais velha. Não permitia ser questionada. Não admitia que alguém colocasse em dúvida sua forma de ver situações e tomar decisões. Achava-se sempre com total razão em tudo. As filhas jamais poderiam levantar qualquer dúvida seja no que fosse. Aliás, com o passar do tempo, Iraci se aperfeiçoava em sua forma transtornada de ser, agir e pensar.

Para testar sua autoridade, sempre desafiava as meninas, quando tomava decisões e não admitia ser contrariada nunca, por isso as castigava. Ao arrumar os pratos, foi propositadamente que colocou pés de galinha para duas e coxa para uma. Esperou ser questionada e puniu Síria, que o fez, deixando-a sem comer. Mostrou quem mandava. Provou sua autoridade. Pelo fato de a reclamação persistir, tirou toda a carne do prato das irmãs, para que ficassem com raiva de Síria, que não aceitava sua decisão. Tudo o que as meninas gostassem, sugerissem ou opinassem, ela sempre faria o contrário. Essa prática era, inclusive, de forma inconsciente. Era sua forma de atestar poder, já que em outras áreas via-se como inferior.

Após o jantar, Iraci foi para o quintal, na esperança de encontrar Rogério. Ficou caminhando nas imediações da casa, querendo vê-lo.

Enquanto isso, procurando se esconder de sua mãe, Babete foi até a cozinha e pediu:

— Fifi, dá um pedaço de pão com frango dentro, mas sem osso porque não pode sobrar nada.

— Tá... Peraí, fia... — a empregada foi preparar com rapidez. Entendeu para que era. Fez um lanche e entregou para a jovenzinha, apesar do medo.

— Obrigada, Fifi... — sussurrou e correu para o quarto onde as irmãs estavam. Lá, ofereceu: — Come logo. Não deixa sobrar nem farelo.

Mesmo chorando, Síria comeu tudo. Havia passado o dia sem comer e estava esfomeada. Depois, abraçou a irmã, chorou e dormiu.

Deitada em sua cama, Babete sonhava acordada. Para fugir daquele mundo hostil em que vivia, lembrava-se de Matias. Como ele estaria? Pensaria nela? Deveria ter crescido mais e estaria mais bonito.

Seria tão bom se ele a procurasse e a tirasse dali, levando-a embora para nunca mais sofrer.

Imaginava-o abraçando-a com carinho e a beijando.

Essas ideias e imaginações frequentes eram as únicas coisas que amenizavam sua dor, sua angústia e tristeza.

Enquanto isso, furiosa por não encontrar o veterinário, Iraci retornou para casa, foi ao armário da cozinha e pegou uma garrafa de pinga, que sempre escondia. Tomou alguns goles, guardou-a, novamente, e foi dormir chorando.

CAPÍTULO 14
Conselhos da avó

Naquela manhã, Babete não percebeu que havia se afastado demais da casa, principalmente, quando saiu caminhando. Os dois cachorros grandes e pretos a acompanhavam devagar e em silêncio. Sempre estavam com ela, parecendo guardiões.

Bem adiante, havia muitas flores silvestres desabrochadas, naquela parte do campo, na fazenda. A temporada de lindas borboletas estava no auge. A jovenzinha se encantou por uma em especial. Tratava-se de uma borboleta grande, uma das maiores que já tinha visto. Sua cor azul forte e bem cintilante fascinava, encantando qualquer um. Seu bailado sobre as flores prendia a visão e, sem motivo aparente, causava grande interesse, como se fosse um chamado para ser seguida. E assim a jovem o fez.

Era época das flores Cosmos. Milhares delas, multicoloridas, em seus arbustos mal deixavam uma trilha aparecer.

À medida que caminhava, seguindo a borboleta azul, Babete se aproximava de uma vegetação mais densa, próxima à floresta de árvores altas. Ali, os raios do sol não tocavam o chão, não tocavam nada. Era úmido, fresco, quase frio.

A borboleta se embrenhou no meio das árvores e subiu, sumindo entre algumas araucárias gigantescas. Mesmo tentando segui-la com os olhos, perdeu-a de vista.

Nesse instante, experimentou algo estranho. Na verdade, sentiu-se diferente.

Teve a impressão de ouvir seu nome e olhou, rapidamente, para o lado.

A figura de uma senhora sorridente a aguardava.

— Vovó, Bete! — alegrou-se e foi à sua direção.

— Olá, Elizabeth — disse o espírito, que sorriu ao ser notado.

— Como a senhora está diferente. Está mais... mais... Não sei explicar. Bonita, cheia de luz... — sorriu lindamente.

— Há tempos não conversamos desta forma. Normalmente, só me escuta.

— É mesmo, vovó. Tudo está tão difícil. Desde que nós nos mudamos para a fazenda, a minha mãe ficou muito nervosa e implica com tudo.

— Eu sei. Sinto muito por vocês.

— Se não fosse a senhora me falar, em pensamento, para não tomar aqueles remédios... Credo! Estava tão mal. — Sem trégua, disse: — Vovó, meu pai não está bem. Ele não está nada bonito. Sempre triste, nervoso, com muita raiva e... Vovó, eu sei que foi o veterinário que matou meu pai. E ele sabe que eu sei! — destacou, mostrando-se assustada. — Eu me senti ameaçada. O senhor Rogério disse que mata minha mãe e vai fazer coisas com minhas irmãs se souber que eu disse algo para alguém. Estou com medo. Ele me olha diferente, de um modo estranho.

— A verdade sempre aparece. Não se preocupe com isso. Mas... É preciso ter cuidado com esse homem, Babete. Foi isso o que vim lhe dizer. Tome cuidado com ele. Quando sair para passear, não vá longe e leve seus cachorros. Eles vão protegê-la. Tome cuidado com esse homem.

— Não sei que tipo de cuidado devo ter...

— Afaste-se dele. Aliás, suas irmãs também precisam ficar longe dele.

— A Síria me ouve, mas a Agnes... Ela é pequena e não entende algumas coisas ainda.

— Faça o que estiver ao seu alcance.

— Vovó, por que só eu vejo a senhora? Por que só eu vejo essas coisas do mundo dos mortos e ninguém mais vê?

— As dificuldades, os problemas e os desafios que enfrentamos na vida terrena nem sempre são punições ou castigos. Muitos deles são para nos fortalecerem para algumas tarefas futuras.

— Tenho alguma tarefa futura?

— Sim, Elizabeth. Todos temos. É por isso que me vê e também a outros. Faz parte da sua tarefa futura. Mas, desempenhá-la bem dependerá de você. Então, aguenta firme e sem revolta. Ore, como lhe ensinei. Nada é eterno, minha querida.

— Falando assim, parece que o que está ruim, pode piorar — fez expressão de desânimo.

— A oração sempre traz esperança e força, coragem e enfrentamento. Pessimismo e vitimismo são as ferramentas dos covardes, que desejam ser carregados.

— Vovó, tenho medo da minha mãe e não gosto mais de ficar perto dela. Tem umas coisas ruins que vejo, mas não falo nada e... Ela é pessimista, só me critica, me despreza e me compara com as outras meninas. Nunca me deu parabéns pelas minhas notas boas, mas elogia minhas colegas. Não faz um agrado nem carinho nem abraça mais a gente. Grita e tortura a gente colocando medo, dizendo que vai morrer e vamos chorar, ficar sem ninguém, largadas no mundo, ir pro orfanato... Ela se faz de coitada, diz que sofre, mas faz a gente sofrer. Uma coisa estranha dói dentro da gente. Não sei explicar. É uma dor que dói mais que machucado, mas ninguém vê. Quando meu pai era vivo, era melhor. Morávamos na cidade. Tínhamos casa boa, roupas melhores e sapatos. Minha mãe não ligava pra gente, mas tinha as empregadas que cuidavam de tudo. Ela só desfilava com a gente. Mesmo assim, quando estávamos longe dos outros, ela nos humilhava. Exigia que falássemos corretamente para ela não passar vergonha. Mas... Depois que viemos para cá, tudo piorou, principalmente, quando ela bebe escondido. Cresci, minhas roupas passaram para a Síria e depois para a Agnes. Estou quase sem roupas. A Fifi fez este vestido largo e comprido que é para servir por um bom tempo, mas está quase estragado. O pano tá roto. Só tenho este e mais um outro. É um usando no corpo e outro no varal. Pedi para comprar roupa e ela disse que não tem dinheiro. Começou a pôr a culpa no meu pai e falar o quanto está sofrendo, o quanto está desesperada e sem saber o que fazer da vida. Diz agora que não precisamos estudar. Sempre fala só dela. Que devemos ser gratas pela vida que ela nos dá. Tudo é motivo de sermão, de brigas e gritos. Não são conselhos que ela dá. O jeito que fala, e até quando não fala, machuca meus sentimentos. Vovó... Sinto algo ruim e não sei o que é. Mas, sei que minha mãe não me ama. Não gosta de mim. Não se importa comigo.

— Elizabeth... Minha querida, será difícil você entender tudo agora. Com o tempo, compreenderá que pessoas e situações difíceis nos fazem fortes, se mantivermos o equilíbrio e fizermos o nosso melhor. De acordo com seu crescimento emocional e espiritual, mais tarde, poderemos conversar melhor sobre isso. Por enquanto, continue firme. Ore. Peça a Jesus força e sustentação. Neste momento, não há muito o que pode ser feito. É preciso esperar. É capaz de esperar?

— Sim. Sou capaz de esperar. Vou confiar na senhora.

— Ore sempre para o Mestre Jesus, para seu mentor e amigos espirituais de Luz e amor estarem ao seu lado, protegendo e amparando, guiando e inspirando para que possa fazer o melhor.

— Vovó, por que precisamos orar para que isso aconteça?

— Elizabeth, espíritos bons, evoluídos, de Luz e bondade, espíritos protetores esclarecidos são educados. Como todo ser educado, eles não agem na sua vida sem a sua permissão, por isso devemos orar e pedir ajuda, proteção, inspiração, sabedoria, prudência e discernimento. Você entra na casa de alguém sem permissão ou sem ser convidada?

— Não.

— Porque é uma jovem educada. Se não tivesse educação, entraria sem consentimento e faria qualquer coisa na vida desse alguém sem autorização. Assim são os espíritos evoluídos. Eles não entram na sua vida sem seu consentimento. Eles são educados. E a prece é uma forma de darmos a permissão para que nos ajudem e entrem em nossas vidas. Os espíritos sem instrução, sem elevação, sem comprometimento moral são invasivos, atrevidos, provocadores. Não precisam de nossa permissão para nos incomodar, perturbar e povoar nossos pensamentos com ideias irritadiças, angustiantes, iradas, tristes, desesperadoras, fazendo com que percamos a fé, fazendo com que ajamos impulsiva e desequilibradamente. Espíritos sem responsabilidade moral, sem evolução fazem isso e precisamos nos desligar deles. Só nos desligamos deles, quando nos voltamos para assuntos e comprometimentos elevados, ligando nossos pensamentos com o que é bom e pedindo amparo superior a entidades com esclarecimento e evolução.

— Quando minha mãe está nervosa, vejo umas coisas muito feias perto dela. São vultos horríveis. Eles incentivam para que ela brigue com a gente.

— Ore e se afaste. Peça, mentalmente, orientação e ajuda. Será inspirada e amparada.

Um dos cães rosnou e a jovenzinha olhou para trás, procurando o motivo. Não viu nada e, ao se virar, o espírito que foi sua avó havia sumido.

Babete sentiu o peito apertar. Uma angústia se instalou em seus sentimentos, principalmente, pelo fato de não ver uma saída para o que a incomodava.

Aproximando-se do cachorro, afagou-lhe a cabeça e, lentamente, voltou para a trilha e começou a fazer o caminho de volta.

Retornando para o prado, onde havia a grande variedade das flores Cosmos, olhou firmemente e viu crescer a imagem de alguém que caminhava no campo, indo à sua direção.

Ela apressou os passos e seu coração também acelerou junto, quando reconheceu Rogério. Nesse instante, lembrou-se do que sua avó disse, sobre se afastar dele.

Continuou andando, não tinha como ser diferente, até ficarem frente a frente.

— Então você está por aqui, esquisita? — perguntou com sarcasmo e riso provocativo. Ela não respondeu. — Sua mãe está feito uma louca te procurando. Mas... Me conta, oh estranha... Estava conversando com os mortos? Com o diabo, talvez? — gargalhou e olhou para os lados, como se procurasse alguém que pudesse ouvir. Novamente, ficou sem resposta. — O demônio veio falar com você? — gargalhou sarcasticamente, envergando-se para trás. Irritado por não ouvir nada, segurou-a pelo braço e exigiu: — Estou falando com você, esquisita! Por que não me respo... — foi interrompido pelo rosnado e latido dos cachorros, que colocaram os dentes para fora e se aproximaram. Ficaram bem perto, em posição de ataque e impondo muito medo.

Imediatamente, o veterinário a soltou e ficou sério, olhando para os animais.

— Quietos — a jovem murmurou e seus cachorros obedeceram, mas permaneceram ao seu lado. Desviou-se dele e seguiu, calmamente, pela trilha entre o campo de flores.

Os cães a acompanharam e Rogério foi ficando distante, caminhando um pouco mais atrás.

Ela não sabia como explicar, mas fez o que a inspiravam em seus pensamentos. Primeiro, ouviu que deveria ficar calada, não importasse o que ele dissesse. Depois, que pedisse para os cachorros ficarem quietos e saísse dali sem dizer nada.

Mesmo tremendo, continuou indo à direção da casa, mas antes de sair do campo, Babete se curvou e colheu algumas flores coloridas e fez um buquê.

Ao se aproximar da casa, viu sua mãe desesperada, visivelmente nervosa, à sua procura.

— Onde você estava, demônio?! Estou louca à sua procura!

— Desculpa. Não vi que tinha me afastado tanto. — Sorriu e esticou o braço, segurando o buquê de flores: — Toma. As flores abriram e o campo, lá embaixo, está lindo. Trouxe essas flores para a senhora — esperou agradar-lhe.

— Para que essa porcaria?! Vão morrer em dois dias! Só deve ter trazido para o meu enterro! Certamente, vai me matar de tanta preocupação e problemas! Estou cansada! Vocês vão chorar quando eu morrer porque não vão ter mais a escrava que dedicou a vida toda por vocês! — Empurrou-a e exigiu: — Entre logo, antes que dou a surra que precisa!

Babete abaixou o braço e correu para dentro de casa. Assustada, foi para a cozinha à procura de Efigênia.

— Fifi... — abraçou-a pela cintura e escondeu o rosto em seu peito.

— Oh... minha criança... Fica assim não — retribuiu ao abraço, apertando-a junto a si e a afagou.

Babete chorou abraçada a ela. Alguns minutos e se afastou. Só então notou que a empregada também chorava.

— O que foi, Fifi? — perguntou, sentindo que havia algo errado.

— Oh, Babete... — Passou as mãos ressecadas, demoradamente, em seu rosto e respondeu com voz embargada: — Vô te que ir mimbora, fia... — chorou.

— Não! Mas, por quê?! Você não pode ir embora! Por que, Fifi?!

— Sua mainha e o dotô Rogério disse que não pricisa mais do meu trabaio. Falei que num pricisa me pagá, mas eles num me qué mais aqui... — lágrimas escorriam em seu rosto.

— Não, Fifi! Você não pode! Não pode ir! Vou embora junto com você!

— Ocê num pode, fia. Sua famia tá aqui.

— Vou com você!

— Nem sei pra onde vô. Mas num se precupe, que me ajeito.

— Não! Não pode! — agarrou-se à empregada.

— Já contou para ela?! — Iraci perguntou com arrogância.

— Precisei contá, dona Iraci.

— Então, vai! Acabe logo com isso! Acabem com esse drama de uma vez!

— Mãe!... Por quê?! — a filha perguntou em desespero.

— Não tenho que te dar satisfações. Vamos, Efigênia! Pegue suas trouxas que o Gaúcho — referiu-se a um funcionário — já chegou com o caminhão e vai levá-la até a cidade. Ele tem de pegar alguns materiais lá e, se não for, agora, junto com ele, irá a pé.

— Ela não tem para onde ir! — Babete gritou.

— Esse é um problema dela, não meu!

— Carma, fia... Fica assim não... — tentou acalmar a jovem, fazendo-lhe um carinho.

— Vamos, Efigênia! Ou vai a pé! — berrou.

— Sim, senhora... — abaixou a cabeça e saiu.

— Não pode!!! — Babete chorou, tentando segurá-la.

A empregada pegou um saco com suas coisas e foi para o pátio na frente da casa.

Quando o funcionário parou o caminhão para que Efigênia subisse, Babete se agarrou a ela, tentando impedir.

Iraci segurou a filha com força e a afastou da mulher.

Aos soluços, a jovenzinha gritou o nome da empregada algumas vezes, antes do caminhão pegar a estrada da fazenda que a levaria para fora.

Iraci a observou por algum tempo com olhar frio e calculista. Talvez invejasse o amor e apego que a filha expressava pela empregada.

Poderia ter mandado a mulher embora antes de Babete voltar do passeio, mas fez questão de mostrar para a filha que era ela quem decidia e mandava, não importando se a fazia sofrer. Aliás, a mãe achava que aquele tipo de situação deixaria a jovem mais forte. Isso era o que pensava.

Com um empurrão, obrigou-a a entrar.

Babete foi à procura das irmãs e as encontrou trancadas no quarto. Soube que a mãe as prendeu, pois também choraram e exigiram que Efigênia ficasse.

O motorista da fazenda deixou Efigênia na Praça da Matriz da cidade, conforme orientações de Iraci.

Assustada, a mulher pegou a capanga[1] onde tinha uma imagem de Nossa Senhora dos Milagres, dois terços e uma certidão

---

1 Nota da Médium: Capanga é uma sacola de pano com alças, tipo bolsa carregada por carteiros.

de nascimento. Alçando-a no ombro, segurou o pequeno saco branco, daqueles usados para transportar farinha, que continha algumas poucas roupas e um chinelo.

Gaúcho ficou penalizado ao fechar a porta do caminhão e deixá-la ali, mas precisava obedecer à patroa.

Efigênia ficou olhando o caminhão sumir na rua. Reparou à sua volta e não havia ninguém. Seu coração estava apertado pelo medo e insegurança. Não sabia o que fazer. Procurou por um banco, sob uma árvore, e se sentou. Segurou o saco sobre as pernas e agarrou-o. Fechou os olhos e começou a orar, pedindo ajuda.

Lágrimas escorriam em seu rosto cansado e sofrido.

Efigênia teve uma vida difícil. Seus pais eram trabalhadores de fazendas. Nasceu e foi criada no campo. Não teve oportunidade, muito menos incentivo para estudar. Seu pai sempre foi um homem bruto. Bebia todas as noites e maltratava a família. Era abusivo e muitas vezes partia para a violência física, espancando a esposa e os filhos. Exigente, grosseiro, sempre se impondo para que todos tivessem medo dele. Típico de pessoas frustradas com a própria capacidade.

Certa noite, após aterrorizar os filhos, agrediu a esposa com extrema violência.

Quando viu a mãe desfalecida, inerte no chão e mesmo assim sendo chutada, Efigênia partiu para cima do pai com uma tábua de carne e o acertou, várias vezes. Depois disso, correu e pediu ajuda.

Sua mãe ficou internada e em coma por uma semana e ela ao lado.

Assim que se recuperou e voltou para casa, o marido agiu como se nada tivesse acontecido.

Os crimes de violência contra a mulher não eram considerados pelas autoridades, pois não tinham destaques nas Leis e ninguém podia dizer nada.[2]

---
[2] O livro: *O Resgate de Uma Vida*, do espírito Schellida, psicografia de Eliana Machado Coelho, além de um lindo romance, de uma trama envolvente, aborda o tema sobre violência contra a mulher e a Lei Maria da Penha. Essa obra é interessante de ser apreciada.

Quando tudo parecia tranquilo, na primeira oportunidade, o pai agrediu violentamente Efigênia, que foi socorrida pelo dono da fazenda a pedido dos irmãos mais novos.

Jovenzinha, aos quatorze anos, teve medo de retornar para casa e pediu a ajuda ao fazendeiro, para que não necessitasse retornar.

O homem precisava dos serviços do pai da menina e não gostaria de demiti-lo, pois desabrigaria uma família inteira. Também não desejaria confrontá-lo. Temia sofrer algum tipo de represália. Por essa razão, arrumou serviço para Efigênia na fazenda de seu irmão, pai de Dárcio e Heitor.

Com os anos, soube que sua família se mudou para o estado do Mato Grosso e nunca mais os viu. Perdeu, completamente, o contato.

Com a morte dos patrões, Efigênia passou a trabalhar para Dárcio e Iraci. Viu as meninas nascerem e se dedicou, totalmente, a servir àquela família.

Nunca imaginou que pudesse ser despedida. Desde que Dárcio morreu, não recebia qualquer salário. O que ganhou, guardou, mas tudo sumiu com a mudança da casa da cidade para a fazenda, porém ela não quis reclamar. Trabalhou em troca de casa e comida.

Naquele momento, ali, pensou em procurar Heitor e a esposa. Decerto seria acolhida. Mas, como chegar até a fazenda deles? Deveria ter lembrado isso antes, quando ainda estava no caminhão.

"Nossa Senhora dos Milagre, me valei! Socorre essa sua fia... Sei o que fazer não. Num quero passá a noite aqui na rua. Ajuda eu, oh Mãe!" — implorava em pensamento.

— Efigênia?! — indagou com estranheza, a voz que ela não reconheceu de imediato.

Crescendo os olhos num susto, surpreendeu-se:

— Bernardo!... — exclamou feliz, quase chorando.

— O que faz aqui? — estranhou ao vê-la daquele jeito.

— Tô sem rumo — lágrimas escorreram em seu rosto.

— Como assim? — quis saber o senhor.

— Dona Iraci me mandô imbora. Tô sem ter pra onde ir.

O homem respirou fundo, olhou para os lados, voltou-se para ela e se curvou, pegando o saco com seus pertences.

— Vamos lá pra casa — virou-se carregando o saco no ombro. Sem perguntar, Efigênia segurou firme a alça da capanga e o seguiu, ligeira.

Bernardo a levou para a casa, que havia herdado de Dárcio, onde estava morando.

Sabia que ela conhecia muito bem a residência.

Lá, pediu que se acomodasse à mesa da cozinha, enquanto preparou um café.

Após encher duas canecas, ofereceu uma a mulher e, com a outra entre as mãos, sentou-se a sua frente, perguntando o que havia acontecido.

Efigênia contou tudo e se emocionou várias vezes.

— Tô triste pelas menina... Elas tão sofrendo... A Babete... — chorou — Coitadinha dessa criança... Ocê num reconhece mais as menina. Tão tudo descuidada. Dona Iraci tá nervosa. Levô Babete no médico de cabeça e dá remédio forte pra menina. Dexô ela de cama, abobada, abobada... Dispois milhorô, mas a menina tá diferente. Num é a mesma. Dona Iraci nunca mais comprô ropa pra elas. As ropa da Babete passô pras irmãs. Mas, a menina cresceu e tive que pegá umas chitas velha e fazê ropa pra ela. Peguei a cortina e fiz um vestido... Tadinha...

— Mas... e os lucros daquela fazenda? É impossível terem chegado a esse ponto!

— Seu Rogério fez muita bobagem. Vendeu gado e bezerro de valor e num pagaram. Dispois que ele assumiu os negócio tudo, os antigos cliente não qué mais sabê de tratá com ele. Foi isso o que orvi.

— Aquele salafrário está desviando dinheiro e dona Iraci se deixando levar. Mulher tola! Egoísta, orgulhosa e arrogante. Vai pôr tudo a perder por causa de homem.

— Cê também sabe?

Bernardo a olhou com o canto dos olhos e acenou com a cabeça positivamente.

— Ela pensa que engana a todos. Mas há muito tempo sei de tudo.

— Dona Iraci só sabe reclamá do seu Dárcio, pru causa da herança que não deixô pra ela.

— Ela agride as meninas? — o senhor se interessou.

— Dona Iraci toca o terror nelas! Berra, exige, puxa cabelo, bate, empurra, vive chamando as fias de burra, mardita, maluca... Principalmente, Babete. Sabe, Bernardo, o seu Rogério levô elas pro médico de cabeça que passô remédio pra elas duas. Mas, dispois, não levô elas mais. É ele quem vai buscá e traiz os remédios todo mês.

— Isso é bem estranho.

— Tumbém achei! Num tá certo.

— Efigênia, não tenho ninguém para trabalhar aqui com o serviço de casa. Se você aceitar o emprego, será muito bom. Nem sempre estou aqui. Viajo muito a negócios. Você aceita?

— Mas é lógico que aceito. Tenho pra onde ir não! Tava lá na praça rezando, pedindo pra Deus e Nossa Senhora dos Milagre pra mandá ajuda e ocê apareceu — sorriu.

— É... — sorriu. — Nem ia passar ali. Fui até a Prefeitura e... Do nada, resolvi entrar na outra rua e caminhar em frente à igreja... Passei na praça e encontrei você.

— Foi Nossa Senhora quem mandô ocê!

— Bem... Já que aceita trabalhar aqui... Não quero que durma na edícula. Escolha um quarto dentro da casa. Quando eu viajar, posso telefonar e será melhor que fique aqui dentro.

— Tem mais empregado aqui?

— Fixo não. Só contratei temporário para cuidar do quintal e do jardim, que são bem grandes. Com você aqui será mais fácil contratar alguém.

— Que Deus abençoe ocê, Bernardo. Brigada.

— Não me agradeça por isso.

— Vô guardá as coisa e vê o que precisa fazê.

— Depois conversamos para falar sobre seu salário.

— Carece não! Casa e comida tá bom!

— Pode ser bom, mas não é justo nem o correto. Depois conversamos sobre isso. — Levantou-se. Colocou a caneca na pia e disse: — Tenho de cuidar de alguns assuntos. Volto para o jantar. Se não tiver tudo o que precisa, pode fazer como antigamente. Vá até o armazém, peça o que for preciso e manda entregar.

— Terá jantinha prontinha antes do sol isfriá! Pode deixá! — sorriu satisfeita, mas com lágrimas que disfarçou e ele não pôde ver.

CAPÍTULO 15
A mala

As filhas de Iraci choraram muito por causa da dispensa de Efigênia.

Babete ficou no quarto até o dia seguinte. Ao se levantar, chegou à cozinha e não encontrou nada pronto, como de costume. A mãe e as irmãs a esperavam.

— O Gaúcho — referiu-se a um funcionário — vai trazer lenha e deixar ali fora. O leite e outros alimentos também serão trazidos e deixados aqui. De hoje em diante, vocês três vão preparar as refeições — disse a mãe em tom severo. — Não serei eu que vou trabalhar sozinha para as três dondocas.

— Não sabemos cozinhar — a filha mais velha lembrou.

— A Glória, mulher que vive com o Gaúcho, virá aqui alguns dias para ensinar vocês. Aprendam rápido. Café da manhã é fácil. Acendam o fogão a lenha e fervam o leite. Se derramar, já sabem, apanham. Façam café e ovos mexidos. Se virem! — disse isso e saiu.

— Babete, isso não tá certo! — Síria reclamou, quase chorando.

— Não sei fazer café — Agnes chorou e foi para perto da irmã mais velha, abraçando-a.

— Daremos um jeito. Não deve ser difícil — Babete falou temerosa. Não sabia o que esperar daquela situação. — Eu vi a Fifi colocar lenha e acendendo o fogão. Vamos tentar fazer igual. Agnes, pega a lenha lá fora. Enquanto eu acendo o fogo, Síria despeja o leite na leiteira e coloca a chaleira de água para ferver.

— E o café? — Síria perguntou.
— A Fifi colocava esse negócio aqui... É um tripé que segura o coador para fazer café. Ela chamava isso de mariquinha de café. Não sei se o nome é esse. Aí, colocava o pó no coador... O bule embaixo, encaixado no coador... — dizia Babete, preparando tudo. — Vamos ver como fica...
— Quantas colheres de pó você vai pôr? — tornou a irmã do meio.
— Não tenho ideia. Síria, corre lá e pergunta para a Glória a receita do café. Pergunta quantas colheres de pó e o quanto vai de água. O açúcar a gente coloca depois — pediu a mais velha.
— Tem pão duro aqui, que dá para torrar — Agnes sugeriu e ficou incumbida de fatiar o pão.
As meninas demoraram, mas conseguiram ferver o leite sem deixá-lo derramar. Fizeram café, embora fora do ponto que estavam acostumadas. Também prepararam torradas e Babete fez os ovos mexidos.
Colocaram sobre a mesa e chamaram a mãe.
Iraci chegou, olhou tudo e fez cara de nojo ao dizer:
— Credo. Parece lixo. Vocês não prestam pra nada — virou as costas e saiu.
Triste, Babete olhou para as irmãs e disse:
— Vamos comer. Nem sei como será o almoço de hoje. — Ao olhar o braço, disse: — Acabei me queimando.
— Foi o óleo pra fazer os ovos que estava muito quente — Síria comentou.
— Vamos aprender.
Após a partida de Efigênia, os dias que se seguiram foram bem difíceis. Por sorte, Glória tinha paciência e ensinava as meninas tudo o que sabia.
A forma que Babete encontrava para aliviar tanta tensão era sonhar com Matias. Sempre imaginava que ele chegaria ali para vê-la e a resgataria daquela situação.
Quando preparava alguma refeição, lembrava-se dele e o fazia como se fosse servi-lo.
Assim que fechava os olhos, acreditava sentir seu abraço, seu carinho e isso a confortava, de alguma forma. A dor, o

medo, a insegurança e tantos outros sentimentos ruins tornavam-se menores.

As irmãs passaram a ser responsáveis por diversos trabalhos domésticos, incluindo a limpeza dos cômodos.

No quarto que dividiam havia um móvel encostado à janela. Sobre ele, tinha um jarro bojudo, de cerâmica, com duas alças, que ficava dentro de uma bacia do mesmo material. Embora no passado houvesse utilidade, nos tempos atuais, ninguém mais os usava para lavar as mãos e o rosto. O cântaro de gargalo estreito servia unicamente para decoração.

Naquela manhã, Agnes foi incumbida de varrer a casa e limpar os móveis.

Iraci, que se queixava de alguma dor e estava extremamente melancólica, continuava deitada em seu quarto.

Sem querer, durante a limpeza, a caçula das irmãs bateu no jarro e o derrubou, provocando grande barulho ao espalhar estilhaços pelo chão.

Sem controle emocional, a mãe sentiu-se irritada e levantou gritando ao mesmo tempo que foi ver o que tinha acontecido.

Com extremo medo, a menina acuou-se no canto do quarto, segurando a vassoura nas mãos.

— Foi sem querer, mãe... Desculpa... Foi sem querer... — disse amedrontada e chorando.

— Sua destrambelhada! Incompetente! Imprestável! Você!... — Deteve as palavras ao olhar para o chão e ver, entre os cacos de cerâmica, diversos comprimidos e cápsulas. — Mas o que é isso?! — abaixou-se e pegou-os na mão. — Não... Não... Não pode ser! — ficou inconformada ao suspeitar que eram as medicações da filha mais velha. Enchendo a mão com alguns deles berrou e saiu à procura da garota: — Babete!!! — Na cozinha, agarrou-a pelos cabelos na altura da nuca e mostrou-lhe a outra mão com os remédios. — Maldita!!! Você não está tomando os remédios!!! Sua maluca dos infernos!!!

Iraci começou a bater na filha, violentamente, arrastando-a para fora da casa. Parecia insana. Apossando-se de um chicote que estava no varão de amarrar os cavalos, chicoteou a jovenzinha que se encolhia no chão, tentando fugir da surra.

Depois de algum tempo, Glória, que estava por perto, foi atraída pelos gritos. Ao chegar, não suportou a cena e interferiu:

— Carma, muié! Carma! Vai matá sua menina! — entrou no meio e tirou o chicote de suas mãos.

— Será melhor que morra mesmo!!! Daria menos trabalho!!!

As chicotadas foram tão fortes que deixaram vergões enormes. Alguns chegaram a sangrar e davam para serem vistos pelos rasgos do vestido.

Indo para perto da filha, Iraci a chutou e ordenou que se levantasse. Glória não conseguia contê-la totalmente.

A custo, Babete se levantou chorando e foi para dentro de casa.

Iraci foi atrás.

No quarto, Síria e Agnes estavam abraçadas e chorando, com imenso medo da mãe.

Em pranto, Babete deitou na cama e puxou a coberta.

Iraci entrou no quarto, foi até a cama, segurou-a pelos cabelos e gritou:

— Você tentou me fazer de besta?! Pensa que sou idiota?!

A jovem segurava nas mãos da mãe para tentar diminuir a dor dos puxões, mas não adiantava.

A mulher foi até um móvel, pegou uma tesoura e cortou violentamente os cabelos da filha. Deixando-os de tamanho irregular, com o intuito de exibir poder e humilhar a jovenzinha.

Com um berro, exigiu das outras:

— Limpem este chão!!! Não quero nenhum cisco nele!!! — empurrou Babete, que caiu. Virou as costas e se foi.

Algum tempo depois, Glória foi ver Babete. Apiedada, a empregada fez uma mistura de ervas e colocou nos machucados.

Babete chorou muito. Talvez a agressão de ter seus cabelos cortados, violentamente, daquela forma doeu-lhe tanto quanto as agressões físicas.

Ninguém para protegê-la e curar suas feridas emocionais.

Os maus-tratos psicológicos eram cruéis, os físicos violentos. Dificilmente saberia distinguir qual o pior.

A partir desse dia, era Iraci quem dava as medicações, exigindo que tomasse e abrisse a boca para ter a certeza de a filha ter engolido os comprimidos.

À medida que o tempo passava, as três filhas de Iraci cresciam sob a sombra ameaçadora de uma mãe que educava, cuidava e ensinava aos moldes do medo, do controle e ausência de empatia, amizade e amor.

Inconscientemente, as filhas associavam a obediência ao afeto.

Toda criança tem necessidade de amor e carinho. É óbvio que, após algumas experiências, elas podem entender que são obrigadas a obedecer, aceitar humilhações, admitir de outras pessoas e companheiros abusos, agressões e qualquer coisa para serem aceitas, aprovadas, podendo se tornar dependentes emocionais. Elas crescem inseguras, pois sempre ficam na expectativa de agradar. Sem autoestima, porque não se acham dignas ou capazes. Carentes, uma vez que nunca se sentiram importantes, amadas e desejam isso.

O tempo foi passando...

Iraci passou a ficar cada vez mais alterada, desequilibrada e nunca se preocupava com as filhas. Seus interesses giravam em torno de Rogério, que começou a viajar com frequência, alegando ser por necessidade do trabalho, a fim de melhorar os lucros e os negócios. Mas, uma nuvem de mistério passou a envolver suas ações e comportamento. Ela começou a desconfiar de que ele a traía e isso a incomodava de forma tão impiedosa que passou a sofrer com imensas crises de ansiedade e pânico.

Sofrimentos emocionais pairavam sobre aquela fazenda de diversas formas.

Síria e Agnes desenvolviam medos e rancores irremediáveis. Tinham pavor da mãe.

A filha caçula apanhava com frequência ou ficava de castigo todos os dias por fazer xixi na cama.

Iraci gritava, xingava, agredindo-a física e psicologicamente. Fazia a menina cheirar as roupas urinadas e esfregava-as em seu rostinho para humilhá-la, envergonhando-a a fim de corrigir a incontinência.

A mãe não parava para pensar, muito menos procurava ajuda para entender que aquele tipo de comportamento é conhecido como Enurese. Para isso, a punição é um método completamente errado e ineficaz, que só piora e agrava mais a situação. As crianças enuréticas não são culpadas ou responsáveis por essa condição, razão pela qual não devem ser punidas por acordarem molhadas. Entre diversos fatores existentes, a hereditariedade, quadros infecciosos, problemas metabólicos e alimentares devem ser levados em consideração. Estresse pós-traumático, depressão ou ansiedade, destacam-se quando o assunto é saúde psicológica, ligada à Enurese noturna.

O sofrimento emocional de Agnes era tamanho que a menina se forçava a passar a noite em claro para não urinar enquanto dormisse. Lógico que não conseguia fazer isso todas as noites. Então, quando acordava molhada, apanhava e era humilhada.

Síria, perdida em seus medos e insegurança, não sabia o que fazer para agradar à mãe. Temia ser punida como as irmãs. Sentia tremores que não deixava as outras perceberem. Roía as unhas até sangrarem e sofria calada para não incomodar a mãe.

Babete, por sua vez, parecia mais apática a cada dia. Os remédios psiquiátricos tiraram tudo dela. Toda vitalidade e alegria. Toda curiosidade e modos espontâneos. Ela não conseguia nem mesmo manifestar seu sofrimento. Quase não comia e o pouco que dormia tinha sonhos perturbadores.

Passava horas quieta, sentada na varanda ou sob alguma sombra, com o olhar perdido, sem fixar em lugar algum, sem se incomodar com nada. Não conseguia mais sonhar acordada ou sequer se lembrar de Matias, imaginando sua chegada, querendo vê-la e tirá-la dali.

Não há vida pior do que aquela em que os sonhos estão adormecidos.

E o tempo passou...

Naquele ano, a seca foi imensa. Os pecuaristas, de modo geral, pareciam bem inquietos.

Todos os açudes da região estavam baixando o volume de água, comprometendo a criação de gado. E, na fazenda de Iraci, não era diferente.

Era manhã, quando Babete estava sentada à sombra do estábulo, olhando para a direção do campo. De longe, Gaúcho a observava e aquele comportamento chamou sua atenção.

Ela se levantou e foi andando de um modo diferente, parecia mecânico, sem balançar os braços, sem qualquer expressão. Vagarosamente, caminhou até uma árvore onde via o que parecia uma mulher parada.

Bem perto, Babete reconheceu tratar-se da figura feminina que costumava ver há tempos.

Olhos fundos, cabelos desarrumados, feição sofrida expressando terror e certo desespero.

— O que você quer comigo? — perguntou Babete, murmurando. — Por que me persegue?

O espírito, com aparência de mulher, não falava, não com a boca. De alguma forma a jovenzinha a entendia em pensamento.

— Não estou perseguindo você. Não mais. Não tenho paz, mesmo depois de tanto tempo. Só você me vê.

— Por quê?

— Precisam saber de mim e onde estou.

— Quem é você? — tornou Babete sem expressão ou vontade de falar.

— Joana. Joana da Rocha... Fui tola e me enganaram. Odiei você...

— A mim? Por quê?

— Ele me fez entender que não ficou comigo por sua causa. Mas, depois que a acompanhei, passei a compreender algumas coisas... Por causa do seu jeito, seu comportamento...

— Não estou entendendo.

— Eu a odiei, mas hoje tenho compaixão. Mesmo assim, preciso da sua ajuda... — estendeu-lhe a mão.

— De que jeito?

— Venha comigo — virou-se.

A passos demorados, Babete a seguiu.

A certa distância, o funcionário ficou intrigado. Ele só via a jovem.

Quando Babete estava bem longe, curioso, Gaúcho largou o que fazia e foi atrás da garota.

Ela atravessou cercas internas da fazenda e pastos. Foi para uma parte mais baixa do campo onde não se via mais a casa principal. Andou bastante. Estava longe.

Chegando perto do açude, pararam e Joana apontou:

— Ali. Pode ver?

— O quê?

— Ali. Quase no meio da represa. Tem uma coisa aparecendo. É a ponta da mala. Todo o resto dela está no fundo do que sobrou de água e lama. Preciso que traga aquela mala. Vai se beneficiar se fizer isso.

— Como? Por quê?

— Vai descobrir. Ajude-me e eu ajudo você.

Olhando para o que aparecia na superfície da água, Babete perguntou:

— Por que precisa dessa mala? Que benefício terei? — ao se virar para o lado, não viu mais ninguém.

Voltando sua atenção, novamente, para o açude e pisando a lama, caminhou para perto do que restava de água.

De longe, caminhando em sua direção, Gaúcho ficou preocupado. Todos da fazenda sabiam, por Iraci, que a jovem não tinha boa saúde mental.

Ele se apressou e gritou:

— Babete! — ela não se virou. Parecia hipnotizada. — O que está fazendo, guria?!

Com passos lentos, sem titubear, continuou pisando a lama grossa e água caudalosa, bem escura.

Gaúcho correu até ela e tentou segurá-la.

— Não... Espera... Preciso pegar aquilo.

— O que tu tá fazendo, guria? Vamos sair daqui!

— Preciso pegar a mala — apontou.

— Que mala?

— Aquela ali. Olha. Aquilo é uma mala.

O homem viu a ponta de alguma coisa aparecendo. Poderia ser uma caixa ou algo do gênero. Não sabia identificar.

— Deixe aquilo lá. Vamos.

— Não. Por favor. É importante. Preciso pegar.

— Mas que coisa, tchê! — ficou contrariado e olhou, novamente. No instante seguinte, a curiosidade tomou conta dele. — Fica aqui. Pode ter buraco no chão e a gente não enxerga. — Estavam com água e lama na altura dos joelhos.

Com dificuldade, caminhou até o grande objeto e o tocou. Estava atolado e, devido às condições, teve bastante dificuldade para removê-lo do chão. Apalpando-o, encontrou uma alça. Realmente, era uma mala. Com força, puxou-a até chegar à parte mais seca do lugar.

— E não é que é uma mala mesmo, tchê! — exclamou, achando estranho.

Tratava-se de uma mala daquela antiga, grande, quadrada, de couro e muito bem reforçada.

Ele tentou abri-la, mas não conseguiu. Pegou a grande faca, que trazia na bainha presa ao cinto e, com a ponta, forçou a abertura.

Abriu. Ao levantar a tampa a cena de horror foi inevitável: havia algumas pedras bem pesadas e um cadáver decomposto.

O grito longo de Babete foi ensurdecedor.

A jovem levou as mãos à cabeça e começou tremer de medo e desespero. O que viu a chocou de tal forma que não conseguiu se manter em pé. Dobrou-se de joelhos ao chão e cobriu o rosto para não ver mais nada.

Mesmo assustado, Gaúcho decidiu socorrer Babete, pegando-a no colo e levando-a até a casa principal.

Um murmurinho se formou de repente. Diversos funcionários pararam suas atividades e alguém chamou a polícia.

Algum tempo depois, a fazenda de Iraci estava repleta de curiosos, além da presença da autoridade local.

O delegado procurou saber tudo e Gaúcho contou, exatamente, o que viu e fez. Mas, não era suficiente. Então, o homem pediu para conversar com Babete.

Ela estava no quarto, sob as cobertas. Tremia e chorava.

— Babete! Levanta! O delegado quer conversar com você — disse a mãe em tom autoritário.

Demorou, mas a garota se sentou na cama.

— Olá, Babete. Você me conhece, não é mesmo? Sou o delegado Vargas. — Um instante e disse: — Preciso saber o que aconteceu. Pode me contar?

Longo silêncio.

— Minha filha é doente, doutor. Tem problemas mentais. Não sei se poderá ajudar na investigação.

— Mas... Conforme seu funcionário contou, ela foi até o açude e o convenceu a pegar a mala que mal podia ser vista. Ela apontou, mostrou, falou com ele. Quero saber o que a levou até lá. Só isso.

— Ela é doente mental. Toma remédios fortes — disse, passando a mão na cabeça da filha.

Mais uma vez, ele insistiu:

— Babete, o que fez você ir até o açude?

— Ela não saberá responder, porque...

— Dona Iraci — interrompeu-a —, eu entendi o que a senhora disse, desde a primeira vez. Mas, se me permite, gostaria de conversar com ela a sós.

— Mas, o senhor não entende que...

— Entendo sim. Caso a senhora não permita, pedirei ao juiz uma autorização para investigações minuciosas sobre algumas coisas que percebi aqui — o delegado mentiu. Não saberia o que solicitar para o juiz. Embora sentisse que algo estivesse errado. Disse aquilo para coagi-la. Havia percebido que Iraci não deixava a filha falar.

Visivelmente contrariada, saiu do quarto. Após isso, ele se sentou ao lado de Babete e observou. Com tranquilidade e fala lenta, contou:

— Lembro-me de tê-la visto na cidade muitas vezes. Nas missas, nas festas públicas e brincando com minha filha na praça da igreja... Lembro-me que tinha um cabelo enorme e muito bonito. O que aconteceu com seu cabelo?

— Minha mãe cortou — murmurou.

— Ah... Ela não é boa cabelereira, não é mesmo? — Não houve resposta. Sentiu que o assunto a deixou mais triste. Apesar de ter crescido um pouco, era nítido que o cabelo estava mal cortado, com mechas irregulares e aparadas de qualquer jeito. Notou que aquilo foi feito daquela forma para humilhá-la. — E por que ela cortou?

— Porque não tomei meus remédios — sussurrou e abaixou a cabeça.

— Ah... E por que não os tomou?

— Porque me sinto mal quando tomo. Fico esquisita.

— Ah... Entendi. Sua mãe ficou zangada. Percebi que ela é bem nervosa, não é mesmo? — Novamente, ficou sem resposta. — Eu também tive pais severos. Sei como é.

— O meu pai não era severo.

— Ah... É uma pena ele não estar aqui, não é mesmo?

— Sinto muita falta dele.

— Sei como é. — Alguns segundos de silêncio, observando o quarto disse: — Estamos nos dando bem. Isso é bom. — Olhou e perguntou: — Babete, você é capaz de me contar o que a levou até o açude? Como aconteceu de ir até lá?

— Minha mãe ficará zangada comigo, se eu contar.

— É por causa dela que não quer me contar nada? — Viu-a pender com a cabeça positivamente. — Eu posso falar com ela, que se ela brigar com você, vai ter de se entender comigo. O que acha?

— E quando o senhor for embora? Como eu fico?

— Se algo acontecer, você pode me contar e vou ver o que posso fazer.

A jovem o observou por longo tempo e disse:

— Não sei se o senhor vai acreditar em mim.

— Vamos ver, então. Conte — sorriu, amigável.

— Minha mãe não gosta que eu conte para os outros, mas... Eu vejo algumas pessoas que já morreram. Só por falar dessas coisas, ela me levou ao médico, que me passou um monte de remédios, que me faz sentir muito mal. Esses remédios não me deixam pensar. Fico em desespero dentro de mim.

— Vou lhe contar um segredo — cochichou. — Minha avó também via e conversava com espíritos. Gostava muito de ouvir suas histórias. Acho que vou gostar de ouvir as suas também.

Sentindo confiança, a garota revelou:

— Antes do meu pai morrer, eu via uma mulher na casa onde morávamos, na cidade. Ele ficou muito bravo quando contei que ela sempre estava perto dele. Foi a primeira vez que ele se zangou comigo. Depois que meu pai morreu, a mulher continuou aparecendo no escritório dele. Todas as vezes que falei para minha mãe, ela ficou muito, mas muito brava. Devia ter seguido o conselho da minha avó e não contado nada. Minha vó morreu quando eu era bem pequena. Mesmo assim, vejo e converso com ela de vez em quando. O senhor acredita?

Calmamente, o delegado respondeu sério e olhando em seus olhos:

— Sim, Babete. Acredito.

— Aí, nós nos mudamos para cá e a mulher morta, que eu via na casa da cidade, passei a ver aqui também. Quando contei, apanhei por isso e minha mãe me levou ao médico, que me passou vários remédios.

— Ah... Entendi. Sua mãe não gosta desse assunto.

— Hoje, de manhã, estava sentada perto do estábulo, lá embaixo. Então vi o espírito dessa mulher morta embaixo da mangueira. Ela esticou o braço e me chamou. Fui até lá e ela me pediu ajuda.

Contou tudo.

— Joana da Rocha?... — murmurou, repetindo o nome que ela disse.

— Sim. Esse nome mesmo.

— Babete, você me ajudou muito, sabia? — olhou-a com piedade. Ficou preocupado e pensativo. Não sabia como ajudá-la. — Não precisa contar para ninguém o que me disse.

— Meu pai está triste.

— Por estarmos conversando agora?

— Não. Ele diz que se arrependeu e está dizendo que o senhor vai entender o que estou falando.

— Seu pai, arrependido?... — quis ter certeza.

— É.

— Do quê? Ele disse?

— Não.

— Está bem, Babete. Fique tranquila. Nós vamos conversar, novamente, em outro momento. Toma um chá e se acalme. Fica tranquila.

— Não consigo tirar a imagem da minha cabeça.

— Sei como é... Mas, isso vai passar.

— E a mala?

— Acho que já foi levada. Não tem mais nada aqui. Demorou um pouco, porque precisou de um outro tipo de polícia para tirá-la daqui. Tivemos de chamá-los e demorou muito, porque são de longe. Entende?

— Agora, a Joana vai descansar em paz?

— Vai sim. Vou pedir ao padre para fazer uma missa para a alma dela. — Pela primeira vez, viu-a sorrir levemente. — Agora, preciso ir. — Levantou-se e passou a mão em sua cabeça. — Até outro dia.

— Até. Obrigada.

— Não por isso.

Antes de ir, o delegado encontrou Iraci, que estava curiosa.

— A Babete contou alguma coisa? — indagou com modos aflitivos.

— Não exatamente... O mais importante é identificar aquele corpo e como ele foi parar lá.

— O senhor suspeita de alguém?

— Oras... — riu. — Não tem como ainda. Aquele açude é longe de tudo e de todos.

— Estamos assustadas.

— Fica tranquila, dona Iraci. — Quando ia saindo, decidiu perguntar: — Por que o cabelo da jovem está cortado daquele jeito? Lembro-me dela quando brincava com a minha filha no pátio da igreja. Tinha um cabelão bonito.

— A Babete o cortou quando me descuidei. Como já disse, ela tem problemas psiquiátricos, que se manifestaram desde que o pai morreu. Temos uma vida bem difícil, agora.

— Ah... Que pena. Sinto muito. Preciso ir. Até logo, dona Iraci.

CAPÍTULO 16
O castigo do silêncio

Após sair da fazenda, o delegado ficou bem preocupado. Não só com o mistério do corpo encontrado, mas também com Babete. O estado da garota o incomodou. Não a achou tão desequilibrada e com problemas psiquiátricos como a mãe dizia. Aliás, percebeu Iraci mais abalada do que a filha. Notou as duas outras meninas mais novas muito coagidas, medrosas, sempre se escondendo. Aquilo não era normal.

Em meio a esses pensamentos inquietantes, chegou à cidade e foi direto para a delegacia. Já era noite e o policial de serviço avisou-o de que uma professora da escola o havia procurado.

Estava cansado. O dia tinha sido exaustivo. Apesar disso, decidiu ir até onde a professora morava.

No portão, bateu palmas e esperou ser atendido.

Sorridente, a mulher o recebeu, educadamente.

— Boa noite, doutor Vargas. Como tem passado?

— Boa noite, dona Jorgete. Estou bem e a senhora?

— Bem, graças a Deus. Vamos entrar! — foi abrindo o portão.

— Desculpe... Já é tarde. Hoje, o dia foi bem intenso e movimentado. — Ligeira pausa e disse: — Soube que a senhora foi me procurar na delegacia. Em que posso ajudar? Alguma queixa?

— Não, doutor... — demonstrou-se sem jeito. Não sabia por onde começar. — É que... Bem... Toda a cidade ficou sabendo do ocorrido, hoje cedo, na fazenda de dona Iraci.

— É verdade. Teve muita gente curiosa por lá, para saber do caso. Não é todo dia que um corpo, ou o que sobrou dele, é encontrado dentro de uma mala. Então, o povo fica interessado. Mas... É sobre o caso que a senhora quer falar comigo?

— Fiquei sabendo que o açude estava quase seco e que foi a Babete quem encontrou a mala — falou, exibindo-se inquieta.

— Foi isso mesmo... — afirmou, desconfiado.

— Bem... O senhor pode até se zangar, por causa do meu interesse, mas é que... Preciso saber como está a Babete.

— Foi por isso que a senhora quis me ver?

— Desculpe, doutor. Na verdade, fui até a delegacia para saber dela. É uma aluna que considero muito. O senhor não estava e disse que falaríamos depois. O guarda não precisava mandá-lo aqui. Estou até sem jeito... Desculpe-me, por favor.

— Por que a senhora quer saber da Babete?

— Gosto muito dessa menina. Ela não foi mais à escola, assim como as irmãs. Pararam de estudar. Para dizer a verdade, não sei se essa foi uma boa decisão da dona Iraci. Mesmo tendo se mudado para a fazenda, creio que a distância não seria um empecilho tão grande. Temos outras crianças que, morando mais longe e com mais dificuldade de locomoção, frequentam a escola regularmente.

— A mãe, dona Iraci, disse que a Babete está com problemas mentais, psiquiátricos. Falou que toma remédios. Como professora, a senhora percebeu alguma coisa, nesse sentido?

— A Babete?! Problemas mentais?!... Psiquiátricos?!... — surpreendeu-se. — Não! Nunca! É uma ótima aluna. Sempre com as melhores notas. Muito inteligente, educada... — ficou aflita, inconformada. — É uma menina dinâmica, cheia de ânimo e bem alegre. Muito curiosa, perguntava sobre tudo. Não consigo imaginá-la com problemas psiquiátricos. Não consigo!

— Lembro-me da Babete pequena, correndo no pátio da igreja com a minha filha e outras meninas. Achava bonito aquele cabelo comprido, ondulado e ruivo. Era muito diferente.

— Algumas crianças usavam a cor daqueles cabelos para falarem coisas desagradáveis. Mas, ela era inteligente. Fazia que não ligava, não dava importância. Logo, paravam. Mas, sempre tinha um que voltava a brincar... Sabe como são crianças.

— O cabelo está curto, agora.

— Cortou o cabelo? Mas por quê? Babete adorava aquele cabelo!

O delegado ficou observando a reação da professora, que conhecia bem a menina.

— Não ficou nada bom. Está bem irregular. Ficou com jeito de pessoa louca. Sabe?...

— Tem alguma coisa errada nisso tudo, doutor Vargas! Não consigo nem imaginar a Babete sem ânimo, o que dirá com problemas psiquiátricos. Mesmo que ela estivesse doente, as irmãs deveriam continuar estudando. Não dá para entender. Dona Iraci é uma mulher culta. Tem curso superior. Sabe da importância do estudo, da educação!

— Quer dizer que a Babete nunca apresentou nada irregular?

— Claro que não! — Pensou um pouco e resolveu contar: — Às vezes, ela dizia coisas como se adivinhasse — contou algumas experiências. — Isso me intrigava. Aconteceu de vê-la rindo ou falando sozinha. Mas... quem nunca fez isso? Porém, doutor, não acredito que seja necessário medicações ou diagnóstico de problema mental. — Encarando-o, perguntou preocupada: — O senhor a viu, ela está bem?

— A mim pareceu um pouco quieta demais, devagar e temerosa pela mãe.

— Gostaria de ir visitá-la, mas não sei se devo.

— Nisso não posso opinar, dona Jorgete. — Alguns segundos e decidiu: — Bem... Já é tarde. Preciso ir para casa.

— Sim! Claro. Perdoe-me o incômodo.

— Não foi incômodo. Tenha uma ótima noite, professora.

— O senhor também, doutor Vargas. Boa noite.

No mesmo instante...
Na fazenda, Iraci e Rogério discutiam o acontecido.

— A Babete não pode mais andar por aí sozinha! Você terá de dar um jeito nisso!

— Só se eu a acorrentar! — dizia Iraci.

— É uma opção! Por que não?! — tornou ele irritado. — Não deveria ter deixado o delegado conversar sozinho com ela. Você é a mãe e ela é menor, além de ter problemas. Como pôde fazer isso? Ela pode nos complicar!

— Não vejo em quê!

— O delegado não falou sobre pedir autorização a um juiz, pois viu coisas? Você gostaria de uma investigação minuciosa, aqui?

— Não temos com o que nos preocupar!

— Ah, é?! Não temos mesmo?! — foi irônico. — Pensa, Iraci! Um corpo foi encontrado dentro de uma mala em um dos açudes desta fazenda! E você vem me dizer que não temos com o que nos preocupar! Tenha dó!

— Não sabemos de nada! Com o que nos preocuparíamos?! — ela falou, parecendo zangada.

— Com os negócios! Quem vai querer negociar com quem está envolvido com escândalos e crimes? — enervou-se. — A fazenda tem um nome a zelar! Já não está indo bem, tivemos problemas sérios! O que mais você quer?!

— Deveríamos ter contratado um novo administrador. Na época do Dárcio, tudo ia muito bem. Aliás, muitíssimo bem!!! Mas, olha o que você fez!!!

— Ia tudo bem porque tinha uma indústria de ração animal atrelada a esta fazenda! Ou se esqueceu disso? Sabe o quanto gastamos só na alimentação deste monte de bicho? Não! Você nunca sabe! Nunca se interessou!

— Lógico que não! Você se encarregou de tudo! Disse que era pra ficar tranquila!

— Então, não reclame! Não sabe o que tenho feito!

— Não sei mesmo! De uns tempos para cá, vive viajando! Não para aqui! Deve ter outros interesses, além de negócios, não é não? — demonstrou-se desconfiada. — Acaso encontrou outra trouxa que tenha um marido rico?

— Deixe de falar bobagens! Não vou aturar isso. Já falei!

— As investigações sobre o acidente do Dárcio foram arquivadas. O delegado da cidade, onde aconteceu, concluiu que foi acidente. Ainda não me conformei com isso. Penso muito em reabrir essa investigação para anular aquele testamento.

— Não arrume mais problemas, Iraci! — exigiu num grito. — Você entendeu?!! Pare de atrair a atenção para essa maldita fazenda! É melhor se concentrar em você e nas suas filhas! Não está dando conta nem disso!

A mulher ficou chocada com aquela discussão. Algo a incomodou profundamente. Pensando em não se desgastar mais, virou as costas e, simplesmente, saiu da casa onde Rogério vivia.

Caminhando em direção da casa principal, sentia-se contrariada. Não foi o que planejou para sua vida. Acreditou que, após a morte do marido, tudo seria tranquilo, inclusive, financeiramente. Quando Dárcio era vivo, jamais teve de se preocupar com dinheiro. Ele sempre cuidou de tudo. Viviam bem e com muita fartura. Tudo o que desejava, naquele momento, era que fosse como antes, que tivesse alguém para cuidar de tudo para que ela vivesse em paz.

Na cozinha, pegou a garrafa de cachaça dentro do armário e tomou alguns goles, sem que as filhas vissem.

Com o passar dos dias, diversas pessoas, principalmente, funcionários da fazenda, foram chamados pelo delegado para prestarem depoimento.

Ninguém sabia nada ou tinha qualquer suspeita de como aquela mala foi parar naquele açude.

O delegado Vargas não descobriu qualquer informação precisa a respeito dos restos mortais encontrados na mala.

Ao interrogar Bernardo, ex-administrador das terras, ficou sabendo que Efigênia foi demitida por Iraci e passou a trabalhar para ele. Por essa razão, chamou-a para conversar.

— Então a senhora também não sabe de nada?

— Sei não. Aquele açude nunca seca. Lembro do pai do seu Dárcio falá isso pra gente.

— A senhora já ouviu o nome Joana da Rocha?

— Orvi, não.

— Dona Efigênia... E a Babete?

— O que tem essa menina, doutô?... — perguntou visivelmente aflita.

— A senhora não a vê mais?

— Não, doutô — seus olhos se encheram de lágrimas imediatamente. — Só sei dela quando encontro arguém de lá que vem pra cá. Ela tá bem?

— Parece que sim — não quis preocupá-la. — Sabe me dizer o porquê de a senhora ser demitida?

— Oh, doutô... Sei não. Eu num quiria. Mas, dona Iraci cismô cumigo. Acho que eu adulava demais as menina. Dispois que seu Dárcio morreu, dona Iraci ficou rígida dimais.

— A senhora sabe me dizer se ela e o senhor Dárcio viajaram para o exterior?

— Sei não. — Um momento e quis saber: — Doutô, o corpo da mala era di home ou muié?

O senhor sorriu ao responder:

— A senhora é a primeira pessoa que me faz essa pergunta. O corpo estava irreconhecível, claro. Só havia restos mortais, o esqueleto. Mas, pelos cabelos compridos e tingidos, unhas compridas e com esmalte, já tínhamos a noção de se tratar de uma mulher. Outros exames comprovaram isso. Mas, ela não foi identificada. Nem temos queixa do desaparecimento de ninguém, nesta região, como ela. Há uma corrente com um pingente e um anel, roupas como vestido e blusa comprida, mas isso não ajudou. A identificação está difícil.

— Preguntei porque Babete via o espírito de muié na casa da cidade e dispois na fazenda tumbém. Até dona Iraci viu e a

Ozana, que trabalhô na casa da cidade. Eu quiria, mas nunca vi nem orvi. Sabe... acho que essa muié num é dessa região. Deve ser de outra cidade. Se levá o pingente e o anér pra outra cidade é capaz de arguém conhecê.

— Obrigado, dona Efigênia. A senhora ajudou muito e deu ótima ideia.

Sem demora, o delegado Vargas ouviu várias pessoas, porém nenhuma ajudou muito nas investigações.

Apesar da surpresa, Ozana contou tudo o que sabia. Por outro lado, Iraci não gostou do que soube.

— Como Efigênia foi capaz de dizer que eu vi um espírito?! Como o senhor quer basear sua investigação em visões de algo que não é material e não pode ser confirmado? Isso é um absurdo!

— Um corpo foi encontrado dentro de uma mala, com pedras, no açude de sua fazenda, dona Iraci. Se eu não fizer isso para identificá-lo, terei de indiciar a proprietária dessas terras como principal suspeita até esclarecer o caso.

— O senhor não pode fazer isso?! — foi arrogante.

— Será que não? — sorriu com leveza.

— Tenho total controle pelo que existe na minha casa e no meu quintal. Penso que todos os proprietários de terras devem ter o mesmo.

— Se tem o controle, explique como aquela mala, com um corpo, foi parar naquele açude — o delegado ficou aguardando.

— Qualquer um pode ter jogado aquela mala lá! — ela ficou nervosa. — Alguém de passagem, que entrou nas terras. Um funcionário. Será impossível descobrir. Deveria encerrar o caso logo. Isso é perda de tempo.

— Descarto a possibilidade de ser alguém de passagem ou um estranho. A pessoa se arriscaria muito. Aquele açude é no meio da propriedade. Longe de tudo. Existem outros dois mais perto da estrada. Quem fez isso, conhecia o lugar, conhecia as terras. Era sabido que, desde a época do seu sogro, aquele açude nunca secou. Quem cometeu esse crime, sabia disso. Não é mesmo, dona Iraci? — ficou observando.

— Não sei dizer. Odeio aquela fazenda! Odeio cuidar de gado!

— Mas, a senhora viu ou não viu o vulto ou espírito de mulher na casa em que morava, aqui, na cidade?

— Não vi nada! — afirmou, continuando alterada.

— Está bem — suspirou fundo. — Preciso conversar com a Babete.

— Só na minha presença. Minha filha é menor e tem problemas mentais.

— Está bem — levantou-se, abriu a porta e chamou Babete.

A jovem acomodou-se na cadeira frente à mesa e ao lado da mãe. O delegado sentou-se atrás da mesa, sorriu e perguntou:

— Como vai, Babete? Você está bem?

— Estou sim.

— Como está indo na escola?

— Não estou indo mais à escola.

— Ah... Não! Mas, por quê? — demonstrou-se surpreso.

— Porque minha mãe disse que não preciso. Mas, sempre gostei muito de estudar.

— Você é doente. Por isso não precisa — comentou a mãe agressiva.

— Dona Iraci, vou pedir que somente a Babete responda às perguntas e que não haja nenhuma manifestação da senhora. Se interferir, mais uma vez, tomarei providências sérias. Algo, aqui, está muito errado e sei que me entende muito bem — foi firme.

Nitidamente insatisfeita, a mãe se remexeu na cadeira e ficou calada.

— Babete, sei que o assunto é desagradável, mas... Preciso identificar aquele corpo que estava dentro da mala encontrada no açude da sua fazenda. Pelos cabelos compridos e tingidos, unhas coloridas e outros exames, sabemos que se trata de uma mulher. Até tenho um suposto nome... — olhou-a, aumentando os olhos, como se pedisse para não dizer que nome foi revelado. — Desde pequeno, cresci ouvindo minha avó contar casos bem interessantes sobre espíritos. Eu adorava suas histórias. Também já vi coisas acontecendo sem explicações no mundo

material. Depois de muitas experiências de vida, acredito, piamente, que, quem não oferece atenção à espiritualidade são pessoas bem ignorantes, pois existem provas e milhares de casos que nos leva a crer que continuamos vivos após a morte e... Alguns espíritos, sem conhecimento, que ainda não resolveram suas situações, permanecem aqui junto aos vivos para tentarem resolver. — Babete olhava fixamente para ele, que pediu:
— Preciso prosseguir com as investigações. Gostaria que me descrevesse o espírito de mulher que você via no escritório de seu pai e na fazenda.
— Era o espírito da mesma mulher. Ela tinha cabelos compridos, dava pra ver que era tingido de loiro. Tinha olhos verdes, como os meus. Sobrancelhas finas. Pele branca, muito branca e roxa em volta da boca e dos olhos. Tinha uma pinta no rosto, bem ao lado do nariz. As mãos eram finas, com dedos longos.
— Ah... Entendi. Está certo. Já anotei aqui.
— Doutor Vargas, o senhor não pensa levar em consideração para uma investigação séria a aparência de um espírito descrito por uma menina com diagnóstico de esquizofrenia, pensa?! — Iraci indagou com firmeza.
— A senhora é quem deveria se questionar sobre o diagnóstico de esquizofrenia de um único médico, dona Iraci.
— Da minha filha, cuido eu!
— Da minha investigação também cuido eu! Já tenho as informações de que preciso e aguarde minha próxima solicitação.
— Vou procurar um advogado.
— Sinta-se à vontade, senhora. E... Vou procurar um juiz de menores para saber as obrigações e deveres dos pais. Penso, seriamente, em investigar as condições e tratamento de suas filhas.
— O senhor não ousaria! Sou ótima mãe!
— Não é ousadia, é meu dever. Passe bem, dona Iraci.
A mulher se levantou, puxou a filha pela mão e se foi.
Ao retornar para a fazenda, Iraci ficou furiosa.
— Vocês três acabam com a minha vida!!! Por culpa de vocês, não tenho mais sossego nem paz! Agora, até o delegado quer que eu preste contas sobre a educação e a saúde

de todas como se não tivesse nada melhor ou mais importante para fazer!!! — berrava.

— Desculpa, mãe... — Agnes dizia chorando, para tentar acalmar a mãe.

— Sou uma infeliz mesmo! Nasci para ser escrava das filhas! Mas, isso tem de mudar! Estou cheia! Cheia!!!

— Não fica assim, mãe... — Síria chorava.

— Tomara que o delegado leve vocês! Tomara!!! Não me obedeçam pra ver o que faço! — Dando um tapa na nuca da filha mais velha, gritou: — E da próxima vez, sua infeliz, vou fazê-la tomar remédios até pelos ouvidos, para não falar mais besteiras para aquele homem.

Babete, entorpecida pelos remédios, não conseguia se manifestar nem tinha expressões.

Síria e Agnes tremiam de medo. A tortura psicológica pelos gritos e comportamento agressivo da mãe era terrível, sequestravam-lhes o raciocínio. A descarga de adrenalina constante deixavam-nas em verdadeiro estado de terror.

Depois dos gritos, palavras ofensivas e comportamento violento, Iraci oferecia às filhas o castigo do silêncio. Ignorando-as. Não conversando nem respondendo o que as filhas perguntavam.

Muitas vezes, as meninas a procuravam e sem receber seu olhar ou ouvir sua voz, elas a abraçavam, acarinhavam, na esperança de obterem uma gota de atenção e um toque de carinho.

O castigo do silêncio é uma das violências psicológicas mais perversas e cruéis para crianças e jovens, principalmente.

Iraci alimentava-se, supria-se do prazer de ver suas filhas implorando amor, carinho, atenção e cuidados que só dependiam dela.

Seu comportamento tóxico e abusivo piorava a cada dia, ou melhor, Iraci se aperfeiçoava mais a cada dia. Esse é o típico comportamento de quem tem transtorno de personalidade narcisista.

Por falta de conhecimento, os filhos de pais com transtorno de personalidade narcisista vão se tornando dependentes, feridos, machucados, sem rumo e tentam, cada vez mais, agradar para se sentirem amados. Confusos, podem perder a identidade sem saberem o que está acontecendo, culpando-se, muitas vezes, por não entenderem o comportamento dos pais. São dominados por medos, incertezas e inseguranças, podendo desenvolver outros transtornos como depressão, ansiedade, pânico, dependência emocional, outras síndromes e até mesmo transtorno de personalidade narcisista, pois foi isso o que aprenderam.

Para Iraci, era importante que as filhas sofressem e entendessem que somente ela mandava e provia. Somente ela importava e deveria ser idolatrada, reconhecida e amada, sendo indispensável para elas. Jamais se incomodou com o sofrimento físico ou psicológico das meninas, acreditando que isso seria importante para formar suas personalidades. Seu transtorno ia além do narcisismo. Ela era perversa.

CAPÍTULO 17
Cicatrizes na alma

O tempo foi passando...

Era início de noite, quando o telefone tocou na casa de Bernardo.

Ao atender, ouviu:

— Gostaria de falar com a Iraci, por favor.

— Dona Iraci não mora mais aqui.

— Não?! — estranhou. — Como assim? — perguntou educada.

— Quem gostaria de saber? — o dono da casa indagou.

— Desculpe-me. Meu nome é Otília. Sou prima da Iraci.

— Dona Otília, aqui é o Bernardo, ex-administrador da fazenda do senhor Dárcio. Sinto informar, mas dona Iraci não mora mais aqui. Ela e as filhas se mudaram para a fazenda, faz tempo.

— Fazenda? Que estranho. Minha prima não me disse nada.

— Sim. Mudaram. Mas lá não tem telefone.

— Eu sei... — falou desanimada e ainda surpresa. — É que não conversamos faz tempo e... Tenho ligado aí, mas ninguém atende... Ela não responde as minhas cartas. Não sabia que tinha se mudado para lá. E essa casa? Ela não usa mais?

— Dona Iraci não é mais dona desta casa. E as cartas que chegaram, aqui, foram todas entregues lá, nas mãos dela.

— Nossa... Não sabia e... — nem tinha ideia do que falar.

— A senhora quer deixar algum recado?

— Por favor, diga para ela, quando puder, ligar para mim, ou melhor, para minha vizinha, no início da noite. Não é nada urgente. Só quero saber como ela e as meninas estão.

— Está bem. Direi. A senhora quer deixar o telefone?

— Anota, por favor — pediu, mesmo sabendo que a prima tinha o número, pois havia dado. Quis garantir. O senhor anotou e ela agradeceu: — Muito obrigada, senhor Bernardo. Desculpe o incômodo.

— Não foi incômodo algum, dona Otília. Darei seu recado.

— Boa noite.

— Boa noite, senhora.

Ao retornar à sua casa, Otília contou ao filho o que aconteceu:

— Que estranho, mãe. — Sem demora, ele lembrou: — É interessante você ter pedido para dizer a ela que não era nada urgente, para a tia Iraci não se preocupar. Ela não se deu ao mesmo trabalho de avisar sobre a mudança, para que não se preocupasse.

— A Iraci sempre foi assim. Ela deve vir em primeiro lugar. Igualzinha ao pai dela. Só se preocupa consigo. Os outros não são importantes, ou melhor, os outros são importantes quando ela precisa deles para alguma coisa.

— E por que você teve e ainda tem amizade e consideração por ela?

— Porque não sou como ela — sorriu. — Quando gosto de alguém, gosto mesmo. Não preciso receber nada em troca, não me melindro com distanciamento, com o que a pessoa faça ou diga, a menos que me ofenda. Se isso acontecer, me afasto.

— Tudo tem limite, né?

— Sim, Matias. Não sou tola.

— Não gosto de gente assim, que só me procura quando precisa e só vê o lado dela — o jovem confessou.

— Aprendi a ser tolerante, mas sem me deixar ferir por gente assim. Pessoas egoístas e manipuladoras acham que todo o mundo tem de ficar aos pés dela, servindo-as com sorriso no rosto. Não ligo. Faço algo para elas quando quero e posso. Encontrei muita gente assim na vida, por isso precisei desenvolver uma maneira de viver em equilíbrio comigo mesma. Ou era isso ou deveria odiar o mundo. Achei melhor ser tolerante e não ligar. Faz mal à saúde viver reclamando, criticando, com raiva... Aprendi a lidar com gente assim.

— Desde quando? — o filho quis saber.
— Foram anos de treino — riu. — Sua avó, minha mãe, era assim. Eu não podia com ela, muito menos, mudá-la. Quando entendi o que minha mãe era, as coisas ficaram claras. Fiquei bem abalada e perdida, no começo. É difícil compreender que você foi manipulada uma vida inteira, que seu sofrimento psicológico não é culpa sua, que aprendeu muita coisa errada... A gente se abala, fica confusa. Não é nada fácil se equilibrar.
— Não tô entendendo... Também não lembro da vó muito bem.
— Você e sua irmã a viram poucas vezes. Precisei me afastar dela para viver melhor. Só tive paz depois que eu e seu pai nos mudamos de cidade. Sua avó é uma pessoa difícil. Ela é irmã do pai da tia Iraci. Os dois eram incrivelmente parecidos e a Iraci puxou a eles.
— O que a vó fez? — interessou-se.
— Ah, filho... Não dá para contar uma única coisa. Foram tantas... Foram pequenos grandes detalhes que magoaram, feriram... Sempre com pequenas mentiras, insinuações, críticas, manipulando situações ou pessoas em benefício próprio ou por puro prazer de se engrandecer, mesmo que para isso precisasse magoar, ofender, torturar psicologicamente...
— Sabe, Matias... Existem muitas formas de agressões e penso que as agressões psicológicas são tão terríveis quanto as físicas. Sua avó me torturava com pequenas atitudes. Sempre elogiava as minhas coleguinhas, elogiava e enaltecia a Iraci, dizendo que era parecida com ela. As outras meninas eram lindas, tinham o comportamento perfeito, o corpo perfeito, os cabelos perfeitos... E eu tentando demasiadamente agradar, fazer de tudo para ela me reconhecer, me dar valor, mostrar que eu tinha qualidades também. Mas, minha mãe não me enxergava. Nada do que eu fizesse estava bom. Sempre recebi críticas e mais críticas. Sermões de como deveria me comportar, agir, falar... Ela me dava bastante bronca, falava demais, me colocava de castigo incontáveis vezes e por qualquer motivo. Às vezes, batia... Não tenho lembrança de elogios, conversas descontraídas ou engraçadas.

Não recordo de momentos de só nós duas fazendo algo legal ou indo passear juntas para nos divertirmos. Não sentia seu carinho. Nunca me abraçou, beijou ou afagou de modo que senti que foi verdadeiro. Nunca ficou do meu lado em situações complicadas ou quando precisei por estar triste... Sempre que podia ou conseguia, me humilhava perto de parente ou conhecidos, contando ou expondo situações que eu tinha vergonha ou não queria que os outros soubessem, pois me sentia inferior. Eu ficava triste e ela não se importava, achava que era bom para eu aprender. Sempre que falava, sua avó se colocava em evidência, mostrava que era a melhor, indispensável, chamava a atenção para si. Tudo ela! — ressaltou. — Ninguém era melhor, eu, muito menos. Adorava torturar a mim, dizendo que sofreríamos quando ela morresse, que não adiantaria chorar depois que se fosse, que deveríamos valorizá-la em vida. Era uma forma desesperada para ser elogiada em vida. Era um horror. Em se falando de morte, não tem tortura psicológica pior para uma criança. É querer impregnar alguém com a terrível dor da perda, da morte e fazer a criança sofrer e se torturar antes de acontecer. O resultado disso é insegurança, confusão mental... Quando vejo pessoas sofrendo com a morte da mãe, penso: sofri, antecipadamente, pela morte da minha mãe enquanto ela ainda vivia. De tanto ela falar nisso, vivi angustiada boa parte da minha vida, pensando na morte dela. É a tortura psicológica das mais baixas, de gente mesquinha e desprezível, doente de alma.

— E você não reclamou? Não falou que isso te incomodava?
— De pequena ou mesmo adolescente, não sabia que poderia falar. Quando se perde a autoestima, a gente trava, fica sem iniciativa porque não sabe reagir, não sabe o que é certo ou errado, vindo dos pais. Vive com medo de magoá-los, porque aprendeu que tem de agradar sempre, tem de se esforçar para ser amada. Mesmo assim, quando adulta, falei. Então ela deu uma de triste, de sofredora e manipulou a conversa e a situação de tal forma que acreditei que eu estava errada. Não deveria ter falado. Fiquei triste e com sentimento de culpa.

— Como assim?! — admirou-se.

— Filho, é complicado de explicar. Mãe deveria ser uma pessoa confiável, verdadeira, amorosa, firme, se necessário, e tantas outras coisas. Mas, nem todas as mães são assim. Nem todas as mães amam. Mães que mentem e manipulam filhos e companheiros não são pessoas confiáveis e a gente, que é filho, só vai perceber que tem algo errado, muito tempo depois, quando se vê como uma pessoa insegura, medrosa, sem autoestima, confusa, que faz um monte de coisa tentando agradar, mas nunca consegue. Torna-se carente e dependente emocional.

— Como assim? Como uma pessoa pode manipular alguém que é filho? Como tem coragem de maltratar, humilhar na frente dos outros alguém que deveria amar como um filho?

— Isso é um transtorno de personalidade narcisista, Matias. Não é típico de pai e mãe. O narcisista é uma pessoa que gosta que tudo e todos sejam voltados para ele. O narcisismo é um transtorno psicológico. A pessoa supervaloriza a si mesma, tem necessidade de ser reconhecida e valorizada constantemente. Acha que os outros devem isso a ela. Em menor grau, é uma característica esperada, temporariamente, na adolescência e que deve passar no início da fase adulta. Mas, os que desenvolvem esse transtorno tornam-se terríveis e podem acabar com a saúde mental dos que estão à sua volta. Muitas vezes, o narcisista meio que escolhe alguém para infernizar, castigar com suas manipulações, exigências, humilhações, manias, etc... É na vida adulta que o transtorno fica acentuado e o narcisista vai se aprimorando conforme é permitido pelos que o rodeiam e conforme suas necessidades. O narcisista é egocêntrico, tem sentimento de grandeza e prepotência, necessidade de atenção, admiração e quer dominar a opinião dos outros, controlar a vida dos outros... Sempre espera receber tratamento especial, diferenciado e privilegiado, não tem empatia, sente inveja oculta de outras pessoas e acredita que todos têm inveja dele. Geralmente, é arrogante ou até agressivo. Não oferece valor ao que os outros têm ou fazem, não se relaciona bem, aproveitando-se de qualquer benefício que possa ter. Quando percebem isso, muitos se afastam dele. Os que ficam são por necessidade ou dependência emocional. Narcisista critica muito, mas nunca aceita crítica. Acha-se o símbolo perfeito da raça humana — ironizou. — Reclamam das críticas que recebem por terem autoestima vulnerável, baixa e nunca administra bem qualquer conselho. Mas, adora controlar os outros, adora dar opiniões na vida alheia. Ama dominar, mandar e ser obedecido. Para eles, críticas ou conselhos são agressões, humilhações e os deixam com raiva. Vivem altos e baixos de humor, picos depressivos e não sabem o que aconteceu de errado. A maioria não tem grande rendimento no trabalho, mas não acredita que é culpada por isso. Eles se veem como os melhores em tudo. Se algo não vai bem, a culpa é sempre do outro. O narcisista nunca está errado, na sua opinião. Ele até pode, momentaneamente, concordar que errou, mas só para manipular ou conquistar quem o alerta ou acusa, se houver algum outro interesse por trás disso. Sempre acredita ter razão e encontra justificativas absurdas para isso que, geralmente, é culpa do outro. Para ele, tudo isso é normal. Você precisa entendê-lo e aceitar. Com isso, tem o dom de deixar confuso quem convive com ele. Quem vive com uma pessoa narcisista é bem complicado, principalmente, quando não conhece esse transtorno e não sabe com o que está lidando. Sempre quer ajudá-lo, melhorá-lo, mas o narcisista não melhora, não muda. Quem convive com ele vive inseguro, pisando em ovos, precisa ter uma saúde mental inesgotável! Tem de tomar cuidado com o que fala, com o que faz, vê, assiste ou ele se melindra, briga, reclama, implica... É um inferno! O pior é quando essa pessoa narcisista se torna pai ou mãe. Destrói a vida do companheiro e dos filhos. Para manter o equilíbrio emocional e não surtar, quem convive com narcisista precisa de acompanhamento psicológico ou até psiquiátrico, em extremo caso, devido às terríveis características manifestadas, pois as manipulações, desvalorizações e ataques, em diferentes graus, da pessoa narcisista, desencadeiam quadros de depressão, ansiedade e até pânico em quem convive com ela. No caso de filhos, eles não percebem, por anos, pois não sabem o que é. Crescem achando que o tratamento que receberam do pai ou da mãe era normal, porque foram criados a vida inteira assim. Esses filhos não conhecem tratamentos diferentes. — Breve pausa e revelou: — Minha mãe é uma pessoa narcisista. Consequentemente, é uma mãe narcisista.

— Eu achava que narcisista era aquela pessoa que fica malhando para aparecer, o cara bombado que se exibe para os outros, a garota que procura se vestir bem para se mostrar melhor do que as colegas ou até o magnata que ofende os subalternos, dizendo que são incompetentes.

— Filho, às vezes, o rapaz ou a moça que malham só querem um corpo definido e saudável, estão felizes com seus êxitos e querem mostrar suas conquistas, pois não é tão fácil se dedicar a uma academia. Sei bem o que é isso... — riu. — Sabe, de repente, pessoas assim cansaram de passar por *bullying*, chacotas, olhares... A moça que se veste bem pode só querer ressaltar a beleza e ser valorizada, sentir-se bem. Vai saber o que os leva a cuidar tanto de si, da aparência, da saúde... Isso não é errado. Nem sempre isso quer dizer narcisismo. O narcisismo está ligado à personalidade, à maneira como trata os outros. É importante saber como eles tratam as pessoas próximas em particular. Em sociedade, na frente dos outros, normalmente, ostentam uma vida maravilhosa ou se vitimizam, mostrando sacrifício, esforço e empenho. Em casa, procuram motivos, mesmo que pequenos, para arrumarem brigas, mágoas, jogarem na cara o que fizeram de bom e deixarem o outro com sentimento de culpa. Aliás, uma das principais características do narcisista é essa: deixar o outro com sentimento de culpa, além de desvalorizá-lo, deixá-lo confuso e dependente. Narcisistas mentem e manipulam grande parte do tempo.

— A aparência em público não quer dizer nada. Ele finge que está tudo bem, mas, em particular, faz terrorismo.

— Isso mesmo. Já, no caso de um líder, o comportamento de agressão verbal ou psicológica é algo questionável sim.

Nem sempre o narcisista tem poder, mas sabe-se que tem baixa autoestima sempre. Para sobressair, ele procura dependentes emocionais e até financeiros. Sente prazer em se achar adorado, amado, quer que se preocupem com ele. Como em todo transtorno, sem exceção, o transtorno de personalidade narcisista possui graus. Não que exista uma escala, propriamente dita, para que se possa medir. Somente na convivência é que percebemos um comportamento leve, ou moderado ou intenso ou perverso. E também vão se aperfeiçoando, conforme a necessidade do narcisista.

— O que leva uma pessoa ser narcisista? — Matias quis saber.

— Como todo transtorno de personalidade pode ser uma deficiência biológica, ou seja, genética ou ainda adaptativa, por influência ou sobrevivência ao meio em que vive. Por exemplo, uma criança adotiva cresce em uma família narcisista, que manipula e mente. Ela não tem nada de biológico em comum com ninguém da família. No entanto, todos são mentirosos, tiram vantagens de outras pessoas, zombam dos problemas e dores alheias. Essa criança, pela influência, torna-se igual aos membros da família. Às vezes, filhos não narcisistas, começam a mentir e manipular situações para sobreviverem em meio aos pais, irmão ou parentes narcisistas. Fazem isso para se defenderem, sobreviverem. Porém, nem sempre infância difícil faz com que esse transtorno se desenvolva. Como espírita, na minha opinião, o espírito vem com a possibilidade de desenvolver esse transtorno para trabalhá-lo, equilibrá-lo, reformando-se, melhorando-se. Para isso é preciso muito empenho e vigilância. Tudo o que busquei conhecer, após muito sofrimento, é que não são crianças que tiveram lares sem estrutura, sem amor, sem harmonia que se tornaram narcisistas ou adultos abusivos ou perversos. Muitos vêm de famílias compreensivas, ajustadas e amorosas. Percebe-se que, aos poucos, na adolescência, final dela e no início da fase adulta, que se demonstra, seu egoísmo, vaidade excessiva, características negativas em suas críticas para se achar e demonstrar melhor do que os outros.

— É aquele jeito que a pessoa tem de sempre querer diminuir o outro, desvalorizar o trabalho ou qualquer coisa no outro para se enaltecer e se valorizar, mesmo que não tenha valor.

— Isso mesmo. O narcisista é capaz de copiar ou manipular o trabalho alheio e dizer que é seu, que fez sozinho e parecer que a ideia de tudo é, originalmente, sua. Manipulações e mentiras das mais simples às mais complexas, chantagens das mais brandas e inocentes às mais perigosas, dissimulação falsidade... A mentira é um dos maiores apontadores de um narcisista ou de quem está desenvolvendo esse transtorno. Mente para os pais, para os parentes, professores, colegas, companheiros, esposa, marido, namorado, ficantes... Inventa histórias no serviço, para amigos ou clientes... Quer chamar a atenção de qualquer forma, faz ameaças psicológicas como dizendo que vai morrer, que a vida será triste sem ele, que nunca vão encontrar outro como ele ou ela... Em muitos casos ou quando está extremamente carente e necessita de atenção, é capaz de fingir-se doente, de aquecer um termômetro para afirmar estar com febre, fingir convulsões, fingir estar rouco, desmaiar... Tudo para conseguir atenção ou algo em seu benefício. Manipula situações para que a culpa de seus erros caia sobre colegas ou irmãos. Sempre dá um jeito de parecer inocente ou infeliz ou arrependido para não ser culpado ou punido, principalmente, pelos pais ou chefes, para se safar de responsabilidades. Procura dar um jeito para que todos o compreendam e o apoiem. No íntimo, o narcisista é arrogante, presunçoso e prepotente, demonstrando isso somente para as vítimas, em particular que, na grande maioria, não consegue provas para acusá-lo. Ele não é generoso e despreza o sofrimento alheio. Somente é caridoso quando é importante ou interessante para sua imagem. É capaz de mentir o tempo inteiro para ser enaltecido. Quando pode, principalmente, quando não é notado, humilha, despreza, ridiculariza, inferioriza, explora, chantageia quem ele quer ter ou fazer de dependente ou vítima, para ter suprimento. O suprimento do narcisista é ter alguém abaixo dele que ele faça sofrer. Isso lhe dá prazer. Ele usa as pessoas que permitem, a família, explora sempre que possível e de diferentes formas. Uma das piores provações terrenas é ter uma pessoa narcisista em sua vida, da qual você não possa se livrar, como pai e mãe, pois, quando é companheiro, esposa, podemos mandar passear. É difícil, mas conseguimos. Mas, muitas vezes, não podemos nos livrar dos pais.

— A vó era assim?

— Como disse, em diferentes graus e formas de agir, a pessoa narcisista se manifesta e não muda. Ela finge mudar, mas depois volta a ser como antes. Infelizmente, sou filha de uma pessoa narcisista. A maior parte da sociedade não está acostumada a isso e não sabe nem imagina como é destrutivo conviver ao lado de um pai ou mãe narcisista. Pai ou mãe que não ama o filho ou filha que, muitas vezes, faz preferência por um ou outro, tratando-o como filho de ouro, ou filho dourado, como dizem, e massacrando, de todas as formas psicológicas ou até físicas, o filho que escolheu para sacrificar. Para a maioria das pessoas, mãe sempre foi associada a uma imagem sagrada, amável, benevolente. Muito embora e, graças a Deus, existam mães maravilhosas, mas nem todas são assim.

— A maioria das mães são boas.

— Sim. Vejo isso. Mas não é o caso da minha. Minha mãe só falava dela, de como era importante, essencial na minha vida, que sem ela não seria nada. Com isso, exigia admiração, reconhecimento e, muitas vezes, até meu dinheiro. Na primeira chance, acabava com minha autoestima. Dizia que até a cachorra demonstrava mais amor, obediência e respeito por ela do que eu. Passei a me achar um nada, um zero à esquerda. Sabe, filho... São tantos detalhes e historinhas que parecem simples, mas não são, que me marcaram, magoaram, entristeceram e me destruíram... Uma vez, dei flores no dia das mães. Sua avó fez um ar de desdém, sorriu forçosamente. No dia seguinte, disse: "As flores já estão murchas". Foi a forma que encontrou para diminuir meu presente. Nada do que eu fazia estava bom. Nunca bastava. Uma vez, escrevi

um cartão que fiz na escola, um poema lindo. Fiquei horas e horas naquilo. Entreguei e ela reparou que a pintura estava falhada, que a árvore não estava bem pintada e o coração recortado torto. Quando leu, criticou minha letra e errinhos de português — Otília ficou com os olhos marejados. — Podem dizer que isso é besteira... Mas, eu tinha nove anos e gostaria de agradar a minha mãe. Necessitava que gostasse de mim. Como toda criança, precisava me sentir amada pela mãe, pelo pai... Precisava sentir amor e não desdém e críticas. Se houvesse incentivo, iria querer caprichar ainda mais, nas próximas vezes. — Breve pausa e lembrou: — Sua avó tinha a mania de aumentar a gravidade da minha doença e piorar meu estado de saúde para demonstrar o quanto ela sofria e era dedicada. Um resfriado era dito para os outros que foi pneumonia.
— E seu pai?
— Trabalhava tanto que não percebia, eu acho. Lembro que ela sempre exigia tratamento especial, criticava muito, muito mesmo tudo o que os outros realizavam. O que os outros faziam não tinha valor, a não ser se ela estivesse interessada em ganhar ou ter lucro. Ela via minha tia fazendo uma toalha de crochê e, longe da tia, criticava. Perto da tia, elogiava e manipulava a conversa, interessada em ganhar aquela ou uma toalha igual. Quando minha tia deu a bendita toalha, minha mãe agradeceu e se mostrou muito feliz. Em casa, encontrou defeitos, desdenhou. Deixou a toalha guardada em lugar fácil de pegar para que, se acaso a irmã do meu pai fosse lá, ela pegaria e colocaria sobre a mesa para a outra ver que estava usando. Esse é o típico comportamento ruim, tóxico, nojento. Algumas vezes, meu pai chamou sua atenção. Nossa!... Ela se vitimizou. Dizia que as outras coisas boas que ela fazia ninguém dava valor, que seu trabalho não era reconhecido. Fazia-se de coitada. Ficava doente. Tinha enxaquecas e não parava de falar que não poderia passar nervoso, que teria um derrame, um AVC, por causa do nervoso que passava. Ficava acamada e tínhamos de cuidar dela. São tantos e tantos

acontecimentos, torturas psicológicas e dramas que a mães ou pais narcisistas fazem, detalhes que parecem insignificantes, mas que são cruéis para a formação de personalidade de crianças e adolescentes, que ninguém imagina. Uma das piores era o castigo do silêncio. Eu não sabia nem imaginava o porquê de ela ficar quieta, calada, de cara feia ou se fazendo de vítima, batendo portas, gavetas e utensílios para chamar a atenção e sem dizer nada. Sem falar nada, mesmo quando perguntávamos. Eu ficava insegura e com muito medo, tentando adivinhar o que tinha feito de errado e pensava em como agradar, como me redimir. De outras vezes, ela brigava, falava muito e me deixava confusa. Falava demais, contando sobre seus esforços pessoais, de quanto era prestativa, de quanto era correta... Quando saíamos, exigia que eu, principalmente, ficasse quietinha, bonitinha arrumadinha... Porque a fulana de tal era comportadinha e ficava como uma mocinha. Se eu não me comportasse como ela gostaria, ficava de castigo, ouvindo um monte. Quando ela fazia algo bom ou um favor, não parava de falar disso para lembrar o quanto era boa. Vivia jogando na cara.

Pessoa narcisista tem uma habilidade, impressionante, para manipular conversas ou situações, ficando insatisfeita ou zangada, deixando a outra confusa e com sentimento de culpa por algo que não fez, mas que a pessoa narcisista faz com que entenda que a culpa é dela. Sua vítima fica tentando se redimir, se desculpar e busca tratá-la melhor para aliviar a situação. Mães narcisistas — prosseguiu Otília —, manipulam a vida dos filhos de uma forma tão terrível que eles se sentem na obrigação de fazerem coisas para agradar a essas mães. Qualquer coisa errada ou que as deixem contrariadas, é motivo de insatisfação, cara feia, brigas e a culpa é do filho, do marido, do vizinho, do tio, do gato, do cachorro... a culpa de sua infelicidade é sempre dos outros. Só quando adultos ou adolescentes mais maduros é que surgem os primeiros questionamentos sobre o comportamento da mãe ou pai narcisista que os querem controlar. É absurdo, mas a maioria dos filhos se sente culpada por receber esse comportamento hostil e castrador. — Suspirou fundo e disse: — É um assunto extremamente polêmico e difícil de ser comentado. As pessoas que não conhecem esse transtorno e grande parte da sociedade não gostam e não aceitam quando o assunto é sobre mães que não amam, que maltratam psicologicamente seus filhos. Acham que os filhos têm de relevar, aceitar, baixar a cabeça. Não entendem o quanto isso fere, machuca, maltrata e leva os filhos a muitos estados psicológicos terríveis, desequilibrados, depressivos e até ao suicídio. Em público, diante de amigos, ela é uma pessoa, dentro de casa é outra, completamente diferente. Então, os que não vivem sob o mesmo teto, só conhecem um lado da moeda. Mães narcisistas se fazem de santa, de coitada, de vítimas dos filhos, maridos e família. Homens narcisistas também são companheiros terríveis e péssimos pais. Pais narcisistas fazem da vida dos filhos e da companheira um inferno. Com a idade, problemas materiais, de saúde, emocionais, depressão, ansiedade e doenças tornam-se gigantescos aliados para esses manipuladores, ainda mais os que estão a sua volta, escravizando-os emocional, financeira e fisicamente, acabando com sua saúde mental, sugando energia. Aqueles que se esclarecem e não caem em suas malhas tornam-se vilões, ingratos perante os outros familiares, parentes e amigos. É difícil encontrar provas contra um narcisista. Eles são espertos e se aperfeiçoam sempre. São atores dignos de um prêmio do Oscar — ironizou. — As vítimas dos narcisistas tornam-se filhos ou companheiros que vivem conflitos, dependentes da opinião alheia, dependentes emocionais, inseguros e isso repercute, negativamente, em suas vidas. A convivência com um narcisista te mata aos poucos. Destrói seus sonhos, seus relacionamentos, sua autoestima. Mães narcisistas não são mães, são mulheres problemáticas, abusivas, tóxicas, frias, com transtornos mentais que geram filhos que vão sofrer muito. Criarão seus filhos de maneira tóxica, traumatizante em alguns casos, que poderão até gerar problemas para a sociedade. Elas não são notadas, principalmente, quando são narcisistas ocultas. Aqueles que nunca viveram ou não conhecem o que é viver sob o domínio de pais narcisistas, não me venham tentar convencer de que eu preciso entender. Preciso é desenvolver mecanismos psicológicos de defesa e equilíbrio e isso não é fácil. Sair da casa de pais narcisistas, não é fácil. Ignorar suas ações, não é fácil.

 As experiências e marcas que tenho por conviver com pessoas narcisistas, que sentiram prazer em me maltratar, humilhar, ridicularizar, expor, usar, manipular, mentir descaradamente para se beneficiarem ou terem prazer de alguma forma... Essas experiências foram lições que fizeram de mim o que sou hoje. De pessoas abusivas, tóxicas, egocêntricas, narcisistas só terei compaixão, porque acredito, piamente, na Lei do Retorno. Nessa ou em outra vida, elas receberão o que oferecem. Mas, essa compaixão não me permite conviver com elas, confiando, acreditando, cedendo, amparando, servindo. Tem uma hora que precisamos pôr um limite. Amar a si mesmo, vem em primeiro lugar. Aprendi muito. Se a pessoa for abusiva para comigo, se for tóxica, não dou suprimento e me afasto, me preservo, não alimento mais, ou quem sofrerá serei eu. Quando a pessoa for tóxica, abusiva e não quer ser ajudada, não cabe a mim curá-la. Não dá para curar ou ajudar aquele que não deseja. É preciso entender que isso não é egoísmo. Você vai dar tudo de si, vai dar seu bem mais precioso, que é seu tempo, sua saúde física, mental e espiritual, vai falar, explicar, ensinar e a pessoa não muda, não se esforça em mudar. Então você descobre que só se desgastou e perdeu seu tempo. O narcisista ouve tudo o que você fala, promete que vai mudar e fazer acontecer, mas não faz nada. Depois, manipula tudo e faz com que você se sinta culpado. Pra mim não. Estou fora e sem remorso. Pessoas que desgastam sua saúde emocional, mental, física, espiritual não merecem estar ao seu lado. Pessoas abusivas exploram o seu tempo, a sua disposição, a sua energia até que você se desgaste. Abusam da sua atenção, não te dão sossego, se puder, abusam de você e fazem com que faça as coisas para ela e te esgotam. Narcisistas são pessoas desumanas. Se puderem, se der chance, elas vão fazer da sua vida a extensão da vida delas, pisoteando em você, te desrespeitando de todas as formas. É algo insuportável. Você deixa de viver. Ai... Chega. Falei demais.

— Acho que você tinha muita coisa engasgada a respeito disso, mãe.

— É... tinha mesmo. Desculpe pelo desabafo... — encarou o filho e sorriu.

— Então não ligue muito para a tia Iraci. Se ela te ignorou...

— Verdade.

— Esses dias eu estava me lembrando da filha dela, a de cabelos ruivos — sorriu.

— A Babete! Ela é um encanto de menina. Se está pensando nela, ore por ela. Faça vibrações de luz e paz.

— É... Vou fazer — Matias sorriu. Não disse nada. — Bem... tenho umas coisas pra arrumar.

— Vai lá, filho.

CAPÍTULO 18
As decisões de Otília

O tempo seguia seu ritmo sem aguardar ninguém... Os mais atentos, acompanhavam-no, mas alguns não se interessavam e ficavam parados, perdidos...

Otília sentia-se amargurada. O marido não cumpriu sua promessa e chegou embriagado, mais algumas vezes. Embora nunca mais dissesse nada sobre se arrepender de ter adotado os filhos, só o fato de o ver sob o efeito do álcool, a esposa ficava contrariada. Não bastasse, a filha Lana continuava com comportamento rebelde, agressivo e desajustado, ficando pior a cada dia.

Conversas tranquilas, explicações, sessões de psicoterapias não eram suficientes para a jovem entender que agressividade e raiva não resolvem problemas, não ajudam ninguém a ter paz ou prosperidade na vida.

Isso angustiava os pais e passou a incomodar muito o irmão.

Matias já estava na faculdade, enquanto a irmã abandonou os estudos.

Lana passava a maior parte do tempo fora de casa, em companhia de pessoas duvidosas, sem compromisso com nada, sem equilíbrio e sem futuro promissor.

Cláudio e Otília não conseguiam fazê-la entender a importância de assumir e ter responsabilidade, pensar no futuro e nas consequências de uma vida improdutiva.

Naquela tarde, a mãe foi até o quarto da jovem levando uma pilha de roupas passadas. Observando Lana sentada no chão, mexendo em uma bolsa, disse:

— Vou deixar suas roupas aqui, em cima da cama, depois você guarda.

— Qual é! Me deixa! — a jovem falou em tom ríspido.

— Qual é, o quê? — a mulher indagou firme, encarando-a.

— Eu guardo se quiser! Tenta me obrigar pra ver!

— Lana, me respeite!

— Respeitar o quê?! Por que deveria fazer isso? Você não é nada minha e quer me fazer de empregada! Quer que fique trabalhando pra você!

Otília respirou fundo para não perder a paciência. Virou-se para a filha e, com voz moderada, perguntou:

— Lana, o que te incomoda? Qual é o seu problema?

— Meu problema é você! Você me incomoda! — exclamou agressiva.

— Por quê?

— Você nem deveria ter nascido! Só de ouvir sua voz já fico péssima! Só sabe exigir, fazer cobranças, achar que sou sua empregada!

— Lembre-se de que mora nesta casa e que, assim como os outros, precisa colaborar. Nunca te fiz de empregada. Nunca te explorei. Se exijo que estude, é para que tenha uma formação e, mais tarde, não dependa de ninguém. Se cobro educação e respeito, é por querer que aprenda a respeitar as pessoas, pois quem não faz isso sofre, porque nunca será respeitado. Gostaria de entender porque tanta revolta, Lana — falou com brandura e esperou.

A jovem se levantou. Xingando, foi até Otília e a empurrou para fora do quarto, enquanto a ofendia e gritava.

A mãe não esperava aquela atitude e, ao passar pela porta, tropeçou em seus passos e caiu. Sem se importar, Lana bateu a porta com força, deixando Otília caída no chão.

Naquele momento, Matias chegava.

— Mãe! O que aconteceu?! — perguntou ao vê-la caída, indo ajudá-la.

Lana ligou o som muito alto e o rapaz não ouviu a resposta.

Ajudando sua mãe a se levantar, levou-a até a cozinha.

— O que aconteceu?

— Não sei... — disse chorando. — Não sei o que aconteceu. Nem o que fiz...

— A Lana te bateu?

— Não... Ela... — não conseguia contar.

— Fala, mãe!

— Levei as roupas passadas e pedi que guardasse. Ela respondeu mal, perguntei qual o problema dela... Tentei conversar. Aí, a Lana disse que o problema dela sou eu, que não deveria ter nascido — chorou. — Que sou exigente, faço cobranças, trato-a como empregada e... Expliquei, mas... Falei com calma. Não me alterei — lágrimas escorriam em sua face. — Ela se levantou, começou a xingar e me empurrou para fora do quarto. Tropecei no meu próprio chinelo e caí...

Matias foi até a porta do quarto da irmã e esmurrou:

— Lana! Abre aqui! — exigiu. Ela não respondeu. Talvez não desse importância. Sem pensar, o irmão tomou distância e, com toda a força, enfiou o pé na porta, arrebentando a fechadura. Enfurecido, causou espanto a ela, quando o viu daquele jeito. Indo até o aparelho de som, ele o pegou, levantou e jogou no chão com muita força, quebrando-o todo.

— Ficou louco?!! — a jovem berrou.

— O que você fez com a mãe?! — gritou na mesma altura.

— Essa mulher não é nossa mãe!!! Ela tá me enchendo tanto que tô perdendo a cabeça!!! Qualquer hora vou matar ela!!!

— Você tá insana! Enlouqueceu?! Se não está bom aqui, suma desta casa!!! Se ela não é sua mãe, vaza! Vá embora!!! O que está te prendendo aqui?!

— Quem é você pra falar assim comigo?!! Cuida da sua vida!!!

— Parem vocês dois!!! — Otília exigiu. — Calem a boca!!!

— Não vou calar!!! Estou no meu quarto!!! Sua... — ofendeu com os piores nomes.

Matias se aproximou e foi tentar agredi-la, mas a mãe se colocou entre eles.

Após gritar, xingar e ofender de todas as formas, Lana saiu.

— Pare com isso, Matias! — a mãe se impôs, quando percebeu que ele iria atrás da irmã.

— É inadmissível uma coisa dessas! A Lana te agrediu, ofendeu e você vai deixar por isso mesmo?! Ela não pode continuar desse jeito, aqui, dentro de casa! Uns bons tapas ajudariam colocar a Lana na linha!

— E quem dará esses tapas?! Você?!

— Por que não? — indagou, muito contrariado.

Após respirar fundo e controlar o tom da voz, calmamente, Otília o encarou, perguntando:

— Você teria coragem de bater em uma mulher, depois de tudo o que aprendeu, nesta casa, com seus pais?

— Mas, ela tá folgada faz tempo! Onde isso vai parar?! — revoltou-se.

— Eu também não sei dizer onde isso vai parar. Mas, de uma coisa tenho certeza: sua irmã tem dezessete anos. Além de menor de idade é mulher e não o agrediu fisicamente. Enquanto, você, um homem, maior de idade, com o dobro do tamanho dela, pensa em atacá-la? Isso está certo? Pense. Primeiro, você está jogando pelo ralo todos os princípios e valores que aprendeu com seus pais. Segundo, a agressão ficará como uma marca no seu currículo moral e, talvez, material, se ela fizer queixa por isso. — Olhando-o com firmeza, falou decidida: — Dentro da nossa casa, isso não vai acontecer. Não na minha frente. E se eu souber que encostou um dedo na sua irmã, vai se ver comigo — foi firme.

Nesse momento, como se fosse proposital, o céu rugiu. Uma forte chuva começava. Em poucos segundos, os clarões dos raios rasgavam o firmamento e clareavam fortemente dentro da casa.

Otília suspirou fundo e ruidosamente, virou-se e foi para outro cômodo.

Não disse nada. Estava excessivamente preocupada com a filha, que saiu e com o marido que ainda não tinha chegado.

Em pensamento, imaginava o que diria para Cláudio, caso ele estivesse sob o efeito de álcool, mais uma vez, seria outro transtorno.

Não era comum ele se atrasar. Só o fazia quando ia beber com os colegas. E aquele dia demorava além da conta.

Havia feito sopa para o jantar. Para um dia frio como aquele, seria uma boa opção.

Tempo depois, decidiu arrumar a mesa e, como sempre, colocar os pratos e talheres, além de fatiar o pão e colocar em uma cesta. Desejava que Lana voltasse logo e Cláudio também.

Matias, muito sem jeito, chegou à cozinha, após tomar banho. Aproximando-se da mãe, beijou-a no rosto e disse:

— Nem te cumprimentei depois que cheguei — sorriu, generoso. — Boa noite, mãe.

— Boa noite, filho — respondeu com carinho e sorriso amável. — Tudo bem?

— Sim. Está.

— E no serviço?

— Ah!... Desde que assumi o novo cargo, tudo está bem melhor. O gerente sempre é muito educado comigo e me elogia.

— Ele retribui a forma como fala com ele e reconhece seu trabalho. Isso é ótimo!

— O outro cara brinca muito, não tem responsabilidade.

— Deixa o outro... — alertou com bondade. — E na faculdade?

— Chamei o Eliseu para vir aqui em casa no final de semana. Precisamos fazer um trabalho. Tudo bem pra você?

— Claro. Nem precisa perguntar.

— Preciso sim. Vai que você e o pai precisam sair...

— Matias... — esperou que olhasse e pediu em tom bondoso: — Depois, vai ao quarto e recolhe o aparelho de som que você quebrou.

— Mas, mãe, ela!... — foi interrompido.

— Ela, nada. Foi você quem perdeu o controle e quebrou o som. Inclusive, deve procurar quem conserte o aparelho e pagar por isso. Não acha?

Visivelmente contrariado, não disse nada e aceitou. Virou-se e foi para o quarto.

Enquanto isso, Otília permaneceu na cozinha.

Passado algum tempo, ainda bem preocupada com o atraso do marido e da filha, foi até a porta e colocou a cabeça para fora, olhando pelo corredor em direção da rua.

A pequena cobertura de telhas sobre a porta não era suficiente para impedir a chuva com vento que respingou nela. Mesmo assim, não se esquivou por ficar com um misto de apreensão e curiosidade ao ver as luzes girando de um carro da Polícia Militar, que parava em frente ao seu portão.

O barulho do rádio da viatura chamou a atenção de Matias, que correu até a cozinha. Ao notar que a mãe já tinha visto, perguntou:

— O que foi? Por que a polícia está aqui em frente? Será que a Lana aprontou alguma coisa?

— Também não sei — respondeu receosa e angustiada.

Controlando o nervosismo, ela procurou por um guarda-chuva e foi ver sobre o que se tratava, uma vez que viu um policial em pé em frente ao portão.

— Boa noite, senhora.

— Boa noite... — murmurou ao se aproximar.

— Aqui é a residência do senhor Cláudio?... — falou o nome completo.

— Sim... — murmurou, novamente.

Sem se importar com a chuva, Matias já estava ao lado da mãe.

— Qual o nome da senhora, por favor?

— Otília. Sou esposa dele.

— Sinto informar... O senhor Cláudio sofreu um acidente e está no hospital. A senhora pode nos acompanhar, se quiser. Caso não, vou deixar o endereço.

— Vou com vocês... — disse tremendo e se fazendo forte. — O senhor pode me dar um instante. Vou pegar minha bolsa e fechar a casa.

— Sim. Claro.

Otília e o filho seguiram para o hospital. Lá, souberam que um caminhão carregado com *containers*, indo para o Porto, bateu em uma viatura que perdeu o controle e atropelou Cláudio que, embriagado, cambaleava no meio da rua, segundo testemunhas.

O estado do marido era grave. Em conversa, o médico explicou a verdade e disse que seria muito difícil o homem escapar. A condição de Cláudio era delicada demais e deveriam aguardar para ver se reagiria.

As horas foram passando. Um atendente informou que ficar ali não adiantaria. Seria melhor irem para casa, descansarem e retornarem somente no dia seguinte, no horário em que o médico fizesse nova avaliação.

— Como soube, a fratura de crânio é inoperável. Qualquer tentativa pode piorar a situação.

Depois dessa notícia, Otília abraçou-se a Matias e, discretamente, chorou. O filho aconselhou que fossem para casa. Deixaram o número do telefone da vizinha e prometeram voltar no dia seguinte. Ficarem ali, só iriam se desgastar.

A contragosto, a mãe aceitou e se foram.

Em casa...

— Toma um banho, mãe. Está frio, tomou chuva e está gelada.

— Farei isso — aceitou sem ânimo, depois de um bom tempo parada, sentada no sofá da sala.

Logo depois, retornou e encontrou o filho na cozinha.

— Estou sem chão, Matias. Não sei o que fazer — lágrimas escorreram em sua face pálida.

— Eu também não sei o que fazer — abraçou-a e chorou. — Nem sei o que dizer. Estamos sozinhos... Nem temos pra quem pedir ajuda...

— Tá doendo, filho. Sinto uma angústia que está doendo muito — chorou em silêncio.

Ficaram sentados à mesa da cozinha por algum tempo.

Matias serviu-a com sopa. Após poucas colheradas, Otília não quis mais.

Passado um tempo, decidiu preparar um chá para a mãe, que tomou para agradar-lhe.

Era madrugada quando Lana chegou. Estava estonteada sob o efeito de álcool. Achou estranho encontrar os dois ali, acordados, àquela hora. Normalmente, só a mãe a esperava. Com sarcasmo, perguntou com ironia:

— Iiiih!... Essa hora e os dois aí! Que caras de velório são essas? Quem morreu?!

— O pai sofreu um acidente. Foi atropelado e está no hospital. O estado dele é muito grave.

A jovem torceu a boca, exibindo insatisfação. Não disse nada e foi para o quarto.

— Matias, precisamos avisar seus tios e sua avó, mãe dele... Nem sei como dar essa notícia para ela... — emocionou-se.

— Telefona para o tio Alfredo, irmão do pai, quando amanhecer. Não vai adiantar nada acordar todos agora. Ele avisa os outros e dá a notícia pra vó. Mas, agora, mãe... Deita e descansa um pouco. Ficar, aqui, sentada e desse jeito será pior. Vou arrumar as coisas e depois vou ficar com você.

Otília aceitou a sugestão. Levantou-se e ia para o quarto quando viu a filha retornar para a cozinha, perguntando:

— Tem alguma coisa aí pra comer?

— Tem sopa — a mãe murmurou.

— Sopa?... — desdenhou, franzindo o rosto.

A mulher não teve ânimo para dizer nada. Achava-se abalada demais para argumentar. Virou-se e foi para o quarto.

A moça foi até a panela, pegou o que queria e sentou-se à mesa para comer, enquanto o irmão lavava as louças.

O rapaz esforçava-se para não dizer nada sobre o comportamento dela. Era quase impossível ficar calado. Quando terminou o que fazia, olhou para trás e viu que Lana não estava mais na cozinha. Havia largado os utensílios usados e sujos sobre a mesa e se retirado, sem a menor consideração. Mesmo inconformado, ele pensou em poupar sua mãe daquele serviço e desprazer, por isso lavou.

Era bem cedo quando Otília e o filho já se encontravam no hospital. Não demorou muito, os dois irmãos de Cláudio chegaram.

Foi Matias quem contou, detalhadamente, o ocorrido para os tios. O médico de plantão informou que o estado de Cláudio continuava grave. Seu cérebro estava muito inchado, por isso precisaram tirar um pedaço do crânio para que essa dilatação não o levasse a óbito.

Bem angustiados, Otília e o filho puderam vê-lo por poucos minutos no C.T. I. — Centro de Terapia Intensiva.

Após conversar um pouco com os cunhados, ela e o filho retornaram para casa.

Ao chegarem à frente da residência, ela decidiu:

— Vou à casa da dona Álvara ligar para minha irmã e avisar.

— Vai avisar a vó? — o filho quis saber.

— Pedirei pra minha irmã fazer isso. Também vou ligar para o senhor Bernardo e pedir que avise a Iraci lá na fazenda. Acho que vou telefonar pro meu primo Adriano também... O irmão da Iraci... — sentiu-se insegura.

Assim foi feito.

Preocupado e solidário, no início da noite, Adriano chegou à casa da prima.

Chorando, ela contou tudo, depois disse:

— Liguei para onde a Iraci morava e pedi que dessem o recado, mas ela não retornou.

— Por quê? Como assim? Ela se mudou? — Adriano quis saber.

— Ela foi morar na fazenda com as três filhas. Lá não tem telefone.

— Como assim? O que aconteceu? Por que ela fez isso? O Dárcio concordou? Aquela fazenda é longe de tudo! — ele se admirou.

— Você não está sabendo? — Otília se surpreendeu. — O Dárcio morreu.

— O Dárcio?! Morreu?! — Adriano se levantou e andou de um lado para o outro, tamanho foi o susto.

— A Iraci disse que te contou — tornou a prima, incrédula. — Ela falou que brigaram, após a morte do pai de vocês, que te avisou da morte do Dárcio, mas você estava ocupado, por isso... não pôde ir.

— Nunca fiquei sabendo que o Dárcio morreu!

Otília contou tudo e viu o quanto o primo ficou assombrado com a capacidade da irmã em lhe esconder algo tão importante. No final, ela detalhou:

— Então o Dárcio deixou um testamento. Não sei como ficou a situação toda, depois disso. Antes da abertura, a Iraci esteve aqui com as meninas e se foi. Escrevi várias cartas, mas não tive resposta. Liguei e achei estranho quando o senhor Bernardo, o administrador da fazenda do Dárcio, atendeu e contou que a casa não é mais da Iraci. Ela as meninas não moram mais lá, desde a abertura do testamento. Discreto, não deu mais nenhum detalhe. Deixei vários recados, que ele disse que deu, inclusive, que entregou as cartas. Mas, sua irmã não se manifestou.

— Típico dela. Só nos procura quando é de seu interesse.

— Quem sabe, agora, com a notícia do Cláudio...

— E seus cunhados, irmãos do seu marido, estão te ajudando? — Adriano quis saber.

— O Alfredo, sempre arrogante, culpa os médicos, o hospital... É tão ruim conversar com ele. Só critica. O outro, não fala. Resumindo, não sei se me ajudam ou...

— Avisou sua irmã?

— Talvez, no final de semana, ela possa vir aqui. Está trabalhando e... Sabe como é. — Encarando-o, afirmou: — Você não precisava ter vindo e se dado ao trabalho. Deveria... — foi interrompida.

— Não tem problema — sorriu com leveza. — Sei como é quando precisamos de alguém ao lado. Deixei o Lucas e o Fábio em casa e a Ane vai dormir lá esta noite.

— A Ane cuida bem deles, não é?
— Sim. Faz anos que ela trabalha pra gente e... Quase faz parte da família. É uma funcionária muito dedicada. Desde que a Filipa foi embora, ela cuida dos meninos como se fossem seus...
— Como eles estão? Faz tempo que não os vejo.
— Estão grandes! — sorriu. — O Lucas está da minha altura. Não sei onde vai parar. Sempre entusiasmado e agitado. O Fábio é mais tranquilo, fica mais na dele.
— E seus pacientes agendados para amanhã?
— Pedi para a secretária avisá-los e remarcar. Mas... Esquece isso, Otília. Tenho tudo arranjado. Se precisar posso ficar mais dias.
— Obrigada por ter vindo, Adriano. Estou me sentindo tão sozinha e... — chorou. — Não está fácil.
Naquela madrugada, Cláudio faleceu.
Adriano tomou todas as providências e cuidou de tudo para a prima. Apesar da dor, Matias o acompanhou. Mais ninguém.
Um dia após o enterro, Adriano retornou à cidade de São Paulo.
A irmã de Otília compareceu ao enterro e disse que a mãe não quis ir alegando que ficaria impressionada e não se sentiria bem.
Apesar de Bernardo ter enviado a notícia para Iraci e oferecer sua casa para que ligasse para a prima, ela não se deu ao trabalho de entrar em contato com Otília. Não se importou.

Alguns dias após o sepultamento, Alfredo, irmão de Cláudio, procurou a cunhada.
— Sei que o Cláudio deixou uma mísera pensão. Agora, viúva e com dois filhos ainda jovens, a vida será bem difícil. Então... o que você acha de me vender esta casa? Cinquenta por cento dela é sua e a outra parte será dividida entre seus

filhos. Não precisa responder agora. Pensa no assunto. Depois me fala.

Ela decidiu conversar com os filhos e pensar bem.

Otília precisou se fazer de forte e tomar decisões. Reunindo Lana e Matias à mesa da cozinha, explicou a situação.

— Não sei o que fazer. Precisamos pensar bem.

— Quer dizer que eu tenho parte da venda desta casa?! Sem dúvida que quero esse dinheiro! Pode negociar e me dar o que é meu! — a jovem se manifestou, arrogante e interesseira.

— Primeiro, você ainda é menor de idade. Sua parte ficará em uma poupança ou aplicação, até que tenha maioridade para saber o que fazer com ela. Segundo, não é tanto dinheiro assim. Se não soubermos investir ou usar, todo o valor desta casa acabará em questão de meses ou dias — a mãe alertou. — Podemos não vender e continuar aqui. Mas, não sei como sobreviveríamos com a pensão de viuvez que vou receber. Matias gasta tudo o que recebe com o pagamento da faculdade. Ainda precisa de dinheiro para alimentação. Se ele ficar sem emprego, terá de parar com o que faz. Não bastasse, o que eu ganho como boleira, salgadeira e doceira é inconstante. Não é fixo. Não posso contar com recebimento de valores altos. A Lana não trabalha e é algo que precisa mudar, não é filha? — falou com bondade, olhando-a de modo comovente. A jovem torceu a boca e o rosto. Não gostou da sugestão. — Se vendermos a casa, é provável que o Matias consiga pagar a faculdade e se manter com a parte dele, se não parar de trabalhar! — ressaltou. — Com parte do que tenho, penso em abrir um pequeno negócio para ficarmos mais seguros. Mas, aqui, por ser cidade litorânea, qualquer negócio que eu abra pode ter lucros somente na época de temporada, eu acho. Outros tipos de comércio, mais rendáveis, durante o ano, talvez precisem de mais investimentos e tenho medo de não dar certo. Não é igual a ter um emprego com carteira assinada, com direitos e mais direitos, férias e décimo terceiro. O empresário tem muitos gastos, impostos, responsabilidades, deveres e segurança nenhuma. Se ficar doente, por exemplo... Quem toca o negócio? — Um momento para que refletissem e ainda lembrou: — Sem contar que teremos de morar de aluguel, pois venderíamos esta casa. Mais um gasto. Mais uma grande preocupação.

— Mãe, você pode ser diretora de escola — Matias sugeriu.

— Na minha idade e há tanto tempo sem atualização? Acho difícil. Embora tenha pensado muito em voltar para a cidade de São Paulo. Viemos morar aqui por causa do emprego do seu pai.

— A minha parte do dinheiro vocês não vão usar pra nada, tá! É minha e eu quero! — Lana determinou em tom agressivo.

— Mas vai ficar comendo, bebendo, dormindo, se vestindo e usando água, luz e outras coisa às nossas custas, né?! Então, assim que fizer dezoito anos, tira seu dinheiro do banco e dá o fora de casa, tá bom?! — Matias falou firme, irritado com a forma de pensar da irmã.

— Quem você pensa que é pra me mandar embora de casa?!

— Parem! Não vou tolerar ninguém falando alto aqui! — Otília exigiu. Olhando para a filha, disse em tom severo: — Preste muita atenção ao que vou te dizer, Lana. Em breve, você fará dezoito anos. Se decidirmos vender esta casa, terá o direito de tirar sua parte em dinheiro que colocarei em uma aplicação, por ser herança sua. Mas, tenha a certeza de que, se fizer mal uso, não terá meu apoio quando tudo der errado na sua vida. Há anos venho te orientando e apontando os caminhos certos e errados, mas você não dá atenção nenhuma. Parou de estudar e não faz nada. Anda rodeada de péssimas companhias. Seu futuro é incerto, pois, neste momento, não está investindo em você mesma. Não estuda nem se profissionaliza em nada, sequer, faz um curso ou procura um trabalho! — enfatizou. — Ninguém vive de brisa, minha filha! Ninguém! Daqui dez anos, onde você se vê? Daqui dez anos, o que estará fazendo? Como acha que será vida? — Não houve resposta. — Eu e seu irmão não seremos obrigados a arcar com as suas responsabilidades. Entenda e aceite isso de uma vez por todas. O valor que receberá, que é seu direito por herança, não será muito e não vai durar para sempre. — Longo silêncio. — E tem mais... Eu te amo e é por isso que venho insistindo para que faça algo por si mesma, para que não seja dependente de mim nem de ninguém. Como mãe, sei que o amor, muitas vezes, vira sacrifício e eu sempre me sacrifiquei por vocês, quando preciso. Mas, deixar de se sacrificar não é deixar de amar. Uma hora ou outra, vou deixar de me sacrificar por vocês dois, mas não deixarei de amá-los e vou cuidar de mim. Portanto, aproveitem, aprendam e se esforcem. — Breve pausa e pediu: — Pense bem, Lana. Guarde esse dinheiro.

— Lana, se a mãe abrir um negócio, você investe com ela. Faz uma sociedade, trabalha junto. É uma boa forma de investir em si — aconselhou o irmão.

— Vocês dois acham que sou boba? Pensam que não estou percebendo que todo esse sermão, todo esse drama é para os dois colocarem a mão no meu dinheiro? — riu. — Vão se catar!!! — levantou-se, empurrou a cadeira e saiu, dizendo: — Eu quero é que vendam essa casa! Exijo a minha parte! Quero cada centavo do que for meu!

— Agora você aceita que o Cláudio é seu pai, não é mesmo? — Matias gritou.

— Pare com isso! — Otília exigiu.

— Na herança ela se considera filha, mas com as obrigações não!

— Deixa sua irmã. Vamos nos concentrar no que devemos fazer. Estou com medo de vender a casa e termos dificuldades de pagar o aluguel, futuramente. Não terei profissão fixa e...

— Posso parar e trancar a faculdade.

— De jeito nenhum! Estou pensando... Preciso me aconselhar com alguém. Às vezes, conversando, surgem ideias.

— Conversa com o tio Adriano.

— Estava pensando nele mesmo...

— Liga pra ele — o filho insistiu.
— Vou até a casa da dona Álvara telefonar para ele — sorriu.

Conversando com Adriano, Otília explicou superficialmente a situação. Ele achou que seria melhor tratarem disso pessoalmente e prometeu viajar para a cidade de Santos no final de semana.

CAPÍTULO 19
É necessário mudar

Sábado, bem cedo, Adriano e os filhos chegaram à casa de Otília, que os recebeu muito bem, com um bom café da manhã.

Passado algum tempo, Matias achou melhor levar Lucas e Fábio, com quem se deu muito bem, para a praia, deixando os pais conversarem mais atentos ao que precisavam.

Otília falou sobre tudo o que a deixava em dúvida e indecisa e desfechou:

— É isso. Preciso dar uma resposta ao Alfredo.

— Como você vê seu futuro, aqui, nesta cidade?

— Não vejo. Acredito que seria difícil eu encontrar emprego fixo ou mesmo prosseguir com o que faço. Viemos morar aqui, como sabe, devido ao trabalho do Cláudio e também para me ver longe da minha mãe. Na época, foi conveniente. Mas, hoje... Sinto necessidade de mudanças. Para o Matias é questão de se transferir de faculdade e ele diz que não se importa. Particularmente, às vezes, sinto que ele está inseguro com o curso de Administração que escolheu. É provável que, na cidade de São Paulo, com diversas outras oportunidades e faculdades, ele repense. Quanto à Lana... Ela está me dando muito trabalho. Envolveu-se com amizades péssimas... — contou tudo. — Possui uma tendência emocional e espiritual que jamais imaginei que tivesse. Talvez, uma mudança faça bem a ela, quem sabe... Tenho esperanças.

— Otília, é o momento de pensar em si. Tudo o que fez, até hoje, foi pensando nos outros primeiro. Está na hora de colocar um ponto final nisso. O Matias está encaminhado. Só de conversar com ele, percebemos que é alguém de caráter, que pensa no futuro. É lógico que enfrentará dificuldades, decepções e precisará aprender com isso, deverá se cuidar sozinho. Mas, ele tem princípios que aprendeu com os pais. Já a Lana... também teve os mesmos princípios e valores que o irmão. As mesmas oportunidades de estudo, educação... O que ela fizer a partir de agora, será escolha dela e, consequentemente, será de total responsabilidade dela. E você terá de, simplesmente, aceitar isso. Deixar que aprenda com os erros. Não poderá fazer nada. — Viu-a abaixar a cabeça. — Você receberá uma pensão simples, como viúva. E isso não será suficiente para que se mantenha. Plano de saúde com assistência médica no mínimo razoável, alimentação e uma casa com certo conforto, jamais serão possíveis com essa pensão. Você sabe. Sei que é uma mulher jovem, produtiva e...

— Jovem? — riu. — Obrigada. Já passei dos quarenta e... Plano de saúde? Isso é para rico!

— Jovem sim! E produtiva também. Forte, guerreira... Só acho que perdeu muito tempo ao lado de alguém...

— Pare! Não fale sobre isso — olhou-o sisuda.

— Tudo bem... — Adriano considerou. — Como ia dizendo... Você tem formação, é competente para trabalhar. Talvez, na sua área, como pedagoga seja difícil, mas sei que qualquer coisa que se atrever a fazer, irá pra frente. Olhando de fora como eu, podemos dizer que seus filhos estão criados e que, agora, é a sua vez. É o momento de fazer acontecer para si mesma. — Ela não o encarou. — A viuvez chegou a sua vida talvez para que tivesse essa oportunidade. Sei que seu casamento não estava bem. Ninguém me contou. Eu sei — ela ergueu o olhar. — Neste exato momento, está tudo muito claro, é só observar. Em breve, provavelmente, ficará sem seus filhos. Eles seguirão suas vidas. O Matias vai deslanchar! —

salientou. — Vai ganhar o mundo, fazer suas conquistas! Ele é esperto. E te ama tanto que poderá contar com ele sempre que o chamar, mas ele precisará ir. A Lana, de alguma forma, ficará independente, quer você queira ou não. E isso não poderá controlar. — Longa pausa e a viu com lágrimas nos olhos. — Ou você fica aqui, vivendo dessa mísera pensão, insegura e com dificuldades, com uma vida totalmente inútil e improdutiva, porque não poderá mostrar a si mesma sua capacidade e talentos, ou você se movimenta e passa a ser mais atuante no mundo. O que você quer? O que escolhe?

Longo silêncio.

Acanhada, murmurou:

— Gostaria de não ter de decidir isso, Adriano. Estou com medo.

— Eu te compreendo. Não é errado pensar isso. Não é errado sentir medo — sorriu com leveza. — Na minha vida, passei por fases que não gostaria de fazer escolhas, mas precisei ser forte e agir. Agora é o seu momento e sabe disso. Ninguém nunca resolve seus problemas somente pensando neles. É preciso atitudes. Cedo ou tarde, a vida nos chama para isso. Os mais indecisos são os que mais sofrem.

— Mas, uma decisão precipitada pode me fazer sofrer, não acha?

— Quando a decisão é irresponsável sim. Com toda a certeza. Mas não é seu caso. Percebo que refletiu muito sobre toda essa situação. Quando tomamos atitudes baseadas em decisões responsáveis, Deus nos ajuda. Ele coloca oportunidades em nossos novos caminhos. Mas... — encarou-a — Terá de buscar em si mesma empenho e energia para trabalhar e se dedicar a algo novo, bom e útil.

— Se vender esta casa, mudar para a cidade de São Paulo, transferir o Matias para uma nova faculdade, por onde eu começo? Estou há anos fora do mercado de trabalho! — ressaltou. — Teremos de morar de aluguel. Devo pensar na alimentação, em dinheiro extra para o caso de alguém ficar doente... é tanta coisa... — Encarou-o com olhar expressivo e sussurrou: — Estou com muito medo. Só eu para me responsabilizar por tudo.

— Posso te dar apoio, mas não todo tempo e nem sempre — foi verdadeiro e não impiedoso.

— Eu sei. Nem quero ser dependente.

Adriano suspirou fundo. Pegou a garrafa térmica e serviu-se com mais café. Depois de um gole, comentou:

— Desculpe, Otília. Preciso te falar uma coisa e... Acho que não vai gostar.

— Diga — sorriu com grande esforço.

— A vida sempre pede ação e não fuga, enfrentamento e não covardia, equilíbrio e não extremidade para nenhum lado. Somente assim somos fortes e temos paz. Você só se dedicou aos outros, pensando no bem-estar de todos a sua volta. Além de um curso universitário, o que mais fez por si mesma? — Silêncio. — Mudou-se para cá a fim de favorecer seu marido. Você era diretora em uma escola pública! Em uma escola municipal! Emprego bom! Salário garantido! Era ele quem precisava arrumar algo onde você estava estabilizada! Mas, o que fez? Desistiu por ele. Não me venha dizer que foi por causa da sua mãe. Pode ser que o que aconteceu colaborou para sua decisão, mas não foi só pelo que houve entre vocês duas. Não se mudaria, não desistiria de um emprego concursado por causa dela.

— Sabe, muito bem, que tive problemas terríveis com ela. Você sabe muito bem! — exclamou, encarando-o.

— Você não foi firme o suficiente! Não enfrentou suas dificuldades! Não colocou um basta! Um chega! Poderia fazer isso sem brigas, sem gritos. Sabe que autoridade não depende de barulho. Muitas vezes, só com um olhar, demonstramos autoridade e impomos respeito. Sua mãe não te respeitava e, em vez de colocar limites, preferiu se afastar. Fugir do problema. E o Cláudio foi passivo, omisso e a ajudou a ser covarde. Preferiu desistir de um emprego bom, estável em troca de que mesmo?

— Paz!

— Mentira! Você não teve paz, aqui! Teve uma situação não resolvida! Admita! — falou alto. Viu-a abaixar a cabeça. — Deveria ter imposto limite à sua mãe! Dito ao Cláudio que estava bem empregada e não mudaria de cidade por causa dele, que trabalhava para uma empresa que não oferecia segurança suficiente para os dois. O resultado está provado agora. Hoje, você não tem emprego, não conquistou nada. Nem você nem sua família conquistaram nada.

— Eu não teria os filhos que tenho.

Adriano riu alto e, propositadamente, falou:

— Ora! Por favor!... Como saber e ter certeza disso? Se como acredita, Deus não erra, sabe que poderia ter vindo para cá, visitado seus sogros e... do nada, ido até o orfanato conhecido o Matias e depois a Lana. O Cara lá de cima não erra, certo?! Não é isso que esbravejamos sempre? — ela não respondeu. — Olha pra você, agora, Otília! Uma mulher inteligente e tenho certeza de que sabe disso! Olhe para você! Veja o que fez consigo mesma enquanto cuidava dos outros, do bem-estar dos outros. A vida te colocou em uma posição difícil para que se decida e tome uma atitude que contribua para o seu crescimento, para suas realizações, seus sonhos, sua vida! Novamente, espero que não faça escolhas pensando nos outros. Foque no que vai fazer por você mesma! — Breve instante e confessou: — Foi pensando nos outros que me ferrei. Fiquei arrependido. Deveria ter enfrentado tudo e todos. Sofri! Não imagina o quanto sofri! Sofri até aprender... Foi bem difícil estar sozinho e... Por duas vezes, na minha vida, me vi sozinho e sem ninguém para me apoiar. É preciso ser bom, justo e equilibrado consigo mesmo, antes de ser para com os outros. Ter muita empatia pode fazer você se ferrar! Hoje, faço o que posso. Pensem o que quiserem. Ajudo até certo ponto, não mais. As responsabilidades dos outros não me pertencem e não podem me pertencer pelo resto da vida deles. Os outros precisam crescer também. E não posso tirar algumas oportunidades deles ou isso não acontece e quem será responsável serei eu. O começo do crescimento interior é assumindo responsabilidades. Nada é por acaso e Deus não erra. As experiências difíceis só acontecem enquanto não aprendemos a colocar limites em nós e nos outros. Se quisermos crescer, precisamos dar a nós mesmos muitos nãos e aos outros também. — Breve momento e comentou ainda: — Muitos, para não dizer todos os nossos prazeres desequilibrados trazem consequências desastrosas a médio ou longo prazo, mas só percebemos isso quando é tarde demais. Aí nos arrependemos e queremos que os outros se compadeçam de nós, nos ajudem ou nos carreguem nas costas. Por isso, devemos ser mais prudentes, apender com os mais velhos e com os erros alheios. Se não deu certo com os outros, não dará certo com a gente. Sempre foi assim. — Falava, encarando-a o tempo inteiro. — É duro ouvir isso, mas é a realidade. Devemos assumir nossas responsabilidades e abusarmos menos das outras pessoas. Precisamos ser mais realistas e cuidarmos da nossa própria vida.

Ela o encarou e perguntou com tranquilidade:

— Por que você se tornou tão amargo, Adriano? Não conhecia esse seu lado.

— Você não sabe mesmo por quê? — não houve resposta, enquanto a olhava firme. — Aliás, não diria que me tornei amargo, mas sim realista depois da surra que tomei do mundo. Como disse, só me ferrei por ter sido compreensivo e querer ajudar. — Suspirou fundo. Algo do passado ainda o magoava. Disfarçou os sentimentos e tornou a falar mais sereno: — Como ia dizendo... Posso te ajudar, mas não o tempo inteiro nem para sempre. Vai doer, mas preciso dizer novamente... Tome uma decisão racional, olhando para si. Veja o quanto está parada no tempo por causa de outras pessoas. Isso sim é amor. E se não se amar, ninguém irá fazê-lo. Aproveite a oportunidade, arranque forças do âmago da alma e faça algo pensando no seu futuro. Seus filhos já sabem tomar decisões e nem sempre você estará perto ou poderá fazer parte dos planos deles.

— Terei de ir a São Paulo, algumas vezes, para ver casa, emprego e faculdade para o Matias. Ele também precisa de emprego...

— Vamos corrigir isso: você precisa ir a São Paulo, algumas vezes, para ver casa e emprego. A faculdade e o emprego do Matias são de responsabilidade dele. Não o carregue no colo. Dê ao seu filho a oportunidade de crescer. — Ela não disse nada. — Quando forem a São Paulo, podem ficar na minha casa. Tenho um quarto sobrando. Ficarão bem acomodados. Moro em um sobrado que tem uma edícula nos fundos. São dois cômodos e um banheiro. É pequena. Não tem nada, só umas ferramentas... Caso precisem, por causa da mudança, podem ficar lá, por alguns dias. Digamos, um mês. Não vou cobrar absolutamente nada. Nem água ou luz... Perdoe-me estipular tempo. É que precisei aprender a deixar as coisas bem claras.

— Entendo. Não se preocupe.

— Então... Pelo visto... Pelo que falou sobre precisar ir a São Paulo algumas vezes... Está decidida a vender a casa?

— Sim. Estou — Otília afirmou, fixando o olhar nele.

— Então, vamos ao que interessa. O que achou da proposta do seu cunhado? O valor que ele ofereceu é bom?

— Não sei. Não tenho a menor ideia.

— Precisará de alguém que avalie o imóvel. Veja, essa casa é espaçosa. Não é tão bonita nem tem acabamentos de primeira linha, mas é notável. O terreno é bem grande e ótimo. A localização é muito boa. O Alfredo pode se aproveitar da sua fragilidade.

— Como posso saber? Por onde começo?

— Vamos a uma imobiliária. Lá, alguém vai fazer a avaliação, depois de uma visita. Seu cunhado vai querer fazer negócio direto com você, sem um corretor imobiliário envolvido e isso pode ser um problema. Não sei se é bom. Ele pode te enganar, ludibriar de alguma forma, querer te pagar depois e ficar devendo eternamente. Será um problema. Melhor é envolver uma imobiliária séria na negociação. Depois da casa avaliada, você diz o quanto quer, acrescenta o valor das despesas imobiliárias e o comprador arca com o valor de tudo.

— Entendi. Não tinha pensado nisso. Foi bom termos conversado.

— Vamos a uma imobiliária? — Adriano propôs.
— Agora? — ela se surpreendeu.
— Já. — Levantou-se e ela também. — A propósito, você já fez o inventário?
— Não... — murmurou, não sabia que precisava ser logo.
— Você tem pouco tempo para fazer o inventário. É inventário judicial, por ter menor envolvido. Se não me engano, tem sessenta dias para fazer isso ou terá multa e valores caros para pagar...
— Sério?! — surpreendeu-se ela.
— Pegue os documentos da casa e vamos à imobiliária. No caminho, conversamos. Precisará de um advogado que cuide do inventário e... — continuou falando.

Naquele sábado, Adriano e Otília foram a algumas imobiliárias. Em uma delas, sentiram confiança e pediram ao proprietário que avaliasse o imóvel.

Bem mais tarde, ela explicava aos filhos:
— Então é isso. O senhor Martins, dono da imobiliária, veio aqui e fez uma avaliação. Ao falar o preço da casa para o tio Alfredo de vocês, ele não gostou, por ser um valor bem acima do que ele tinha oferecido. Daí, podemos perceber que, até parentes, querem se aproveitar da nossa fragilidade. Se ele quiser, o preço será esse e tudo será tratado com o corretor. Em todo caso, a nossa casa está à venda. O senhor Martins também indicou um advogado que cuida somente de inventários.
— Lembrando que é bom você consultar outro advogado para comparar valores do inventário — disse Adriano.
— Sim, mas só segunda-feira — ela explicou. — Então é isso. Está decidido. Faremos o inventário, venderemos esta casa e nos mudaremos para São Paulo. O tio Adriano nos cedeu a edícula da casa dele, somente por pouco tempo, para cuidarmos das coisas, procurarmos casa para alugar, fazermos a mudança e encontrarmos empregos. — Olhando

para o filho, falou: — Matias, você terá de fazer a transferência de faculdade e arrumar trabalho. Vou cuidar de alugar uma casa simples, mas com boas condições e arrumar emprego também. Quanto a você, Lana... Precisa encontrar trabalho, né, filha?

A jovem não disse nada. Olhou para outro lado com fisionomia insatisfeita e respirou fundo.

— Sei que tudo o que é novo provoca medo — Adriano comentou, olhando para todos. — Digamos que é normal, principalmente, diante do luto, sentir medo. Falo por experiência. Mas, precisamos fazer as coisas com medo mesmo. Parados, sentados, chorando e nos sentindo vítimas da vida, não saímos do lugar e nos tornamos um peso para outras pessoas. Vamos lembrar que as outras pessoas já têm seus próprios pesos, seus próprios problemas e desafios. Precisamos arcar com a responsabilidade que é nossa e fazermos enfrentamentos sem complicarmos ainda mais a própria vida. Quem me vê hoje, estabilizado, com casa, carro, consultório odontológico bem estruturado, não tem ideia do que precisei fazer, sempre honestamente, para ter tudo isso. Não foi fácil, mas foi possível, porque sempre dei o melhor de mim. Espero que vocês também se empenhem e aproveitem as oportunidades que surgirão a partir de agora.

— E se não houver oportunidades? — Lana indagou em tom amargurado, quase com desdém.

— Sabe qual é a habilidade que mais precisamos desenvolver? — Adriano a observou e a viu pender com a cabeça negativamente. — É a habilidade emocional. A habilidade emocional nos coloca em equilíbrio. São nos momentos mais conturbados e escuros da nossa vida que precisamos acalmar a mente e clarear os pensamentos. E em todas as situações devemos nos treinar. Elas aparecem para nós desenvolvermos a habilidade emocional. Desespero nunca trouxe luz nem soluções. Quando temos habilidade emocional e nos acalmamos, nós nos tranquilizamos e aceitamos o que não podemos mudar, clareamos a mente e enxergamos caminhos que ninguém mais vê. O Universo se movimenta em criar as possibilidades que precisamos, simplesmente, porque merecemos. Sua mãe conseguiu desenvolver essa habilidade emocional de controlar os sentimentos e expressões verbais e físicas há anos — sorriu. — Por isso, sei que, pelo menos, ela vai conseguir. Melhore o seu humor, Lana. Amargura e insatisfação atraem mais amargura e insatisfação.

— Eu tenho uma filosofia na vida: é preciso que provem que gostam de mim não me contrariando e fazendo o que gosto — a jovem afirmou. — Não preciso melhorar meu humor e sorrir à toa para pessoas.

— Cuidado com filosofias diárias e baratas que não estão de acordo com o não perdoar e querer que os outros te carreguem no colo. Ninguém tem obrigações com você, por isso não tem de te provar nada nem que gostam de você. O mundo não te deve nada. É você quem precisa arcar com as suas responsabilidades. O mundo e as pessoas são o que são. Cada um de nós precisa se trabalhar, evoluir e se equilibrar mesmo diante do caos. O mundo não vai melhorar para você. Faça somente a sua parte e seja melhor para o mundo. Isso é evoluir — ele desfechou.

Com fisionomia descontente, Lana o olhou e não disse nada.

— Bem... É isso. Venderemos esta casa e buscaremos uma vida nova e melhor — tornou Otília sorrindo forçadamente. Não sabia mais o que dizer. Estava tensa.

— Que tal pizza? — Adriano propôs sorridente. Os outros se alegraram e concordaram imediatamente. — Tem folhetos de pizzaria aí, Otília? Eu pago!

Após comerem pizza, Lana foi para seu quarto e os meninos se entretinham com jogos na sala.

— Vamos dar uma volta? — o primo propôs.
— Claro. Vou avisar o Matias.

Algum tempo depois, caminhavam pela orla da praia em total silêncio.

A noite estava quente, com pouco vento. A lua imensa, no encontro do céu e mar, refletia lindamente na água.

— Está sendo difícil... — Otília murmurou.

— Imagino que sim.

— Nunca estamos preparados. Estou fingindo ser forte por causa dos meus filhos. Eles não têm mais ninguém, além de mim.

— Não está errada. Em situações como essa, fingir ser forte, é a única alternativa para não parar. Você está se saindo bem.

— Às vezes, bate um grande desespero. Não sei se estou fazendo a coisa certa. Não tenho a quem recorrer se alguma coisa der errada.

— Seja racional. A verdade é que, se algo desse errado, mesmo com o Cláudio ao seu lado, vocês não teriam a quem recorrer.

Ela parou de caminhar. Ao perceber que a prima não estava ao seu lado, Adriano se deteve e parou, olhou-a e quis saber:

— O que foi? Por que parou?

— Você está sendo muito amargo, não acha?

— Não. Estou sendo racional e verdadeiro. Nada mais.

— Não pode ser um pouco mais generoso e solidário com as palavras?

— Posso, mas isso significa iludir você. Quer crescer? Seja realista e assuma suas responsabilidades — sorriu de modo irônico.

— Credo, Adriano!

— Otília! Quer que eu minta? Então, vamos lá... — Falou em tom comovente: — Nossa, prima... Coitadinha de você. Viúva, com dois filhos ainda jovens e sem futuro garantido... Pobrezinha... Você precisa de um tempo. Precisa parar, descansar um pouco. Acho que todos os parentes do seu marido deveriam te ajudar. Aliás, todos os seus parentes também. Cada um deveria te dar dinheiro, pagar suas contas. Outro deveria arrumar sua casa, lavar suas roupas, fazer comida... E você só deitada. Eles não fazem nada mesmo. Não têm problemas, dívidas, nem vidas próprias... Eles têm de viver para você e seus filhos. Inclusive eu.

— Para, Adriano! Que coisa! Está sendo irritante.

— Antes eu era amargo, agora irritante? — sorriu. Pegou a mão dela e a puxou para que voltassem a andar. Depois a largou. Lado a lado, caminharam em silêncio por algum tempo até dizer, novamente: — As pessoas pensam que os outros precisam ou devem ajudá-las, acreditam que mais ninguém tem problemas ou dificuldades na vida. Só elas. — Parou a sua frente, olhou-a nos olhos e afirmou: — Querida, peça a Deus forças e coragem para seguir caminhando com as próprias pernas e nunca abuse de alguma ajuda que apareça. Faça a sua parte com equilíbrio, pensando no bem para si e para os outros. Ninguém é feliz quando prejudica alguém. Aceite o que não pode mudar, sem desespero, aflição ou revolta, pois esses sentimentos e ações negativas nunca trouxeram soluções, somente exaustão. — Breve pausa e comentou: — Estive no fundo do poço, Otília. Sei, perfeitamente, tudo o que fiz ou deixei de fazer para chegar lá. No início, culpei o mundo todo e também a Deus. Lá, no fundo, precisei parar e observar como me coloquei ali e que somente eu poderia me tirar de lá. A primeira e mais importante lição que aprendi foi: tenha fé. É possível recomeçar sempre. Quando for começar de novo, comece por dentro. Mude os pensamentos, vigie-se mais. Não seja impulsiva. Jamais reclame. Ame-se. Trate-se com carinho e respeito. Mude, pois nunca conseguirá resultados diferentes fazendo as mesmas coisas. Continue tendo fé. O resto vai acontecendo.

— Desculpe, mas... De tão realista, às vezes, você parece frio, parece não ter sentimentos.

— Excesso de sentimentos expressados, confundem muito. Prefiro estar ao lado de modo presente do que somente nas lembranças das minhas palavras. Sabe que poderá contar comigo, não sabe?

— Não quero abusar.

— Ótimo, porque o que mais quero é que você cresça e se realize, que prospere e mostre a si mesma do que é capaz.

Voltaram a caminhar e fizeram o longo percurso em silêncio.

CAPÍTULO 20
As cobranças da vida

Antes de retornar à cidade de São Paulo, Adriano quis saber:
— Você não recebeu nenhum retorno da Iraci, após deixar recados com o Bernardo?
— Não. Nenhum. Liguei quando o acidente aconteceu e um dia após o enterro, avisando do falecimento. Na última ligação, foi a Efigênia quem atendeu. Ela foi empregada da família por anos. Contou que foi demitida sem justificativa e, se não fosse o senhor Bernardo, não teria onde morar. Ela afirmou que o senhor Bernardo mandou avisar a Iraci, todas as vezes, falando que ela poderia ir até a casa dele para ligar para mim, já que telefone, lá, é um problema. Tudo isso é muito estranho.
— Também achei, principalmente, o fato da minha irmã ir morar na fazenda com as meninas. Ela nunca gostou de lá nem mesmo quando o Dárcio era vivo. Imagine agora.
— Adriano, qual a razão verdadeira de vocês não se falarem? — encarou-o.
— Bem... É que... É algo bem comprometedor para a Iraci. O melhor é deixar esse assunto quieto. Quem deveria contar seria ela.
— Nunca engoli a versão de terem brigado pela herança da casa dos seus pais.
— Foi isso o que ela disse? — sorriu.
— Para todos. Sei que você viveu sérios problemas e dificuldades com seu pai, mas sempre foi alguém bem resolvido. O

afastamento de vocês me deixou curiosa. Ela nunca me contou a verdade e dissimula toda vez que falo no assunto.

— Talvez, um dia, falemos sobre isso. — Adriano suspirou fundo e continuou com sorriso enigmático no rosto ao pedir: — Se tiver notícias dela, me avise, por favor. Fico preocupado com as meninas. Embora nem conheça as duas mais novas.

— Aviso sim. Pode deixar.

— E quando estiver agendada a sessão com o advogado para tratar do inventário, me fala. Venho aqui acompanhar.

— Obrigada. É sempre bom ter alguém ao lado. Se não for pedir muito, vou querer sua opinião quando for vender a casa também.

— Claro. É só me ligar.

— Obrigada — sorriu.

— Eu que agradeço. Foi bom vir para cá com os meninos. Fazia tempo que eles não vinham à praia.

— Enquanto estivermos aqui, a casa é de vocês.

— Obrigado.

Olharam-se em total silêncio por segundos que pareceram intermináveis.

Após a partida de Adriano, Otília sentiu o coração apertado e os pensamentos tumultuados com diversas preocupações que a nova vida apresentava. A ausência de Cláudio doía muito.

Chorou.

Logo que a forte crise emocional aliviou, procurou separar as ideias. Precisava se organizar. Foi então que se lembrou de algo que fazia quando mais nova, que aprendeu com uma professora. Ligeira, saiu à procura de um caderno ou folhas. Achou um bloco de anotações nas coisas de Matias. Estava vazio. Pegou uma caneta e foi para a mesa da cozinha. Sem demora, começou listar o que precisava fazer.

O inventário ocupou o primeiro lugar na lista. Depois a venda da casa, alugar um imóvel na cidade para a qual desejava se mudar, transferência da faculdade do filho, mas que era ele quem deveria fazer. Emprego. Deteve-se aí: emprego. O que fazer? Por onde começar?

Nesse instante, a voz de seu primo pareceu ecoar em sua mente, com diversas frases que ele havia dito: "Otília, é o momento de pensar em si. Tudo o que fez, até hoje, foi pensando nos outros primeiro. Está na hora de colocar um ponto final nisso. O Matias está encaminhado. Só de conversar com ele, percebemos que é alguém de caráter, que pensa no futuro. É lógico que enfrentará dificuldades, decepções e precisará aprender com isso, deverá se cuidar sozinho. Mas, ele tem princípios que aprendeu com os pais. Já a Lana... também teve os mesmos princípios e valores que o irmão. As mesmas oportunidades de estudo, educação... O que ela fizer a partir de agora, será escolha dela e, consequentemente, será de total responsabilidade dela. E você terá de, simplesmente, aceitar isso." "podemos dizer que seus filhos estão criados e que, agora, é a sua vez. É o momento de fazer acontecer para si mesma. A viuvez chegou a sua vida talvez para que tivesse essa oportunidade. Sei que seu casamento não estava bem. Ninguém me contou. Eu sei. Neste exato momento, está tudo muito claro, é só observar. Em breve, provavelmente, ficará sem seus filhos. Eles seguirão suas vidas. O Matias vai deslanchar! Vai ganhar o mundo, fazer suas conquistas! Ele é esperto. E te ama tanto que poderá contar com ele sempre que o chamar, mas ele precisará ir. A Lana, de alguma forma, ficará independente, quer você queira ou não. E isso não poderá controlar. Ou você fica aqui, vivendo dessa mísera pensão, insegura e com dificuldades, com uma vida totalmente inútil e improdutiva, porque não poderá mostrar a si mesma sua capacidade e talentos, ou você se movimenta e passa a ser mais atuante no mundo. O que você quer? O que escolhe?"

Otília ficou pensativa. Embora não gostasse de admitir, Adriano tinha total razão. O que havia feito por si? Agora, naquele exato momento, a vida lhe fazia aquela pergunta e exigia resposta. Ela não poderia culpar ninguém. Foram escolhas. Naquele instante e nos próximos passos que daria, precisaria tomar decisões certeiras, pensar em si e seguir firme.

Quantos de nós vivemos para os outros esquecendo de que nossa principal missão de vida é cuidar de nós mesmos, com respeito, amor e carinho? Quantos de nós esquecemos de equilibrar a mente, o corpo e buscar paz ao espírito e só com o tempo descobrimos que isso era o essencial? Quantas vezes não fazemos o que é correto, honesto e íntegro para nós só para ajudar ou alegrar alguém?

Quando aparecem as cobranças da vida, por meio das dificuldades, dos problemas, das dores na alma, das doenças é que percebemos que esquecemos de cuidar de nós mesmos, de equilibrar as emoções, de nos educarmos para termos habilidade emocional na prática e não somente na teoria. É algo que precisamos refletir.

Otília ficou pensativa. Por mais que quisesse negar, Adriano estava certo. As decisões que ela sempre tomou foram pensando nos outros. A pior delas foi sobre seu trabalho, profissão e missão de vida. Não se realizou. Não seguiu seus sonhos nem projetos. Por mais que tentasse justificar e explicar que abandonou sua carreira, trabalho e vida profissional porque sua mãe a incomodava, porque seu marido havia arrumado emprego em outra cidade ou para cuidar dos filhos, a culpa por não ter se ocupado e sido uma pessoa mais produtiva e remunerada era, totalmente, dela. Foi escolha e uma escolha ruim. Tinha capacidade e sabia disso. Aquele era o momento de mudar. Precisaria se empenhar, arregaçar as mangas e agir, se quisesse uma vida melhor e não ficar dependente de uma pensão como viúva.

Havia um espaço no topo da lista que fazia. Otília pegou a caneta e escreveu: Eu.

Isso não seria egoísmo. Seria estabilidade.

Alguns dias depois, Adriano entrou em contato com a prima, dizendo que, ao lado da sua casa, havia uma muito boa para alugar.

Otília se interessou e decidiu conhecer o imóvel e gostou.

A princípio, junto com os filhos, ficou na edícula da casa do primo, até pintarem a casa que alugaria.

Era quase Natal quando se mudou. Apreensiva e preocupada, colocava suas coisas em ordem na nova residência. Na rua, ajeitava vários pacotes de lixo ao perceber uma vizinha vindo cumprimentá-la.

— É nova aqui? — perguntou a mulher sorridente, querendo puxar conversa.

— Sim. Meu nome é Otília. Acabei de me mudar com meus dois filhos.

— Seja bem-vinda ao bairro. O meu é Maria Angélica — ofereceu a mão, que foi apertada. — Aqui é um lugar muito bom. Espero que se adaptem logo.

— Também espero.

— Seus filhos são pequenos?

— Não. Um já está na faculdade. A outra terminando o colegial[1].

— São só vocês? — a mulher ficou curiosa.

— Sim. Só nós três. Sou viúva. Meu primo é o Adriano, que mora nesse sobrado ao lado — apontou.

— Ah! Que ótimo! Devo confessar que seu primo é muito quieto, mas ótimo dentista — sorriu. — Sempre vou ao consultório dele e indico. E o que você faz?

— Sou boleira, salgadeira e doceira. Aceito encomendas para festas, inclusive ceias, para qualquer ocasião.

— Você faz ceias de Natal?! — adorou a notícia.

— Faço sim! — sorriu. Sabia que já teria sua primeira cliente.

— Vamos conversar, menina! Vamos conversar! Está faltando quem faça esse tipo de serviço por aqui. Vou te apresentar um monte de gente! — animou-se. — Você aceita encomendas pequenas para finais de semana como salgados em pouca quantidade, né?

— De quantos você precisar! — Otília alegrou-se.

Continuaram conversando...

---

[1] Nota da Médium: Colegial era uma divisão antiga da formação escolar, atualmente, refere-se ao Ensino Médio.

O AMOR É UMA ESCOLHA

Na fazenda, tudo era preocupante para Iraci.

Depois de muito tempo, foi ao banco e descobriu empréstimos feitos por Rogério. A fazenda estava bem endividada, o que prejudicava sua parte, corria sérios riscos e isso estava relacionado aos animais de raça.

Nervosa, conversou com o gerente que a colocou a par da situação. Porém, sua ansiedade comprometia tanto seus pensamentos que não conseguiu prestar atenção no que lhe foi dito.

Assustada, saiu dali e foi à procura do advogado, doutor Osvaldo, que cuidava das coisas, quando Dárcio era vivo.

Após esperar um pouco, foi recebida.

Sem perder a arrogância, explicou tudo e desfechou:

— O gerente do banco disse que estou endividada. Só não corro o risco de perder as terras que são das meninas, porque essas terras não podem entrar em negociações. São herança. Nunca tivemos tão pouco gado e tantos problemas. O que devo fazer?

— Dona Iraci... — Pensou um pouco e disse com tranquilidade: — Veja bem, não sou eu quem cuida mais das negociações, transações e assuntos da sua fazenda. A senhora dispensou meus trabalhos, logo após a abertura do testamento. Era eu quem fazia os contratos, as negociações, as cobranças e cuidava de toda a parte judicial, burocrática da fazenda e dos negócios. Enfim... a senhora dispensou a mim e, lembrando, dispensou também os serviços do senhor Bernardo que, por muitos anos, foi ótimo administrador lá. Feito isso, a senhora passou, por meio de procuração total, todos os poderes para um veterinário. Não quero ofendê-la, mas... o senhor Dárcio sempre teve um empregado especializado para cada coisa. Nem ele mesmo, ousou lidar, sozinho, com tudo, apesar de toda a experiência, conhecimento e dedicação que tinha, pois nasceu e cresceu cuidando de terra e gado. Acredito que a senhora foi ingênua demais.

— Não vim aqui para ser criticada! — ofendeu-se.

— Não é crítica, senhora. Estou mostrando a realidade. Um veterinário, totalmente inexperiente, não tomou boas decisões. Ele até mesmo pode... — deteve as palavras. Iria dizer que o veterinário pode ter desviado valores e lucros obtidos naquele período, mas isso seria uma acusação.

— Estou passando dificuldades! Já demitimos muitos funcionários. Comemos somente o que é produzido na fazenda. Nunca mais comprei um único pacote de biscoito para as minhas filhas! Não sabemos o que é usar roupas novas! Tudo isso porque a indústria de ração ficou para o inútil do Bernardo!

— Não sei se esse foi o problema, dona Iraci. A fazenda de gado reprodutor ia muito bem, antes do senhor Dárcio ter a indústria de ração e trabalhar a fazenda de forragem, ter a fazenda de café. Aquelas terras valem uma fortuna. Só as terras! Gado reprodutor sempre foi o foco principal e deu muito dinheiro também. Não sei se sabe, mas seu marido pensava em comprar um avião, pouco antes de morrer. Esse dinheiro estava no banco e ficou para a senhora. Onde foi parar? Pra onde foi tudo isso? Onde estão os animais de maior lucro e suas crias? Onde foi parar o dinheiro dessas vendas? Não só isso. Seu marido tinha dinheiro aplicado, ações, investimentos. Era muito dinheiro, dona Iraci e ficou tudo para a senhora, quando o testamento foi aberto! O que foi feito disso tudo? — não houve resposta. — Acho que a senhora não quer enxergar.

— Está dizendo que o problema é o Rogério?

— Quem está administrando sua fazenda mesmo? Quem cuidou de tudo desde que seu marido morreu?

— Mas não temos mais a indústria de ração!

— Acabei de dizer que, antes da indústria de ração, sua fazenda sempre foi próspera e muito lucrativa, não foi?

— Doutor Osvaldo, vim aqui para saber o que eu devo fazer? Afinal, o senhor foi conselheiro do meu marido por muitos anos! — enervou-se mais ainda.

— Não. Não fui conselheiro. Eu prestei serviços ao senhor Dárcio e fui bem pago por isso! — exaltou-se. Mais calmo, prosseguiu: — Dona Iraci, se eu ou qualquer outra pessoa trabalharmos de graça, sem remuneração, não teremos o que vestir e o que comer, não pagaremos nossas contas básicas de água e luz, não teremos nem onde morar nem como sobreviver. Se doarmos tudo para os outros nós nos tornaremos pedintes. A senhora me desculpa, mas não trabalho mais para a sua fazenda. A senhora dispensou meus préstimos. O que posso orientar é que todas as perguntas que está me fazendo sejam feitas para o novo administrador que a senhora contratou. Sei que é capaz de me entender muito bem. Além do mais, qualquer sugestão que eu possa dar, seria contrária às suas opiniões e desejos, como já aconteceu. Por isso, sinto muito, mas não posso ajudá-la — foi firme. — Fui dedicado e honesto ao seu falecido sogro e ao seu marido. Eles sempre tiveram total confiança em mim! Não havia motivo aparente para que me dispensasse. Não posso fazer mais nada.

— O senhor não vai me orientar?! — assombrou-se.

— Já orientei. Eu disse que senhora deve fazer todas essas perguntas para o atual administrador da fazenda. Sinto muito. Não posso dizer mais nada, além disso.

Orgulhosa, a mulher se levantou, empurrou a cadeira, virou as costas e saiu, sem dizer nada. Nem sequer se despediu.

Confusa, retornou para a fazenda.

Já dentro da propriedade, faltando cerca de um quilômetro para chegar até a casa principal, o carro que dirigia parou por falta de combustível.

Iraci segurou o volante e berrou loucamente, desesperada e sem controle. Descendo do veículo, bateu a porta com toda a força e começou a andar.

Olhando para a casa onde Rogério morava, percebeu que havia movimentação e foi até lá.

Ao entrar, notou-o alterado. Bem surpreso.

— O que faz aqui? Já voltou?

— Vi mais alguém! Quem está aqui com você?! — exigiu saber.

— Não tem mais ninguém aqui! Está vendo coisa! Ficou louca?! — foi rude.

— Quando estava vindo para cá, através da janela, vi mais alguém aqui com você! Não queira me confundir! — foi à direção do quarto e ele a segurou com força.

— Ficou louca?! Está vendo coisa igual à desequilibrada da sua filha! Estou sozinho!

— Não! Não está!

— O que está acontecendo com você? Não confia mais em mim? Minha palavra não serve de nada?

— Eu vi! Solta meu braço!

— Não! Lógico que não! Ou você aprende a confiar em mim ou vou embora! Vivo trabalhando, me dedicando e me desdobrando para cuidar dos seus negócios! Nunca me valoriza! Não reconhece meu trabalho nem minha dedicação! Administro tudo aqui! Que tipo de pessoa você é?!

— Acabei de voltar da cidade. Fui ao banco porque preciso de dinheiro para comprar roupas! Eu e minhas filhas estamos usando trapos! Descobri mais dívidas! Você sabia que posso perder tudo?! Até o pouco gado que resta está comprometido! Chama isso de administração?!

— Cansei de falar! Quando assumi a administração desta fazenda, as coisas já não estavam boas! O mercado estava ruim! O que garantia uma folga nos gastos com o gado era a indústria de ração, que ficou para o Bernardo! Queria que eu fizesse algum milagre?! Você tem ideia do quanto gastamos com alimentação animal, vacinas, medicamentos, suplementos, controle de infecções, entre muitas outras coisas?! Tem ideia?! Investi muito... Tempo, dedicação, muito de mim... Mas, as despesas são grandes.

— Esta fazenda sempre foi produtiva e próspera, quando o Dárcio era vivo e não existia indústria de ração!

— Os tempos são outros!!! — berrou. — Você recebe pensão de viúva, que eu sei. Use esse dinheiro para comprar roupas. Se fosse fácil cuidar da fazenda, você mesma estaria no meu lugar! Entenda de uma vez por todas! Tivemos problemas com compradores que não nos pagaram! O que quer que eu faça?

— Até o dinheiro da minha pensão de viuvez você usou! Esqueceu? Não deveríamos ter dispensado o doutor Osvaldo! Era ele quem cuidava dessas cobranças! Mas não! A primeira coisa que você disse foi para eu me livrar dele! Falou que seria uma boa economia, pois daria conta! Fez um discurso enorme sobre contenção de despesas! Críticas gigantescas sobre a forma do Dárcio de cuidar dos negócios! Mandamos o Bernardo embora também! Você quis assumir tudo sozinho e olha no que deu!!! — berrou.

— Está me culpando?! Você nunca quis tomar conta desta fazenda! Eu fiz um favor a você e suas filhas! Cuidando de tudo, de você e das meninas! Até médico procurei para a Babete! Não seja ingrata! Não sou nada seu para me tratar assim! Trabalho de graça! Não tenho folga! Olha para mim!!! O que mais quer que eu faça?!

— Você está me traindo!!! — berrou descontrolada.

— Do que está falando?! Ficou louca! Olha para você! Veja no que se transformou! É uma mulher amarga, que grita, exige e é arrogante! Quem aguenta isso?! Nenhum funcionário quer você por perto! Se eu for embora, quero ver como vai se virar sem mim! Agora, me deixa!!! Quero sossego!!! Vá para sua casa e esfria a cabeça! Amanhã, conversamos!

— O carro que fui até a cidade ficou na estrada da fazenda, sem gasolina... — falou chorando.

— Deixa lá. Amanhã vejo isso. Estou morrendo de dor de cabeça e preciso dormir. Não consigo pensar em nada. Olha como você me deixou! Vá embora pra sua casa! Preciso de paz!

Iraci virou as costas e saiu.

Parou um pouco perto da caminhonete que pertencia a Rogério. Pensou em pedi-la para ir embora, pois a caminhada seria longa, mas decidiu que não.

O veterinário ficou olhando, através da porta aberta, até que sumisse de vista. Ficou aliviado por ela não ter pedido o veículo emprestado, pois, dali a pouco tempo, precisaria dele. Sorriu sem que ninguém visse.

Voltando-se, foi até o quarto e pediu:

— Pode sair de debaixo da cama — riu. — Sei que entrou aí. Ela já foi.
— Nossa! Que mulher louca!... — gargalhou a outra, enquanto ele a ajudava a se levantar.
— Viu o que tenho de aturar? — ele indagou, fazendo fisionomia aborrecida.
— Por que ainda está aqui? — ela quis saber.
Abraçando-a, explicou em tom brando:
— Quando comecei a administrar esta fazenda, fizemos uma sociedade e eu injetei muito dinheiro na aquisição de mais gado, animais com prêmios internacionais muito caros. Acontece que a Iraci gasta muito. Só percebi isso bem depois. Ficar aqui é questão de tempo. Em breve, vou reaver meu investimento e vou embora.
— Ela disse que você a está traindo — falou com jeito mimoso, balançando de um lado para outro em seus braços.
— Tivemos um caso sim. Não vou negar. Uma noite... Sabe como é... Ela estava triste, carente... Mas, não passou disso. Nunca tivemos mais nada. Só que depois daquela noite, ela quer me controlar. Já deixei claro, mas...
— Por que a deixa pensar que existe algo entre vocês? Ela falou de um jeito tão... Parece convencida — tornou no mesmo tom.
— E perder o que investi? — riu alto. — Não mesmo. Ela pode pensar o que quiser. Preciso reaver o meu investimento. Falta pouco. Em breve, caio fora. — Embalando-a de um lado para outro, acariciando-lhe o rosto, disse de um jeito romântico: — Depois vou cuidar somente da nossa vida... Vou cuidar de você... Do nosso amor... — beijou-a.

Chegando à sua casa, Iraci encontrava-se transtornada. Jogou a bolsa longe e berrou loucamente.
No quarto, as filhas ouviram e correram para a cama, cobrindo-se com um cobertor.

A mãe foi até um móvel na cozinha, pegou uma garrafa de pinga e deu alguns goles. Sem demora, passou a mão na prateleira e jogou todas as louças no chão. Insana, quebrou tudo o que encontrou pela frente, enquanto urrava feito um bicho.

A sensação de pavor dominava as filhas, que tremiam com um medo paralisante.

Não entendiam o que estava acontecendo. A única pessoa em quem poderiam confiar demonstrava total falta de equilíbrio e ausência de controle das emoções.

Muito abaladas, sentiam a insegurança agravar e o pânico intensificar. Não tinham a quem recorrer ou em quem se socorrer.

Os maus-tratos psicológicos ameaçavam as estruturas emocionais das três.

À medida que aumentava o medo, diminuía a fé, a esperança, acabava o autoamor, desfazia a autoconfiança, crescia o receio, criava-se a agressividade que poderia ser voltada para si ou para o mundo.

As filhas de Iraci não compreendiam o que ocorria nem sabiam como se defender.

Como que alucinada, a mulher entrou no quarto e berrou:

— Vão arrumar aquela cozinha, agora!!! Não quero nenhum cisco no chão!!!

Temerosas e ligeiras, Síria e Agnes se levantaram e correram. Mais demoradamente, Babete sentou-se na cama, pensando no que fazer.

Ao vê-la parada, a mãe agarrou-a pelos cabelos e ergueu, gritando muito:

— Levanta logo, sua demente!!! — empurrou-a na direção da porta. — Vai!!!

A jovem se desequilibrou e bateu com a cabeça na porta entreaberta.

Um corte fundo no couro cabeludo fez o sangue jorrar com abundância.

— Droga!!! Desastrada dos infernos!!! Olha o que você fez!!!

Nada fazia o sangue parar.

Iraci ordenou que Síria fosse chamar o empregado Gaúcho e sua mulher para que ajudassem.

Quando eles chegaram, ela explicou do seu jeito:

— Eu estava na sala, ouvi um barulho e fui ver... — Chorou. — Ela contou que perdeu o equilíbrio e bateu com a cabeça na quina da porta, que estava entreaberta. Meu Deus! Não sei o que fazer! O sangue não para! — falou aflita.

— Tá sangrando muito, tchê! Barbaridade! Vamos arrancar-se pro médico da cidade. Agora! — disse o homem impressionado.

— O carro da fazenda ficou sem gasolina na estrada — Iraci explicou.

— Bah!... Deixa de balaqueiro! — papo-furado, quis dizer, usando gíria comum do Sul do país. — Vamos levar a guria de caminhão mesmo!

Enquanto isso, Glória tentava estancar o sangue, mas não conseguia e o homem foi buscar o veículo.

— Agnes! — a mãe chamou. — Vai depressa chamar o Rogério! Diga que aconteceu um acidente e precisamos ir ao posto de saúde da cidade!

A filha de dez anos saiu correndo, obedecendo à mãe.

Passado algum tempo, Gaúcho chegou com o caminhão. Chorando, Babete foi colocada na boleia e Glória segurava um pano em sua cabeça.

Nem Rogério ou Agnes chegaram e Iraci se viu obrigada a entrar no veículo e seguir para a cidade.

Não havia médico de plantão na Unidade de Pronto Atendimento e alguém foi chamá-lo em casa, no mesmo tempo que uma auxiliar de enfermagem tentava estancar o sangue.

Babete passou mal e desmaiou.

O médico chegou, ouviu rapidamente a mãe e foi atender a jovem, anestesiando o local e dando pontos.

Por ter perdido sangue e estar bem assustada, quando acordou, a jovem foi colocada no soro e o médico decidiu:

— Vamos deixá-la aqui por algum tempo. Batida na cabeça exige observação. Ela recebe soro com um medicamento analgésico, pois está com dor de cabeça — explicou para a mãe e logo quis saber: — Como foi que isso aconteceu?

— Minha filha tem problemas psiquiátricos. Ela é esquizofrênica. Toma remédios fortes. Sempre é devagar para tudo. Ela se levantou da cama, ficou tonta, cambaleou e bateu com a cabeça na porta entreaberta.

— Entendo... a pancada foi bem forte. O corte foi grande. Precisou de sete pontos. Vamos deixá-la em observação. Amanhã vou avaliá-la.

— Tanto tempo assim?! — ficou nervosa.

— O correto são vinte e quatro horas. Se acaso percebermos alterações, precisaremos transferi-la para o hospital da cidade vizinha, pois poderá ter traumatismo craniano e outras complicações como inchaço do cérebro. Aqui não conseguimos tratar. Isso pode ser grave.

— Ela é desastrada! Sempre foi! — tornou inquieta. — Tenho outras duas filhas que estão sozinhas em casa. Não posso passar a noite aqui.

— Pode voltar amanhã cedo, senhora — o médico foi educado e compreendeu.

Quando voltou a observar a jovem, o doutor disse à enfermeira:

— Assim que cheguei, a mãe disse que estava na sala, ouviu um barulho e foi para o quarto da filha, onde a encontrou caída. Ao conversar com ela na segunda vez, a mãe disse que a filha se levantou da cama, ficou tonta, cambaleou e bateu com a cabeça na porta entreaberta. Se estava na sala, como sabe que foi dessa forma? — ficou pensativo, olhando para a jovem adormecida. — Ela estava com forte cheiro de bebida alcoólica.

— Será que aconteceu outra coisa, doutor? — indagou a enfermeira.

— Pode ser... Pode ser...

Na manhã seguinte, ao examinar Babete, o médico percebeu marcas e cicatrizes no corpo da jovem. Pelo fato de a mãe dizer que a filha tinha esquizofrenia, deduziu que, no desencadear de alguma crise, a menina tinha se machucado. Mesmo assim, parecia bem estranho. A idade da garota era algo questionável para esse diagnóstico, que muitas vezes leva anos. Outra coisa era seu comportamento.

— Pelo visto, está bem melhor — disse o doutor, sorridente. — Já faze doze horas que se machucou. Como se sente?

— Minha cabeça ainda dói — falou tímida.

— Você fez um baita corte! — sorriu amável. — Levou sete pontos. Foi preciso raspar um pouco seu cabelo, mas não se preocupe. Vai crescer.

— Meu cabelo já estava feio.

— Cabelo cresce. Mas... Me diga uma coisa: é comum sentir tonturas?

— Só quando minha mãe me dá muito daqueles comprimidos — olhou para os lados, com discrição. Talvez quisesse saber se havia mais alguém ali. — Sinto-me muito mal. É como se estivesse fora de mim. Tenho bastante sono e... Passo mal.

— Você vai ao médico com frequência para fazer acompanhamento desses comprimidos? — desconfiado, começou a observar seu comportamento.

— Não — tremia. Tentou disfarçar. Juntou as mãos e abraçou os próprios braços. — O seu Rogério, o veterinário da fazenda, é quem traz esses medicamentos. Na verdade, fui ao médico psiquiatra somente uma vez — decidiu contar. Acreditou que pudesse ser ajudada de alguma forma. Ficou olhando para o senhor, que inspirava confiança.

— Você me parece esperta. Sabe que doença tem para tomar o que toma?

— O médico psiquiatra, que fui há muito tempo, falou que tenho esquizofrenia e minha mãe vive repetindo isso. Mas, eu não tenho nada — encarou-o, invadindo sua alma com seu olhar. O médico não sabia explicar o que sentiu, mas pressentiu algo e continuou atento ao que ela contava: — Minha avó e até mesmo a mãe do médico psiquiatra disseram que não tenho nada. Isso é desejo da minha mãe para falar que sou doente. Minha mãe não suporta ouvir verdades. Para ela, é preferível que eu seja boba, retardada, doente para que se faça de vítima e não tenha de dar satisfações. Ela tem algum problema. Sempre quer mostrar que sofre demais. Sabe como é... Pessoas com dificuldades e que vivem se queixando não são incomodadas com perguntas.

Admirado com sua forma de falar e de se expressar, indagou:

— Sua avó não pode levá-la a outro médico?

— Não — abaixou o olhar.

— E se pedir a ela? — ele insistiu.

— Ela não pode.

Observou-a. Havia um grande contraste na forma como a jovem se comunicava: firme e precisa, com sua aparência: maltratada e frágil. Era algo que ele não entendia.

— Essas marcas no seu corpo... Vejo que tem muitos roxos, hematomas e cicatrizes. Como se machucou?

— Minha mãe sempre bate na gente. Muito mais em mim. — Olhou-o novamente, viu-o perplexo e quis saber: — Vou logo para casa, doutor?

— Acho melhor esperarmos um pouquinho mais. Fique tranquila e descanse — o senhor sorriu, tentando não lhe passar sua preocupação.

Ao sair da enfermaria, o médico foi até a sala de espera e não encontrou Iraci.

— Como assim? Ela não veio ver a filha?

— Não, doutor. A mãe foi embora ontem e não retornou até agora, nem mandou ninguém responsável no lugar.

— Que absurdo — resmungou. — A menina ficará mais algum tempo em observação. Providencie refeições e leva e... — Pensou um pouco e quis saber: — Estava lembrando... Essa senhora, dona Iraci, não foi na fazenda dela que encontraram um corpo dentro de uma mala?

— Foi sim! — ressaltou. — E quem encontrou essa mala foi a Babete. O caso está sendo chamado de *A mala do açude*.

Dona Iraci, muito rica, morava na cidade, naquele casarão no Bairro Alto. Depois que o marido morreu, perdeu a casa e se mudou para a fazenda com as três filhas. Ela passou a dizer que a Babete desenvolveu problemas psiquiátricos e tirou a menina da escola. Tirou as outras duas, mais novas, também. Elas estudavam com as minhas meninas. Minha filha mais velha gostava muito da Babete.

— Então... A senhora conhecia a jovem Elizabeth?

— Conhecia! — alegrou-se. — Uma menina muito esperta, inteligente e linda! Com um cabelão ruivo, ondulado muito bonito. Tinha um sorriso cativante, com aquelas covinhas do lado. Está tão magra que as covinhas quase não aparecem mais. Eu sentia que era uma menina diferente. Quase não a reconheci hoje.

— Como assim?

— Ela era especial. Quando olhava pra gente, parecia que invadia nossa alma. Entende? Era algo generoso... Não era normal para uma criança.

— Mas ela não parecia normal? Não estou entendendo — o senhor ficou confuso.

— Ela era uma criança normal, mas sensível, daquelas que percebiam quando a gente não estava bem e perguntava. Sempre queria ajudar. Criança comum não nota isso, muito menos pergunta e quer ajudar.

— Achei estranho o diagnóstico de esquizofrenia em uma menina tão nova — preocupou-se o médico.

— Ela tem quatorze anos! Idade da minha filha.

— É. Isso mesmo. Dar um diagnóstico instantâneo que, normalmente, levaria meses, ainda mais em uma jovem dessa idade, é um absurdo! Pois bem... — quis mudar de assunto. — Como está hoje? Temos muitos pacientes?

— Temos cinco aguardando. O senhor Malaquias reclamando da gota. Dona Clotilde se queimou fazendo banha. Foi coisa leve. Já tratei, mas pedi que aguardasse para o senhor dar uma olhada. Os outros são casos de dor de garganta e febre. Bastou mudar o tempo...

— Então!... O que estamos esperando? Vou para o consultório. Pode chamá-los. Daqui a pouco isso aqui estará cheio!

— Hoje não, doutor. Hoje é feriado. Tem festa na igreja matriz — riu. — Nunca tem muita gente doente em dia de festa.

Em meio aos pacientes que atendia, o médico encontrou o delegado, doutor Vargas, que levava a filha, com dor de garganta, para uma consulta.

Após examiná-la e encaminhá-la para fazer inalação, o médico pediu ao delegado para conversarem.

— Doutor Vargas, desculpe minha curiosidade, mas... Alguma novidade sobre a mala do açude?

— As investigações estão caminhando. Sabe como é difícil. Não temos qualquer identificação. Só sabemos que é uma mulher.

— O senhor conhece a jovem Elizabeth? Babete, é como a chamam.

— Sim. A Babete brincava com minha filha. Estudaram juntas. Foi ela quem encontrou a mala.

— A Elizabeth está aqui em observação — tornou o médico.

— Mas por quê? — surpreendeu-se o delegado.

O médico contou tudo e também falou sobre suas suspeitas.

— Ela chegou aqui, na Unidade de Pronto Atendimento, bem machucada, com aquele baita corte na cabeça, após uma pancada. Sangue jorrando pra todo lado. Desmaiou. Ficou atordoada, o que é normal. Passou bem à noite. Hoje, conversei com ela e fiquei bem impressionado com o modo como fala e se explica. O que me intrigou, mais ainda, foi a mãe não ter vindo vê-la até agora. Como disse, ela apresenta vários hematomas e pequenas feridas. Pele malcuidada, cabelo desgrenhado... Falta de asseio... Mas, é impressionante que, quando desperta, sabe falar muito bem, coordena ideias, embora demonstre medo.

— Como?

— Tremores e olhar desconfiado de quem procura ver quem está em volta para saber se pode ou não continuar falando. Disse que foi ao médico psiquiatra somente uma vez e teve o diagnóstico de esquizofrenia. Que a avó e a mãe do tal médico disseram que ela não tem isso. Mas, a mãe dela insiste em falar que é doente. Sugeri que pedisse para a avó levá-la a outro médico, mas disse que ela não pode.

— O senhor acredita em mediunidade e em espíritos, doutor?

O médico suspirou fundo, olhou para o canto, ofereceu meio sorriso e se remexeu na cadeira. Voltou a olhar para o delegado, respondendo:

— Todos nós ou, pelo menos, noventa por cento de nós temos um acontecimento inexplicável na vida, experiências incomuns e... Quem sou eu para dizer que isso não existe?

— O senhor não respondeu — o delegado sorriu de modo enigmático.

— Acredito. Acredito em Jesus. E se Jesus viu e falou com espíritos e disse que nós podemos fazer tudo o que Ele fez, se tivéssemos fé, quem sou eu para dizer que não existem espíritos e que ninguém pode conversar com eles? Então, acredito. Mas, devo confessar que acredito com moderação, porque tem gente que fantasia muita coisa — sorriu.

— O senhor é como eu, então. Por ser o médico que está cuidando da menina, posso lhe contar, mas preciso que isso fique entre nós.

— Está certo.

— A Babete é médium, doutor. Sempre foi uma menina gentil e educada. Diferente das demais crianças. Acontece que ela via e conversava com pessoas falecidas. Previa situações, acontecimentos... A professora Jorgete contou para mim algumas coisas. Dona Iraci nunca aceitou ou gostou dessa condição da filha. Após a morte do marido, deixou-se convencer que a filha é esquizofrênica. Não consultou outros médicos, não fez nada... Trancafiou a menina na fazenda. Com frequência e há tempos, Babete via o espírito da mulher cujo corpo foi encontrado na mala no açude. Isso desde que morava na cidade e depois na fazenda. Me contou até o nome completo dessa vítima.

— A jovem Elizabeth?

— Sim. A investigação está em andamento, por isso não posso falar muito sobre o caso.
— Entendo. Claro.
— Porém... Creio que o senhor pode me ajudar.
— Estou as suas ordens! — prontificou-se o médico.
— Atualmente, não temos leis boas e severas que punem pais que espancam seus filhos. Só se forem pegos em flagrantes. Primeiro, eu não acredito que a menina seja esquizofrênica. Segundo, ela e as irmãs sofrem maus-tratos... isso é visível. Terceiro, dona Iraci é arrogante, orgulhosa e tem interesses escusos e a filha, ou melhor, as filhas atrapalham seus interesses. Provavelmente, ela esconde algo. O veterinário, senhor Rogério, também esconde algo. As filhas são o caminho para descobrir tudo.
— O senhor sabe que estou há poucos meses morando nesta cidade. Não conheço muita gente. Na verdade, sou aposentado e decidi me mudar para cá, porque... Bem... Para ter uma vida mais tranquila. Fiquei viúvo. Filhos criados e bem-encaminhados na vida. A viuvez me castigou muito. Aposentei e vim pra cá a passeio. Achei a cidade boa, calma e resolvi ficar. Não me dei bem como aposentado, cuidando de casa, cachorro e jardim, por isso resolvi trabalhar nesta Unidade de Pronto Atendimento, já que a cidade estava sem médico. O trabalho não é muito, devido aos poucos habitantes. Não conheço muita gente nem a história de cada um. Se eu puder ajudar, estou as ordens.
— Como faço para provar que os machucados das meninas não são acidentais, mas sim agressões da mãe?
— Não é fácil. O ideal seria as meninas contarem, denunciarem. Mas... Não é só a Elizabeth que se machuca por conta de tomar remédios fortes e ficar tonta?
— Não. Vi as outras duas filhas mais novas de dona Iraci, algumas vezes, nos últimos meses, porque tenho ido lá por conta das investigações. Elas sempre têm hematomas, estão machucadas. Ficam coagidas, assustadas. Reações que não são normais. Eram meninas daqui da cidade. Tinham comportamento diferente.

— Deixarei a Elizabeth internada por dois dias, pelo menos. Com isso, estará mais dias sem o efeito dos remédios. Nesse período, conversarei melhor com ela.
— Isso, doutor! — o delegado sorriu satisfeito. — Não posso falar com ela sem a presença da mãe, mas o senhor pode. Tenho alguns pedidos para fazer ao senhor — sorriu.
Continuaram conversando...

CAPÍTULO 21
Informações valiosas

O delegado Vargas aproveitou-se da festividade religiosa na Praça da Matriz, em frente à igreja, para ver e falar com algumas pessoas. Deveria parecer casual para que ninguém desconfiasse e a conversa tinha de ser bem informal. Precisava de informações.

Atento, não demorou para encontrar Leonora, que segurava na alça do carrinho onde estava a filha Laura.

A mulher prestava atenção na banda da cidade, que tocava no coreto, animadamente.

— Quanto tempo, dona Leonora! — sorriu educado, estendendo-lhe a mão. — Como vai a senhora?

— Estou bem, doutor Vargas. E o senhor? Como está a família?

— Estou bem. Minha menina teve infecção de garganta, febre, mas foi medicada e passa bem. Por isso não veio. Minha mulher ficou com ela. E como vai a família da senhora?

— Bem, graças a Deus. Trouxe a Laurinha para ver a festa. Precisamos sair de casa e passear, de vez em quando, para distrair.

— Sei como é... Hoje, pela manhã, quando levei minha menina ao hospital da cidade, soube que a sua afilhada estava em observação. Ela melhorou?

— Como assim? Não estou sabendo de nada! — surpreendeu-se.

— Parece que bateu com a cabeça, não sei de que jeito. Cortou e precisou de pontos — contou, como sempre, muito tranquilo e observador.

— Não estou sabendo de nada! A Iraci não visita mais a gente. Não posso sair muito por causa da Laurinha. Mas, como ela não mandou me avisar sobre isso?!

— Dona Iraci é muito ocupada. Vai ver, foi isso.

— Ao contrário, senhor delegado — falou zangada. — Ela deveria se ocupar. Fica correndo atrás daquele homem... — disse baixinho. — Pensa que a gente é besta e não está sabendo. Esse assunto corre rápido por aí.

— Ah... Mas eu não estou sabendo.

— Iraci mandou os melhores funcionários embora. Demitiu o Bernardo, a Efigênia, não quis mais os préstimos do doutor Osvaldo, advogado dedicado, que cuidou dos negócios do Dárcio por tantos anos. Se eu soubesse que ia dispensar a Efigênia, teria chamado essa mulher para trabalhar para mim. Precisava de alguém como ela, na minha casa. Mas, o Bernardo chegou primeiro. Quando chamei, ela não aceitou. Foi educada, mas não aceitou. — Um instante e continuou: — A Iraci foi tola. Passou tudo para o seu Rogério, que é veterinário, e de duas, uma: ou não entende das coisas e está mesmo botando tudo a perder ou é muito, muito esperto! — disse irritada. — Aquela fazenda sempre foi rica e deu muito dinheiro. Podemos dizer que era a mais próspera do estado. Hoje, está cheia de dívidas, quase falindo por causa da má administração.

— Verdade?! Eu não sabia. Mas, que coisa... — pareceu desalentado. — É de se lamentar. E as pobres meninas nem à escola estão indo, pelo que fiquei sabendo.

— Iraci tirou as meninas da escola! Um absurdo! Justamente ela que tem curso superior. Como pôde fazer uma coisa dessas? — Leonora parecia indignada.

— A dona Iraci tem curso superior? — fez-se surpreso.

— Tem sim. É mulher estudada, mas não deixa as filhas estudarem. Colocou na cabeça que minha afilhada é doente e incapacitada. Ela não sabe o que é ter filha assim.

— Eu não sabia que a Babete era doente — dissimulou. — Lembro-me dessa menina, ainda pequena, brincando e correndo, aqui na praça, com outras meninas e minha filha. Se não me engano, elas até estavam na mesma classe.

— A Babete, sua filha e a minha estudavam na mesma classe sim — Leonora sempre falava mostrando-se insatisfeita, contrariada.

— Pensei que a senhora se desse bem com sua cunhada.

— Esse tempo já foi. No inventário, Dárcio deixou pro irmão cinco máquinas agrícolas e um lote de terra. Iraci ficou enrolando pra entregar e nós acreditamos nela. Até hoje não entregou. Disse que ia tirar coisas que estavam lá no lote e pediu pra esperar. Descobrimos que o veterinário arrendou o lote, depois vendeu sem documento, só com contrato, com data antiga. Agora, tá difícil de tirar aquela gente de lá. Só movendo ação que vai custar mais caro do que o terreno. Largamos pra lá!

— Esse homem, o veterinário, trabalha na fazenda desde a época do senhor Dárcio, não é mesmo?

— É. Foi um sujeito que apareceu do nada. Nem sabemos direito onde o Dárcio encontrou esse cara. No começo, ele era bonzinho, mas depois começou a implicar com o Bernardo. Os dois chegaram a brigar, várias vezes, na frente de todos, por causa de serviços e opiniões diferentes. Uma vez, o Dárcio comentou pro meu marido que ia demitir o veterinário, mas a Iraci não deixou — olhou para o delegado e sorriu com sarcasmo. — Acha? Se ela não se interessava por nada daquela fazenda... Aí tinha coisa!

— A senhora tem alguma desconfiança? — pareceu curioso.

— Sei não. Mas já desconfiei da Iraci sim.

— Do quê? — tornou ele, ainda mais curioso.

— Quando Dárcio ainda era vivo, Iraci não parava em casa. Mulher com fogo... Eles moravam no casarão, no Bairro Alto. Uma mansão! — salientou admirada. — Casa chique, luxuosa, sempre teve três empregados, no mínimo, para cuidar de tudo. Dárcio vivia viajando ou enfurnado na fazenda, enquanto ela... — soltou um suspiro alto, provocando um som de desdém e envergando a boca para baixo. — Ela não parava em casa. Se arrumava toda, se perfumava inteira, pegava aquele carro dela e sumia. Tenho pra mim que nem sempre dormia em casa quando o marido viajava.

— É mesmo?! — sussurrou admirado, mostrando interesse.

— Algumas vezes, cheguei lá bem cedo e sem avisar e ela não estava. Quando chegava, dizia que tinha saído de manhãzinha. Mas, daí, comecei notar que toda vez que isso acontecia, o veterinário aparecia na cidade também. E o que ela teria pra tratar tão cedo?

— Dona Iraci cuidava bem das meninas, não é mesmo?

— Quem cuidava eram as empregadas. Minha cunhada só desfilava com as filhas, exibindo as meninas bonitas, bem--arrumadas. Nunca foi mãe carinhosa, muito menos boa esposa. Só pensava nela. Muitas vezes, vi Iraci olhando torto para minha Laurinha. Uma vez, minha menina regurgitou e ela ficou só olhando com cara de nojo. Eu não estava perto e ela nem pra pegar um paninho e limpar a boca da minha filha. Vi isso de longe e me magoou muito. Sempre tolerei minha cunhada por causa da Babete, de quem gosto muito! — salientou. — Nunca falei nada por causa disso. Mas, depois que não entregou o que Dárcio deixou pra gente... Não que a gente precisasse. Achei desaforo. Não tenho mais consideração por ela. Largamos pra lá. Não vai fazer falta. — Um instante e confessou: — Quando encontraram a mala no açude, tive vontade de ir lá. Fiquei preocupada com minha afilhada, tadinha. Não fui por causa da Iraci.

— A senhora vê?... Que coisa, né?... Justo a menina Babete foi encontrar aquela mala. Como será que essa mala foi parar lá? — o delegado falava de forma insegura, intrigado. Nem parecia ser autoridade policial.

— Não era alguma amante do veterinário, não?

— Será?!... — admirou-se, arregalando os olhos. — Nunca pensei nisso! — falou sussurrando.

— Oras, doutor! Aquele homem tem cara de sem-vergonha. O senhor não acha?

— Nunca conversei com ele por muito tempo...

— Deveria. Tenho pra mim que esse homem sabe alguma coisa sobre essa mala. — Breve instante e contou: — Uma vez, a Babete estava lá em casa. Ela tinha aquele jeitinho diferente de olhar pro nada e falar alguma coisa. Daí, ela disse: "meu pai está zangado com o veterinário."

— E o pai estava vivo?

— Tava nada. Tinha morrido. Babete havia começado a tomar aqueles remédios pra cabeça e... Não colocamos muita fé no que falava. Mas, lembrando agora... Nesse mesmo dia, ela falou que a mãe e o veterinário não gostariam de que ela ficasse em nossa casa sozinha pra não contar as coisas da fazenda deles. Também não dei importância. Mas, pensando no assunto... Tô começando a ficar desconfiada.

A aproximação de uma conhecida, interrompeu a conversa. O delegado Vargas pediu licença e foi para outro lado da praça. Não demorou, encontrou com outra pessoa interessante.

— Como vai, senhor Bernardo?

— Olá, doutor Vargas! Estou bem. E o senhor? — tirou o chapéu como uma forma de respeito e estendeu a outra mão para cumprimentá-lo.

— Estou bem. Faz tempo que não vejo o senhor.

— Agora, viajo sempre. Não tenho muito trabalho por aqui. Restou tomar conta da indústria de ração e das fazendas. Uma é de café, mais pro sul do estado. A outra de forragem, na cidade vizinha.

— Pena o senhor não estar na fazenda de dona Iraci. Ouvi dizer que os negócios por lá não andam muito bem das pernas.

— Também fiquei sabendo disso, senhor delegado. Até a Efigênia foi demitida.

— Verdade?! — fingiu-se admirado ao sussurrar.

— Efigênia está trabalhando para mim agora. Tomando conta da casa, aqui, na cidade, enquanto estou fora.

— A Efigênia cuidava das meninas de dona Iraci, não é mesmo?

— Era sim. Além de cozinhar, entre outros afazeres. Depois da morte do senhor Dárcio, mudaram-se e ela nunca mais foi paga — Bernardo contou.

— Que injustiça. O senhor Dárcio faz muita falta. Saber que a fazenda pela qual ele sempre se empenhou está com dificuldades, é triste. — Um segundo e perguntou: — O senhor ouviu falar sobre o caso da mala no açude?

— Fiquei sabendo. Alguma novidade?

— Ainda não, senhor Bernardo. É um caso complicado. A menina Babete, que encontrou a mala, porque o açude baixou, não sabe muita coisa.

— Acho que é o contrário, delegado. Essa menina sabe demais.

— Por que o senhor diz isso?

— Por que dona Iraci quer controlar as filhas? Nem estudando estão — quis provocar o delegado.

— Não estou entendendo, senhor Bernardo. Desculpe. Sou um pouco devagar no raciocínio.

Bernardo sorriu e olhou para os lados. Esperto, sabia que o delegado desejava ter informações. Fingiu acreditar que o outro era lento em raciocínio. Rodou o chapéu entre as mãos, encarou-o e afirmou:

— O senhor não é devagar, doutor Vargas. Mas... Vamos ao que o senhor quer. Dona Iraci sempre foi gananciosa, mas se deu mal ao escolher aquele homem para tomar conta de seus negócios, que é mais sem caráter do que ela.

— O senhor está falando do veterinário da fazenda?

— De quem mais eu falaria?

— Mas o que isso tem a ver com a Babete e as irmãs?

— Dona Iraci, por ganância, tomou decisões baseadas nas informações e incentivo de alguém, que só pode ser o veterinário. Mas, foi ludibriada. Está sendo passada pra trás sem perceber ou sem acreditar. É cobra comendo cobra! Nenhum dos dois presta, ali. A morte do senhor Dárcio beneficiou dona Iraci, mas, mais ainda, a quem passou a administrar as terras. Alguém sem experiência e incompetente, ganancioso e trapaceiro. Ele controla e domina as decisões de dona Iraci e a engana. Uma fazenda que era rica, para não dizer a mais rica da região, está quase abrindo falência, algo muito errado foi acontecendo e bem rápido. Para onde foi todo aquele dinheiro deixado pelo senhor Dárcio? Investimentos, ações e outras coisas... Gado de raça valiosíssimo! O que aconteceu? — não houve resposta. — Se dona Iraci, sozinha, sem entender de nada, tivesse tomando conta de tudo, a fazenda estaria bem e próspera, ainda. Os animais de lá tinham prêmios internacionais. O sêmen de um animal valia uma fortuna. Cadê esses bichos valiosos? O que aconteceu com tudo isso em tão pouco tempo? — novamente, longo silêncio.

— Acha que as meninas foram afastadas do convívio social, da escola e dos parentes porque podem falar o que a mãe está fazendo?

— Não. Elas podem falar o que o veterinário está fazendo, mas a mãe não acredita. Ele convenceu essa mulher a afastar as filhas de todos. A pergunta principal é: por que um veterinário, administrador de fazenda, inexperiente, quer ter controle sobre o que uma mãe faz com as filhas e a influencia a isolar as meninas? Por quê?

— Do que o senhor desconfia, senhor Bernardo? — perguntou mais sério. — Parece que quer falar alguma coisa.

— Essa é uma pergunta informal, senhor delegado?

O homem olhou profundamente em seus olhos e afirmou em tom sério:

— Sim. É uma pergunta, totalmente, informal.

— Pois bem... Pense no que vou falar. A morte do senhor Dárcio foi dada como acidente, registrado em uma cidadezinha tão pequena que mal tinha dez mil habitantes. Nem autópsia foi feita no corpo do senhor Dárcio. O delegado da comarca pareceu não se importar com nada. Fui lá e o conheci. Ele não quis me receber e não havia nada acontecendo que o fizesse ocupado, naquele dia. Houve adulteração do local do acidente e também do veículo, que foi parar em um ferro velho, antes de ser examinado pela perícia. Só depois de meses, no sol e na chuva, o carro foi periciado e nada encontrado, segundo as investigações. Sabia disso?

— Não — falou bem sério, murmurando.

— Pois bem... O caso não diz respeito ao senhor ou ao seu serviço, mas... O caso da morte do senhor Dárcio foi encerrado rapidamente e dado como acidente. Suspeitam que ele dormiu ao volante.

— O senhor acredita em acidente?

— Se um homem ganancioso tem um caso com uma mulher tola, rica, casada com alguém que viaja muito, o senhor não acha estranho essa mulher ficar viúva com o marido jovem envolvido em um acidente? Não acha estranho que um casal de amantes, como todos suspeitam, não casaram a união, depois que ela ficou viúva? — silêncio. — Não oficializaram a união porque ele é esperto. Está, simplesmente, aplicando um golpe nessa gananciosa. Ele a manipula e ela controla as filhas para as meninas não contarem nada do que acontece lá. Aquelas meninas, se questionadas, vão dizer alguma coisa. Pode-se desconfiar até que a mulher esteja envolvida na morte do marido. Mas... sem legalizar a união, uma coisa é certa: é questão de tempo para ele ir embora, procurar uma nova vítima, com uma conta bancária recheada.

— E a mala no açude? Acha que pode ter sido ele?

Bernardo olhou para os lados, novamente, respirou fundo e respondeu:

— Não tenho certeza, mas... Esse homem, que administra tudo naquela fazenda, quer porque quer tirar vantagens e isso é há tempos, na minha humilde opinião.

— Não entendi. Por que diz isso?

— Quando fui depor na delegacia, sobre o caso da mala no açude, o senhor perguntou se eu já tinha ouvido o nome Joana da Rocha. Respondi que não. De fato, nunca tinha ouvido esse nome. Mas... O nome do veterinário que trabalha na fazenda de dona Iraci é Rogério da Rocha Andrade. O nome do delegado que investigou o suposto acidente do senhor Dárcio é Joaquim da Rocha Andrade. Coincidência ou não, o sobrenome Rocha está em destaque em alguns assuntos importantes nesta cidade. O senhor não acha, delegado?

O doutor Vargas arregalou os olhos e silenciou por longos minutos. Não tinha conhecimento de tudo aquilo. Pendeu com a cabeça positivamente e ficou reflexivo. Depois, pediu:

— Podemos conversar informalmente em outro momento, senhor Bernardo?

— Mas, é claro. Estou sempre às ordens — Bernardo sorriu satisfeito.

— Só mais uma coisa, senhor Bernardo. Sobre as meninas... Já viu alguém as agredir?

— Que me lembre, nunca vi o pai tocar um dedo nas filhas. Aliás, ele era muito generoso com elas. Tinha muita paciência... Todos notavam que ele era mais apegado à Babete. As outras duas... — titubeou, meneando a cabeça e envergando a boca.

— O que tem as outras?

— Não se parecem nada com ele. O senhor não acha?

— Nunca reparei nisso...

— O senhor Dárcio não achava. Confidenciou isso a mim várias vezes.

— E quanto à mãe? Batia nas meninas?

— Ela?... Dava uns tapas nas meninas sim, principalmente, na mais velha, a Babete. Quando iam à fazenda, brigava para a menina não se sujar. Era grossa com a filha. Isso só no reservado. Perto dos outros parecia a melhor mãe do mundo. Vi cenas como essas porque trabalhava na fazenda.

— Entendo... Está certo. Obrigado, senhor Bernardo — sorriu. — O senhor não imagina como foi útil e me ajudou! Que informações valiosas! — salientou.

— Nossa conversa foi boa, doutor. Passa lá em casa pra tomar um café. A Efigênia faz bolos e biscoitos ótimos.

— Vamos marcar, qualquer dia. Eu telefono para o senhor.

O delegado deixou a praça da matriz e foi até a Unidade de Pronto Atendimento, para falar com o médico. Lá, encontrou Iraci.

— Olá! — sorriu. — Como vai a senhora?

— Não muito bem. Minha filha se machucou. Terá de ficar internada! — expressou-se nervosa.
— É mesmo?... Coitadinha... Mas... Qual delas?
— A Babete.
— Ah... Poxa vida. Sinto muito. Minha filha está com problema de garganta. Foi medicada, mas está com muita tosse. Vim ver com o doutor que tipo de xarope posso dar.
— Só por causa de um corte na cabeça, a Babete não precisava ficar internada. Acho isso um exagero!
— Às vezes é preciso, senhora. Nunca sabemos quais complicações podem surgir.
— Sou muito ocupada! Não posso ficar aqui direto nem indo e voltando a toda hora. Tenho uma fazenda e duas outras filhas para cuidar!
— Imagino o quanto isso é difícil, dona Iraci. Sinto muito pela senhora. Mas... A senhora não tem alguém para ficar aqui com a menina? Um parente? Uma empregada de confiança?
— A madrinha da Babete, a Leonora, poderia ficar, mas tem uma filha com problemas físicos e mentais, não dá. Não tenho empregada de tamanha confiança.
— Entendo... — falou com ar de lamento.
— Minha vida mudou muito desde a morte do Dárcio. Ele me deixou em uma situação bem difícil.
— O administrador da sua fazenda não pode ajudar?
— Ele também é muito ocupado. Se desdobra para resolver os problemas deixados pelo meu falecido marido.
— A senhora não tem parentes, mãe, irmãos?...
— Meus pais já faleceram. Tenho um irmão em São Paulo, mas não conversamos. Uma prima mora na cidade de Santos, em São Paulo. Todos longe demais.
— Conversa com o doutor. Explica a situação e que não pode vir aqui todos os dias. A propósito, quantos dias ela ficará aqui?
— Nem ele sabe dizer! — enervou-se. — Isso é um absurdo!
Nesse momento, o médico surgiu.

Imediatamente, Iraci falou sobre todos os seus problemas e ele orientou com brandura:

— Não é preciso que fique aqui, senhora. Pode vir uma vez ao dia ou dia sim, dia não... Nem serão tantos dias assim. Se eu perceber a melhora, espero até que venha na visita para levá-la. Não haverá problema. Fique tranquila. Ela ficará em repouso, deitadinha na enfermaria e sem visitas.

Iraci chorou. Justificou-se novamente e depois se foi.

A sós com o médico, o delegado perguntou:

— Como está a Babete, doutor?

— Nossa! O senhor está interessado no estado da jovenzinha! — riu com ironia. — Pois a mãe não perguntou. Quando disse que ela precisaria ficar, ela não perguntou e só reclamou. — Suspirou fundo e contou baixinho: — Se essa menina tiver esquizofrenia, rasgo meu diploma.

— É mesmo? — admirou-se de verdade.

— Quando falamos sobre a mãe, percebi traumas por causa da apresentação de um comportamento de medo. Ela é muito inteligente. Estou admirado.

— Perguntou como ela se machucou?

— Sim. E a resposta foi: o que minha mãe contou? — entreolharam-se.

— E daí? — quis saber o delegado.

— Falei que precisava saber por ela. Contou que a mãe havia dado muitos remédios para ela e veio para a cidade. Que ficou sozinha com as irmãs. Com sono, foi para o quarto. Então, a mãe chegou nervosa. Berrou e quebrou todas as louças na cozinha e foi até o quarto, exigindo que ela e as irmãs limpassem toda a bagunça. Quando ela se levantou, a mãe a apressou, segurando em seu cabelo, na nuca, e empurrando para que fosse mais rápida. Ela perdeu o equilíbrio e foi contra a porta.

— Não é fácil tirar filhos dos pais nos dias de hoje — disse em tom de revolta. — Quando os pais são perversos, agressivos, impiedosos e rudes, os filhos sofrem. Sofrem muito. Foram as únicas criaturas que aprenderam a amar por convivência.

A sociedade, as religiões exigem que amemos e honremos nossos pais em qualquer condição. Embora eu discorde parcialmente disso. Existem pais que precisam e merecem muito respeito, amor e honra. Outros nem tanto. Não podemos generalizar. Assim como existem filhos cruéis, existem pais perversos. Tive um pai severo e uma mãe que, por medo de perder o marido, fechava os olhos. — Um instante, respirou fundo e pediu: — Se o senhor puder deixar a menina aqui por mais um dia...

— Sim. Claro. No momento da alta vou conversar com a mãe e colocar em dúvida o diagnóstico de esquizofrenia, sugerindo que outro especialista seja procurado.

— Isso seria ótimo. Obrigado.

Após sair do hospital, Iraci caminhava perto do carro da fazenda, que deixou estacionado há dois quarteirões, quando ouviu seu nome:

— Dona Iraci? — era Bernardo, esperando por ela. Vendo-a parada, ele se aproximou, perguntando: — Como tem passado?

— Não muito bem. E o senhor?

— Estou bem.

— O que o senhor deseja? — indagou com arrogância.

— A senhora sua prima, dona Otília, ligou algumas vezes. Um dos recados foi sobre o falecimento do marido dela, o senhor Cláudio. Foi um acidente. Ele foi atropelado. Todas as vezes que ela telefonou, mandei darem o recado à senhora, lá na fazenda. Até falei que, se quisesse, poderia ligar para ela lá de casa. A senhora recebeu os recados?

— Sim. Recebi.

— Não quer aproveitar, que está aqui, e ligar para ela lá de casa?

— Não. Otília é uma mulher forte e bem-resolvida. Tem dois filhos moços e espertos. Diferente de mim, tem muitos a sua volta para ajudar.

— É que me lembro da senhora ser muito amiga dela. Pelo menos, falou isso algumas vezes.

— Sim. É verdade. Mas, tenho muitos problemas para resolver no momento. Minha filha está internada e tenho uma fazenda para cuidar.

— Mas...

— Se for só isso... Com licença, senhor.

Virou-se e entrou no carro.

CAPÍTULO 22
O incêndio

Babete sentia-se animada, naquele dia. Conversou bastante com a auxiliar de enfermagem, que gostava muito dela.

A sós, sem ter o que fazer, lembrou-se de Matias e sorriu sem perceber.

Como ele estaria?

Se soubesse que ela se encontrava ali, certamente, iria visitá-la.

Sentiu saudade. Matias deveria ter crescido. Talvez já cursasse a faculdade.

Passou a sonhar acordada, imaginando como seria se ele a visse, como a trataria com carinho. Gostaria de ser abraçada pelo jovem e desejava isso com tanta força que, ao fechar os olhos e recostar no travesseiro, pensava fazer isso em seu ombro.

Com certeza, o rapaz a tiraria dali. Não permitiria que ninguém mais a maltratasse. Seria tão bom sair daquela cidade e fugir da fazenda, dos maus-tratos de sua mãe, do medo do veterinário...

— Bom dia, Elizabeth! — o médico cumprimentou, alegre, tirando-a daqueles pensamentos. — Vejo que está muito bem hoje. Acho que vou dar alta a você — Ao dizer isso, observou que seu sorriso se desfez e quis saber: — Não gostou?

— Será bom voltar para casa — respondeu sem convicção.

— Conversarei com sua mãe sobre os remédios que você toma. Parece que não fazem bem e...

— Doutor?

— Sim. Pode falar — pediu diante da demora.

— Aquela enfermeira ali — apontou para o canto. O médico acompanhou sua indicação, mas não viu ninguém. — Disse que é sua esposa. Pediu para avisar que ela continua trabalhando com o que gosta. Ficou feliz quando viu que o senhor não se deixou abater e continuou trabalhando para ajudar os outros. A única forma de vencermos a tristeza esmagadora é servindo ao bem.

— Qual o nome dela? — perguntou sério.

— Dijanira. Mas, o senhor a chama de Nira. Está contando que se conheceram quando o senhor fazia residência e ela era enfermeira.

O senhor ficou paralisado. Naquela cidade, ninguém conhecia esse detalhe de sua vida.

— O que é residência, doutor? — Babete quis saber.

— Depois de formado em Medicina, caso o médico queira se especializar, é preciso um curso na área que deseja atuar. Esse período de estudo é chamado de residência. É uma modalidade de ensino de pós-graduação, que funciona em hospitais-escola sob a orientação de outros médicos-professores, já especialistas na área — explicou, mas havia um toque de seriedade em seu tom de voz. Estava em choque e tentava disfarçar. Sem demora, perguntou: — O que ela faz aqui?

A jovem olhou para o lado, onde ele não podia ver ninguém e disse:

— Ela ajuda a tratar espíritos doentes e também a tratar gente viva que precisa de energias espirituais. Ah... está dizendo que o filho mais velho de vocês trabalha com ela também.

Os olhos do médico se empoçaram em lágrimas.

Ele respirou fundo e se virou para a janela. Não sabia o que falar.

Nesse instante, a enfermeira da Unidade chegou, dizendo:

— Doutor, a mãe da Babete está aí. Não é horário de visitas. Posso deixar entrar?

— Ainda não. Vou falar com ela lá fora. — Olhou para Babete e pediu: — Com licença.

No consultório onde atendia, o médico esclareceu:
— Dona Iraci, nesses três dias em que a Elizabeth esteve aqui, não percebemos alterações neurológicas, devido à batida da cabeça na porta. Por não termos aparelhos para realização de exames neurológicos mais eficientes, o ideal foi deixá-la em observação, como foi dito. No entanto, deixei a paciente sem as medicações psiquiátricas que ela costumava usar e, para mim, ficou nítido que sua filha não apresenta problemas nessa área. A Elizabeth é muito inteligente, se expressa bem, é atenta. Demonstra lucidez e cognição perfeita. Estou colocando em dúvida o diagnóstico de esquizofrenia. Por isso, estou encaminhando-a para avaliação com outro especialista, a fim de termos a certeza do que ela tem ou não.
— Mas!... Como assim? Eu a levei ao psiquiatra que, logo de cara, percebeu o desequilíbrio da minha filha! — expressou-se bem aflita, muito alterada.
— O diagnóstico para esse tipo de distúrbio não pode, de forma alguma, ser rápido ou logo de cara, como a senhora disse. Por essa razão, ela deve ser examinada por outro médico especialista, com mais paciência e acompanhamento.
— Mas, minha filha vê gente morta, doutor!!!
— Jesus também via gente morta. No *Novo Testamento*, tem uma passagem que ele conversou com Moisés e Elias, que já haviam morrido, e os apóstolos também viram. A senhora já ouviu falar no médium mineiro Chico Xavier? — Não houve resposta. — Ele também vê gente morta. Não entendo muito porque não sou espírita. Mas, sei que centenas de milhares de pessoas, no mundo inteiro, já tiveram alguma experiência incomum com espíritos. Nem por isso todos são esquizofrênicos. Eu mesmo já passei por situações que não

sei explicar. Então, dona Iraci, vou pedir que a senhora considere que existe uma grande possibilidade de sua filha não ser esquizofrênica e que a senhora tem a obrigação de levá-la a outro especialista ou até mais. O diagnóstico e tratamento de doenças, distúrbios, síndromes e transtornos errados ou inexistentes é crime! Sabia disso?! Isso é crime! — destacou com severidade.

— Mas, doutor, essa menina não fala coisa com coisa! Ela conversa sozinha!...

— Vou pedir que suspenda os antipsicóticos que a Elizabeth está tomando e a leve, o quanto antes, ao especialista que indiquei. Está aqui a guia de encaminhamento com a solicitação de avaliação. Providencie o mais breve possível. A Elizabeth está de alta. A senhora vai levá-la para casa e, na próxima semana, quero vê-la, novamente, e tirar os pontos. Certo?

Iraci ficou paralisada por alguns segundos. Talvez quisesse discutir, mas não tinha argumentos.

Estendendo a mão pálida, pegou o encaminhamento e não falou nada.

Para ter certeza, o médico perguntou:

— A senhora entendeu o que eu disse, não é, dona Iraci?

— Sim — murmurou.

— Em minhas observações, tive certeza de que a Elizabeth não tem dificuldade de interação, comportamento excêntrico ou experiência alucinatória ameaçadora ou acusatória e...

— Ela vê gente morta! Isso não é alucinação?

— Essa gente morta que ela vê a ameaça, impondo medo? Como eu disse, até Jesus Cristo viu gente morta. O renomado médium que mencionei também vê. Agora me diga: não acha que sua filha merece um diagnóstico preciso e digno? — ficou esperando resposta, mas não houve. — Esquizofrenia é um distúrbio muitíssimo grave, raro e sério para ser banalmente imposta como diagnóstico a qualquer um. Principalmente, pelo fator da idade, é necessário que outros médicos especialistas cheguem à mesma conclusão. Ela é jovem demais e passou uma única vez no psiquiatra. — Sorriu. Encarou-a e ainda disse: — Tenho certeza de que a senhora está feliz pela dúvida que levantei. Toda mãe quer que o filho seja saudável, não é mesmo?

Iraci se levantou de imediato e perguntou:
— Então posso levá-la para casa?
— Sim. Pode falar com a enfermeira que vai ajudá-la. Até a próxima semana, dona Iraci.

No caminho de volta para a fazenda, a mãe não parou de reclamar do médico.

— Quer dizer que lá você deu uma de esperta e inteligente, dona Babete? Em casa, só falta me deixar louca! Aquele incompetente, que se diz médico, ainda quer que retorne! Nem morta! — seguiu falando até chegarem à fazenda.

Quando se viu a sós com Rogério, Iraci contou tudo.
— Esse médico é um charlatão! — ele esbravejou. — Qual o interesse dele na sua vida?! Não seja louca de levar a Babete lá novamente!

— A propósito, onde você estava hoje cedo? — a mulher questionou com modos irritantes, alterada.

— Estava vacinando o gado no brete[1] do curral.
— Fui até lá e você não estava!
— Ficou louca? Não deve ter me visto.
— Perguntei para os peões. Disseram que era dia de vacinação, mas você não tinha aparecido por lá e deixou nas mãos deles. Tinha outro operador com a pistola, vacinando os animais.

---

1 Nota da Médium: Brete é lugar de contenção de bovinos, feito de troncos projetados e construído para contenção ou imobilização completa do bovino, de modo que seja possível a realização de procedimentos com segurança, por operador, veterinário e outros. Também chamado de Tronco de Contenção.

— Perguntou para a pessoa errada. Só pode. Esses caras andam embriagados, fazem corpo mole e não prestam atenção em nada. Cheguei lá bem cedo. O sol nem tinha nascido. Arrumei tudo, até a pistola fui eu quem preparou! Vi que faltariam vacinas e fui buscar, mas retornei logo. Se tivesse esperado...

— Você está muito sumido. Não para mais aqui, Rogério. Gostaria de saber o que está fazendo.

— Pare de ser insana, Iraci — sussurrou irritado. — Sou responsável por cada cabeça de animal existente nesta fazenda! Como é que posso ficar parado em um único lugar? Olhe o tamanho dessas terras!

— Não gosto de ficar desconfiada! — falava de modo irritado.

— Está me deixando maluco! Pare de me controlar! Quer mais provas do que te dou? Quando todos se afastaram, somente eu fiquei ao seu lado, cuidando de tudo! Nem mesmo o falecido ficava tanto tempo perto de você como fico agora! Lembre-se disso! O Dárcio deixou essa fazenda endividada, dependente da indústria de ração que doou ao sem-vergonha do Bernardo! Se esse homem tivesse um pouco de dignidade, devolveria tudo a você e suas filhas! Agora, vá pra casa cuidar das meninas. Estou cansado!

Enquanto isso, na casa principal, Babete mostrava para as irmãs os pontos do corte em sua cabeça e contava a elas como foram os dias em observação no pequeno hospital da cidade.

— Tomei banhos tão bons, de chuveiro quente! — falava entusiasmada. — A enfermeira lavou minha cabeça todos os dias e me esfregou toda. Foi tão bom.

— Seu cabelo está cortado — Síria observou. — Ficou mais curto, mas... Ficou melhor — passou a mão nos cabelos da irmã.

— A enfermeira, dona Idalina, foi quem cortou. Disse que era para acertar as pontas, porque estava muito torto. Quando olhei no espelho, achei curto, mas muito melhor. Não estava mais com aquela cara de doida. Parecia juba de leão — riu com gosto e as outras riram também.

— Você ficou bonita. Sempre foi — Agnes comentou tão somente. Parecia profundamente triste.

— O que o médico falou? — Síria perguntou.

— Tenho de tirar os pontos semana que vem. Ah! Não tomei os remédios no hospital. Estou me sentindo diferente. Melhor. E o médico falou que não preciso mais deles. Que ia pedir pra mãe me levar em outro psiquiatra.

— Vai tomar nem que seja pelos ouvidos!!! — berrou Iraci, que acabava de chegar e escutou o final da conversa.

— Mas, mãe, não estou me sentindo mal. Não preciso... — Babete disse e começou a chorar.

Aproximando-se, a mãe pegou as medicações sobre a mesa, um copo com água e ordenou:

— Bebe e toma isso, praga dos infernos! — exigiu falando com os dentes cerrados. — Aquele charlatão não entende de nada. Eu sei o que é melhor para você! — e deu um tapa na nuca da filha mais velha, obrigando-a a tomar vários comprimidos, aumentando a dose.

As outras filhas foram para outro cômodo, com extremo medo.

Retornando para a cozinha, Iraci pegou uma garrafa de cachaça e bebeu alguns goles, direto no gargalo.

Uma semana depois, Rogério foi quem tirou os pontos da cabeça de Babete. Enquanto fazia o procedimento, que deveria ter sido realizado na Unidade de Pronto Atendimento, na cidade, perguntava sem que ninguém ouvisse:

— E aí, louquinha? Parou de ver coisa? — silêncio. — Tá calada por quê? O gato comeu sua língua ou algum espírito colocou uma atadura invisível na sua boca? Ah... tem um chumaço de algodão nos ouvidos e não escuta mais — zombou sussurrando.

— Você vai pagar tudo o que está fazendo comigo — Babete falou baixinho.

— Vou pagar? Como? — indagou cochichando e riu com deboche, sem ninguém ver.

— Vai ter muito, muito tempo, ainda nesta vida pra pensar e pensar se tudo o que fez valeu a pena. Vai sofrer parado. Vai enlouquecer parado e ninguém vai ajudar. Sua cabeça vai ficar quente, enlouquecida. Vai gritar e vão dar remédios para que pare de falar, mas nunca de pensar e vai sofrer.

— Cala a boca, sua louca — murmurou, mais sério. — Filha do diabo. Cabelo de fogo dos infernos... — deu-lhe um puxão de cabelo. — Seu papai deve estar do lado do capeta, lá nas profundezas, agora, te olhando... — falava baixinho.

— Criminoso. Matou meu pai... — Babete quase chorou. Estava em pé e ele atrás, nas suas costas.

— Prove, capiroto dos infernos. Nunca vão me pegar. Nunca vai conseguir provar nada — ele riu.

— Eu não. Mas, Deus sim — sussurrou no mesmo volume. — Tem razão... Nunca vão te pegar, mas pagar... Vai sim. Assassino.

Nesse momento, ele arrancou o último ponto sem cortar a linha de sutura e a empurrou.

— Ai! — Babete gritou e levou a mão na cabeça.

— Pronto, Babete! — falou em tom alegre, parecendo generoso. — Desculpa se machucou um pouquinho. Acontece. O ponto estava bem justo. Logo, logo vai sarar. Vamos passar um pouquinho de álcool e está tudo certo. — Sorriu para Iraci, que a certa distância olhou-os. Depois, o veterinário aconselhou: — Agora, vai tomar seu remedinho, vai — sorriu, demonstrando-se amável. Foi para perto da mulher e cochichou: — Fica de olho na Babete. Talvez ela esteja te enganando e não tomando os remédios como deve.

O delegado Vargas seguiu com as investigações em sigilo, descobrindo alguns detalhes sobre a vida do veterinário Rogério.

Frente a isso, decidiu procurá-lo na fazenda de Iraci, mas não o encontrou.

Conversando com a proprietária, deixou recado:

— Peça para que me procure na cidade, por favor. Preciso tirar algumas dúvidas com ele.

— O doutor Rogério é funcionário daqui. Mereço saber do que se trata — a mulher insistiu curiosa.

— Como já disse para a senhora... É coisa que preciso tratar só com ele.

— Não trouxe uma intimação, então não é oficial.

— Não, dona Iraci. É coisa simples, que diz respeito somente a ele. Mas, não estou entendendo o porquê de a senhora estar tão interessada, já que o senhor Rogério não passa de um funcionário, não é mesmo?

— Darei o recado.

— Obrigado. Boa tarde — e se foi.

Já era noite, quando conversou com o veterinário.

— Onde você estava? Mandei que lhe procurassem em todos os cantos!

— Fui até a cidade tratar de negócios! Pensa que as coisas acontecem como mágicas?! — foi ríspido.

— O delegado veio aqui procurá-lo. Disse que não é oficial, mas quer conversar com você.

Rogério ficou inquieto. Esfregou uma mão no rosto e na boca, fugindo ao olhar de Iraci.

— Ele deve querer saber sobre a maldita mala que sua filha encontrou. Menina problemática! Se não tivesse achado aquilo, não teríamos mais problemas.

— Então vá falar com ele! Por que o medo?

— Não estou com medo! Você é burra?! Já expliquei que não é bom estarmos envolvidos com escândalos policiais!

Vai atrair muita atenção para nós e complicar, ainda mais, os negócios. Além disso, estou sem tempo. Preciso ir para Mato Grosso — expressou-se com modos rudes.

— O que vai fazer lá?! — ficou curiosa.

— Vou a uma exposição de gado — respondeu no mesmo tom.

— Gastar mais dinheiro!

— Bem se vê que você não entende nada mesmo! Precisamos de animais novos! E também vender outros!

Aproximando-se, ela o abraçou pelas costas.

— Estou angustiada — falou com modos brandos.

— Também! Olha pra você! — tirou as mãos dela de sua volta e se afastou. — Não é a mesma que conheci. Só grita! Só sabe ficar nervosa! Se desespera a todo momento! Não existe uma hora que olho para você que não tem reclamações e exigências! Não se tem paz perto de você! É um saco! Nem se cuida mais! Parece um lixo!

— Se me der dinheiro eu...

— Dinheiro?! É só nisso o que pensa?! Tem mulher aí no campo que não tem dinheiro e está com melhor aparência que a sua!

— Não fale assim comigo! — chorou.

— Não gosta de ouvir a verdade, vá embora! Preciso levantar cedo, amanhã!

Decepcionada, ela se foi.

O romance entre Rogério e Iraci havia acabado, mas ela não percebia isso.

Voltando para casa, descontou suas frustrações nas filhas.

Gritou, brigou e xingou as meninas. Depois, começou a bater em Agnes, que chorava assustada e a mãe não aceitava ver isso.

Em determinado momento, inesperadamente, Babete interferiu. Colocando-se na frente da mãe, berrou:

— Para!!! Para com isso!!! Olha o que está fazendo com a gente!!!

Iraci reagiu violentamente e começou a bater na filha mais velha também. Pela reação da adolescente, acreditou que não estava usando os remédios, pois parecia muito desperta, ativa. Puxou-a pelos cabelos para perto da pia. Apanhou as medicações antipsicóticas e colocou vários comprimidos na mão. Era uma dosagem bem acima da indicada. Forçando-a, empurrou os remédios na boca da filha e a fez engolir junto com a água de uma caneca. Agredindo-a, psicológica e fisicamente, o quanto podia.

Perto do fogão a lenha, Iraci pegou um pedaço de madeira seca e bateu na filha, chutando-a quando a viu caída no chão.

Foi para a sala, pegou a garrafa de pinga escondida no armário e bebeu grande dose, enquanto gritava, reclamando de sua vida infeliz.

Em seguida, dirigiu-se até o quarto, onde estavam as outras duas filhas, berrou e gritou até ficar sem energia.

Parecendo ensandecida, caminhou até a cozinha, obrigou a filha mais velha a se levantar e a puxou até o quarto com violência. Pegou outra dose de remédios e a forçou tomar, praguejando e gritando o tempo inteiro.

Nesse momento, completamente embriagada, Iraci achou que a casa estava fria e colocou mais madeira nas brasas acesas do fogão a lenha. Assoprou-as e saiu de perto ainda balbuciando coisas.

Sentou-se à mesa, bebeu um pouco mais e se debruçou.

Não demorou para o fogo percorrer pela madeira fora do fogão, onde havia um pano de prato jogado. O pano pegou fogo que ganhou altura e passou para as cortinas de renda das janelas da pia, alastrando-se com imensa rapidez pelas paredes de madeira.

Síria sentiu o cheiro da fumaça, percebeu que havia algo errado e foi até onde a mãe estava. Passando em meio à fumaça, abraçou a mãe e tirou-a da cozinha para fora.

Olhando a casa em chamas, Síria foi até a janela do quarto e gritou pelas irmãs.

Agnes abriu a janela e pulou, mas Babete, entorpecida pelos remédios, ficou lá.

Embriagada, Iraci sentou-se em um monte de lenha no quintal e ficou observando as chamas.

A escuridão era total. Somente as labaredas iluminavam o terreno.

Síria e Agnes começaram a gritar, enquanto os cachorros latiam alto.

Algum tempo se passou e um empregado apareceu, assustado. As meninas falaram sobre a irmã ter ficado no quarto, mas o homem, olhando as chamas que subiam acima do telhado, sentiu-se inseguro para entrar, porém um dos cães não. O cachorro saltou, pulou através da janela, de onde saía muita fumaça, entrando na casa. O funcionário conhecia animais. Sabia que nunca entravam no fogo. Vendo isso, encorajou-se e saltou a janela também. Tudo enfumaçado e muito escuro. Ele seguiu o latido no interior do quarto. Tossindo, asfixiando-se, tateou o ar com dificuldade, tentando tocar em algo. Os latidos foram a única coisa que o guiaram até a cama, onde encontrou Babete, totalmente, largada. Tomando-a nos braços, novamente, seguiu os latidos que o levaram até a janela para sair.

Outros funcionários já estavam do lado de fora.

Babete foi posta ao chão, desfalecida. Os cachorros soltavam ganidos ao seu lado e não se afastaram, mesmo quando os demais tentavam cuidar dela.

Não se podia fazer nada. Todos ficaram ali. Só restava observar a casa arder em chamas até o dia amanhecer.

CAPÍTULO 23
A morte de Laurinha

Somente quando as primeiras luzes da manhã iluminaram o dia, pôde-se ver o esqueleto do que, um dia, foi uma casa. As vigas mais grossas ainda soltavam fumaça e havia brasas por toda parte. Não sobrou nada, além de poucas paredes de alvenaria, que estavam trincadas e prontas para caírem, devido à dilatação pelo intenso calor.

Os empregados providenciaram uma carroça onde Babete, praticamente desacordada, foi colocada junto com a mãe e as irmãs e levadas até a casa onde Rogério residia.

Por inalar muita fumaça, a jovem tinha fortes crises de tosse, mostrando-se incomodada e com dificuldade de respirar.

O veterinário mostrava-se inquieto. Acompanhava tudo com o olhar e pouco falava. Percebia-se nitidamente seu nervosismo.

— O que faço agora?! — desconsolada, Iraci lamentava chorando.

— Vai ter de ficar aqui com as meninas, mas eu tenho de ir para Mato Grosso. Já estou com a passagem comprada e não posso perder tempo — Rogério disse. — Não posso perder esse compromisso.

— Você precisa ficar... — implorou a mulher.

— Iraci, preste atenção: não tem muita coisa que eu possa fazer, aqui na fazenda. Veja, você e as meninas vão ficar nesta casa. Preciso negociar os animais que te falei. Quando eu voltar, vamos erguer aquela casa e ficará muito melhor do que antes. Está bem?

— Não sei o que fazer... — chorava.
— Não precisa fazer nada. Tá certo? Só fique aqui até a minha volta.

Sob efeito de remédios fortes, Babete estava deitada na cama e as irmãs encolhidas ao lado. Muito assustadas, não diziam nada. Apavorada, Agnes chorava baixinho, sem que ninguém visse.

Um barulho chamou a atenção do casal e Rogério saiu para ver o que era. Ao retornar, Leonora entrou junto com ele.

— Iraci do céu! O que aconteceu, mulher de Deus?! — a cunhada perguntou apavorada.

— Não sobrou nada da minha casa... — a outra murmurou e chorou, sentada à mesa. — Perdi tudo...

— Não fique assim — Leonora afagou sua cabeça, recostando-a em si. — E as meninas?

— Estão ali no quarto...

— Hoje é aniversário da Babete! Ela faz quinze anos! — A comadre não disse nada. — Vamos lá pra casa, Iraci. O Heitor está lá nos escombros do incêndio. Ficou lá vendo o que sobrou. Vamos! Pega as meninas e vamos pra lá.

— Isso mesmo, dona Iraci — incentivou Rogério. — Seus cunhados podem cuidar da senhora e de suas filhas, até eu voltar. — Virando-se para Leonora, contou: — Vai ter um leilão de gado em Mato Grosso. Já mandei algumas cabeças e tenho de viajar hoje pra lá. Se não for, teremos prejuízos. Aqui, não tenho muita coisa pra fazer no momento. Quando voltar, vamos erguer outra casa ainda melhor.

— Não quero ir... Ficarei aqui... — Iraci disse, inconformada.

Nesse instante, Babete teve outra crise de tosse e a madrinha foi ao quarto para vê-la.

Sem demora, Leonora retornou, afirmando:

— Se você não quiser ir, tudo bem, Iraci, mas vou levar minha afilhada comigo. Ela não parece muito bem. Tá respirando com dificuldade.

— Leva. Pode levar. Mas as outras ficam. Não quero estar sozinha.

— Bem... Então está resolvido — disse Rogério apreensivo e com pressa. — Quer que eu ajude a senhora a pegar a Babete?
— Pensando bem... Vou falar pro Heitor trazer a caminhonete até aqui.
— Certo! Assim é melhor — tornou o homem.
— Mas... O senhor mora nesta casa, não é seu Rogério? E quando voltar?
— Não se preocupe, dona Leonora. A dona Iraci e as meninas continuarão aqui e eu me viro em outro canto da fazenda. Quando voltar, o quanto antes, faremos uma casa nova. Teremos um bom dinheiro com a venda desses animais, em Mato Grosso.
— Tá bom. Tem alguma coisa pra fazer um chá pra Iraci?
— Sim. Tem aqui — mostrou. Depois decidiu: — Dona Leonora, preciso ir agora mesmo. Por favor, cuide do que for possível na minha ausência. — Virando-se para a outra, despediu-se: — Fique tranquila, dona Iraci. Volto o quanto antes.
— Boa viagem, doutor Rogério — disse Leonora em tom insatisfeito. Havia algo, naquela situação, de que não gostou.
Iraci ficou em silêncio.

Após fazer um chá bem doce e servir para a cunhada e as meninas, Leonora foi atrás do marido, decidida a levar a afilhada para sua fazenda. Com a ajuda de Heitor, colocou Babete dentro da caminhonete e se foram. Porém, no meio do caminho, percebeu que a jovem não estava bem e achou melhor ir ao médico, na cidade.
Após ouvir tudo e examinar a adolescente, o doutor comentou:
— Eu pedi para a mãe não dar mais nenhum medicamento antipsicótico a ela e, o quanto antes, consultar um outro especialista. Deixei até um encaminhamento. Mas, dona Iraci nem a trouxe aqui para a retirada dos pontos. Só de olhar, percebemos que a Elizabeth está sob efeito de remédios

bem fortes, arriscaria dizer que a dosagem foi bem alta, além de intoxicada com a fumaça. Será melhor que fique na casa da senhora mesmo — suspirou fundo, contrariado.

— O que devo dar pra ela, doutor? — Leonora indagou, preocupada.

— A inalação com soro, que ela acabou de fazer, é suficiente. Não é necessário medicação. Dê a ela muita água, água de coco, chás, sucos... Deixe-a em ambiente ventilado. Alimentação leve. Em dois dias, seria bom trazê-la, novamente, aqui.

— Trago sim. Pode deixar. Não estou me conformando com o que vejo. Minha afilhada era uma menina linda! Muito esperta, inteligente, curiosa... Hoje, está abestada, magra e feia. Olha só pra ela! A culpa é da Iraci. Não sei o que ela quer fazer. Hoje, é aniversário da Babete. Ela faz quinze anos! — enfatizou.

— Parabéns, Elizabeth! — o médico sorriu e passou a mão em sua cabeça. Mas, a jovem mal ergueu o olhar. — Bem... A senhora pode fazer o que falei. Deixe-a descansar e dê muito líquido.

— Tá certo, doutor. Depois de amanhã, a gente retorna. Muito obrigada.

Despediram-se e se foram.

No caminho para a fazenda, indignada, Leonora não parou de falar da cunhada, ressaltando tudo o que observou nos últimos tempos. Em seguida cogitou:

— Penso em deixar a Babete morando lá em casa.

No mesmo instante, Heitor indagou:

— Seria justo separar nossa afilhada das irmãs? As outras duas, Síria e Agnes, também não estão sofrendo maus-tratos?

— Não sei se a Iraci deixaria as outras duas também com a gente. E... Não sei se a ideia de pegar as outras duas me agrada — cochichou. — É muita responsabilidade. Já temos bastante dificuldade com a Laurinha que, nos últimos anos, tem tido crises mais fortes, mais problemas de saúde... — suspirou fundo.

— Que a Babete é a que mais tá sofrendo, é nítido.
— Iraci está insana, Heitor! Não ficaria surpresa em saber que foi ela quem colocou fogo na casa pra ir morar na casa do veterinário. Que pouca vergonha! — exclamou sussurrando e olhou para o banco de trás, observando a afilhada deitada e dormindo.

Ao chegarem à casa da fazenda, onde moravam, ouviram os gritos de Laurinha, que pararam em seguida.

Mantendo a calma, Leonora e Heitor entraram, levando Babete. Colocaram-na na sala, deitada em um sofá.

Muito surpresa, Cleide quis saber o que havia acontecido.

— O peão da fazenda de Iraci veio aqui avisar que a casa tinha pegado fogo. Fomos lá... — contou tudo, levando a filha para a cozinha, de onde podiam observar a outra jovem. — Quando vi minha afilhada desse jeito, nem pensei duas vezes. Olha pra ela! A menina quase morreu! Tá dopada de remédio que aquela louca deu pra ela tomar. Quase morreu queimada na casa!

— A Babete vai ficar aqui? — a prima quis saber.

— Não podemos deixar que fique lá, com aquela mãe insana. Estou pensando em trazer as outras duas também. Você tinha de ver como estão suas outras primas. Feias, maltratadas, magras... É triste demais.

— Mas, mamãe... — falou com jeitinho. — A gente já tem muita coisa pra cuidar. A senhora tem que lembrar que a Laurinha dá muito trabalho. A Babete tem aquela coisa esquisita de ver gente morta, já matou os pintinhos que estavam chocando e beliscou minha irmã. Tenho medo que faça mais alguma coisa.

— Mas, filha, a gente tem de ajudar. Ela é minha afilhada. Olha pra aquela menina — apontou para a sala. Fez fisionomia preocupada, com misto de piedade. — Hoje é aniversário dela. Depois de tudo o que aconteceu, não vai ter graça nem se eu fizer um bolo. Ela não tá em condições nem de conversar. Coitadinha...

Cleide ficou olhando a prima largada no sofá, que parecia sem vida. Fez feição triste e pareceu apiedada. Em tom comovente, concordou:

— É mesmo, né, mamãe? Coitada... Ninguém merece passar por isso. Talvez ela seja esquisita por causa da mãe que tem. — Olhou para a mãe e afirmou, sorrindo levemente: — Vamos ajudar, mamãe.

— Vamos sim, filha. — Afagou-lhe a cabeça, feliz com a opinião da jovem. — Você tem um coração muito bom. É uma bênção ter uma filha assim — abraçou-a.

Dito isso, a mulher deixou Cleide ali e foi cuidar de outras coisas. Mas, algo a incomodava.

E se Babete fosse mesmo doente e precisasse de cuidados especiais e remédios, como Iraci afirmava? Realmente teria mais trabalho. Cuidar de duas pessoas com necessidades, seria bem difícil. Talvez sobrecarregaria Cleide, sua filha mais velha, que não tinha nada a ver com toda aquela situação.

Lembrou-se de quando a afilhada falava sobre suas visões e conversava com aqueles que já haviam morrido. Por mais que tentasse, nunca conseguiu fazê-la entender que não se vê gente morta e aquilo era coisa de sua imaginação. Viu-se cansada, várias vezes, por explicar isso para Babete.

Sua filha caçula usava fraldas, não andava, não comia sozinha, não se comunicava. Era totalmente dependente e tinha crises, gritando excessivamente por longos minutos. Isso tudo abalava psicologicamente todos daquela casa, inclusive ela que, muitas vezes, sentia-se exausta com tanto trabalho que a menina dava. Em algumas ocasiões, empregadas se recusaram em prestar serviços na casa por não suportarem os gritos de Laurinha.

Como seria, caso Babete tivesse, realmente, problemas psiquiátricos?

Não saberia responder.

Naquele dia inteiro, a afilhada ficou deitada, dormindo a maior parte do tempo. Estava muito abatida e sem disposição.

Na manhã seguinte, bem cedo, Leonora recomendou, como sempre, à empregada e a filha Cleide para que cuidassem de Laurinha e de Babete, que ainda não parecia bem e dormia em um dos quartos da casa. Ela ia até a fazenda de Iraci para saber como todas passavam.

Era quase hora do almoço quando retornou e se deparou com uma cena macabra.

Sua filha caçula, de apenas sete anos, encontrava-se jogada no chão. Havia sangue em torno dela e por toda a parte. Um corte fundo no pescoço atingiu a veia principal. A frieza e a palidez indicavam que o corpo estava sem vida há algum tempo.

Leonora deu um grito de terror e caiu de joelhos ao lado da filha, sacudindo seu corpinho inerte.

Ao ouvir os gritos, que vinham do outro cômodo, a jovem Babete levantou-se rapidamente. Sentia-se atordoada, muito confusa, sem forças e não entendia o que havia acontecido. Mesmo assim, cambaleando, foi até à sala, seguindo os sons pavorosos que vinham daquele ambiente. Parou à porta, agarrando-se ao batente. Desorientada, não entendia a cena chocante de sua madrinha Leonora, com os joelhos no chão, sacudindo a pequena Laura. Viu-a desesperada, apertando o corpinho da filha contra o peito e dando longos gritos de dor, que somente uma alma extremamente aflita poderia sentir, diante de tamanha angústia.

Entre as lágrimas que nublavam sua visão, a mulher conseguiu reconhecer Babete assustada e em pé junto ao batente da porta. Por estar ali, tinha sido ela. Leonora, com toda a força de seus pulmões, respirou fundo e berrou:

— Você matou a minha filhinha!!! Matou a minha menininha!!!... Assassina!!! Demônio!!! Você é um demônio!!! Maldita!!! Maldita!!!...

O desespero tomou conta de Babete, que se viu dominada por uma sensação estranha de angústia e tristeza irremediáveis, que a envolviam dolorosamente. Pálida, trêmula e com a respiração alterada tentou vencer o medo, a aflição e se aproximar da madrinha, que ainda estava de joelhos no chão. Mas, após dois passos, sentiu o sangue fugir de seu rosto, foi vencida por uma fraqueza inominável, caiu e desfaleceu.

Uma empregada que passava do lado de fora da casa, entrou correndo e, diante da cena, também começou a gritar.

Desesperada, insana, Leonora se levantou, apoderou-se da faca, que estava no chão, ao lado do corpo da filha, e foi até onde se achava a afilhada.

Descontrolada, desferiu uma facada em Babete, que já estava caída no chão.

Um funcionário que entrou, atraído pelos gritos, segurou Leonora, impedindo-a de golpear, novamente, a jovem.

Muitos se aproximaram da casa.

Alguém teve a iniciativa de colocar Babete em um caminhãozinho e socorrê-la para o pequeno hospital da cidade.

Sem demora, o delegado foi chamado e chegou à fazenda.

Inconformada, Leonora ainda gritava pelo nome da filha, exigindo justiça.

O delegado Vargas ouviu e anotou o máximo de informações, tomando as devidas providências.

A notícia correu por toda a cidade.

Babete era acusada pela morte de sua priminha de sete anos. Uma menininha frágil, indefesa, comprometida física e mentalmente por consequência da paralisia cerebral em decorrência da falta de oxigênio no momento do parto.

Em pouco tempo, o fato se espalhou pela região. Muitos se revoltaram e pediam justiça.

Devido à facada que recebeu da madrinha, a filha mais velha de Iraci precisou ser operada e internada.

O médico informou ao delegado que a faca atingiu uma veia importante, por isso foi necessária a cirurgia. Havia perdido muito sangue e a jovem precisaria ficar no soro, com medicações e hospitalizada. Embora ali não tivesse C.T.I., não quiseram transferi-la para uma unidade mais complexa, que só teria em outra cidade, para não a colocar em risco.

No dia seguinte, logo após o enterro, algumas das pessoas inconformadas com o ocorrido foram para a frente da unidade de saúde protestar e exigir justiça.

Gritos, ofensas e xingamentos passaram a ser desferidos impiedosamente. Chamavam Babete de louca, estranha, filha do demônio, menina esquisita, sombra da morte, bruxa e muito mais...

A multidão começou a se inflamar. Alguns, dizendo-se fervorosos religiosos, acusavam a jovem de satanismo. Armados com *Bíblias* em uma mão e paus ou pedras na outra, ameaçavam invadir o hospital. Queriam justiça com as próprias mãos.

— Ela precisa morrer!!! Vamos mostrar ao demônio que a filha dele não sairá impune da nossa cidade!!! — berrava um fervoroso religioso.

— Fogo nela!!! Vamos atear fogo nela!!! — urrava um fanático de outra crença.

— Babete saiu do inferno!!! Tem que ser banida daqui com fogo em nome de Jesus!!! — gritava outro descontrolado, que defendia sua fé.

— Menina do inferno!!! Precisa voltar para lá!!!
— Cabelo de fogo!!! Precisa queimar!!!
— Morte à filha do satanás!!!

Incansavelmente, a multidão berrava e ameaçava invadir o pequeno hospital.

O delegado foi chamado e tentou conversar com eles, mas não o deixavam falar.

O médico, uma enfermeira e uma auxiliar de enfermagem fecharam as portas da unidade de saúde e se trancaram lá dentro, temendo o pior: uma invasão.

A multidão não respeitava ou prestava atenção na fala do delegado. Aliás, sua voz não era ouvida.

O delegado Vargas estava recuando à medida que as pessoas avançavam em sua direção, fazendo-o dar passos para trás. A cada segundo, ele se sentia mais ameaçado e a situação começou a fugir do seu controle. Foi empurrado e não viu quem o fez. A gritaria aumentou. Palavras ofensivas e ameaçadoras inflamavam cada vez mais a multidão que exigia fazer justiça com as próprias mãos.

De repente, alguém empurrou fortemente os que estavam ali, furando a barragem humana e indo à direção do delegado.

Forçando passagem, um homem corpulento, alto e barbado, chegou próximo à autoridade da cidade, sacou uma arma e atirou para o alto.

O delegado ficou surpreso, enquanto o povo parou assustado, dando passos para trás.

— Voltem para suas casas!!! — o desconhecido gritou com voz rouca e estrondosa. — Aquele que pisar aqui com a intenção de tocar na menina, morre!!!

A multidão ficou parada, mas abaixaram as madeiras, paus e pedras que seguravam. O delegado ficou paralisado. Novamente, o homem pegou a arma, ergueu-a para o alto e berrou:

— Quem vai ser o primeiro?!!

O grupo se dispersou. Correu em debandada.

Somente o homem e o delegado ficaram na frente da unidade de saúde.

O desconhecido era muito alto, corpulento e forte. Cabelos volumosos, daqueles cacheados, barba cheia e crescida irregularmente. O rosto cheio e sobrancelhas grossas.

Olhando-o, o delegado sorriu, ainda em choque. Retribuindo o sorriso, ele se apresentou:

— O senhor está bem, doutor Vargas? — soltou uma risada pausada e cavernosa, antes de dizer: — Cheguei em boa hora, não foi mesmo? — estendeu a mão. — Sou o Julião. Na verdade, meu nome é Júlio, mas me chamam de Julião. Sou o investigador designado para trabalhar, aqui nesta cidade, com o senhor. Até que enfim, sua solicitação foi atendida, não é mesmo?

— Ah... Sim... — disse, ainda sob o efeito de grande surpresa. — Muito prazer, Julião. Mas... — O delegado sorriu e brincou: — Sua entrada na cidade foi bem marcante.

— Pois é!... Era pra ter chegado cedo, mas o carro quebrou. Tive de esperar o mecânico da cidade vizinha pra arrumar. Quando cheguei, vi toda essa balbúrdia e perguntei o que estava acontecendo. Contaram que uma menina bruxa precisava ser queimada viva. Outro, disse que era uma menina cabelo de fogo, filha do demônio, que matou a prima e precisava morrer no fogo. Teve quem ainda falou que precisava espancar a garota para satanás sair do corpo dela. De longe, entendi que o senhor não conseguia nem falar e seria difícil deter a multidão, principalmente, sozinho.

— Foi um tanto radical, o que fez e... — tentou dizer o delegado.

— Foi só no que pensei, naquela hora. O senhor, desarmado e sozinho, não iria deter aquele bando de alucinados por muito tempo, doutor. É importante que o bem se imponha com firmeza, para que o mal não domine — disse Julião.

— Sempre foi uma cidade muito pacata, até alguns meses atrás... Não sei o que está acontecendo... Nunca houve necessidade de andar armado. Os dois policiais militares da cidade saíram para atender uma ocorrência e não voltaram. Nunca tivemos problemas sérios por aqui. A pior situação que já enfrentamos, antes de encontrar uma mala no açude, foi de ter de prender um ladrão de bicicleta.

— Que mala do açude? — o investigador quis saber.

— Em breve vou deixá-lo a par. Devo confessar que, hoje, foi bem preocupante. Nunca vi a população assim tão revoltada, querendo vingança, linchamento.

— Tinha uma nuvem pesada, escura e perversa em cima desse povo — olhou para o local onde todos estavam e, com a mão espalmada no ar, circulou-a, tentando demonstrar o que viu. — Era uma obsessão coletiva. Isso é perigoso. Já houve diversos registros de multidão fazendo justiça, sem que a polícia conseguisse fazer nada. Não faz muitos anos, parte da população de uma cidade do interior, tomou das mãos da polícia três acusados de estupro, jogaram gasolina nos rapazes e mataram os moços queimados. Foi horrível! Os policiais não conseguiram fazer nada. Isso é obsessão coletiva. Uma gleba de espíritos malfeitores ficam influenciando pessoas, das mais diversas, com tendências à vingança e crimes, a agirem loucamente contra alguém que é acusado de algo, sem nem mesmo terem provas ou pensarem nas consequências.

— Ah... Nem sei direito do que está falando, mas... Bem... — gostaria de mudar de assunto. — Você já tem onde ficar?

— Não, doutor. Penso em ficar na delegacia, até arrumar um lugar.

— A mãe da professora Jorgete aluga quartos. Vou levá-lo até a casa dela.

— Doutor, não seria melhor eu ficar aqui na unidade de saúde? Será preciso proteger essa menina daqueles que estão querendo fazer algo tão perverso.

— Mas, você acabou de chegar.

— Cheguei aqui para trabalhar, doutor Vargas! — Julião estampou um sorriso engraçado no rosto bochechudo, observando-o.

CAPÍTULO 24
Julião e Babete

Era bem cedo...
Depois de examinar a paciente, o médico conversava com o novo investigador da cidade, que se interessou sobre o estado da garota.

— Elizabeth está bem melhor. Seu estado é estável, mesmo assim precisa ficar em observação. Perdeu muito sangue e parece desorientada. A casa onde morava pegou fogo. A mãe está visivelmente descontrolada. Não só isso, existe a acusação de ela ter matado a priminha de sete anos e grande parte dos cidadãos desta cidade estão revoltados. Pedem justiça, ameaçam a integridade da jovem. Não sabemos, exatamente, o que aconteceu.

— Entendi — Julião ficou pensativo. — Com o povo querendo fazer justiça com as próprias mãos, ela não estará segura fora daqui.

— Exatamente — tornou o médico.

— Posso conversar com ela, doutor? — o investigador pediu.

— Sim. É claro. Mas, sem forçá-la a responder qualquer coisa, por favor.

— Claro, doutor. Obrigado — falou com voz estrondosa.

Na enfermaria, onde não havia nenhum outro paciente...

— Oi, menina! Bom dia!

A jovem o encarou por longos segundos, depois sorriu levemente e murmurou:

— Bom dia, senhor.

— Sou o novo investigador, aqui na cidade. Vim trabalhar para ajudar o senhor Vargas. Sabe quem é?

— O delegado — afirmou com voz fraca.

— Isso mesmo. O outro investigador aposentou. Cheguei ontem.

— Foi o senhor quem deu o tiro? A enfermeira me contou.

— É... — sorriu sem graça. — Foi preciso. — Sem demora, quis saber: — Estou muito curioso com uma coisa, menina — expressava-se de um modo peculiar, quase engraçado. — Preciso que me diga... — franziu o rosto, parecendo preocupado. Ela ficou olhando com grande expectativa, bem assustada. — Por que te chamam de Babete, se seu nome é Elizabeth? Estou muito curioso com isso — ficou aguardando e viu sua fisionomia suavizar e quase sorrir.

— Elizabeth era o nome da minha avó paterna. Meu pai gostava e deu o mesmo nome para mim. Minha mãe não gostou. Como foi ele quem fez o registro de nascimento, não puderam mudar. Então, minha mãe começou a me chamar de Babete e exigiu que todos me chamassem assim.

— Agora entendi! — ressaltou. Sua voz sempre soava muito alta e grave, ecoando de certa forma. — Meu nome é Júlio. Mas, todos me chamam de Julião — riu alto. — Quando estava na escola, por causa do meu tamanho e porque os colegas me achavam meio bobão, começaram a me chamar de Julião. Acho que meu tamanho assustava todos eles e meu jeito devagar era estranho. Tinha de ser devagar, pra não machucar ninguém, mas não entendiam isso. Ganhei muitos apelidos tolos e faziam brincadeiras desagradáveis. Lógico que sofri, mas quando cresci e entendi melhor as coisas, não dei importância e me concentrei em mim. Foquei no que desejava ser. Você teve sorte por ter um nome bonito e um apelido bonito também.

— Tem um homem negro ao lado do senhor. Ele se veste todo de branco e está sorrindo para mim. Tem também uma senhora negra, gordinha, que usa um vestido branco comprido e... Ela está passando alguma coisa em mim. Não me disseram nada, mas sei, de alguma forma, que eles vieram com o senhor e o senhor sabe disso.

— Você está vendo meus guias espirituais, os pretos velhos que me acompanham. São espíritos, sabe?
— Eu sei. Tem, ali na porta, um padre e uns homens vestidos com roupas estranhas, bem diferentes.
— Um padre, é? — ficou pensativo por um instante. — Acho que é um padre e alguns soldados. São espíritos também. Acho que estão protegendo o local. Ontem, tinha uma legião de espíritos perversos e arruaceiros influenciando uma multidão de gente a fazer maldade — falou com simplicidade. Sabia que ela entenderia do que se tratava.
— O que é legião?
— Legião é grande ajuntamento, exército, aglomeração. — Observou-a e sorriu ao comentar: — Pessoas que perguntam o que não sabem e param para ouvir com atenção, prosperam e vão longe na vida, mais rápido do que os outros.
— E o que esse padre tem a ver com isso?
— O Cristianismo é reconhecido no mundo inteiro. Jesus Cristo é um ser tão elevado que é respeitado em todas as religiões e filosofias sérias do mundo. Vamos dizer e admitir que a igreja Católica Apostólica Romana é a maior divulgadora do Cristianismo. Não importa o que tenha feito. Quando olhamos para algo ou alguém da igreja católica, automaticamente, ou até inconscientemente, nós nos lembramos de Cristo, daquele Espírito nobre e elevado que, um dia, pisou este planeta e deixou incontáveis ensinamentos de amor e de como nos elevarmos. Então, o que acontece? Quando usamos o nome, a imagem de Jesus Cristo ou algum símbolo cristão, as pessoas e também os espíritos sabem que estamos ligados a Ele. Recebemos energias ou representamos o Cristianismo. Temos fé ou estamos atuando em nome do Cristo. Independentemente da religião, filosofia ou mesmo de conhecimento, aquele que vê algo que representa o Cristo fica impactado, se lembra Dele, porque essa lembrança o liga a uma energia forte que exige respeito. Por essa razão, no plano espiritual, alguns espíritos se utilizam de imagens que fazem espíritos inferiores, necessitados ou arruaceiros, se lembrarem da autoridade de Jesus Cristo. Acho que o padre

e seu exército de templários, que se vestem... Ou melhor, se apresentam espiritualmente dessa forma é para impressionar aquela legião de espíritos arruaceiros e perversos, mostrando a eles quem representam, de onde vem a força que os sustenta, a luz ou a energia que tem. Que, com eles ali, ninguém do mal iria fazer bagunça. — Um momento e disse:
— Estou falando que é um exército de templários, porque foi a ideia que veio à minha cabeça — riu alto.
— Entendi — viu-a sorrindo mais largamente pela primeira vez. — E a mulher e o homem negros? Guias seriam como anjos da guarda? Como sabe que são seus guias?
Sussurrando com sua voz peculiarmente grave, Julião explicou:
— Sou umbandista. Sim, guias espirituais são a mesma coisa que mentores, anjos da guarda... Sei que são meus guias porque sempre estão me acompanhando. Vou te contar um segredo: às vezes, eu os vejo na minha mente. Sou capaz de ouvi-los falando comigo em pensamento. Eles sempre me acompanham nos momentos mais importantes. E tenho a certeza de que estavam te abençoando, dando passes.
— Por que o senhor está falando baixinho? — ela também murmurou.
— Em uma cidade repleta de religiosos sem conhecimento, não é bom falar certas coisas, por questão de bom senso.
— O que é bom senso?
— É ser sensato e equilibrado com o modo de agir e falar, sem fugir da razão. Muitas vezes, calar é bom senso, é sabedoria. Tem gente que não está preparada para saber a verdade.
— O que é umbandista?
— É o adepto da religião Umbanda. A Umbanda é uma religião brasileira que sincretiza, ou melhor... — decidiu explicar bem, mas superficialmente, para que ela não precisasse perguntar, novamente: — É uma religião brasileira que une ideias de vários elementos católicos, espíritas e das religiões afro-indígena-brasileiras. Seus pilares são o amor, a caridade e a humildade. A Umbanda é espiritualista, ou seja, acredita

na vida após a morte do corpo. Ela tem rituais, roupas específicas, usa velas, flores... A Umbanda acredita também na comunicação e na interferência dos espíritos em nossas vidas. Acredita e pratica a bondade. E muitas outras coisas que, agora, ficaria muito longo explicar.

— Entendi.

— Mas... Babete, vim aqui para saber como você está?

— Hoje, estou melhor. A facada acertou o lado de cima do tórax, perto da clavícula e perfurou uma veia. Por isso, precisei de cirurgia. Quando cheguei aqui, não dava para achar a veia e o médico precisou me anestesiar.

— Nossa! Deve ter doído!

— Doeu sim e ainda dói — seus olhos lacrimejaram.

— Tô vendo que está triste, não é? — Ela pendeu com a cabeça positivamente. — Pois é... Que rebuliço danado, não é? — Viu-a abaixar o olhar. — Do que você se lembra? Quer me contar? — perguntou com jeitinho.

— Minha casa, na fazenda, pegando fogo.

— É mesmo?! — admirou-se, mesmo sabendo da história. O delegado já havia contado.

— Lembro um pouco. Meu cachorro latiu e me puxou... Alguém me arrastou até a janela e me tirou de lá. Vi as chamas, minhas irmãs e depois não me lembro de mais nada. Lembro-me da minha madrinha me trazendo aqui no hospital para o médico me examinar. Fiz inalação e depois acordei na casa dela, na outra fazenda. Daí... Não lembro direito. As coisas ficaram confusas... Lembro que acordei com minha madrinha gritando. Minha priminha estava ensanguentada e minha madrinha chorava... — lágrimas rolaram em seu rosto. — Minha madrinha começou a gritar comigo... — chorou e um soluço deteve suas palavras.

— Oh... — murmurou com voz grave. — Fica calma... — afagou-lhe a cabeça. Depois, quis saber: — Você não viu o que aconteceu com sua priminha?

— Não... — sussurrou. — Acordei com minha madrinha gritando.

— Naquela manhã, você já havia se levantado?

— Acho que sim... Não lembro direito, mas acho que fui ao banheiro.

— Faça um esforço... Talvez se lembre de ter levantado, conversado com alguém... Visto algo ou alguém diferente na casa...

— Não sei se foi naquele dia, mas... Lembro-me da madrinha dizendo que ia na fazenda da minha mãe ver como tudo estava por lá. Mas, não sei se foi isso mesmo. No dia do incêndio, minha mãe me deu muito remédio.

— O que mais?

— Se é que minha madrinha disse que ia na fazenda da minha mãe, naquela manhã, lembro-me da Cleide falando comigo.

— Quem é Cleide?

— Minha prima, irmã da Laurinha. A Cleide tem minha idade. É seis meses mais velha do que eu.

— O que a Cleide falou?

— Não lembro. A imagem e a voz dela estão confusas na minha cabeça. Depois, só me lembro da madrinha chorando e gritando, falando que eu mate... — chorou, novamente.

— Acaso se lembra de ter pegado a faca?

— Não... — continuou chorando.

— Ora, ora... Não fique assim.

— Estou com medo, senhor Julião. Com muito medo.

— Você gostava da Laurinha?

— Tinha dó dela. Ficava presa o dia inteiro no carrinho ou na cama. Não tinha como brincar com ela.

— Por quê?

— Na verdade, a madrinha não deixava. Dizia que, quando alguém brincava ou conversava muito com ela, depois, ela ficava inquieta, gritava muito, chorava querendo mais brincadeira e conversa.

— É mesmo? E por que será que a Laurinha fazia isso?

— Porque teve problema quando nasceu. Faltou ar na hora do nascimento. Isso foi o que ouvi minha madrinha contando. A Laurinha tinha sete anos e não falava nem andava. Sempre ficava na cadeira de rodas e no carrinho. Nunca se movia sozinha. A madrinha e o padrinho se preocupavam muito com ela, muito mesmo. Diziam que ainda bem que tinham a Cleide, porque, quando eles morressem, a Laurinha não conseguiria se cuidar sozinha. Tinha dó dela e da Cleide, que teria que cuidar dela a vida inteira. Não deve ser fácil saber que vai ter de cuidar da irmã pelo resto da vida, não é?

— É verdade.

— Senhor Julião — olhou-o nos olhos de modo tão profundo que o homem sentiu algo diferente —, não fui eu. Acredite em mim. Não fui eu quem esfaqueou a Laurinha — lágrimas escorreram em seu rosto pálido.

— Calma, calma, Babete. Vamos esclarecer tudo. Agora, precisa descansar. Já conversamos muito por hoje. — Sorriu ao presumir: — O médico vai me dar bronca por ter feito você falar muito.

— Foi bom conversar com o senhor — disse em tom triste.

— Também gostei muito de conversar com você. Precisamos fazer isso mais vezes! — riu alto, uma risada estrondosa e entrecortada.

Despediu-se e se foi.

Logo após o almoço, o delegado e o investigador foram até a fazenda de Heitor efetuar a prisão de Leonora.

— Como?! Por quê? — o esposo exigiu saber.

— Senhor, no dia de ontem, decidi não prender sua esposa por causa do enterro da filha, mas preciso realizar a prisão dela por tentativa de homicídio contra a Babete.

Apesar da discussão e alvoroço, a senhora foi presa.

Novamente, outra movimentação de pessoas na cidade, indignadas com as formas da lei, reivindicavam justiça contra Babete.

O investigador Julião e um soldado da Polícia Militar precisaram ficar de prontidão no hospital para evitarem qualquer tentativa de agressão contra a garota.

Mesmo a certa distância, pequenos grupos acusavam, ofendiam e exigiam justiça com as próprias mãos.

— Maldita!!! Cabelo de fogo dos infernos!!! Você deve queimar viva!!!

— Filha do capeta!!! Menina demônio!!!

— Ela precisa queimar!!!

Só não se aproximavam e investiam pelo medo da reação dos policiais.

O soldado armado, visivelmente, impunha respeito e o investigador Julião, só pelo seu tamanho e olhar, despertava medo.

Apesar disso, em silêncio, cada um com sua fé e crença, orava, pedindo ajuda espiritual.

Ambos ficaram firmes, preservando a entrada da unidade de saúde, deixando passar somente os que necessitavam de atendimento.

Enquanto isso, na delegacia...

— Doutor Osvaldo, a lei precisa ser cumprida. O senhor, tanto quanto eu, sabe disso — disse o delegado Vargas ao advogado contratado por Heitor.

— Lógico. Até que o senhor foi benevolente, esperando o enterro para cumprir o mandado de prisão. Vou seguir com os protocolos, solicitando que dona Leonora aguarde em liberdade as investigações e julgamento. Não sou especialista criminal, mas vou cuidar de tudo para o senhor Heitor. O homem está desesperado.

— Imagino que sim. O juiz decidirá sobre a soltura de dona Leonora. Espero, sinceramente, que ela aguarde em liberdade, tendo em vista a situação. Mas... — Pensou um pouco e comentou: — Tenho a morte da menina Laura para investigar. A Babete, menor de idade que, segundo a mãe tem problemas psiquiátricos, é a principal suspeita. Não temos instituição para menores na cidade. Além disso, ela somente foi acusada. Não há provas evidentes e... — calou-se. — Não sei o que fazer com essa menina aqui. A mãe não veio, sequer, visitá-la e se responsabilizar pela filha. Dona Iraci mostra muito desequilíbrio. Eu gostaria de envolver outro parente próximo nessa história, já que o senhor Heitor e dona Leonora não são indicados para tomarem conta dessa menina. Alguém para ficar com a guarda dela. O senhor trabalhou muitos anos para o senhor Dárcio. Conhece alguém?

— Lembro-me de dona Iraci ter um irmão, na cidade de São Paulo, mas não se dava bem com ele. Não sei se é boa pessoa. Ela também tem uma prima. Sempre ia visitar essa mulher e ficava dias em Santos. Não tenho os contatos. Talvez o Bernardo tenha.

— Ótima indicação, doutor Osvaldo — sorriu. — O senhor ajudou muito. Obrigado.

Bernardo foi chamado à delegacia e comentou:

— Não tenho o contato do irmão de dona Iraci, mas tenho o de dona Otília, a prima, que várias vezes ligou e deixou um número de telefone da vizinha para que ligasse para ela.

— O senhor tem esse número?

— Ainda tenho no bloco de anotação, lá em casa, ao lado do telefone, se dona Efigênia não jogou fora.

— Preciso desse número, por favor.

Dessa forma, o delegado ligou para a vizinha de Otília, na cidade de Santos. A mulher informou que ela e os filhos haviam se mudado para São Paulo, mas tinha deixado o telefone do primo Adriano, para qualquer eventualidade.

Aquele era um eventual muito importante.

O delegado Vargas telefonou para Adriano, explicando toda a situação.

O irmão de Iraci não esperou ser intimado para ir até Minas Gerais para saber o que estava acontecendo com sua irmã e sobrinhas.

Iraci ficou furiosa, quando viu Adriano na fazenda.

— O que você faz aqui?!!!

— Telefonaram para mim. Vim o quanto antes. Conversei com o delegado e... — contou tudo. — Você está com sérios problemas, Iraci, mas não foi, sequer, visitar sua filha no hospital?! Ela levou uma facada! Precisou de cirurgia! Poderia ter perdido a vida!

— Sempre tive notícias dela! Sei que estão cuidando bem dela no hospital!

— Ela recebeu alta e está na casa da professora. Você nem sabia disso?! — ele reagiu firme. — Sei que o administrador desta fazenda disse que iria para Mato Grosso no mesmo dia do incêndio e até agora não voltou. E você está, aqui, descontrolada, esperando o sujeito?! Ficou louca, Iraci?! Não percebeu o que está acontecendo?!

— Ele vai voltar! É questão de tempo! O senhor Rogério vai voltar!

Falando baixo, em tom grave, Adriano perguntou sério:

— Rogério é o mesmo homem com quem a vi há anos, quando foi nos visitar em São Paulo?

— Quem é você para falar assim comigo?!! — ela berrou.

— Sou seu irmão. A única pessoa que você e suas filhas têm no mundo para te ajudar. Se não quiser, não estou nem aí pra você! Tenho dó dessas meninas. Você é cruel, perversa, irresponsável e não é uma mãe digna que tem capacidade de tomar conta delas. Tive informações sobre o caso em que a Babete foi acusada e...

— Ela é menor de idade! Isso não vai dar em nada!

— Não acha que sua filha está sofrendo?! Não acha que precisa de ajuda?! De alguém ao lado?! Você é insana, Iraci?! — perguntou firme, num grito. — Uma criança morreu e...

— Uma criança debilitada, totalmente, debilitada e incapaz. Dependente para tudo! A morte foi um favor para a família!

Adriano deu um passo à frente com a intenção de chacoalhá-la, mas não o fez. Respirando fundo, olhou para o alto e se virou, fazendo-se forte para conter o impulso. Esforçando-se para se controlar, disse:

— Leonora, sua cunhada, está presa. O advogado está cuidando para que aguarde o julgamento em liberdade. Babete, a principal suspeita, é menor. O juiz, compreendendo os fatos, determinou um parente responsável para cuidar dela e eu vou assumir esse papel. Mas... Olhando as suas duas outras filhas, acho cruel demais deixá-las, aqui, com você.

O médico, o delegado, o doutor Osvaldo, o Bernardo e a Efigênia podem testemunhar suas agressões e maus-tratos e fazer com que perca a guarda da Síria e da Agnes também. Só não te denunciaram antes para não mandarem as meninas para um orfanato. Eu olhei bem para elas e... Na minha opinião, um orfanato seria melhor do que viverem com você.

— Eu...
— Cale a boca!!! — berrou. — Estou falando! Ouça! — Segundos de silêncio e prosseguiu: — O doutor Osvaldo, o advogado, e o Bernardo, principalmente, contaram o que aconteceu com esta fazenda. Aliás, para que saiba, estou hospedado na casa do Bernardo. Ele me atualizou de tudo. Conversamos quase a noite inteira. O Rogério é um safado, estelionatário. Você ficou viúva, com um patrimônio rico e próspero, ações, investimentos... Mas, entregou tudo nas mãos de um canalha, aproveitador! O Rogério se apropriou de tudo o que negociou destas terras! Ele vendeu o que pôde e ficou com o dinheiro. Só não vendeu a fazenda porque as terras fazem parte da herança das meninas. Você não tomou conta de nada, não gerenciou nada! Só ficou correndo atrás desse homem!!! Sua irresponsável!!! Só restaram dívidas imensas em seu nome. Esse cara nunca mais vai voltar!

Iraci deu um grito e segurou a própria cabeça com as duas mãos, entrando em crise de choro, gritando e berrando. Aquilo era tudo o que não desejaria ouvir.

O irmão, em pé, continuou olhando-a, sem dizer nada por muito tempo. Adriano aguardou que o desespero da irmã acalmasse. Depois, falou em tom brando e firme:

— Em menos de três anos, o Rogério te afastou daqueles que poderiam te ajudar e te enganou de todas as formas, se apropriando de tudo o que pôde. Nesse período, você não fez nada. Não se importou com qualquer coisa. Não deu atenção a qualquer coisa nem mesmo ao que era mais importante e que deveria ser mais sagrado na sua vida: suas filhas! E isso por quê, Iraci? Por causa de homem?! — não houve resposta.
— Segundo o Bernardo, não existe quase nenhuma cabeça

de gado no pasto. Tudo foi levado, vendido, negociado ou leiloado pelo Rogério, porque você passou uma procuração total para ele. Já deve ter percebido que os funcionários foram embora. Até o tal de Gaúcho e a mulher já estão trabalhando em outras terras. Os poucos que restaram estão procurando outros patrões. É questão de dias e nem água você terá para beber, Iraci. — Breve pausa. — Amanhã, a guarda da Babete será minha. Terei o compromisso de cuidar dela, trazê-la a esta cidade ou à comarca da região para depoimento ou sei lá mais o quê... Não sei quanto tempo isso vai durar. Talvez, até que o caso seja encerrado. Então... Acho que depois de amanhã volto para São Paulo. Se quiser, ainda vou te dar a chance de voltar comigo e levar suas duas filhas. Aqui, sozinha, não sobreviverá por muito tempo. Mas, voltando comigo terá de trabalhar, cuidar das suas filhas, pôr dinheiro e comida em casa. Enfim, vai dar uma vida digna para essas meninas. É pegar ou largar. — A irmã não respondeu. Iraci estava sentada à mesa, com os cotovelos apoiados e segurando a cabeça com as mãos. — Terá essa noite para pensar. Amanhã passo aqui.

Adriano virou as costas e se foi.

CAPÍTULO 25
Os chamados

Novamente, Bernardo e Adriano passaram boa parte da noite e início da madrugada atualizando todos os fatos.

Efigênia, que servia café, bolo e biscoitos para alimentar a conversa, ouvia tudo e, às vezes, opinava.

O irmão de Iraci escutava com atenção. Percebia que os dois conheciam muito mais sobre a vida de sua irmã e família do que poderia imaginar. Ficou perplexo com o que descobriu e indignado com o que Efigênia revelou sobre os maus-tratos às meninas.

Demorou mais dias do que esperava para resolver o que precisava naquela cidade.

Iraci decidiu voltar para São Paulo com ele, mas antes, por exigência do irmão, deixou Bernardo responsável por cuidar do pouco que restou na fazenda.

Adriano notou que tinha algo estranho no comportamento das sobrinhas perto da mãe, principalmente, Babete. Havia um abalo, medo, algo que não era normal.

Ao saber que iria para São Paulo com ele, Babete começou a chorar, pois desejaria levar os dois cachorros que tinha.

— Nem cabe no carro — ele explicava.

— Eles não podem ficar aqui, tio... — chorava. — Não tem quem cuide deles... Eu amo meus cachorrinhos... Eles são meus únicos amigos... Sempre me protegeram... Não vou... Quero ficar aqui com eles...

— É uma viagem longa e o carro já estará lotado, Babete. Não tem como levar dois cachorros daquele tamanho. Além disso, lá em São Paulo...

— Por favor, tio... — implorava chorando.

— Filha... — propôs Bernardo, apiedado. — Fica tranquila. Eu tomo conta dos seus cachorros, aqui, na minha casa, até que possam voltar e levar os dois. A Efigênia vai ajudar.

— Isso memo! Vô oiá eles e dá de cumê todo dia, três veis por dia — afirmou Efigênia, afagando-a com carinho. — Ocê confia neu, num é?

— Eles ficarão bem, Babete — tornou o tio. — Precisaremos voltar à cidade quando o juiz chamar. No momento que isso acontecer, levamos os dois.

Ela aceitou a contragosto e assim foi feito.

A viagem foi longa e feita, a maior parte do tempo, em silêncio. Ao chegarem à casa de Adriano, cansados, foram recebidos por Otília.

— Você aqui?! — Iraci estranhou.

— Oi, prima! Boa noite. Como tem passado? — Otília a cumprimentou em tom de ironia.

— É... Boa noite — dissimulou e não se desculpou por não ter cumprimentado. — O Adriano não falou que você estava aqui.

O irmão entrou trazendo algumas sacolas com o pouco de roupa que a irmã e as sobrinhas tinham.

— Boa noite, Otília — disse sério, sem se alongar. — Ajuda, né, Iraci! Não sou seu empregado. Tem mais coisas no porta-malas do carro. Volte e vá pegar — falou, enquanto andava no corredor. Olhando para a prima, comentou: — Dona Efigênia mandou bolo, doces, biscoitos...

— Fizeram boa viagem? — ela quis saber, desconfiada.

— Mais ou menos... Vai logo, Iraci! Ajuda! — falou firme, quando a viu parada.

— O que a Otília faz aqui? — a irmã perguntou.

— Não é da sua conta! Vai logo e pega o resto das coisas no carro — tornou ele zangado. Viu-a se virar e ir para a garagem.

— E as meninas? — Otília quis saber.

— Estão lá perto do carro. Parecem petrificadas. Estão estranhando tudo — ele respondeu.

— Você não me disse que a Otília estava aqui — Iraci disse como se reclamasse, chegando com sacolas.

— Estou aqui só ajudando, Iraci. Fiquei tomando conta da casa, do Lucas e do Fábio, filhos do seu irmão, enquanto ele ia até Minas Gerais por solicitação do delegado, do juiz e não sei de quem mais... Para que se atualize, o Cláudio morreu em um acidente. Vendi a casa onde morávamos e vim para São Paulo com meus filhos.

— Estão morando aqui?! — indagou surpresa.

— Não. Aluguei a casa ao lado. — Voltando-se para o primo, comentou: — O jantar está pronto. Não tem nenhuma novidade importante. O Lucas e o Fábio estão lá em casa fazendo um trabalho escolar e o Matias ajudando. Vale nota da última prova de uma matéria e eles precisam se empenhar.

— Obrigado, Otília. Muito obrigado. Deve estar cansada também. Quando for embora, mande os meninos para cá — pediu o primo.

— Vou ver as meninas e saber como ainda posso ajudar.

Adriano olhou para a irmã, falou alto e firme:

— Vamos, Iraci! Vai pegar o resto das coisas!

Com jeito austero, ela obedeceu e a prima a acompanhou.

Sem que ninguém pedisse, Otília fez as meninas entrarem. Levou-as para o banheiro e ajudou a tomarem banho. Observou que não tinham boa higiene, por isso com uma conversa carinhosa, orientou-as e supervisionou como se tivessem seis anos. Percebendo que não possuíam roupas limpas ou adequadas, pegou moletons dos filhos de Adriano que, embora ficassem grandes, serviriam para o momento.

Enquanto a irmã tomava banho, Adriano chamou a prima no canto e pediu:

— Vá chamar as crianças e venham jantar aqui. Assim conversamos, apresentamos todos e esclareço a situação.

— Acho que a Lana não está em casa — suspirou fundo e fez um semblante contrariado.

— Sem problemas! Traga o Matias e os meus meninos. — No momento seguinte, perguntou: — Viu como estão as meninas?

— Fiquei surpresa com a aparência delas. Eram meninas bem-tratadas, bonitas e... Não dá para entender o que aconteceu. Parecem coagidas, medrosas, sem iniciativas... Vi o ferimento da Babete. Coitada! — sussurrou. — O que fizeram com aquele cabelo? Ela está feia, magra...

— Não deu para te contar tudo por telefone. A ligação estava ruim, o sinal era péssimo... Depois conversamos direito.

— Todas vão morar aqui? — Otília perguntou com uma expressão estranha, erguendo as sobrancelhas e ficando na expectativa.

— É sobre isso que vou conversar, após o jantar. Vai lá e traga os meninos.

— Já volto — ela disse e saiu.

Todos se reuniram à mesa da sala de jantar e quase nenhuma conversa.

Os filhos de Adriano demonstravam-se curiosos, mas sabiam aguardar. Matias, vez ou outra, fazia uma pergunta para quebrar o clima que parecia tenso.

Ao terminarem a sobremesa, Matias quis saber:

— Então a tia vai morar aqui em São Paulo também?

— Não temos alternativa — Iraci disse com modos arrogantes.

— Neste bairro, tem escolas boas. Vai ser ótimo para as meninas — o rapaz considerou. Olhou para Babete que parecia querer se esconder e perguntou: — Em que ano você está?

— A irresponsável da minha irmã tirou as três filhas da escola! — Adriano disse com dureza. — Inacreditavelmente, a Babete, a Síria e a Agnes não estão estudando e isso é a primeira coisa que deve mudar.

— Você só me acusa, mas não sabe o que eu passei nos últimos anos, depois da morte do Dárcio. Não foi fácil tentar manter a fazenda, as meninas... Aquele lugar fica no fim do mundo! Vivemos ali sem ajuda, sem recursos e você ainda vem fazendo cobranças sobre a escola delas! Isso é porque não conheceu as dificuldades e os horrores daquela fazenda. Em outras condições, as minhas filhas estariam estudando nos melhores colégios! Aquele lugar nem civilizado é!

— Quer dizer que se estivessem em um lugar civilizado, o que entendo como sendo de mais recursos, praticidade e com mais possibilidades, você teria feito diferente e muito melhor? — o irmão perguntou, muito sério.

— Lógico que sim! Nunca gostei do interior.

— Então terá sua chance. Vai ter de provar sua capacidade, Iraci.

— O que quer dizer?

— Terá de dar o seu melhor, a partir de agora, aqui em São Paulo, lugar que conhece muitíssimo bem, onde diz que existe mais recursos, praticidade e possibilidades. Esta é sua chance. Muito embora eu acredite que isso exista em qualquer lugar, para pessoas dispostas e animadas. Mas... Vamos lá, minha irmã! — ironizou. Um momento e disse bem sério: — Precisamos esclarecer muitas coisas. Sou o responsável legal pela Babete, a partir de agora. Ela ficará morando aqui, nesta casa, até que se determine o contrário. Este sobrado é grande e tem um quarto só para ela. Lá nos fundos, depois do quintal, tem uma edícula: quarto, cozinha conjugada com sala e um banheiro. Enquanto estávamos lá em Minas Gerais, liguei para a Otília e pedi que arrumasse tudo para que você, a Síria e a Agnes fiquem lá. Como está chegando a esta cidade, agora, precisará se adaptar e se ajustar com suas filhas. Para isso, darei um prazo de três meses, para que fique ali. Nesse período, você terá de arrumar um emprego, guardar dinheiro e alugar uma casa para saírem daqui. Sei que é pensionista como viúva e isso vai te ajudar. Gosto da minha vida muito bem planejada e meus planos não incluem você, minha irmã.

— Mas!...

— Não tem mas! — foi duro. — Eu te conheço muito bem, Iraci. Você vai arrumar um emprego. Se não conseguir na sua área de formação, se vira! Vai trabalhar como diarista, copeira, garçonete ou sei lá o quê! Desde que seja um trabalho digno e honesto para pagar seu aluguel e sustentar a si e as meninas.

Os filhos de Adriano fizeram ar de riso. Conheciam o pai e sabiam que ele seria firme. Eles abaixaram a cabeça, mas, no momento seguinte, querendo rir, buscaram o olhar de Otília, que decidiu se levantar, chamando-os para que a acompanhassem.

— Vamos! Venham comigo para a cozinha. Tenho umas coisas gostosas lá também — Otília convidou e todos a seguiram.

— Você não sabe o quanto a vida tem sido ingrata comigo e... — disse Iraci ao se ver a sós com o irmão.

— Ingrata?! Só recebemos ingratidão após termos feito alguma coisa boa. O que você fez de bom para não ser gratificada como deveria?

Visivelmente enfurecida, Iraci se levantou, arrastando a cadeira.

Quando pareceu querer subir as escadas, o irmão alertou:
— Espere aí! Lá em cima é o quarto da Babete. O lugar onde vai dormir é na edícula. A saída é, ali, pela cozinha. Lembrando que ficará lá somente por três meses. — Quando a viu se virar para ir à cozinha, ele chamou: — Iraci — ela o olhou —, não somos seus empregados. Ajude a tirar as louças da mesa e arrumar a cozinha. Não gosto de nada sujo na pia, quando levanto de manhã.

Ela suspirou fundo, voltou e começou a tirar os pratos, levando-os para o outro cômodo.

Depois que Iraci e Otília se foram com seus filhos, Lucas falou:
— Nossa, pai... Poderia ter pegado leve.
— Falar de forma diferente com sua tia, não surte resultado nenhum. Vocês não conhecem minha irmã. E espero que não precisem.

Na primeira oportunidade, Adriano chamou as sobrinhas para conversarem na sala de sua casa.

— A vida de vocês deve mudar e espero que mude para melhor. Espero que achem melhor.

— Não vamos mais voltar para a fazenda, tio? — Síria perguntou com extremo constrangimento.

— Talvez, um dia, mas espero que não seja logo. Não gostei de nada que tinha por lá, a não ser a paisagem. Quantos anos cada uma tem?

— A Babete tem quinze, eu tenho treze e a Agnes onze.

— Tentarei explicar de um modo fácil, para que entendam. — o tio respirou fundo e disse: — O pai de vocês morreu. A fazenda e tudo o que havia nela ficou como herança. Sua mãe ficou com uma parte e a outra é de vocês três. O gado reprodutor, sua mãe perdeu por má administração. Não foi calculado, mas vamos dizer que metade do valor que tinha ali era de gado. Então a Iraci se desfez da parte dela, por não saber negociar. A outra parte é o valor das terras, que pertence a vocês três. Nisso, não se pode mexer até que sejam maiores de idade. Essa é uma informação parcial que tive quando conversei com o Bernardo, ex-administrador da fazenda. — Virando-se para Otília, contou: — Conversei com muita gente, na cidade, que é bem pequena. Lá, comunicação não é um problema. Até com o juiz conversei, informalmente, junto com um promotor, da cidade vizinha, tomando café na casa onde o advogado mora. Entendeu?

— Nossa! — a prima, que estava presente, admirou-se.

— Nesses poucos dias, conheci muita gente e fiquei sabendo de muitas coisas. Mas... Vamos ao que interessa. Pedi ao Bernardo que desse um jeito de tirar os animais de lá e fechar a porteira.

— Ele ficou com os meus cachorros — Babete murmurou, com lágrimas escorrendo em seu rosto.

— Deixa de ser besta! Vai chorar por causa de cachorro — Síria sussurrou.

— São meus. Eu quero que fiquem comigo...

— Eles serão bem cuidados — disse o tio, com bondade.

O tempo inteiro, Adriano estava sério. Parecia insatisfeito com a situação não planejada.

— Agora, só existem terras na fazenda. Por agora, vão morar em São Paulo. Voltarão a estudar e procurem ter uma vida melhor do que levavam. Tenho meus motivos para ser firme com a mãe de vocês. Agora, não entendem, mas futuramente entenderão. Por três meses, Síria e Agnes ficarão morando na edícula com a mãe. Depois...

— O que é edícula? — Babete quis saber.

— Uma casa anexa, menor do que a casa principal, no mesmo terreno. Entendeu?

— Entendi.

— Enquanto suas irmãs moram lá com a mãe, você, Babete, vai morar aqui. Lá em cima, no quarto onde dormiu. Com o tempo vamos ajeitá-lo melhor. Não sei, exatamente, por quanto tempo morará aqui. Isso vai depender do juiz.

— A Babete vai ser presa pelo crime que cometeu — Síria comentou.

— Não cometi crime nenhum... — chorou. — É mentira...

— Parem com isso! — Adriano pediu firme.

— Que crime? — Fábio quis saber. — O que ela fez?

— Não é assunto para o momento. O fato é que a Babete é suspeita, assim como todos os outros que estavam na fazenda da dona Leonora, sem exceção. Foi isso o que as autoridades concluíram, por enquanto. Ainda vão investigar e descobrir a verdade. Não é correto falar em crime nenhum, entendeu, Síria? — viu-a abaixar a cabeça. — Entendeu? — quis ter certeza.

— Entendi... — murmurou a sobrinha.

— Isso não é sensato! Daqui a pouco esse assunto se espalha e não será nada bom. Vocês vão ter a oportunidade de terem uma nova vida, que pode e deve ser melhor do que a que tinham. Falar uma asneira dessa, na escola, por exemplo, é comprometer o futuro de todas vocês. Entenderam?

— Nessa vida nova, a gente não vai mais apanhar? — Agnes ergueu o olhar ao se manifestar, pela primeira vez.

— Não. Neste país, deveriam existir leis bem rígidas que punissem qualquer tipo de agressão física, psicológica e tratamento cruel contra crianças[1]. Conversando com o delegado, percebi que as autoridades estão de mãos amarradas, em casos como... — não terminou. Iria dizer: como o de vocês. — As coisas devem ser diferentes a partir de agora. É o que espero.

— O veterinário também vem pra cá? — Agnes quis saber.

— Não — foi firme. — Aquele canalha desapareceu com o que roubou. Esta semana, vão se adaptar aqui, na escola... Tenham um pouquinho de paciência e boa vontade. Quero contar com a colaboração de vocês para isso. Preciso voltar ao meu trabalho o quanto antes. A tia Otília vai ajudar, mas não vamos sobrecarregá-la, certo? — sorriu com leveza e deu uma piscadinha.

— Do que você trabalha, tio? — Síria quis saber.

— Sou dentista. O certo seria dizer Odontologista — riu. — E se tem uma coisa que faremos, o quanto antes, é cuidar da saúde de todas, a começar pelos dentes. Amanhã ou em outro momento, conversaremos mais sobre isso. Hoje já está tarde.

Ao levar Síria e Agnes até a edícula, Adriano chamou a irmã em um canto e disse baixinho:

— Trate bem suas filhas. Não quero problemas ou vai se ver comigo.

— Do que está falando? — indagou arrogante.

— Você me entendeu. Amanhã conversamos.

Virou-se e se foi.

Acompanhando Otília e Matias até o portão, comentou:

— Não será fácil.

— Não se enerve tanto, Adriano.

— Em se tratando da Iraci, precisamos ficar na defensiva sempre. Ela é manipuladora e quando as coisas não saem como quer, faz papel de vítima. No início, pessoas como ela te impressionam positivamente, porque se exibem com atrativos e qualidades para que você as sirva, confie, dedique-se a elas e faça favores. Com isso, ela te usa de diversas formas.

---

[1] Nota da Médium: Somente no final do ano de 2011 foi aprovada a lei que visa a proibir castigos físicos às crianças e adolescentes.

Depois, te rebaixa, manipula, mente, é tóxica e hostil de todas as formas. Arma situações que te confundem e elas próprias se tornam as vítimas. Acaba te confundindo e te fazendo virar o vilão da história. A única criatura capaz de derrotar uma pessoa narcisista é um narcisista pior, mais manipulador do que ela. A Iraci encontrou o Rogério, que a manipulou e tirou tudo dela. No início, tenho certeza de que ele a tratou bem, conquistou-a com carinho e planos perfeitos para os dois. E ela, desejando ser bem-tratada, cuidada, pensando em levar vantagens, acreditou e confiou no canalha. Frustrada, descontou nas meninas. Deu no que deu. Não podemos deixar que minha irmã nos manipule agora. Precisamos estabelecer regras e não ceder nunca. Essa é a segunda maneira de lidar com narcisista, com gente como ela.

— Qual a primeira, tio? — Matias indagou.

— A primeira é se afastar completa e totalmente. Mas, nem sempre isso é possível. Muitas situações na vida nos impedem de fazer isso. Agora, por exemplo, como eu viveria com a consciência tranquila, abandonando as meninas? Não vigiando o que acontece com elas?

— Contato zero. Foi o que fiz com a minha mãe — disse Otília. — Não a procurei, me afastei completamente. Não dependi mais dela para nada. Mas... A vida me trouxe de volta. Isso é um sinal de que a situação, entre nós duas, não está resolvida. Preciso descobrir o que isso significa para a minha evolução pessoal, espiritual... Talvez eu tenha de colocar limites rígidos, mas sem me alterar, sem sofrer, sem me transtornar. Viver em paz dizendo não. Filhos de narcisistas vivem nos extremos quando crescem. Ou costumam ser muito empatas, dizem sim para tudo, sendo submissos e encontrando outras pessoas narcisistas porque não sabem dizer não e imporem limites rígidos ou passam a agir como os pais narcisistas, desenvolvendo traços arrogantes, egoístas, manipuladores, querendo ser os melhores e tentando levar vantagens sempre.

— Isso mesmo — Adriano a olhou e ofereceu meio sorriso. Depois, concluiu: — Otília, Matias... Muito obrigado pela ajuda, por terem tomado conta de muitas coisas, da minha casa e dos meninos enquanto fui cuidar da minha irmã. Obrigado mesmo.

— Estou aqui do lado. Precisando, é só chamar — ela sorriu. Despediram-se.

Convivendo na mesma casa, Adriano começou a conhecer melhor a sobrinha Babete e descobrindo um pouco mais sobre a jovem e suas experiências.

— Mas como é isso? — quis entender.

— Não sei explicar direito, tio. Eu vejo coisas que ninguém mais vê. A tia Otília disse que é mediunidade.

— Tá, entendi. É que... — pensou um pouco. — Ouvimos falar disso na família dos outros. Alguém que conheceu alguém que teve um conhecido que via coisas, mas... Quando é pessoa próxima, que convive com a gente, não sabemos muito bem o que fazer. — Esperou um segundo e perguntou: — Está vendo alguma coisa agora?

— Sua mãe, minha vó, está afagando sua cabeça — disse a sobrinha. Ele olhou, rapidamente, para o lado, mas não enxergou nada. — Vejo coisas muito feias ao lado da minha mãe. É feio mesmo. São espíritos que parecem sujos, dão gargalhadas, falam coisas que ela repete... Tenho medo... — lágrimas brotaram de seus olhos.

— Seria bom conversar com a tia Otília para saber o que devemos fazer.

— A tia Otília disse que é mediunidade.

— Não entendo muito, mas mediunidade precisa de conhecimento, alicerce sólido e estudo para que entenda o que pode ou não fazer, para que tenha respeito a si e aos outros. Mediunidade sem respeito e equilíbrio pode ser comparada a um carro sem freio, desgovernado em uma ladeira e sem condutor. O acidente é certo e nunca se sabe quem vai se machucar mais. Mediunidade exige muita responsabilidade.

— A vó concorda com o que disse. Falou que é para eu seguir suas orientações — Babete comentou.

— O que mais minha mãe diz?

— Que o senhor precisa ter paciência e voltar a sorrir. Que seus desejos só vão se realizar ao lado de quem gosta, realmente, se for mais flexível, ficar de bem com a vida, novamente. Está muito sério, muito rígido. Seu amor por ela é verdadeiro. Os anos que julga perdidos, pouco importam. Não fique ansioso nem triste. Deus não erra. Tiveram que passar pelo que passaram. As dificuldades fizeram os dois crescerem e evoluírem. — Sem demora, perguntou: — Do que a vó está falando, tio?

— Não sei se entendi... — mentiu, mas ficou inquieto.

— Se só visse espírito igual à vó, estaria bom, mas nem sempre é assim. Comecei a ter sonhos ruins, pesadelos... Acordo assustada, com muito medo. Às vezes, acordo, mas não consigo me mexer. Grito, tento me agitar, mas nada acontece... — lágrimas, novamente, escorreram em sua face.

— Eu já tive isso, Babete. Passei por um período muito estressante na minha vida e tive essas experiências horríveis. Isso se chama paralisia do sono. Os médicos e profissionais da área da saúde mental dizem que é provocada por estresse. Mas, não acho que seja só isso. Acordava, não conseguia me mexer e via coisa. Via seres estranhos.

— Acabou? Não vê mais?

— Hoje, não. Não tenho mais.

— E o que o tio fez?

— Comecei a orar antes de dormir. Mas, não podia ser uma prece simples, daquelas onde repetimos palavras. Não. Eu precisava respirar fundo e relaxar o corpo e a mente. Então, começava agradecendo. Mesmo que só tivesse reclamações, eu agradecia. Era grato pela oportunidade de vida, pela saúde, por minhas conquistas, pelo alimento de cada dia, por meus filhos, pela saúde deles, até pelos problemas que apareciam, isso significava que Deus confiava em mim para resolvê-los e achava que eu iria evoluir se me empenhasse.

— Onde aprendeu isso?

— Foi uma psicóloga quem me ensinou. No início eu resisti fazer, mas quando tudo falhou, sobrou somente essa alternativa. Começava agradecendo e agradecendo... Me concentrava nisso totalmente. Quando meus pensamentos fugiam e pensava em outra coisa, voltava a me concentrar na gratidão. Isso passou a me relaxar. Então, depois de agradecer tudo o que tinha, percebia que restava pouco a pedir. Daí, eu pedia a Deus proteção, amparo. Que me protegesse durante o sono. Que meus filhos e minha casa fossem protegidos. Que tivéssemos uma noite de sono tranquila, saudável, reparadora. Que pudéssemos descansar, servir ou estudar, enquanto dormíssemos.

— Dá para fazer isso enquanto dormimos?

— Eu acredito que sim. Não entendo tanto quanto a tia Otília, mas creio que, quando dormimos, nós abandonamos o corpo físico e vamos onde mais nos afinamos. Li alguns livros espiritualistas, de diversas filosofias a respeito. Todos apontam e falam a mesma coisa. Enquanto o corpo dorme, nossa alma ou espírito ou corpo astral, não importa qual nome dê, está onde o nosso pensamento, nossa índole, nossa moral, nossos hábitos encontram afinidades. Estamos com aqueles que praticam o mesmo que nós, seja em pensamentos, palavras ou ações. É por isso, que precisamos mudar nossa forma de pensar, agir, falar, se comportar... Se você sentiu ódio, xingou o dia inteiro, falou um monte de palavrões, ofendeu outras pessoas de qualquer forma, quem acha que esteve ao seu lado? Espírito bom que não foi, né? Será que vai adiantar fazer preces decoradas antes de dormir? Acho que não. Você terá de ser a prece, suas ações serão a verdadeira prece para Deus — sorriu. — Se não controlou as ideias aceleradas, não mudou seus pensamentos preocupantes e desesperadores cultivando fé e aceitação daquilo que não pode mudar, se não deu o seu melhor fazendo o que é certo e possível de forma honesta e caridosa, se ficou com medo ou irritada ou nervosa e não teve esperança... À noite, enquanto dormir, essas energias continuarão com você, continuarão circundando seu corpo adormecido e seu espírito. O resultado é que estará presa na energia dessas emoções conflitantes. Dormirá mal, terá sono agitado, nenhum pouco reparador, poderá ter pesadelos e até paralisia do sono. Na paralisia do sono, o corpo dorme, mas a mente fica acordada e sua alma, presa ao corpo, ficará vendo o que os olhos da matéria não conseguem ver na espiritualidade, que são espíritos zombeteiros tentando te assustar, espíritos perversos querendo deixá-la apavorada. Aqueles que te fizeram xingar, ofender, sentir e disseminar ódio, agir com raiva, seja em pensamentos, palavras ou ações, esses espíritos, essas energias estarão ali, por afinidade, pois foi quem lhe obedeceu e se afinou. Então, você se sentirá presa ao corpo e não conseguirá acordar... É um estado pavoroso! Medonho! Eu sei.

— Mas eu não xingo, não espalho ódio...

— Vamos dizer que a paralisia do sono, os pesadelos, o dormir mal e acordar esgotado, sem energia são como chamados, tá? Esses chamados mostram que estamos fazendo algo de errado que nos desequilibra de nós para nós mesmos. Então, se não fomentamos ódio, se não xingamos, se não provocamos ninguém, se não tiramos o sossego dos outros de nenhuma forma... Precisamos descobrir o que esses chamados estão querendo dizer. No seu caso, por tudo o que sei a seu respeito e me contou, eu arrisco dar um palpite que é para que busque conhecimento, tenha esperança e fé verdadeira. Será que não te falta isso? — A sobrinha não respondeu. — Procure vigiar suas ideias. Se não faz nada de errado para os outros, não os xinga nem em pensamentos, não deseja o mal de nenhuma forma e não tira o sossego de ninguém, esses chamados são para que busque conhecimento e se desenvolva. Cresça para algo maior. É bem provável que essa busca te leve a descobertas, a ter fé e esperança, o que talvez não tenha ainda... E assim descobrirá o que mais importa na nossa existência: sua missão de vida. Buscar conhecimento nos engrandece. Precisamos saber como e o que aprender. Não é lendo um livro, conhecendo um pouquinho ali, um pouquinho acolá, que sabemos tudo. Só os arrogantes acham isso. Leem um livro e conhecem um pouquinho de um assunto e acham que dominam tudo. Buscar conhecimento é algo eterno, não podemos parar e, para aprender de verdade, devemos ser humildes sempre. — Olhou-a com carinho e afagou sua cabeça. — Não é fácil, mas é possível. Eu sei. Vou te ajudar nessa trajetória. Precisará ser honesta consigo e com quem acha que pode ajudá-la também. Não é do dia para a noite que essas perturbações e incômodos vão passar. Mas, se nunca começar a praticar o que te leva ao equilíbrio, sofrerá eternamente.

— Por onde eu começo, tio?

— Bem... Vamos conversar com a tia Otília. Ela é boa nisso. Mas, eu diria que seria bom você começar pelo lado religioso, que é aprender a se religar a Deus, a Aquele que te criou. Vamos te levar a uma casa espírita séria. Se não gostar, procuraremos outra, outra e outra... Se não se der bem, tentaremos outras filosofias ou religiões, até que se adapte. Ao mesmo tempo, penso que seria bom procurarmos um bom psicólogo. O que acha?

— Eu aceito. Mas... Tio, tenho medos que não sei explicar.

— Vamos fazendo as coisas aos poucos, mas vamos fazer e fazer com medo mesmo, se for preciso. Está bem? Eu e a tia Otília estaremos do seu lado. Quando descobrir os benefícios de uma vida harmoniosa e saudável, onde não se coloque em encrencas nem incomode ninguém, nada vai te desviar do caminho do bem.

Adriano a abraçou com carinho, experimentando um sentimento paternal, que só tinha por seus filhos, até então.

CAPÍTULO 26
As agressões

Otília continuava a ter dificuldades com Lana que, após mudar de cidade, fez novos amigos com hábitos conhecidos.

Visivelmente sob o efeito de algo, chegou à sua casa brigando e desafiando a mãe.

— O que você pensa?! A vida é minha!!! Faço dela o que eu quiser e você não tem nada a ver com isso!!!

— Tenho! Tenho sim! Pois quando os resultados das suas escolhas derem errados e precisar e seus amigos sumirem, é pra mim que vai correr e exigir ajuda! E fala direito! Me respeita, porque sou sua mãe! — foi firme.

— Você não é nada minha!!! — berrou. — Mês que vem faço dezoito anos!!! Quero meu dinheiro!!! Exijo a herança que tenho daquela casa que você vendeu!!! Pensa que vai usar pra você?!!! Mas, não mesmo!!! Aquele dinheiro é meu!!!

— Lana, presta atenção — disse com firmeza, tentando esclarecer. — A quantia que você tem direito não é tão grande assim. Em pouco tempo, vai acabar e ficará sem nada. — Branda, tentou convencê-la: — Filha, estuda, faça um curso profissionalizante ou qualquer outra coisa que te dê sustento. Deixa esse dinheiro rendendo para que, no futuro, tenha uma reserva para usar de forma melhor, que te dê lucro, investindo em algo que te dê retorno financeiro.

— O dinheiro é meu e faço o que quiser com ele!!!

— E quando acabar? Vai viver do quê? — tentou fazê-la pensar.

— Cala tua boca! Não se meta na minha vida! Sua... — ofendeu-a com xingamentos fortes.

Otília virou as costas e saiu.

Naquele dia, na casa do primo, Otília insistia:

— Vamos, Babete! Não podemos mais adiar isso. Você precisa ir à escola!

— Não quero, tia... — chorou.

— Levanta, menina. O que está dando em você? — ficou olhando-a chorar. — Ou me conta ou levanta e vamos assim mesmo. Depois que conhecer a escola e fizermos a matrícula, vamos comprar algumas roupas pra você! Que tal?! — disse animada, tentando convencê-la.

— Não quero... — chorava.

Otília, seguindo as orientações do primo, forçou Babete a se levantar. Foram até a escola e fizeram a matrícula da jovem.

Depois, foram a algumas lojas comprar roupas, pois ela e as irmãs não tinham trazido quase nada.

À noite, ela e Adriano conversavam.

— Meu amigo! Foi complicado! — a prima falou rindo, mais de nervoso do que por ser engraçado. — Primeiro, a Lana deu um *show*, logo cedo, lá em casa. Depois, aqui, tive de arrastar a Babete. Levei-a chorando mesmo.

— O que fazer com a Lana? — ele se preocupou.

— Não sei. Agora, não para de exigir o dinheiro que é dela por herança.

— Engraçado, ela não se achava filha do Cláudio, diz que você não tem nada a ver com a vida dela porque não é mãe biológica, mas a herança ela quer! — Adriano disse indignado.

— Eu sei, mas não gosto que falem desse jeito da minha filha.

— Desculpe... O que vai fazer?

— Ainda não sei. A casa onde moramos é alugada. O Matias transferiu a faculdade de administração para cá e o curso é bem mais caro do que na outra faculdade em Santos. Ele está trabalhando, mas não ganha o suficiente para se manter estudando. Em breve, ele precisará tirar sua parte da herança para pagar a faculdade, se eu não ajudar mais. — Deu um suspiro forte. — Eu tinha pensado que como a Lana não quer saber de estudar, sendo maior de idade, ela poderia usar o dinheiro dela para uma sociedade comigo. Sei que ela não gosta de cozinhar, então, o ideal seria abrirmos uma loja de roupas, por exemplo. É algo que não exige muito, a não ser saber tratar bem o cliente e fazer um bom uso, uma boa administração dos lucros. Mas, ela não quer saber da ideia. Achei que mudando para esta cidade, minha filha recomeçaria a vida, deixaria as más companhias, o álcool, as drogas... — chorou em silêncio, escondendo o rosto para que ele não visse. — Pura ilusão. Lana não deixou as más companhias. Logo que chegamos, falei, conversei... Até pareceu entender. Se encheu de ideias e vontades... Falou em voltar a estudar. Demos força e apoio. Eu e o Matias incentivamos, planejamos, mas não demorou muito e lá estava a Lana de volta com amizades duvidosas, que atraiu por ser o que é. Por ter de aprender a dizer não ao que não presta. Bebidas, drogas e sabe-se lá Deus mais o quê... Minha cabeça não para. Só penso no que será dessa minha filha.

— Não quero ser pessimista, mas sabemos que tem gente que precisa chegar ao fundo do poço para, só depois, subir. Pessoa assim não quer ver nem aproveitar as oportunidades que os outros apontam. Não percebe que, quando estiver no fundo do poço estará só e terá de, sozinha, subir de novo, porque aqueles que poderiam dar uma mão já estarão longe.

— E se tiver alguém em volta, também estará no fundo do poço.

— Exatamente.

— Não sei o que fazer, Adriano — expressou-se em tom aflito.

— Sabe sim. Quando a Lana fizer dezoito anos, terá direito ao dinheiro que herdou do pai. Terá a liberdade que sempre quis. E você não terá mais qualquer responsabilidade para com ela.

— E como viver bem com isso, já que sei que vai dar errado? — encarou-o com olhar triste.

— Viverá, tendo a certeza de que deu o seu melhor. Isso tem de bastar. Não foi culpa sua. Sempre foi boa mãe, mas sua filha não reconhece isso. Simplesmente, aceite, Otília.

— O pior é que você tem razão. — Suspirou fundo e quis mudar de assunto: — Sobre a Babete...

— Ah, como foi o dia com ela?

— Não queria ir à escola nem para conhecer. Forcei, claro! — enfatizou. — Fomos lá e nos receberam muito bem. Lógico que estranharam o fato de ela estar dois anos sem estudar. Ressaltaram que pode ser difícil, sendo mais velha, estar em uma sala de aula com outros alunos pré-adolescentes.

— Será estranho, mas nem tanto assim. Ela estava um ano adiantada na escola. Embora tenha parado por dois anos, está somente um ano atrasada. Nada é por acaso. Serão experiências que precisará viver.

— Pediram o histórico escolar.

— Já estou providenciando. Entrei em contato com a escola antiga, que solicitou o comprovante de matrícula.

— Que já deixei no seu escritório. Aliás, deixei os das três. Aproveita, pede o histórico escolar da Síria e da Agnes também.

— A Iraci foi até a escola com você? — ele ficou desconfiado.

— Não. Ficou dormindo.

— Droga!... — murmurou contrariado.

— Sabe dizer até quando você terá a guarda da Babete?

— Não. Até esqueci de te contar... Bem, não sabem, exatamente, como a casa da Iraci, na fazenda, pegou fogo. A Leonora, madrinha da Babete, levou a afilhada ao médico, depois do incêndio, porque viu que ela tossia e tinha dificuldade de respirar. Segundo o médico, A Babete estava dopada por excesso de remédios antipsicóticos e intoxicada pela fumaça. Se não fosse um cachorro ter a coragem de entrar na casa em chamas e guiar um funcionário que o seguiu, ela teria morrido no incêndio, porque não acordou com as chamas, igual às irmãs.

— Que horror! — Otília se surpreendeu. — Que história é essa?

— Todos se encontravam do lado de fora da casa, inclusive Iraci, olhando as labaredas. Sabiam que Babete estava lá dentro. Ninguém se atrevia a entrar. Mas, quando viu o cachorro pular a janela, um funcionário se encorajou, pulou logo atrás. Disse que havia muita fumaça e tudo escuro. Ele seguiu os latidos do cachorro e encontrou a Babete no quarto. Dessa forma, tirou a menina. Todas foram levadas para outra casa da fazenda, onde morava o tal de Rogério. No dia seguinte, Leonora foi até lá. Não gostou do estado da afilhada e a levou para sua casa, na outra fazenda. Mas, antes, passou no hospital para a Babete ser examinada pelo médico. Então, na casa da madrinha, disseram que ela estava largada, sem forças, mais dormindo do que acordada, pois havia se intoxicado e tomado muita medicação. No outro dia, bem cedo, Leonora retornou à fazenda de Iraci. Estava preocupada com as outras duas meninas. Quando voltou para sua fazenda, encontrou a filha Laurinha, que tinha necessidades especiais, sozinha, caída no chão, fora da cadeira que deveria estar. Banhada em sangue, a menininha tinha um corte pequeno, mas profundo no pescoço, o que provocou sua morte. Havia uma faca ao lado do corpinho.

— Quem te contou tudo isso?

— O delegado. Disse também que, nos depoimentos, ficou sabendo que os gritos da Leonora foram ouvidos longe. Babete conta que dormia e acordou com os gritos da madrinha. Disse que ao chegar ao outro cômodo, viu Leonora ajoelhada perto da filha. Não suportou, ficou tonta e não viu mais nada. Uma empregada entrou e viu Babete desmaiada, caída na soleira da porta. Viu quando Leonora pegou a faca e golpeou a afilhada. Outro funcionário que chegou, segurou-a, impedindo mais uma tragédia. A facada, abaixo da clavícula, perfurou uma veia. Levada ao hospital, Babete teve forte hemorragia e precisou de cirurgia.

— Vi o corte e os pontos. Coitadinha... Então, foi assim que a Babete se tornou a principal suspeita?

— Não só ela. Na investigação, outras pessoas foram apontadas como possíveis suspeitas. Elas disseram coisas incabíveis sobre Laurinha, por ela ter problemas. Repeliam a garotinha de alguma forma. Mas, tem algo em favor da minha sobrinha. Segundo o médico, dopada do jeito que estava, Babete não teria forças para tirar a priminha do carrinho sozinha. A criança tinha sete anos. Além de não ter razão para fazer algo contra a menininha, sem conseguir se concentrar direito, seria difícil ela fazer um furo certeiro, na jugular, sem qualquer outro corte ou machucado no corpo. Quem matou Laurinha, sabia o que estava fazendo. Não havia qualquer outro corte ou machucado... Foi algo bem consciente. Muito provavelmente, Babete não teria essa noção.

— Que coisa horrível. Quem e para que alguém faria essa covardia?

— Embora não possam descartar a possibilidade de a Babete ter feito algo, uma outra funcionária da fazenda também é suspeita, porque não quis trabalhar mais na casa. Não suportava os gritos nem as crises onde a criança se debatia, ficando muito agitada.

— Bem... Tem gente que não suporta mesmo, não tem paciência nem aptidão para o serviço. Não é errado recusar — lembrou Otília.

— O problema foi como falou. Demonstrou, várias vezes, aversão ou nojo à deficiência da menininha. Um outro funcionário também suspeito, vivia rindo ao dizer que tinha dó da Cleide. Por ser a irmã mais velha, teria de cuidar da Laura quando os pais morressem e afirmava que seria melhor a menina morrer primeiro e, se pagassem bem, ele faria o serviço.

— Credo!!! Esse monstro deveria estar preso! — Otília se manifestou horrorizada.

— Mas, toda a cidade se voltou somente contra a Babete por puro preconceito! Sabiam de suas visões e que falava com quem já havia morrido. O fato de ela saber de coisas que ninguém mais poderia saber, foi considerado uma aberração.

- Até por ter cabelos ruivos, foi acusada de bruxa, filha do demônio, enviada do satanás... Gritaram tudo isso e muito mais na porta do hospital, querendo queimá-la, apedrejá-la. Disseram que parecia cena da Idade Média. Por imbecilidade e ignorância, queriam queimá-la viva para expulsar o demônio dela, achando que tinha alguma ligação, que obedecia a ordens do capeta... Religiosos de várias crenças afirmavam que ela sempre foi diferente em tudo o que é de Deus. Bando de imbecis! Se juntaram na porta do hospital e quiseram atacar a menina de qualquer jeito. O delegado, desarmado, tentou conversar e explicar, mas não deu conta da multidão. Se não fosse um investigador que chegou e deu um tiro pra cima, uma multidão de alucinados religiosos tinha invadido o hospital e linchado Babete, que tinha acabado de ser operada. Imagina o medo que essa menina passou, lá dentro, sozinha! Sem a mãe! Sem ninguém! — suspirou fundo, mostrando-se contrariado. — Quando Leonora foi presa, novamente, parte da cidade desejava fazer justiça com as próprias mãos. Policiais tiveram de ficar no hospital de guarda para que nada acontecesse. Depois da alta, sem que ninguém soubesse, Babete foi levada para a casa da professora, que ficou com ela até eu chegar.

— Desgraçados! Preconceituosos! — ela se irritou.

— A minha sobrinha é menor de idade — prosseguiu Adriano. — Mesmo tendo sido ela quem matou a Laurinha, o que duvido, não vai dar em nada. Mas... Como ficará a cabeça dela com essa história? É algo que pode destruí-la pelo resto da vida!

— Eu também não acredito que tenha sido ela.

— Mesmo assim, um acontecimento como esse, pode acabar com a vida de uma pessoa como ela. Não acha? Não bastasse a mãe desequilibrada que tem e tudo o que viveu...

— O que aconteceu com os cabelos dela? Você não chegou a ver, mas eram lindos! — Otília ressaltou. — Quando foram lá em casa, a Babete estava com os cabelos enormes! Abaixo da cintura! Lindos! Agora...

— O delegado disse que a Babete contou que foi a mãe que cortou seus cabelos, mas Iraci nega. — O primo contou sobre Iraci ter empurrado a filha, que bateu com a cabeça na porta.

— Que vontade de bater na Iraci!!!
— Eu ajudo — ele disse e sorriu, observando-a.
— Aqui, ela terá de mudar.
— Veja bem, Otília. Muita gente acha que devo ter a guarda das outras duas sobrinhas. Lá em Minas Gerais, perguntaram se eu não poderia ficar com as três. Isso é muito complicado. Tenho meus dois filhos. Não posso assumir obrigações que são da minha irmã. Ela precisa ter responsabilidade, assumir compromissos da própria vida e das filhas. Por ordem do juiz, já tenho a guarda da Babete. Isso me preocupa. Não é simples colocar uma jovem de quinze anos para dentro de casa e se responsabilizar por educação, escolaridade, saúde, fatores emocionais, desafios diários, alimentação, vestimenta, atenção e muito, muito mais que nem lembro agora. Ter filhos, ter criança ou jovem pelo qual se tenha a guarda exige muito. Deixamos de viver a própria vida por eles. Não é fácil. Imagine se assumir as obrigações da minha irmã.
— Corre o risco de Iraci arrumar mais filhos, imaginando que você irá cuidar.
— Sim! Tem mais isso — Adriano admitiu.
— Quem está fora da situação e vê a Iraci reclamar que a vida foi ingrata, foi difícil, nunca sabe, realmente, o que ela fez ou deixou de fazer para que isso acontecesse. Iraci cria uma autoimagem maravilhosa de si, que atrai a todos. Pessoas como ela são magnéticas e bem charmosas, quando querem alguém para servi-las. Só convivendo é que vamos descobrir como são manipuladoras e mentirosas, passando para os outros as responsabilidades que são delas. Isso é narcisismo.
— Naquela cidade, até a morte do Dárcio, ninguém conhecia quem era a Iraci. Ela só se destacava de boa esposa e boa mãe por causa do dinheiro que o marido tinha para pagar empregados, que cuidavam de tudo. Comprava tudo o que queria, esnobava as posses que tinha por causa dele. Quando a vida exigiu que provasse ser boa no que exibia, que eram as filhas bem-arrumadas, sustentar-se sozinha, apareceu o outro lado egoísta, mesquinho, podre e pobre de

espírito da Iraci. Ela se casou por interesse. E eu sabia disso desde o início. Desde jovem, minha irmã sempre foi esnobe, tirana, maltratava e diminuía quem pudesse só para se ressaltar, aparecer. Infelizmente, pouco se fala sobre narcisismo. Embora não possa diagnosticar, por não ser profissional de área da saúde mental, penso que Iraci se enquadra nesse transtorno de personalidade.

— De verdade, de verdade, vejo que os profissionais da área da saúde mental têm dificuldades para reconhecerem e diagnosticarem narcisistas. Dizem que esse transtorno é raro. Mas, não acredito — comentou Otília.

— Meu pai era narcisista, assim como sua mãe, minha tia... Ele quase acabou comigo. Minha ex-mulher também era narcisista. A Filipa devastou minha vida e dos meus filhos. Concordo com você. Esse transtorno não é tão raro quanto dizem.

— Minha mãe narcisista destruiu nossas vidas — Otília finalizou, encarando-o.

Olharam-se por longos segundos. Adriano deu um sorriso e falou com ironia:

— Acho que as experiências que tivemos, quando jovens, não foram suficientes para nosso crescimento pessoal, nossa evolução... Você precisou voltar para São Paulo e terá de viver perto da sua mãe, sem fugir dela. Precisará impor, determinar limites, dizer não e também ignorar muita coisa que ela faça. No meu caso, a Iraci voltou para perto de mim e terei de viver com seu jeito, aprendendo a lidar com a situação. Me envolvendo sem envolver. Mas... Otília — viu-a olhar e comentou: —, precisamos tomar cuidado para não nos tornarmos paranoicos, para não vermos narcisismo em tudo, certo? — sorriu.

— Certo. Já pensei muito nisso. Porém, isso acontece por culpa das experiências que vivemos. Foi muita gente ruim, egoísta que se meteu nas nossas vidas.

— É só mantermos firmes as rédeas das nossas decisões e não cedermos porque alguém deseja, sacrificando-nos muitas vezes por quem não merece. Tomar cuidado com pessoas invasivas, que querem se meter nas nossas vidas, darem palpites, fazerem-se de coitadas e pedirem ajuda para tudo... Não podemos ceder a pessoas tóxicas, vitimistas, abusadoras... Tomemos cuidado para não sermos manipulados por gente assim. Eles passam pelas nossas vidas como um bando de gafanhotos, destruindo nossos sentimentos, nossa autoestima, nossas finanças, nossa paz, nosso equilíbrio e ainda dizem que você é culpado pela infelicidade deles. Você só é importante para pessoas abusivas, enquanto for necessário a elas de alguma forma.

— Verdade — sorriu. — Bem... Vou pra casa. Amanhã levanto muito cedo. Se precisar de mim, já sabe, chama pelo muro.

— Amanhã você dá uma olhadinha na Babete pra mim? — perguntou, vendo-a abrir o portão.

— Claro. Pode deixar.

Ao entrar em casa, Otília encontrou tudo revirado.

Um tremor percorreu seu corpo. Assustada, caminhou porta adentro para ver onde toda aquela bagunça iria dar.

Na cozinha, tudo remexido e muitas coisas quebradas. Gavetas abertas, panos de louça pelo chão. Recipientes de alimentos jogados, mantimentos espalhados. Na sala e no quarto, tudo fora do lugar.

No banheiro, encontrou Lana mexendo no armário.

— O que você está fazendo?! — perguntou enérgica.

— Quero dinheiro! Preciso de dinheiro! — indagou com olhar vidrado e jeito agitado, frenético.

— Se você não trabalha, não tem dinheiro! Essa é a lógica da vida! Os outros não são seus escravos para trabalharem e darem dinheiro ou qualquer outra coisa quando precisar. O mundo não te deve nada, Lana! Para ter dinheiro é preciso ser produtivo!

Inesperadamente, a filha ergueu a mão e estapeou seu rosto com toda força. Otília procurou segurar outros golpes, mas não conseguiu.

Lana começou a atacar violentamente a mãe, ao mesmo tempo que berrava e a ofendia. Puxou seus cabelos, socou seu rosto, chutou-a quando Otília caiu ao chão. A jovem parecia insana, agia com modos animalescos.

Nesse instante, Matias chegou e a segurou.

Berrando feito um bicho, ela investiu contra o irmão, agrediu-o, deu pontapés e o arranhou, enquanto o rapaz tentava contê-la e se defender. Percebendo que não teria êxito, na primeira oportunidade, Lana correu e saiu de casa.

— Mãe! O que foi isso? — ele perguntou, quando ajudou Otília a se levantar.

— Abstinência de drogas, meu filho... Quando se fica sem usar drogas é isso ou pior — chorava, inconformada com o que acontecia. — Ela queria dinheiro. Estava desesperada por dinheiro. Assim que alguém começa usar qualquer tipo de droga, vai dizer que não vicia, que pode largar quando quiser, mas a realidade é outra. Veja a Lana... — chorou. — Infelizmente, ainda existem aqueles que não se importam com a liberação das drogas e não se posicionam contra, dizendo que quem usa, usa porque quer. Que não tem responsabilidade alguma. Mas, está errado. Existe a responsabilidade moral que Deus julgará. Pior ainda são os que querem a liberação de qualquer tipo de droga. Terá muito ajuste, muita harmonização a fazer. Drogas destroem vidas, famílias, sociedades[1]... — chorou.

— Vou chamar o tio Adriano.

— Não, filho. Não o incomode mais. Vamos nós mesmos resolver isso. O Adriano já tem seus próprios problemas.

Mesmo chorando, Otília e Matias foram arrumar a casa e colocar as coisas no lugar.

O rapaz a ajudou a cuidar dos ferimentos. Conversaram muito sobre o assunto e o que decidiriam dali por diante.

---

[1] O livro: *Movida pela ambição*, do espírito Schellida, psicografia de Eliana Machado Coelho, além de um lindo romance, de uma trama envolvente, aborda o tema sobre drogas, entre outros. Essa obra é interessante de ser apreciada.

Na manhã seguinte, um sábado muito ensolarado, Otília levantou cedo.

Pelo fato de aceitar pedidos de salgados e doces, naquele dia, tinha muitos salgados para fazer, para vender à parte e também uma encomenda de festa de aniversário. Não gostaria de falhar com nada, como sempre. Afinal, dependia disso para viver e desejaria ter boas referências de seus clientes.

Desde bem cedo, confeccionava esfirras, coxinhas, quibes, empadas e outras coisas sem parar.

Quando Matias levantou, não havia lugar à mesa para que fizesse o desjejum. Compreensivo, pegou uma caneca com café e pão com manteiga e foi comer na sala.

— Coloca frango desfiado no pão, filho.

— Não precisa. Pode faltar para os salgados.

— Pegando um pouquinho não fará diferença — disse e riu.

— Não quero. Não esquenta. Dá só um tempo... Daqui a pouco vou te ajudar.

— Nossa, filho! Estou muito feliz. Essa foi a maior encomenda de festa que peguei para fazer. Além disso, tenho o pedido de vários salgados para hoje à noite.

— Que ótimo!

Algum tempo depois, o rapaz colocou um avental e foi ajudar. Em determinado momento, perguntou, curioso:

— Mãe, por que o tio Adriano é assim, tão sério?

— O Adriano teve muitos problemas. Às vezes, a vida castiga tanto que a gente esquece como é sorrir.

— Por que ele não tem esposa? Por que se separou?

— A Filipa não tinha nada quando se casou com ele. Era uma pessoa, aparentemente, gentil, educada, carismática, charmosa, magnética... Atraía olhares e não havia quem não se entusiasmasse com ela. Sabe aquele tipo de pessoa que a gente olha e se encanta? Se apaixona?

— Sei.

— Assim era a Filipa. O Adriano deu tudo para ela! — ressaltou. — Tudo! Dinheiro, viagens, casa maravilhosa!... Fazia todos os seus gostos. Nada contra uma mulher casada estudar. Aliás, acho que deve, se tiver vontade. Que isso fique claro — olhou-o com o canto dos olhos. — Então, a Filipa decidiu estudar Odontologia. Tinha planos de atenderem no mesmo consultório, aumentar a clínica do marido, que já existia... Ela se formou. Ele pagou a faculdade e as despesas com tudo do curso. Despesas pesadas! Após se formar, a Filipa mudou de ideia e quis um novo consultório em outro bairro, alegando que seria melhor para não dividirem os pacientes, que ele já tinha. O Adriano gastou o que não tinha para montar outro consultório ao nível do que a esposa exigia. Mas, veja, ela era manipuladora, convencia o marido a ceder em tudo o que queria. Sempre se mostrava competente, atraente e isso fazia o Adriano aceitar e entender que daria certo. Promessas e mais promessas... Sabe como é. Mas, à medida que se estabilizava, ela começou a mostrar quem era realmente. De gentil, passou a ser hostil, arrogante. Um dia, geralmente no dia em que desejava algo, era gentil; no outro, insatisfeita, crítica e exigente. O Adriano achava que a mulher estava com algum problema ou dificuldade no serviço. Já que não trabalhavam juntos, não sabia, exatamente, o que estava acontecendo. Então, ele sempre fazia de tudo para agradar. Fazia tudo para vê-la feliz. Jantares, flores, presentes... Um dia, a Filipa estava radiante, era romântica, doce, compreensiva; no outro, agressiva com palavras e modo de falar, irritada, insatisfeita... Sempre assim. O relacionamento dos dois era uma gangorra com altos e baixos. Insuportável viver com alguém assim. O Adriano, em vez de se posicionar, aceitava, compreendia, colocava a culpa na TPM... Até que se estabeleceu aquele relacionamento insatisfatório. Ela não colocava dinheiro em casa, gastava tudo consigo mesma, mal cuidava dos filhos e ignorava os meninos. Ele pagava tudo, arcava com tudo. Ele tentou de tudo para salvar o casamento, mas ela não. Eu soube que, em algumas ocasiões, a Filipa o humilhava em público. Junto da família ou reuniões de amigos, ela fazia alguma piada com ele, contava situações que os outros não precisavam saber. Tudo para criar brincadeiras ou motivo para rirem dele. Aí, as traições dela apareceram. Ele, lógico, não aguentou. Ela foi embora, levou boa parte de tudo o que não ajudou a construir. Deixou os filhos sem se importar. Ficou com o consultório que ele montou para ela. O Adriano ficou destruído psicologicamente e com um imenso rombo financeiro. Nunca o viram tão mal, tão pra baixo. Não foi um período fácil, até porque o pai dele foi uma pessoa assim: insensível, perversa, cruel, abusiva...

— É mesmo. Você já me contou isso.

— O pai dele, meu tio, sempre humilhou impiedosamente o filho na frente de qualquer um. A Iraci era o xodó do tio Ermelindo. Tudo era para a filha. Todos os gostos dela eram realizados. Por isso, ela se tornou essa péssima pessoa. O Adriano nunca era compreendido, não recebia carinho, muito menos atenção. Era comparado até com o cachorro da família. O tio Ermelindo costumava dizer que o cachorro era mais inteligente do que o filho e ria disso na frente de todos. Aí, meu primo foi se tornando uma pessoa calada. Por mais que se esforçasse, o pai não o admirava, não reconhecia seu valor, nunca o elogiava. — Otília parou por um momento. Ficou pensativa e comentou: — Comigo não foi diferente. Por mais que eu fizesse, minha mãe não valorizava meus esforços, nunca me elogiou. Não é fácil não ter uma mãe para te acolher, te dar um ombro, te orientar ou então desabafar em alguns momentos. Nunca tive isso. Uma mãe narcisista não se preocupa com os filhos, só com ela mesma. O mundo tem que girar em torno dela. Toda a atenção e destaque devem ser para ela. Sabe qual o problema de pessoas assim?

— Não.

— Elas são encantadoras. Passam imperceptíveis aos olhos daqueles que não se interessam. Mas, os dependentes dela, sejam dependentes emocionais, materiais, financeiros... Esses dependentes sofrem muito com suas mentiras e manipulações. Ficam enlouquecidos, acreditando que a raiva ou o suposto sofrimento do narcisista são culpa deles. O narcisista fala, comenta, se expressa de forma que sua vítima se sente culpada, mas não é. O narcisista deixa o outro louco, confuso. Uma das coisas que faz e que destrói o outro é o tratamento do silêncio, negando atenção, afeto, carinho... Se distancia, é frio com palavras e ações. Depois, do nada, parece normal.

— E faz isso de propósito?

— Sim. Seu intuito é deixar o outro sofrendo. Imagina isso para quem convive com ele? Imagina isso para uma criança, um adolescente que não entende com quem está lidando?

— Deve ser difícil mesmo.

— Pode acontecer de, às vezes, a gente não querer conversar, precisar de um momento para si. Mas, somos capazes de dizer isso e não deixarmos o outro se sentindo culpado só porque estamos quietos. Entende?

— Sim. Às vezes gosto de ficar quieto — o rapaz afirmou. — Mas, se você puxa conversa, eu digo que não é um bom momento para conversar, que não quero falar sobre aquele assunto.

— Isso mesmo. Esse é o certo. O narcisista não diz porque está silencioso. Ele quer que ache que você fez algo que o magoou e enquanto essa mágoa não passar, não fala com você. Conviver com um narcisista é terrível. Um dia ele parece normal, te trata normal, está feliz. Faz planos e te inclui nele. De repente, ele muda, te agride com palavras, briga, ofende. Você tenta se defender, mas ele manipula tudo e te coloca como culpado na história. É difícil explicar como eles agem. Eles só te tratam bem enquanto você for importante.

— Como o caso da Filipa.

— Sim. Ela se aproveitou do Adriano, depois o descartou, sem o mínimo de remorso, sem o mínimo de consideração ou gratidão por tudo o que ele a ajudou. Foi capaz de abandonar os filhos.

— Percebi que o Lucas e o Fábio têm mágoa da mãe.

— Ela sempre ignorou os filhos. Sorria e abraçava só em público. Não dava atenção, carinho. Gritava para que ficassem quietos para que ela fizesse suas coisas. Destruía a autoestima dos meninos. Não batia, não agredia fisicamente, mas magoava, machucava muito psicologicamente. Valorizava as outras crianças... Filipa precisava tanto de admiração que só falava de si, necessitando, muitas vezes, desmerecer os filhos e o marido, massacrá-los com desprezo, críticas, desvalorização, negação, silêncio... Ninguém aguentou conviver com ela. Aliás, conviver com uma pessoa com indícios de narcisismo e ser sua vítima é morrer um pouco a cada dia. — Aguardou um momento e disse: — Meu filho!... Vamos acelerar com esses salgados! Temos muita coisa ainda para fazer!

— Vamos lá! — ele se animou.

CAPÍTULO 27
Colocando limites

Algumas semanas se passaram...
Otília estava bem apreensiva, pois havia pensado muito na filha e em suas exigências. Como mãe, precisaria ter um posicionamento. Procurou todas as formas, ao seu alcance, para orientar, guiar e ajudar a jovem, mas Lana sempre se mostrava resistente, irredutível, hostil, agressiva com palavras, ações e comportamento.

Tinha a certeza de que ela e Cláudio deram o melhor de si aos filhos. Agora, depois de tantos comportamentos negativos de Lana, não sabia o que fazer.

Mergulhada nesses pensamentos inquietantes, surpreendeu-se com a chegada do filho na cozinha:

— Bom dia, mãe.
— Ai! Que susto — riu de si. — Bom dia.
— Pensativa, logo cedo?
— Muito — sorriu, um sorriso triste.
— Sobre a Lana? — o filho já sabia, mas perguntou.
— Sim. É.
— Ela já acordou?
— Não. Estou fazendo um bolo. Hoje é aniversário dela — tornou a sorrir, mas havia um toque de melancolia em seu semblante.
— Precisa de ajuda? — ofereceu para animá-la.
— Primeiro, vou perguntar a Lana se ela quer uma festinha. Podemos chamar o Adriano e os meninos, a Iraci e as

meninas... Cantar parabéns... Se ela concordar, claro. Então fazemos uns salgados, uns docinhos...

O barulho do arrastar de chinelos, a cada passo, indicou a aproximação da jovem.

Ao vê-la, o irmão, que estava mais próximo, cumprimentou-a:

— Parabéns! Hoje é seu dia! — abraçou-a e beijou-a na face. — Que você sempre tenha saúde e alegria.

— Valeu... — ela murmurou, com meio sorriso.

A mãe se aproximou e também a cumprimentou:

— Parabéns, minha filha! — beijou-a e a envolveu com carinho. — Feliz Aniversário! Que Deus te abençoe com saúde, realizações, dias felizes e muitas outras bênçãos!

— Valeu...

— Dezoito anos, hein, mana! Tá ficando velha! — o irmão brincou, gostaria de que ela descontraísse, já que sempre era difícil saber animar o humor da irmã.

Ela franziu o semblante e simulou um sorriso, sem dizer nada.

— Filha, estou fazendo um bolo pra você! É o que mais gosta! — falou animada. — O que acha de chamarmos o Adriano, a Iraci e os meninos para cantarmos parabéns à noite?

— Corta essa! Não tenho mais idade pra essas besteiras.

— Então, como vamos comemorar? — tornou a mãe apreensiva, tentando agradar.

— Com você dando o meu dinheiro! — encarou-a e ficou esperando.

— Filha — Otília disse em tom brando, pausado —, com a morte do seu pai, você menor de idade e sem a possibilidade de emancipação, o inventário precisou ser realizado na via judicial. Sendo assim, o valor que herdou, com a venda da casa, foi depositado em conta judicial para que ficasse disponível quando atingisse a maioridade. Eu nunca pude mexer nesse dinheiro, ele nunca veio para as minhas mãos. A partir de agora, você pode ir ao banco com os documentos e fazer o que quiser com tudo o que tem lá. — Viu-a sorrir satisfeita.

— Mas... Como a partir de hoje você se torna maior de idade e não te agradam as minhas opiniões, a forma como te educo, oriento, ensino e tudo mais... Como meus conselhos e estilo de vida não são respeitados por você, peço para pensar bem no que vai fazer a partir de agora, a partir de hoje, pois as coisas, aqui em casa, vão mudar muito radicalmente.

— Você não tem mais qualquer obrigação comigo! Sou maior de idade e posso fazer o que quiser.

— Claro que pode — falou com bastante calma. — Pode fazer o que quiser, mas não dentro desta casa. — Os olhos de Matias cresceram, mas a mãe não deu atenção. Ficou focada na filha. — Lana, porque era menor de idade, eu era totalmente responsável por você e como mãe te devia educação, escolarização, saúde, atenção, respeito, acompanhamento em todos os sentidos. Devia alimentação, vestimentas e tudo o que sempre teve. Devia, inclusive, satisfação de tudo o que eu mesma fazia. Você recebeu tudo isso, além de orientação, amor e carinho. E está aqui o seu irmão que testemunhou essa trajetória inteira.

— Pronto!... Qual é, hein?! — indagou de modo grosseiro.

— É o seguinte, filha. A vida não é fácil. Tudo, exatamente tudo, o que temos e recebemos, na vida, é consequência do que oferecemos, do que damos de nós e lutamos para conseguir. Por isso, sempre quis que estudasse e tivesse uma profissão. Se não trabalhamos, não recebemos dinheiro. Se não temos dinheiro, não comemos, não nos vestimos, não temos onde morar. E ninguém é obrigado a nos ajudar ou nos manter eternamente, pagando nossas contas e suprindo nossas necessidades. Nem mesmo pai e mãe. Não podemos abusar de quem nos ajuda, nunca. Além...

— Vai logo! Fala de uma vez! — exigiu agressiva.

— As regras, nesta casa, vão mudar e...

— Vai querer ditar regras na minha vida?! Ainda pensa que vai mandar em mim?! — riu.

— Não. Em você, não. Mas, vou mandar na minha casa — falou firme, encarando-a. — Você é maior de idade e não posso mais opinar ou sugerir nada, como exige. Se não quiser e não me perguntar, não posso falar mais nada sobre como pode viver, como pode fazer... Essa é uma exigência sua. Que isso fique bem claro. Então, eu não te devo mais nada. Mas, na minha casa, mando eu! Na minha casa eu coloco regras sim! — foi enérgica, mas sempre falando baixo e pausadamente. Sem se alterar.

— Saco! Lá vem...

— Escuta, para não dizer que não avisei — interrompeu-a, falando no mesmo tom. — De hoje em diante, não vou mais comprar roupas para você. Se quiser, terá de trabalhar para se vestir. Não vou mais lavar ou passar suas roupas, se quiser roupas limpas e passadas terá de ir lavar e comprar seu próprio sabão, já que é emancipada, maior de idade e independente.

— Acontece que eu... — Lana tentou dizer.

— Cale a boca, porque estou falando! Não terminei! — Otília berrou, inesperadamente. — Além de comprar seu próprio sabão, terá de ajudar a pagar água e luz. Por isso, vai arrumar um emprego, porque você dá despesas que não fazem mais parte das minhas obrigações, uma vez que é maior de idade, emancipada e não quer mais os meus palpites e as minhas opiniões na sua vida. Vai fazer sua comida, comprada com o seu dinheiro, já que não tenho mais obrigação nenhuma com você! — Viu-a encarar com olhar rancoroso. — Queria ter maioridade?! Queria ter o dinheiro da sua herança?! Queria liberdade?! Queria se ver livre das minhas orientações?! Pois bem! Hoje é o dia de se conscientizar de que a vida não é de graça, que roupa, água, luz, gás, comida, remédio, entre muitas outras coisas que consumimos, diariamente, custam dinheiro e você, como qualquer outra pessoa, dá despesa! Se quiser viver aqui, vai ter de seguir as regras da minha casa, pois não tenho mais obrigação com você! — Entreolharam-se duramente por longos segundos em silêncio. — Por ser maior de idade, você passa a ter responsabilidades de uma vida adulta, da qual tentei te orientar e educar, mas não quis me ouvir. — Nova pausa. — De hoje em diante, seis horas da manhã é o horário para levantar e às dezoito horas é o horário para chegar, se não estiver trabalhando ou estudando. As tarefas da casa também serão divididas. Arrumar a própria cama será obrigatório, assim que levantar. Limpar a casa, lavar o banheiro, varrer quintal, colocar as coisas no lugar, etc... Caso tenha qualquer comportamento agressivo, seja com palavras ou atitudes, será caso de delegacia, pois você é maior de idade e vai ser responsável por seus atos. Além disso, qualquer palavra ou atitude agressiva: rua! Não vai mais morar aqui!

— Mas eu!...

— Fale baixo! Não sou surda! Tentei! Juro por Deus que tentei de todas as formas que conheço te orientar e educar, mas você não quis. Agora, que é maior de idade e tem todos os direitos que sempre quis, vai, obrigatoriamente, dentro desta casa, ter inúmeros deveres também. Ah!... Ia me esquecendo. Essas regras estão valendo a partir de hoje. Se não arrumou sua cama, arrume agora. Hoje é dia de você lavar o banheiro. Seu irmão vai colocar o lixo para fora e limpar a cozinha, quando terminarmos com tudo o que estamos fazendo. Eu limpo os quartos. Se vai lavar o banheiro agora, não esqueça de pegar sabão e água sanitária, ali fora, na cobertura de telha perto do tanque. Use pouco, para economizar. O que limpa as coisas não é excesso de produto, mas sim esfregar.

— Não vou ficar aqui muito tempo!!! Não vou aceitar seus limites e regras!!! Não suporto nem ouvir sua voz!!! Você acabou comigo!!! Com a minha vida!!!

— Se vai gritar, vou fazer valer as regras: ou grita lá na rua ou chamo a polícia para você. Depois, não entrará mais nesta casa. — A filha silenciou. — Se não ficar aqui por muito tempo, como disse, tudo bem. Mas, após sair, não retorna mais. Enquanto viver na minha casa, terá de obedecer às minhas regras. Deveria ter dado atenção a tudo o que eu e seu pai te ensinamos e orientamos. Duvido que o mundo, lá fora, será mais generoso do que nós fomos. Deveria ter dado valor a tudo o que teve de graça. Até o último segundo, tentei te fazer mudar de ideia, fazendo um bolo de aniversário e querendo uma festinha simples, mas, verdadeiramente, comemorativa para te desejar bênçãos e saúde, mas não quis. Da minha parte, sinto que, com você, minha missão está cumprida — virou as costas e foi para outro cômodo.

Lana virou-se para o irmão, que somente olhava e perguntou com modos agressivos:

— Qual é?! O que tá olhando?!

— Toma, distraída! Tá pensando que é fácil? Vive só agora! Vai correr atrás dos seus amigos. Vamos ver até quando eles vão te apoiar — foi para outro canto da casa, largando-a sozinha.

Nesse instante, subindo em um banco e olhando por cima do muro, Adriano chamou por Otília:

— Tem como você vir um pouco aqui em casa?

— Claro. Já estou indo.

Na casa do primo, ele deu todos os detalhes, depois falou:

— Ela está lá no quarto, chorando e não sei o que fazer.

— Você ainda falou para as irmãs não contarem nada na escola, né? Mas, não adiantou. Que droga! — Otília disse insatisfeita. — Vou falar com ela.

No quarto, olhou Babete de bruços e chorando. Sentando-se na cama, afagou suas costas e perguntou baixinho:

— Hei?... Quer conversar?...

A jovem se virou, sentou-se e a abraçou forte. Chorou por algum tempo e depois murmurou:

— Não quero mais ir pra escola... Estão me chamando de assassina... De bruxa...

— Quem contou para os seus colegas? Você sabe?

— A Síria... Começou a me xingar e falar coisas... Ela disse que o tio tá me dando tudo do bom e do melhor e não liga para elas... Nossa mãe disse pra ela que o tio vai despejar elas três e vão ter que morar na favela, mas eu vou ficar aqui, nesta casa chique...

— Sua mãe está jogando uma contra a outra. Isso não é certo. Mas, podemos conversar com a Síria e explicar que foi o juiz quem mandou seu tio ficar tomando conta de você.

— Mas, ela foi brigar comigo por causa disso. Aí, quando alguns colegas perguntaram porque estávamos brigando, ela disse que sou assassina... Que matei minha priminha com facadas... Falou que a polícia me prendeu... — Afastando-se um pouco, olhou Otília nos olhos e afirmou: — Não fui eu, tia... Não fiz nada com a Laurinha... Eu tinha muita pena dela... Não fui eu...

— Acredito em você e creio que, em breve, o delegado vai descobrir quem foi.

— Ele tem de descobrir! Mas até isso acontecer, vão continuar me acusando.

— Fica calma... — Otília pediu com ternura, afagando-a.

— Todo dia, todo dia eu não esqueço da madrinha cheia de sangue e gritando... Todo dia ouço os gritos dela me xingando... Todo dia ouço o povo da cidade gritando fora do hospital, me chamando de bruxa, de filha do demônio... Não quero mais isso... Tenho medo de dormir. Quando durmo, tenho medo de acordar, porque tudo começa outra vez... — Um momento e contou: — A Síria disse que, na cidade em que moramos, tivemos de sair de lá na corrida porque iam me queimar viva, porque eu era chamada de bruxa. Aí... — chorou — O pessoal da escola começou a me chamar de bruxa também. Chamaram de filha do diabo... Cabelo de fogo... Um monte de coisa. Não vou mais pra escola. Não vou mais! Ninguém vai me tirar deste quarto!

— Calma. Vamos pensar em algo para arrumar essa situação, está bem? Vamos resolver. Vou conversar com o tio Adriano e ver o que podemos fazer. Quer ir junto?

— Não... — voltou a se deitar de bruços.

— Está bem. Vou lá — curvou-se, beijou-lhe a cabeça e a afagou com carinho materno.

Babete se virou, mergulhou em seus olhos com olhar embaçado e murmurou:

— Minha mãe nunca me beijou assim, tia...

Otília sentiu um travo na garganta. Quis chorar junto, mas se fez forte. Embora seu olhar ficasse nublado pelas lágrimas quentes que chegaram, forçou um sorriso. Não sabia o que falar, apesar de ter muito a dizer, apesar de entender, perfeitamente, o que a jovem experimentava. Sentiu na pele tudo o que ela viveu.

Deixando-a, foi até onde o primo estava, no quintal.

Nervoso, Adriano tinha acabado de separar uma briga entre Síria e Fábio, seu filho mais novo.

— Você entendeu, Síria? — perguntava firme. — Quando alguém diz não é não!

— Minha mãe disse que ele tem que aprender a compartilhar os brinquedos dele! — respondia agressiva.

— E você tem de aprender a respeitar a vontade dos outros. Se ele não queria emprestar o brinquedo, é um direito dele, mesmo que não esteja certo. Você não tem o direito de pegar o robô à força e quebrá-lo, para ele aprender a dividir.

— Ele é egoísta!

— E você perversa! Malvada! Quem é pior? — Fábio revidou, no mesmo tom.

— Calma... Calma... — Otília pediu.

— Não pode agir assim, Síria. Já é bem grandinha e capaz de entender situações por conta própria. Não pode ser agressiva nem... — Adriano não conseguiu terminar. Foi interrompido.

— Ela foi contar para os colegas da escola que a Babete é assassina! Foi um rebuliço na escola! — Fábio falou. — Agora, a irmã tá triste porque todos estão falando que ela é assassina, que é filha do demônio e um monte de coisa.

— Por que fez isso, Síria? Por que está sendo cruel com sua irmã? — o tio quis saber.

Iraci, aproximou-se. Arrogante, não deixou a filha responder ao dizer:

— Seu filho é egoísta! Custava deixar a Síria pegar a porcaria do brinquedo?

— Ele tem ciúme daquele robô. Nem o irmão brinca com aquilo. Mas, se meu filho é egoísta, sua filha é cruel. Não bastasse quebrar o brinquedo, foi contar, na escola, que a Babete é assassina. A Síria tem treze anos! Não é nenhuma criancinha! Sabia que isso prejudicaria a irmã, porque eu avisei, várias vezes! — disse Adriano.

Uma briga começou. Cada um dos irmãos achava-se com razão.

A custo, Otília puxou Adriano para dentro da casa, enquanto Iraci ficou falando sozinha.

Na cozinha...

— Que inferno! Quando minha vida estava voltando aos trilhos, a Iraci tem de despencar aqui em casa e estragar tudo!

— Toma essa água — a prima deu-lhe um copo entre as mãos. — Não fique nervoso. Não será por muito tempo, certo? — Pensou um pouco e considerou: — O jeito é a Iraci arrumar um emprego o quanto antes. Você aproveita a oportunidade e aluga uma casa, mesmo que pequena, para ela e as meninas. Tire-as daqui o quanto antes para que tenha paz, novamente. Vejo que, por qualquer, coisa estão brigando. Chega, né?

— Não é por qualquer coisa! Tenho uma rotina, meu jeito de viver a vida com meus filhos! A Ane trabalha pra mim. É a funcionária que lava, passa, limpa a casa, faz comida quando precisa... Ela é meu braço direito! Aí, a Ane vem trabalhar e a madame da Iraci — falou com ironia — deu roupas dela e das filhas para lavar e disse para ir limpar a edícula dela também! Veja se isso tem cabimento!

— Por isso, terá de tirar a Iraci daqui.

— Mas não é só! — Adriano não a ouviu. — A Síria entra aqui em casa e pega as coisas sem pedir. Ela é igualzinha à mãe! A Iraci pegou frutas que tinha na fruteira e outras coisas na geladeira e levou para e edícula! Ah!... Mas eu tinha comprado as mesmas frutas e coisas e deixado lá pra elas! Em quantidade menor, claro, mas comprei! Aliás, comprei frutas para as meninas e não para a Iraci! Minha irmã é abusada! Sempre se acha no direito de mexer em tudo o que é dos outros. Ela não tem respeito por ninguém, principalmente, por mim! Quanto ao brinquedo do Fábio... Ele tem doze anos. Tem uma coleção de robôs e um apego especial por aquele. Brinca com todo o cuidado para não quebrar. Com outros brinquedos, ele não é assim. Sempre compartilha, deixa os outros brincarem, empresta... Mas, quando a Síria viu as prateleiras, no quarto dele, com a coleção!... Ficou doida! Quis mexer, pegar... Ele deixou, mas os outros, aquele não. Ela fez que fez, pegou escondido e foi pro quintal. O Fábio ficou louco, com razão. A Síria não pediu, pegou escondido e, quando ele exigiu que entregasse, ela quebrou o robô de propósito! Está errado, Otília! Essas coisas estão tirando a gente do sério! Cada dia é uma coisa! Ou uma grosseria, uma indireta, uma piada de mau gosto, agressões verbais, invasão de privacidade... Tudo para nos irritar!

— Piada?... — a prima não entendeu.

— A Iraci fez algumas piadas falando de traição. Quis mexer comigo, usando a Filipa, nossa separação...

— Ah... Entendi.

— Sempre tem alguma coisa para deixar o meu dia trevoso! Que inferno! São detalhes, coisas aparentemente sem importância, mas que vão dando nos nervos. Ela é desrespeitosa, arrogante, hostil, nem dá para descrever — silenciou.

— Você está estressado, Adriano. Já teve experiências bem ruins com seu pai, a Filipa... Conviver com gente assim é difícil. Sabe que é quase impossível dialogar ou mesmo brigar com pessoas narcisistas. Ela sempre se acha com razão e faz da sua vida um inferno. Acredito que a Síria está influenciada pela mãe. Vai pelo mesmo caminho.

— A minha irmã é invejosa. Vive criticando a mim e meus filhos. Desdenha da minha casa, da vida que levo, da profissão que tenho... Outro dia, perguntou se eu não tinha nojo de ficar fuçando na boca das pessoas, sentindo todo mau hálito do povo. Acha que sou medíocre.

— Mas, depende de você! Totalmente! Não ligue.

— É difícil não ligar — tornou Adriano, mais calmo. — O estrago na saúde mental é enorme, quando convivemos com gente assim. Não é fácil se recuperar. E quando pensei que estava livre...

— Você deve pensar em um jeito de tirá-la daqui. Alugue uma casa, passe toda a responsabilidade dela, para ela.

— Não estou nadando em dinheiro, Otília. Pagar os primeiros três meses de aluguel para minha irmã não está nos meus planos. Tenho compromissos financeiros e... Estou pagando meu carro, colégio dos meninos, aula de inglês, plano de saúde... Os materiais que uso no consultório são caríssimos e não posso diminuir a qualidade, adquirindo produtos mais baratos. Tenho funcionários como a Ane, aqui em casa, as três funcionárias na clínica odontológica. Além de outros gastos. — Um instante e lembrou, falando baixinho: — Sou responsável pela Babete. Não sei por quanto tempo e... Tenho dó de devolver essa menina para a mãe. Ela é doce, não dá trabalho. Vejo que se esforça para acompanhar as regras da casa. Sei que não é fácil conviver com uma família diferente. Mas, ela gera mais despesas. Isso tudo é complicado, trabalhoso e dispendioso, principalmente. Não vou minimizar a qualidade que dou para meus filhos e também para a Babete por causa da minha irmã, que não merece metade do que faço por ela. Não é egoísmo. É realidade.

— Não sei como posso te ajudar.

Adriano a encarou por longos segundos e murmurou:

— Já está me ajudando muito. Tem sua vida, seus problemas e ainda tira tempo para me dar força com meus problemas. Não sei como retribuir para agradecer.

— Pensa um pouco. Acaso não conhece ninguém que possa dar emprego para a Iraci?

— No momento, não lembro de ninguém, mas... Vou ver. — Pequena pausa e perguntou: — E a Babete? Conversou com ela?

— Para ela, acho que a situação na escola será insuportável. — Contou tudo o que ouviu da jovem. — Penso que será preciso mudá-la de colégio.

— Mais essa agora... — falou de modo inaudível.

— Posso cuidar disso pra você.

— A Babete é esforçada, curiosa, inteligente, mereci estudar em um colégio particular — o tio considerou.

— Não sei se acompanharia a dinâmica de um colégio particular. Ela estudou em escola pública, cidade pequena... Espere um pouco.

— Sim, porque não tenho dinheiro para isso, agora. Vou tirar a Iraci daqui antes. Também não posso ter mais gastos extras. Preciso levar a Babete para Minas sempre que solicitado. Tenho de levá-la a médicos psiquiatras.

— Ela não tem nada!

— Eu sei! Você sabe! Mas, o juiz não. O advogado acredita que esses laudos, negativos para problemas psiquiátricos, vão ajudar muito. Aliás, vou ligar para lá e saber como andam as investigações. Precisamos de notícias que tirem o peso das costas dessa menina.

— Tudo bem. Depois você me conta. Conversa com ela. Na semana, posso procurar outro colégio junto com ela.

— Hoje é aniversário da Lana! — o primo lembrou e sorriu.

— É sim... — Otília ofereceu um sorriso apagado, sem empolgação.

— Algum problema?

— Como sempre, logo cedo... — contou tudo. Depois, desabafou: — Fico me perguntando e analisando onde errei. Sempre me vigiei para não ser a mãe que tive. Nunca fui distante, nunca critiquei, nem fui tóxica, negativa, pessimista... Sempre dei valor aos meus filhos. Com todo amor e empenho, sempre busquei ressaltar o lado positivo deles. Dei atenção, carinho, admiração, apoio para tudo de bom que faziam. Embora sempre fui verdadeira, realista, eduquei com respeito e limites... Há anos, tento argumentar, de todas as maneiras, explicando que precisamos produzir o que é bom, útil e saudável para prosperarmos em todos os sentidos. Mas, é desgastante demais conviver e tentar equilibrar a vida ao lado de uma pessoa egoísta, tóxica, improdutiva, que só exige sem dar nada em troca. A Lana só quer ao lado pessoas que concordem com as coisas erradas que ela faz e pessoas que a proveem, que paguem suas contas, cuidem de suas roupas, façam sua comida e outras coisas — lágrimas escorreram em seu rosto triste. — Não posso dizer que ela é assim rebelde porque foi adotada. Não. Tenho outro filho adotivo também que, embora tenha sido rebelde por um tempo na pré-adolescência, como qualquer outro jovem pode ser, mostrou que é possível aprender a ser bom, atencioso e prestativo. Ser generoso e compreensivo é questão de caráter. Assim como ser tóxico e negativo é questão de caráter. Caráter é a manifestação do que se tem na alma. Parei de ter dó da Lana e vê-la como a menina triste e rebelde porque não conheceu a mãe biológica. Parei de inventar desculpas para o mau comportamento dela para diminuir a dor das agressões que causa em mim. Negar, fechar os olhos para a sua crueldade, não fará essa dor, essa angústia desaparecerem de mim. Por ser minha filha, preciso colocar limites e me impor. Não posso me anular. Preciso lembrar que a minha saúde mental e a minha saúde física são importantes e ninguém, ninguém tem o direito de destruir isso. — Encarou-o. — Não podemos ser reféns de filho, companheiro, pai, mãe, irmão, amigos ou seja lá quem for. Não vou deixar na minha vida nada que tire a minha paz. Pessoas tóxicas, negativas, melindrosas destroem nossa vida com suas queixas, seus problemas intermináveis e insolúveis. Elas acabam com a sua tranquilidade, com o seu sossego devido à ansiedade avassaladora de querer poluir nossa mente com seu negativismo. A gente mostra uma solução, aponta uma direção boa, ela não aceita e cria dez problemas ou empecilhos para o que você sugere. Só sabem reclamar e exigir. — Longa Pausa em que ficou com olhar perdido. Suspirou fundo e continuou: — Muitos dizem que pessoas tóxicas, egoístas, narcisistas, negativas são assim pela forma como foram criadas. Mas, não concordo totalmente com isso. Olha para a Babete e para a Síria. Tenho dois filhos criados da mesma forma, mas totalmente diferentes. Toda vez que um psicólogo tentou colocar a Lana no lugar dela, esclarecendo como é o mundo e a dinâmica da vida, ela se negava a ir às sessões. Muito diferente do irmão que ouvia, aceitava, refletia, testava as sugestões do psicólogo... Trazia algumas dúvidas para mim ou para o pai...

— Você acha que a Lana é narcisista?

— Uma psicóloga, lá de Santos, suspeitou, mas apesar de várias sessões, não concluiu o diagnóstico. Lana faltava às sessões, manipulava as conversas, mentia... Como saber? Que ela apresenta traços fortes desse transtorno, não restam dúvidas. — Um momento e disse: — Ela bebe, fuma, faz uso de drogas... Todo aquele que possui vícios como jogos, álcool, drogas e outros é narcisista induzido, pois mente e manipula quem puder para conseguir suprimento para alimentar seu vício. Jura que nunca mais vai beber ou usar drogas ou jogar para ter apoio, naquele momento, mas nunca cumpre as promessas. Não posso mais acreditar nela. A Lana não vai mudar. Narcisistas não mudam. Não me resta fazer muita coisa por minha filha... — chorou, novamente. — Como sempre quis, agora é maior de idade. Terá o direito de fazer o que quiser. Terá acesso ao dinheiro que é dela por herança. Mas, precisarei impor algo que detesto, que é tolerância zero, reprimindo atitudes agressivas, tóxicas, destrutivas, egoístas dentro de casa. Não posso e não vou ser refém de amor de filho nenhum. Não gostou? Não está de acordo? Só lamento. — Lágrimas continuavam a correr em sua face. — Não sou mais codependente emocional. Todo egoísta adora dependentes emocionais... Não posso ser eternamente responsável pelo que meus filhos fazem, depois que dei tudo de mim, ajudei com tudo o que tenho... Livre-arbítrio é Lei. Cada um de nós tem grande bagagem espiritual de outras vidas. Ser bom ou mau, sem dúvida, é propriedade da alma e nem sempre dos acontecimentos da infância ou juventude. Meus filhos são exemplos disso. Ambos adotivos e criados da mesma forma. Tenho certeza de que pedimos para nascer nas condições em que vivemos hoje, com as provações e sofrimentos que temos, para experimentarmos as experiências necessárias para evoluirmos. Nascemos na família certa, temos as pessoas certas ao nosso lado. Deus nunca erra. Porém, não somos obrigados a suportar sacrifícios e sofrimentos desnecessários. Dizer não é evolução. Aceitar um não e seguir em frente é evolução. Diante das provações terrenas, nossas atitudes mostram o quanto estamos aproveitando ou não o que pedimos para viver em uma encarnação.

— Só isso explica o que vivemos. Em momentos difíceis, precisamos seguir dando o nosso melhor com tudo o que temos ao nosso dispor. Você está triste, com o coração apertado, porque é uma boa mãe e sabe que a Lana, do jeito que se comporta e age, encontrará dificuldades. Fez sua parte e não é obrigada a suportar agressões e maus-tratos dentro da própria casa. Ser bom tem limite.

— Não vou aceitar agressões nem gritos nem rebeldia de nenhuma espécie. Estou decidida.

— Tem meu apoio.

CAPÍTULO 28
Educar os pensamentos

A cada dia, Adriano ficava ainda mais nervoso devido aos problemas causados pela irmã.

Naquela tarde, havia conversado com um conhecido que lhe informou que uma loja de roupa popular estava contratando. Ao chegar à sua casa, foi conversar com Iraci, na edícula.

— É uma loja popular. A vaga é para promotora de vendas.

— E o salário? Será que compensa?

— Compensa o quê? Você está desempregada e sem fazer absolutamente nada! É um trabalho honesto e qualquer salário que receba, junto com a pensão que recebe, será o suficiente para cuidar das suas filhas e pagar um aluguel.

— Terei de pagar aluguel para você?! — exclamou com ironia.

— Não. Seus três meses aqui estão acabando. Você terá de se mudar da minha casa.

— Adriano! — fez-se surpresa. — Como tem coragem de fazer isso com sua própria irmã?! Nunca precisei da sua ajuda, mas quando preciso, sou tratada como um cachorro! Você não tem coração! Não tem nenhum sentimento! É um monstro que coloca a irmã e suas sobrinhas na rua.

— Não estou colocando ninguém na rua. Você vai trabalhar e alugar uma casa. Foi isso o que a Otília fez, quando ficou viúva e com dois filhos. A situação é a mesma.

— A Otília é diferente de mim! Não queira nos comparar! Você é um egoísta! Ingrato! Um...

— Sou o que você quiser que eu seja. Não me importo com sua opinião. O tempo de ficar aqui acabou. Eu havia estipulado que ficasse morando na edícula por três meses.

— Meu único irmão e terá a coragem de me colocar na rua, com duas crianças?! — quase gritava em tom de lamento e olhos lacrimosos.

— Eu depositei o valor que você tinha direito da casa do pai, quando foi vendida — ficou observando a feição da irmã mudar, totalmente. Após a morte do pai, Iraci disse que o irmão havia brigado com ela por motivo de herança, após o inventário e venda do imóvel. Mas, não era verdade. Seu marido pediu que não se incomodasse e deixasse para Adriano o valor da venda da casa dos pais. Pelo fato de ela não querer nenhum contato, o irmão realizou, legalmente, a venda da casa e depositou a parte dela. Não lembrava que tinha direito a esse dinheiro e ficou muito interessada. Parou de chorar e ele explicou: — Depois do inventário e da venda da casa, você sumiu. Não falou mais comigo. Peguei sua parte e depositei. Então, arrumando o emprego que te indiquei, aceitando mudar daqui, poderá colocar as mãos nesse dinheiro. Você não é debilitada ou doente. Tem curso superior e é capacitada.

— Mas é um emprego de vendedora! — ainda reagiu agressiva.

— Para começar, está muito bom. Depois poderá procurar outro na área de sua formação ou algo que te agrade. Com o dinheiro da venda da casa dos nossos pais, poderá fazer muita coisa.

— Não vou sair daqui! Estou me sentindo insegura. Sozinha, numa cidade como São Paulo e com duas crianças que dependem de mim. Isso está errado.

— Não está nada errado, Iraci — disse firme.

— Você é meu irmão!

— Mas não sou obrigado a te sustentar! — alterou-se.

— Adriano! Você é insensível! Veja a situação pela qual passei! Viúva, sem nada, com uma filha com problemas psiquiátricos!

— A Babete não tem problemas psiquiátricos! Pode parar! Até porque a Babete ficará comigo. Está na hora de assumir responsabilidades!

— Você é bruto! Foi por isso que seu casamento terminou! A Filipa não suportou seu egoísmo, sua arrogância! Só pensa em si!

— Amanhã esteja preparada, às 7h, com toda a documentação para ir à loja e conseguir aquele emprego!

— Se eu não conseguir, o que vai fazer?! — falou com modos agressivos.

— Te levar de volta à fazenda de onde nunca deveria tê-la tirado! Lá tem terra, portanto poderá plantar, colher, cozinhar e comer! Estou cheio de você, Iraci! Quero paz! — virou as costas e foi para sua casa.

Ao entrar, foi para a sala de jantar. Colocou as mãos nas costas de uma cadeira, olhou para cima, fechou os olhos e suspirou profundamente.

Otília, que chegou ali, deteve-se e pensou em voltar para o quarto de Babete, ele a viu e murmurou, simulando um sorriso:

— Oi...

— Oi. Estava conversando com a Babete.

— Ela te contou que os sonhos, pesadelos ainda continuam? — ele quis saber.

— Contou. Conversei com ela.

— Imagino o quanto sofre. Já tive isso. A incapacidade de se mover ou falar ao pegar no sono ou acordar é chamada de paralisia do sono. Dura poucos minutos, um ou dois, mas a experiência é assustadora. Um terror. Alguns especialistas afirmam que é um distúrbio provocado por excesso de estresse, transtorno de ansiedade, pânico, depressão... É quando a mente está ativa e consciente, mas o corpo não. Eles dizem que, nesse estado, podem ocorrer alucinações, onde a pessoa diz ver coisas que não existem ali ou sente que está sendo observada. Pode escutar barulhos estranhos, vozes e até dizer que teve experiências extrassensoriais, que estava flutuando acima do próprio corpo, sentir peso em cima do peito ou nas pernas e dizer que alguém a segurava. A paralisia do sono é devido a uma falha na comunicação entre o cérebro e o corpo. Ao se deitar para dormir, o cérebro da pessoa envia ao corpo o aviso de que deve relaxar. A paralisia do sono ocorre, exatamente, nesse momento, mas a mente não relaxa e fica ativa.

Otília sorriu levemente e argumentou:

— Concordo, totalmente, com a parte fisiológica. De que é um distúrbio do sono relacionado com estresse e tudo mais. Mas... Quando se fala de mente...

— Já li muito sobre isso. Conversei um pouco com a Babete a respeito, mas... — sorriu. Gostaria de saber a opinião dela. — O que você tem para agregar como conhecimento?

— O corpo e o cérebro podem ser estudados, a mente não, não com um microscópio, com dessecamento ou em laboratório. Já reviraram o corpo humano para saber onde fica a mente e não descobriram. Por mais que os neurocientistas busquem ou procurem em que lugar ela está, a consciência ou a individualidade humana não é encontrada. E não a encontram porque a mente é uma abstração, algo impalpável, intocável, mas que não deixa de existir. A mente não está no cérebro, está no corpo inteiro. A mente é a alma.

— Concordo com você — Adriano afirmou. — Mas... e o cérebro?

— Sou leiga, mas pelo que li e pesquisei, o cérebro é um órgão que reflete os desejos da mente, da alma. A mente decide que precisa andar, o cérebro envia mensagens para os membros inferiores para que façam isso. Portanto, a mente ou a alma existe fora e além do corpo físico. Ela não é limitada. O cérebro é restrito, limitado ao corpo físico. Só envia mensagem ao corpo, inclusive para os movimentos involuntários como o bater do nosso coração, respiração, digestão... O cérebro só envia mensagens ao corpo porque a mente desejou e programou isso. Sem a mente, o cérebro não faz nada. E já que a mente ou a alma não é limitada ao corpo, não é dependente do corpo no plano espiritual, que muitos chamam de plano astral, ela pode sim ver e ouvir o que existe no plano espiritual. Não são alucinações, que a pessoa vê coisas que não existem, ouve o que ninguém escuta, sente o que os outros não conseguem. A experiência de flutuar acima do próprio corpo é porque está flutuando. Simples assim.

— Concordo totalmente. Li e pesquisei a respeito. Na paralisia do sono, a mente estressada, inquieta, que sente medo ou raiva, dá ordem para o cérebro dizer ao corpo para relaxar, então, o corpo relaxa, mas a mente inquieta não. Daí que a mente fica acordada, presa ao corpo relaxado e inerte.

— Perfeito — ela sorriu. — O pensamento vem da mente. O maior presente que Deus nos deu foi a capacidade de mudar os nossos pensamentos, pois são eles que construíram o nosso presente e construirão o nosso futuro. Nosso pensamento é capaz de criar sensações, emoções que produzem hormônios que nos deixam com medo ou confiantes, tristes ou alegres, desesperados ou equilibrados. O poder de controlar o que pensamos faz nosso cérebro agir, reagir e criar esperanças, ver harmonia a nossa volta, proporcionando bem-estar e paz em todas as circunstâncias. Controlar o pensamento faz neurônio trabalhar, o corpo reagir, a mente evoluir, faz tudo por nós — sorriu. — Escolha seus pensamentos e controle suas emoções e ações. Com isso, conseguirá encontrar seu equilíbrio. Quando somos desenfreados com o que pensamos, experimentamos raiva, ressentimentos, medo, ansiedade, culpa, ciúme, insatisfação e, qualquer um desses sentimentos, se alimentados por mais pensamentos negativos, simplesmente, crescem e nos dominam. Se eu desenvolvi medo e deixo os pensamentos criarem ideias e imaginarem situações piores, esse medo cresce. Se desenvolvi ansiedade e não mudo a sintonia dos pensamentos, fico insegura, querendo controlar situações ou pessoas, então, o grau da ansiedade aumenta, impressionantemente, fazendo um terror na minha mente.

— Eu diria mais — Adriano opinou. — Escolha seus pensamentos e controle suas emoções e ações, mas também e não menos importante, escolha o que ter a sua volta. Se tudo o que tem a sua volta te deixou como está hoje, precisará mudar. Nunca conseguirá paz e equilíbrio fazendo as mesmas coisas, cultivando os mesmos vícios, tendo os mesmos hábitos, ouvindo as mesmas porcarias de músicas, noticiários, filmes, séries, novelas, lendo os mesmos tipos de livros... Tudo o que teve a sua volta te deixou como está. Tudo! Se quer, realmente, ter paz e equilíbrio, se libertar da ansiedade, não basta mudar somente pensamentos e palavras, é preciso mudar ações. E nas ações, encontramos nossas preferências. Mude suas preferências. Foram elas que te deixaram assim.

— Muitos perguntam sobre o que leva uma pessoa a desenvolver o transtorno de ansiedade. Lógico que cada caso é um caso. A maioria das pessoas, por não saber que é importante equilibrar e frear o que pensa, por acelerar tudo o que imagina, não dar um descanso à mente, querer que as coisas saiam sempre como ela quer, podem desenvolver esse transtorno. Por isso, é importante desacelerar, observar a natureza, afagar um animal... Outras desenvolvem ansiedade por um único episódio difícil, mas difícil mesmo.

— Um único episódio difícil? — ele quis entender.

— Sim, como assalto, sequestro por exemplo. Mas, vamos lembrar que algumas pessoas passam pela mesma situação e não desenvolvem transtorno nenhum, simplesmente, porque controlam os pensamentos, colocando um freio no negativo, tendo fé.

— E são nos momentos em que desaceleramos, buscando aquietar a mente, por meio de pensamentos bons, de fé e esperança que controlamos o que pensamos.

— Exatamente. Isso é educar os pensamentos. Educação não é uma ação única. Você vai lá, ensina e pronto. Educar é treinar. Em algumas culturas, a sociedade é educada para não jogar papel ou lixo na rua e isso é treino. É não se envergonhar de catar um papelzinho que o outro jogou. É guardar o lixinho na bolsa ou no bolso até encontrar uma lixeira. Essa educação é um treino. O pai treina o filho, o professor treina o aluno, assim por diante. Esse é um exemplo que podemos comparar ao que permitimos ou não aos nossos pensamentos. Se acordamos de manhã e abrimos a janela reclamando que está nublado, chovendo, frio, depois reclamamos do café, do companheiro, respondemos mal para alguém, achamos desagradável encontrar com determinada pessoa... Só nesses poucos exemplos, podemos observar o quanto deixamos nossa mente vagar destrambelhada pensando em tudo o que é negativo, criando vibrações desagradáveis. E, sendo a mente que comanda o cérebro, sem dúvida, o cérebro vai entender que para essas situações negativas deve e precisa de determinados hormônios. E são os hormônios os responsáveis por ansiedade e depressão. Precisamos nos lembrar de sair das sintonias desses negativismos que observamos desnecessariamente.

— Em outras palavras, eu disse isso para a Babete. Mas, devo admitir que, pôr em prática, não é fácil — riu. — A Iraci me irrita e está na minha casa. É difícil não pensar nela e não ver o que faz.

— Está esquecendo de colocar em prática o que sabe. Silenciar os pensamentos, admirando a beleza do mar, de uma paisagem... Tem ido a um parque? Praia? — riu. Sabia que não. — É necessário ensinar os pensamentos a sentirem coisas boas. Acordar com raiva, ficar zangado porque está frio... Qual o momento que ensinou seus pensamentos a ver o que aconteceu de bom? — ficou sem resposta. — Até Jesus, quando passou perto de um cachorro morto, quando todos torceram o nariz, o Mestre disse: "esse cão tinha lindos dentes". Ele encontrou algo bonito no meio dos restos mortais de um cachorro.

— Verdade. Estou muito focado nela e no que faz de ruim para me irritar.

— Sim. Está treinando seus pensamentos a dizer para seu cérebro: olha! Preciso de mais adrenalina, preciso ficar ligado em tudo! — riu. — Dá-lhe mais adrenalina para a ansiedade atacar e destruir sua paz. Então, do nada, vem aquela descarga de adrenalina e junto todas aquelas sensações horríveis de tremor, medo, abalo emocional, decorrente dela. É a crise de ansiedade atacando. E isso, você mesmo treina tantas e tantas vezes que, quando vê um comercial de TV, um filme ou qualquer outra cena em que, inconscientemente, se lembra da sua irmã ou atitude dela, inesperadamente, uma descarga de adrenalina ocorre e você diz: nossa! Tive uma crise de ansiedade do nada. Não foi do nada. Você treinou tanto sua mente sem perceber que, por exemplo, quando olha para um relógio que é parecido com o relógio de sua irmã e, conscientemente, nem lembra, sua mente lembra, sua mente sabe e é então que ela ordena a descarga de adrenalina e a crise de ansiedade acontece.

— Sei como é. O pânico, a crise de ansiedade que, supostamente, acontece do nada, são causados por símbolos dos quais não nos lembramos conscientemente. — Ele esboçou um sorriso. — Quando estava aqui e você se aproximou, estava tendo uma crise de ansiedade. Daí, começamos conversar de assuntos diversos, melhores do que o que eu estava pensando... Mudei o foco... E as sensações se foram.

— Você sabe o caminho. É só treinar. Quando pensar na Iraci e em ter de tirá-la daqui, lembre-se de que já está atuando, se mexendo e fazendo seu melhor, fazendo a coisa certa.

— Mudando de assunto... Quanto à Babete. Tenho conversado muito com ela, mas não está ajudando tanto.

— Acho que estar perto da mãe dificulta tudo, Adriano.

— Ela me contou que vê espíritos perto da Iraci e eles a amedrontam. Não quer ver a mãe, não quer sair do quarto. Tento protegê-la, mas quando não estou aqui é impossível.

— A Babete precisa criar defesas próprias e não existe coisa melhor do que ter conhecimento. Estamos indo à casa espírita, ela frequenta a mocidade espírita... Mas nada é rápido. Não existe passe de mágica.

— Uma pergunta: as pessoas egoístas, arrogantes, destruidoras, narcisistas que passam e avassalam nossas vidas, um dia, elas pagarão por tudo o que fizeram?

— São criaturas em evolução como nós. Ninguém que magoa, trai, fere, machuca destrói ou é egoísta é perdoado. Deus criou Leis perfeitas, baseadas no amor e respeito, das quais ninguém escapa. Além de harmonizar o que desarmonizou, a criatura que atua sem amor, sem empatia, certamente, sofrerá as mesmas situações que provocou, pois nunca terá paz de espírito.

— Os espíritos superiores não podem ajudar ou proteger aqueles que agem errado?

— Não. Lógico que não. E por que fariam isso? Se livre-arbítrio é lei, sofrer as reações das ações também é. A justiça de Deus é, infalivelmente, para todos. Não existem privilegiados. Os espíritos superiores orientam, confortam, inspiram, mas não podem, de modo algum, anular, absolver, minimizar o cumprimento da Lei Divina. Só quem pode minimizar a expiação é o próprio espírito, dependendo de suas atitudes, empenho e discernimento. Uma mudança radical, difícil de conquistar, mas não impossível. Por exemplo: uma pessoa colocou fogo em um prédio e matou dez outras queimadas. É importante para Deus que essa pessoa morra queimada dez vezes ou que ela passe pela prova do fogo uma única vez e mude seu comportamento, ajude outros a serem melhores?[1]

— Entendi. Porque é cruel imaginar que pessoas egoístas fazem coisas e nunca receberão um castigo de Deus.

— Não é castigo, Adriano. Deus não pune, não castiga. É a consciência do ser que exige harmonização, que se atrai para situações que o faz experimentar o que fez o outro sofrer. E, cá para nós, é bom parar de desejar que essas pessoas vivenciem situações difíceis ou estaremos sendo iguais a elas.

— Tá bom. Vamos focar em outra coisa... O que fazer com a Babete?

— É uma ótima menina. Vamos continuar conversando, orientando, levando à casa espírita... Ela é empenhada. Vai dar certo — Otília sorriu para animá-lo.

— Já marquei consulta com um médico psiquiatra para ela. Preciso levar para anexar ao processo. O advogado acredita que, se não der nada, se a Babete não tiver problema algum, isso vai ajudar muito. Sem esquizofrenia, o efeito de medicamentos antipsicóticos é terrível, desmonta a pessoa. Ela

---

[1] O livro: *Entre Vidas e Destinos*, do espírito Schellida e espíritos diversos, psicografia de Eliana Machado Coelho, entre os lindos contos com tramas envolventes, repletas de lições, existe o conto intitulado: *Prova de Fogo*, que nos exemplifica que grandiosas tarefas terrenas podem minimizar as expiações que precisamos experimentar. Obra interessante de ser apreciada, por nos trazer diversas reflexões.

tomou doses altas, naquele dia, que a deixou lenta, sem noção. Isso reforça o quanto Babete não tinha condições de fazer aquilo contra a prima. Mas... Esse distúrbio do sono está me preocupando. Não gostaria que o médico socasse remédios nela ou achasse que tem esquizofrenia.

— Para com isso! Médico responsável não dá diagnóstico rápido. Além do que, todos temos o direito de perguntar ao médico ou psicólogo a religião dele. Ele tem o dever de informar, sabe disso.

— E se ele não quiser dizer?

— Vire as costas e não volte mais. Nos últimos anos, o assunto espiritualidade e religião vem sendo tema em inúmeros congressos médicos. Hospitais vêm perguntando qual a nossa religião ao fazer fichas para internação, exames e até algumas consultas ou procedimentos. Ao mesmo tempo, vemos um crescimento significativo de artigos sobre religiosidade ser sinônimo de aumento de cura entre pacientes com diversos problemas. Agora me diz: se a religiosidade do médico é ou não importante para o paciente também? — não houve resposta. — Lógico que é! Por isso, como paciente, quando necessário, eu pergunto sim a religião do médico, psicólogo para me sentir mais confortável.

— Nunca tinha pensado nisso.

— Pois é... Pense. Mas, agora, preciso ir! — virou-se e foi saindo.

— Otília! — ela olhou. — Obrigado, mais uma vez.

— Por nada — sorriu.

CAPÍTULO 29
Acácia

Ao ir para casa, Otília se sentiu estranha. Algo havia mexido com seus sentimentos e não sabia explicar o que era.

Do lado de fora, percorrendo o corredor que a levaria para a cozinha, reconheceu a voz que vinha de dentro da casa e sentiu-se gelar.

Na cozinha, viu sua mãe sentada, de costas para porta, conversando com Matias.

Cumprimentou:

— Boa noite.

— Nossa, Otília! Quanto tempo! — levantou e ficou parada.

— A senhora, por aqui? — calma, forçou um sorriso.

— Soube que se mudou há meses e nem pra ir me visitar ou mandar recado. Sua irmã foi quem me falou e deu o endereço. Deveria ter avisado. Teria vindo antes. Fazia tempo que não via as crianças.

— Não são mais crianças, mãe. E...

— Nem reconheci o Matias! — sentou-se, novamente. — Também... Nem pra visitar a mãe. Você sempre...

— Meu marido morreu. A senhora não... — foi interrompida.

— Não tive como ir no enterro. Estou com problemas de saúde. Tem dia que é difícil levantar. Mas, sei que você deu conta de tudo. Tinha a família dele lá e todos ajudaram.

— Vó, estamos falando da morte do meu pai. Como assim, minha mãe deu conta de tudo? Isso é falta de respeito aos sentimentos dela. Ela sofreu muito! Precisava de gente boa ao lado...

— Nossa... Não precisa falar assim comigo. Você não entendeu. Falei por falar. Na verdade, quis dizer que as coisas sempre dão certo. Eu não iria ajudar em nada. E sua mãe é preparada. Não sofreu tanto. Vive acreditando em espírito.

— Sofri sim, mãe. Foi um golpe difícil em todos os sentidos. Posso não ter externado com desespero, porque aprendi a me controlar, me resignar, mas sofri sim.

— Você não entendeu o que eu quis dizer. Falei no sentido de ter controle de tudo. Mas, conta uma coisa, você vendeu a casa em que moravam? Fez um bom negócio?

— Vendi sim e já dei a parte que pertencia aos meus filhos.

— Mas sobrou uma boa graninha pra você, não foi?

— Não.

— Como não? Deveria ter sido mais esperta.

Matias olhou para a mãe com expressão negativa, balançando a cabeça como que admirado. Depois disse:

— Com licença. Preciso tomar banho.

— Não foi à faculdade hoje? — Otília quis saber.

— Não. Depois conversamos.

— Vai lá... Deixa o menino tomar banho. — Novamente quis saber: — O Cláudio te deixou seguro de vida, né?

— Não.

— Mas você recebeu o seguro do carro que atropelou seu marido, né?

— Por que essas perguntas, mãe?

— Sabe como é... Tem coisas que os outros precisam lembrar a gente. Na hora do desespero esquecemos muita coisa. — A filha nada disse e Acácia prosseguiu, depois de observá-la de cima a baixo: — Nossa... Você não mudou nada. Deveria ter emagrecido. É importante controlar a boca.

— E a língua também.

— Credo! Olha como você é, Otília! Precisa falar desse jeito comigo. A gente nunca se vê e, quando se encontra, é agressiva dessa forma. Só estou falando pro seu bem.

— Olha como a senhora é — falou em tom calmo. — Não percebe que foi grosseira antes de mim? Que minha resposta dependeu do que falou? Vem a minha casa especular minha vida e falar mal do meu corpo em forma de crítica. Tenha dó, né, mãe! — falou firme.

— É uma crítica positiva! Não estou falando nada de mal. Quero seu bem. Sabe disso.

— Então, por favor, não me faça nenhum tipo de crítica positiva nem negativa.

— Olha como fala... — pareceu triste, abaixando o olhar. Suspirou fundo, estremecidamente, para se mostrar magoada e chateada: — Não precisa falar comigo dessa forma. Sou sua mãe. Venho aqui pra te visitar, feliz para ver como está...

— E como a senhora está? Nos últimos tempos tem feito algo novo? — perguntou preparando café.

— Na minha idade?! O que poderia fazer? Vivo com problemas de saúde. Tem dia que dói o corpo inteiro. Hoje mesmo, acordei com uma dor de cabeça horrível! Tomei um monte de remédio — falou quase gemendo. — Também tenho um dente doendo. Na próxima semana vou procurar um dentista. Nem venha me indicar seu primo. Quero distância! Falando em dentista... Soube que seu primo correu até Santos quando o Cláudio morreu. Sua irmã disse que ele estava lá.

— O Adriano foi ao enterro como qualquer outra pessoa solidária. Também me orientou muito para fazer o inventário, vender bem a casa e requerer pensão de viuvez.

— Achei estranho quando veio para cá, morar ao lado dele. Com tanta casa no mundo, por que precisava morar aqui?

— Era hora de mudar. Nada me prendia mais àquela cidade. Eu e meus filhos teríamos mais chances aqui. Foi o que achei — serviu uma xícara para ela.

— Mas precisava ser do lado dele? — Acácia insistiu.

— Mãe — falou parecendo ser exaustivo tocar naquele assunto —, vendi a casa que tinha. Morei um mês na edícula da casa do Adriano e meus móveis precisaram ficar lá, enquanto alguns consertos eram feitos nesta casa e era pintada também. Minha irmãzinha querida — falou com ironia — sabia e deve ter contado à senhora. Mas nenhuma de vocês apareceu para ver se eu precisava de ajuda, não é, mãe? Quanto ao aluguel, era adequado ao que eu podia pagar e não achei outro menor.

— Essa casa tem um quintalzão, mas é pequena, não acha?

— Não critique minha casa. Era o que podia pagar, como já disse. Pode ser pequena, mas é jeitosa e me sinto bem aqui. Adoro onde moro.

— Só porque está do lado dele. Não devia ficar tão grudada no seu primo. Vê lá, hein! O Adriano não presta. Sempre te falei isso. A mulher deu um pé nele! Bem feito! Ele é muito metido, orgulhoso, não conversa mais com o resto dos parentes. Só porque é dentista, tem o rei na barriga e se acha grande coisa. Coitada da Filipa. Deve ter aturado o inferno, enquanto vivia com ele. Mas... Você também não arrumou grande coisa. O Cláudio não tinha onde cair morto.

— Vamos parar com esse assunto. A senhora veio aqui para que mesmo?...

— Soube que a Iraci voltou pra cá também! Sei que sou a última a saber de tudo o que acontece. Você nunca conta nada. Nem foi me visitar! O que poderia esperar? Sua irmã me disse que a Iraci voltou com as três filhas e está lá na casa do irmão. Deve estar cheia da grana! O marido dela era rico, tinha fazendas, gados...

— Mãe, já é tarde. Preciso descansar porque amanhã vou levantar muito cedo.

— Pra quê?

— Tenho encomendas de salgados para entregar.

— Mude daqui o quanto antes! Não seja boba de se enturmar com seus primos.

— Ai... Por favor... Vamos parar com isso?

— Nossa, Otília... Não posso falar nada que já fica nervosinha. Chama minha atenção... Credo. — Levantou-se. — Não tem nenhum salgadinho aí pra mim?

— Não. Não faço nada congelado. Amanhã vou levantar bem cedo e começar a trabalhar.

— Então tá bom. Você nunca se lembra de mim mesmo. Faz tanta coisa pra fora nem pra tirar uma empadinha e dizer: vou levar pra minha mãe, coitada. Ela merece um agrado. Mas, não tem problema. Vai lá em casa pra gente conversar e tomar mais do que um café. Pode até levar uns salgados para mim, não vou achar ruim não. Mas, veja se fecha a boca. Gorda como está, nenhum homem vai olhar pra você.

— Desculpe por não ter mais nada do que um café para te oferecer.

A mãe saiu falando e Otília a acompanhou até o portão.

— Pensei que você iria dar coisa melhor na vida. Fez faculdade, estudou pra nada. Só gastou dinheiro. Agora, tá aí fazendo salgado pra fora. Isso é vida?

— Gosto do que faço e dá dinheiro.

— Então poderia ao menos me ajudar a comprar uns remédios que tô precisando. Não tá fácil pra mim não. Não vai ser mesquinha e egoísta com sua própria mãe, nessa idade.

— O que ganho dá para pagar as minhas contas. Não tenho sobrando — falou sem ânimo.

— Credo... Sempre egoísta. Isso é pecado. Não foi assim que te criei.

— Tá bom, mãe. Outra hora conversamos melhor. Hoje, estou muito cansada.

— E ainda me mandando embora. Sempre grossa. Nem sei o que vim fazer aqui. Sempre sou destratada.

— Não precisa fazer o que não te agrada. É preferível não vir aqui. Sinto muito se não sou o que quer.

— Olha só como fala. Diz ser espírita, ter religião que esclarece e fala dessa forma com a sua própria mãe.

A filha abriu o portão e o segurou, esperando que Acácia saísse. A mãe se aproximou, beijou-a no rosto e disse com voz sentida e jeito melancólico:

— Tchau, viu. Desculpa alguma coisa. Se falo a verdade é pro seu bem, viu? Eu te amo, filha. Fica com Deus.

— Tchau, mãe. Fica com Deus também.

— Desculpa, viu? Não queria te chatear. Às vezes, não sou bem compreendida por você. Sabe como é... Se eu tivesse dinheiro, até te ajudaria fazendo encomendas de salgados, mas não tenho. E outra, você cobra muito caro pelo que faz. Mas, tudo bem... Desculpa, viu?

Depois disso, a senhora se foi.

Otília voltou para dentro de casa e ficou pensativa. Em pouco tempo de visita, percebeu que sua mãe não havia mudado nada.

Acácia não percebia o quanto era tóxica, falando o que achava ser melhor para a filha, ferindo seus sentimentos ao mesmo tempo. Sempre às voltas com ideias de que somente sua opinião era certa e que só ela tinha razão. Inconscientemente, procurava analisar situações para tirar algum proveito. Fazia perguntas para se manter informada com a finalidade de, futuramente, lucrar com isso. Quando questionada ou repreendida, buscava passar a ideia de que o outro estava errado por não a entender, eximindo-se de responsabilidade. Acácia vivia para si, só sabia falar de seus assuntos fúteis, doenças ou reclamações. Pouco procurava saber sobre a vida da filha e menos ainda ajudar. Quando o fazia, era para se ressaltar, gostava de aparecer e ser bajulada, desejando valorização pelo mínimo feito. Era muito exaustivo conviver com ela. Uma mulher pobre de espírito, incapaz de admitir seu sentimento de inveja, embora acusasse os outros de invejá-la. Adorava bajulações. Achava-se merecedora de presentes e sempre os cobrava. Acreditava que precisava de tratamento diferenciado, exaltado, mimado, mas nunca agraciava alguém. Se elogiasse, tinha algum interesse. Uma das formas de impor esse tratamento era não reconhecendo o trabalho dos outros, pedindo descontos ou menores valores ao adquirir. Quando não, exigia brinde e, quando ganhava um, pedia mais um. Tinha uma habilidade incrível de proferir comentários negativos, críticas que depreciavam e feriam a alma, incomodavam e causavam sofrimento.

Falava quase incessantemente e não dava brecha para que o outro participasse da conversa. Sempre se mostrando entendedora do assunto em questão. Conversar com ela, exigia tolerância, era estressante e pesado. Se a pessoa quisesse ou precisasse interagir e falar algo, teria de forçar o diálogo e isso cansava.

O melhor jeito de conviver com pessoas como ela é silenciar, não por concordar, mas para ter paz, entendendo que não há possibilidade de mudança.

Em qualquer situação, pessoas assim sempre se consideram vítimas. Esgotam os que vivem a sua volta, perturbam o equilíbrio do outro, confundindo-o quando distorcem fatos e situações. Mentem, chantageiam silenciosamente, colocam-se como coitadas e não respeitam o bem-estar nem a saúde mental de ninguém, pois só elas importam, só olham para si.

Matias chegou à cozinha e a viu pensativa.

— Mãe?

— Oi... — sorriu.

— Ficou chateada por que a vó veio aqui?

— Nunca sei o que fazer ou como agir. Ela sempre fala dessa forma tóxica, envenenando tudo e todos. Critica, opina de modo negativo...

— Ela manipula as palavras. Quando eu disse que sofreu, ela falou que não entendi o que disse, ou seja, ela se achava certa.

— Sua vó nunca está errada, na opinião dela. E o tom de quando fala é... Não sei explicar. — Ficou pensando em como expressar. — Melancólico? Fala sempre como se fosse coitada ou então é agressiva. Se coloca de vítima. Não bastasse, critica tudo e todos, quer controlar tudo e todos. Não para de falar, não deixa os outros falarem. Só os assuntos dela são importantes, sempre reclamando do mundo. Isso cansa.

— Escutei quando ela te criticou.

— Sim. Estou com sobrepeso. Gorda, talvez. Primeiro, porque tenho facilidade de engordar. Segundo, porque adoro comer coisas gostosas. Terceiro, porque trabalho cozinhando coisas que preciso provar a todo instante. Sei que é importante dar atenção à minha saúde, mas... Passei por tantas coisas, que precisei deixar isso de lado. Não estou com tempo de cozinhar ainda mais coisas só para mim. Porém, estar gorda ou magra é um problema meu! — falou brava.

— Acho que o maior problema é como ela fala e o tom que usa. Criticando sempre. Agora entendi.

— Estou cansada disso e não sei como agir. Minha mãe sempre passou por boa e amável, dá um nó na conversa e sai como vítima. Essa visita foi apenas o começo. Ela fará de tudo para se aproximar, tentar interferir, controlar minhas ações, pensamentos, desejos... Será difícil dar um basta. Preciso pensar, desde já, no que fazer.

— Por que ela vai fazer isso? Querer te controlar para quê?

— Fará isso porque é narcisista. Vai fazer isso para me punir, porque não a idolatro, não cedo às suas necessidades, não a ressalto, não a bajulo. O narcisista tem necessidade de ser atendido e de fazer alguém sofrer. Suas vítimas são seus suprimentos.

— E se a bajular, tratar bem, elogiar a todo instante?

— Ela vai querer mais, sempre mais e mais e mais!... É um compromisso sem fim, que acaba com as suas energias. Sua vida vai virar a extensão da vida dela. Terá de deixar de viver sua vida para ceder a ela o seu bem mais precioso: seu tempo. Vai ter de atendê-la, dar atenção vinte e quatro horas por dia e viver para ela. Pessoas assim são terríveis, pois, mesmo fazendo isso, não será suficiente e você será o maldoso, o egoísta da história, quando não puder realizar o que ela quer. Ai! Que droga!... Vamos mudar de assunto. Depois resolvo isso. Por que você não foi à faculdade?

— Até fui. Fiz prova hoje e não tiveram as três últimas aulas. O professor faltou. Por isso, é ruim duas aulas seguidas com o mesmo professor. Se ele falta... Aí, quando cheguei a vó encostou no portão. Pareceu que estava esperando alguém.

— Eu estava na casa do Adriano. Ficamos conversando... — Viu-o inquieto. Sentiu que algo acontecia. Sorriu, passou a mão em sua cabeça e perguntou: — O que foi? Por que está assim?...

— Lá na faculdade, tenho uma amiga, a Ludi. O nome dela é Ludmila, mas todos a chamam de Ludi. A gente sempre faz trabalhos junto e empresto apostilas, ela me empresta livros e... Sei lá...

Otília segurou o sorriso, mas ele não percebeu.

— Ela sabe? — a mãe foi direta.

— Sabe o quê? — surpreendeu-se.

— Que você gosta dela?

— Ah... Sei lá... — ele também sorriu. — Não falei nada.

— Já procurou perceber se ela gosta de você?

— A gente se dá bem. Conversamos bastante. Às vezes, fico preocupado em falar que gosto dela, porque a família dela está bem de vida. Eles têm dinheiro, sabe? O pai sempre a leva à faculdade com um carrão! As roupas dela são bonitas e boas. Ela comenta sobre viagens que faz com os pais e... Ela já foi para o exterior! — ressaltou como se isso fosse importante.

— Bem, filho... A primeira coisa que precisa fazer é não ter vergonha de si mesmo. Você é jovem. É um rapaz bonito, esforçado e que está estudando para garantir o seu futuro. Não está parado sem fazer nada. O fato de não termos casa própria, carrão nem fazermos viagens não faz de nós uma família sem valor. Se ela e os pais forem pessoas que têm princípios e valores, vão entender que você é um rapaz de família e em ascensão, que está começando. É esforçado. Ninguém sabe o dia de amanhã.

— Mas... E se falar que gosto dela e ela não quiser me namorar porque sou pobre?

— Se ela não quiser namorar, é porque não gosta, não sente atração por você, por considerá-lo somente um amigo. Dizer isso, educadamente, é um direito dela e não é errado. Você terá de respeitar. Mas... Se acaso ela, mesmo gostando de você, não quiser namorar por você ser pobre... Filho, se isso acontecer, ela já está mostrando o caráter que tem. Acredito que será melhor se afastar, o quanto antes. — Viu-o pensativo, pendendo com a cabeça positivamente. Percebeu que havia entendido. — Certo?

— Certo. É verdade.

— Bem... Preciso de um banho. Estou exausta. — Quando ia saindo da cozinha, lembrou-se e voltou para dizer: — Só uma coisinha, filho! Será que poderia ajudar a Babete?
— Em quê?
— Matemática. Na escola nova, ela está com dificuldade. Eu até poderia, mas... Seria bom ela interagir com outras pessoas. Percebo que vocês se dão bem. Seria bom para ela.
— Pode ser. Também gosto dela. Sabe... — sorriu. — Achava a Babete meio estranha, quando era pequena. Mas, depois que a conheci melhor... Ela é agradável.
— Está com aqueles problemas, tendo pesadelos...
— Também... o que passou. Acusada de assassina pela cidade inteira, quase linchada, chamada de bruxa... Imagina o medo! Penso que essas lembranças estão vivas ainda.
— Ela não está saindo muito de casa. Não interage com outras pessoas. Está deprimida, quieta demais. Chame o Lucas, o Fábio e ela para darem uma volta, tomarem sorvete, irem ao parque aqui perto... Vai ajudar.
— Tá bom.

Antes de ir dormir, Adriano sempre conversava com os filhos e também com Babete.
Geralmente, a sobrinha ficava bem calada. Quase não falava ou opinava.
Depois de ouvir as novidades dos filhos, ele perguntou:
— E então, Babete?... Como está sendo na nova escola?
— Estou achando melhor. Na minha sala, tem mais alunos da minha idade. A maioria é repetente.
— Que bom! Poderá fazer amigos ou já fez?
— Não sei se fiz. Tem uma menina que conversa muito comigo. Gosto dela. Ela me faz rir. A gente se dá bem. Mas...
— Mas?... — o tio quis saber.
— Minha mãe não vai gostar se me vir com ela.
— Por quê? — Adriano perguntou sério.

— Ela é preta.[1] É assim que ela se autodeclara — estava sensível e seus olhos se encheram de lágrimas. — Gosto de ter amizade com ela...

Adriano suspirou fundo e olhou para o lado, inconformado. Enquanto Fábio, seu filho caçula, perguntou:

— Qual o problema? Não entendi.

— Tem gente ignorante e idiota, mal resolvida na vida, que ainda implica e se incomoda ou não gosta dos outros por causa da etnia, da cor da pele e outras coisas — disse Lucas, indignado. — A tia Iraci é uma dessas pessoas atrasadas, medíocres. Isso se chama preconceito. É ter opinião ou conceito antecipado, sem antes conhecer a realidade ou o que é verdade.

— Mas, por que não gostar de alguém por causa da cor da pele? — tornou o irmão.

— Por achar que a cor da pele faz alguém inferior ou superior. A tia Iraci é...

— Epa! Epa! Epa! Calma aí, Lucas — o pai interrompeu. — Você está sendo grosseiro. Primeiro, porque não podemos falar mal dos outros quando ele não está presente para se defender.

— Quer dizer que quando a pessoa está presente, podemos falar mal dela? — Fábio perguntou e riu.

— Não vamos falar por falta de coragem. Geralmente é isso. Senão, é para não arrumar confusão. Segundo, é indelicado e deselegante falar da mãe da Babete. Tenho certeza de que sua prima não está à vontade nem satisfeita com isso. Está até se sentindo culpada, envergonhada. Vocês não gostariam que falassem da sua mãe. — O filho fez uma expressão insatisfeita e o pai perguntou: — Como é que fala, Lucas?

— Desculpa, Babete. Não quis ser grosseiro.

---

1 O livro: *Sem Regras para amar*, do espírito Schellida, psicografia de Eliana Machado Coelho, além de um lindo romance, de uma trama envolvente, aborda o tema sobre etnias, preconceito racial, entre outros, explicando que a cor da pele e a posição social são experiências terrenas passageiras. Essa obra é interessante de ser apreciada, a fim de se conhecer melhor sobre o lado espiritual que acompanha o preconceito.

— Tudo bem — ela sorriu sem jeito.

— Fábio — tornou o pai —, já conversamos sobre preconceito e outra hora voltaremos a falar no assunto, novamente. Pelo jeito você precisa de mais explicações, né? — sorriu. — Mas, agora, vamos voltar ao assunto da Babete. Sei que os pais têm grande influência na opinião dos filhos, Babete. Mas, você já é grande o suficiente para saber o que é certo ou errado. Ter preconceito, ofender ou falar de alguém por sua condição não é correto. Humilhar ou tentar humilhar alguém pela condição dessa pessoa é crime. Nesse caso, seria interessante pensar se deve ou não dar atenção à opinião da sua mãe.

— Minha mãe está errada. Eu sei. Quando estudei em Minas, alguns implicavam comigo por causa da cor dos meus cabelos. Sofri preconceito. Não liguei, porque achava meu cabelo lindo. Gostava deles como eram. Mesmo assim, gostaria que fosse diferente, que meus colegas não falassem nada, porque queria ter amigos.

— Se você gosta da companhia da sua colega, continue sendo amiga dela. Se quiser, pode trazê-la aqui em casa. Mas, seria bom se eu ou a tia Otília estivesse aqui.

— Está bem — tornou a sobrinha.

— Pai, a Babete não vai mais morar com a mãe dela? — Fábio quis saber.

— Estou com a guarda provisória da Babete. Acredito que isso vai continuar assim, até que o processo seja encerrado. Mês que vem, tenho de levar os laudos dela para anexar ao processo. — Virando-se para a sobrinha, disse: — Aliás, Babete, precisamos conversar sobre as consultas. Estou esperando um pouco porque quero ir à escola em que estuda e conversar com alguns professores e pedir que façam uma declaração sobre seu comportamento em sala de aula. Acredito que isso possa ajudar os médicos a terem um parecer melhor, pois professores passam muito tempo com alunos, observam e conhecem seus comportamentos.

— Não fui eu que fiz aquilo com a Laurinha. Eu juro, tio. E... Não quero mais morar com minha mãe. Passo mal só de olhar pra ela.

— Eu também, Babete — Lucas afirmou. — Minha mãe não ligava pra gente. Desprezava, não dava atenção. Nem comida fazia. Era a empregada quem cuidava de nós dois. Quando podia, exibia a gente como se fosse a melhor mãe do mundo. Mas, quando estávamos sozinhos, não ligava. Xingava, virava as costas. Gritava, mandava a gente se virar sozinho... Não quero nem ver minha mãe. Só tenho mágoa. — Encarou-a e afirmou: — Fica calma. Nós acreditamos em você. Sabemos que não fez nada contra a menina e vai conseguir provar. Sua mãe não dá apoio, mas nós damos. Sabemos o que é ter mãe que não ama a gente.

— Minha mãe me batia muito. Não me escutava. Não acreditava no que eu via. Até hoje, vejo coisas horríveis perto dela. Tenho medo... — quase chorou. — Tenho pavor do que vejo perto dela, principalmente, quando está nervosa, briga, xinga...

— Mas, agora, com a gente, você não vê nada, não é? — tornou o primo Lucas.

— Feio igual ao que vejo com minha mãe, não. Nesta casa não tem.

— Por isso, meninos — disse Adriano —, é importante vigiar o que fazemos, assistimos, lemos, ouvimos, falamos e tudo mais. Primeiro, você precisa fazer muita coisa errada, se viciar nelas, pra depois vir a obsessão.

— Babete, é sempre que você vê as coisas? — Fábio quis saber.

— Não. E nem quando quero. É quando nem penso em ver nada, que acontece.

— Comentou isso na escola? — Adriano perguntou.

— Não. Quase comentei com a minha amiga nova. Ela é umbandista e acreditaria em mim, mas tenho medo. Não estou confiando em mais ninguém. Se ela contar para alguém e isso se espalhar... Não quero.

— Está certo — o tio concordou. — É bom seguir nossos instintos. O que não fizermos poderemos fazer, o que fizermos, precipitadamente, e não der certo, não teremos como desfazer.

— Mas, tio... Não quero morar nunca mais com minha mãe.
Adriano não disse nada. Não dependeria dele.

A conversa do dia anterior havia mexido muito com Lucas. Ele ficou pensando no que a prima sentia com relação à mãe. Sabia entendê-la.
Batendo à porta do quarto, perguntou como Babete estava:
— E aí?
— Tudo bem — sentada na cadeira, junto à escrivaninha, respondeu ao se virar.
— Como está? — entrou e se jogou sobre a cama.
— Melhor, eu acho. Fico muito em dúvida. Insegura. Não sei se o que quero sempre é o certo.
— Essa insegurança é por causa do comportamento da sua mãe com você.
— Também acho — a jovem concordou.
— Sou capaz de te entender muito bem. Também fui assim. Quando minha mãe foi embora, abandonando a gente de uma hora pra outra, fiquei muito mal. Confuso, perdido... Achava que a culpa era minha.
— Por quê? — Babete quis saber.
— Minha mãe me desmotivava. Quando eu ia, todo alegre, contar alguma coisa para ela, algo que achava legal ter feito, ouvia: só isso? Ou muitas outras frases como: que coisa sem graça. Quanta idiotice. Isso é besteira. Você não vai conseguir. Já deu errado. Então, eu me achava uma porcaria, um zero à esquerda. Ela não me respeitava, dava minhas coisas sem me perguntar, doava minha mochila ou roupa preferida, meu brinquedo predileto... Depois, dizia que estava fazendo caridade, que deveria dar aos pobres... Falava para eu deixar de ser egoísta. Mas, não poderia me perguntar antes? Talvez aquilo fosse importante para mim. Talvez eu quisesse doar outra coisa. Muitas vezes, ela dizia: você é igual ao seu pai,

credo! — arremedou. — E até hoje não sei qual o problema de ser igual ao meu pai. Minha mãe vivia me julgando, mas quando eu tirava uma ótima nota, ganhava algum concurso, vencia um campeonato de xadrez nem parabéns me dava. Não fazia mais do que minha obrigação. Sempre me desrespeitava, matava meus sonhos, acabava com minhas esperanças. No começo, não notava. Achava que era normal. Mas, não era. Via as mães de outros colegas, parecidas com a tia Otília, sabe? — viu-a pendendo com a cabeça positivamente. — Elas eram diferentes. Davam atenção verdadeira e te olhavam nos olhos, quando você estava falando. Incentivavam, aconselhavam, conversavam com calma... Davam bronca também, mas era diferente. Desde sempre, minha mãe me chantageava: "Seja um bom menino pra mamãe!" — arremedou, novamente. — E ser um bom menino para ela significava eu não ter personalidade, não ter opinião, não me mexer, se possível. Vivia me criticando... "Não esqueça que você tem mãe. Você me deixou triste. Por sua causa estou arrasada. Se eu morrer, vai sentir remorso e muita culpa."

— Frases que ouvi também e ouvi aos gritos.

— Eu vivia tenso, deprimido, me vigiando para não deixá-la triste, arrasada, me torturando porque ela poderia morrer e eu ficar com culpa... Ficava sofrendo, antecipadamente, por algo que não tinha acontecido. Isso é uma tortura horrível, cruel, baixa... Só criatura pobre e mesquinha implanta isso na cabeça de uma criança, fazendo-a sofrer sem razão. Em vez de dar alegria e esperança, só implantava medo, estresse... Minha mãe só gritava, às vezes. Mas, sempre queria atenção para ela e isso cansava. Tava sempre com problemas e nós não poderíamos ser mais um, não poderíamos falar nada da nossa própria vida. Sempre doente e se achando abandonada. Sempre com chantagens emocionais e muito drama, pra me fazer sentir culpado. Eu não entendia. Depois, egoísta, ela se foi. Foi embora de casa sem qualquer satisfação. Meu pai se fez duro, firme pra não pirar, claro. Mas, eu não compreendia no começo. Só depois, com o tempo... Entendi muita coisa com a psicoterapia. Como você pode perceber, ele é um pouco rígido. Foi o jeito que encontrou para lidar com tanta pressão, ingratidão e com dois filhos pequenos. Foi fácil notar que as opiniões do meu pai não eram para machucar, mas sim para ajudar a ver as coisas de modo diferente, de outro ângulo. Ele pode parecer duro com você, mas, observe a forma como ele enxerga as situações. O senhor Adriano não estará falando coisas vazias ou sem sentido. Meu pai disse que nossa mãe pode ter transtorno de personalidade narcisista, igual ao pai dele. Muitos profissionais, muitos psicólogos não sabem lidar com narcisistas, pois uma das principais habilidades do narcisista é a mentira e a manipulação da conversa. São mestres nisso. Só quem convive com um sabe como é no dia a dia, o inferno que é. Muita gente não conhece nenhum narcisista e vai dizer pra você: aí... é sua mãe. Não fala mal dela. Se é capaz de falar da sua mãe, o que dirá de mim. Credo! Falando da própria mãe... Por isso, Babete, até que entenda bem a vida, conheça bem quem está perto de você, seja colega, amigo, familiar... O melhor é não dizer nada. Tem também outros que vão dizer que entendem demais do assunto sobre narcisismo e, quando você contar algo sobre sua mãe, vão falar muitas coisas venenosas, mandar que xingue, brigue, enfrente e até agrida. Não faça isso ou estará sendo pior do que sua mãe. Não somos iguais a elas. Se fizer isso, o resultado será a culpa, o remorso, porque você não é assim. E se der algo errado, essa pessoa que te envenenou não vai arcar com as consequências.

— Espiritualmente, por que vivemos experiências ao lado de gente como minha mãe e a sua?

— Para desenvolvermos o equilíbrio. Sei que não é fácil. Tenho quinze e você quase dezesseis anos, mas, devido às mães que tivemos, parecemos ter quarenta — riu e ela também. — Já fiz muita psicoterapia e, confesso, adoro! Sei que não é correto dar diagnóstico sem ser profissional da área da saúde mental, mas, como filhos de pessoas como elas, precisamos aprender a nos retirar de relações abusivas, agressivas, dependentes, quando enxergamos transtornos que nos prejudicam. Não somos obrigados a aturar nada. Não vamos conseguir ajudar. Nossa ajuda pode vir com nosso exemplo de procurar viver melhor.

— E quanto a honrar pai e mãe, como aprendemos nas religiões? — Babete perguntou e ficou olhando-o.

Lucas demorou um pouco para responder. Ficou pensativo e depois disse:

— Você está falando daquela frase que existe no Espiritismo, "honrar pai e mãe não é somente respeitá-los, mas também os assistir nas suas necessidades, proporcionar o repouso na velhice, cercá-los de solicitude, como eles fizeram por nós, na infância".

— Sabe de cor? — sorriu.

— Sei. — Lucas sorriu e continuou falando de modo amável: — Conversei muito com meu pai sobre o que Kardec quis dizer. Meu pai também ficou pensativo por dias. Até que reparou nas sete últimas palavras — sorriu. — "como eles fizeram por nós, na infância." No nosso caso, mesmo elas sendo mães narcisistas, temos sim de respeitá-las, assisti-las em suas necessidades, etc... Se elas foram distantes de nós, na nossa infância, acho que podemos fazer tudo por elas, mas com certa barreira emocional, com certa distância. Fazer o que tiver de ser feito como dever. Como seres educados e elevados que esperamos nos tornar, precisamos fazer o certo, mas com barreira emocional, colocando limites, não deixando que invadam nossas vidas e massacrem nossos pensamentos e emoções, como sempre fizeram. Como criaturas educadas e elevadas, não vamos fazer mal a elas nem deixar que falte nada, mas vamos amar a nós mesmos impondo limites. Isso não é errado. Errado é revidar, se vingar e ser como elas. Devemos ser gratos, pois a nossa mãe foi o portal para chegarmos a este mundo, experimentarmos esta encarnação, harmonizarmos o que desarmonizarmos e evoluirmos. Precisamos honrar pai e mãe sim, mas nos destruirmos por eles não. Nunca. Normalmente, a velhice de pessoas como elas é bem solitária. Lógico que é resultado do que fizeram a vida toda. Pessoas tóxicas, chatas, resmungonas, que reclamam, geralmente, ficam sozinhas. Sem saúde, sem beleza, sem energia, sem vitalidade... Ficam velhas amargas e tristes, pois, quando novas, só encheram o saco dos outros ou fizeram maldades ou foram egoístas a vida toda... Essas pessoas ficam sós. Ninguém as aguenta. A solidão delas não é responsabilidade minha ou sua. Não é culpa minha ou sua. Devemos só fazer a nossa parte, quando chegar a hora. Aprendi isso na psicoterapia — riu.

— Não é fácil. Eu sinto culpa por estar aqui e não com ela e minhas irmãs.

— Teve de ser assim e vai ter de se convencer disso. Faz parte de seu aprendizado e desenvolvimento terreno. Acho que você tem algo muito legal para fazer na vida, mas ainda não sabe. Por isso, seus caminhos estão se separando. Aproveite isso. Se um dia der certo, se tiver equilíbrio suficiente sem se prejudicar, aí sim você a ajuda, mas de longe.

— Sinto muito medo, Lucas. Fico insegura em todos os sentidos — abaixou o olhar.

— No momento, tem que fazer coisas que livrem seus pensamentos voltados para ela ou qualquer pessoa que te deixe um lixo. Lembrar-se dela e de tudo o que ela te fez, te faz se sentir indigna de ter o que é bom, do que te deixa feliz, saudável, alegre... Daí você se sente incapaz, se sente um lixo.

— Não dá para parar de pensar. Não tenho um interruptor na cabeça para desligar o que não quero pensar. Não existe um controle remoto mental que nos faz mudar de sintonia.

— Mas existe algo chamado: ocupação. Quer se livrar de determinados pensamentos? Ocupe-se com algo e foque no que está fazendo. Se interesse por algo. — Observou-a e confessou: — Eu sei como é. Mas, aprendi que o nosso pior inimigo são nossos pensamentos, pensamentos que aprendemos a ter pelas opiniões negativas delas. Tá na hora de se livrar deles. De dar um basta mesmo. Quando vier um pensamento ruim, literalmente, diga: "Vai embora. Medo, angústia, tristeza, vão embora." Ordene! E se ocupe com alguma coisa.

— O que posso fazer?
— Gosta de estudar, não é?
— Gosto.
— Podemos estudar juntos. Vamos focar em prestar vestibular. Já é tempo de pensar nisso. Siga firme. Não deixe que nada nem ninguém te desmotive. Quem faz isso é porque tem medo da sua capacidade e do seu potencial — Lucas incentivou.
— Pretende prestar vestibular para que curso?
— Medicina! — alegrou-se ao falar.
— Quando era menor, queria ser enfermeira. Dizia que gostaria de cuidar de gente.
— Então seja enfermeira!
— Mas... E se eu quiser mudar para Medicina? — indagou insegura.
— O poder está em suas mãos, digo, na sua alma, na sua vontade, no seu empenho! Estude para passar em Medicina. Vamos rachar, prima! Vamos mostrar do que somos capazes! — viu-a sorrir de modo raro, deixando o brilho da esperança figurar em sua face. — Vamos planejar dias e horários de estudo. Faremos uma planilha.
— Não sei direito se é isso o que quero, mas... Vamos sim.
Cheios de esperança, começaram a elaborar projetos de estudos e ninguém mais os seguraria.

Com o passar dos dias, Iraci mudou-se da casa do irmão. Receber o dinheiro ao qual tinha direito pela venda da casa dos pais era bem atrativo e não pensou muito.
Adriano encontrou uma residência simples, mas muito bem estruturada. Ele adiantou alguns meses de aluguel e mobiliou todo o imóvel. Com a pensão que recebia da viuvez e o salário que ganharia no novo emprego, a irmã poderia viver razoavelmente bem com as filhas. Ele daria outra ajuda e caso precisasse, estaria disposto a colaborar com mais.

A irmã não ficou satisfeita. Normalmente, nada lhe agradava. Seu desejo era se acomodar na casa dele e ser cuidada, como sempre foi pelo pai e marido.

A nova situação trouxe mais tranquilidade a Adriano, embora tivesse de receber Iraci, que sempre desejava visitar a filha.

Após retirar o dinheiro que lhe pertencia como herança pela venda da casa, Lana sumiu. Não disse para onde iria, muito menos mandou notícias.

Otília não dizia nada, mas tinha o coração apertado pela ausência da filha. Ficava imaginando onde estaria, como viveria, em que situação difícil se envolveria. Sabia que tinha feito de tudo para ajudar a jovem entender a vida, mas isso não adiantou. Lana deveria aprender com as próprias experiências, que poderiam ser bem dolorosas.

A mãe sempre orava por ela.

Com o passar dos dias, Matias chegou à sua casa com semblante e comportamento diferentes. Mal cumprimentou a mãe e foi para o quarto. Depois, tomou um banho e saiu. Não quis jantar nem conversou.

Ela achou estranho, mas respeitou a vontade do filho.

Bem mais tarde, o rapaz chegou visivelmente embriagado.

Foi uma surpresa. A mãe nunca o tinha visto daquela forma. Às vezes, ele saía com amigos, bebia, mas nunca ficou daquele jeito trôpego.

— Melhor tomar um banho frio — disse ela sem dar muita importância.

— Daqui... a... Daqui a pouco... Tomo.

— Deita lá na sua cama. Vai ser melhor — tornou a mãe, quando o percebeu sem condições. Aquilo a deixou irritada. Não gostou de vê-lo daquela forma.

Na manhã seguinte, após se levantar e cuidar de alguns afazeres, Otília percebeu que o filho estava na cozinha e foi até lá. Pensou que aquele era o momento certo para conversarem.

— Bom dia.

— Bom dia — ele murmurou sem encará-la.

— O que aconteceu para chegar embriagado ontem? — não houve resposta. Ele continuou parado, em frente à pia e de costas para ela. — O que aconteceu, Matias? — foi mais firme.

— Eu não estava legal. Aconteceram umas coisas... Saí com uns amigos e ultrapassei o limite. Só isso — continuou sério e emburrado.

— Espero que não se torne rotina. Não só o fato de se embriagar, mas também e, principalmente, o fato de não estar legal e ir encher a cara por isso. Se cada vez que se decepcionar com a vida for beber, desse jeito, viverá embriagado e acabará na sarjeta.

O filho não comentou nada. Ficou em silêncio e carrancudo.

CAPÍTULO 30
Mudança de planos

Matias não se sentia bem com o que tinha acontecido entre ele e sua mãe. Por vergonha, com misto de orgulho, decidiu não contar nada a ninguém, mesmo assim, o ocorrido na faculdade o incomodava irremediavelmente. Para fugir dos pensamentos que o castigavam, após o almoço, foi para a casa de Adriano e perguntou por Babete.

Sem demora, ela apareceu.

— Oi. Tudo bem? Vamos dar uma repassada nas suas aulas de matemática?

O coração da garota se encheu de alegria e um sorriso, que há muito não era visto, iluminou seu rosto, fazendo aparecer covinhas encantadoras.

O rapaz, sorridente, observou que a jovem já se encontrava com a aparência diferente desde que chegou. Os cabelos avermelhados um pouco mais compridos, na altura dos ombros, ganhavam vida, achavam-se mais bonitos, embora com um pouco de volume nas ondas largas. Os olhos verdes de Babete estavam vivos, brilhosos. Havia algo diferente nela que ele não sabia explicar. Tinha deixado de ser aquela menina, que achou estranha, quando visitou sua casa na cidade de Santos.

— Uma colega tirou algumas dúvidas e o Lucas outras, mas será bom repassar — disse, querendo mais sua companhia do que aprender, pois já sabia.

— Claro! Vamos lá — Matias incentivou. — Faremos um reforço para ver se entendeu mesmo.

— Está bem. Só um minuto. Vou pegar os cadernos.

Em pleno sábado à tarde, à mesa da cozinha, Matias ficou instruindo e tirando as dúvidas da garota.

Ele tinha um jeito gentil, educado e engraçado para ensinar, deixando o clima descontraído.

Lentamente, a noite se apresentava clara e iluminada naquele verão, quando pareciam ter revisado o que precisava. Mais do que aquilo, Matias considerou que poderia confundi-la.

— Que tal? Conseguiu entender?

— Entendi sim. Da forma como você explica, fica bem fácil. Gostei muito. Obrigada — sorriu meigamente.

— Não tenha vergonha de perguntar. Sábado que vem, continuamos. Mas, se precisar antes, é só me dizer.

— Pode deixar.

Matias não desejaria ir embora. Gostou de ficar ali em companhia de Babete. Ela era agradável. Sentiu-se mais leve e animado. Diferente do momento em que chegou, com a cabeça repleta de preocupações. Olhando para a jovem, lembrou-se de quando conversaram sobre sua mãe biológica. Gostaria de retomar aquele assunto que os aproximou havia anos. Porém, ficou constrangido. Enquanto pensava, ela perguntou, inesperadamente:

— Você está melhor? — ela indagou baixinho.

— Melhor? Como assim? — estranhou e sorriu.

— Quando chegou, estava angustiado. Deu pra sentir.

— É verdade. Estava mesmo. Não sei lidar com rejeição.

— Ninguém sabe — Babete afirmou. — Alguns disfarçam melhor, mas todos sofremos quando somos rejeitados.

— Você já deve saber o que é, não?

— Não. Não sou adivinha — riu com graça. — Só sei o que vejo, sinto ou o que me contam. Quando chegou, senti que estava triste, angustiado.

— Tá certo... — sorriu. Breve instante e o rapaz quis saber:
— Você se lembra da conversa que tivemos, na casa da praia, onde eu morava?

— Lembro sim.

— Ainda consegue ver o espírito da minha mãe?
— Não. Não mais. — Silenciou por um momento e falou: — Matias, não posso afirmar, mas... Acho que terá algum tipo de notícia do seu passado, ou melhor... daqueles que poderiam ter sido sua família.
— Será? Como? — ficou interessado.
— Não sei — ela murmurou.
— Acho que não existe filho adotivo que não deseja saber quem foram seus pais.
— Também não sei dizer. Mas, será que isso é importante mesmo? — Ele não respondeu. — Tenho mãe biológica que me criou, mas... Talvez, uma mãe adotiva teria sido melhor. Isso é o que eu acho. A verdade é que sempre queremos aquilo que não precisamos, achando que seria melhor, porém, na verdade, não seria nada melhor. É difícil aceitar que nada é por acaso, quando nos colocamos na condição de vítimas. Resumindo: eu tenho a mãe que preciso e você também. Apesar de sabermos disso, não gostamos, não nos convencemos. Lutamos com nossos sentimentos tentando fazê-los encaixar na razão, no que é real. Sei como é...
— Mas eu gosto da minha mãe. Adoro a Otília.
— Então, por que quer saber sobre a outra? Por que deseja saber sobre a família que deveria ter tido?
— Não sei — abaixou o olhar. — Agora, não sei responder. Só acho que seria importante. Mas, não é só isso que me incomoda. Estou inquieto, chateado, inseguro, em conflito... — suspirou fundo. — Nos últimos dias, aconteceram tantas coisas que estão me fazendo pensar. Algumas decisões não dependem de mim. Acho que você não entenderia — sorriu para disfarçar o que sentia.
— Experimenta contar — sugeriu, olhando-o com generosidade.
— É que... — titubeou. Refletiu um pouco e observou o quanto Babete, apesar da idade, era madura e inteligente. Sentia que era confiável. Decidiu contar: — Faz tempo, fiz teste vocacional e o melhor seria eu ir para a área da saúde. Nem comentei com a minha mãe, pois, se seguisse os resultados,

o curso superior seria muito caro. Então, comecei a fazer faculdade de Administração. Agora, acho que não vou me dar bem como profissional dessa área. Mesmo eu trabalhando e pagando tudo o que posso, minha mãe já investiu demais em mim, enquanto faço essa faculdade... Estou com vergonha de falar pra ela que penso em desistir e prestar vestibular para outro curso e que o curso que quero é muito, muito caro. Essa situação vem me angustiando bastante.

— Seria bom conversar com ela o quanto antes. Só está aumentando o tempo de angústia. Não acha?

— Eu sei. Mas, não é só. Nos últimos dias, mais do que nunca, quero abandonar a faculdade. Não só pelo curso errado. Outra coisa aconteceu e não estou indo às aulas — ficou pensativo.

— Quer falar?

Encarando-a, tomou coragem.

— Na faculdade, conheci uma garota. — Nesse momento Babete sentiu-se gelar. Um mal-estar invadiu seu ser, mas não demonstrou nem disse nada. Sentindo o coração apertado, continuou ouvindo e Matias prosseguiu: — Nós nos tornamos amigos. Contei muito de mim e da minha vida para ela. A gente se dava muito bem. Com o tempo, comecei a gostar dela, mas tinha medo que descobrisse...

— Por quê?

— Ela é rica, muito bonita, simpática... O problema era ser rica. Falou sobre viagens para o exterior, casa na praia, sítio dos pais... Carro novo que o pai comprou, que no aniversário ganharia um carro... Coisas assim, me deixavam inseguros. Contei para minha mãe e... Criei coragem e fui falar com ela. Mas... Não deveria ter feito isso.

— Por quê?

— A Ludi começou a rir, rir muito... — Ao ver os olhos de Babete crescerem de admiração, reforçou em tom triste: — Sério. Ela riu e gargalhou e começou a falar muitas coisas... Perguntou se eu não me enxergava... — Seus olhos se encheram de lágrimas, mas não se deteve. — Disse: onde já se viu, uma pessoa pobre como eu, querer ter algo com ela. Que, além de pobre, era adotivo, sem família, sem passado, sem nada... — abaixou a cabeça e ficou mexendo na caneta sobre a mesa. Depois de alguns minutos, falou: — Esse é só um resumo do que ela disse. Fiquei sem saber o que fazer. A princípio, estávamos sozinhos na sala de aula, quando a conversa começou. Mas, logo foi chegando gente. Ela falando alto e todos ouvindo. Chegaram umas amiguinhas dela que deram força para o que ela falava... Começaram a rir de mim e... Dois colegas me puxaram e me levaram pra fora. Fomos pro bar. Enchi a cara e cheguei a minha casa embriagado. Minha mãe não gostou, claro. Veio falando um monte. Deu bronca... Não contei nada pra ela. Estou me sentindo péssimo. Não quero voltar para a faculdade. Não quero ver mais ninguém daquela sala. Não sei como falar tudo isso pra minha mãe.

Matias fixou-se em seus olhos verde-esmeralda, que invadiram sua alma e aguardou.

— Ela vai entender. Vai entender e procurar ajudar de alguma forma, como sempre faz. — O rapaz sentiu uma grande esperança crescer em seu peito ao mesmo tempo que o aperto no coração desapareceu. Babete falava com convicção e ele acreditou. — Deve ser bom ter uma mãe compreensiva, que ouve, fala com tranquilidade, dá opiniões pensando no bem...

— Minha mãe, às vezes, fica brava. Dá uns pega na gente! — riu. — Mas é aquela mãezona. — Longos minutos e confessou: — Não estou me sentindo bem com o que aconteceu. Não paro de pensar em tudo e... — suspirou fundo, remexeu-se e se espreguiçou. — Acho que... Por hoje está bom, né?

— Claro. Você me ajudou muito. — Curiosa por tudo o que dizia respeito a ele, quis saber: — Qual curso vai fazer?

— Estou inseguro, mas... Penso, sempre pensei em Odontologia. Desisti da ideia por questões financeiras, mas... Depois que conheci o tio Adriano, estou me enchendo de coragem e ânimo. Adoro ver o que ele faz.

— Vai se dar muito bem — sorriu.

— Tomara, mas, antes, preciso passar no vestibular.

— Você é inteligente. Vai conseguir — ela sorriu lindamente.

— Não querendo ser chato... Como está o caso lá em Minas Gerais? — Matias se interessou em saber.

— Não sei muita coisa. Vou ter de ir ao médico psiquiatra pegar laudo. Meu tio quis saber o endereço do médico que disse para minha mãe que eu tinha problemas, mas ela não sabe dizer. Foi o veterinário quem nos levou lá e ele sumiu.

— E as receitas? Talvez no receituário tenha o endereço — Matias lembrou.

— Tudo se queimou no incêndio da nossa casa — pareceu triste.

— Você não consegue se lembrar?

— Não exatamente. Às vezes, é algo distante como um sonho que a gente sabe que teve, quer lembrar, mas só tem imagens superficiais.

— E não dá para usar esse seu dom mediúnico para descobrir o que aconteceu ou o que acontecerá? — perguntou e riu. Sabia que estava errado.

— Não. Médium não é adivinho[1] — sorriu constrangida.

— Esse assunto te incomoda, não é?

— Não imagina como me sinto mal. Dá um desespero, algo ruim por dentro... Lembro a cena de ver minha madrinha ajoelhada, a Laurinha ensanguentada... Aquele monte de gente me acusando, os gritos que ouvi enquanto estava no hospital... Parece cena de terror. Não entendo ainda porque os espíritos não me ajudam a desvendar tudo isso em vez de ficarmos dependendo das investigações.

— Desculpe... Não quis fazer você se lembrar e se sentir mal.

Babete fixou olhar nele, longamente.

Matias sorriu para aliviar a tensão. Estendeu a mão e fez um afago em seu rosto, parando a mão em sua face. Ela sentiu

---

[1] Nota da Autora Espiritual: Em *O Livro dos Médiuns*, Capítulo 26 – questão 289 - Perguntas sobre o futuro – Item 7 – Os Espíritos podem nos fazer conhecer o futuro? – Resposta: Se o homem conhecesse o futuro, negligenciaria o presente. Aí está ainda um ponto sobre o qual insistis sempre em obter uma resposta precisa; é um grande erro, porque a manifestação dos Espíritos não é um meio de adivinhação. Se quereis absolutamente uma resposta, ela vos será dada por um Espírito travesso: dizemos-lhes isso a cada instante. (Ver também *O Livro dos Espíritos*, conhecimento do futuro, pergunta nº 868).

o calor da palma e fechou os olhos. Apreciou aquele carinho nos segundos eternos que durou.

Matias se levantou, puxou-a e a abraçou forte e ela o envolveu pela cintura. Ele beijou, demoradamente, sua cabeça e afagou seus cabelos.

Afastando-se, acariciou seu rosto e convidou:

— Vamos até a padaria comprar sorvete? Está tão quente!

— Não gosto de sair — murmurou.

— Por quê? — estranhou.

— Tenho medo de encontrar minha mãe. Ela fala muitas coisas, você sabe.

— E vai se esconder até quando? Deixa disso! — sorrindo, puxou-a pelo braço. — Vamos lá!

Constrangida e temerosa, Babete venceu o medo e aceitou. Gostaria de ficar mais tempo em sua companhia.

Na rua, Matias pegou sua mão, enlaçou em seu braço e caminharam juntos até a padaria. Brincava com ela, empurrando e fazendo graça. Aquele gesto encheu o coração da jovem de alegria e esperança.

Em pleno sábado à noite, Matias estava em casa e sua mãe estranhou, mas não disse nada.

Desde que Lana foi embora, não teve mais notícias. Era comum ficar sozinha nas tardes e noites de sábado, que passou a dedicar para si, depois de entregar as encomendas de trabalho. Percebendo que o filho não iria sair, propôs:

— Que tal fazermos um lanche, hoje?

— Não ia fazer as unhas? — perguntou porque tinha visto, sobre a mesa, a caixa com esmaltes, lixas e outros instrumentos, que a mãe usava para fazer as próprias unhas.

— Hoje não — sorriu. — Temos queijo, presunto, alface...

— Pode ser — Matias concordou sem ânimo.

— E que tal chamarmos o Adriano, os meninos e a Babete?! — perguntou bem disposta.

— Seria bom.
— O que aconteceu, filho? Por que está assim?
— Nada. Não esqueça. Melhor convidar o tio Adriano logo. Vou lá buscar pão e preciso saber quantos comprar.
— Tá bom. Vou lá no muro chamar!

As casas eram separadas por um muro e Otília precisava colocar uma escada pequena para facilitar a comunicação. Ao ser atendida, fez o convite e falou sobre o lanche. Ele se animou. Disse que levaria hambúrgueres e ovos para completar. Combinaram que em 30min estariam lá para ajudarem com os preparos. Certamente, haveria bastante diversão.

Algum tempo depois, Adriano, com avental, fritava os hambúrgueres, enquanto a prima lavava alface e cada um dos jovens fazia determinada tarefa como arrumar a mesa, lavar as garrafas de refrigerantes, cortar pães...

Conversavam sobre vários assuntos e se acomodaram em torno da mesa, bem animados. Cada um contava uma experiência vivida e uma história puxava a outra, até que foram interrompidos pelo som da campainha.

Entreolharam-se. Não esperavam ninguém.

Otília se levantou e foi olhar para ver quem era. Ao espiar pela porta da cozinha em direção da rua, decepcionou-se ao ver Acácia, sua mãe.

Não ficou nada satisfeita. Não a havia convidado. Sabia o quanto ela era negativa, uma pessoa que tecia muitas críticas a tudo e a todos. Sua presença sempre incomodava por conta de seus comentários tóxicos ou só voltados para ela, seus feitos, suas dores e reclamações. Era exaustivo ficar em sua companhia. Mas, deveria recebê-la.

— Oi, mãe — disse ao abrir o portão.
— Oi. Nossa!... Só de andar até aqui meu joelho já está doendo. Minha coluna também. Ai... Está insuportável — falava com um tom de gemido na voz.
— Vamos, entra.
— Lógico que vou. Preciso me sentar logo. Essas dores me matam.

— Poderia ter vindo mais cedo.

— Estava passando roupa. Com esse calor dos infernos, passar roupas é um sacrifício. Fiquei derretendo com aquele ferro ligado.

— Em vez de passar roupa à tarde, poderia passar pela manhã — Otília sugeriu.

— Credo! Como você me critica! Eu deveria ser o tipo de pessoa que não faz nada. Daquelas que os outros precisam fazer as coisas para mim. Bem porca e desmazelada. Assim, você me daria valor. Iria dizer: coitadinha da minha mãe. Não consegue fazer nada, coitada.

— Não foi isso o que eu falei. Não torça minhas palavras.

— Sempre me criticando. Nada que eu falo está bom pra você. — Aproximando-se da porta da cozinha, deu para ouvir as vozes dos garotos, que conversavam e riam. Nesse momento, Acácia perguntou surpresa: — Está com visitas?!

— Sim. Chamei o Adriano e os meninos para um lanche — falou com naturalidade.

A mulher mostrou-se nitidamente insatisfeita. Com semblante carrancudo, contrariada logo ao entrar.

— Boa noite... Boa noite... — ela cumprimentou a todos, de um modo geral, sem se aproximar. — Não se incomodem comigo.

Adriano, antes bem descontraído, fechou o sorriso. Cumprimentou e disse:

— Sente-se aí, tia. Vou fazer um lanche para a senhora.

— Não! De jeito nenhum! Se quisessem que eu comesse lanche com vocês, teriam me chamado — disse, deixando o clima desconfortável. — Desculpe, mas sabe o quanto sou sincera.

— Não planejamos. Decidimos de última hora — a filha justificou, tentando fazê-la entender para, quem sabe, melhorar seu humor.

— Não quero comer nada. Sabe que como pouco e já comi um biscoito lá em casa. É suficiente. Não sou como você. Mas... — olhou para a mesa — Aceito um copo de guaraná.

— Só temos coca, vó — Matias respondeu.

— Então deixa. Não gosto de coca. Se tomar nesse horário, não consigo dormir depois.

Otília desistiu de tentar agradar-lhe. Ocupou seu lugar à mesa e voltou a comer seu lanche. Foi quando a senhora reparou.

— Quanta coisa nesse lanche! Que enorme!

— Está uma delícia! A senhora não quer mesmo? — tornou a filha, falando de boca cheia.

— Se quiser, eu preparo um para a senhora, tia — Adriano insistiu.

— Não! Não sou de comer nesse horário. Não sei como vocês comem essas coisas.

— Então, por que a senhora reclamou por nós não a termos chamado? — perguntou Fábio, com simplicidade.

— Eu não disse isso, menino!

— Fábio... — o pai chamou e sinalizou para não comentar nada.

— Seus filhos não são nada educados — tornou a senhora. — Se metem em conversa de adulto.

— Ignora, tia. Não leve a mal.

— Estava mesmo lembrando de você por esses dias. Meu dente começou incomodar.

— Liga para o consultório, tia. Vamos agendar uma consulta.

— Nossa!... Sou sua tia e tenho mesmo que ligar para agendar uma consulta? Isso não é fazer pouco caso de mim?

— Não, tia. É que tenho de trabalhar com agendamento. Se a senhora chegar lá e tiver um paciente na cadeira e outro esperando, será falta de respeito com eles e com a senhora também. Alguém vai ter de esperar. Não só isso, vai atrasar todos os pacientes do dia. São pessoas que têm outros compromissos e horários a cumprir. O melhor é agendar.

— Mas, você cobra muito caro, né, Adriano? Poderia fazer um desconto pra parente.

— Todas as vezes que atendi a senhora, só cobrei o valor do material usado. Nunca pelo meu trabalho.

— Também... — riu. — Você trabalhou o quê? Uma horinha só, no máximo — riu, zombando. — Só falta querer cobrar por essa uma horinha.

— Pois é, tia... Para trabalhar por essa uma horinha, estudei anos de faculdade e várias pós-graduações. Levei anos para aprender o que sei, como profissional. Financeiramente, esses cursos custam muito caro. Montar um consultório, então, é um valor bem elevado. Mantê-lo moderno, atualizado, limpo... Higiene custa caro! Sem contar impostos, gastos com funcionárias, entre outras coisas... Mas, não é só... Foram horas e horas de estudo, dias e noites. Quem não fez o que fiz, mesmo tendo todo material que tenho, não poderá fazer nada nos seus dentes. Se o fizer, é crime.

— Você tá malcriado, hein, Adriano! Bem se vê quem seus filhos puxaram.

— Não é isso, vó — Matias se intrometeu. — É que a senhora está desvalorizando o trabalho dele.

— Mas que menino intrometido você, hein! Tá copiando o jeito dessa aí, que te criou. Se fosse sua mãe de verdade, a gente até relevaria, mas não é o caso.

Nesse momento, Otília se enervou. Tentou engolir o que mastigava e tomou um gole de refrigerante para que descesse de vez. Usando um tom sério e forte na voz firme, que sempre soava alegre, disse:

— Pare de falar dessa forma, dona Acácia! Não é necessário, não é hora nem local para o assunto.

— Por quê? É algum segredo o Matias não ser seu filho? — perguntou Acácia em tom agressivo.

— Ele é meu filho! — disse firme, levantando-se.

— Calma... — Adriano pediu sussurrando, colocando a mão em seu braço.

— Tão filho quanto a coitada da Lana que, por não servir de capacho, você mandou embora de casa. Se fosse boa mãe, ela estaria aqui. Você não gosta da verdade, Otília! — Acácia atacou.

A filha respirou fundo. Percebeu que não adiantaria discutir, então perguntou:

— Por que a senhora veio aqui, mãe?! O que sabe sobre a Lana?

— Vim visitar minha filha e meu neto, já que não aparecem lá em casa. Também vim dizer que a Lana me telefonou. A gente tem conversado. Estou sabendo de tudo. Mas, digo uma coisa: cada vez mais me decepciono com você. Como pode estar reunida com todos, comendo e bebendo sem saber por onde anda sua filha? O que ela está passando não te interessa? Se está com fome, com dor, doente!... Se alguém está maltratando a Lana! Nada disso importa! Você só quer do seu lado quem pode te dar alguma coisa!

— A senhora não sabe o que aconteceu, tia. É melhor...

— Ora! Para com isso, Adriano! Você não pode dar palpites aqui! Estou preocupada com essa sua amizade com a Otília. Não pensa que esqueci o passado não! Deveria era cuidar da sua vida e dos seus filhos e devolver esse diabo ruivo pra mãe dela e não ficar aqui socado na casa da sua prima! Eu te conheço! Onde já se viu? Morando em uma casona aí ao lado e socado numa tapera igual a essa!

— Chega!!! — Otília gritou. — Veio aqui me ver ou ofender a mim e meus convidados? — Não esperou que respondesse. — Já fez o que queria. Conseguiu estragar a nossa noite! Agora, pode ir embora!

— Olha o jeito como fala comigo! Sou sua mãe! Me sacrifiquei por você a vida inteira e é isso o que recebo como gratidão! Deveria me respeitar! — Acácia dizia em tom de lástima.

— A senhora não me respeita! Portanto...

— O que estou falando é para o seu bem. Tenho mais experiência de vida!

— Não quero sua experiência nem opinião. Por favor, pode ir embora.

Acácia se levantou e saiu falando alto:

— Não se faz isso nem com um cachorro! Você é ingrata! Deveria ouvir meus conselhos. Não estaria aí, nessa vida medíocre, pobre, sem futuro, vivendo de salgados, gorda e amarga se tivesse me ouvido!

— Matias, por favor, vai abrir o portão para sua vó sair. Está trancado a chave — a mãe murmurou. Séria, trazia o rosto sisudo.

Estavam todos de cabeça baixa e em silêncio.

Logo após a saída da mulher, Adriano sorriu e falou:

— Um lanche não foi suficiente. Vou fritar mais hambúrgueres. Alguém quer?

Os jovens aceitaram e tornaram a ficar animados. Otília, mesmo não tocando no assunto, estava chateada. Não foi isso que planejou. Disfarçando o que sentia, tentou agir naturalmente, voltando a conversar e brincar.

Depois que terminaram, um dos meninos deu a ideia de jogarem Tômbola[2]. E foi pegar as cartelas permanentes e grãos de feijão. Não haveria prêmio, somente o sabor da vitória.

Babete não conhecia o jogo. Mas aprendeu com facilidade.

Já era bem tarde quando decidiram parar. Lucas estava feliz por ter ganhado o maior número de partidas e ficava se gabando.

Otília e Matias acompanharam a todos até o portão, onde se despediram.

— Adriano, por favor, desculpe... Foi muito desagradável o que minha mãe disse.

— Vocês não nos devem desculpas — sorriu. — Cheguei a pensar em ir embora, quando ela começou a falar tudo aquilo, mas vi que não eram vocês quem estavam estragando o clima. Não se preocupe. Quando a pessoa é tóxica, amarga, não podemos ligar.

— Tinha umas coisas tão feias ao lado da tia Acácia — Babete se manifestou.

— Que coisas? — Matias se interessou.

— Espíritos maldosos, feios, que riam, zombavam, diziam coisas semelhantes ao que ela falava. Também tinha uma névoa escura em torno dela. Isso é algo muito semelhante ao que vejo em torno da minha mãe.

— Tudo o que somos propensos a fazer, temos espíritos do mesmo nível para nos incentivar — disse Otília.

---

2 Nota da Médium: Tômbola é um jogo semelhante ao Bingo. No Bingo, as cartelas, geralmente, têm vinte e quatro números. Na Tômbula, têm quinze. Em vez de um globo girando com as pedras a serem sorteadas, usa-se um saco de pano escuro para agitar as pedras a serem sorteadas.

— Ainda bem que entre nós ficou tudo bem. Foi uma noite ótima e nos divertimos bastante — Adriano considerou. — Até amanhã, ou melhor, até daqui a pouco.

Despediram-se e entraram.

Na cozinha...

— Que bom não ter louças para lavar! — Otília se alegrou.

— Mãe, por que a vó falou aquilo? Sobre ela estar preocupada com a amizade entre você e o tio Adriano, que ela não esqueceu o passado... Do que estava falando?

Otília respirou fundo, encarou-o e contou:

— Quando adolescente, um pouco mais velha do que a Babete... Eu e o Adriano namoramos escondido por bastante tempo. Quatro anos... Quando sua avó descobriu, foi um escândalo. O pai do Adriano também foi contra. Apanhamos. Fiquei proibida de sair sozinha, mais ainda de vê-lo. A Iraci, que também foi contra, ficou encarregada de sair comigo. Ordens do pai dela.

— Você gostava muito dele?

— Eu não ficaria todos esses anos ao lado de alguém se não gostasse, não acha? — encarou-o.

— E depois? — Matias se interessou.

— Depois... — pensou e não quis contar. — Namorei outro rapaz, ele outra moça e a vida seguiu em frente.

— A proibição foi por vocês serem primos?

— Sim. Foi só por isso.

— O meu pai sabia disso?

— Não.

— Hoje, existe alguma possibilidade de vocês dois?...

— Ora, Matias!... Olha para mim! Veja se sou alguém para um homem como ele. Olha para o Adriano! Além do que, já tenho problemas suficientes. O fato de não ficar comentando sobre sua irmã, não significa que ela não está nos meus pensamentos. Estamos sempre no limite financeiro. Não tenho dinheiro para comprar roupas novas, frequentar cabeleireiro, manicure... Sou eu mesma que faço minhas unhas. Não percebe? Outro dia, eu mesma cortei meus cabelos porque estava sem grana. O aluguel vai subir, novamente, daqui a pouco.

— E o que isso tem a ver? Você é uma mulher muito bonita, muito bonita, mãe. Olha pra você e admita. É simpática e educada. Tem um rosto lindo, gentil, afetuoso, que cativa qualquer um logo de cara. Sempre alegre e disposta a ajudar. Sabe falar com jeito, sabe ouvir... É uma mulher agradável em todos os sentidos. É bom ficar conversando com você. Acha que ele não enxerga isso? Por que o Adriano não iria querer ficar com você, novamente?

— Por que já tenho preocupações suficientes! — quase se zangou. — Alguém na minha vida, agora, só me traria mais problemas.

— Tudo bem... Mas olha pra você, tá bom?

— Já é tarde. Precisamos dormir.

— Mãe... Preciso conversar com você.

— Não pode ficar para amanhã? Tem certeza?

— Não vou conseguir dormir se não falar.

— Fala, Matias — tornou ela calma, encarando-o.

— Não estou me identificando com o curso de Administração.

— Filho... — surpreendeu-se, falando em tom de lamento. — Quer largar a faculdade?

— Estou me sentindo muito mal por isso, mas...

— Investimos muito... Matias, não seria melhor terminar?

— Não estou suportando. Sei que é difícil saber disso, mas... Não estou aguentando mais.

— E o que pretende fazer? Trabalhar em supermercado, tão somente? E se mais tarde se arrepender? Vai precisar se profissionalizar em alguma coisa.

— Aí está o maior problema, mãe. Não quero ficar sem curso superior. Mas... O curso que quero é bem caro.

Otília puxou uma cadeira e se sentou ao perguntar:

— Que curso quer fazer?

— Terei de prestar vestibular de novo e, além de um curso caro, vou precisar de materiais e livros que também são caros.

— Qual é o curso, filho? — ficou aguardando.

— Odontologia.

— Ualll... — a mãe murmurou e olhou para o lado, com olhos arregalados.

— De verdade, no teste profissionalizante que fiz tinha dado área de biomédicas. Pensei em fazer Odonto, Fisioterapia... Mas, sabia que seriam cursos caros. E depois que vi a clínica do tio Adriano, conheci outro mundo. Ele, apaixonado pelo que faz, me mostrou tudo, explicou muita coisa. Sempre que vou lá, fico fascinado. É isso o que quero. — Aguardou que ela se manifestasse, mas a mãe ficou quieta, pensativa e sem expressão alguma. — Não sei o valor nem como poderia ser feito, mas... Futuramente, o que vou ganhar como dentista, não chega nem perto do que receberia trabalhando em uma empresa como administrador ou como gerente de banco. Olha para o tio Adriano! — enfatizou.

— Sinceramente, não tenho ideia de como poderíamos pagar esse curso.

— Talvez usando a minha parte da herança da casa e a sua. Otília ficou preocupada.

— Não sei, Matias. Não sei se daria, se seria suficiente.

— Mãe, depois que me formar e estiver trabalhando, prometo devolver o que investiu em mim! Lógico! É o mínimo que vou fazer! Podemos comprar uma casa, morar em condições melhores! — animou-se.

— Não sei, filho. É fácil dizer isso hoje. Na empolgação, fazemos planos que não conseguimos cumprir. Depois de formado, é bem provável que vá cuidar da sua vida e me deixar. Serei sincera. Eu tinha planos para usar o que tenho. Penso em abrir um negócio maior. Não quero ficar fazendo salgados nesta cozinha apertada e sem nenhum ajudante. Precisaria de espaço, funcionários, veículo para entregas... Eu também tenho sonhos, filho. Mas, não é só... — encarou-o. — Tenho medo de você ir atrás de alguma aventura. Vai-se embora você e o que eu tinha para investir no meu futuro.

— Oh, mãe!...

— Você é jovem, Matias. Diz isso agora.

— Eu tenho palavra. Prometo! Não acredita em mim?

— Hoje, acredito. Mas, as pessoas mudam e tenho medo. Quando seus hormônios ficarem em alta!... Serei a primeira promessa a ser esquecida.

— Oh, mãe!...

— É sério. Precisamos falar disso, meu filho! Se eu matar todos os meus sonhos para realizar os seus, investindo em você... E depois? E se você mudar de ideia, arrumar uma companheira que faz sua cabeça e não te deixa devolver minha parte?... Ora, filho... Tanta coisa pode acontecer... Como fico? Vivendo, aqui, do mesmo jeito? Trabalhando sem condições?

— Eu não faria isso.

— Vou pensar, Matias. Agora é tarde. Vamos dormir. Prometo pensar.

Aquela notícia tirou, completamente, o sono de Otília, que ficou deitada, refletindo no assunto. Mudar ou adiar seus planos, naquela altura da vida, seria preocupante.

CAPÍTULO 31
Quem é o Bernardo?

No dia seguinte, Otília procurou Adriano e contou sobre a novidade.

— Agora, não sei o que fazer. Estou muito preocupada. Se não ajudo, o futuro dele pode estar comprometido. Se ajudo, no futuro, ele pode mudar de ideia e, simplesmente, não me pagar. Além disso, estarei ajudando somente o Matias. Isso seria injusto com a Lana. Se ela souber...

— Uma coisa não tem nada a ver com a outra, Otília. Você fez tudo o que podia pela Lana. Já o Matias, ele é bem diferente.

— Depois de todas as experiências que tive na vida, estou perdendo a esperança nas pessoas. Não posso colocar a mão no fogo por ele nem por ninguém. As pessoas mudam de ideia, Adriano. Tenho medo de desistir de mim, desistir dos meus projetos, investir tudo nele e, mais tarde, receber nada ou vê-lo desistir do curso ou sei lá... Por outro lado, se não for eu a ajudá-lo... Nos dias de hoje, crédito universitário é muito difícil.

— Até agora, acho o Matias um rapaz de caráter. Mas, só isso não basta. Como você falou, vai desistir dos seus projetos para ajudá-lo e isso é complicado.

— Acho que vou ajudá-lo. Mesmo que, no futuro, corra o risco de me arrepender. Se não fizer nada por ele, certamente, ficarei arrependida. Nunca dormirei em paz.

— Acho que tomou a decisão certa, ao menos, para o seu coração — sorriu para animá-la. Aguardou um momento e comentou: — Semana que vem, tenho consulta para a Babete em dois psiquiatras.

— Se for no início da semana, posso levá-la para você.

— Obrigado, mas melhor eu mesmo levar. Quero conversar, explicar e ouvir. Depois, terei de conversar com o advogado.

— Vejo que está tenso com isso, não é?

— Tenso e cansado. Tenho de abandonar meu trabalho, meus pacientes por causa disso, para viajar e... Fico preocupado.

O silêncio imperou por algum tempo. Otília rodeava a xícara entre as mãos, deixando o olhar perdido e o pensamento longe.

— Quer mais café? — perguntou para chamá-la à realidade.

— Não. Obrigada — sorriu ao agradecer.

— Quer almoçar aqui? — ele convidou.

— Ah... Não. Obrigada — sorriu surpresa. — Vou lá para casa arrumar o almoço pro Matias e pra mim — levantou-se.

— Obrigado, Otília — agradeceu com sinceridade, encarando-a. — Minha vida ficou um pouco bagunçada, depois da minha irmã ter voltado. Você tem me ajudado muito. Tem doado seu bem mais precioso: seu tempo. — Viu-a sorrir. — O tempo... O tempo é nosso bem mais precioso. Quando o doamos, ficamos sem e não há como recuperá-lo, porque a vida segue. Precisamos tomar cuidado para não o usar com pessoas e coisas erradas.

— Você também tem me ajudado muito, muito mesmo. Obrigada por tudo.

Entreolharam-se por longos segundos, mas ela fugiu ao olhar e se retirou.

Com o passar dos dias, Adriano estava pronto para viajar para Minas Gerais e conversava com Otília.

— Não é uma viagem curta e vou perder uma semana de trabalho. Isso está me deixando preocupado.

— Vai de carro?

— Sim, vou.

— Vai levar só a Babete? — ela quis saber.

— Sim. Os meninos querem ir, mas têm escola. Por telefone, conversei com o advogado, o doutor Osvaldo. Contei que já tenho as avaliações de três psiquiatras, o que vai ajudar no processo. Assim espero, para acabar logo com isso.

— Seria bom que descobrissem logo quem cometeu essa atrocidade. É injusto com a Babete, arrastar esse peso todo...

— Um dos psiquiatras, depois de algumas consultas, desconfiou de que a Babete está com depressão.

— Depressão? — perguntou mais por dúvida do que por ignorar o que era.

— Depressão é um transtorno emocional...

— Eu sei o que é depressão — ela o interrompeu. — De fato, venho percebendo que ela está muito calada, sorri pouco.

— Também... Não bastava ser suspeita do crime, ainda tem aquela mãe louca.

— Como está a Iraci? — Otília se interessou. — Faz tempo que não a vejo.

— De vez em quando ela aparece. Sempre que precisa, claro. Alega querer ver a filha, mas é para pedir algo. Agitada, sempre nervosa e reclamando de algo. Foi um alívio tê-la tirado da minha casa. Ao mesmo tempo, sinto uma angústia por causa das outras duas meninas, mas... Não posso tomar para mim a obrigação de outra pessoa. A Iraci é capacitada, embora seja sem-vergonha e mau caráter. Como já conversamos... Se eu for assumir as responsabilidades dela... Como fica a minha vida?

— Eu te compreendo, totalmente. — Esperou um momento e quis saber: — O médico receitou alguma coisa para a Babete?

— Não. É um médico bem consciente. Gente boa. Gosta de conversar para saber tudo sobre o paciente. Contei todo o caso e ele acha melhor esperar um pouco mais. Ela viveu sob muita pressão e insegurança. Criança que cresce na sombra da manipulação, da mentira e do medo, geralmente, torna-se insegura e abalada, podendo desenvolver transtornos como ansiedade e depressão. Por ser jovem, ele não recomenda medicações fortes nessa idade. Então... É isso. Pode dar uma olhada na minha casa, enquanto estiver fora?

— Mas, é claro! — alegrou-se, principalmente, pela confiança. — Fica tranquilo. Tomarei conta de tudo. Qualquer dúvida, te ligo.

Durante a viagem, Babete permaneceu a maior parte do tempo em silêncio. A ideia de voltar para onde tudo aconteceu não lhe agradava, de jeito algum. Só respondia às perguntas que o tio fazia. Em uma das paradas que fizeram, Babete estava fora do carro, parada, com o olhar perdido e Adriano quis saber:

— Se fosse para voltar a morar na cidade onde nasceu, você iria?

— Não — respondeu de imediato, sem olhá-lo.

Aproximando-se da sobrinha, viu-a com olhar perdido na paisagem. Sua face delicada, naturalmente pálida, onde algumas sardas pareciam pequenas e suaves joias cravadas, traziam a sombra de uma dor quase imperceptível.

Sentindo o olhar do tio sobre ela, virou-se e o encarou.

— Do que mais você tem medo na vida, Babete?

— De voltar a morar com a minha mãe.

— E o que mais você quer na vida? — tornou ele.

— Ser útil ao mundo e ajudar pessoas.

— E o que está fazendo para realizar o que quer?

— Estudando e aguentando firme, igual ouvi na palestra do centro.

— O que está aguentando firme? Por que diz isso?

— Estou triste. Não gostaria de passar por essas coisas. Não gostaria de dar tanto trabalho, de viver na sua casa, de dar preocupação. Não gostaria de ter a mãe que tenho. Então, estou aguentando firme até tudo isso passar — encarou-o, invadindo sua alma com seus olhos verdes, que brilhavam mais ainda. — O orador, na casa espírita, disse que o Chico Xavier falou que tudo passa. Não sei por que, mas acreditei muito e me apeguei a isso.

— É verdade. Tudo passa. Todos enfrentamos situações complicadas e tão difíceis que achamos que é o fim, mas não. Elas vão embora e passam. Chico tem razão. Tudo passa. Mas não podemos ficar parados e reclamando. Sempre precisamos dar o melhor de nós com tudo o que temos.

— Tio, sinto uma coisa...

— Que coisa?

— Não sei explicar — disse a jovem. — É algo ruim, que me faz tremer por dentro. Fico com medo e esse medo cresce e me dá desespero. Dá vontade de desaparecer, de morrer. Sou um estorvo. Não posso fazer nada.

— Esse sentimento é gerado pela insegurança. Você passou por situações difíceis. Sua mãe...

— É uma pessoa má. Ela não gosta de mim, porque sempre fiz perguntas. Sempre me atacou por eu não aceitar certas coisas que ela fazia e... Minha mãe nunca gostou por eu ter pensamentos próprios, ser independente, buscar respostas, questionar as atitudes dela, rejeitar mentiras... Passo mal só em pensar de ter de ir morar com ela novamente. Ela me atacava todos os dias. Falava sobre o quanto sou feia e não me pareço com ninguém da família. Sempre me humilhava, nunca me elogiou. Piorou, depois que meu pai morreu. Ela traía meu pai.

— Você sabia? — surpreendeu-se.

— Sempre soube, mas não entendia. Quando era muito pequena, ela saía comigo e me levava para algum lugar. Lá lembro de minha mãe conversando muito com o doutor Rogério. Ela ria, gargalhava... Cheguei a vê-los trocando carinho. Com o tempo, comecei a entender que havia algo estranho, algo errado. Perguntei pra ela, mas me xingou, disse que não tinha visto nada, que iria me bater se falasse aquilo de novo. Então não me levou mais. Mesmo assim, eu a via se arrumando toda antes de sair e ficava quase o dia inteiro fora, quando meu pai viajava. Escutei conversas estranhas ao telefone. Vi o quanto ela mentia e manipulava meu pai. Mesmo sendo pequena, sabia que aquilo não era certo. Ela vivia de aparências e fingimento. Não vou aguentar viver ao lado dela, novamente, tio. Prefiro morrer. Fico com dó das minhas irmãs, mas não posso fazer nada agora — falou como se implorasse. — Tio, deixe-me ficar com você? Quando tiver idade para trabalhar, aí sim, vou trabalhar, arrumar uma casa, mudar, cuidar das minhas irmãs e, o dia que precisar, farei de tudo por você.

— Calma... — sorriu ao pedir. Afagou-a, abraçando-a em seguida. — Eu quero que fique comigo. Quero mesmo! Tá bom? — afastou-a e olhou-a nos olhos. Sorrindo para tranquilizá-la, explicou: — Vamos conversar com o advogado, falar com o juiz e ver como anda o caso. Gosto muito de você e não quero te devolver para sua mãe nem para ninguém. Não consigo tomar conta das suas irmãs. Ficaria difícil para mim. Tenho compromissos financeiros e dois filhos. Assumir mais duas crianças complicaria minha vida. De verdade, não quero deixar cair o nível de escolarização dos meus dois filhos, que estudam em colégios particulares. Aliás, ano que vem, você vai para o mesmo colégio do Lucas — sorriu. — Prepare-se! Quero colocá-la em um curso de inglês e também precisará escolher um esporte pra fazer. Natação, judô, karatê, balé, dança... Qualquer coisa. Também quero que tenha um plano de saúde. Já estou vendo como posso colocá-la no meu. Então... Se eu trouxer suas irmãs para morar conosco, não vou conseguir manter tudo isso para todos. Terei de cortar gastos. Mas, não é só... Conviver com outras pessoas também vai alterar nossas vidas. Vejo o quanto se esforça para acompanhar o ritmo de vida que levamos, lá em casa. Além disso, você é esperta. Já vai fazer dezesseis anos e posso falar... Não posso diminuir as responsabilidades que sua mãe deve ter. Ela é pensionista, trabalha e tem um salário. Eu a ajudo com um salário mínimo. Ela tem saúde, é forte, capacitada, tem curso superior. Se fizer algo mais para ajudar, ela arrumará outros problemas, outras responsabilidades para que eu assuma. Infelizmente, suas irmãs serão sacrificadas. Terão de ficar com ela. Sei que isso pode doer, mas não conseguiremos ajudar todo o mundo, Babete. Quando conversei com o advogado, o doutor Osvaldo, ele me falou uma frase muito interessante: "se começarmos a doar tudo, a trabalhar de graça, viraremos pedintes e seremos mais um problema para a sociedade." Vamos ajudar sim, mas com bom senso. Temos de ser lúcidos, calculistas e determinar limites. Com isso, algumas pessoas vão ter de aprender a lutar, a se esforçar. Quem é muito ajudado, fica parado.

— Eu entendo. Você já está fazendo muito, tio. Eu não sou sua responsabilidade e está cuidando e se preocupando comigo. Sobre a estudar no mesmo colégio do Lucas... Sei que é caro e não vou...

— Já está decidido, Babete! — fingiu estar zangado. — Isso não se discute! Está com medo de ter de estudar, é?! — riu e a abraçou. — Agora vamos. Temos um longo caminho pela frente.

Chegando à cidade, após mais de doze horas de viagem, foram direto para a casa de Bernardo.

O portão de veículos estava aberto, por isso Adriano adentrou com o carro no quintal, parando perto da casa.

Chorando, Efigênia foi a primeira a recebê-los.

— Fifi! Fifi! — Babete correu e se jogou em seus braços.

— Oh... Mia fia!... Que sardade d'océ!

Adriano, com as malas, parou e contemplou a cena, sorrindo. Apreciou ver que existem pessoas que, realmente, gostam de outras sem nada em troca. As palavras de carinho e alegria trocadas naquele instante eram sinceras.

Efigênia sentou em um pedaço de tronco e colocou Babete ao lado. Segurando as mãos da jovem, começou a fazer perguntas de como ela estava. Nem notou a presença do tio.

Percebendo a movimentação, Bernardo foi recebê-los.

Após os cumprimentos, o anfitrião pegou uma das malas e levou para a sala e Adriano o acompanhou.

— A dona Efigênia e a Babete ficaram bem emocionadas. É impressionante ver a ligação que têm — Adriano comentou.

— Quando me ligou, avisando que viria, contei para a Efigênia. Ela não parou de sorrir sozinha e falar no assunto. Preparou doces, biscoitos e geleias. Tudo o que a menina gosta. — Sem oferecer pausa, perguntou: — Como tem passado? Fez boa viagem?

— Estamos bem. A viagem foi tranquila. Longa, mas tranquila.

— Deveria ter trazido seus filhos. São dois, não é?

— Sim. O Lucas e o Fábio. Mas, não podiam viajar por causa do colégio. Não gosto que percam aulas.

— Ah... É verdade. E dona Iraci e as outras meninas estão bem?

— Sim. Estão. Aluguei uma casa para elas. Totalmente diferente do que estavam acostumadas nesta casa — sorriu. — É uma residência pequena, simples, sem luxo, mas muito jeitosa, nada estragado... As meninas estão matriculadas em uma escola bem perto. Arrumei um emprego para minha irmã. Ela precisa assumir responsabilidades.

— Fez muito bem, Adriano. Pessoa como ela, se receber muita ajuda, vai viver ancorada nas costas da gente. — Pensou por um segundo e se desculpou: — Perdoe-me falar assim. É que...

— Sem problemas. Conheço bem a Iraci. Fico com pena das meninas, mas não posso fazer muito mais. Estou indo lá, de vez em quando, para ver se não tem mais agressões contra as filhas. Pelo menos, físicas não.

— E a Babete? — Bernardo sorriu e se interessou.

— Estou cuidando como posso. Vejo-a triste, angustiada. Jovem, na idade dela, sempre tem sonhos e animações. Não vejo isso na minha sobrinha. Só preocupações que não deveriam existir nessa idade. Tudo o que uma mãe faz repercute na vida do filho. Eu tive uma mãe maravilhosa, muito boa. Ela nem sempre passou a mão na minha cabeça — riu. — Mas, sempre me deu ouvidos, atenção, falou e opinou com calma. Muito diferente do meu pai, que sempre me criticou. Acho que minha irmã aprendeu ser como é com nosso pai. Vejo que a Babete está assim por medo de ter de voltar a morar com a mãe.

— Ah!... Mas, nós não vamos deixar isso acontecer! Bati o olho nela, ali fora, e já percebi o quanto essa menina está diferente de quando saiu daqui.

— Só que não temos como impedir isso, não é, Bernardo? A decisão é do juiz.

— Conversei com o filho do juiz, essa semana. O rapaz tem criação de cavalo de raça e compra ração e suplementos comigo. Estávamos falando do caso da mala e da menina Laura, que morreu. A mãe, dona Leonora, está respondendo em liberdade, pela facada que deu na Babete.

— Mas o filho do juiz não pode fazer nada.

Bernardo sorriu de modo maroto e nada disse.

Babete e Efigênia entraram. A mulher cumprimentou Adriano. Perguntou das outras meninas e de Iraci. Depois, levou as malas para os quartos.

Sem trégua, Babete lembrou:

— Tio, desta vez vamos levar meus cachorros, não é? — Adriano havia se esquecido desse detalhe, completamente, e sorriu sem vontade, diante do que a sobrinha disse. — Eles estão lindos, tio! Choraram quando me viram! Lembraram de mim! Tinha de ver! — falou alegre.

— São muitas horas de viagem e... — gaguejou.

— Tio...

— Podemos conversar sobre isso depois — Bernardo interrompeu. — É melhor tomarem um banho para jantarmos cedo.

Eram 18h e havia sol. Adriano estranhou, mas nada disse a respeito e perguntou:

— Onde podemos ficar?

— Vou mostrar os quartos de vocês — o anfitrião sorriu. — A Efigênia ficou arrumando esses quartos a semana inteira!

Nos dias que se seguiram, Adriano trocou ideia com o advogado Osvaldo e se atualizou sobre o caso.

O delegado Vargas, o investigador Julião, a professora Jorgete, o médico e até o padre da cidade, quiseram ver Babete e saber como estava.

Todos ficaram felizes ao falarem com ela e perceberem o quanto tinha mudado. A fisionomia, o físico e, principalmente, o jeito de se comportar melhoraram. A jovem havia amadurecido muito além do esperado.

Ao saber que a sobrinha se encontrava na cidade, Heitor foi até a casa de Bernardo. Desejava conversar com ela, mas Adriano não permitiu. Foi sensato. Percebeu que o outro tio se achava bem alterado.

A noite estava fresca e Babete, embaixo de uma árvore com os dois cachorros, sentada em um banco, percebeu que o senhor se aproximava.

Olhou-o e sorriu.

— Com saudade daqui? — ele perguntou.

— Não sei dizer se é saudade. Estou me lembrando do meu pai, do balanço que ele mesmo fez para nós nesta árvore...

— Não me lembro de nenhum balanço aqui — Bernardo falou.

— Minha mãe cortou. Disse que era tempo perdido para nós.

— Não sabia.

— Tenho saudade do meu pai.

— Eu também. Gostava muito dele. Todos os dias, oro para o Dárcio. Sempre que posso, peço para o padre citar o nome dele na missa em intenção de sua alma.

— Como conheceu meu pai? — ela perguntou, olhando-o com grande expectativa.

— Eu era do estado de Goiás. Tinha duas fazendas de gado. Fiz muitos negócios com seu avô, pai do seu pai — fez grande pausa. — Com o tempo, seu pai foi assumindo os negócios e fui tratando direto com ele. Um dia, vim para Minas Gerais conhecer melhor a fazenda do seu avô, negociar gado, trocar experiências... Sabe como é. Com o tempo, tem gente que se torna mais que amigo. O Dárcio era esperto, tinha o dom de lidar com tudo. Sempre gostei dele... Quando retornei para Goiás, ficaram de mandar o que tinha comprado. Iam ligar para entregar, mas não atendi.

— Por quê? — perguntou, depois de longa pausa.

Bernardo suspirou fundo antes de contar:

— Eu tinha esposa e dois filhos, um casal. Quando estava voltando de Minas, um funcionário entrou na fazenda onde morávamos e matou minha família. Quando cheguei... Foi uma tragédia. Fiquei louco. Deu nos jornais...

— Por que ele fez isso?

— Era um homem que bebia muito. Vivia aprontando no trabalho. Na minha ausência, o capataz o demitiu. Ele se embriagou, achou que tinha sido eu quem o mandou embora. Foi até a minha casa e matou minha esposa e filhos. — Longo silêncio. — Após o enterro, eu me armei e fui caçar esse homem como se ele fosse bicho. Fiquei dias atrás dele. Seu pai e seu avô ligaram para a fazenda e alguém contou o que tinha acontecido. Seu pai largou tudo aqui e foi para lá. Eu estava há mais de um mês no meio do mato, caçando aquele homem. Ia matá-lo. Ia me vingar. O capataz me encontrou e me levou de volta para minha casa e seu pai estava lá. Eu estava insano. Não sei como, mas seu pai me convenceu e me trouxe de volta. Eu tinha um avião na fazenda e o piloto nos trouxe para cá. Minha vida tinha acabado, totalmente. Mais de um ano, fiquei sem rumo. Em meu nome, seu pai tocou minhas fazendas. Não quis voltar. Pedi a ele que vendesse tudo. Algumas coisas, seu avô comprou e o resto foi vendido para outros. Comecei a trabalhar para seu avô, não por dinheiro, mas sim para me ocupar e não enlouquecer. Seu pai não me largava. Juntos, viajamos muito — sorriu ao lembrar. — Via nele um filho... Depois, quando Dárcio se casou e ficou com a fazenda do pai dele, comecei a trabalhar para ele. Passado

algum tempo, nós nos animamos com muitos negócios e com a indústria de ração e, com o dinheiro que eu tinha, montamos tudo. Comprei uma fazenda de café e coloquei no nome dele...
— Por quê?
— Porque eu tinha uns parentes distantes, que mais pareciam urubus e só me procuravam para saber o que tinha feito com o meu dinheiro e saber se estava vivo ainda. Então, deixei tudo o que tinha no nome do seu pai. Perdi um filho, quando ele morreu. Fiquei surpreso ao saber que tinha deixado um testamento e devolvido o que tinha deixado para ele. Sofri muito, mas... Ao olhar para você, via muito do Dárcio — encarou-a por longos minutos. — Seu pai amava muito você, menina. E se ele era como um filho para mim, você é como minha neta. Minha netinha... — quase chorou.

Babete se levantou e o abraçou com força.

Bernardo chorou como nunca se viu. Sempre pareceu um homem forte, sem sentimentos, mas não era verdade.

Afastando, afagou o rosto e os cabelos de Babete e perguntou:
— Posso te chamar de Elizabeth?
— Claro — sorriu lindamente.
— Gosto muito do seu nome — o senhor falou com bondade.
— Era o nome da minha avó.
— Eu sei. Também era o nome da minha filha — lágrimas escorriam em seu rosto. — Ela era assim como você: ruiva, olhos verdes, pintadinha de sardas lindas, cabelos ondulados, tinha covinhas e um sorriso lindo...
— Quem ela puxou?
— Se parecia comigo, mas não tinha ninguém ruivo na família — secou o rosto com as mãos.
— Pode. Pode me chamar pelo meu nome. Adoro meu nome. — Um instante e ela disse: — É engraçado. Ninguém sabia quem era o Bernardo. Nem minha mãe.
— Eu disse para seus avós, seu tio e seu pai que precisava esquecer meu passado. Para isso, não gostaria que outros soubessem o que havia acontecido, para não fazerem perguntas. Eles nunca contaram a ninguém e, assim, fiquei por aqui como amigo e empregado, levando a vida.

— Pegaram o homem que fez aquilo com sua família?
— Sim. Ele foi preso. Ainda bem. Sou grato ao seu pai por não ter deixado que eu sujasse minhas mãos. O Dárcio foi um filho para mim. Foi minha segunda família.
Continuaram conversando...

A guarda de Babete continuaria com Adriano.
Antes de partirem, Bernardo chamou o tio da jovem no escritório e conversaram por longo tempo.
Só depois, retornaram para São Paulo.

A alegria dos filhos de Adriano foi imensa com o retorno do pai e de Babete, em companhia dos dois cachorros, grandes, lindos, de pelagem preta reluzente.
— Nossa, pai! Eu sempre quis ter um cachorro e agora temos dois! Dois! — Lucas gritou, animado.
— Eles são grandes! Tão fortes! — Fábio se admirava.
Otília olhava para Adriano e sorria ao vê-lo sério, sem saber o que pensar.
— Lindos cães, primo! — ela disse em tom irônico. Sabia que ele gostava de tudo planejado e dois cachorros não estavam em seus planos.
— Fica quieta, Otília — murmurou, quase zangado. — Só trouxe por causa dela. — Chamou-a a um canto e considerou: — Acho que vai ajudar a Babete a se alegrar. O Bernardo também insistiu. Acredita que fará bem a ela. Disse que vai mandar suprimentos de ração todo mês e vai custear vacinas, medicação, quando e se precisar... Mas, isso não estava nos meus planos.

— Ora, Adriano! Deixe de planejar tudo e querer controlar tudo! — sorriu. — Algumas mudanças e surpresas são boas. Os cachorros são lindos! Os meninos gostaram! Olha pra eles! E ainda não terá de comprar ração!

— O quintal não é tão grande. Vão acabar com meu jardim e farão muita sujeira.

— O quanto antes, faça uma agenda, um quadro de aviso... Cada dia um dos meninos limpa o quintal, troca água e coloca comida, se quiserem ficar com os cachorros. Toda semana, um será responsável de lavar as cobertas e higienizar as casinhas, desinfetando tudo. Que tal a ideia?

— Nem casinha tenho.

— A lavanderia dessa casa é ótima! Quando estiver frio, a edícula é uma boa também. Dá para colocar as casinhas lá dentro, junto com água e comida. Vai ser fácil! — ria.

— Quer levar pra sua casa? — riu ao brincar.

À noite, na casa de Adriano, todos estavam sentados nos sofás da sala, assistindo à televisão, inclusive Atlas e Apolo, que pareciam bem familiarizados como se morassem ali havia anos.

Não foi fácil convencer os filhos e a sobrinha para deixarem os cachorros dormirem na edícula, num colchão que Adriano e Otília tinham colocado lá até comprarem as casinhas.

Adriano ganhou a batalha.

CAPÍTULO 32
Amar é uma escolha

Iraci ficou contrariada ao saber que teria de ir depor na cidade onde morou. Por essa razão, irritava o irmão com suas visitas e argumentos.

— Eu não tenho nada a ver com o que aconteceu. Minha casa virou cinzas! Quase morri queimada! Fiquei atordoada. A Leonora chegou lá, viu a Babete tossindo e decidiu levá-la para a fazenda dela. Não fui eu quem pediu. Se lá aconteceu o que houve, não tenho nada com isso! E ainda terei de ir para lá de ônibus?!

— Sim. Vai lá depor e contar tudo isso — orientou o irmão, esforçando-se para ficar calmo.

— Também não entendo o porquê de você ficar com a Babete.

— Foi decisão do juiz. No depoimento, o médico disse que Babete estava dopada, sob efeito de muito remédio. Era nítido que estava com superdosagem de medicações antipsicóticas que você deu.

— Lógico! Tinha sido diagnosticada com esquizofrenia! Eu precisava seguir a orientação do médico especialista e não de um mero clínico geral!

— Ela não tem problemas psiquiátricos! Nunca teve! Como mãe, deveria ter procurado outros médicos! — Adriano reagiu.

— Não sou médica! E até hoje duvido desse diagnóstico que você arrumou para ela com outros médicos! Ela vê coisas! Fala com espíritos! Isso não é normal! Deveria estar medicada! Eu deveria, inclusive, receber uma pensão do governo para cuidar dela e não ter de trabalhar!

— Então é por isso que quer ficar com a guarda da Babete?! Você é louca, Iraci!!! Quem precisa de remédios antipsicóticos é você!

— Babete não é normal!!! Ela alucina!!! Vê o que não existe!

— Então a senhora também precisa de remédios, mãe — disse a filha ao entrar e escutar a discussão. — A senhora viu aquele homem no cemitério, junto comigo! Conversou com ele tanto quanto eu! E ainda foi procurá-lo quando ele sumiu!

— Do que está falando, menina?! Nunca vi homem nenhum! — Iraci negou.

— Viu! Viu sim! — insistia a jovem. — Viu também o espírito da mulher na janela do escritório do meu pai! Viu e saiu correndo para ver se a encontrava lá dentro! A Efigênia é testemunha!

— Você é tão mentirosa quanto aquela analfabeta dos infernos! Duas loucas! Duas malucas que queriam acabar com a minha vida, com a minha paz!

— Essas coisas aconteceram com você e os viu para que acreditasse em mim! Para que me ajudasse e procurasse saber a razão daquilo[1] — Babete começou a chorar. Mesmo assim, prosseguiu: — Era simples ter confiado em mim, mãe, mas não... Preferiu dar ouvidos aquele homem que só queria tudo o que o papai deixou!

— Fale direito comigo!!! Vê se me respeita!!! — exigiu enérgica.

— Você nunca se respeitou! Por que eu deveria?! — encarou-a e passou a chamá-la de você e não de senhora, como sempre fez. — Pensa que não sei que você era amante do veterinário?! Você traiu meu pai com o Rogério, que te enganou e te roubou de todas as formas! Ele te traía com outras mulheres dentro da nossa fazenda!!! Viajava e passeava com elas com nosso dinheiro!!! E quer saber mais sobre o que eu sei?! Ele matou meu pai!!! — Babete gritou. — Matou meu pai e você desconfiava disso!!! O Rogério só queria nosso dinheiro!!! Por sua culpa, ele conseguiu!!! Nos roubou!!! Levou

---

[1] Nota da médium: Em: *O livro dos Médiuns*, 2ª Parte – Capítulo VI – da questão de 1 a 30, explica-nos sobre as *Manifestações Visuais* dos espíritos. Como e por que ocorrem.

tudo!!! Te enganou!!! A culpa da gente ter ficado sem nada foi sua!!! O Rogério queria que me desse remédios para eu não dizer nada a ninguém que ele matou meu pai para te dar um golpe!!! — Um segundo e a viu paralisada. — E ainda quer que eu te respeite, mãe?!! Que respeito você se deu?! Desde que o papai morreu sempre nos tratou mal por causa de homem!!!

Iraci foi à sua direção e ergueu o braço para bater na filha. Adriano, ligeiro, entrou na sua frente e segurou-a:

— Não se atreva! — segurou o braço da irmã.

— Essa mentirosa, desgraçada!!! Acabou comigo!!! Acabou com a minha vida!!! — a irmã berrou.

— Se teve alguém que acabou com sua vida, foi você mesma! Admita isso! — tornou a filha.

— Ela!...

— Fora daqui, Iraci!!! — o irmão berrou. — Suma!!! E não venha mais nesta casa sem minha permissão! — exigiu.

— Babete! Você me paga! Lembre-se de que ficará aqui por pouco tempo!!! Vai ter de ir morar comigo de novo e as coisas serão diferentes! — saiu falando.

A jovem estava chorando, quando a mãe foi embora.

— Calma, Babete... — disse o tio, colocando a mão em suas costas e puxando-a para junto de si. Percebendo que o abraço não era suficiente, buscou um copo com água e deu à sobrinha. Afagou seus cabelos e esperou até que ficasse mais tranquila. — Vamos ali na sala, quero conversar com você.

Acomodada no sofá, parecia constrangida ao dizer:

— Desculpa, tio. Sei que não gosta de brigas na sua casa. Deixou isso bem claro, mas... Minha mãe... Eu precisava dizer aquilo tudo pra ela.

— Tudo bem. Sei que precisava tirar o nó que tinha na garganta... Mas, por experiência, tenho de te dizer que esse tipo de atitude não vai resolver nada. Pessoas como a Iraci não aprendem, não ouvem, não nos respeitam. Para elas, nunca temos razão nenhuma. Nesse instante, tenho certeza de que ela encontrou justificativas para todas as coisas erradas que ela mesma fez e você apontou. Na cabeça dela, você está errada e ela com total razão. É assim que narcisistas pensam e não vão mudar nunca. Entenda, Babete, você não está errada no que falou, mas procure não gastar energia com pessoas como sua mãe, tentando fazê-las entender o erro. Elas não querem ver. Nem que isso custe a felicidade e o bem-estar delas.

— É difícil entender gente assim.

— Eu sei. Como sei! Por isso, precisa se treinar.

— Treinar?

— Sim. Treinar a não gastar sua energia com ela, porque não vai resolver nada e você sempre estará errada. O pior é que, pessoas como você e eu, acabam se sentindo culpadas.

— Verdade, tio. Sinto culpa, mas nem sei bem o porquê.

— Sentimos culpa porque queremos viver melhor e desejamos que a pessoa também viva melhor. Sentimos culpa por querer ajudar alguém que é importante na nossa vida para que, juntos, tenhamos paz. Mas, com narcisistas, isso é impossível. Eles sentem inveja, mas não admitem, por isso sempre querem nos colocar para baixo, pois percebem que temos potencial. Eles não têm capacidade, por isso fazem de tudo para sufocar nosso dinamismo. Acreditam que toda a infelicidade que sentem é culpa dos outros, nunca deles. Enfim... O melhor é deixá-los e cuidar de nós. Se ficarmos tentando provar o correto, insistindo em falar e mostrar a realidade, estaremos perdendo nosso bem mais precioso, que é nosso tempo. Estaremos gastando uma energia incrível com o que não serve. Lembra-se daquela passagem onde Jesus diz: "Deixe os mortos cuidarem dos mortos"?

— Lembro.

— Deixe sua mãe cuidar da vida dela como ela quer e não se envolva. Foque em si mesma. Eu só prosperei quando deixei as opiniões do meu pai, que era igualzinho à sua mãe. Foquei em mim e minha vida prosperou. Tive de passar por cima dos meus próprios sentimentos de filho e isso não foi fácil. Sempre desejamos que nosso pai e nossa mãe estejam do nosso lado, se estamos no caminho certo. Mas, não tive esse privilégio. Então ignorei os comentários dele, os sentimentos dele e cuidei de mim. — Encarou-a e disse firme: — Está na hora de você fazer o mesmo!

— Mas o senhor não abandonou seu pai quando ele estava doente.

— Não. Eu fiz o que pude para ajudá-lo e deixá-lo confortável, quando adoeceu. Meio que liguei o automático e fui fazendo o que precisava. Sem ficar lembrando o passado, sem jogar na cara, sem me torturar... Nada disso. Fiz minha parte para não ter qualquer sentimento de culpa, para não ter remorso. Fiz pensando em mim e não nele. — Suspirou fundo e comentou: — Acreditando em reencarnação, em vidas passadas e futuras, comecei pensar que, se não me dou bem com meu pai nos dias atuais, não o quero no meu caminho no futuro. Então dei o meu melhor para com ele, como Jesus ensinou. "Reconcilia-te primeiro com seu inimigo..." — riu. — Amigos nunca fomos, mas inimigo, para mim, meu pai não é mais. Dê seu melhor, Babete! — enfatizou. — Treine-se! Não gaste energia brigando e discutindo com gente assim. A pessoa não entende. Vire as costas e saia. Se não puder sair, fique calada. Eu também errei em ter gritado com ela. Poderia ter falado o que disse em outro tom. Só posso entender que pessoas como a Iraci ainda estão na minha vida para eu me treinar mais — sorriu.

— Vou me treinar — sorriu junto.

— Então... Agora, é hora de cuidar de você mesma. Vou te ajudar nisso, como já conversamos durante a viagem. Lembra? — A sobrinha não respondeu. — O ano está quase acabando. Conversei com seus professores na reunião e me disseram que você acompanha a classe muito bem. Sempre busca aprender, de qualquer forma, o que não entendeu. É esforçada... Como falei, vou te matricular no colégio do Lucas.

— Mas, tio...

— Escuta, primeiro. Você me disse que quer ajudar suas irmãs e outras pessoas. Para fazer isso, terá de ter uma boa profissão e um bom trabalho. Eu não vejo outra forma de fazer isso sem estudo. Você e o Lucas estão falando em fazer Medicina. Que ótimo! Porém, acho que será difícil conseguir passar em um vestibular tão concorrido, sem um bom colégio.

— É caro, tio. E também não tenho certeza do que quero. Estou muito insegura.

— Isso não será problema.

— Não pode investir em mim... Tem seus filhos.

— Esse é outro assunto. Confia em mim. Vamos fazer o seguinte: você vai para um bom colégio, vai se dedicar muito, estudar bastante... Fará faculdade e, um dia, a gente conversa sobre isso tudo. Que tal?

— Não quero prejudicar o Lucas e o Fábio. Acredito que, se continuar estudando onde estou, também posso passar no vestibular para Medicina ou outro curso, já que não sei o que quero fazer.

— Não vai prejudicar ninguém. Eu te garanto.

— E quando o juiz disser que tenho de voltar a morar com a minha mãe?

— Não vai. Fica tranquila.

— E se concluírem que sou culpada pela morte da Laurinha? Isso me apavora, tio... — lágrimas escorreram em sua face, quando se lembrou disso.

— Babete, se isso acontecer, se for considerada culpada, será algo que terá de ser visto da seguinte forma: você não tem esquizofrenia nem nunca teve. Na época, tomava remédios fortes, que alteravam todo seu organismo, seu cognitivo, seus pensamentos e ações. Então, deduz-se que os efeitos dessas medicações eram bem mais fortes em você do que naqueles que necessitam desses remédios. Não bastasse, tomou medicação a mais naquele dia. Estava dopada. Se fez algo, não sabia, não tinha noção do que acontecia. Sinto muito. É difícil, mas terá de entender que a culpa não foi sua. Terá de conviver com isso, caso concluam que foi culpada.
— Viu-a abaixar o olhar e secar o rosto com as mãos. Percebeu o quanto aquele assunto a deixava sofrida, mas não podia fazer nada. Inspirado, sugeriu: — Talvez atuando no bem, trabalhando no bem para outras pessoas em nome da Laurinha, seja uma forma de recompensar o mundo pela sua morte. Se concluírem que você é culpada, não vai haver pena

ou punição alguma, devido ao fato de ser menor de idade e da medicação que tomava. — Observou que o que disse não foi suficiente para animá-la. — A partir da próxima semana, a tia Otília, que tem boa experiência em escolher psicólogos, vai te ajudar a encontrar um profissional com o qual você se adapte e se sinta confortável.

— Vou fazer psicoterapia? — ergueu a face chorosa.

— Sim. Por que não?

— Vai ficar caro, tio. Conversei com o Lucas e...

— Para com isso, Babete — falou firme. — Como falei, um dia, mais tarde, conversamos sobre isso. O mais importante, agora, é focar em você, nos estudos e em ser melhor do que sempre foi. Se não se ajudar, não fizer sua parte, não poderá fazer nada pela Agnes nem pela Síria nem por mais ninguém, mais tarde.

— Está bem — concordou, mesmo temerosa. No instante seguinte, perguntou: — Tio, e se, mesmo depois de tudo, minha mãe não me quiser, não me aceitar?... — lágrimas escorreram, novamente, em seu rosto. — Minha mãe não me ama, tio... Por mais que eu faça, ela não torce por mim... Ela é egoísta, só pensa nela... Sempre foi assim... O que faço?

— Hoje em dia, vejo muitas pessoas dizendo: "Aprenda a dizer não. Não posso. Não quero. Não vou. Não gosto." Sem dúvida, isso é muitíssimo válido e importante. Temos de aprender a dizer não. Porém, mais do que isso, precisamos, urgentemente, aprender a ouvir não. Um dos grandes problemas atualmente é aprender a lidar com a rejeição. Ouvir não nem sempre é fácil para muitas pessoas. O outro, assim como nós, tem direito de dizer não e nós, assim como o outro, temos o dever de aceitar o não. Não seria melindre da nossa parte não aceitar o não gosto, só por ser nossos pais? — não houve resposta. — Aprender a lidar com rejeição é aprender a ouvir não. Desde situações sérias até as mais simples. Veja o Matias, por exemplo, foi rejeitado e abandonado pela mãe e pelo pai biológicos. Para ele, foi difícil entender e aprender a viver com isso, viver com essa rejeição, viver com esse não.

No nosso caso, eu e você, não fomos abandonados, mas rejeitados por nossos pais vivos ao nosso lado. Conversando com o Matias, ele me contou que encontrou uma psicóloga muito boa que o fez entender o comportamento da sua mãe biológica.

— Ele também me contou isso — a jovem afirmou.

— Não sabemos qual a história da mãe dele, o que a fez rejeitá-lo. O que estava acontecendo na vida, na cabeça dela para não ficar com ele. Não sabemos se, vivendo com ela, o Matias teria uma vida melhor ou não. Mas, Deus sabe. Não sabemos o que Deus fez e desfez para que o Matias encontrasse a Otília e o Cláudio para que formassem uma família. É interessante tudo isso, não acha?

— O Matias me contou tudo. Da forma como a psicóloga falou, ele conseguiu compreender e perdoar à mãe. Até eu me coloquei no lugar da mulher desesperada e sem apoio nenhum que precisou abandonar o filho e fiquei pensando no desespero. Senti pena.

— Exatamente. Quando ele me contou o que conversou com a psicóloga, entendi muito bem e até fiquei com pena da mãe dele também. Consegui imaginar a dificuldade, o desespero, o abandono... Uma mulher ter um filho, rejeitá-lo e abandoná-lo, não deixou de ser um ato hostil, desumano... Mas... Pense comigo... — Adriano falava sempre com tranquilidade. — Por que sou capaz de entender a mãe que abandona um filho e não sou capaz de entender o meu pai que não me abandonou, mas eu acho e sinto que não me amava? Por que você é capaz de compreender a mãe do Matias e, com essa compreensão, justifica suas atitudes e lhe perdoa, mas não consegue compreender e perdoar à sua mãe que não te abandonou, mas você acha ou sente que ela não te ama? — a sobrinha não respondeu. — Assim como não sabemos quais experiências difíceis a mãe biológica do Matias passou para rejeitar e abandonar um filho, não sabemos também quais experiências nossos pais viveram para serem como são, como foram. Mas, Deus sabe. Gosto muito da Doutrina Espírita, pois ela nos faz pensar a longo prazo, tanto olhando para trás, para o passado, como nos fazendo olhar para o futuro. Somos espíritos milenares. Já vivemos muitas e muitas experiências terrenas e em vários corpos e famílias diferentes. Temos uma escala evolutiva. Como diz a Doutrina, fomos criados simples e ignorantes. Foram necessárias diversas encarnações para aprendermos o que sabemos hoje. Se pensarmos que nossos pais, sua mãe e meu pai, são espíritos que ainda não aprenderam muito, que tiveram outras experiências de vidas complicadas, com muita escassez, carência, viveram à míngua em todos os sentidos, não tiveram comida, não tiveram um lar, não tiveram família, não tiveram apoio de ninguém... Isso em outras vidas, justifica serem espíritos que querem tudo para si, egoístas. São espíritos encarnados muito frustrados por nunca terem conseguido nada, nunca terem conquistado nada... Mas, mesmo assim, eles se acham melhores do que os outros. As pessoas egoístas e orgulhosas são doentes de mente, doentes e atrasadas, são espíritos não evoluídos. Como Deus não erra, permite que elas convivam com pessoas que são empatas, capazes de se colocar no lugar dos outros, capazes de ajudar, que não criticam e compreendem as falhas e necessidades alheias...

— E por que isso? Para quê?

— Porque "os sãos não precisam de médicos", como disse Jesus — Adriano falou de modo manso. — Babete, essas pessoas egoístas, narcisistas, orgulhosas estão ao nosso lado para que aprendam conosco e para que possamos aprender com elas como não se deve fazer. Para que também possamos aprender com elas como devemos ser mais fortes, mais equilibrados e não ser como elas. Entende?

— Acho que sim.

— Tive um pai narcisista, um pai terrível comigo, um pai que eu acho que não me amava... A primeira lição que tirei dessa experiência de vida foi não ser igual a ele. A segunda lição foi sempre dar meu melhor e nunca ser dependente nem dele nem de ninguém. Não ser dependente emocional nem financeiro. — Longo período de silêncio. Adriano respirou

fundo e completou: — Não sabemos se, com pais diferentes, que não nos rejeitassem, mesmo vivendo ao nosso lado, nossas vidas seriam diferentes. Não sabemos o que aconteceu para que eles, nossos pais, fossem como são. Mas, Deus sabe. Não sabemos se com pais melhores e mais dedicados e atenciosos nós não iríamos desenvolver em nós a força, a capacidade, a desenvoltura de lidar com tudo o que é difícil. Olhe para nós e veja do que somos capazes. Olha aonde cheguei. Veja você! Tem uma capacidade imensa de focar nos estudos, de ser uma menina compreensiva, que se esforça todos os dias para fazer as coisas certas, pois não é fácil viver com disciplina dentro da minha casa — riu e ela riu junto. — Tire a toalha de banho de cima da cama e leva para a lavanderia e não quero falar isso de novo! — riu. — Hora de dormir. Hora de levantar. Hora de estudar. Hoje é dia de todos almoçarmos juntos. Agora vamos desligar a televisão e conversar um pouco... — viu-a rir. — Hoje é seu dia de tirar o lixo. O outro vai lavar louça. O outro...
    — Não é tão ruim assim, tio — falou rindo.
    — É sim. Sei que é. Mas, vejo o quanto você se esforça. Nunca te vi reclamando. Veja o tamanho da força que criamos para sermos melhores. Talvez com pais bonzinhos fôssemos uma porcaria de pessoa que se melindra com qualquer coisa na vida. Com isso, somos capazes de aprender a ignorar as rejeições do mundo, sem melindres. Somos capazes de pedir desculpas, de sermos honestos, de termos equilíbrio diante de situações estressantes. Quando vemos algo que nos desagrada, viramos as costas e vamos fazer coisa melhor e produtiva. Não perdemos tempo criticando, falando mal, fazendo politicagem, levantando bandeira... Não ligamos porque conseguimos respeitar e compreender que a pessoa ou grupo está na fase evolutiva de acordo com as encarnações passadas. Se eu sou um pouquinho adiantado, não vou criticar nem bater boca. Vamos lidando com as rejeições da vida produzindo e sendo fortes. As rejeições, os nãos da vida, são adversidades, são tempestades e se Deus nos quer treinar, se Deus achou que somos capazes, Ele não errou quando nos

colocou para nascer como filhos de pais e mães narcisistas. Mar calmo não forma marinheiro forte. Deus quer o melhor de nós! — enfatizou. — Deus quer que você seja forte, capaz, firme e não daquele tipo de pessoa que se fere com um simples não e senta e chora e exige atenção dos outros. — Um momento e desfechou: — Você me perguntou e se depois de tudo, de todos seus esforços, sua mãe não te amar, o que faz? Não faça nada. Aprenda a olhar sua mãe de forma neutra, com piedade por ela ser o que é e ainda ter de aprender muito, ter de evoluir muito... Não faça nada. Entenda que ela, nesta vida, ainda é incapaz de aprender e vai, futuramente, sofrer muito quando descobrir a oportunidade que perdeu para ser uma pessoa melhor. Então, Babete, se uma pessoa diz não, aceite. Não é rejeição. Respeite. Se alguém atrapalha sua vida, afaste-se, diga não, rejeite. Você tem esse direito. Lembrei uma passagem de Jesus onde Ele diz: Seja seu falar sim, sim. Não, não. Seja honesta consigo mesma e aceite o não que vier dos outros com respeito e como aprendizado.

 Adriano não pôde ver, mas, naquele momento, o espírito Ermelindo, que foi seu pai nesta existência terrena, estava em prantos ao seu lado. O desespero era notável, inconsolável. O arrependimento intenso o fazia sofrer. Agora, tinha consciência de tudo o que havia feito de mal a Adriano, das oportunidades perdidas em que não foi capaz de ser bom, atencioso, carinhoso e demonstrar amor ao próprio filho.

 — Me perdoa... Me perdoa... — pedia como em gemido. — Minha frustração comigo mesmo me fazia cruel com você... Para parecer superior, para me achar autoritário precisava maltratar você, meu filho... Isso dói demais hoje... Vejo a oportunidade que perdi de evoluir... Desde que morri, sofro uma dor imensa... O arrependimento, os maus-tratos de outros espíritos que me perseguem por ter sido um péssimo pai... Perdi a chance de, ao seu lado, ser uma pessoa melhor. O egoísmo é um câncer para a alma... Me perdoa, Adriano... — chorava em desespero. — Não entendia, não sabia que fazia tanto mal... Hoje, vejo o homem que se transformou... Tenho vergonha... Vergonha... Demorei muito tempo para perceber... Só depois de sofrer horrores no umbral da consciência, só depois de sofrer perversidades daqueles que se acham justiceiros...

— Tio, você ama seu pai? — Babete perguntou.

— Sim. Lógico que eu o amo. Só gostaria de que ele fosse diferente. Fico triste por isso. Só. Por quê?

— Se pudesse dizer alguma coisa para ele, agora, o que diria? — tornou a jovem.

— Bem... Eu diria que... — Adriano sorriu. — Hoje cuido muito bem dos meus filhos, procuro ser um pai presente porque aprendi como devemos tratar os filhos, graças ao que recebi na infância, adolescência e fase adulta... Talvez eu não fosse um bom pai, talvez desse tudo de mão beijada para os meninos e não os fizesse conquistar as coisas... Procuro ter equilíbrio, ouvi-los, demonstrar meu amor, atenção... Muito provavelmente, não seria o homem que sou se não tivesse o pai que tive. Não estou sendo masoquista, mas... Acho que foi preciso ter o pai como ele para ser o pai que sou. Então... Obrigado. Eu diria obrigado ao meu pai por ter ensinado uma lição de uma encarnação inteira. Ah... Também me orgulho por ter sido o melhor filho que consegui ser. Por tê-lo tratado com carinho e atenção nos momentos em que mais necessitou... No início, precisei me forçar, mas depois, quando percebi o quanto ele era triste pelo que ele mesmo era, que a doença o consumia e estava indo embora sem aproveitar essa vida para aprender a amar... Notei o quanto eu fui capaz de escolher amá-lo e o quanto isso me fez uma pessoa melhor, mais forte e consciente, sem arrependimentos, sem culpas... Paz é o que define o que sinto, em relação ao meu pai. Entendo que nada foi minha culpa, mas foi uma tremenda lição.

O espírito Ermelindo chorava copiosamente por um arrependimento imensurável.

— E o que você deseja para seu pai, hoje, tio?

— Desejo luz. Desejo que esteja bem. Que se fortaleça e se torne um ser evoluído, aproveitando as experiências terrenas para mudar seus antigos conceitos, crenças e práticas e agir com amor, ensinando amor.

Na espiritualidade, o espírito que foi esposa de Ermelindo se fez ver e ele chorou mais ainda.

— É hora de crescer. Chega de sofrimento. Venha comigo. Saia do umbral da consciência e vamos para planos mais elevados.

— Não mereço... Olhe para mim... Veja tudo o que fiz...

— E continuar assim vai ajudá-lo como? Continuando sofrer, vai ser útil de que jeito? — sorriu. — O Mestre Jesus sempre socorre aquele que deseja ser melhor para si e para os outros. Ele nos deixou uma frase maravilhosa para nossa recomposição. Sabe qual é?

— Não.

— "Vai e não erres mais". Chega de sofrer, Ermelindo. Há mais de uma década está dessa forma. Precisa se recompor, aprender, servir e harmonizar tudo o que desarmonizou. Neste estado, não será útil na seara Divina. Vamos orar, meu querido. — O espírito Ermelindo, jogado ao chão, encarou-a e estendeu-lhe a mão, que ela segurou. Outros espíritos socorristas se aproximaram, deixando-se ver. Uma oração sentida, emocionante foi realizada. E assim aconteceu o socorro para planos melhores, na espiritualidade.

— Por que está me perguntando tudo isso, Babete? — Adriano quis saber.

— Porque a vovó pediu para mim.

— Por que ela te pediria isso? — indagou desconfiado.

— Porque o seu pai, meu avô Ermelindo, estava aqui, ouvindo tudo. Com aparência feia, sofrendo muito. Tinha uma ferida aberta na barriga... Magro, esquelético... Ele era muito feio... Chorava, arrependido do que fez.

— Meu pai?!

— Ele mesmo. Ouviu toda a nossa conversa, mas não conseguia ver a vovó. Então ela pediu que eu fizesse essas perguntas para o vovô ouvir suas respostas.

— E agora? Ele ainda está aqui?!

— Não. Depois do que você falou, ele se emocionou muito e pôde ver a vovó. Depois ela o convidou para orar. Fizeram uma prece junto com outros espíritos que apareceram. Sem demora, sumiram todos.

— Será que meu pai estava sofrendo por todos esses anos?

— O egoísmo, a maldade a outras pessoas, deixa o espírito confuso, perdido, sem rumo, tio. Mas, ele foi embora junto com a vovó. Foi para um lugar melhor. Vai ser cuidado.

Adriano ficou pensativo e bem surpreso. Não imaginava que, por tudo o que foi quando encarnado, seu pai ainda estaria na espiritualidade, muito confuso e sofrendo. Nunca desejou isso. Ficou triste por saber, mas aliviado pelo socorro.

Nesse momento, Matias chamou por Babete e ela foi ver o que ele queria.

Além de cuidar de seus afazeres, Otília ajudava o primo sempre que necessário, principalmente, quando o assunto era Babete.

Matias parou com o curso universitário que fazia e começou a estudar arduamente para o vestibular. Sempre que podia, estava com Babete, por gostar de sua companhia. Também apreciava ir à casa de Adriano, para brincar com Apolo e Atlas.

— Você me ajuda a levá-los para passear? — Babete pediu.

— Claro! — o rapaz gostou da ideia. Os cães eram grandes, bonitos e chamavam a atenção. Gostava de se exibir com eles.

— O tio Adriano não gosta que eu vá sozinha com eles até a praça. Acredita que pode acontecer algo e eu não consiga segurar os dois cachorros.

— Acho que ele tem razão.

— O Apolo e o Atlas são mansos.

— Mas, pode aparecer outro cachorro que não seja. Se estiver solto, pode querer brigar com eles e seria difícil você controlar a situação.

Após colocar as coleiras e guias, saíram para passear até a praça.

Caminharam lado a lado, conversando e brincando sobre várias coisas, bem animados.

Babete adorava a companhia de Matias. Ficava feliz ao seu lado. Em seu coração, havia uma ponta de esperança de que ele tivesse olhos para ela. Sempre sonhou com isso.

Matias, aos dezenove anos, tornava-se um rapaz bem bonito. Seus olhos verdes contornados por cílios longos eram bem chamativos. Pele morena clara, bonita, sempre parecia bronzeada pelo sol. Rosto harmonioso, pouca barba muito bem-raspada, cabelos castanho-escuros, bem curtos na nuca com topete mais volumoso, penteado para o lado. Lábios grossos e nariz volumoso, davam-lhe um ar bem masculino. Alto, magro, com músculos bem-contornados que ele fazia questão de exibir com camiseta de alças.

O rapaz sentia-se mais imponente enrolando as guias em torno do pulso esquerdo, mantendo os cachorros, que eram obedientes, sob seu controle. À sua direita Babete, sorridente e animada. Estava se tornando uma jovem cada vez mais bonita e chamativa, que ele gostava de ter ao lado.

No trajeto precisaram atravessar uma avenida bem larga, com duas pistas. Não havia semáforo de pedestre. Ficaram parados alguns minutos esperando não haver carros para atravessarem com segurança, mas estava difícil.

Em certo momento, Matias segurou, com firmeza, a mão de Babete e falou:

— Venha!

Atravessaram um lado da avenida e esperaram no canteiro central, novamente, não ter carros para completarem a travessia. Durante esse tempo, ele continuou segurando sua mão. Babete o contemplou demoradamente, mas ele não viu. Estava olhando para o outro lado.

A jovem experimentou um sentimento que nunca teve antes. Sensação estranha, misto de emoção e alegria, prazer e contentamento. Desejava que aquele momento durasse eternamente. Seu coração acelerou e a respiração encurtou.

Outra vez, ele a chamou:

— Venha! Agora dá pra ir! — puxou-a pela mão e deram uma corridinha até alcançarem a calçada do outro lado. Sem motivo, riram da façanha, foi quando soltaram as mãos.

Caminharam bastante e depois retornaram.

Matias se acomodou em um banco e um dos cachorros ficou entre seus joelhos. Babete sentou-se ao seu lado e o outro cachorro permaneceu ao seu lado.

Quase se pondo, o sol lançava uma luz inquieta sobre eles, passando por entre os galhos e folhas de árvores que os encobriam.

Pairava um cheiro bom de eucalipto que tinha sido podado naquele dia. A jovem havia apanhado um ramo do chão e, girando-o entre as mãos, fazia o aroma ficar mais forte.

— Quem deu os nomes de Apolo e Atlas para eles? — o rapaz quis saber.

— Eu — sorriu lindamente, deixando as covinhas aparecerem e seus lindos olhos verdes brilharem. — Gostou?

— Gostei. Nomes fortes para cães grandes. Ótima escolha — afagou a cabeça do cachorro que estava junto a ele. — Como escolheu esses nomes?

— No escritório do meu pai havia uma biblioteca com vários livros. Entre eles, os de Mitologia Grega, que eu gostava de ler. Foi daí que tirei os nomes — Babete explicou.

— Você gostava de Mitologia Grega? — admirou-se.

— Ainda gosto.

— Interessante... — achou graça.

— O quê?

— Interessante uma criança se interessar por Mitologia Grega. Não é comum.

— Não sou criança.

— Mas era quando leu. Ou não?

— Era. Não tinha muita coisa para se fazer onde eu morava, por isso lia muito. Era fácil, por ter acesso à biblioteca do meu pai. Ele sempre teve muitos livros.

— Que fim levaram esses livros, depois que se mudou de lá? — Matias quis saber.

— Ficaram na casa que, hoje, pertence ao Bernardo. Estive lá, por esses dias, como sabe, e a biblioteca está intacta. Ninguém mexeu lá. Quase pedi uns livros pra ele, mas fiquei com vergonha.

— Deveria ter pedido. Ele não iria se importar. Se bem que o tio Adriano também tem uma biblioteca boa. Adoro ir lá xeretar — riu.

— Mas tem de ler lá. O tio não deixa o livro sair dali. Ele é todo cheio de regras — riu. — E outra... A maioria dos livros dele é da área odontológica, medicina... Não tem muita variedade. Estou lendo *Odisseia*, de Homero, novamente.

Matias a olhou surpreso. Achou estranho e ao mesmo tempo interessante. Como alguém daquela idade leria *Odisseia*, de Homero?

— Não ache estranho — Babete adivinhou seus pensamentos. — Esse livro conta a história de Ulisses, rei de Ítaca, que depois de dez anos na guerra de Troia, demorou mais dezessete para voltar para casa e viveu muitas aventuras.

— Então gosta de aventuras, romances?...

— Muito! Adoro ler!

— Minha mãe também gosta muito de romances.

— É disso que sinto falta na biblioteca do tio Adriano. Romances, aventuras, fantasias...

Matias a observou por longos segundos, por fim, perguntou, mudando de assunto:

— Esteve lá em Minas, precisou conversar com as autoridades, rever pessoas e, consequentemente, relembrar tudo. Como está se sentindo, depois disso?

— Estou fazendo o que posso. Segurando o choro, sorrindo com vontade de chorar... Ficando calada para não dizer o que não importa ou o que não vão acreditar... Sinto algo ruim dentro de mim. Parece um desespero, uma agitação. Alguns dias, dá vontade de nem levantar da cama. Outros, dá vontade de gritar. Pior que não posso falar isso, acho que vai incomodar quem está me ajudando.

— Seria bom fazer psicoterapia.

— O tio Adriano insiste nisso. A sua mãe já me levou a psicólogos para entrevista e gostei de um deles. Vou começar semana que vem.

— Precisa sair de casa mais vezes. Arrumar amigos... Isso vai ajudar.

— Sabe, Matias, sinto um medo, uma sensação estranha, que demora para passar. Quando leio ou me distraio com algo bom, passa. Mas, na maioria das vezes, fica...

— Saia mais de casa — ele orientou.

— O tio Adriano não gosta que saio de casa sozinha. Sempre que saio é com você ou com o Lucas ou com o Fábio... Com a tia Otília, quando ela vai fazer entregas...

— Mas você não pode ficar presa em casa.

— Não estou presa. Ele só quer que eu tenha companhia quando sair. Disse que é por agora. Para esperar essa fase passar. Principalmente, por causa da minha mãe. Outro dia, fui até a padaria e, na volta, encontrei com ela. Ouvi tanta coisa... Minha mãe me seguiu de volta até o portão e ficou falando. Então o tio disse para evitar sair só. — Longa pausa e confessou: — Isso dói tanto. Eu gostaria de ter uma mãe diferente, que me amasse, que me quisesse bem... Gostaria muito que minha mãe torcesse por mim, para minha vida dar certo... Adoraria que minha mãe cuidasse de mim, me ouvisse, que falasse com calma e amor... Que fosse minha amiga... Que me desse bronca pelas coisas erradas, porque se preocupa para eu aprender o que é certo... Conversasse sem gritar para me alertar sobre o que é bom, certo, saudável... É muito triste ter de aceitar o fato de minha mãe não me amar, não desejar meu bem, não se importar comigo... Tudo isso é confuso, porque, para mim e para a maioria das pessoas, todas as mães amam. Mas, não é verdade. Tem mãe que escolhe não amar. É difícil entender por que eu, apesar de tudo, amo minha mãe e sinto falta dela e de tudo o que ela nunca me deu, do que nunca foi para mim... — lágrimas escorreram por sua face pálida até o queixo, enquanto seu olhar ficou perdido, brilhoso com os raios de sol. — Gostaria de encostar minha cabeça no ombro da minha mãe e ficar quietinha, em silêncio. ...de deitar no colo dela e receber um carinho, um afago... Eu gostaria tanto, mas tanto que minha mãe escolhesse me amar.

— Acha que o amor é uma escolha?

— Tenho certeza que sim — secou o rosto com as mãos. — Tratar bem é amor. Ser educado, falar com calma é demonstração de amor. Ouvir com paciência é amor. Oferecer um sorriso é amor. Dizer não quando necessário é amor. Fazer companhia, ficar ao lado é amor. Então, quando fazemos algo bom, quando somos agradáveis, quando falamos com tranquilidade, estamos amando. Sempre podemos escolher amar ou não. Amar é uma escolha.

Matias esticou o braço e afagou seus cabelos. Soltou a guia dos cachorros e secou as lágrimas do rosto pálido de Babete. Puxando-a para que se recostasse em seu ombro, percebeu-a chorar.

— Não vou dizer para não chorar. Chore à vontade. Alivia o coração... — Ouviu-a soluçar. Para acalentar, bateu com a mão levemente em seu ombro, enquanto a abraçava. Passado algum tempo, Babete se afastou. Estava recomposta. Ainda com o braço em seus ombros, Matias disse:
— Por tudo o que vivi, acredito que consigo te entender muito bem. Sempre quis tudo isso da minha mãe biológica e nunca compreendi a razão de ter sido abandonado. Vivi um tempo sendo rebelde e revoltado. Demorou, mas com a ajuda da minha mãe, dona Otília e da psicóloga, uma metade de mim acabou entendendo e a outra metade aceitando. A metade que não entendeu ou a metade que não aceitou, de vez em quando, grita desejando ou exigindo que fosse diferente. É mentira dizer que isso não acontece. Mas, hoje, é possível conviver com isso. — Olhou-a nos olhos que pareciam mais verdes ainda, devido às lágrimas. — Mas, sabe, de tanto insistir, aprendi a ter controle sobre mim e dominar aqueles sentimentos ou emoções de raiva, rebeldia e revolta que tanto me faziam mal. Ainda me pego frustrado, às vezes, por ser rejeitado, mas me recupero logo. Para aprender isso é preciso repetir e repetir, entender e entender até que

fique encravado em nós que é assim mesmo e não vai mudar. Preste atenção: não vamos receber dos outros o mesmo que oferecemos. Somos capazes de amar e algumas pessoas não. Não podemos continuar dando a nós mesmos dor e desespero, raiva, revolta e rebeldia por causa do que nos é negado. Eles são o que são e não vão mudar por nossa causa. Mas, nós sabemos que podemos mudar para melhor, para sermos melhores e não dependermos das migalhas deles. Pode levar algum tempo, mas somos capazes de não reagir, de não sentir raiva, de não odiar, de não sentir nada, a não ser piedade. Somos capazes de não confrontar nem brigar ou discutir, porque entendemos que não vale a pena. Somos capazes de ter o domínio de nós mesmos e a certeza de que estamos certos e equilibrados e isso nos basta. Tudo é treino e empenho, que somente a prática nos faz conseguir.

— O que me deixa muito triste é ter mágoa da minha mãe e isso só aumenta à medida que entendo e vejo o que outras pessoas recebem de suas mães. É possível perdoar a alguém assim? Tenho medo de não conseguir.

— Acredito que, quando fizer de si mesma uma pessoa melhor por causa do que viveu com ela, sim. Vai conseguir perdoar. Quando se tornar alguém que encontrou seu talento, sua missão de vida, devido a tudo o que ela fez com você, sim. Vai conseguir perdoar. Quando descobrir que seguiu caminhos que te levaram ao autoconhecimento ao autoamor, sim. Vai conseguir perdoar. É aí que, grandemente, vai se descobrir elevada e ter piedade da criatura que não quis evoluir, aproveitando a chance ao seu lado. Na casa espírita, ouvi um palestrante dizer que, geralmente, é o inimigo que nos leva para o caminho do bem. Se tudo fosse bom e maravilhoso, jamais buscaríamos Deus. Então, pegue a dor, a decepção, engole a raiva e as reclamações e segue procurando ser melhor, porque a vida não vai esperar você ficar bem e equilibrada. Terá de, no meio do percurso, aprender a se equilibrar também. E enquanto fizer isso, enquanto se esforçar, a ajuda vai aparecer, novos caminhos vão surgir e as coisas vão acontecer para o bem e para o melhor. Sentada e reclamando, nunca sairá do lugar.

Do rosto de Babete pareceu brotar esperança junto com um lindo sorriso.

Matias, sorrindo levemente, encarou-a e ficou olhando-a, indefinidamente, contemplando sua forma meiga e generosa, sua pele pálida e as sardas graciosas que salpicavam seu rosto como estrelas no céu. Seus olhos verdes como esmeraldas brilharam como nunca. Seus cabelos vermelhos, com leves movimentos pelo sopro da brisa, deixou uma mecha passar na frente da face. Tirando o braço de sobre seus ombros, ele pegou a mecha de cabelo com delicadeza e colocou atrás da orelha. O jovem sentiu algo inexplicável e precisou se esforçar para conter a ânsia de abraçá-la com força, o que o deixou sério.

Matias respirou fundo, franziu a testa e olhou para longe.

Babete era muito jovem. O que estava acontecendo?

— Obrigada... — ela murmurou, com voz doce.

— Ora... Do quê? — sorriu, disfarçando os últimos pensamentos.

— Por tudo o que me falou. Vou pensar bastante nisso.

Sorriram, encarando-se.

Olhando-a nos olhos, segurou sua nuca fazendo-lhe um carinho. Aproximando-se, lentamente, procurou seus lábios e a beijou como queria.

Ela se entregou àquele beijo tão desejado.

Matias passou no vestibular. Estava muito feliz por começar a fazer Odontologia. Sua mãe se empenhava, totalmente, em ajudá-lo. Não só no lado financeiro, mas também proporcionando tudo que colaborasse para seu conforto na hora de estudar.

Vagarosamente, Otília ampliava as confecções de bolos, doces e salgados, precisando contratar um ajudante, já que o filho não poderia auxiliar.

Babete começou a estudar no mesmo colégio que o primo. Ficou muito feliz e adaptou-se bem. Quando tinha qualquer dificuldade, Matias a ajudava.

Sem que ninguém desconfiasse, um suave romance surgiu entre os dois.

Babete não saberia dizer se era namoro e ficava com medo de perguntar. Quando saíam sozinhos, longe de todos, andavam de mãos dadas, trocavam beijos e abraços.

Ela não sabia se deveria perguntar qual o grau de compromisso havia entre eles. Não ousou contar a ninguém. Estava insegura. Decidiu esperar.

Sempre que Matias tinha dúvidas, Adriano colaborava com tudo o que sabia, já que era bem experiente na área.

E assim a vida caminhava...

CAPÍTULO 33
A hora da verdade

Os primeiros pingos de chuva salpicavam no telhado, anunciando que haveria uma forte tempestade.

Matias olhou para a janela e notou que o céu escureceu de tal forma que parecia noite.

— Está preocupado com a chuva. Melhor você ir — sugeriu Babete.

— Não. Vamos terminar isso aqui — propôs e sorriu. Olhou para os lados à procura de alguém, por não haver, deu-lhe um beijinho rápido.

Ela apreciou o carinho. Ficava feliz quando ele a tratava daquela forma.

Ao percebê-lo olhar mais uma vez para fora, ela insistiu:

— Melhor ir. Parece preocupado.

Nesse instante, a chuva forte desceu impiedosa.

A jovem se levantou rápido e foi fechar a janela do escritório de Adriano, onde estavam.

— Agora, está preso aqui — viu-o sorrir com leveza.

Continuaram...

Ao terminar, Matias comentou:

— Eu ia sair com uns amigos.

— Desculpa... Te atrapalhei.

— Não. De forma alguma — afagou seu rosto com carinho, invadindo seus olhos com ternura. — Se estivesse em casa, não sairia do mesmo jeito. Não com essa tempestade. Ia encontrá-los no metrô. Não daria para ir com essa chuva toda.

— Está gostando da faculdade? — perguntou alegre.
— Muito! Nossa! É muito legal. Tudo é bem diferente. Estou empolgado com o tipo... — começou a contar tudo de modo animado.

Nesse momento, Lucas entrou no escritório e ficou ouvindo, interessando-se pela conversa.

A mesma tempestade que não deixava Matias ir embora, impedia Adriano de deixar a casa de Otília.

Ela estendeu o braço e colocou um copo com refrigerante perto do primo, que agradeceu:

— Obrigado. Espero que não demore para passar. Precisava chover assim? — ele riu, sentado à sua frente.

— Precisava! Ah, se precisava! Estava muito quente — respondeu, acomodando-se na cadeira à mesa.

— Gosto do calor. Gosto de sol... — Adriano afirmou.

— Se os dias fossem somente de sol, tudo viraria um deserto. Deus é sábio. O que acontece tem um motivo — ela considerou.

— Verdade... — concordou. — Assim é a vida. Se for só alegria, deixaríamos de achar graça. Só valorizamos o sorriso por causa da seriedade. — Longo silêncio até ele dizer: — Até hoje não sei por que nos separamos, Otília — Encarou-a. — Foi pela família? Por causa da oposição da sua mãe e do meu pai?... Por medo?...

— Éramos jovens demais. Não tínhamos opinião definida nem independência financeira ou mesmo posicionamento. Não tínhamos forças para enfrentá-los — ela afirmou.

— Acredito que independência financeira foi o que mais nos impediu de seguirmos juntos.

— Será? — Otília indagou e fixou seus olhos nele. Depois de tantos anos, aquela era a primeira vez que tocavam no assunto daquela forma tão fria e clara.

— Sempre fui inseguro. A criação, a educação que tive, a base de imposições e limites, medo e incertezas me deixaram assim. Até hoje, mesmo sendo um homem maduro, estabilizado, com profissão, independente, sinto-me... inseguro, preso, receoso...

— Nada é por acaso. Deus tinha certeza de que precisávamos de pais severos — sorriu. — Ele sabe as nossas necessidades para evoluirmos. Geralmente, na espiritualidade, quando o espírito percebe que sua evolução foi dificultada por ele ter sido um espírito rebelde, ele pede para ter pais severos.

— Eu acredito nisso. Outro dia, disse algo parecido para a Babete. Mas... Confesso que é difícil acreditar que pedimos, que merecemos pais perversos, maldosos, intimidadores, rudes, críticos, tóxicos, mentirosos, manipuladores... É complicado entender os planos de Deus.

— Se em outra vida nossos pais foram nossas vítimas, isso já explica. Se em outra vida, fomos nós os mentirosos, críticos, tóxicos, manipuladores, rudes, maldosos... — Otília riu. — Precisamos sentir na pele o que fizemos para não repetirmos o erro e endireitarmos o caráter. Mas, não só isso, precisamos aprender a ter equilíbrio e brandura diante de pessoas como eles. Não perdendo o controle e nos rebaixando ao nível deles, quando nos querem ferir ou irritar. Algumas coisas temos de aprender e trabalhar em nós mesmos, diante de gente assim ou essa experiência terrena não servirá de nada. Creio que a nossa principal missão, nesta vida, é curar e equilibrar a nós mesmos e não as pessoas tóxicas à nossa volta. Muito embora doa. Dói muito ter de ignorar uma mãe para não se deixar ferir por ela. Dói demais abandonar um filho para não ser escravizada por ele.

— De pessoas que nos maltratam, não devemos esperar mudanças. Pessoas como meu pai e sua mãe e a Iraci sempre querem nos levar a ter explosões emocionais. A forma como falam ou se comportam nos agride — Adriano disse.

— E fazem isso para terem atenção, para estarem no topo, serem exaltados ou vítimas. Quando os confrontamos, demonstrando termos razão, elas agem de modo a manipular a situação como se nós a atacássemos. Então ficamos com raiva, amarguradas e tristes, querendo provar que estamos certos. E quanto mais tentamos isso, mais elas se impõem ou se fazem de vítimas.

— Meu pai se impunha. Era o senhor absoluto.

— Minha mãe tinha acesso de raiva no primeiro momento. Depois, mentia e se fazia de vítima.

— De qualquer forma, éramos sempre errados. Incapazes.

— Eles sempre desejavam que não acreditássemos em nós mesmos.

— Foram tantas discussões, brigas, agressões verbais e física que não sei dizer... Teve uma época em que quase fui embora para seguir uma vida decadente junto com colegas viciados em drogas.

— Você, Adriano?! — ela se admirou.

— Nunca cheguei a usar nada, mas estava a um passo. Estava muito revoltado. Até que fui convocado a servir o Exército. No começo, fiquei irritado, nervoso... — riu. — Mas... Durante o período em que estava lá, passei a olhar tudo de maneira diferente. Conheci um sargento que sempre ficava no fundo do quartel, perto de um lago. Lá, eu e alguns outros caras ficávamos sentados conversando e escutando suas histórias. Esse sargento explicou muito bem sobre a necessidade de termos disciplina. Falava sobre a importância de focarmos em uma carreira, profissão... Fazia com que a gente entendesse a importância de pensar no futuro e se programar, planejar, ter uma vida honesta e honrosa para deitar a cabeça no travesseiro e se sentir bem consigo mesmo.

— Eu nem sabia que você tinha servido as Forças Armadas — sorriu. — Viu? Servir o Exército, que achava ser algo terrível, acabou sendo muito bom. Nada é por acaso.

— Verdade. Depois, encontrei em várias filosofias, incluindo a filosofia Espírita, a importância de ser disciplinado, planejar o futuro, pensar e vigiar nossas ações, palavras e pensamentos... Fazer coisas das quais tenhamos orgulho de nós mesmos, deitar a cabeça tranquila e dizer: sou capaz... Saí de lá com outra cabeça, cheio de desejo de ser melhor, cheio de vontade de fazer coisas boas... Quis prestar vestibular em Odonto e comecei estudar sem parar, mesmo sem perspectiva de pagar o curso — riu novamente. — Escolhi uma faculdade longe, em outra cidade. Passei. Fiquei todo feliz, mas quando vi a cara do meu pai... Ele detestou. Afinal, eu era o primeiro da família que faria um curso universitário. Então ele disse: não vou pagar curso nenhum. Tenho dois filhos e se pagar curso para um tenho de pagar pro outro — arremedou. — Escondido, minha mãe falou com meu avô, pai dela. E ele foi quem me ajudou. O dinheiro era contado. Não poderia pegar nem um ônibus errado, sequer. Não tinha dinheiro para lanche e sempre levava biscoitos ou pão com manteiga. Alguns dias passei fome, raiva, angústia... Mas, o que mais me motivava era saber que, formado, teria uma ótima profissão. Ganharia bem e mostraria para o meu pai que não era aquele burro e imbecil que ele sempre me chamava. O que me motivava, mais ainda, era pensar que, depois de formado, com independência financeira, poderíamos ficar juntos, sem termos de dar satisfações a ninguém. — Encarou-a e a viu abaixar a cabeça. — Mas, você se casou antes.

Longo silêncio, quebrado somente pelo estouro de trovões.

Adriano, sério, permaneceu fixando seu olhar em Otília como se lhe cobrasse uma explicação, mesmo depois de tantos anos.

Aquela era a hora da verdade. Um não sabia como tinha sido a vida do outro naquele período.

Os pensamentos dela navegaram para o passado, lento e pesaroso. Tímida, ergueu o olhar e o encarou, dizendo:

— Apanhei como nunca, naquela tarde em que minha mãe nos encontrou juntos no meu quarto. Ela o expulsou da nossa casa e você se foi, sem saber o que aconteceu. E depois disso não nos vimos mais. Ela me bateu, espancou, berrou, xingou... Quebrou uma cadeira nas minhas costas. Fiquei toda roxa. Por mais de uma semana, senti dor no corpo inteiro, cada vez que me movia. Não nos encontramos, não tive mais notícias suas... Cerca de um mês e meio depois, ou mais, fui espancada, novamente. Fiquei muito mal... Fui internada com hemorragia e perdi o filho que estava esperando.

— O quê?! — Adriano não sabia. Incrédulo, exclamou, perguntando em voz baixa e tom grave: — O que você disse?! — quis ouvir outra vez.

— Minha mãe ficou acompanhando meu ciclo menstrual e descobriu que estava grávida. Não tive como te avisar. Ela me bateu tanto que fui para o hospital com hemorragia. Lá, perdi o bebê. Ela disse aos médicos que meu namorado, pai da criança, foi quem me agrediu e fugiu, depois que soube da gravidez. Ameaçou-me bater de novo se eu falasse a verdade — uma lágrima escorreu em seu rosto sério.

— Eu não sabia! Nunca soube! — reagiu.

— Seu pai soube por minha mãe. Logo que cheguei do hospital, com dor, medo, apavorada... O tio Ermelindo foi me ver. Ele me xingou, ofendeu de forma absurda e me deu um tapa na cara, na frente da minha mãe. Eu estava péssima, machucada, ferida física, mental e psicologicamente... Muito abalada. Depois que ele se foi, fiquei trancada no quarto. Não saía pra nada, não conversava nem comia nem nada... Perdi o colégio por seis meses... No início do ano seguinte, quando decidi voltar a estudar, minha mãe chegou à nossa casa rindo, gargalhando. Ela me chamou de trouxa. Disse que eu era idiota por me deixar usar por você. Contou que o viu com uma namorada, que estava feliz da vida. Minha irmã confirmou tudo. Falou que não foi a primeira vez que o viu junto da mesma moça.

— Mentira!!! Nunca mais tive ninguém até terminar a faculdade!

— Desculpa... Acreditei nelas. Não por minha mãe ter falado, mas por minha irmã ter confirmado. Fiquei mais abalada ainda. Destruída. Não imaginei que fosse me esquecer tão rápido, depois de tudo e...

— Eu nunca te esqueci! — falou com clareza no tom forte e continuou olhando-a sem piscar.

— Voltei a estudar. Vivia amargurada. A Iraci não saía do meu lado. Não me largava. Ela também confirmou que você tinha outra. Disse que foi trabalhar no interior, na empresa do pai da moça. Comecei a trabalhar em uma loja de roupas e lá a gerente era espírita. Certo dia, eu estava chorando por me lembrar de tudo isso. Já havia se passado dois anos. Mesmo assim, quando a dor aumentava e pressionava meu peito parecendo explodir, eu precisava chorar. Naquele dia, no café da manhã, minha mãe, novamente, me chamou de trouxa e contou que você tinha ficado noivo. Que tinha conseguido um cargo importante na empresa do pai da sua noiva. Sempre que podia, quase diariamente, ela me colocava pra baixo, caçoava de mim, falava sem parar... No serviço, pensando em tudo, chorei muito. A gerente me consolou e acabei contando o que havia acontecido entre nós. Foi então que ela me deu um livro, um romance mediúnico. Depois desse livro, quis conhecer a Doutrina Espírita. Não entendia minha mãe ou a razão de ela me tratar como tratava e... O Espiritismo me ajudou bastante. Fui fazer faculdade. Fiz terapia e mais terapia com diversos psicólogos. Foi a época em que a Iraci se tornou minha melhor amiga — sorriu com ironia. — E o tempo foi passando... Namorei um rapaz, não deu certo... Conheci o Cláudio. Minha mãe me perturbava tanto... Ela ficava furiosa sem qualquer motivo, tinha explosões de raiva por coisas insignificantes, exagerava em tudo, fazia acusações injustas, procurava brigas comigo, falava muito sobre ela... Achei que ela estava com inveja por eu fazer curso superior. No final da faculdade, passei em um concurso público. Estava disposta a sair de casa de qualquer jeito, porque ela piorou. Não suportava mais aquela situação, as mentiras, manipulações, brigas... Nunca tinha paz. O Cláudio sabia de tudo, me entendia, dava apoio. Eu gostava dele. Não via por que não ficar com ele. Então nos casamos. No emprego, solicitaram que ele fosse trabalhar em Santos. Nós nos mudamos e a vida seguiu...

— Quando terminei a faculdade e voltei para São Paulo, fui te procurar e soube que tinha se casado. Não imagina como fiquei. Minha mãe, chorando, contou que meu pai ameaçou bater nela, caso me contasse algo sobre você, enquanto eu fazia faculdade no interior. Fiquei sem chão e... Procurei em religiões e filosofias algo que me confortasse. Trabalhei para uma clínica odontológica para juntar dinheiro e montar meu consultório. Foquei totalmente no trabalho para te esquecer... Comecei a namorar a Filipa. Depois, nós nos encontramos no casamento da Iraci. Quando bebeu todas e ficou totalmente embriagada, eu te encontrei no corredor da casa da fazenda e você me disse: eu te amo ainda. Lembra?

— Lembro... — Otília abaixou a cabeça e chorou. — Mas, eu tinha um marido e gostava dele. De alguma forma ou de um modo diferente, amava o Cláudio. Sempre o respeitei e...

— Eu entendo. Mas, nunca me esqueci disso. Depois, nós nos encontramos, novamente, no enterro do meu pai, no enterro da minha mãe e, por último no enterro do Cláudio.

— A Iraci, que se fazia de minha amiga, nunca te contou nada sobre mim?

— Não. Seu nome era evitado de todas as formas. Ordens do meu pai. Depois que a Iraci se casou e meus pais morreram, ela se afastou, totalmente, de mim. Nem fui informado sobre a morte do Dárcio.

— Pois é... E o tempo passou...

— Otília, eu não sabia que estava grávida. Nunca tive ninguém. Depois da faculdade, voltei para te procurar.

— Minha mãe disse que você sabia da gravidez, que seu pai havia contado. Mas, não se importou, ficou aflito por causa da responsabilidade e quis se afastar. Eu estava muito confusa, insegura e acreditei nela.

— Mentira!

— Eu sei. Hoje, eu sei. Éramos jovens demais e inexperientes, além de dependentes emocionais e financeiros. A pior coisa é ser dependente de alguém. Isso oprime, reprime, deprime.

— Fui covarde. Desculpa. Deveria ter te procurado e contado meus planos.

— Não foi culpa sua. Se existem culpados, foram nossos pais.

— Depois que fomos pegos no quarto por sua mãe, fiquei atordoado, com vergonha... Meu pai também me agrediu, fez escândalo. Brigou comigo e com minha mãe, como se ela tivesse culpa. Eu não tinha nada na vida, nem mesmo um lugar para ir. Minha vontade era de pegar você e fugir. Mas, viveríamos onde? Comeríamos o quê? Só se vivêssemos embaixo da ponte. Eu me achava inútil e incapaz, igual a tudo o que meu pai me chamava. No primeiro instante, fiquei revoltado, comecei a me enturmar com uns colegas nada adequados... Fui convocado a servir o Exército e... O resto te contei. — Silêncio. — As palavras daquele sargento não saíram da minha cabeça. Ele falou sobre planos, traçar metas e se movimentar para sair de onde não se quer estar. Que rebeldia não fazia ninguém progredir. Falou sobre vingança e... Se você quer se vingar de alguém, prospere. Ignore, totalmente, essa pessoa e prospere. Faça-a olhar para o alto quando ela quiser te ver. Meu maior desejo era me vingar do meu pai e poder estar com você. Então, pensei: se eu vencer na vida, tiver uma ótima profissão, for independente financeiramente, realizo tudo. Mas, meus planos foram por terra. Quando voltei, você havia se casado.

— Tinha de ser... — abaixou o olhar.

— Ainda há tempo — Adriano murmurou e ficou esperando algo como uma resposta, embora não tivesse feito uma pergunta.

Otília olhou para o lado, respirou fundo e nada disse.

A chuva havia amenizado e nem tinham percebido.

A voz de Matias, que corria no corredor, chamou a atenção de ambos. Ele conversava e ria com Babete, Lucas e Fábio.

Entraram na cozinha correndo e brincando, um pouco molhados.

— O que é isso, filho? — a mãe perguntou sorrindo, naturalmente.

— Ficamos presos na casa do tio por conta de tempestade. Aí, quando passou um pouco, falei pra virmos pra cá. Quando o Lucas estava fechando o portão, começou a chover mais e a gente se atrapalhou para entrar aqui em casa. Não foi nada demais, mas foi engraçado passarmos todos juntos pelo portão.

— Oh, tia, você fez empada hoje? — Lucas perguntou.
— Fiz — respondeu sorridente. — E é lógico que guardei algumas para você. Sei que adora — ela se levantou para pegar.
— Tia! Fez coxinha também? — Fábio se interessou.
— Mas é lógico! E deixei algumas para você também!
— Hei! O que deu em vocês dois? — Adriano riu ao repreender.
— Tenho uma ideia — disse Otília —, tenho alguns salgados, mas não o suficiente par todos nós. Vamos fazer lanches para completar, certo?
— Legal, tia!
— Valeu!
— Então todos ajudando! Vamos lá! — ela se animou.

Na casa de Iraci...

À medida que iam crescendo, Agnes e Síria percebiam que o jeito rude da mãe não era algo normal. Por isso, começaram alguns confrontos, apesar da pouca idade.

Naquele dia, Iraci apresentou a elas Antônio, como seu namorado.

Era um homem desdenhoso, chegou olhando as meninas com ar de desprezo e arrogância.

Sem educação, acomodou-se com muita folga no sofá, esticando-se e pedindo para as meninas servi-lo com cerveja e outras coisas.

A mãe não se incomodou e exigiu que as filhas obedecessem.

Quando ele se foi, Iraci ordenou:

— Não contem nada sobre o Antônio para o tio de vocês nem para a Otília. Se eles ficarem sabendo, mato as duas.

O tempo seguia seu curso sem esperar ninguém.

Adriano havia voltado a Minas Gerais algumas vezes por solicitação e acompanhado o processo.

Eram férias escolares e, desta vez, Babete foi junto.

A jovem estava muito diferente da menina maltratada e de cabelos desgrenhados que, um dia, com muito medo, foi levada daquela cidade pelo tio, que nunca tinha visto.

Aos dezessete anos parecia outra pessoa. Mais alta e com longos cabelos ruivos na altura da cintura. Macios e de ondas largas, brilhavam com a luz do sol ao soprar da brisa.

Bem-arrumada, com um belo vestido bege no corpo bem feito, fala mansa e educada. Exibindo um sorriso lindo pelos dentes que o tio ofereceu muitos cuidados, Babete, de uma forma geral, era encantadora. As sardas claras salpicadas no rosto eram um charme à parte.

Ela gostava de tudo em si.

Como sempre, Bernardo os recebeu com alegria e banquete ao qual o delegado Vargas, o investigador Julião e o advogado Osvaldo haviam sido convidados, com as respectivas esposas.

A jovem ficou feliz ao saber que sua professora Jorgete tinha se casado com Julião e viviam muito bem.

Ao terminarem de jantar, reuniram-se na ampla sala e o delegado contou:

— Como vocês sabem, toda investigação é demorada, mas já estamos encerrando o processo sobre o caso da mala no açude.

— Sério?! — Adriano indagou bem entusiasmado. — Conseguiram descobrir algo sobre o que aconteceu?

— Não foi fácil — tornou o delegado, sempre falando com sua calma peculiar. — O nome que você nos deu e tudo o que contou, Babete, ajudou imensamente, principalmente, com o que um amigo complementou — olhou para Bernardo, mas nada comentou a respeito. — Babete me disse que o espírito que a guiou até a mala no açude, praticamente seco, naquela época do ano, falou que se chamava Joana da Rocha. Um amigo chamou nossa atenção para o sobrenome Rocha. Descobrimos que o veterinário, que deu um golpe em dona Iraci, chama-se Rogério da Rocha Andrade e o nome do delegado, da cidade onde aconteceu o acidente com o senhor Dárcio, que foi o encarregado da investigação, era Joaquim da Rocha Andrade. Então, depois que o senhor Rogério fugiu e a Babete foi para São Paulo com o tio, investigamos a fundo. Procuramos pelos parentes do veterinário. Não demorou, descobrimos que os pais, já idosos, moravam em uma cidade vizinha a do acidente do senhor Dárcio. Fui até lá. Conversei com eles e, para minha surpresa, a filha deles estava desaparecida. O nome dela era Joana da Rocha Andrade. No altar da casa, ao lado dos santinhos, tinha uma foto da moça com a corrente e o pingente que havia no cadáver encontrado. No retrato, dava para ver uma pinta no rosto dela, o que a Babete também afirmou ter visto no espírito. Cerca de três anos antes da morte, Joana sofreu um acidente onde quebrou o fêmur em dois lugares. O cadáver encontrado tinha o fêmur direito com dois processos de calcificação, ou seja, havia sido quebrado em dois lugares também. A cor do cabelo era o mesmo. Por fim... O dentista que a tratou pela última vez, reconheceu os dentes no esqueleto exumado no cemitério da prefeitura daqui. Concluímos que os restos mortais encontrados na mala no açude eram de Joana da Rocha Andrade, irmã do veterinário Rogério da Rocha Andrade, que trabalhou na fazenda de dona Iraci e também irmã do delegado que investigou o acidente do senhor Dárcio.

— Então ele matou a irmã e jogou o corpo no açude? — Adriano quis adivinhar.

— Não — o delegado sorriu. — Pensamos nessa possibilidade, no primeiro momento. Continuamos com as investigações sobre a morte de Joana.

Babete, sem perceber, olhou para o canto e esboçou leve sorriso sem mostrar os dentes. O delegado e o investigador notaram, mas não disseram nada. E o delegado prosseguiu:

— Descobrimos que Joana tinha um namorado com o qual viajava muito. Uma amiga, que estava bastante triste com seu desaparecimento e depois com sua morte, contou que não sabia o nome dele, que, na verdade, ela não o apresentava para ninguém. Os pais não se preocuparam porque o filho Rogério disse a eles que o namorado de Joana era um homem sério, de posses e que trabalhava com ele, mas era reservado. Não gostava de se mostrar. Os pais ficaram tranquilos, porém nunca o viram. A amiga de Joana começou a vê-la preocupada e irritada. Num desabafo, Joana contou a ela que o namorado era casado, vivia com a esposa e três filhas. Contou também que o estava pressionando para que se separasse. Revelou que o namorado da amiga disse que se não fosse por sua filha mais velha, a quem tanto amava, ele se divorciaria da esposa. Joana ficou revoltada, sentiu-se enganada, pois percebeu que o namorado não iria cumprir muitas das promessas feitas a ela. Segundo a amiga, Joana começou a pressioná-lo. Mas, não só isso. Ela passou a ter ódio da filha mais velha do namorado e desejava matar a menina. A amiga conta que ela vivia às voltas com planos de como fazer isso e aquilo. Contou que Joana já tinha procurado ajuda de pessoas que fizessem trabalhos espirituais para a menina, mas nada funcionou. Falou que a amiga estava quase insana para ter o namorado só para si e queria a morte da garota a todo custo. Revelou que Joana, com a ajuda do irmão veterinário, foi até a fazenda do namorado tentar fazer algo contra a menina, mas dois cachorros pretos e enormes rosnaram para ela, quase a atacaram. Não morderam, mas não deixaram chegar perto da garotinha, que nem a viu. Joana ficou com medo, pois o namorado viu tudo. Ele estava na fazenda e a viu perto da filha, próximas ao açude, num campo de flores, onde a criança brincava. Eles discutiram, mas a menina não viu. Ela voltou e contou tudo isso para a amiga. Depois disso,

Joana sumiu e seu corpo, depois de anos, foi encontrado na fazenda, dentro de uma mala de couro, comprada na Itália. Buscando em um álbum de fotografias que o senhor Heitor, irmão do senhor Dárcio, tem, pedi para ver e lá encontramos fotos de dona Iraci e do marido, no aeroporto, quando retornaram de viagem de lua de mel, com a mala na mão. A mesma mala do açude.

— Meu Deus... — Adriano murmurou. — Acredita que minha irmã sabia que se tratava da mesma mala?

— Não. Em depoimento, percebemos que ela nem desconfiou de que se tratava da mesma mala. Até porque, a mala já era do senhor Dárcio antes de se casarem. Ele a adquiriu em outra viagem, antes de conhecê-la, pelo que o irmão nos contou.

— Por isso meu pai não tinha sossego — disse Babete.

— Sem dúvida que o senhor Rogério estava de olho na fazenda e em obter lucros. É típico estelionatário. Até acreditamos que foi ele quem apresentou a própria irmã ao senhor Dárcio ou incentivou Joana a dar em cima dele. Pensou que haveria separação e que poderia dar um golpe naquele que seria seu cunhado ou algo assim. Isso nunca vamos descobrir ao certo. São só suspeitas. Acreditamos que o senhor Dárcio matou Joana, por ela ter ameaçado Babete e o pressionado a se separar. Com isso, damos esse caso da mala do açude por encerrado. Mas, em seguida, o senhor Dárcio morreu em um acidente, que não foi tão bem investigado. E isso aconteceu por quê? — Todos o olharam atentos, esperando a resposta. — Porque o doutor Joaquim da Rocha Andrade, delegado responsável pelo caso, propositadamente, não realizou o trabalho que deveria. Vou resumir. Com a morte de Joana, ou melhor, com o sumiço da irmã, os dois irmãos Rogério e Joaquim suspeitaram de Dárcio e ficaram furiosos. Rogério, experto em estelionato, pois tinha passagem por esse crime em São Paulo, onde viveu mais de dez anos, convenceu o irmão Joaquim que, matar Dárcio seria melhor do que prendê-lo pelo crime. Primeiro, porque seria difícil encontrar o corpo de Joana. Ninguém sabia onde estava. Segundo, porque

Dárcio era rico e sairia logo da cadeia, alegando sentir-se ameaçado, percebendo que sua filha corria risco. Então, Rogério planejou tudo. Já que ele tinha... — Fez uma pausa e pediu: — Desculpe, Babete, pelo que terei de contar sobre a senhora sua mãe. — Olhou-a com ar de compaixão e prosseguiu: — O senhor Rogério tinha um caso amoroso com dona Iraci e existe a suspeita de que as duas filhas mais novas de dona Iraci sejam filhas dele. Então, seus planos foram: matar Dárcio e administrar os bens deixados, pois seria fácil enganar a viúva, que já era sua amante, dando-lhe um golpe. Na viagem que fazia, perto da cidade que o doutor Joaquim era delegado, fizeram o carro de Dárcio parar. Ele foi agredido e morto. Colocado no carro, novamente, e, em seguida, jogado na ribanceira. As investigações foram propositadamente precárias. Depois foi fácil. Conforme o senhor Rogério subtraía os lucros da fazenda de dona Iraci, seu irmão Joaquim adquiria bens. No fim, o resultado vocês sabem. O senhor Rogério vendeu tudo e ficou com o lucro, enganando a viúva. Por sorte, Dárcio deixou um testamento.

— Mas como? Qual a razão de Dárcio deixar um testamento pouco antes da sua morte? Nem todos os bens foram para Iraci e as filhas — Adriano perguntou, inquieto e curioso.

— O senhor Dárcio deixou uma carta. Uma longa carta para Bernardo — tornou o delegado. — Nela, explicou tudo. Com isso, tivemos a certeza de que as investigações estão certas. Leia a carta, Bernardo, por favor.

O senhor se levantou, foi até o escritório e retornou com o envelope que o advogado lhe entregou no dia da abertura do testamento. Abrindo-o, leu:

— "Bernardo, você foi a pessoa mais fiel na minha vida, depois do meu pai. Por isso, tenho total confiança em você e sei que vai fazer o que lhe peço.

Meu casamento com Iraci não está nada bom. A personalidade da minha esposa é terrível. Nossa convivência não está boa. Embora, à vista de todos, ela pareça uma ótima esposa e excelente mãe, isso não é verdade. Ela é terrível. Comecei a ter desconfianças e isso vem acabando comigo. Ouvi conversas dela ao telefone, que me fizeram ter a certeza de que Síria e Agnes não são minhas filhas. Não sei quem é ele. Meu desejo foi matá-la. Fiquei furioso e quando tomei a iniciativa, a Babete, o amor da minha vida, impediu-me. Novas tentativas e Babete surgiu como um anjo. Fiquei confuso, embora com muito ódio da minha mulher. Por isso, fico mais tempo na fazenda ou viajando do que em casa com minha família. Meu desejo era que Babete fosse maior e pudesse entender.

Para piorar minha vida, cedi à vingança. Entrei em uma aventura fora do meu casamento. Mesmo não me sentindo bem com esse fato, o caso me distraía e me sentia vingado. Mas, minhas ausências nunca foram problemas para Iraci.

Aconteceu que minha amante começou a me pressionar, querendo que me separasse. Seu comportamento piorou a cada dia. Falei que não me separaria por causa da filha que amo.

Então, peguei-a em uma situação, na fazenda, e percebi que ela faria alguma maldade com meu anjo Babete.

Fiquei furioso como nunca.

Fiz o que não devia. Agora estou arrependido e amargurado com isso.

Babete, com sua visão do que não podemos enxergar, vê esse fantasma atrás de mim ou vagando por onde moramos. Fico aterrorizado, quando ela me conta que o vê.

Sinto que estou enlouquecendo. Não paro de pensar no que fiz e o arrependimento corta minha alma.

A cada dia, odeio mais a Iraci. Acredito que, se não fosse por seu comportamento egoísta, não teria procurado outra e feito aquilo.

Penso em morrer. Mas, não sei como nem quando. Que seja rápido e muito longe daqui, longe do meu anjo ruivo.

Fiz um testamento. Não creio que Iraci seja capaz de administrar os bens que desejo que fiquem para meu anjo. Por essa razão, devolvo a você toda sua parte, tudo o que é seu e que passou para mim e algo mais. Tudo voltará para você. Foi um pai para mim. Seja o avô que Babete não teve. Cuide dela sempre que puder, cuide de tudo para ela. Peço que administre tudo até que Elizabeth possa assumir. Você ficará com a minha casa na cidade. Mais tarde, entregue-a a Babete também.

O testamento vai inibir Iraci de fazer algo contra a minha filha. Sinto que ela não gosta da minha menina, do meu anjo ruivo. Sempre a pego brigando e ralhando com ela. Fico furioso.

Iraci, incapaz e egoísta, poderá colocar muita coisa a perder. Tenho medo de que deixe meu anjinho sem condições na vida.

Embora eu tenha dó, não consigo olhar para as outras duas meninas. Mas, se a Iraci conseguir tocar os negócios na fazenda de gado, elas ficarão bem.

Elizabeth vai crescer e sair das garras da mãe e é aí que você deve aparecer na vida dela e ajudá-la, orientá-la, educá-la como se fosse sua filha. Ela tem um bom coração, vai lhe obedecer e aceitar seus bons conselhos.

Peço, encarecidamente, que só revele esta carta em uma condição: se descobrirem o que há no açude central, se descobrirem quem é que está lá e por quê. Se só encontrarem um corpo, não revele nada. Nunca.

Confio em você.

Minha morte parecerá um acidente. Nunca revele que eu quis morrer pelas besteiras que fiz, por covardia. Como eu escrevi, só revele tudo caso descubram quem está no açude e por quê.

Bernardo, você foi um pai a mais que tive na vida. Desculpe deixá-lo com esse encargo. Eu quem deveria cuidar de você. Mas, tenho certeza de que minha Elizabeth será um anjo na sua vida também.

Se puder, diga para ela que a amo mais que tudo no mundo. Mas, não consigo viver com o que fiz. Tenho vergonha de que ela descubra como fui covarde. Tenho medo de que nunca me perdoe. Mas, se algo for descoberto no açude e ela vir a saber, só tenho a lamentar.

Desculpe, meu amigo. Sinto que gostava muito de mim.

Ore por mim.

Assinado,

Dárcio."

Ao terminar a leitura, Bernardo tinha lágrimas escorrendo na face e tremor nos lábios. Tentava ser forte, mas a emoção o consumia.

— Então o Dárcio tinha a intenção de se matar? — Adriano quis entender.

— Tinha — disse o delegado. — Mas, não teve tempo.

— Como sabem que não foi suicídio? — tornou Adriano intrigado.

— Foi muito bom o Bernardo agir conforme o pedido do senhor Dárcio, entregando a carta somente depois da identificação do corpo. Acredito que o pedido do senhor Dárcio foi para não incriminar nenhum inocente — comentou o delegado. — O Bernardo nos disse que ficou transtornado quando leu a carta e, realmente, não sabia se entregava ou não para a polícia. Mas, quando soube que dona Iraci desejava anular o testamento, alegando insanidade do marido, para rever seus bens, decidiu que não entregaria. Decidiu que cumpriria os pedidos do senhor Dárcio.

— Anular o testamento, da forma como foi redigido, seria muito difícil. Eu diria impossível — o advogado Osvaldo interrompeu.

— Então, se o Bernardo tivesse entregado a carta, daríamos o caso por encerrado, acreditando que foi suicídio — prosseguiu o delegado. — Sem saber da carta, as investigações continuaram. Quando um amigo, informalmente, nos disse que o sobrenome Rocha estava em destaque aqui na cidade, fiquei pensando muito nisso. Foi quando descobrimos que o delegado Joaquim era irmão do senhor Rogério. Daí, fomos apurar tudo. Percebi Joaquim amedrontado com a minha presença para investigação. Ficou confuso, caiu em contradição. Mas, um investigador embriagado no bar onde estávamos bebendo também, acabou nos contando que, a mando de Joaquim, ele e outros dois sujeitos pararam o carro de Dárcio e fizeram o serviço... ...e receberam dinheiro por isso. Ele estava arrependido e sabia que seria descoberto. Encontramos os outros dois homens, bandidos procurados pela polícia e eles confessaram tudo. Restou prender o delegado Joaquim e o irmão.

— O Rogério está preso, então? — Adriano se admirou.

— Não. O senhor Rogério se envolveu com uma mulher casada e, quando o marido soube, atirou nele. Um dos disparos pegou na coluna do homem, perto do pescoço. O senhor Rogério ficou tetraplégico. Está internado ainda. Vai ficar inerte, preso a uma cama pelo resto da vida. Terá muito tempo para ficar pensando em todas as maldades que fez.

— Céus... — Adriano se admirava a cada momento.

— Dessa forma, o caso da mala no açude e a morte do senhor Dárcio estão, definitivamente, resolvidos.

Babete pensou em perguntar sobre o caso da morte de sua priminha, mas não o fez. Aquilo lhe doía muito. Sentia como se não quisesse saber a verdade. Tinha medo. Ficou em silêncio.

A conversa continuou. Enquanto isso, quieta, sem dizer nada, Babete se lembrou nitidamente do que falou a Rogério, quando ele tirava os pontos de sua cabeça e a provocava.

"Você vai pagar tudo o que está fazendo comigo." — a jovem recordou.

"Vou pagar? Como?" — era capaz de ainda ouvir seu riso com deboche.

"Vai ter muito, muito tempo, ainda nesta vida, pra pensar e pensar se tudo o que fez valeu a pena. Vai sofrer parado. Vai enlouquecer parado e ninguém vai ajudar. Sua cabeça vai ficar quente, enlouquecida. Vai gritar e vão dar remédios para que pare de falar, mas nunca de pensar e vai sofrer."

De alguma forma, acreditava que Rogério se lembrava daquilo.

De sua parte, Babete sabia que não tinha sido uma praga ou desejo, mas sim uma previsão. Talvez, a espiritualidade a tivesse inspirado para que ele pudesse pensar.

CAPÍTULO 34
Pense nas suas escolhas

A conversa continuava na sala de estar da residência quando, discretamente, Babete se levantou. Primeiro, foi para a cozinha, tomar um copo com água. Depois, percebendo que não a notaram, dirigiu-se para o jardim, entremeando-se nas sombras das árvores banhadas pela iluminação prateada da lua cheia.

Sem demora, pôde ver a aproximação do espírito Joana.

— Elizabeth, perdoe-me — expressou-se Joana, verdadeiramente, arrependida.

— Você não me fez nenhum mal.

— Por pensar em fazer e, mais ainda, por tentar, já foi um mal. Sinto-me culpada e muito arrependida. Hoje, no plano em que estou, entendo tudo de forma diferente. Mas, demorou para que isso acontecesse. Aqueles que não produzem frutos bons sofrem mais. Fui egoísta e não conseguia enxergar isso quando encarnada. Investi em um homem casado, quis destruir uma família para que ele ficasse comigo. Não percebia que seria responsável por incontáveis consequências que resultariam disso. No plano espiritual, a verdade é sempre exposta. Todos sabem quem somos e o que fizemos. É vergonhoso tudo o que fiz por egoísmo, sem pensar em ninguém. Desejei um homem que tinha bens, que poderia me sustentar. Na verdade, eu gostaria de me encostar e ser cuidada. Meu egoísmo cresceu. Gostaria que a mulher dele e as filhas se danassem para eu ficar só com ele e com o que ele tinha. Mas aí, uma das meninas era o amor da vida dele. Pensei que, se ela morresse, tudo ficaria fácil para mim. Planejei colocar essa filha em uma mala com pedras e jogá-la no açude. Tentei fazer isso, mas os cachorros... — silenciou por segundos. — Ignorava que algo maior a protegia. O que planejei e tentei contra aquela garotinha aconteceu comigo. Sofri com o desencarne. Entrei em desespero como nunca pude imaginar. Fiquei revoltada. As dores, os horrores por que passei são inenarráveis, mas não me dava conta de que, o que sofria, era o que faria com você... — emocionou-se. — Sempre fui muito apegada à matéria física e sofri todos os abomináveis momentos da decomposição. Desejei vingança. Descobri que você, de alguma forma, conseguia me ver depois de morta. Meus planos eram deixá-la louca ou fazer com que os outros a vissem como louca. Quando contava ao seu pai sobre mim e ele ficava assombrado, eu me satisfazia. Imagine a pobreza, a insignificância e o quanto é desprezível alguém que fica feliz ou satisfeita com a dor, com a dificuldade do outro. Egoístas e ignorantes não entendem isso. Sua mãe só conseguiu me ver uma ou duas vezes, mas fui eu quem começou a influenciá-la para que acreditasse que havia algo de errado com você. Depois, com a morte do seu pai, fiquei confusa e desorientada. Não consegui encontrá-lo nem vê-lo como imaginei. Passei a acompanhar você e influenciar ainda mais sua mãe, disputando com outros espíritos perversos que a rodeavam, pelo tipo de pessoa que ela é. A ambição desmedida e a perversidade fria do meu irmão me vingaria. Eu tinha a ilusão de que vê-las sem nada, sem recursos e com necessidades me deixaria mais feliz. Mas, nunca encontrei a felicidade ou a paz com o que lhes acontecia. Ainda assim, meu desejo era tirar sua vida. Não sei explicar de onde vinha tanto ódio. Eu a segui até uma campina e vi você seguir uma borboleta. Desejei influenciá-la para que caísse em um poço desativado que havia ali. Se caísse nele, nunca, ninguém a encontraria. Mas, foi ali que vi uma luz intensa, que trouxe uma calmaria e alívio que não lembro de ter sentido em vida ou na morte. Vi uma criatura linda conversando com você.

Não pude ouvir nem interagir. Só olhar... Era muita paz... Fiquei pensando a razão daquilo. O que se tem de fazer para experimentar sempre aquela paz? — longo silêncio. — Quando meu irmão se aproximou e tinha a intenção de fazer algo contra você, os cães interferiram. Foi nesse momento que vi dois espíritos influenciando os cachorros para protegê-la. Fiquei surpresa. Não entendia a razão daquilo. Ainda sentia que precisava persuadi-la para que encontrasse meu corpo na mala. Disse que só teria paz se fosse achada. Você me seguiu, mas o peão também. Minha maldade parecia sem fim... Meu desejo era, de alguma forma, fazê-la atolar no lamaçal do açude e, talvez, pela lerdeza que seus remédios provocavam, você não conseguisse sair e morresse onde meu corpo estava. Fiquei ali acompanhando tudo. Quando olhei para o que sobrou do que um dia foi meu corpo, chorei. Chorei muito. Não havia nada que eu tivesse orgulho. Nada. Foi horrível ver aquele monte de coisa feia, horrível... Aquele monte de coisa que usei... Quanta decepção. Quanta frustração. Eu não havia produzido nada, nenhum fruto bom do qual pudesse me sentir satisfeita. Naquele instante, alguma coisa começou a mudar. Vi que não realizei nada de bom nem para mim mesma durante toda a vida fútil que tive. Não estou falando de coisas materiais. Um arrependimento muito cruel e uma dor terrível me massacrou. Fiquei despedaçada. Dias antes, tinha visto aquela luz, uma criatura linda e de tanta paz conversando com você e eu... Eu ainda ali, podre e pensando em vingança... Por que aquela criatura daquele jeito e eu naquelas condições? Só havia uma resposta. Egoísmo. Egoísta, eu queria tudo para mim em vez de fazer algo por mim. Desejava o que era dos outros, em vez de fazer e produzir o que é bom para mim e para os outros. Como eu lhe disse, aqueles que não produzem frutos bons sofrem e lá estava eu que nunca produzi nem realizei nada e só quis tudo dos outros. Seu pai estaria ao seu lado, se não fosse por eu aceitar ser amante dele. Arruinei a vida dele, sua e de muitos outros. Colaborei para as falcatruas dos meus irmãos. Fui razão de virarem assassinos. Meu irmão Joaquim é casado, tem duas filhinhas e esposa. Agora, na cadeia, perdeu o emprego, não poderá cuidar das meninas e a esposa começou a beber... Que futuro se pode esperar para essa família? Toda decadência dessa família foi por minha culpa, por culpa do meu egoísmo, da minha improdutividade. Espero que você nunca, nunca saiba como é a dor da culpa e do arrependimento. Não podemos mudar o que fizemos, teremos de arcar com as consequências e isso dói... Estou aprendendo e não sei quanto tempo levarei para harmonizar tudo isso... Por tudo o que causei a você e a sua família, pelo que não tenho nem ideia de ter causado, peço que me perdoe.

— Nem sei se preciso perdoar a você. Ainda estou processando tudo.

— A partir do dia que encontrou meu corpo na mala no açude, comecei a querer entender por que sofria, por que era diferente daqueles espíritos que a rodeavam e eram repletos de luz. Comecei a reclamar que tudo, para mim, era dor e sofrimento, desespero e tristeza. A vida era cruel demais. Aos poucos, entendi que tudo era resultado do que eles pensavam, desejavam e realizavam. Então chorei arrependida. Compreendi que Aquele a quem chamamos de Deus, realmente, existe. De alguma, forma Ele registra tudo o que desejamos e fazemos. Somos e seremos responsáveis por isso. Comecei a sofrer pela culpa, querendo que tudo fosse diferente. Surgiu, diante de mim, uma criatura muito especial e disse: "não culpe a vida por suas dores. Elas são efeitos das suas escolhas. A solução é escolher melhor, a partir de agora. Precisamos orar a Deus e dizer o quanto somos gratos por tudo o que temos e tivemos. Somente a gratidão verdadeira percebe o quão pouco necessitamos pedir. Ore." Comecei orar e chorei muito, notei o quanto errei... Fui ajudada e socorrida. Esclareceram minhas condições. Hoje, busco aprender a ser melhor e servir. Julguei que você, apesar de tão nova, era quem me prejudicava, atrapalhava de ter uma vida melhor e feliz. Vivia cega. Meu egoísmo não me deixava ver. Infelizmente, a maioria das pessoas são assim. A pessoa que te atormenta, também pode ser aquela que te salva, porque ela pode fazer você criar forças, procurar a verdade e a libertação. — Breve pausa. — Agora, preciso ir. Perdoe-me. Obrigada. Muito obrigada, Elizabeth. Você é especial. Tem uma linda tarefa e será digna dela por conta da sua personalidade. Se me permite dizer: pense com muito cuidado nas suas escolhas.

Emocionado, o espírito Joana sorriu com leveza e foi desaparecendo lentamente diante de Babete. Outros espíritos permaneceram junto dela, mas não foram vistos.

Embora estivesse um pouco apreensiva, a jovem não teve medo. Ao contrário, notou algo morno derramar-se em seu coração, algo como um alívio. Não conseguia ver sua avó, ali, presente, mas pôde senti-la.

Com olhos marejados, ela suspirou fundo.

O frescor da noite fez com que sentisse frio e abraçou os próprios braços. Deu passos curtos e lentos enquanto pensava em tudo o que aconteceu e aconteceria. Experimentava certa insegurança com um toque de medo.

O que poderia esperar da vida?

Depois de tudo o que viveu, das revelações feitas naquela noite, do desabafo de Joana, o que mais aconteceria?

Não saberia explicar o porquê de se sentir ainda mais sozinha, apesar dos que a ajudavam.

Sabia que não teria o apoio de sua mãe e isso era o que mais doía e angustiava. Como suas irmãs reagiriam ao descobrirem que, na verdade, eram meias-irmãs? O que elas diriam sobre a decisão de Dárcio deixar grande parte da herança para ela, por intermédio de Bernardo? Embora o pai pensasse nas duas, Iraci não soube cuidar e administrar aqueles bens e não havia restado quase nada.

O provável era Agnes e Síria não gostarem nada daquilo, principalmente, quando crescessem.

O tio era quem a acolhia. Apesar de Adriano a tratar tão bem quanto os próprios filhos, não desejaria continuar sendo responsabilidade e preocupação para ele. Sabia que não fazia parte de seus planos. Estava prestes a ser maior de idade. O que deveria fazer?

Provavelmente, em pouco tempo, Bernardo passaria para ela todos os seus bens. Temia isso. Não saberia dizer o que fazer com aquilo tudo. Tinha medo de colocar tudo a perder, como sua mãe fez.

Nesse instante, recordou-se de uma conversa que teve com sua mãe e perguntou a ela: e se meus sonhos não forem os mesmos do meu pai?

Sentia que não eram.

Lembrou-se de Otília. Ela saberia entender, mas não teria como ajudar. Tudo fazia parte de suas próprias escolhas.

Escolhas. Foi o conselho que o espírito Joana deu: "pense com muito cuidado nas suas escolhas."

Como era difícil escolher.

Seus pensamentos chegaram a Matias e sorriu sem perceber. Achava-se encantada por ele. Foi o primeiro e único amor de sua vida. Acreditava que se apaixonou desde que foi para sua casa, na cidade praiana, e conversaram sobre a mãe dele.

Como ele cresceu, em todos os sentidos. Era bonito, educado e muito gentil. Estudioso e pensava no futuro.

Muitas vezes, notava que o rapaz tinha um carinho e uma atenção especial por ela. Sempre disposto e bem-humorado, quando precisava dele. Amava receber seus beijos, seus carinhos, seus toques suaves, um afago na face.

Adorava levar os cachorros para passear em sua companhia. Imaginava e sonhava em ficar com ele, tê-lo como namorado e, talvez, quem sabe, um compromisso mais sério, no futuro.

Mas, por que Matias não assumia um namoro com ela? O que o impedia? Não eram primos de fato. Nada impediria contarem que namoravam. Sentia-se triste por isso. Porém, tinha esperanças de uma hora ou outra ele anunciar para todos que se amavam e desejavam ficar juntos.

E se assim o fosse, Matias iria com ela para aquele fim de mundo cuidar de fazendas e indústria de ração?

Será que ela mesma gostaria de voltar para aquele lugar ou qualquer outro do interior?

Lembrou-se de Matias, todo de branco, indo e voltando da faculdade de Odontologia e, nesse momento, sorriu novamente. Adorava vê-lo daquele jeito.

Gostou de quando o tio Adriano a colocou na cadeira do consultório e, ao examinar sua boca, ensinando a Matias alguns procedimentos, o rapaz ficou admirando seus dentes bonitos. Foi algo que o impressionou tanto que, mesmo depois, ele falou várias vezes a respeito.

Babete sorria sem perceber. Sonhava em ser bem-querida e bem-tratada por alguém que a amasse de verdade.

Matias seria essa pessoa?

Acreditava que sim.

— Babete? — a voz do tio chamou-a à realidade.

— Estou aqui.

— Venha. O pessoal está se despedindo e o doutor Vargas ainda quer falar com você.

Ela acelerou os passos e entrou.

No meio da manhã seguinte, os mesmos pensamentos e dúvidas que assolaram sua mente na noite anterior, abalavam a paz de Babete.

Procurando afugentá-los, prestava atenção no carinho que recebia de Efigênia. Deliciava-se com seus pães, doces, biscoitos e geleias. Ela sabia como mimá-la.

Em algum momento, foi para o jardim. Reparou que as roseiras, que sua mãe tanto gostava, achavam-se lindamente floridas. Outras flores, que não sabia o nome, também se espalhavam no chão, perto dos muros baixos e vazados do terreno, podendo ser contempladas pelo lado de fora.

O sol estava quente o suficiente para fazê-la procurar abrigo na sombra das árvores.

Acomodando-se em um banco, prendeu as laterais do vestido rodado sob as coxas para não esvoaçarem. Recostando-se, fechou os olhos.

Sentiu-se apreensiva. Parecia um mau presságio.

Desejava ir embora e não voltar nunca mais ali.

O barulho do portão e uma movimentação de passos não chamaram sua atenção. Acreditou ser algum empregado que chegava à residência para cuidar do jardim e das coisas de Bernardo.

O susto, seguido de medo, fez com que arregalasse os olhos ao ser puxada pela gola do vestido e, em seguida, chacoalhada pelos braços.

Instintivamente, Babete segurou as mãos que a agrediam e encarou a ira de Leonora. Antes que pudesse pensar, sentiu o ardor no rosto pelo tapa que recebeu da madrinha.

Leonora, representando todo o ódio, medo e rancor por todos aqueles anos, estava enfurecida com a presença da jovem ali. Gritou, xingou, ofendeu a afilhada e a empurrou para o chão.

Seus berros foram ouvidos e, rapidamente, Efigênia apareceu para defender sua protegida. Sem demora, Adriano e Bernardo, contiveram Leonora, afastando-a de Babete.

Heitor surgiu não se sabe de onde e, logo atrás, a filha mais velha.

Enquanto Efigênia levou Babete para dentro da casa, Heitor deteve a esposa e tentou acalmá-la, forçando-a a se sentar no banco do qual arrancou a afilhada.

Alguns instantes e a mulher se aquietou, depois teve uma crise de choro.

Confuso, Heitor pediu:

— Desculpem... Estávamos na cidade, quando alguém contou que a Babete se encontrava aqui. A Leonora ficou quieta, estranha, mas depois correu afobada sem a gente entender. Fiquei procurando a Cleide, por isso demorei para chegar. Desculpem... Ainda é difícil para ela.

— Heitor, posso imaginar o quanto seja difícil para vocês a perda de uma filha, principalmente, da maneira como foi — disse Adriano, sério e firme. — Porém, já se passou tempo suficiente para não se deixarem dominar por insanidades e impulsos irracionais como esse! Primeiro, as acusações não caem somente sobre a Babete. Ela, simplesmente, estava na cena do crime. Segundo, outras pessoas também são suspeitas e, até onde sei, dona Leonora não foi esfaqueá-las ou agredi-las verbal ou fisicamente. Por que, então só com a Babete?

— Mas... — Heitor tentou falar.

— Espere um pouco! — praticamente exigiu. — Dona Leonora foi absolvida pela facada que deu na afilhada. Devido ao choque provocado pela cena do crime contra sua filha, o advogado alegou violenta emoção e ela foi absolvida pela tentativa de homicídio. Porém, qualquer outra agressão, agora, contra minha sobrinha, não ficará impune. Principalmente, pelos motivos que acabei de te dar. Se dona Leonora está no domínio de suas ações, se não tem problemas psiquiátricos, deve aprender a se controlar. Se acaso tiver problemas psiquiátricos, quem deve controlá-la é você, o responsável. Se quiser fazer justiça com as próprias mãos, deverá atentar contra a vida dos outros suspeitos também. Se acontecer de, mais uma vez, vocês se aproximarem da minha sobrinha, vou tomar as devidas providências.

Leonora, sentada no banco, encarava-o com o semblante duro e contrariado. Esfregando o rosto, levantou-se e caminhou em direção do portão sem dizer nada, saindo da propriedade.

Heitor olhou para o lado e não viu a filha. Apesar disso, acelerou os passos atrás da esposa sem dizer nada. Nem mesmo se despediu.

Adriano olhou para Bernardo e, sem palavras, perguntaram-se onde estaria Babete?

Alguns gritos de Efigênia chamaram a atenção de ambos e eles correram para os fundos da casa.

Da porta da cozinha, Cleide saiu afoita, toda molhada. Ela nem os olhou e correu em direção do portão, saindo da residência.

— O que aconteceu? — Adriano quis saber.

— Essa fia de uma égua! — Efigênia se enervou. — Deixei Babete dois minutim aqui... Vortei e encontrei essa fia dum jumento falando coisa pra minha menina. Ralhei com ela! E a praga mi infrentô! Mi impurrô! Chamô de veia burra! Falô otras coisa ruim! Chamô a menina de demônio ruivo! Peguei a tina com água e taquei nela! Pena que num tava quente!

— Efigênia, por favor... Nem pense em fazer uma coisa dessas. Acalme-se. Já temos problemas demais — Bernardo pediu.

— O sinhô tinha era que vê o que aquele bicho ruim tava falando pra menina! E tumbém o que disse pra mim! É de dá ódio em quarquer um!

Sentada, Babete chorava, agarrada à cintura de Efigênia, que afagava seus cabelos sem perceber.

— Acho bom nós irmos embora o quanto antes, Bernardo. Tenho medo de que outras pessoas possam querer vir aqui... Entende? — Adriano considerou.

— Claro. Mas, vamos deixar a Elizabeth se acalmar. Quero conversar com ela antes de irem embora.

Algum tempo depois, no escritório, lugar onde a jovem gostava de ficar, Bernardo se acomodou na cadeira atrás da mesa, indicando para Babete e seu tio os lugares que deveriam ocupar.

Sentada frente ao senhor, ela estava apreensiva, apesar de o tio parecer tranquilo.

— Bem... — disse Bernardo em tom calmo. — Ontem, antes de ir embora, o delegado Vargas comentou que o caso do homicídio da menina Laurinha será arquivado por falta de provas. Ele comentou isso para que fique tranquila — olhou para ela. — E é bom que fique mesmo. Desde que seu pai faleceu, sei que vem enfrentando problemas com sua mãe e passou por situações bem difíceis. Mas, eu não pude fazer nada. Daqui alguns meses, você fará dezoito anos. Antes de morrer, o senhor Dárcio deixou algumas orientações por escrito para mim. Além do que li para vocês, noite passada, existem outras instruções em várias cartas, mas, no momento, não convém apresentar. A principal delas é devolver a você sua herança, mas, para isso...

— Senhor Bernardo... — a jovem o interrompeu. Ele se calou e ficou atento. — Não sei direito o que fazer com o que meu pai deixou. Sei que parte do que era dele, pertence ao senhor e não sei como será essa partilha ou divisão e... Estou assustada e com medo. Não consigo saber o que quero de verdade na vida. Não tenho a menor ideia do que seja uma indústria de ração ou fazenda de forragem ou qualquer outra coisa ligada a tudo o que meu pai e o senhor tinham. Não terminei meus estudos e... Estou confusa.

— Esse tipo de medo é normal e também sinal de responsabilidade. Mesmo na minha idade e com as experiências que tenho nesse ramo, também tenho medo de algumas coisas que aparecem para eu decidir. Não imagina quantas noites passei em claro quando me vi responsável por tudo o que é seu, sabendo que precisaria cuidar do que herdou sem dar prejuízo. Isso é responsabilidade.

— Mas, as experiências e os trabalhos que teve na vida, fizeram o senhor saber o que fazia e tomar as melhores decisões. Já, eu, não tenho qualquer experiência. Não posso deixar que muita gente dê opiniões na minha vida, pois nem eu sei o que quero.

— Entendo, Elizabeth. Entendo perfeitamente, por isso quero fazer uma proposta. Como você sabe, não tenho família e não saberei o que fazer depois de passar tudo o que lhe pertence. Então... Proponho o seguinte: continue estudando. É uma menina inteligente e gosta e estudar. Escolha bem um curso superior e dedique-se a ele. Faça uma boa universidade. Forme-se naquilo que gosta, naquilo que tem amor. Dedique-se. Enquanto isso, continuo administrando tudo para você, suprindo suas despesas pessoais, com faculdade, tudo... Mas, somente as suas despesas e de mais ninguém. Com isso e com o tempo, você cresce e amadurece. Mais tarde, pensa no que fará com o que tem. Não tenho herdeiros. Não quero nada em troca. Só desejo trabalhar, como sempre fiz. Quero me ocupar e desejo que, um dia, tudo o que fiz apoie um bom projeto, uma boa causa. Da forma como seu pai deixou tudo para mim, precisei fazer um testamento, deixando você como minha única herdeira. Vou dar a você uma cópia desse documento, antes de irem. Caso aconteça algo comigo, já sabem... Não seria bom dona Iraci ter detalhes desse assunto, antes de Elizabeth ser maior de idade. Acredito que o Adriano — olhou para o tio da jovem — vai ajudá-la e orientá-la como vem fazendo. A vida em São Paulo não é fácil, é bem cara e é muito diferente daqui. Precisará do seu tio ao seu lado, mas cuidado com sua mãe.

— Babete, você precisa saber que é o Bernardo quem vem custeando seus estudos, plano de saúde e todos os gastos que tem. Lembra-se de quando falei para não se preocupar com dinheiro? Que era para fazer psicoterapia, curso de inglês, atividade física?... Pois bem, sempre foi o Bernardo quem custeou tudo.

— Eu imaginei, tio.

— Então fica dessa forma, Elizabeth. Continuo administrando tudo e você se concentra em seus estudos.

Com o coração apertado, mais uma vez, Babete deixou Bernardo e Efigênia chorando. Pareceram mais apegados ainda a ela, tristes com sua partida.

No final daquela tarde de primavera e dias de temperaturas suaves, ela e o tio estavam no carro, na estrada que os levaria de volta a São Paulo.

Sensato, Adriano orientou:

— O quanto menos falar com sua mãe e irmãs a respeito do que soubemos, aqui, melhor. Não diga sobre terem encerrado o caso da mala no açude, da morte do seu pai nem que o caso da morte de Laura será encerrado em breve. Diga que está tudo em andamento. Nesse caso, será necessário mentir.

— Por quê? — ela não entendeu.

— Você ainda tem dezessete anos, é menor de idade, sua mãe pode exigir que volte a morar com ela. Principalmente, se desconfiar que o Bernardo é quem paga seus estudos e todos outros gastos. Se ela souber que seu pai pediu que tudo voltasse para você, que é herdeira do Bernardo, vai exigir que more com ela, que dê a ela dinheiro e outras coisas, achando-se no direito. Vai te manipular, torturar com sentimentalismo barato... Fazer com que se sinta culpada ou na obrigação de sustentá-la. Lembre-se de que sua mãe não administrou bem nada do que seu pai deixou para vocês. Mas, fará um inferno, na sua vida, exigindo que a sustente.

— Se ela não tivesse demitido o senhor Bernardo, hoje, nossa vida seria diferente.

— Exatamente! Iraci é egoísta e não vai mudar. Nunca vai mudar. Lembre-se disso.

— Mas, é minha mãe.

— Sim. Isso também não vai mudar nunca! — enfatizou. — Mas, você precisa mudar! Deverá agir diferente. Precisará respeitá-la, mas, acima de tudo, não se deixar manipular nunca ou ela vai destruir você — olhou-a firme.

— Tio!... — assustou-se.

— Acredite em mim. Sei, perfeitamente, sobre o que estou falando. Ou segue minhas orientações e as do Bernardo ou chora mais tarde. A escolha é sua. Já conhece sua mãe o suficiente. Pense muito bem nas suas escolhas, a partir de agora.

Imediatamente, a jovem se lembrou do que o espírito Joana havia lhe dito.

CAPÍTULO 35
Decepção não mata

Passava da meia-noite quando chegaram à casa de Adriano. Ele estranhou ao ver a luz da cozinha ainda acesa. Havia ligado para os filhos, quando fez a última parada e os meninos já estavam prontos para dormir. Logo deduziu que se tratava de Otília, sempre prestativa e atenciosa.

A prima sorriu e estendeu os braços para envolver Babete, embalando-a, de um lado para outro, por alguns segundos, antes de se afastar e querer saber se estava bem.

Por um instante, com a mala, Adriano ficou parado à porta, talvez, com a esperança de receber um cumprimento especial, mas não aconteceu.

Fechando o sorriso, entrou dizendo:

— Boa noite.

— Oi, Adriano. Fizeram boa viagem? — ela perguntou.

— Sim. Correu tudo bem — respirou fundo. — Estamos cansados. O dia foi exaustivo.

— Sabia que chegariam tarde. Trouxe uma torta para vocês. Os meninos já comeram. Tomaram banho e foram deitar. Amanhã precisam levantar cedo.

Ele voltou para o carro e foi pegar outras coisas.

— Antes de comer a torta, quero tomar um banho, tia — disse a jovem. — Estou tão cansada...

— Vai sim, minha linda! — incentivou com alegria peculiar. — Vou arrumar a mesa para vocês.

— Já é bem tarde... Não sei se quero comer. Não repara — ele disse quando a viu com a mesa arrumada. — Aqui tem uma caixa com alguns potes com tudo o que a Efigênia fez e nos obrigou a trazer — riu. — Pão, biscoito, doces... Leve um pouco.

— Hummm... Adoro as coisas da Efigênia! — admirou-se, olhando para a caixa que ele colocou sobre a mesa.

— Alguma novidade, Otília? Você está com uma cara...

— Várias! Quer saber hoje ou amanhã?

— Por que perguntou isso? Se souber hoje, ficarei preocupado, senão, ficarei curioso. Não dormirei de qualquer jeito! — achou graça.

— Foi você quem perguntou se tinha novidades — riu com gosto. — Mas... Prefiro que fale primeiro. Como foi lá em Minas? E o processo?

Adriano contou, exatamente, tudo. Viu-a surpresa com o desfecho de algumas situações.

— O Rogério tetraplégico?... — sussurrou. — A tal Joana é irmã dele?... Nossa!... Então o Bernardo nunca foi um peão, um mero administrador?

— Não. Era um homem muito rico que perdeu toda a família. Dárcio e o pai o ajudaram a se reerguer emocionalmente, digamos assim. Ele foi um pai para o Dárcio e será um grande parceiro e um avô para a Babete.

— Você vai contar tudo isso para a Iraci?!

— Não. Vou adiar o tempo que puder. O Bernardo apresentou a carta do Dárcio pedindo que ele cuidasse da herança da Babete... Agnes e Síria não entram nessa herança, como te falei. Dárcio sabia que as meninas não eram filhas dele, pois ouviu uma conversa da Iraci com o pai das meninas. Se a minha irmã souber de tudo isso, agora, vai querer a filha com ela para, de alguma forma, tirar proveito da situação. Minha irmã é gananciosa, egoísta, malvada. Só pensou em si, em ter homem... Com isso, acabou com os bens que o marido deixou. Elas poderiam estar muito bem, não fosse pelas besteiras que fez.

— Concordo. É melhor adiar o máximo de tempo que puder. Babete fará dezoito anos e a situação será diferente. Poderá escolher com quem vai morar e, logicamente, não vai sair daqui até terminar a faculdade. Se é que não vai cuidar do que o pai deixou para ela.

— Creio que não vai. Disse que está confusa, sem saber o que fazer... Mas, senti que quer fazer faculdade e seguir outro caminho. Conversamos bastante, durante a viagem. Ela pensa muito nos resultados, antes de tomar decisões. Isso é bom. — Breve instante e Adriano quis saber: — Agora é sua vez. Quais as novidades?

— A Lana, depois de torrar tudo o que tinha em Santos, voltou e está morando na casa da minha mãe.

— Isso tem chance de dar certo? — ele quase riu.

— Lógico que não! É questão de tempo até brigarem. No primeiro momento, sou o alvo central de fofocas, mentiras e acusações. Sou péssima filha, péssima mãe... Enquanto falarem mal de mim, as duas se darão muito bem. Difícil será quando esse assunto mudar — suspirou fundo.

— Vai aceitar a Lana de volta?

— Ai, Adriano... Não me faça responder a essa pergunta... — disse com semblante aflitivo.

— Não deveria aceitá-la. Já deu chances suficientes para sua filha. Ela te agrediu! Não se esqueça disso! — salientou.

— Eu sei, mas...

— Não tem "mas", Otília! — foi firme. — Pensa!

— Estou pensando e... Preciso de um tempo maior. É minha filha...

— Não acredito que estou ouvindo isso — ficou contrariado.

— Tá... Deixa isso quieto. Tenho outra coisa para te contar.

— Fala... — encarou-a.

— A Iraci está grávida — anunciou sem trégua.

— O quê?! Como?! De quem?! — reagiu enfurecido.

— Calma... É de um tal Antônio, namorado dela.

Adriano olhou para o alto e deu alguns passos pela cozinha. Pareceu inconformado. Esfregou o rosto, respirou fundo e soltou ruidosamente o ar dos pulmões.

— Meu Deus!... — murmurou. — Eu sabia! — Voltando-se para Otília, perguntou: — Quem contou? Ela?

— Lógico que não! Sabe como a Iraci é covarde. Mandou a Agnes vir à minha casa. Fiquei desconfiada, porque, quando uma das meninas vem sozinha à minha casa, alguma coisa aconteceu. Perguntei se tinha novidade... Como estava a mãe... Então a Agnes contou. Coitadinha... Não estava nada feliz.

— A Iraci não vê que a vida está difícil?! Não sabe se planejar?! É por isso que não se pode ajudar pessoas assim! Veja só! Se eu tivesse dando mais suporte do que já estou, como seria? Teria de arcar com mais um filho dela? Ela está com... Quantos anos minha irmã tem?

— Se eu tenho quarenta e dois... Iraci tem trinta e nove.

— E o que vai ser dela agora?! O que vai ser da criança?! Porque, certamente, o tal Antônio não vai assumir a responsabilidade! Será a Iraci que terá de trabalhar e cuidar de filho pequeno. Com quarenta anos, isso não será fácil! Vai bater e judiar das filhas mais velhas para querer ajuda, atenção e quem faça as obrigações que são dela!

— Isso é verdade. Todas as vezes que ela quer algo, judia das meninas pra gente ficar com pena e ajudar. Estou farta disso — Otília concordou.

— E como será, agora?

— Estou decidida. Vou me afastar de Iraci. Se eu vir que está judiando dos filhos, denuncio à polícia. Acho que é o jeito de ela ser mais responsável. Não podemos assumir o trabalho dela. Chega, né? Gente complicada, complica a vida da gente.

— É... Você tem razão... — Adriano ficou pensativo.

Babete chegou à cozinha. Ainda tinha os cabelos úmidos, quando se acomodou à mesa.

Otília sorriu ao vê-la se servindo com a torta e um copo de refrigerante. Admirou-a. Como havia crescido e amadurecido também. Seu sorriso se desfez quando se lembrou de contar que a mãe estava grávida. Mas, antes que pudesse pensar em como dar a notícia, ouviu Adriano dizer:

— Você ouviu a tia Otília contar que sua mãe está grávida?

— É sério?! — assustou-se e ficou encarando o tio.

— Sim. É. A Agnes contou para a Otília.

Perplexa, Babete ficou alguns segundos parada sem saber o que dizer.

— Mais uma razão para não contarmos nada para ela sobre o que houve em Minas, principalmente, sobre o Bernardo. Entendeu?! — Adriano perguntou, quase exigindo.

— Entendi — murmurou.

Vendo-a triste, Otília pensou em animá-la, contando:

— Ah! Tenho uma boa notícia! O Matias trouxe uma namorada em casa para eu conhecer. É uma moça bonita e bem simpática. Estuda com ele.

Imediatamente, Babete empurrou o prato e o copo de refrigerante.

As lágrimas empossadas deixaram seus olhos verdes ainda mais intensos.

— Com licença. Não vou conseguir comer nada. Desculpa, tia... Boa noite — murmurou, enquanto se levantava e foi para o quarto sem dizer nada.

Otília e Adriano se entreolharam sem entender muito bem.

— Poxa... Pensei que, pelo menos, uma notícia boa iria animá-la...

— Eu não deveria ter contado nada hoje. Poderia ter esperado.

— Ela teria de saber de qualquer jeito. Não se culpe, Adriano. Bem... Já é tarde. Preciso ir.

— Eu te acompanho — disse o primo, que a levou até o portão de sua casa.

Havia sofrido muito com a morte do pai, com os maus-tratos de sua mãe, com a vida difícil em condições quase sub-humanas na fazenda, privada de educação e contato social. Havia sido considerada com problemas psiquiátricos e tratada indevidamente de doença que não sofria. Padeceu e suportou a perversidade da mãe que não lhe dava atenção nem carinho e ainda a agredia de todas as formas... Medicações fortes que a deixavam incapacitada, xingamentos e ofensas que não merecia... A violência psicológica quando acusada de matar a própria prima, a tentativa de homicídio que sofreu pela própria madrinha e ter de ficar em um hospital para não ser linchada por aqueles da cidade que a consideravam bruxa, esconder-se na casa da professora até que o tio, que não conhecia, fosse buscá-la... Saber que sua mãe colocou a perder toda a herança deixada pelo pai... O medo, a indignação, a raiva, o desespero... Tudo o que viveu pareceu menos doloroso do que saber que Matias tinha uma namorada.

Era uma jovem sonhadora e repleta de esperança. Em seus sonhos, Matias sempre existiu, desde que o conheceu, desde seus doze anos.

Andando pelo corredor, Babete chorou, subiu as escadas e foi para seu quarto. Mal distinguindo o caminho por causa do embaralhado das lágrimas.

Fechando a porta, jogou-se na cama, desatando a chorar compulsivamente. Soluçou como nunca. Soluçou com todas as forças de sua alma cansada e ferida, embora tão jovem.

Um choro copioso que jamais saberia dizer o quanto durou.

Tinha a certeza de que não haveria ninguém para consolá-la daquela angústia.

Havia sonhado e criado esperança de que Matias teria sentimentos fortes por ela. Ele parecia compreendê-la e gostar de suas conversas. Havia confiança e trocavam segredos. Tinha parado de contar a todos tudo o que via na espiritualidade, mas Matias sabia. O rapaz gostava de ouvi-la, apreciava saber sobre suas visões e entender como funcionava. Sentia que a respeitava.

Era agradável passar as tardes de domingo ao seu lado. Pegar em sua mão, enquanto andavam com os cachorros. Qualquer coisa que ele fazia era importante, era motivo de felicidade, de amor.

Nunca esqueceu o primeiro beijo. Raios de sol no emaranhado das sombras marcaram aquele momento. Gostava do seu carinho, do seu toque, do seu afago, do seu abraço.

Por que ele a enganou? Por que não avisou que não sentia mais nada por ela? Foi por isso que nunca contou a ninguém da família?

Ele nunca comentou sobre outra garota ou mesmo uma colega ou amiga.

A dor e a angústia duraram a madrugada inteira até o alvorecer.

Seria esse o mau presságio que vinha sentindo quando estava em Minas Gerais? Não saberia dizer.

Estava com os olhos vermelhos e inchados de tanto chorar. O nariz rubro e congestionado.

Algumas batidas na porta e permitiu:

— Entra.

— Oi! Tá acordada? — Lucas perguntou todo animado.

— O que você quer?

Ao encará-la, o primo mais velho ficou surpreso com seu rosto.

— Poxa... O que foi?

— Nada — desviou o olhar.

— Qual é, Babete? Deve ter chorado a noite inteira. — Não houve resposta. — Quer conversar?

— Melhor não.

— Tá. Então, deixa pra lá. Depois a gente se fala — ia saindo.

— Fala logo o que é! — ela quase gritou.

— Vai ter uma competição de xadrez no colégio. Não sei se está sabendo. Quer participar?

— Não.

— Você é boa nisso. Vamos? A inscrição encerra hoje.

— Não quero.

— Tá bom. Mas, se quiser conversar...

— Obrigada, mas não — não o encarava.

O primo não disse mais nada e saiu do quarto.

Na sala, encontrou o pai e contou:

— A Babete chorou a noite inteira. Tá com os olhos inchados.

— Ela te falou por quê?

— Não.

— Deve ser por causa da irresponsável da mãe. Só pode.

Todos julgaram que a angústia que a jovem apresentava era por causa de Iraci.
— O que foi que a tia Iraci aprontou desta vez?
— Ela está grávida do namorado Antônio.
— Caramba! O que ela tem na cabeça? Não vê que a vida tá difícil?
Aproveitando a oportunidade, o pai perguntou:
— O que você considera uma vida difícil?
Sem pensar, Lucas respondeu:
— Falta de conforto, paz, condições para ter boa saúde, alimentação adequada, lazer, boa moradia, acesso a bons médicos, medicações, odontologia... Tudo isso e muito mais. A tia Iraci vive preocupada com o valor do aluguel, se o proprietário vai pedir a casa ou não... Ela é pensionista por viuvez, mas essa renda é simplória, baixa demais. Trabalha em troca de um salário pequeno. Você a ajuda com um salário mínimo, que eu sei — olhou para o pai de um jeito diferente, quase censurando. — Isso não é muito para quem tem duas filhas menores... É uma vida difícil. Para mim, é. Sempre existe a preocupação de algo acontecer e não ter como resolver, pois tudo vai depender de dinheiro. Ela deveria ter se planejado melhor. Já estava difícil. Agora, com uma criança, como vai ser? Mais gastos, mais preocupações e responsabilidades, coisas que ela não tem. Daí, vai reclamar que os parentes não ajudam, que o governo não presta, que o mundo está conspirando contra ela, como se todos fossem culpados por não ajudarem. Tenha dó! — Um instante e disse: — Você tem uma boa profissão, ganha relativamente bem, mas planeja tudo para não passarmos dificuldades inesperadas. Nunca te vi falando: não tenho dinheiro pra comprar o remédio que precisamos. Mas, já te escutei, várias vezes, falando: não vamos nessa pizzaria porque é muito cara. Não vamos viajar para esse lugar porque estou economizando para a matrícula do colégio de vocês. Tá na hora das pessoas planejarem mais a própria vida para não encherem o saco dos outros! — protestou irritado.

— Lucas, quantos anos você tem?
— Mês que vem faço dezessete. Por quê? Esqueceu?
— Não. Lógico que não — o pai riu.
— Por que perguntou a minha idade, então? — estava zangado.
— Você está falando igual a um velho ranzinza, chato e de mal com a vida — Adriano riu, novamente.
— Vai dizer que não tenho razão?
— Cuidado para não ser tão rigoroso, filho. Cada um está em uma fase evolutiva da vida e vai aprender à sua maneira.
— Não sou rigoroso! — ressaltou. — Tenho visão da vida. As coisas não são fáceis, precisamos ter planejamento. Não podemos viver de aventuras. Não adianta eu sair com a galera, viver com os grupinhos rindo e me divertindo e exigir que o professor arredonde a nota para eu passar sem saber. Isso é brincar de escola, é brincar de aprender. A vida não é brincadeira. As pessoas à nossa volta não são brinquedos. Todos temos sentimentos. Todos precisamos ser respeitados. Não sei por onde andam as ideias de algumas pessoas que só sabem colocar filhos no mundo, se sentirem abençoados e falsamente felizes, mas, depois, longe de todos, perdem a paciência, gritam, não toleram a criança, agridem, ficam ausentes, não acompanham momentos difíceis... Pra onde foi a felicidade do momento em que soube que esperava um filho? Pra onde foi a alegria, a gratidão, o sentir-se abençoado de quando a criança nasceu? Era tudo falsidade! Hipocrisia!

Adriano se surpreendeu com o comportamento de Lucas. Nunca o tinha visto daquele jeito. Mais sério, procurou entender:

— Filho — falou com tranquilidade —, você está revoltado ou é impressão minha?

— Não estou revoltado. Estou consciente. Estou sendo realista. Apesar de tudo o que você sofreu por causa da Filipa, é um excelente pai. Mas, posso afirmar que não tenho mãe. Nunca tive. Nos últimos tempos, tive ainda mais certeza disso.

— Como é? Por quê? Deixe-me entender isso!

— Desde quando a tia Otília veio para cá, vejo o quanto ela é atenciosa, carinhosa e se importa com o Matias. Um dia, ele fez algo errado e eu a vi dando uns tapas bem fortes nas costas dele. Ele se encolheu e riu, sem que ela percebesse. A tia Otília falou um monte! Ficou uma fera! Passou. No dia seguinte, ela estava fazendo o bolo que ele mais gosta. Fez o pão que ele mais gosta. Ficou sentada à mesa ouvindo o filho contar os casos lá da faculdade. Depois, deu sua opinião, orientou, ainda levantou e fez um carinho nele. — Silenciou por alguns segundos. — Até comigo ela é assim. Outro dia, ela me bateu. Ganhei um tapão na cabeça. Sabia?

— Não! — surpreendeu-se.

— Não te contei porque... Ela estava certa e eu errado. Gostei de ter sido chamado a atenção. Depois ela conversou e explicou porque não deveria falar e agir daquela forma. — Breve instante e contou: — Não me lembro de a Filipa ter me corrigido, conversado. Mas, lembro de todas as vezes que me criticou, que disse que o meu colega era melhor, mais inteligente...

— A Filipa é sua mãe. Seria bom chamá-la de mãe.

— Ela era tão boazinha, né pai? — falou com ironia. — Deixava que eu e meu irmão fizéssemos de tudo. Não chamava nossa atenção, não fazia nossa comida nem se preocupava com o nosso banho. Nunca estava presente. Não se importava conosco. Saía e nos deixava sozinhos, algumas vezes, com a empregada, claro. Não ia às reuniões da escola. Não nos ouvia nem conversava... Era dissimuladamente boazinha. Mas, sabia me criticar e comparar com os outros. Isso é ser mãe? No outro extremo, vemos a tia Iraci, que é controladora, louca, agressiva, mentirosa, manipuladora... Isso é ser mãe? — Não houve resposta. — Estou a um passo de chamar a tia Otília de mãe! Olha meu tamanho agora! Mas, quando você sai, ela vem aqui saber se tem comida, se não vou perder a hora de ir para o colégio. Quer saber o que está acontecendo. Traz coisinhas para comermos... Já me viu preocupado e se interessou, passou a mão na minha cabeça, me abraçou... Fiquei doente e ela não saiu do meu lado... Isso sim é ser mãe — virou as costas e saiu.

Adriano, muito surpreso e sem palavras, não sabia nem o que pensar. Ignorava que o filho tinha tanta opinião a respeito daquele assunto, sendo tão jovem. Acreditava que sua atenção e carinho supriam o que a mãe deixou faltar. Mas, não.

Com o passar dos dias, Babete continuou mais calada e triste. Conversava somente quando perguntavam algo.

Adriano ainda acreditava que era por causa de Iraci e decidiu esperar algum tempo, antes de conversar com ela. Afinal, a vida da mãe não era de sua responsabilidade.

Mais alguns dias se passaram. Poucas batidas na porta do quarto do tio, e ele permitiu:

— Entra.

— Oi, tio. Tem um tempinho, agora?

— Claro... — sussurrou e se remexeu, tirando a cabeça de Fábio de seu braço. O filho mais novo havia dormido em sua cama, após longa conversa.

Adriano se levantou e a chamou para a cozinha.

— Vou fazer um chá. Qual você quer?

— Mate.

— Hummm... Também vou querer esse — sorriu.

— O Fábio está bem? — Babete perguntou.

— Agora está. Ficamos conversando a noite inteira. Problemas de *bullying* na escola. Ainda bem que ele conversa comigo sobre isso.

— Conversa, porque você dá espaço, permite, ouve... Ele confia.

— Mas... O que você quer falar? Também está passando por *bullying*? — brincou e sorriu.

— Já passei muito por isso. Fiquei triste, mas consegui não ligar. Foi assim que lidei com a situação. Aprendi a não dar importância, a fechar os ouvidos.

— Sério, Babete? Foi assim? Não conversou com ninguém?

— Não. São os fracos, os que têm dor na alma e os que se sentem ameaçados que fazem *bullyings*, chacotas, piadas de mau gosto, criticando e agredindo os outros pelo que eles são ou aparentam. Quando entendemos isso, percebemos o quanto a pessoa é infeliz e precisa rebaixar alguém para se sentir melhor. Então, passamos a ter dó, compaixão.

— Preciso falar isso também para o Fábio.

— Depois converso com ele — sorriu. Observou-o arrumar a mesa para tomarem chá, colocando as canecas e pegando um pacote de biscoito. Ela se sentou e disse: — Tio, não quero fazer o teste vocacional que você tinha sugerido na viagem de volta.

— Por quê? Já decidiu o que quer?

— Sim. Quero fazer Medicina mesmo.

Adriano sorriu. Ficou feliz por vê-la decidida.

— Parabéns pela decisão.

— Obrigada.

— Sabe que não é um curso fácil. Vai exigir muita, mas muita dedicação e empenho. Confesso que estou muito feliz por você e sei que é capaz. Sempre se empenha no que quer, é inteligente. Vai se dar muito bem.

— Mas, tio, ainda fico pensando na indústria de ração e nas fazendas que meu pai deixou. Será que minha escolha é errada?

— Babete, isso é o que menos importa, agora. A indústria de ração e as fazendas e sei lá mais o que, foram sonhos e realizações do seu pai. Não podemos pensar ou exigir que nossos filhos sigam a mesma vida que a nossa. Muitas empresas vão à falência quando os herdeiros, sem sonhos e realizações na área, assumem a administração do que não têm aptidão. Aquilo tudo foi sonho e realização do seu pai. Creio que ele deixou para você um bom alicerce para que construa o seu futuro, realize os seus sonhos. Use a indústria, ou melhor, os lucros dela para fazer sua faculdade, suas especializações, que não serão fáceis, construir seus projetos... Depois, olhe para tudo e diga: pai, com o que você construiu e se realizou, construí e realizei minha vida e estou grata e feliz por tudo. Obrigada. — Observou-a. — Tenho certeza de que ele ficará muito mais feliz do que se você se esforçar para cuidar de algo que não goste, que não te realize nem te faça bem — ela sorriu largamente como há dias ele não via.

— Estava muito preocupada com isso.

— Veja bem, hoje, tenho uma clínica montada e outras duas salas montadas para odontologia, que alugo para outros profissionais. Já pensei e ficaria feliz se meus dois filhos seguissem a minha profissão e fossem trabalhar comigo. Tudo está pronto, os consultórios são ótimos, perfeitos! Eles não terão trabalho algum para montar nada, mas também não terão o gostinho da conquista. De conseguirem comprar e pagar pela primeira cadeira, pelos gabinetes, pias, luzes... Se não temos esse prazer, esse gostinho, dificilmente, valorizamos e crescemos. Quando fazemos conquistas, quando nos esforçamos para aquisições, seja do que for, nós nos enobrecemos, reconhecemos a nossa capacidade e temos orgulho das coisas boas que fizemos. Percebemos o quanto podemos nos realizar e fazer enfrentamentos de situações em que não nos acreditamos capazes.

— E não dá medo?

— Claro que dá! Mas, medo desse tipo é para ser enfrentado. Temos de ir lá e fazer o que vai ser bom para nós e para os outros.

— Não ficará chateado se o Lucas ou o Fábio quiserem fazer outra coisa, seguir outra profissão?

— Não — respondeu de imediato. — A Odontologia, a clínica são sonhos e realizações minhas. Meus filhos precisam sonhar e fazer suas próprias conquistas. Ficarei feliz em ajudar, mas não vou e não posso tirar a capacidade deles de seguirem caminhos diferentes. Não estou nenhum pouco preocupado com isso. Já sei que o Lucas quer fazer Medicina e o Fábio ainda não se decidiu, mas não o vejo interessado em Odonto. Sei que não vai escolher esse curso.

— Tio...

— Fala — sorriu.

— Quando eu estiver fazendo faculdade, se não for longe, posso continuar morando aqui?

— Mas, é claro, Babete! — sorriu, levantou-se e a abraçou, afagando sua cabeça, espalhando seus cabelos. Olhando-a, riu ao dizer: — Mas, continuarei sendo exigente! Horário para dormir e levantar. Se eu implicar com alguma coisa... Já sabe! Nada de bagunça, noitadas, embriaguez... Nem pensar! Vou pegar no seu pé! Nem vou mencionar drogas! Você nem imagina do que sou capaz se desconfiar de algo! Pode ter certeza de que vou vigiar você e aqueles outros dois bem de perto. Sou capaz de revirar suas coisas, suas bolsas... Já estou avisando!

— Esse é meu pai! — disse Lucas, que acabava de entrar.

— Quer chá?

— Quero! — o jovem aceitou. — Só ouvi o final... Sobre o que estavam falando mesmo?

— A Babete decidiu fazer Medicina.

— É isso aí, parceira! — estendeu a mão aberta em direção da prima e esperou que ela batesse em sua palma, fazendo um *High Five*. — Vamos arrebentar na faculdade! Não vai ter pra ninguém! — Ao vê-la rir, encarou-a e falou: — Você estava tão pra baixo esses dias que pensei que tinha jogado a toalha e escolhido cuidar da fazenda.

— Estava com dúvida, mas... Não era isso. Estava mesmo era decepcionada.

— Decepção não mata, ensina — disse Lucas. — E contra decepção, nada melhor do que tarefas novas, mergulhar em coisas boas e produtivas, esquecendo quem te fez sofrer.

Em seguida, os dois primos começaram a fazer planos, o que alegrou Babete.

CAPÍTULO 36
Mães que não amam

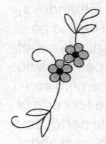

 Os meses seguintes foram ainda mais agitados para Babete e Lucas, que se empenhavam arduamente nos estudos para o vestibular. Sempre estudando juntos, tiravam dúvidas e ganhavam ânimo, pois tinham o mesmo ideal.
 Enquanto Lucas estava vivamente alegre, Babete parecia mais fechada. A jovem não se interessava mais pelos almoços de finais de semana que, de vez em quando, eram na casa de Otília.
 Ninguém percebeu que a presença de Dione, namorada de Matias, incomodava a jovem profundamente. Por essa razão, ela se afastava, evitando ver o casal. Isso perturbou Matias, pois não sabia como se comportar. Sempre quis conversar com Babete a respeito, mas desde que soube do namoro, ela evitou ficar a sós com ele e não lhe dava qualquer chance para se explicar. Tinha a certeza de que deveriam ter conversado antes de ele assumir compromisso com outra. Ainda assim, inseguro, o rapaz fazia de tudo para se aproximar ou agradar-lhe. Sempre fazia convites para algum programa junto com Lucas, Fábio e a namorada, desejando que Babete fosse.
 — Nós vamos jogar boliche. É muito legal. Vamos, vai! — ele insistia.
 — Não quero. Obrigada. Divirtam-se — Babete recusou.
 — Sei que quer estudar, passar em um vestibular difícil e muito concorrido, mas precisa se distrair, se divertir um pouco. Não acho legal ficar aqui, enfornada nesta casa e...

— Entendo o que quer dizer, mas não estou disposta. Sinto muito — falou séria, sem oferecer qualquer gesto simpático.

Dione ofereceu um sorriso leve, disfarçando o que pensava, enquanto puxava o namorado pelo braço, dizendo baixinho:

— Respeita a vontade dela. É chato ficar insistindo.

— É que ela nunca sai com a gente. Seria bom se divertir um pouco. O Lucas e o Fábio vão! A pista de boliche é num shopping aqui perto e...

— Não acha que está sendo inconveniente, Matias? — tornou a namorada.

Contrariado, ele respirou fundo e se despediu.

Amargurada, sem poder contar para ninguém o que realmente a deixava triste, Babete fechou os livros e apostilas e foi para o quintal. Sorriu somente quando seus cachorros, Apolo e Atlas, aproximaram-se abanando a cauda e fazendo-lhe carinho ao se esfregarem nela.

A jovem abraçou um e depois o outro. Sentiu vontade de chorar e lutou contra isso.

Seus olhos estavam caídos e o tom esmeralda perdeu seu brilho peculiar.

Como Matias, depois de tudo, havia feito isso com ela? Aquilo era traição? Não era oficial, mas tinham um compromisso. Trocaram beijos e carícias... Namoraram... Ele lhe devia satisfações. Não foi honesto. Não respeitou seus sentimentos. O certo era ter terminado antes com ela.

Se é que Matias já não namorava a outra enquanto estavam juntos, pois só soube do namoro por Otília. Essa ideia a consumia, castigava, machucava sua alma.

A voz de Agnes tirou-a daqueles pensamentos. O que a irmã poderia querer?

Indo até o portão, abriu-o para a menina entrar.

— Oi — forçou um sorriso.

— Oi — Agnes respondeu em tom brando, passando pelo portão.

— O que foi? Tudo bem?

— Não. Não tá nada bem. Tá tudo uma droga... — xingou.

— É a mãe, né? — Babete logo supôs.

— Tá um saco. Não dá mais para aguentar. Ela não para de reclamar e de maldizer a vida, a gente... A mãe só enxerga o próprio sofrimento. Ela nunca deveria ter tido filhos.

Sentaram-se em um banco no quintal dos fundos, perto dos cachorros.

Atlas se acercou de Agnes, que começou acariciá-lo, automaticamente.

— Outro dia, a mãe me chamou no portão aqui — Babete contou. — Ela viu o carro do tio na garagem e não quis entrar, porque sabia que ele estava em casa. Daí ficou falando um monte de coisa e de um jeito que fazia parecer que tudo de ruim que aconteceu com ela foi culpa minha.

— É isso! Ela nunca se acha culpada pelas burradas que faz. Não aceita que está errada nunca — xingou, novamente.

— Agora mesmo, começou a brigar com a Síria. Tão lá gritando e berrando uma com a outra, pra vizinhança toda ouvir. É a maior baixaria. Fazem o maior barraco. A mãe acha que a gente é empregada dela. — Encarando a irmã, Agnes afirmou: — Você teve sorte, Babete. Morar com o tio foi a melhor coisa que te aconteceu.

— Sinto falta de vocês — olhou-a com doçura. — Sempre fui bem-tratada, mas gostaria de estar com minha família e de que tudo fosse diferente, que a gente pudesse viver bem, ter paz, ser alegre, conversar coisas boas...

— Não sinta falta de viver com a gente. A mãe não tem jeito. Ela não deixa ninguém ter paz.

— Agnes — esperou-a olhar —, estuda! Se concentra nos estudos pra você arrumar um emprego bom e se libertar disso tudo, daqui um tempo. Essa é a única saída.

— Outro dia, estava fazendo um trabalho de história. A mãe teve uma crise de raiva, porque eu estava quieta, sem conversar com ela. Aí ela pegou as folhas e rasgou tudo. Como estudar e ter paz vivendo com uma criatura dessas? — Não houve resposta. — Eu sinto uma coisa tão ruim, quando ela chega e se aproxima. Dá um medo, um frio no corpo todo, uma sensação esquisita. Não sei explicar. É tão difícil eu ficar bem, sem tremer.

— Nada é para sempre, Agnes. Você não pode se concentrar nas coisas ruins que acontecem agora. Se fizer isso, ficará presa nessa situação.

— Entendo o que quer dizer, mas acontecem tantas coisas que me tiram a concentração... — Um momento e contou: — Resolvi rezar, pedir pra Deus me ajudar. Comecei a levantar cedo de domingo e ir pra primeira missa. Na igreja, me sinto muito bem, então, quando termina a missa, fico lá, sentada... Aí, teve um dia, que fui lá e depois da missa fiquei de frente pra imagem de Nossa Senhora orando, pedindo ajuda... Tomei um susto com a mãe puxando meu cabelo. Ela sussurrava, me xingando dentro da igreja. Segurou meu ombro e foi apertando, fazendo doer, até a gente sair... — quase chorou. — Passou por outras pessoas e sorriu, como se nada tivesse acontecendo. Disse que foi me buscar porque eu não tinha arrumado a casa antes de sair... — Fez breve silêncio, depois contou: — Outro dia, estava muito frio. Eu estava tomando banho e lavando o cabelo. A mãe achou que tava demorando e desligou o disjuntor e acabou a energia elétrica. O chuveiro ficou gelado. Quase morri pra terminar de me enxaguar. — Chorando, olhou para a irmã e perguntou: — Que tipo de mãe faz isso?

— Mães que não amam — Babete respondeu com lágrimas escorrendo na face pálida. — Assim como você, tenho incontáveis lembranças amargas, doídas, tristes dos tratamentos da mãe... — chorou em silêncio. — Infelizmente, temos uma mãe que não nos ama — secou o rosto com as mãos e respirou fundo.

— E por que ela é assim?

— Não sei explicar. O tio já conversou comigo a respeito, a tia Otília também... Eu me esforço para entender, me forço para aceitar, mas... Sempre me pergunto o porquê. Ela poderia escolher nos amar. Também não entendo a razão de nós ainda querermos que a mãe nos ame, exigindo migalhas de amor de uma pessoa que tanto nos maltratou, magoou... Já conversei com o psicólogo, diversas vezes sobre isso, mas sempre me pego como dependente emocional. Acho que todos ou a maioria dos filhos de mães que não amam, pais que não amam são dependentes emocionais, querem atenção, carinho e afeto verdadeiro que só são expressos em detalhes. Vejo a tia Otília e mães de outras colegas que são totalmente diferentes da nossa, dominada pelo maldito egoísmo.

Agnes se inclinou e recostou no ombro da irmã. Babete a envolveu com carinho, afagando seus cabelos.

— Será que isso vai passar? — a caçula perguntou.

— Lógico que vai. Tudo muda, tudo passa e isso também vai passar. O que não podemos é ficar presas e dependentes de pessoas assim. Não podemos ser dependentes de nenhuma pessoa! Entendeu? Podemos ter muita gente ao lado, mas não podemos depender de ninguém de forma alguma. Para isso, Agnes, precisamos aprender uma profissão, ter um trabalho, fazer algo bom, útil, honesto e decente para não nos sujeitarmos mais a esse tipo de situação pelo resto da vida. Precisamos ser livres. Não vou, não quero ser capacho de ninguém. Você também, vê se se esforça para não ficar sob o domínio e a influência da mãe. Nem de outras pessoas. Eu sei que ela vai rasgar suas folhas, seus livros, vai desligar a luz, até te bater dentro da igreja, mas não desista! Foque em algo, tenha um objetivo para se libertar! Não se deixe iludir por ninguém. Ninguém pode fazer nada por você! — reforçou, falando com energia. — Estude! Faça algo por você!

— Vou fazer. Vou sim. Quero a minha liberdade — olhou-a e a abraçou com força.

— Nós vamos conseguir, minha irmã. Sua vida não pode ser em vão nem a minha — beijou-lhe a cabeça. Passado um minuto, convidou: — Vamos entrar e tomar um refrigerante?

— Vamos. Não comi nada hoje. Só tomei um café preto — referiu-se a um café puro.

— Ah... Tem bolo que a tia Otília trouxe. É de laranja. Você gosta.

Nos dias que se seguiram, Síria procurou pela irmã mais velha.

As queixas sobre a mãe eram as mesmas. Só que muito mais irritada e insatisfeita, relatava de modo agressivo e bem mais acusador.

— Ela deveria morrer no parto, junto com o bastardo que está esperando! Nojenta! Essa desgraçada deveria morrer!

— Calma, você...

— Calma?! É fácil pra você falar isso, porque não vive junto dela nem naquela maldita casa! Tá aqui, protegida pelo titio! — exclamou em tom irônico, com um toque de inveja.

— Síria, sei perfeitamente como a mãe é. Não se esqueça de que, quando éramos pequenas, eu era a que mais apanhava e sofria nas mãos dela. Até remédios psiquiátricos ela me deu e isso custou a dúvida e um trauma até hoje.

— Dúvida do quê?! Que trauma?!

— Por causa dos remédios não sei se fui eu quem matou nossa prima! Esqueceu? Vivo com sentimento de culpa, dúvida e um terror que nem sei explicar, por causa de tudo o que a mãe fez. Não pense que foi fácil para mim. Ela me agredia a troco de nada. Me maltratava, cortou meu cabelo tão curto que fiquei com cara de louca. Me tirou da escola! Me chamava de insana, esquisita, debilitada, louca e dizia isso para todos. Ela me empurrou, bati com a cabeça na porta e levei sete pontos, que foram arrancados pelo maldito veterinário. Levei uma facada, fui operada e ela nem foi me ver no hospital. Quiseram me linchar, bater em mim, me levar pra fogueira!... Onde estava minha mãe?! Acha que sou feliz lembrando tudo isso e mais algumas outras coisas? — a outra não respondeu.

— Se não fosse pelo tio, que foi me buscar, acho que ela tinha me matado ou me deixado morrer! Quem me defendeu foram pessoas estranhas, que não eram nada minhas. Quando crianças, você e a Agnes não passaram metade do que passei!

Lógico que vocês sofreram com as agressões psicológicas e físicas, mas comigo foi bem pior. Esqueceu? E se estou na casa do tio, não foi por escolha minha. Hoje, tanto você quanto a Agnes conseguem se defender bem mais do que quando éramos crianças. Desde que viemos para São Paulo, o tio Adriano e a tia Otília estão de olho. Nunca mais vocês apanharam.

— A mãe é um demônio! Sempre foi! Não espanca, mas continua maltratando, gritando. Agora que está grávida piorou! Aquele infeliz do Antônio tá lá... Vive comendo e bebendo às custas dela. Enche a cara de cerveja e fica assistindo jogos. O vagabundo vive de serviços temporários, de bico, não tem um trabalho decente! A pensão que o pai deixou pra nós ela gasta tudo com ele. O que a mãe recebe trabalhando não dá pra nada. O tio parou de pagar um salário pra ela, porque disse que, enquanto o Antônio estiver lá, ela não vai ver um centavo do dinheiro dele. Então, nem comendo direito nós estamos! Vivendo aqui, toda folgada, sem necessidades, você não tem ideia de como é lá em casa! Deveria saber!

— E que culpa eu tenho?! — Babete reagiu. — Você fala como se as coisas fossem se resolver, caso eu morasse com vocês!

— Pra você é fácil falar! Teve sorte!

— Presta atenção no que está dizendo, Síria! Acha mesmo que tive sorte?

— Eu gostaria de ser acusada de homicídio e viver aqui de boa como você, sem briga nem gritaria, a ter de morar com a mãe!

— Então, por que você não para de gritar? Por que acha que tem de responder a tudo o que ela fala? Sabe aquele ditado: "quando um não quer, dois não brigam?" Você poderia usá-lo! Se tem uma mãe tóxica e perversa, da qual não pode se afastar, não reaja, não questione, não discuta, responda apenas o necessário, com o mínimo de palavras e emoções. Deixa a mãe falar sozinha. Foque em você! Procure ser produtiva para a sua vida! Está com dezesseis anos, pode arrumar um emprego, fazer algum artesanato, sei lá!

— Olha pra você, Babete! Vive folgada, não faz nada e fica me dando conselho? Você deveria estar lá em casa pra saber como é! Vai pro inferno! Não sabe o que é dificuldade!

— Síria, você tem amnésia ou tá com inveja? Acabei de te falar tudo pelo que passei! Mas... Vamos lá, me diga! O que está fazendo da sua vida? Está só reclamando ou está se propondo a fazer algo para sair dessa situação?

— Como assim? Do que está falando?

— Quais seus planos, Síria? Está estudando? Pensa em ter uma profissão? Pensa em procurar um trabalho?... Quais seus planos para ser independente, para ser livre, para não se submeter aos caprichos desequilibrados da mãe?

— O que quer que eu faça?

— Alguma coisa por você mesma que não seja reclamar! Cresça! Amadureça! Aceite que é você quem tem de se tirar dessa situação. Sei que tem só dezesseis anos, mas já pode se planejar. — Olhou-a, respirou fundo e exemplificou: — Tenho dezoito anos e estou me matando de estudar para passar em um vestibular muito concorrido. Você pode procurar um curso profissionalizante, estudar, arrumar um emprego mesmo que informal... O tio não está dando dinheiro para a mãe, mas se pedir a ele, é provável que ele pegue esse dinheiro e pague um curso pra você. Vá atrás de alguma coisa! Procure! Dê foco na sua vida e esquece a mãe. Vou dizer a mesma coisa que falei pra Agnes, outro dia. Não podemos ficar dependentes de pessoas como a mãe. Aliás, não podemos ficar dependentes de ninguém na vida! É preciso sair dos domínios de gente como ela. É necessário ser livre! Independente! E como diz o tio Adriano: não conheço outro jeito, digno e honrado, de prosperar, progredir e ser independente se não for estudando e trabalhando. Temos de ter orgulho de nós mesmos! Você precisa escolher: ou dá um sentido à sua vida ou continua focada na mãe e brigando com ela.

— É impossível me dedicar a mim com a mãe que tenho!

— Síria, nada é por acaso. Quando nascemos em uma família, com determinados pais e irmãos, é porque existe um propósito para a nossa evolução. Agora, hoje, neste exato momento, não sabemos e não entendemos, mas, decerto precisamos aprender algo com a situação na qual nos encontramos e vivemos. Disse isso para a Agnes e vou dizer agora: sua vida não pode ser em vão. — Esperou-a olhar e prosseguiu: — No meio de toda dificuldade da infância e adolescência precisamos descobrir nossos talentos e aptidões. Necessitamos de força de vontade e muito empenho para buscarmos e desenvolvermos aquilo de que gostamos, enfrentando diversas dificuldades para isso. Às vezes, vamos ter de abaixar a cabeça e não confrontar. Primeiro, para não ficarmos ainda mais indignadas e nervosas do que já estamos. Segundo, porque o confronto com pessoas iguais à nossa mãe nunca, nunca vai ter resultado saudável ou satisfatório e precisamos enfiar isso na nossa cabeça de uma vez por todas! — reforçou.

— Você está dizendo para eu não reagir, não confrontar, abaixar a cabeça e deixar por isso mesmo?

— Estou.

— Ah!!! Mas, isso não vou fazer mesmo!

— Então, se prepare para continuar vivendo como está pelo resto da vida. Uma hora você terá de mudar e parar de brigar, de reagir de responder, que seja o quanto antes! — Olhou-a nos olhos e indagou: — Sabe por quê? Porque, nunca, nenhuma briga com a mãe resultou em ponto positivo para nós. Ela não tem jeito e não vai mudar nunca. Por mais que tentemos, gente como ela não muda. Quem precisa mudar somos nós. — Um instante e contou: — A mãe sempre vem conversar comigo. Eu disse conversar e não me visitar. Já que não moro com ela, poderia vir me visitar, saber como estou. Mas, não. Ela nunca pergunta como estou, porque não interessa pra ela. Então... A princípio, quando ela vinha aqui, falava e reclamava muito, comecei a responder e reagir, depois, descobri que só ficava mais irritada. Mesmo quando ganhava alguma discussão, provando que ela estava errada, eu me sentia mal, culpada e muito desgastada. Agora, só deixo que ela fale e fale e fale... Pouco escuto. Só olho. Faço isso para não ficar nervosa, porque não quero ocupar minhas ideias com o que não é importante, quero ocupar minhas ideias com o que é bom para mim, focar no que é útil para o meu futuro. Não poderei ficar aqui na casa do tio pelo resto da vida. Tenho de criar asas. Veja... Você e a Agnes podem fazer o mesmo. Deixem a mãe falar sozinha, brigar sozinha, puxar os cabelos sozinha... Economize sua energia. Poupe sua alma de sentir mais dor. Procure estudar e fazer alguma coisa para sair desse cativeiro físico e emocional. Em dois anos, será maior de idade. Esses dois anos vão passar muito rápido. Foque em procurar uma profissão, em alguma coisa com a qual você se sustente para sair de casa. Como falei, estou na casa do tio, mas sei que é provisório. Não posso ficar aqui para sempre. Preciso focar em mim, em ter um trabalho, uma profissão que me sustente sozinha. Não quero ser dependente do tio, da mãe ou de qualquer outra pessoa.

— Vai prestar vestibular?

— Vou. Estou me matando de estudar por causa disso.

— Vai prestar pra quê? — Síria quis saber.

— Medicina. Sempre quis ajudar pessoas e acho que esse é o caminho.

— Medicina?! Nossa! — ficou admirada. — E como vai pagar faculdade?

— Pretendo passar em uma universidade pública.

— Mesmo assim, terá outros gastos bem caros.

— Eu sei... — Não aguentando guardar segredo, Babete contou: — Síria, a vida da gente pode mudar quando menos esperamos. Nada é eterno. E, quando a gente se esforça, a ajuda chega de quem menos esperamos. O Bernardo... Lembra-se dele?

— Lembro, claro. A mãe não para de falar dele até hoje. Ele ficou com tudo o que era nosso.

— De tanto algo ser falado e repetido, quem não procura a verdade vive enganado. Não foi bem assim... Vou resumir, pra você entender rápido. O pai desconfiava que a mãe não conseguiria administrar a fazenda e achou melhor deixar o Bernardo cuidando da outra parte dos negócios. Bem... Agora, o Bernardo vai custear todas as despesas com meus estudos. Aliás, já está fazendo isso. Esta é a razão de eu estudar em colégio particular. E juro por Deus que vou aproveitar cada centavo que estou recebendo! — Um momento e pediu: — Mas... Por favor, não conta nada para a mãe. Não conta nada pra ninguém, tá?

Síria demorou um pouco para processar o que a irmã disse. Não pareceu ficar satisfeita com a notícia.

— Boa sorte pra você, Babete. Não sei se gosto de estudar tanto assim. Medicina são anos de estudo e mais atualizações e sei lá mais o quê... É muito tempo! Mesmo outros cursos... São demorados.

— Mas, o que você vai fazer nesse mesmo tempo, se não estudar e garantir seu futuro? Como vai usar esse período de forma útil e saudável para si mesma e para os outros? Pensa nisso, minha irmã! Busque um propósito, algo de que goste de fazer e trabalhar, pois será para se sustentar pelo resto da vida. Sua vida não pode ser em vão. Sua vida não pode ficar nas mãos dos outros. Faça algo por você. Peça a Deus que te guie e segue. — Viu-a envergar a boca, insatisfeita. Querendo mudar o clima, levantou-se e falou: — O tio trouxe uma torta de palmito. Vou esquentar pra nós duas. Quer guaraná ou coca?

— Coca.

Mais tarde, ao chegar à sua casa, Síria viu a mãe sentada no sofá, com uma bacia de pipoca no colo.

— Onde você estava, infeliz? — Iraci perguntou.

— Não enche! Saco!

— Não fala assim comigo! Onde estava?!

— Fui ver sua outra filha! Aquela que vive na mordomia e muito bem longe de você! Por isso está feliz e próspera na vida!

— O que você tinha de ir lá? Não tem o que fazer não? Veja meu estado! Estou inchada, minha pressão está subindo, tudo porque sou eu quem precisa cuidar desta maldita casa e sustentar duas marmanjas!

— Graças ao tio Adriano não são três! A Babete nasceu virada pra lua! Tá lá, numa casa rica, bonita e cheia de fartura. O único trabalho dela é estudar para o vestibular! Desse jeito, até eu!

— Que vestibular? Como aquela imbecil vai passar e pagar faculdade?!

— Não tá sabendo não?! — foi desdenhosa. — Pois, se prepare pra notícia e não dê à luz agora! Vai ter uma filha médica!

— Do que está falando, Síria? Bebeu, por acaso?

— Não bebi nem água lá! — Síria mentiu desnecessariamente. — A Babete está estudando para o vestibular. Quer passar em universidade pública.

— Mesmo sendo universidade pública e não tendo de pagar mensalidade do curso, Medicina dá gasto com muitas outras coisas. Duvido seu tio sustentar uma sobrinha na faculdade. Tem alimentação, livros, apostilas, instrumentos, roupas, transporte...

— Não é o tio que está sustentando a Babete, é o Bernardo! Lembra-se dele?! — sempre falava em tom agressivo, rancoroso.

— Como assim?! — levantou-se e foi para junto de Síria, querendo detalhes de tudo.

A filha contou do seu jeito. Iraci ficou revoltada com a novidade. Achou que era ela quem deveria ter direito do que foi do seu marido.

— Aquele desgraçado! Acabou com a minha vida, roubando todos os bens que o maldito Dárcio deixou! Agora, pra me prejudicar ainda mais, sustentará a demente da sua irmã! Infeliz! O dinheiro daquele velho é meu! Muito meu!!! — berrou. — Eu fui casada por anos com o Dárcio, aturando tudo daquele infeliz!!! Aquele dinheiro é meu!!! A Babete vai ver! Isso não ficará assim! Vou dar um jeito de ter de volta o que é meu!!!

— Só se você matar a Babete pra receber o que é dela, mas acho que vai ficar na cadeia — Síria riu.

Iraci ficou enlouquecida com a notícia.

Era insuportável pensar que a filha mais velha iria prosperar.

Seus pensamentos acelerados, inquietos e desorganizados não paravam. Aquilo era a coisa mais absurda que poderia acontecer.

Sentiu-se traída. Não só por Dárcio, que deixou herança para Bernardo que, para ela, não passava de um mero funcionário, velho, sem família e sem futuro. Também se sentiu enganada pelo irmão.

— Foi por isso que o Adriano não achou ruim de tomar conta daquela demente!!! Foi por isso!!! Ele está recebendo dinheiro daquele velho maluco!!! Isso explica aquele avarento miserável do meu irmão não se importar em gastar com a sobrinha!!!

Lembrou-se de quando Adriano, após um telefonema, foi para Minas Gerais saber o que estava acontecendo e ficou tempo demais na casa de Bernardo, que o acolheu, na época.

Acreditou que conversaram e arquitetaram tudo.

Adriano também lhe deu um golpe. Aquilo foi perfeitamente tramado.

Iraci não se conformava. Passou a noite pensando em uma forma de ter de volta o que achava pertencer a ela. Afinal, sempre foi a esposa legítima de Dárcio.

CAPÍTULO 37
Manipulações de narcisistas

Matias e Dione estavam deitados no tapete da sala, assistindo a um filme, quando Otília, sem querer, quebrou algo na cozinha.

O rapaz se levantou e foi ver o que era.

A mãe tinha deixado cair um pirex com o recheio que seria de um bolo. Ele a ajudou a recolher os cacos e limpar o chão. Depois, deixou-a na cozinha cuidando do que precisava e voltou para junto da namorada, que sorriu e o recebeu com carinho.

Passado um tempo, Dione comentou:

— Já reparou o quanto sua mãe mostra que é dependente de você?

— Como assim? — indagou surpreso.

— Sempre que estamos juntos, ela o chama para ajudar, comenta que precisa de algo ou, simplesmente, quebra alguma coisa para você ir lá e ajudar, ficando pertinho dela.

— Não é bem assim. Não acredito que tenha quebrado o pirex de propósito. Seria um absurdo. Às vezes, ela precisa de ajuda sim. Não consegue abrir um vidro, precisa comprar algo... Só isso.

— Tomara que seja só isso.

— Não fique imaginando coisas, Dione. Não estou entendendo aonde quer chegar.

— Sua mãe quer que perceba que ela precisa sempre de você. Aliás, pense bem se não está muito à disposição ou preocupado com sua família. Toda vez que vamos a algum lugar quer chamar o Lucas, o Fábio e fica insistindo para a Babete ir, mesmo ela nunca aceitando seus convites.

Matias ficou calado e pensativo. Não sabia o que dizer.

Naquele instante, Babete chegou.

Na cozinha, conversava com Otília, sem saber quem mais estava em casa.

— É aniversário do tio Adriano, semana que vem. O que a senhora acha de fazermos um bolo?

— Pode ser — disse a mulher, sem entusiasmo.

— Lógico que vou ajudar a fazer tudo e compro os ingredientes também. — Percebendo algo estranho, Babete perguntou: — Tia, está tudo bem?

— Está.

— Não parece. Não consegue enganar ninguém com essa cara.

— Acontece que estou com poucos clientes. O número de encomendas despencou. Precisei dispensar os serviços da menina que me ajudava. Estou preocupada, cansada e em expectativa de como resolver essa situação. Além disso, preciso de dinheiro. Tenho despesas com a casa, aluguel, faculdade do Matias, materiais que ele sempre precisa... Acabei de quebrar uma tigela com o recheio do bolo. Parece simples o prejuízo de um pirex e os ingredientes do recheio, mas isso tem um custo, não só financeiro como emocional.

— Desculpa, tia. Não pensei em...

— Não é culpa sua, Babete. Imagina!... Só contei porque não gosto de mentir e você é de casa. Falei como um desabafo também. E se eu não for rápida, vou atrasar a entrega desta encomenda.

— Quer ajuda?

— Quero. Prenda os cabelos. Lave as mãos. Abra as latas que estão sobre a pia. Depois, quebre estes ovos na tigela.

A jovem sorriu e se preparou para ajudar.

Bem depois, quando tudo estava pronto, Matias apareceu na cozinha.

— Você estava em casa? — Babete perguntou surpresa.
— Estava na sala assistindo a televisão com a Dione.

Alguém tocou a campainha e Otília saiu para entregar a encomenda.

A sós com ele, indignada, Babete falou:
— Não acha que deveria ajudar sua mãe?!

Ele não gostou e respondeu, zangado:
— Minha mãe não pode depender de mim para tudo!
— Ingrato! Mal-agradecido! Não vê que ela está fazendo isso para pagar sua faculdade?! Com esse calor dos infernos, ela não está em pé o dia inteiro, com forno ligado e óleo quente no fogão, em pleno sábado à tarde, por diversão! Faz isso para pagar as contas da casa, pagar sua faculdade e as despesas que você tem com o curso! Esse é o retorno que você sabe dar?! Não basta ter usado a parte da herança dela, ainda quer sugar o sangue?! Não acha que sua mãe está cansada?! Preocupada com as poucas encomendas?! Preocupada com os gastos que não diminuem?! E pior! Vendo você em casa de papo pro ar sem fazer nada! Se não está estudando, deveria ajudar sua mãe! É a única pessoa que se esforça por você neste mundo! É tão dependente e inútil que até para sair com a namorada depende do dinheiro dela! Coloca a mão na consciência, seu folgado!
— Hei! Quem você pensa que é?!
— Alguém que vê o quanto você é ingrato, mal-agradecido, usurpador, falso, mentiroso, improdutivo e muito mais!!! Você não compensa os esforços da sua mãe!!! — Com raiva, enquanto arrancava o avental, ainda disse: — Eu ficaria, aqui, a noite inteira, dizendo uma lista imensa de adjetivos nos quais você se encaixa, mas ainda faltariam referências para o que faz! Por isso, vou embora, pois tenho coisas mais importantes para fazer — e saiu, antes que o rapaz pensasse em algo para dizer.

Matias ficou irritado. Não esperava ouvir aquilo. Pensou no quanto estudou a semana inteira e estava cansado. Tinha o direito de se distrair com um filme.

De cara fechada, carrancudo, voltou para a sala e Dione perguntou:

— O que foi? Quem estava aí?

— A Babete veio falando que não ajudo minha mãe.

— Acho impressionante como sua família quer controlar sua vida e invalidar suas necessidades. Querem que viva à disposição deles. Credo — disse em tom macio e o abraçou.

No portão, Babete encontrou sua mãe conversando com Otília. Ela passou pelo portão e ficou na calçada ao lado da mãe. A jovem estava nervosa, indecisa e não sabia como agir diante das duas.

— Oi, mãe — murmurou, mas não ouviu resposta.

Iraci estava nas últimas semanas de gestação. Bem inchada, com postura e semblante que pareciam de doente.

— Não imaginei que seria tão difícil — disse propositadamente para que a filha ouvisse e se sensibilizasse. — Meu Deus do céu! Não bastasse o peso da barriga, o inchaço e a dor nas costas, ainda tem as dificuldades de todos os dias. O dinheiro está curto. Nem deu para terminar de fazer o enxoval. Mal tenho fraldas. As roupinhas são tão poucas...

— Desculpa a sinceridade, Iraci, mas você poderia ter planejado melhor sua vida — Otília opinou em tom insatisfeito. Já estava com problemas, mesmo planejando a própria vida. Não saberia lidar com dificuldades da prima, que gostava de ser dependente. — Tudo é difícil nos dias de hoje. Ninguém está nadando em dinheiro. Acordei às cinco horas da manhã e, até agora, estou em pé, trabalhando na cozinha, com esse calor todo. Não sentei nem para almoçar. São cinco da tarde!

— Mas, nem trabalhar eu posso! Você não está grávida! Veja as minhas condições! Estou de licença do serviço. Se pensa que não planejei minha vida, está enganada. O contraceptivo falhou. Não estava nos meus planos engravidar. Mas, aconteceu. É vontade de Deus. Minha vida não é fácil, desde que Dárcio morreu. Deus é testemunha! Perdi tudo. Por sorte, a Babete está sendo cuidada pelo meu irmão, que dá de tudo pra ela. Até acho injusto isso, mas... Fazer o quê?

Veja como estão a Síria e a Agnes. As duas são malcriadas, não fazem nada o dia inteiro. Ficam de brigas e fofocas. Não arrumam nem as próprias camas. Eu que fico cuidando de tudo. As duas não se preocupam nem com o que tem para comer. Hoje, por exemplo, nem almocei para deixar arroz e carne moída para elas. Por isso, vim ver se você não teria algum dinheiro para me emprestar.

    Iraci sabia que, aos sábados à tarde, a prima fazia as entregas das encomendas para festas e recebia por isso. Mas, Otília conhecia sua esperteza e manipulação. Era desagradável, mas precisaria negar:

    — Poxa... Sinto muito. A encomenda que acabei de entregar foi paga com antecedência e o dinheiro que recebi paguei os materiais que o Matias precisou na faculdade. Mas... Iraci, e o Antônio? Ele não contribui com nada? Afinal, é o pai e mora com vocês, não é mesmo?

    — Coitado. Está difícil de arrumar emprego. Você nem imagina. Ele sai de manhã e chega de noite sem conseguir nada.

    — Na construção daquele condomínio, ali, na rua de baixo, tem uma placa dizendo que estão precisando de ajudante. Faz tempo que a placa está lá na obra.

    — Mas pagam tão mal! Não somos escravos para nos sujeitarmos a qualquer coisa! — falou indignada.

    — Que coisa, né... — Otília envergou a boca para baixo. Em seguida, não se deixou prender: — Iraci, desculpa, mas não posso te ajudar. Agora, desculpa de novo porque não posso te chamar para entrar. Preciso que me dê licença. Estou muitíssimo cansada. Necessito, urgentemente, de um banho, deitar e colocar meus pés para cima. Também estou com as pernas inchadas e muito doloridas. Vou até tomar um remédio para dor.

    — Também vou indo... Tchau.

    — Tchau. E... Babete, muito obrigada pela ajuda.

    — Por nada, tia.

    Sem qualquer constrangimento, Otília fechou o portão e entrou.

— Também... Gorda desse jeito, só pode estar com as pernas doendo mesmo. Não está gorda nem inchada por gravidez. Deveria fechar a boca — murmurou Iraci.

— Quer ir lá para casa, mãe? — a filha perguntou.

— Lógico que não. Seu tio está lá. Já viu, né? — Um momento e resmungou: — É... A vida é dura mesmo. A Otília está ficando igual ao Adriano. Tem condições, mas não ajuda ninguém. É difícil precisar das pessoas e elas virarem a cara. Não adianta ir à igreja, a casa espírita, ao templo de sei lá o que e ser egoísta, mesquinho... — A filha ficou em silêncio e a mãe perguntou: — Sei que você não trabalha, mas... Não teria algum dinheiro para me emprestar? Para comprar arroz, pelo menos... Tá difícil, filha... — encheu os olhos de lágrimas.

— Espere aqui... — Babete se apiedou. Não teve como. Entrou na casa do tio, pegou um valor que Bernardo depositou em sua conta e ela tinha sacado para despesas pequenas e voltou, entregando-o para a mãe.

— Obrigada, Babete. Sabia que você não iria me deixar à míngua.

Iraci se aproximou da filha e beijou-lhe o rosto. Em seguida, foi embora.

Ao experimentar aquele carinho, Babete sentiu-se confusa. Ficou com pena da mãe ao mesmo tempo que gostou de receber um bom tratamento.

No dia seguinte, bem cedo, Agnes chegou à casa de Adriano pedindo ajuda.

— Tio, minha mãe está passando mal.

— Já está na hora de o bebê nascer?!

— Não sei! Ontem, ela comprou carne, cerveja e pinga. Ela e o Antônio fizeram um churrasquinho no fundo do quintal. Passaram a noite toda tomando caipirinha, cerveja e comendo churrasco. O Antônio está caído, bêbado e ela tá tonta e disse que está passando mal.

Adriano ficou parado por alguns minutos, organizando as ideias. Sabia que a irmã estava sem dinheiro. Ele tinha ido à casa de Otília, na noite anterior, e ela contou sobre Iraci ter ido pedir dinheiro.

Incrédula, Babete logo entendeu o que havia acontecido, pois foi ela quem arrumou o que a mãe pedia. Havia acreditado nas suas manipulações e fingimentos.

A jovem e o tio levaram Iraci para o hospital. O médico, que a atendeu, ficou indignado com a situação. Uma gestante jamais deveria consumir bebida alcoólica e Iraci se encontrava, ainda, visivelmente sob o efeito do álcool.

Após receber soro e medicação adequada, foi liberada.

Em casa, com Adriano, a sobrinha arrependeu-se:

— Desculpa, tio... — falou triste. — A culpa foi minha.

— Não. A culpa não foi sua. Você não comprou bebida nem a forçou a beber.

— Eu sei... Caí nas mentiras da minha mãe. Mas, a forma como ela falou, tio!... — estava sentida. — Ela disse que era para comprar arroz! Estavam sem dinheiro... Ela mentiu! Acho que riu da minha cara. Ficou zombando por me achar trouxa, demente, idiota, como sempre, me chamou... — quase chorou.

— Que sirva de lição, Babete. Pessoas como ela mentem, manipulam, jogam sujo. É a natureza delas. Não é a nossa, por isso nos decepcionamos. Porém, aprenda com a lição. Não acredite mais. Nunca mais. Se quiser ajudar... Se ela disser que está faltando arroz, compre arroz e não dê dinheiro.

— Ela me usou e isso não se faz nem com a própria filha. Foi capaz de beijar meu rosto... Estou me sentindo uma perfeita idiota. Mentiu, enganou e se falarmos alguma coisa, ainda vai torcer a situação e se fazer de vítima. De qualquer forma, seremos os errados, seremos os vilões...

— Enquanto aguardávamos o atendimento, no hospital, perguntei porque havia bebido e ela respondeu que foi desejo de grávida. Falou de forma manhosa, vitimista. Quando me viu zangado, foi capaz de me fazer um agrado na mão e pedir desculpas. — Adriano suspirou fundo e comentou: — Desculpas e carinhos de narcisistas, como ela, fazem parte dos joguetes e manipulações para ganharem, novamente, a nossa confiança. O meu pai era, exatamente, como sua mãe. Ele me ofendeu, xingou, menosprezou, me comparava com os outros, me ridicularizava perto de outras pessoas... Quando me estabilizei, começaram manipulações para ajudar a reformar ou pintar a casa dele. Mas, depois, falava o quanto o filho do vizinho era esforçado e progredia, elogiava o fulano, o sicrano ou beltrano, sempre invalidando minhas conquistas. Até morrer seu avô sempre foi assim. Nunca tive verdadeiro valor para ele. — Breve instante e contou: — Saiba que deixei de dar o valor de um salário para ela, desde que soube que o Antônio estava morando naquela casa, mas, mando para lá, todos os meses, duas cestas básicas. A Otília é quem leva para mim. Além do salário que recebe, tem a pensão de viuvez. — Viu-a triste e entendia o que a sobrinha sentia, mas também sabia que aquela dor se tornaria lição. — Não vale a pena ficar assim. É compreensível você ter caído na mentira dela. Como não confiar na própria mãe?

A vida seguia...
Babete e Lucas passaram no vestibular e iniciaram o curso de Medicina. Estavam felizes mais ainda por pertencerem à mesma turma. Continuariam juntos, estudando ou fazendo qualquer outra atividade universitária.
Os primos quase não paravam em casa.
A notícia alegrou Bernardo, para quem Babete ligava com muita frequência, contando as novidades e sabendo notícias dele e de Efigênia.
O senhor ficava feliz com os telefonemas, sempre esperando ansiosamente pelas ligações. Ele e a jovem se apegavam cada vez mais. Quando falava com Efigênia, Babete ouvia atentamente suas recomendações e era feliz com isso. Era como se fossem sua família.

O senhor cumpria o prometido. Cuidava da indústria, das fazendas e mandava, mensalmente, verbas para as despesas da jovem, que tratava como neta.

Antônio abandonou Iraci com o filho ainda bebê e retornou para sua terra natal, no norte do país, mas não deixou endereço.

Ao término da licença maternidade, Iraci foi demitida pelas faltas no emprego. Sem trabalho, ficava em casa cuidando do filho pequeno e sempre reclamando da vida.

Era final de semana.

Otília estava na cozinha da casa de Adriano, conversando baixinho, pois Lucas e Babete estudavam em outro cômodo.

— Então eu descobri que minha mãe e a Lana, frequentando o salão de cabeleireiro, aqui no bairro, começaram a falar mal de mim, da falta de higiene no preparo dos salgados... — lágrimas embaralhavam sua visão. — Ai... Que ódio... — murmurou. — Por que essa mentira? Pra que me prejudicar?

— Então foi por isso que as encomendas diminuíram?

— Você tem alguma dúvida? — esfregou o rosto e as lágrimas que escorriam. — O que elas ganham me prejudicando?

— Nesse tempo todo, que está com sua mãe, a Lana te procurou?

— Claro. Veio reclamando os direitos dela.

— Que direitos?! — Adriano estranhou. — Você já não deu a parte dela da herança do pai?

— Lógico! Tudo ficou muito bem registrado! Paguei um advogado para isso. Te contei. Não lembra?

— Sim, mas...

— É que ela soube que o Matias está fazendo Odontologia e que usei a minha parte para ajudá-lo. Então, achou-se no direito de reivindicar alguma quantia. Falou que era injusto eu pagar a faculdade do irmão e não dar nada para ela.

— Mas, quem contou que você usou sua parte na faculdade dele?

— Minha mãe, claro!

— Se ela estudasse, você a ajudaria.

— Lógico! Mas, não tenho a obrigação de dar absolutamente nada nem ajudar nenhum dos dois! — ela enfatizou. — Eu disse isso para a Lana. Ela ficou com raiva e decidiu inventar mentiras para se vingar.

— Contou para o Matias?

— Não. Ainda não. Não quero que passe raiva ou fique preocupado. Porém... — calou-se.

— O quê?

— Estou preocupada. Ando percebendo o Matias cada dia mais diferente, desde que começou namorar a Dione — suspirou fundo, demonstrando-se estressada.

— Não é ciúme de mãe? — Adriano riu.

— No começo, pensei nisso, mas... Não. Não é. Ele está diferente em casa. No modo de agir, falar, deixar de fazer as coisas... Vive enfiado na casa da Dione. Nem quando pode ou tem tempo, me ajuda mais. Tudo sou eu quem faço, mesmo cansada, sozinha e preocupada. Outro dia, me pediu dinheiro. Dei sem perguntar para o que era, pois ele sempre foi responsável. Aí, o Matias me aparece, em casa, com um presente para a Dione. Um par de brincos de ouro! — ressaltou, encarando Adriano com olhos arregalados. — Não que não deva dar presente para a namorada no aniversário dela, mas... Um par de brincos de ouro, daquele valor?! Com o dinheiro suado do meu trabalho fazendo salgados, que era para pagar a faculdade dele?!

— Você não disse nada?

— Disse sim! Fiz, exatamente, essas duas perguntas para ele.

— E ele?

— Ficou emburrado e sem conversar comigo por uns três dias.

— E você?

— Fiquei um mês sem conversar com ele e regulei cada centavo que precisou, até hoje. Passei a perguntar quanto e para quê. Ainda exijo que traga recibo de tudo, até dos lanches. E vai ser assim até o final do curso. Quero saber cada centavo que estou investindo nele. Ora! Veja se não tenho razão! Comprasse um presente para a moça, mas não daquele valor. Tenha dó! Não sabe o que fazer, o que comprar, não tem ideia... Perguntasse para mim ou até para você. — Longa pausa e tornou a comentar: — Agora, estou com esse problema das encomendas de festa e salgados para resolver.

— Otília... Eu posso te ajudar.

— Ótimo! Obrigada! Mas, não. Simplesmente porque não terei como pagar. Tenho de dar um jeito nisso. Nunca fui dependente de ninguém.

— Orgulhosa.

— Pode ser. Dê o nome que quiser — suspirou fundo. — Mudando de assunto... Você soube que a Síria está namorando?

— Sério? Não soube não!

— Pois é... Tem idade para namorar, mas não para trabalhar... — murmurou. — Tomara que a Iraci oriente bem essas meninas — envergou a boca para baixo.

— Sempre sou muito direto com meus filhos. Até com a Babete. Falo mesmo. Mesmo sendo tio. No começo foi complicado, tinha mais prática com os meninos. Depois... Sempre que surge uma situação falo abertamente sobre namoro, sexo com responsabilidade, aviso sobre as consequências não só de uma gravidez, mas também das doenças sexualmente transmissíveis, bem perigosas, atualmente, pois muitas não têm cura e o sofrimento, a dor são sérias e reais. Sempre que posso, estou falando. Não perco uma oportunidade. Não poderão dizer que não foram avisados[1].

---

1 O livro: *No Silêncio das Paixões*, do espírito Schellida, psicografia de Eliana Machado Coelho, uma obra forte para um tema sério, mas que não poderia ser diferente, devido à importância do assunto. Esclarecedor, faz-nos entender sobre a Aids e o vírus HIV de uma forma clara. Ao lado da depressão, HIV/Aids continuam sendo o mal do século. Porém, esses dois últimos são silenciosos, incuráveis, debilitantes e alarmantes ainda por serem cercados de tabus, preconceitos e não tão divulgados quanto deveriam. Uma obra que mostra a espiritualidade por trás de assuntos tão importantes.

— Também falo com o Matias. Aliás, faz anos que conversamos sobre isso. Agora, com o namoro, falo mais ainda.

— Quanto à Iraci... Ela não cuidou nem dela, acha que vai orientar a filha, para que tenha cuidado?

— Uma mulher com curso superior! O que está esperando? Só quer ser ajudada?

— Ela sempre foi assim. Estudou para competir comigo. Depois se casou por interesse. Mas... falando em curso superior. Você também tem curso superior, Otília. Por que não troca de área?

— Não me vejo trabalhando no que me formei. Foi algo bom para o meu desenvolvimento pessoal. Não era feliz enquanto trabalhava como diretora de escola. Essa é a verdade.

— Pensa... Posso te ajudar. Quando o Matias se formar, você me paga.

— Pare, Adriano. Quando o Matias se formar, é bem provável que ele não pague nem a mim, como prometeu. Talvez saia de casa ou se case. Não sei. Penso que meu filho seguirá outro caminho, longe de mim.

— Você deveria ter investido em você mesma. Quando tivesse estabilizada e com lucros, aí sim, pagaria a faculdade para ele.

— Pois é... Está feito e não posso mudar nada.

— Acha que a Dione está virando a cabeça dele?

— Adriano, ninguém vira a cabeça de ninguém. É o cérebro que comanda os movimentos e deixa a virada acontecer. Sabe... Nem estou tão preocupada com o Matias não me pagar e seguir a vida dele. Não. Estou angustiada por não conseguir custear o resto do curso que tem pela frente. Falta tão pouco.

Nesse momento, ouviram a voz de Fábio, que entrava ao mesmo tempo que conversava com alguém.

Adriano ficou na expectativa e muito surpreso quando viu, parada à porta da cozinha, Filipa, que havia anos não pisava ali.

— Boa tarde a todos! — disse a mulher sorridente.

— O que você está fazendo aqui?! — Adriano perguntou irritado, levantando-se imediatamente.

— Acontece que os meninos não estão indo me ver, então, o jeito foi vir aqui.

— Você não pode!...

— Pai, fala direito — Fábio pediu e Adriano se calou, pensando no que iria fazer.

Filipa olhou para Otília, sorriu e a cumprimentou, estendendo a mão.

— Oi, tudo bem? — perguntou no mesmo tom alegre.

— Tudo...

— Sou a Filipa. Vim ver meus filhos. Você trabalha aqui? — indagou fazendo um semblante com ar superior, olhando-a de cima a baixo, com desdém. Sabia quem era. Antes de entrar, Fábio havia dito quem estava em casa.

Sem saber que a pergunta foi um modo de ofendê-la, Otília ficou pensativa, imaginando o que a fez ser confundida com uma empregada? Estava sentada à mesa, tomando café, frente ao dono da casa. Usava uma bermuda de malha, camiseta larga e comprida, quase cobrindo a bermuda e os cabelos presos num rabo de cavalo. Sem maquiagem ou quaisquer assessórios e usando rasteirinhas. A roupa não era nova, mas também não estava manchada, suja ou rasgada, embora bem usadas. Ela fechou o sorriso e quando foi falar algo, no seu lugar, Adriano respondeu bem sério:

— Esta é a Otília. Minha prima.

— Ah... — sorriu. — Desculpe-me — havia um tom de ironia no seu modo de falar e olhar. Deixando a atmosfera envenenada, sutil e, rapidamente, mudou de assunto para não ser chamada atenção: — Onde está o Lucas? O Fábio me contou que está fazendo Medicina! Fiquei orgulhosa! Não imaginam! Meu filho fazendo Medicina! Mas, ele mesmo poderia ter me contado. Faz tempo que não o vejo — esticou o pescoço, procurando ver a sala.

— O Lucas está estudando e você não vai interrompê-lo.

— Ora, Adriano. Tenha a santa paciência! — falou rindo, como se brincasse.

— Filipa, por quase um ano, toda semana, liguei para deixar os meninos com você nos finais de semana. Sempre ocupada e viajando, disse para as visitas serem uma vez por mês. Mas, uma semana antes, você sempre telefonava e dizia que não poderia ficar com eles. Então, conversei com nossos filhos a respeito, depois com você e combinamos que, quando você estivesse disponível, me ligaria e eu os levaria à sua casa. Isso foi há três anos!!! Três anos!!! — gritou. Não se controlou.

— Eu vi os meninos nesses três anos sim! Não é como está falando!

— Viu?! Viu quando?! Quando foram essas visitas, que não estou sabendo?!

— Fui até o colégio deles. Conversamos na saída.

— E isso é o quê?! Qual o nome que se dá para essa conversinha de cinco minutos na porta do colégio?! — enervou-se Adriano. — Isso nunca foi uma visita de pai ou mãe, que estão separados, longe dos filhos. Vocês se sentaram e eles contaram quando tiveram febre? Que foram bem ou mal nas provas? Que ganharam medalhas no judô ou na natação? Aliás, você não sabe se eles fazem judô, natação ou futebol, não é mesmo?! Por acaso, foi almoçar com eles em algum lugar? Passaram o dia em uma estância? Lógico que não! E isso é falta de responsabilidade afetiva!!! Deixa de ser cínica!!!

— Pai! — Fábio exclamou.

— Você vai lá pra dentro! — exigiu num grito.

— Não fale assim com ele! Veja o que está fazendo com o menino! — Filipa repreendeu Adriano, afagando os ombros do filho, tirando o foco principal da conversa, que era sobre suas recusas às visitas dos filhos. Intencionalmente, manipulava a conversa para fugir do assunto, tentando fazer Adriano passar por vilão aos olhos de Fábio.

— Fora desta casa! Não permiti que entrasse aqui! E como o Fábio é menor, não pode te autorizar a entrar! Fora daqui!

Lucas chegou à cozinha, nitidamente contrariado. Pelo que ouviu, sabia o que estava acontecendo.

— Filho... — ela se animou, sorriu e foi à direção do jovem.

— Pode parar! — estendeu a mão em sinal de pare. — Não sou seu filho! Obedece a meu pai e dê o fora desta casa!

— Isso é um complô contra mim! — falou sentida, quase chorando. — Não pode falar assim comigo, Lucas. Sou sua mãe.

— Vá procurar seus direitos, então! — disse Lucas, irritado.

Otília se levantou, aproximou-se de Filipa e pediu com jeitinho:

— Acho que não é um bom momento para conversarem. Por que não telefona para se encontrarem de uma forma menos tensa?

— Você não tem de achar nada! Não se meta! — olhou-a de cima a baixo, virou-se e saiu. — Ensinando os próprios filhos a tratarem a mãe desse jeito... Isso é crime, sabia? Vou tomar providências quanto a isso. — falou enquanto andava pelo corredor.

Adriano foi atrás. Sabia que o portão estava fechado e precisava abri-lo.

Lá fora, a ex-esposa se virou e disse:

— Seu otário! Você é medíocre mesmo! Pensa que não sei quem é sua prima? Aquela safada com quem andou e gerou um escândalo na família! Você é um fracassado mesmo! Olha pra ela! Parece uma criada, malvestida e relaxada! É disso que você gosta! É isso o que merece!

Adriano a empurrou para fora e bateu o portão, que era todo fechado sem vazão que desse para ver a rua.

Quando se virou, deparou-se com Otília, bem atrás dele. Ela tinha ouvido tudo.

— Abre isso aí... Preciso ir — a prima pediu baixinho.

— Não. Agora, não.

Otília sabia que a outra, provavelmente, estaria na calçada e resolveu esperar, mas não o encarou. Os muros altos e o portão fechado não permitiam que visse a rua.

— Vamos conversar, Otília.

— Agora não. Não é um bom momento.

— Por favor... — ele pediu em tom piedoso.

— Abre o portão para mim. Já deu tempo de ela ir.

Ele obedeceu. Olhou para a rua e não viu qualquer sinal de Filipa.

Deixou a prima passar e ir para sua casa.

Em seu quarto, Otília jogou-se sobre a cama e chorou. Chorou muito sem que ninguém visse.

Na espiritualidade, o espírito Cláudio se aproximou. Ficou ao seu lado.

Era uma visita que lhe foi concedida, com outros tarefeiros da espiritualidade, que estavam a serviço no plano físico, junto aos encarnados.

Triste, afagou-a, embora soubesse que ela não perceberia.

— Desculpa, Otília... Você sempre foi guerreira, determinada, mas eu não soube te dar valor. Fui fraco, fui um fardo... Nunca fui o companheiro que te apoiasse, aceitasse totalmente a visão que tinha sobre a vida... Vivia amargurado, reclamando, não sonhava, não te admirava... Não ficava ao seu lado quando estava cheia de ideias boas e energia... Por isso, está sendo tão difícil de se valorizar, de se recuperar das minhas amarguras... Morri embriagado... — chorou. — Levei muito tempo para entender o que acontecia, apesar de todo conhecimento que tinha... Foi triste, sofrido... Perdoe tudo o que fiz com você... A falta de atenção, de companheirismo, de apoio... Você poderia ser muito melhor do que é se não fosse por mim, pela péssima companhia que eu era. Poderíamos ter mais estabilidade, mas eu gastava com bebida, amigos, às vezes, jogos... Não me esforçava... Não dava o melhor de mim. Agora, Otília, longe de mim, é a sua vez. Olhe para si mesma e reconheça sua força e capacidade. Atraia o que é bom e o que merece. Aceite tudo o que a vida pode te dar de melhor. Você é capaz. É capaz. Deus sempre fortalece aqueles que querem vencer com honestidade e sempre abençoa os que são puros e fiéis. Acredite que é capaz, mulher!

Enquanto isso, espíritos esclarecidos e benfeitores cediam energias a Otília.

Sem saber que estava sendo amparada, ela se sentou na cama, secou o rosto com as mãos, respirou fundo e fez uma prece.

Começou agradecendo pela vida, por todas as oportunidades que teve, por sua saúde, trabalho, casa, alimentação e todas outras coisas disponíveis. Pediu luz e discernimento, oportunidades novas e trabalho útil.

Pediu proteção.

Levantou-se e foi para o banheiro tomar um banho.

Enquanto isso, na casa de Adriano...

— Você não podia deixar essa mulher entrar! Esqueceu tudo o que ela fez, ou melhor, que deixou de fazer? — Lucas, enérgico, dizia ao irmão, que estava quase chorando.

— Ela veio visitar a gente! — Fábio tentou se defender.

— Sério mesmo? Você acredita nisso? Algum interesse ela tem!

— Lucas! Não fale assim com seu irmão.

— Mas, pai! Como é que ele faz isso e você não fala nada?!

— Vamos conversar, mas não desse jeito. Aliás, você não poderia ter gritado com sua mãe, como fez! — foi firme.

— Você também gritou!

— Eu sou diferente! Precisava me impor ou ela dominava a situação. E abaixa a voz para falar comigo! — exigiu. Respirou fundo e disse, em tom mais tranquilo: — Venham cá. Cheguem mais perto e sentem-se aqui à mesa. Não vamos ficar gritando e sem olhar nos olhos — os filhos obedeceram e, sem pensar, Babete também. — É o seguinte: não vamos brigar entre nós por causa dos outros. O Fábio não fez bem em ter deixado a mãe de vocês entrar. Sei que foi pego de surpresa, não pensou, não sabia como agir... Afinal, como dizer para a própria mãe que ela não pode entrar na sua casa? Não é mesmo? Mas... Então...

— Eu estava no portão, conversando com meu colega. Aí, ela chegou de surpresa. Foi me abraçando, beijando e perguntando se o Lucas estava. Falou sobre a gente se reunir no final do ano... Já foi entrando, porque o portão estava aberto.

— Entendi, Fábio — olhando para Lucas, perguntou: — Entendeu a situação do seu irmão?

— É... Entendi.

— Então não adianta brigar com ele. Talvez você também ficasse sem saber o que fazer. Pessoas como a mãe de vocês é assim mesmo, mas precisamos pôr limites. Elas sempre querem fazer o que desejam, passando por cima da nossa vontade. Elas não nos respeitam, por isso é necessário limite e firmeza. Não briga.

— Mas, você também gritou com ela — tornou Lucas.

— Eu sei. Errei e assumo que errei. Pronto. Vou me vigiar mais e fazer melhor — sorriu, assumindo a falha. — Agora, vamos analisar o que aconteceu. A mãe de vocês torce e destorce a situação e as palavras da gente. É difícil conversar com ela. Sempre quer se desculpar, colocando a gente como vilão. Não somos brinquedos. Precisamos exigir das pessoas que nos respeitem. Ninguém tem o direito de brincar com nossos sentimentos. Chega, beija e abraça hoje, faz um elogio, depois pede algo e, quando consegue, vai embora e nos esquece, sem se preocupar com nossos sentimentos. É um comportamento típico de personalidade narcisista. Pessoas assim não se importam com a gente nem como ficamos mal depois que bagunçam nossas vidas. Acham que podem entrar e sair das nossas vidas e tudo bem. Se não podemos nos afastar, fazendo contato zero, devemos impor limites sem reagir com raiva ou ódio. Não reagir é a regra. Se reagir, vai perder o equilíbrio. Não questione, não pergunte nada, porque ela vai encontrar uma desculpa para dizer que está certa e você errado. Fale, responda somente o necessário, sem emoção, falando baixo. Nunca discuta. Controle os sentimentos, as emoções e a língua. Dessa forma, não vai se desgastar. Atitudes assim, geralmente, mantêm distância. Esse comportamento é de quem se valoriza e... Se não nos valorizarmos, ninguém fará isso. Se ela chegar, novamente, de surpresa, devem me chamar ao portão. Se eu não estiver, ela não entra. Peça para me ligar e agendamos uma visita. — Olhou-os triste. Como explicar algo tão delicado? Era a mãe de seus filhos. — Dessa forma, estarão respeitando a ela também e não vão se sentir culpados. Sei que vocês sofrem com isso, mas... Também não sei lidar com essa situação. A Filipa não pode nos manipular, não somos joguetes nem descartáveis. Sei que dói, mas precisamos conviver com isso. Se e quando quiserem, eu ligo para ela e combino as visitas, como fazia antes.

— Por mim, não! — Lucas afirmou de imediato. — Já tentamos isso inúmeras vezes e não funcionou. Deixei de sair, fazer outras coisas na esperança de passar uma tarde com ela. Fiquei triste, frustrado achando que a culpa era minha, tentando lembrar o que fiz de errado, querendo saber o que mais poderia fazer para agradar a ela... Não! Chega! Desisti! Não quero mais nada dela! Pra mim, basta.

— O Lucas tem razão... — disse Fábio, mais sentido. — A mãe não cumpre o que promete. Depois vem toda manhosa e sorridente querendo ganhar nossa confiança de novo. Deixa como tá, pai. Depois de hoje, a mãe vai demorar para procurar a gente.

— Mas, quando quiserem é só falar. Combinado?

— Combinado — os filhos responderam juntos.

Olhando para Babete, Adriano perguntou:

— Quer dizer algo?

Ela pensou e comentou:

— Não é só minha mãe que machuca o coração dos filhos. Sinto muito por vocês, mas... Perdoe-me falar assim... É bom saber que existem outras mães como a minha, porque... Muitas vezes, sinto-me culpada, achando que sou eu que nunca soube agradar ou lidar com ela.

— Não, Babete. Já te disse, não é culpa sua. E quando entender isso, vai ser libertador. Vai olhar pra ela e sentir pena, pena por ela não ter capacidade de te acompanhar. Perdeu a chance de estar ao lado de uma pessoa do bem e muito legal — comentou Lucas.

— Uma pessoa do bem e muito legal? — Adriano riu, tentando melhorar o clima. — Tá se achando, né, cara?!

— Mas, é lógico que estou! — Pegou a mão do irmão e levantou seu braço, dizendo: — Nós somos o máximo! Somos vencedores!
Riram.
— Pai — Fábio chamou —, a mãe falou sobre as festas de fim de ano. Não quero ficar com ela.
— Está certo. Quando ela me perguntar, já tenho sua resposta.
— Nem precisa perguntar para mim — disse Lucas. Olhando para Babete, contou: — Todas as comemorações com ela são terríveis. Ela estraga tudo. Fica reclamando, criticando, pegando no pé da gente, fala mal de tudo e de todos, mas de uma maneira sutil, com classe.
— É, com classe, igual ela olhou para a tia Otília. Olhou de cima a baixo e perguntou se ela trabalhava aqui, com aquele jeito de desprezo — Fábio contou. — Ela fala com classe, deixa a gente magoado e depois muda de assunto. Se você chama a atenção dela, ela se melindra, fica chateada e se sente vítima.
— Isso mesmo — tornou o irmão. — Ela destrói a gente, ferra com tudo. Fica um clima péssimo. Ela ri e se diverte, enquanto a gente fica mal. Seja Natal, Ano Novo, aniversário, Páscoa... Seja qual for a comemoração, ela dá um jeito de acabar com a nossa alegria com críticas, arrogância, falando coisas negativas, doenças... Uma vez, no meu aniversário, ela ficou falando de morte. Que o fulano ficou no hospital, passou mal, que a cirurgia abriu, ficou putrificada... Cara! Ela fez isso enquanto a gente comia o bolo! — Lucas se indignou. — Depois que o cara morreu, o caixão teve de ser lacrado... Acabou com meu aniversário. Aí, reclamei e ela disse: "Nossa! É a vida. Temos de viver com a realidade. Nem posso falar nada que você me critica, filho. Estou triste com você". Odeio isso!
— No aniversário do pai, ela falou que estava na hora de parar de festejar e começar a orar porque ele estava ficando velho.
— Depois que meu pai morreu, minha mãe nunca mais comemorou nenhum dos nossos aniversários. Sempre brigava,

xingava, arrumava algo para reclamar e bater na gente — Babete contou.

— Minha mãe vinha com aquela história de que o Natal é triste porque está faltando alguém à mesa — Lucas lembrou. — Que saco! A gente nem estava triste, mas passávamos a ficar! Isso é coisa de pessoa negativa que quer te ver pra baixo.

— Sempre vai faltar alguém à mesa. Somos nós quem precisamos ser fortes e mostrar que aprendemos com essas pessoas queridas e trazermos mais união e alegria a qualquer situação, principalmente, datas comemorativas. Precisamos crescer emocionalmente, assumir nossas responsabilidades e fazer a nossa parte e não culparmos a ausência de alguém para jogarmos lama no ventilador e estragarmos com qualquer festa, colocando os outros pra baixo. Isso é um saco mesmo. Se não sabe falar nada positivo, o melhor é ficar quieto. Sinto falta da minha mãe, ela era muito boa. Sei que existe parte dela em mim e é essa parte boa que tenho de deixar brotar e aparecer, trazendo alegria e união, dando orgulho a ela que, certamente, está me acompanhando. Pessoas assim, que estragam datas importantes, são infelizes e sempre dão um jeito de destruírem a felicidade dos outros. Pessoas narcisistas tiram a nossa paz em qualquer comemoração, por quererem chamar a atenção com seu negativismo. Não são positivas. Sua única alegria é ver o outro abalado e destruído emocionalmente. Não são assim só em comemorações não. Se veem alguém comprando um carro, criticam. Se o outro compra uma casa, criticam. Se uma pessoa é promovida, criticam... Sempre falam mal, desprestigiam, inventam mentiras, fofocas e inferiorizam, querendo o outro mal, só para se sentirem superiores. — Um instante de silêncio e Adriano disse: — Não sejamos iguais a elas, certo? Vamos parar de falar mal delas. E... Direi que não querem passar as festas de final de ano com ela e está tudo certo. Vamos ficar só nós, aqui — sorriu. — Afinal, pessoas do bem e muito legais não se colocam para baixo — olhou para o filho mais velho e brincou. — Pessoas do bem e muito legais amparam, elevam o astral, não mexem nas nossas feridas, não nos desprezam, não nos fazem chorar, secam nossas lágrimas e não ficam com comentários infelizes. Como o Lucas acredita, somos do bem e legais! — riram. — Nós nos merecemos! Toca aqui! — espalmou a mão no ar para que os filhos e Babete batessem.

Virando-se para Adriano, Babete comentou:

— Tio, a tia Otília está chateada.

— Eu sei... Vou falar com ela, mas... Como ela disse, agora não é um bom momento. Às vezes, Babete, as pessoas precisam de um tempo para organizarem as ideias e acalmarem as emoções. Fica tranquila. Vou falar com ela.

CAPÍTULO 38
Sociedade inesperada

Às vezes, o tempo se arrastava. Ondas de ânimo e desânimo se revezavam nos dias de Babete. Mesmo assim, ela seguia.

O filho de Iraci, ainda bem pequeno, apresentava diversos problemas de saúde, principalmente, respiratórios.

Adriano ajudava muito sua irmã, pagando plano de saúde para a criança e arcando com outras despesas também. Várias visitas a médicos e internações eram coisas frequentes.

Foram momentos difíceis, mas Iraci conseguia deixá-los pior. Sobrecarregava a todos com seu excesso de reclamações, sempre ressaltando como sua vida era difícil, vitimizando-se em qualquer oportunidade.

— Não aguento mais minha mãe, tio. Não posso fazer nada pelo Alex — referiu-se ao irmãozinho. — Ela sabe quando estou em casa e vem aqui pra se queixar. Diz que sou fria, que não me importo com a saúde do meu irmão. Fala que está cansada de passar noites em claro. O que ela quer? Que eu largue a faculdade para tomar conta dele?

— Mesmo se fizer isso, não será suficiente.

— Quando não faço o que ela quer, recebo críticas e xingamentos, às vezes, até pragas. Isso me desanima tanto — estava quase chorando.

— Já conversou com sua psicóloga sobre isso?

— Cansei de falar sobre isso nas sessões. Acho até que ela não dá valor as essas queixas que faço. Sempre diz para ter paciência, para ignorar ou coisa assim. Penso que não leva a sério o que digo ou não acredita em mim. Sei lá...

— O que gostaria que ela dissesse? Quer que mande você brigar com sua mãe? Ora, Babete! Brigas e xingamentos não resolvem nada, principalmente, com pessoas iguais à Iraci. Esse tipo de comportamento só te faz gastar energia e ficar focada no problema, na indignação. Já conversamos sobre isso. Outro dia, pego de surpresa, dei uns gritos com minha ex-mulher. Acho que você lembra. Fiquei irritado, nervoso, trêmulo e?... Não resolveu nada. Deveria ter agido com classe. Ter sido polido e pedido, educadamente, para que se retirasse. O Lucas ficou nervoso, o Fábio ficou magoado e eu fiquei mal. Precisei acalmar o Lucas e me desculpar com o Fábio, que ainda espera algo positivo e verdadeiro da mãe. Ele era pequeno, na época em que ela nos abandonou e não se lembra muito do comportamento dela. De pessoas como a Filipa e a Iraci não podemos esperar nada positivo e verdadeiro, certamente, vamos nos decepcionar e ficaremos péssimos. Você quer que sua mãe seja uma pessoa diferente, amorosa, carinhosa, atenciosa, amiga e prestativa, mas ela nunca será nada disso! — ressaltou. — E você não ficará bem consigo mesma se cortá-la da sua vida. Algumas pessoas conseguem se afastar de mãe ou pai assim, mas não sabemos quais as consequências para a própria evolução, falando espiritualmente. Não estou dizendo que é errado se afastar. Tem pai e mãe narcisistas terríveis. É caso de vida ou morte, de extremo sofrimento físico ou emocional e é necessário tomar distância, sumir pra sempre. Não sei se é o nosso caso. Você se sentiria bem se afastando de sua mãe? Seria bom para você? — a sobrinha não respondeu. — O que acontece é que quer que ela seja de um jeito e ela nunca será, então vem a frustração, a raiva, a indignação. Precisa aprender a lidar com esses sentimentos, a ignorar. Dizer a si mesma: ela é assim, não vai mudar e não tenho qualquer responsabilidade sobre isso. Vou ignorar, trabalhar minhas emoções para não me sensibilizar e não deixar que ela me machuque, pois não vai mudar. Não posso colocar minha mãe em uma caixa e enviar de presente para alguém — viu-a sorrir levemente.

— Minha psicóloga fala mais ou menos a mesma coisa.

— É por isso que fazemos terapia. Nós, humanos, aprendemos por repetição. Tudo o que reproduzimos mentalmente é registrado na nossa consciência. Nas psicoterapias, é necessário um psicólogo que repita, repita e repita, quantas vezes forem necessárias, alguma coisa para que possamos refletir e mudar nossa forma de agir, pensar, falar e sentir. Essa última: sentir, é a mais difícil e importante. Não é fácil entender que não podemos reagir, sair berrando, gritando, socando todos que nos magoam, que nos agridem de alguma forma. Também não podemos ficar com essas emoções fortes represadas, elas fazem mal à saúde física e mental. Por isso, a psicoterapia. Entendeu? É necessário falar, mas falar com pessoas preparadas para ouvir e nos aconselhar. Dessa forma, trabalhamos nossos sentimentos, aprendemos a mudar nosso comportamento mental e trabalhar essa energia negativa para que não fique represada nas nossas emoções e sentimentos nos fazendo mal. Nem todos são preparados para nos instruir. Às vezes, nem mesmo certos terapeutas. Alguns conselhos de pessoas despreparadas são como... — pensou para explicar. — Imagine-se estar no meio de um matagal, cercada por capim seco. Alguns conselhos são como jogar gasolina nesse mato, deixar você no meio e atear fogo. Tipo: se vira com os resultados do que te falei. São conselhos de gente malvada e talvez tão perversa quanto uma pessoa narcisista.

— Talvez seja conselho de pessoa com transtorno de personalidade narcisista mesmo. Uma pessoa empata, bondosa por índole, não vai nos mandar gritar, brigar, abandonar à míngua, deixar sofrer...

— Isso! Você entendeu! — o tio sorriu. — Tal qual minha ex, a Iraci só se interessa por algo ou alguém quando acredita que receberá alguma coisa em troca. Não receber atenção, amor, carinho, amizade nem respeito de pessoas assim, não é sua culpa. Não é você quem está fazendo errado. Sua tristeza, sua dor são por não a conseguir mudar. E eu te asseguro: nem você nem eu conseguiremos mudar gente egoísta. São tão egoístas que não se importam com a dor dos outros, vão mandar você maltratar alguém, vão te ensinar a xingar, brigar, abandonar... É bem provável que esse não seja o caminho certo para você, pois vai ficar confusa e arrependida. Entendeu? — fez breve pausa. — Como Cristã, a frase 70X7[1] lembra alguma coisa? — a sobrinha o observou, mas não respondeu. — Não é somente sobre perdoar, é trabalharmos a nós mesmos.

— Por que pessoas assim estão nas nossas vidas? É tão... — não completou.

— É tão difícil. Tão desgastante, né? — não houve resposta. — Pessoas assim, nas nossas vidas, existem para nós nos trabalharmos, aprendermos a ter equilíbrio. Não é fácil! Não é fácil mesmo! Mas, na maioria das vezes, fugir delas, não é a solução. Estamos, aqui, em experiência terrena para evoluir. A Iraci, a Filipa... Acredito que são espíritos sem evolução, são como crianças imaturas. Nós que vivemos ou convivemos com criaturas como elas, necessitamos nos deparar com essa faixa evolutiva para desenvolvermos algo em nós mesmos. Talvez precisemos ser mais maduros, seguros, determinados.

Adriano foi até a estante da sala, pegou um livro e o folheou. Abriu em determinado trecho e falou, antes de o ler:

— No Capítulo 10, de *O Evangelho Segundo o Espiritismo*, *nos fala sobre bem-aventurados aqueles que são misericordiosos* e como misericordiosos podemos entender não somente aqueles que fazem o bem, mas também os que sabem perdoar. Veja neste trecho, uma parte da explicação de Kardec sobre esse assunto. — Leu: — "A misericórdia é complemento da doçura; porque aquele que não é misericordioso não saberia ser brando e pacífico; ela consiste no

---

[1] Nota da Médium: 70X7, refere-se à passagem do Evangelho em que o apóstolo Pedro, aproximando-se do Mestre, disse: Senhor, quantas vezes perdoarei ao meu irmão, quando ele houver pecado contra mim? Será até sete vezes? – Jesus lhe respondeu: Eu não vos digo até sete vezes, mas até setenta vezes sete vezes. - São Mateus, 18:15, 21-22.

esquecimento e no perdão das ofensas. O ódio e o rancor denotam uma alma sem elevação nem grandeza; o esquecimento das ofensas é próprio da alma elevada, que está acima dos insultos que se lhe podem dirigir; uma é sempre ansiosa, de uma suscetibilidade desconfiada e cheia de fel; a outra é calma, cheia de mansuetude e de caridade. Ai daquele que diz: Eu nunca perdoarei, porque se não for condenado pelos homens, certamente o será por Deus; com que direito reclamará o perdão das suas próprias faltas se ele mesmo não perdoa as dos outros? Jesus nos ensina que a misericórdia não deve ter limites, quando diz para perdoar ao seu irmão não sete vezes, mas setenta vezes sete vezes. Mas há duas maneiras bem diferentes de perdoar; uma grande, nobre, verdadeiramente generosa, sem segunda intenção, que poupa com delicadeza o amor-próprio e a suscetibilidade do adversário, tivesse mesmo este último toda a culpa; a segunda pela qual o ofendido, ou aquele que acredita ser, impõe ao outro condições humilhantes, e faz sentir o peso de um perdão que irrita, em lugar de acalmar; se estende a mão, não é com benevolência, mas com ostentação a fim de poder dizer a todo mundo: Vede quanto sou generoso! Em tais circunstâncias, é impossível que a reconciliação seja sincera de parte a parte. Não, não está aí a generosidade, é um modo de satisfazer o orgulho. Em toda contenda, aquele que se mostre mais conciliador, que prove mais desinteresse, caridade e verdadeira grandeza d'alma, conquistará sempre a simpatia das pessoas imparciais." — Aguardou um instante, pois a viu refletir. — Quando nos deparamos com os ensinamentos do Mestre Jesus e, depois, com as explicações do mestre Kardec, talvez não conseguiremos uma resposta dizendo: faça isso ou faça aquilo e resolverá seu problema. Mas, certamente, ficaremos com a reflexão: analise-se e descubra o que é melhor para a sua vida, para a sua existência, para a sua consciência ficar tranquila, pois não existe nada melhor e mais libertador do que a paz por termos tomado a decisão certa. Jesus e Kardec não nos fazem dependentes, eles nos libertam, desenvolvendo nossa inteligência e nos fazendo pensar. — Nova pausa. — Babete, existem pessoas assim, nas nossas vidas, por várias causas, não é somente porque temos débitos com elas ou elas têm débitos conosco, não é somente por Carmas, Leis de Causa e Efeito. Precisamos parar com essa coisa de "olho por olho e dente por dente..." Às vezes, não é nada disso. Existem pessoas assim, nas nossas vidas, muito provavelmente, para crescermos espiritualmente. Em se tratando de pai e mãe, não podemos descartá-los, nem sempre conseguimos nos afastar, porque nossa própria consciência dói, sentimos culpa ou remorso, muito embora, raramente, seja necessário. Mas, não é nosso caso, como te falei. Se a pessoa tóxica, prejudicial, chata, excessivamente complicada que perturba sua paz, prejudica sua saúde mental e emocional, se a pessoa que apresenta características de transtorno de personalidade narcisista for um colega, amigo ou amiga, companheiro ou companheira, namorado ou namorada, ficante, noivo ou noiva, marido ou esposa... Não importa... Com essa pessoa sim, você tem de criar coragem e colocar um basta! — enfatizou. — Colocar um fim na relação, na amizade. Tomar distância total. Contato zero. — Pensou um pouco e disse. — A não ser em casos como o meu, quando se tem filho... É complicado e precisamos lidar com essa situação, como te falei.

— A vida sempre nos testa, né, tio? Para saber se aprendemos ou não.

— Sim. É verdade. Precisamos ser melhores para nós mesmos, nos equilibrando. Por essa razão, encontramos no caminho, pessoas tão egoístas que querem que acreditemos que somos incompetentes, otários, medíocres e que, para isso, nos bombardeiam de dúvidas e ofensas para que acreditemos nisso como verdade. Muitas vezes, é algo sutil, no começo, pois elas são tão cínicas, manipuladoras e hipócritas que não percebemos. Piora quando é pai ou mãe, pois crianças não têm referência, amadurecimento para entenderem o que acontece. Então, o jeito de as pessoas egoístas agirem é: faça o que eu quero, do jeito que eu mando. Depois, culpam e criticam para que a criança se sinta inferior e incapacitada. Em qualquer briga, argumentação ou discussão, quando o filho tenta se justificar, essa pessoa vai reverter sua fala, desviar sua conversa e vai ser surpreendente como ele se verá sem razão, manipulado, confuso e se sentirá culpado. — Breve instante — Um bom exemplo de distorcer, deformar, desvirtuar a fala da gente ou o que é importante em uma conversa foi o que a Filipa fez, aqui em casa, da última vez. Eu falava que ela estava errada por não visitar os filhos, não saber como estão, não sair para almoçar ou passear no parque, que só conversar alguns minutos na porta do colégio não era visita... Quando eu falava isso, o Fábio interrompeu e me chamou, querendo que eu parasse. Estava nervoso e mandei que fosse lá pra dentro. Aí, ela aproveitou a oportunidade e mudou o assunto, defendeu o filho, dizendo: "Não fale assim com ele! Veja o que está fazendo com o menino!" — arremedou. — E foi agradar ao Fábio, abraçando e passando a mão na cabeça. Nesse exato momento, ela me fez de vilão, invalidou tudo o que havia dito sobre suas falhas e ela não respondeu, mudou de assunto e fiquei de ruim na história. Com o carinho, o Fábio ficou em dúvida, confuso. Achando que a mãe era a coitada, a vítima. Depois, tive de conversar com os dois juntos para chamá-los à realidade. Esse é só um exemplo de como pessoas como ela manipulam situações e confundem a todos.

— Minha mãe faz muito disso. Ela sempre faz cobranças. Sempre senti culpa por ela ficar triste, por algo que saiu errado, até pela morte do meu pai... Logo que meu pai morreu, eu dizia que o via e ela falou: "Já que tem isso, que chamam de dom, por que não impediu a morte o seu pai? Veja o tipo de filha que você é!" — lágrimas desceram em sua face pálida.

— Pessoas como ela são insatisfeitas com tudo. Sempre desejam que o outro seja infeliz e inferior a elas. Se acham donas da verdade, sempre certas e você errada. Aprendi a não travar nenhuma briga, nenhuma batalha com gente assim. É perda de tempo e um grande desgaste emocional.

— Isso é a personalidade dela, tio?

— Não sou profissional da área, mas... Andei pesquisando e conversando com psicólogos e terapeutas... Então, chega-se à conclusão de que é um transtorno de personalidade e não a personalidade. Personalidade é a maneira como a pessoa vê e sente o mundo a sua volta. É a organização de todas as suas características afetivas, volitivas, físicas, conhecimento e forma de pensar de alguém. A partir daí, ela se relaciona com o mundo de acordo com suas habilidades pessoais. Já o transtorno de personalidade é quando a maneira de ela ver, sentir e pensar o mundo está distorcido, deformado. São três os fatores que podem ou não causar isso. O primeiro é genético, está na origem, na formação do feto, quando ainda em gestação. Esses fatores genéticos podem ter ativação imediata ao nascimento ou despertar em algum momento da vida. O segundo fator é o biológico, que pode ocorrer durante a vida, tendo como causa a alteração do aparelho biológico por influência de substâncias químicas ou alteração dos neurotransmissores. E o terceiro é o fator psicanalítico, que são influências comportamentais, devido ao meio ambiente, por influência familiar, religiosa, filosófica, social ou psicológica.

— Esse terceiro fator, o psicanalítico, mostra que podemos aprender a ter transtornos?

— Em palavras mais simples, como as suas, podemos dizer que sim. Sim, podemos adquirir transtornos de personalidade de acordo com o que vivemos à nossa volta.

— Tenho percebido que a Síria está igual à minha mãe. Só reclama, tem inveja, não quer o progresso da gente...

— Até onde sei, muitos transtornos podem ser desenvolvidos ao longo da vida. Veja o transtorno de ansiedade, por exemplo. Começando a ficar nos dias atuais. Muitas pessoas podem tê-lo desenvolvido pela pressão familiar, por não saber lidar com pressão, não saber lidar com o medo, não saber lidar com a expectativa, com a insegurança, com situações complicadas a sua volta. Os meios de comunicação, para chamarem a atenção e ganharem audiência, sutilmente, implantam o medo disso ou daquilo, criando insegurança, aumentam as expectativas. Filmes, programas agressivos, violentos também. Nosso cérebro não sabe diferenciar a violência fictícia da real. Tudo para nosso cérebro é real. Ele começa ordenar descargas de adrenalina para que o corpo reaja, fuja ou lute. Então, com o tempo, depois de tantas emoções de medo ou expectativas, forma-se um transtorno, um medo constante e todos os sintomas relacionados a ele: coração acelerado, falta de ar, descontrole das emoções, vontade de chorar, tontura, dor no peito, nó na garganta, dói a pele, o coração palpita, as mãos e os pés suam, dói a alma... Nosso cérebro exige que fujamos ou façamos enfrentamentos e nem sabemos o porquê nem do quê. Isso é ansiedade atacando. Ela acelera sua mente e sua mente aciona o cérebro que faz novas descargas de adrenalina correrem o corpo. Vira um ciclo. Sei bem como é. Depois de tanto excesso de ansiedade, chega a exaustão e o cérebro nos joga a outro extremo que é a ausência total de reação: a depressão. Ficamos sem vontade, sem forças, sem ação. Tristes, sem saída e com um desespero inimaginável. Simplificando, é disso que estamos falando. Por isso é necessário vigiarmos tudo o que existe à nossa volta. Já nos bastam os nossos problemas. Muitos não acham que programas televisivos, filmes, peças de teatro e alguns livros interferem na vida dos adultos ou de crianças, mas interferem sim. Isso faz muita diferença e nem imaginam. Acostumamos com o que não é normal, com o que não é bom nem útil ou saudável e não percebemos. Depois sofremos com transtornos e não sabemos o porquê. — Breve pausa e considerou: — Aprenda uma coisa, Babete: sua mente é seu templo sagrado. Não acredite que nela não haja interferência exteriores tanto de espíritos como do meio em que vivemos. Como disse, já bastam nossos próprios problemas. Vigie-se no que faz, fala, ouve, assiste, lê, participa, comenta. É você quem escolhe o que deve entrar e permanecer na sua vida, na sua mente, na sua alma. De tóxico, exclua tudo o que for possível. Escolha se amar. Pelo comportamento da

Síria, você pode perceber que algumas coisas são questão de escolha. Ela está escolhendo ser igual à mãe. Por isso, o esforço é importante. Mesmo se a Síria viesse a viver aqui em casa, com tudo o que você tem, com todas as oportunidades, ela ainda seria como é, porque não se esforça. Veja a Lana, filha da Otília. Teve todas as chances iguais às do irmão, mas é egoísta. Quer ganhar tudo sem esforço, quer ser tratada e cuidada, quer que os outros trabalhem e se sacrifiquem por ela. Já o Matias, vai à luta, corre atrás. A tendência de pessoas egoístas é piorar. Não podemos fazer nada por elas. Vamos desenvolver em nós a perseverança, o equilíbrio, o domínio das nossas emoções. Precisamos adquirir tanto o controle dos sentimentos a ponto de olharmos para elas sem nos manifestarmos, fazer algo se for preciso, não dizermos nada e pensarmos: coitada. Está perdendo a chance de evoluir.

— É possível chegar a esse ponto?
— Sim. Tudo é treino.

Adriano sorriu e a sobrinha também.

Ele abriu os braços e foi à sua direção, envolvendo-a com carinho.

Babete o apertou com força e murmurou:
— Obrigada, tio.
— Preste atenção, algumas pessoas se destroem depois de dificuldades, outras renascem após elas. Escolha o que quer fazer com seu desafio.

Havia tempo que Otília não conversava demoradamente com o primo, fazia de tudo para evitá-lo. Só falava o essencial, quando se viam. Não o chamou mais para lanches com os filhos e não foi mais à sua casa, como antes.

Naquele dia de outono, Otília sentia no rosto o vento frio sem se importar. Acabava de chegar da caminhada matinal, que havia começado a fazer há algumas semanas, mas não teve vontade de entrar. Debruçou-se no portão baixo e olhava para a rua sem prestar atenção em nada. Estava preocupada com suas finanças. Não era tão procurada, como antes, para as encomendas de festas, bolos, doces e salgados.

Por sua irmã, soube que Lana e a avó estavam brigando. Pensava se, em algum momento, errou ou falhou na educação da filha. Gostaria muito que ela tivesse um futuro promissor, garantido à custa de trabalho honesto. Seus pensamentos se voltaram para Matias. Estava um moço lindo — nesse instante, sorriu sem perceber. — Em breve, ele se formaria em Odontologia. Sentia-se orgulhosa e satisfeita. Embora percebesse que o filho estivesse distante e com comportamento diferente, mas era capaz de aceitar, já que, de um modo geral, ele estava bem. Talvez Matias quisesse e até precisasse sair de suas asas, mas iria levar, por onde fosse, tudo o que ela o ajudou a ser. Levaria a outras pessoas, o que ela, como mãe, auxiliou-o conquistar. Orgulhava-se disso. Ensinou ao filho perseverança e coragem, empenho e dedicação, respeito e aceitação às diferenças e àquilo que não pudesse mudar. Bem que Lana poderia ter feito o mesmo: estudado, concluído algum curso ou se dedicado a uma profissão. Suspirou fundo.

Os pensamentos de Otília foram interrompidos por um carro que parou em frente à sua casa. Não era novo, tão menos bem dirigido, pois o motor engasgou e morreu.

Do automóvel, desceu uma mulher sorridente e arrumada, com uma bolsa enlaçada no braço. O mais estranho foi ela ir à sua direção.

— Oi! Tudo bem? — chegou cumprimentando.

— Tudo... — respondeu desconfiada. Chegou a pensar que seria alguém que a procurasse para fazer encomendas de festa.

— Você é a Otília? — sorriu mais ainda.

— Sim. Sou eu.

— Prazer em te conhecer — estendeu a mão e se cumprimentaram, por cima do portão. — Meu nome é Tânia. Gostaria de conversar com você.

— Sobre?... — sorriu, intrigada.

Tânia olhou para os lados. Ficou um pouco sem graça, pois esperou que a outra a convidasse para entrar. Mas, como Otília poderia fazer isso com uma estranha? Então, a conversa teria de ser ali mesmo.

— Você é boleira e salgadeira, não é mesmo?

— Sim. Quer fazer uma encomenda? Alguém te indicou?

Tânia olhou para a casa antiga, simples, totalmente caiada de branco. Suspirou fundo e falou:

— Não. Vim aqui para te convidar para trabalhar comigo. Resolvi abrir um negócio. Estou começando. Aliás, já comecei — riu com gosto. Um riso bom de ouvir. — Tinha ouvido falar do seu trabalho muito bem. Fui a um evento e fiquei maravilhada quando provei os salgadinhos e o bolo. Só depois soube que foram feitos por você. — Olhou-a de um jeito engraçado, torcendo a face de modo provocativo e ainda contou: — Descobri também que tirou alguns clientes meus — riram. — Tinha uma moça trabalhando para mim, mas ela não assume responsabilidade, vive cheia de problemas e situações para resolver. Sempre falta sem avisar, chega atrasada, pede adiantamento e depois não quer que desconte do salário... Sempre tem dificuldades e isso atrapalha os meus negócios, o meu meio de vida. Não posso me comprometer com gente assim. Posso ser compreensiva até certo ponto. Se for aceitar tudo, não correspondo às expectativas dos meus clientes e fico sem trabalho, sem dinheiro e virarei pedinte. Sozinha, não estou dando conta. Hoje, no salão de cabeleireiro, finalmente, consegui seu endereço. Poderíamos conversar e, quem sabe, você queira trabalhar comigo.

— Você trabalha em casa?

— Sim e não — Tânia gargalhou. — Moro em casa alugada, mas embaixo tem um salão. É nele que preparo tudo. O espaço é muito bom. Amplo, arejado e muito limpo. Faltam algumas coisas, mas, com o tempo, vou adquirir. — Sorriu largamente e convidou: — Quer conhecer?

— Agora? — surpreendeu-se.

— Sim, mulher! Vamos lá! — riu alto.
— Acabei de chegar da caminhada. Estou suada...
— Não tem problema! Não vai trabalhar, ainda.

Otília sorriu e ficou apreensiva. Tânia era uma estranha. Como poderia aceitar tal convite

— Está bem. Só me dê um minutinho.

Ela entrou e deixou a outra no portão. Trocou-se, soltou o cabelo e pegou uma bolsa, trancou a casa e se foi.

— Não repare, Otília — disse, já dentro do carro, olhando para ela no banco do passageiro.

— Reparar o quê?

— Tirei carteira de motorista semana passada! — gargalhou com gosto. Ligou o carro, engatou a marcha e saiu com o veículo dando pinotes.

Ambas riram durante todo o caminho.

O jeito de Tânia era muito espontâneo e animado. Contagiante.

Não longe, ela estacionou o automóvel que, novamente, engasgou e o motor morreu.

— É aqui.

O salão ao qual Tânia se referia era uma garagem bem grande, com duas portas de enrolar, que permaneciam sempre abaixadas. A entrada era por uma porta normal no corredor lateral, com uma escada que levava para o andar de cima onde ficava a casa.

A proprietária abriu a porta, acendeu as luzes e mostrou o espaço em que trabalhava.

— Aqui é bem grande! — Otília se admirou. — Tudo branco, limpo... Adorei a bancada de granito.

— É enorme, né? Comprei essa bancada em um lugar que vende material de demolição. Está em ótimo estado e o preço foi muito bom. Seria impossível adquirir uma nova, na marmoraria. Naquelas caixas — apontou —, tenho dois ventiladores de teto para instalar. A pia tem cuba funda, mas, no futuro, quero colocar outra pia. Tem dois fogões...

— Mas só uma geladeira... — Otília comentou quase sem querer.

— Pois é, amiga... Ainda não deu para comprar outra.

— Seria bom se tivesse fornos e batedeiras industriais também.

— Desculpa... Mas, você é exigente, hein! — riu com gosto ao brincar. — A pobre mulher aqui não tem dinheiro pra tudo isso agora. Nunca vi candidata a emprego tão exigente — gargalhou.

— Posso abrir sua geladeira?

— À vontade... — Tânia fez um gesto cortês, curvando-se e estendendo a mão. — Até os armários, se quiser.

Sem constrangimento, Otília abriu e olhou tudo.

— Produtos de primeira... Equipamentos de segunda... — Otília riu alto.

— Hei!... — expressou-se de modo engraçado. — Tá me deixando com vergonha. Não te chamei aqui para me criticar. Quero saber se aceita trabalhar, mas, pelo jeito, é muito exigente.

— Tenho uma ideia — Otília sorriu ao encará-la.

— Qual, mulher?

— Eu tenho freezer industrial, dois fornos industriais, três batedeiras industriais, assessórios indispensáveis, além de receitas incríveis e uma vontade de trabalhar com garra, que você nunca viu! Todos os meus ingredientes também são de primeira. Se me aceitar como sócia, podemos juntar tudo isso neste espaço. Rachamos tudo, todas as despesas, gastos, consertos dos eletrônicos e salário de funcionários, porque vamos precisar!

— Sério mesmo, mulher?! — expressou-se de forma engraçada. — Nem te conheço... — falou, agora, desconfiada.

— Mas conhece a minha fama e meu trabalho. Assim como já ouvi falar seu nome também.

— Agora, deu frio na barriga! Não sei o quer fazer!

— Ora! Vai querer me convencer que, sabendo que meu trabalho é ótimo, pensou em me ter como funcionária? — riu alto.

— Tremi tanto antes de te procurar... — gargalhou com gosto. — Quando te vi no portão, o carro fez igual a cavalo chucro e quase fui embora de vergonha. Na verdade, bateu desespero. Sozinha não dou mais conta. Não acho pessoa responsável para trabalhar e que saiba fazer direito, cumprir horário. Podemos experimentar uma sociedade. No fundo, no fundo, não sabia como te chamar para trabalhar comigo, como fazer pra gente juntar as panelas, os fornos e os tachos — riu. — Não quis te ofender, quando te chamei pra ser funcionária. Achei que você fosse me convidar para entrar e tomar café, pra bater papo... — riu. — Daí o assunto surgiria.

— Embora conhecesse seu nome, nunca tinha te visto. Não ia convidar uma estranha pra dentro da minha casa — Otília também riu.

— Pois é... E eu convidei pra minha!... — gargalharam. — Se você quiser, podemos experimentar uma sociedade. Mas, vou adiantando, não tenho a menor ideia de como pode ser isso. Não sou muito instruída, mas sou esperta e honesta.

— Começamos colocando tudo, exatamente tudo, no papel. Procuraremos um contador de confiança, abriremos uma pequena empresa. E... Vamos trabalhar duro. Muito duro mesmo, porque estou precisando! — enfatizou. Olhou, novamente, em volta e admitiu, falando de uma forma mais séria: — Tânia, não precisamos de tanto espaço assim. Repare bem... — Caminhou alguns passos e mostrou: — Se dividirmos esta garagem ao meio, ficamos aqui no fundo e, na frente, abrimos um café com mesas, cadeiras, com geladeiras-balcão com pedaços de bolo de aniversário, bolos inteiros, doces... E também estufas com salgados avulsos quentinhos e outras coisas. Dessa forma, atraímos clientes que vão conhecer o que servimos e se sentirão mais seguros em fazer encomendas de festas. O local é bom. Tem muitos prédios em volta, estação de metrô aqui perto... O ponto é ótimo!

— Amiga!... Ou tu és tão doida quanto eu ou és sonhadora demais! Vamos nessa! — animou-se, Tânia, toda feliz.

— Mas, eu costumo ter algumas regras! — alertou.

— Vixi! Começou?... — riu bem alto e virou-se para o lado.

— Regras que vou colocar no papel — falou, olhando-a de modo diferente, quase rindo.

— Que regras, amiga? Tô curiosa!

— Higiene, uniforme, avental, touca, ninguém, que não esteja trabalhando, poderá entrar na cozinha, nada de ficar pegando coisas para outros fins, nada de emprestar isso ou aquilo, não sai um único brigadeiro sem nossa autorização. Respeitar horários e...

— Pode parar! — interrompeu-a. — Concordo! Coloca no papel pra virar regra de funcionário. — Abaixou a cabeça e murmurou: — Porque não pensei em escrever isso antes, pra não ficar falando, repetindo, pedindo... Tinha de pôr no papel, pendurado na parede, Tânia! — falou consigo mesma.

— Outra coisa, Tânia. Não sei se reparou, mas... No espaço aqui no fundo, temos lugar para armazenar materiais de festa: cadeiras, mesas, decoração... Veja este espaço! — apontou mostrando para um recuo à parede. — Com o tempo, poderemos adquirir decorações de festa para alugar.

— Tudo para o seu *Buffet*!

— Exatamente! Acho que você já batizou o nome da nossa empresa — sorriu.

Passaram o dia conversando e planejando.

No final da tarde, Tânia foi à casa de Otília, conhecer os materiais que a outra tinha e que levaria para o espaço onde trabalhariam.

À noite, sozinha, Otília escrevia o que precisava e, no meio do caderno que mexia, encontrou uma lista que fez, quando Cláudio faleceu. No topo da lista, estava escrito: Eu.

Ficou longos minutos parada, olhando essa primeira linha. O que tinha feito por si?

Nesse instante, Matias chegou. Beijou-a, contou novidades, tomou banho, voltou e perguntou o que tinha acontecido. A mãe também contou suas novidades e ele ficou surpreso.

Depois, o filho perguntou sobre uma camisa e Otília, com jeitinho, pediu:

— Filho... Você vai precisar passar essa camisa. Ainda bem que sabe, né? Aproveita e passa o restinho de roupa que está no cesto de passar. Faz esse favorzinho. — Havia tempo que o rapaz não ajudava com as tarefas de casa. — Estive bem ocupada hoje e não deu tempo de fazer nada. — Encarando-o, advertiu com generosidade, falando de um jeito mimoso: — Filho, acho que vou ter de pegar mais firme com o trabalho e ainda arrumar tempo para mim. Então, alguns serviços de casa podem não dar mais tempo de fazer. Você vai ter de ajudar. Está bem? — disse de tal forma que ele não conseguiu se mostrar insatisfeito.

— Tá bom... — concordou, entendendo as necessidades da mãe.

— Obrigada, por compreender — esticou-se e beijou-lhe no rosto. — Estou muito sobrecarregada, Matias. Não dou conta de tudo e sua ajuda vai ser significativa e boa demais. Em termos de saúde, estou me sentindo bem com as caminhadas e não quero parar de fazê-las, minhas pernas melhoraram muito, as dores sumiram. Agora, também tenho de dar o máximo de mim para essa sociedade dar certo. Teremos muitos clientes e o café para fazer funcionar. Cuidar da casa vai ser complicado. Mas, não posso abrir mão das caminhadas, porque se trata da minha saúde, tá bom? — deu uma piscadinha e sorriu. — Por isso, vou precisar muito da sua ajuda.

— Tá certo — ele aceitou e sorriu. — É verdade. Precisa cuidar de você e da nova empreitada.

Não foi o que falou, mas a forma como falou. Otília fez o filho compreender seu lado sem se incomodar. A maneira generosa de se expressar cativava mais do que imposição e reclamações. E ela sabia disso.

Foi por Babete que Adriano soube que Otília faria sociedade para um *Buffet* e um Café.

— Mas, como assim? Ela nem conhece a pessoa! — ele estranhou. Não gostou.

— A tia disse que está colocando tudo no papel. Se não tiver o lucro que espera, não terá prejuízo.

— Otília é muito esforçada e corajosa. Mas, é estranho não ter me contado nada — ele reclamou. Em outros tempos, a prima estaria ali, conversando a respeito de tudo e pedindo sua opinião. Sentiu-se excluído.

Nesse momento, a campainha tocou.

— Ah, não... Só falta ser minha mãe. Hoje cedo, o Alex estava com febre de novo. Ela mandou a Agnes vir pegar dinheiro para comprar remédio. Fui até lá para ver se era verdade e...

— Você deu dinheiro? — perguntou, levantando-se.

— Dei.

— Por que não levou o menino direto ao médico, em vez de ficar esperando a noite eu chegar do serviço para fazer isso?... — dizendo isso, Adriano saiu pela porta.

De fato, era Iraci desesperada. Às pressas, o irmão a acompanhou até sua casa para ver como estava o sobrinho. Alex não reagia, não chorava, não respirava.

Adriano tentou ressuscitar a criança, mas não adiantou. Alex havia falecido.

Iraci perdeu o controle, acreditando ser vítima de todos. Por falta de ajuda, culpava o irmão e as filhas pela morte do bebê.

Aos gritos, acusou Babete:

— Você, infeliz!!! Que tipo de médica vai ser se não é capaz de salvar nem a vida do seu irmão?!! Você veio aqui em casa de manhã e não fez nada!!! O Alex morreu à míngua por sua causa!!!

Não suportando, a filha mais velha reagiu:

— Se ele nasceu com problemas, a culpa é sua!!! Você bebeu durante a gravidez, vivia varando noites com aquele infeliz do Antônio! Não se cuidou! Brigava e se irritava, sobrecarregando seu corpo com hormônios estressantes que passavam para a criança em formação!!! A culpa é sua por ele ter nascido assim!!!

— Como você diz isso?! Infeliz!!! Você está acostumada a matar! Deixar seu irmão morrer à míngua foi mais fácil do que passar a faca no pescoço da sua priminha indefesa!!!
— Você é um monstro!!! Um monstro!!! — a filha berrou.
— Se sou um monstro, a culpa é sua!!! Esse é o resultado por eu ter de cuidar de alguém com problemas psiquiátricos que assassinou alguém!!!
Babete se virou e correu para a casa do tio, chorando muito. Sem que ninguém soubesse, Agnes foi atrás da irmã.
Babete estava deitada, chorando no quarto, quando a irmã caçula entrou e sentou-se na sua cama.
Com os olhos úmidos de tristeza, Agnes afagou os cabelos da outra o tempo todo em que duraram os soluços.
Quando o pranto cessou, Babete se virou e a olhou de modo indefinido. Com voz rouca e cansada, murmurou:
— Por que ela fala essas coisas? Já é tão difícil pra mim...
— Prefiro pensar que a mãe é doente. Ninguém suporta ficar mais com ela. Não vejo a hora de sair de casa. Acordo com os gritos dela. A todo momento ela critica, agride com palavras. Se estou comendo algo, fala, diz que dou despesa. Não temos paz. Ela destrói meus materiais da escola. Quando fica furiosa, rasga as folhas dos livros. Já fui pra escola sem nada... É um inferno. Toda vez grita, fala berrando, reclamando de tudo. Acordo tremendo, sinto medo e uma coisa estranha. Ela só sabe falar dela. Tudo é sobre ela e, geralmente, são reclamações ou, então, pra contar que no passado ela era grandiosa, teve vida boa... Depois xinga e reclama, já chegou a dizer que se arrependeu de ter deixado a gente nascer. Que não sabe o que estamos fazendo no mundo, porque somos inúteis.
— O prazer dela é nos ver para baixo, porque, quando estamos pra baixo, ela se sente acima.
— Só pode. — Após alguns minutos, Agnes contou: — Estou trabalhando na feira.
— Trabalhando? Na feira?
— A mãe não sabe. Outro dia, passei na rua de baixo, onde tem feira livre de domingo. Tive uma vontade enorme

de chupar laranja. Aquela laranja grandona e bem amarela, quase vermelha. Nem sabia o nome... — sorriu. — A barraca estava cheia. Aí, falei pro homem: o senhor está precisando de ajudante? Ele respondeu que sim. Entrei na barraca e comecei a ajudar. Nem perguntei quanto receberia. Pra mim, poderia ser uma laranja daquelas. O pessoal escolhia as coisas, dava pra mim e eu colocava no saquinho e isso começou a ser divertido. Era fácil. O homem era quem recebia o dinheiro e dava o troco. No final, ele veio e me pagou. Ainda me deu várias sacolinhas com diversas frutas, inclusive a laranja grandona. Perguntei se poderia ajudar novamente na semana seguinte e ele aceitou. Também me deu o endereço da feira no outro bairro, que é no sábado. Então, duas vezes por semana, levanto bem cedo e vou para a feira trabalhar.

— A mãe não sabe?

— Nem desconfia. Ela não liga. Quando volto, muitas vezes, ela ainda está dormindo.

— E as frutas? Ela não pergunta de onde vem?

— Deve pensar que é a tia Otília quem dá. A mãe é orgulhosa, não pergunta nada. Acha que é obrigação dos outros ajudarem nossa casa.

— Começa a guardar esse dinheiro. Aprenda a economizar.

— Sim. Estou guardando.

— Esconde bem — Babete aconselhou.

— Quero ser maior de idade para ir embora e nunca mais olhar pra ela.

Os olhos de Agnes se empoçaram em lágrimas.

Babete a puxou para si e a envolveu com forte abraço.

Choraram.

CAPÍTULO 39
Novos planos

Algum tempo depois, Síria decidiu sair de casa para iniciar uma união estável com o namorado, indo morar nos fundos da casa dos pais dele. Isso teve pouca ou nenhuma importância para sua mãe.

A jovem não fez qualquer planejamento. Queria mesmo era se mudar e ficar longe das agressões psicológicas de Iraci. Síria não se programou, não investiu em si para se autossustentar, ter uma vida independente, para qualquer imprevisto. Acreditou que seria assumida, cuidada e sustentada, que a vida que sonhou durante o namoro, se realizaria.

Ficou tudo ainda pior para Agnes, a única que a mãe tinha perto para incomodar.

— Olha só a filha da vizinha. Linda, com aquele cabelo maravilhoso, bem-tratado. Já vai para a faculdade. Soube que está namorando um rapaz rico e de família. Você não faz nada. Fica aí feito uma lesma — Iraci dizia para Agnes. — Sua irmã pode ser assassina, mas pelo menos vai se formar em Medicina. A Síria é louca, mas arrumou alguém para ficar com ela. E você?!

A filha ouvia a tudo calada, até que a mãe disse:

— Até eu sou capaz de encontrar um homem que me admire.

— Igual ao último que teve?! Depois do papai, teve o Rogério, aquele veterinário desgraçado que tirou tudo da gente, graças a você! Aquele imundo que abusou de mim no dia em que fui chamá-lo para nos ajudar com a Babete, pois você a empurrou e ela cortou a cabeça ao bater na porta!!! É isso o que foi capaz de arrumar?!

— Do que você está falando?!

— Você sabe!!! Me viu chorando!!! Me viu machucada, sangrando!!! Nem perguntou o que foi!!! A Babete estava internada por sua culpa!!! Quando a empregada, mulher do Gaúcho me viu chorando, você disse que eu estava com saudade da minha irmã! Mas não era! Você sabia que aquele imundo abusou de mim!!! — berrou. — Ele só estava com você por causa do nosso dinheiro!!! Sua burra!!! Cega!!! Não foi o suficiente, arrumou o maldito Antônio!!! Algumas noites, ele se levantava e passava a mão na gente e você fazia que não via!!! A Síria te falou!!! Que tipo de mãe maldita você é?! Hein?! Quer saber?! O Antônio foi embora porque eu peguei uma faca e apontei pra ele, na última vez que ele passou a mão em mim! Disse que ia furar a barriga dele se ele tentasse alguma coisa! E ainda acha que esses homens estavam com você porque é irresistível?! Mãe maldita!!!

— Sua louca! O Rogério nunca fez nada com você! Ele gostava de vocês! Trabalhava pensando no bem de todas! Você sonhou com isso! Só pode! Nunca aconteceu nada assim! Sua irmã levantou estabanada e bateu a cabeça! E você sempre foi uma menina assanhada, intrometida! Isso sim! Deve estar igual à Babete, enxergando o que não existe!

Chorando, Agnes saiu correndo para a rua, afastando-se da mãe.

Adriano se inquietava pelo fato de Otília não conversar com ele sobre a sociedade que montava. Incomodado, foi procurá-la.

— Oi — disse ao vê-la. Havia chamado no portão de sua casa. — Faz tempo que não conversamos. Você não foi mais lá em casa.

— Estou bem ocupada — sorriu ao abrir o portão. — Venha. Entre. Vamos tomar um café.

Já sentados à mesa da cozinha, ele comentou:

— A Babete e depois o Matias me contaram que você vai fazer sociedade para um *Buffet*.

— Já estou fazendo — sorriu largamente. — É com a Tânia.

— Quem é? De onde surgiu? Você a conhece há muito tempo?

— Em alguns casos, a fama antecede a criatura — falou com graça. — Já tinha ouvido falar muito dela. Para minha surpresa, eis que surgiu no meu portão, querendo que eu fosse trabalhar com ela. Então, conheci o espaço, dei uma olhada e falei o que tinha e, se fosse para trabalharmos juntas, teria de ser sociedade, pois ela não tinha os mesmos equipamentos que eu.

— Mas... Uma sociedade, Otília? Você nem conhece a pessoa! — não pareceu satisfeito.

— Bem... Colocamos tudo no papel. Procuramos um contador e estamos regularizando as coisas.

— Mas... E ela, como pessoa?

— A princípio, gostei dela, observando-a como profissional, claro.

— Mas... Otília...

— Adriano, eu estava ficando sem dinheiro, sem recurso, sem opções. A Tânia foi o que apareceu. Já tinha ouvido falar muito bem do trabalho dela, sobre qualidade, pontualidade, respeito pelos clientes... Ela estava precisando muito e eu também. Caso não dê certo, volto ao ponto em que estava. Simples assim.

— Por que não aceitou minha ajuda?

— Porque sou capaz. Um dia, se e quando não tiver alternativa, te falo. Já fiz isso, lembra?

— Não! — respondeu bravo.

— Quando o Cláudio faleceu.

— Ah... — havia esquecido. — Então... Boa sorte — forçou um sorriso. Gostaria de ter mais participação no que acontecia ou pelo menos desejava ser mais informado.

— Obrigada — ficou satisfeita.

Adriano ficou observando Otília por longos minutos. Ela estava diferente. De imediato, não saberia dizer, exatamente, o que seria, mas algo havia mudado. Sempre foi uma mulher bonita, que expressava felicidade só de se olhar, porém queria identificar o que tinha se modificado. Havia cortado um pouco os cabelos, que se achavam soltos, brilhosos e davam um ar agradável e jovial. Usava brincos grandes, graciosos e chamativos, que combinavam com seu rosto simpático. Talvez tivesse emagrecido um pouco. As roupas novas, simples, mais elegantes e alegres, faziam seu estilo. Estava levemente maquiada, ressaltando alguns traços que já eram belos. Suave fragrância exalava perto dela e isso era bom. Unhas curtas, bem-feitas, com esmalte transparente roseado. Anel delicado e pulseira combinando. Gostou do que via. Nunca a tinha notado usando anel. Percebeu que o foco de Otília não estava somente no trabalho, passou a dar importância a si mesma. Ao pensar isso, sorriu sem perceber e seus olhos se encontraram, não sabia como disfarçar e continuou olhando-a.

— Quer ir lá para conhecer? — ela convidou inesperadamente.
— Podemos?
— Mas é claro! Vamos lá! — animou-se.

Enquanto Otília levou Adriano para conhecer seu novo espaço de trabalho, Agnes foi conversar com a irmã.

Após contar tudo para Babete, Agnes parou de falar. A irmã a envolveu e choraram em silêncio.

— Nada faz sentido, Babete... Nada... Sempre tive vergonha disso e nunca consegui contar pra ninguém, mas a mãe sabia. Como ela pode negar isso? Como pode não se sensibilizar? Eu era uma criança... Não entendia nada... Como uma mãe pode não amar? — encostou o rosto no ombro da irmã e abafou o choro.

Afastando-a de si, Babete a encarou, secou sua face com as mãos e a beijou com carinho. Depois disse:

— Sinto muito, Agnes. Seu coração deve doer tanto... Deve carregar uma dor imensa, dor que dificilmente alguém saberá como é... Assim como você, não sei responder como é que uma mãe não sabe amar, como consegue ser indiferente às dificuldades dos filhos nem como só pensa em si mesma. Mas... Ainda bem que não somos como ela. Ainda bem que conseguimos ter compaixão, empatia e respeito pelos outros. O que percebo é que somos carentes. Outro dia, em uma aula, um professor de psiquiatria explicou sobre dependentes emocionais. Nós nos encaixamos, perfeitamente, nesse quadro e precisamos nos livrar disso. Não sei como me livrar dessa dependência, dessa necessidade de ser amada e compreendida, ainda. Mas, continuarei tentando me livrar disso. Sabe de que forma? — Agnes balançou a cabeça negativamente. — Amando-me e me tratando com respeito e prioridade. Como se eu fosse minha própria mãe. Dando, para mim, os melhores conselhos por meio das melhores escolhas, fazendo as melhores coisas para mim, coisas que não me arrependa e me amando mais. — Longa pausa. — Nós nunca vamos conseguir mudar a mãe e fazê-la nos tratar como queremos. Nunca! — salientou. — Precisamos, de uma vez por todas, parar de tentar fazer isso. Brigar com ela, revidar, responder à altura só nos faz ficar parecidas com ela. Olha para a Síria! — Nova pausa. — Além disso, só perdemos tempo e energia, ficando mal e irritadas. Não vale a pena. A tia Otília me apresentou livros de estudo da Doutrina Espírita, que estão me ajudando no entendimento sobre mediunidade e também ajudando minha reconstrução. Fora isso, vamos à casa espírita, assistimos às palestras doutrinárias. Estava fazendo curso, mas precisei parar por causa da faculdade. Antes, eu lamentava e reclamava pela vida que tive na infância e começo da adolescência, devido as maldades da mãe. Hoje, estou me concentrando em curar a mim mesma e me desligar de tudo o que me liga a pessoas como ela. Tudo o que me liga a ela, inclusive, por meio de lembranças e pensamentos. Quando começo a pensar e a dor vem, procuro uma coisa para fazer, vou ler... Faço algo. Na Doutrina Espírita, estou aprendendo que nada é por acaso. Nada. Estamos aqui encarnados por quatro razões: saldar débitos do passado, aprender, evoluir e nos aprimorar. Deus não é cruel nem erra. — Aguardou um instante e comentou: — Quem não tem débitos passados? Quem não tem o que aprender? Quem não precisa evoluir? Quem não precisa se aprimorar? — não houve resposta. — Todos precisamos dessas coisas. Não existe, neste mundo, a criatura perfeita, linda, bela e maravilhosa, vítima absoluta do Universo! — exagerou, quase em tom de brincadeira. — Todos temos débitos, todos precisamos evoluir e harmonizar o que desarmonizamos no passado, todos temos de aprimorar, testar os conhecimentos e ver se aprendemos mesmo. Só então partimos para mundos melhores.

— Você acha que, em vida passada, podemos ter feito alguma coisa para nossa mãe e, hoje, ela, inconscientemente, guarda mágoa da gente?

— Talvez. É possível. Se não for isso, é outra coisa. Talvez ela foi má e pediu a chance de nos tratar melhor e não deu certo também. Por outro lado, aceitamos reencarnar como filhas dela para nos melhorarmos, aprendermos, crescermos. Sendo uma coisa ou outra, não podemos nos conformar e ficar paradas, sofrendo nas mãos dela. Precisamos nos desenvolver e nos libertar. Traçar planos e estratégias. Ninguém pode ficar confinado ao sofrimento. Libertar-se do que faz mal, é evolução. Se sofremos pelo que fizemos, já deu. Chega! Tomamos consciência de que isso não se faz com ninguém. Outro dia, conversando com o tio Adriano, ele me disse que precisamos trabalhar nossos sentimentos para aprendermos a lidar com pessoas como ela. Não vai adiantar gritar, socar, xingar... — contou sobre a conversa. — Pensando em tudo, entendi que temos a família que merecemos. Veja nós três: eu, você e a Síria. Somos filhas da mesma mãe. Enfrentamos dificuldades parecidas, as mesmas carências, os medos semelhantes. Nos últimos tempos, estou focada nos estudos. Tem dia que acordo e me arrependo, não da escolha que fiz, mas é muito puxado, exigente em todos os sentidos. Tem dia que me sinto feliz e não me vejo fazendo outra coisa. Com isso, crio resistência, fico mais forte a cada dia. Sei que estou garantindo meu futuro. Já a Síria, abandonou os estudos, pelo jeito, arrumou um cara e está com ele para fugir da mãe, mas não se planejou e está sem perspectiva para o futuro. Ela não tem uma profissão, não tem como ser independente... O futuro dela é incerto. Já, você... Não abandonou os estudos e está trabalhando na feira livre. Seja como for, não está fazendo besteiras, apesar de todas as inseguranças, dúvidas, dor e medo, está dando o seu melhor. Não está aí como uma rebelde e revoltada só xingando e esbravejando que não teve uma boa mãe. Sei que você e a Síria podem dizer que eu tive sorte. Também acho isso, mas as dores que vivo ainda são fortes. Todos os dias peço a Deus que esclareça o caso da Laurinha. Arquivamento do caso não é esclarecimento. Como posso ser médica sabendo que matei alguém? Por que ainda não esclareceram tudo? Você não imagina como é viver com essa dúvida, com esse medo, com a imagem da minha priminha morta, toda ensanguentada na minha frente... — lágrimas escorreram em sua face. — Isso não é fácil e eu vejo essa cena todos os dias! — Um momento e comentou: — O tio Adriano e os nossos primos são ótimas pessoas, mas vivo em uma casa que não é minha. Não posso colocar um quadro, um adesivo nas paredes por respeito ao acolhimento e bom tratamento que tenho e nem ouso pedir. Preciso seguir regras e normas que nunca imaginei. Está certo que, com isso, aprendo a ter disciplina e disciplina é a única coisa que faz uma pessoa conquistar seus objetivos, mas... Não posso relaxar porque não é minha casa, não é meu lar. O tio quer que todos durmamos na mesma hora, mas tem dia que estou sem sono e gostaria de assistir à TV. Não podemos sair sem avisar nem voltar quando queremos. Raramente isso acontece. Devo tirar os sapatos dentro de casa e usar chinelos. Existem esses e outros hábitos do tio e dos nossos primos que não são fáceis para mim. Adoro todos eles, mas não me sinto em casa. Não abro a boca, não dou palpite, só falo se for para perguntar ou responder. E isso é complicado. Não sou filha dele, não são meus irmãos. Tenho horário para estudar, para isso e para aquilo... São tantos detalhes que parecem insignificantes, mas devo respeitar e nem sempre estou a fim, mas devo. E ainda sou grata. Quanto ao dinheiro que recebo, é bem limitado. O senhor Bernardo, na verdade, teve um acordo moral com o pai para me ajudar. Verdadeiramente, nada nem ninguém pode obrigá-lo a me dar nada, a me ajudar em nada. Ele está fazendo isso por espontânea vontade. Até acredito que, se eu não estudar, largar o curso, ele vai parar de fazer isso. Penso que quer me ver sendo responsável e eu vou provar isso para ele, porque não sou tudo aquilo que a mãe falou de mim a vida inteira. — Um momento e contou, ainda: — Pode parecer fácil, mas não é... Quantas noites tive medo e fiquei sozinha, queria minha família, ter uma mãe para dizer que não conseguia dormir, que estava em pânico... Quantas madrugadas tive sonhos ruins e não chamei ninguém para não incomodar... Quanto medo, ansiedade, tremor, tristeza e sem poder dizer nada... Gostaria de ter uma família minha, ter a família onde nasci ao lado... Mas, estava só — chorou. — Bem tratada na casa do tio... De um tio que nunca conheci até meus quinze anos... Não me lembrava dele... Eles são maravilhosos, mas não é a mesma coisa... Não é o que eu gostaria... Sinto falta de ter uma mãe de verdade, que me ame, que fique comigo, me ouça... Sinto saudade do papai... — chorou.

Passados alguns minutos, Agnes perguntou:

— Babete... Por que o pai pediu ao senhor Bernardo ajudar só você? Por que a fazenda de forragem, a fazenda de café e a indústria de ração ficaram para você?

— Bem... Não sei direito — dissimulou, secando o rosto com as mãos.

— É porque eu e a Síria não somos filhas dele, não é? O senhor Dárcio não é nosso pai biológico, não é mesmo?

— Bem, eu... — ficou surpresa. Não estava preparada para aquela pergunta.

— Escutei empregados comentando isso na fazenda. Eu era pequena, não entendia direito, mas... — Agnes não completou.

— É verdade — confessou. Não desejaria perder a confiança da irmã. — Eu não sabia como te dizer e não gostaria que soubesse. Que diferença faz?

— Então é verdade — abaixou o olhar. — Como ficou sabendo?

— O pai deixou cartas falando a respeito. Mas, ele deixou todas nós bem. Se a mãe não tivesse colocado o Rogério para administrar o que tínhamos, se ele não tivesse nos roubado, estaríamos bem, hoje. O pai previu que a mãe pudesse colocar tudo a perder. — Esperou um momento e falou: — Agnes, minha intenção é ajudar você e a Síria. Mas, não ajudar dando esmola a vocês. Assim como eu quero ser independente, não ter de morar mais na casa do tio e ter minha própria vida, quero que vocês também sejam independentes, tenham uma profissão digna, se sustentem, tenham trabalho. Agora, não vou poder tirar você da casa da mãe, mas quero que faça um curso para arrumar um emprego decente. Tenha uma profissão, algo que te dê segurança. Para isso, será preciso que se planeje e tenha foco em si mesma. Ignore tudo, exatamente tudo, que vem da mãe. Sei que ela faz provocações que são absurdas ou coisas pequenas que irritam profundamente, mas você terá de aprender a ignorar, enquanto precisar morar com ela. Esse é o único jeito de progredir para se libertar.

— Gostaria de fazer um curso de informática — sorriu. — Isso vai me ajudar a arrumar um emprego melhor.

— Vou conversar com o senhor Bernardo. Procure informações a respeito desse curso. Valor, local... Depois me passa. Vou conversar com a Síria também. Ela precisa ter uma profissão, ser independente, se sustentar. Isso é fundamental na vida de qualquer um.

— Essa vai ser minha meta, agora. Vou estudar, fazer curso, arrumar um emprego e, quem sabe, até fazer uma faculdade — sorriu. — Nossa! Já imaginou eu ter um curso superior!

— Você pode e é capaz!

Babete a abraçou com carinho. Depois de um tempo, afastando-se, Agnes pediu:

— Por favor... Não conte nada a ninguém sobre o que te falei...
— Sobre?
— O que o nojento do Rogério fez comigo na fazenda, no dia em que você foi para o hospital. Não conta pra ninguém.
— Está certo, mas...
— Não conta. Confio em você.
Babete aceitou e prometeu. Seria um segredo entre elas.

Otília estava com Adriano mostrando o lugar, falando sobre suas ideias e animada para tudo estar pronto o quanto antes.
— É bem grande mesmo! — ele se admirou. — Gostei muito.
A voz alta e bonita de Tânia soou sem que ele esperasse.
— Oieeee!!! Quem tá aí?!
— Estou mostrando nosso espaço para o meu primo.
— Prazer em te conhecer... Mas... — olhou-o bem. — Espera aí! Você não é dentista? Você é meu dentista! — gargalhou alto. — Não estava te reconhecendo!
— Oi, dona Tânia — riu junto.
— Que dona, que nada! — estendeu a mão, que foi apertada com prazer. — Faz tempo que não apareço lá no seu consultório, né? Nossa! Mas, que mundo pequeno! Então são primos?
— Até onde sei... — ele riu.
Espontânea e bem-humorada, Tânia ficou feliz em saber da ligação de parentesco.
Conversaram e ela explicou um pouco mais sobre os negócios e os planos. Depois, eles se foram.

Com o passar dos dias, Babete procurou Síria. Incentivou-a a estudar e progredir na vida. Mas, tudo o que falava, parecia não entrar em seus ouvidos, muito menos em sua consciência. Síria só sabia reclamar.

— A mãe só agride a gente! Quando éramos pequenas agredia com pancadas, hoje, com palavras, desdém, olhares... Não sei qual dói mais. Ela só coloca a gente pra baixo! Nos desrespeita, depois nos culpa pela nossa reação.

— Síria, o problema é que gostaríamos que fosse diferente, mas nunca será. A mãe nunca vai mudar. A única forma de sairmos dessa situação é sermos independentes e mantermos certa distância. Nós três podemos nos ajudar.

A irmã pareceu não ouvir e se queixou:

— Pior é que o Anderson está ficando igual — chorou. — Ele fala uma coisa e depois outra. Vejo uma coisa, vou perguntar, tirar satisfação e ele me confunde. Me chama de louca, diz que estou vendo coisa que não existe. Ele me culpa pela bagunça que o assunto virou. Mas, não é só... — chorou mais. — Fica achando defeito em mim, reclamando do meu corpo, do meu jeito, fala coisas que me ofendem e magoam...

— Síria, cuidado para que não piore sua própria vida. Pense... Talvez esteja com ele para fugir da mãe e isso não vale a pena. Nós nunca resolvemos nossos problemas apenas fugindo deles. Problemas adiados triplicam de tamanho. Quando temos algo que nos incomoda, o jeito é resolver. E para situações como a nossa, é necessário buscar uma solução a longo prazo. Para isso, precisamos nos planejar. Para dificuldades como a nossa não existem milagres. A solução só virá com conscientização e enfrentamento. Já sabemos como a mãe é, que não vai mudar, que nossas reclamações não trarão soluções. É preciso pensar em uma saída segura. Vamos deixar a mãe de lado, ignorar as provocações e focar na nossa independência. Não podemos nos acomodar com auxílio disso e daquilo. Não podemos nos acomodar com o auxílio dessa ou daquela pessoa. Precisamos ser independentes de tudo e de todos. Isso é possível. E estou falando de independência de uma forma geral. Independência financeira e emocional. Cada vez que você responde a uma provocação dela, você gasta sua energia se estressando e entrando na manipulação dela, porque é isso o que ela quer. Isso faz com que perca seu foco, perca a vontade de se empenhar em algo que te liberte desse cativeiro emocional. Pare de reclamar! Procure se especializar em alguma coisa. Arrume um emprego. Seja independente! — enfatizou.

— Pra você é fácil falar! Está bem! Debaixo das asas do titio! — falou com ironia.

— Deixa de ser tola! Não vou fazer nenhuma lista de dificuldades. Não vê que estou querendo te ajudar? Mas, o empenho deve ser seu.

— Com uma infância como a que tivemos, com a adolescência que passamos, com tudo o que a mãe fez, acha mesmo que é possível se ver livre de tudo isso? O que a gente faz com a dor, com a angústia, com a indignação, com a raiva, com a contrariedade?! O quê?!

— Transforma tudo isso em sabedoria.

— Se veio aqui para me humilhar com sua filosofia barata, pode ir embora. Já tenho problemas demais.

Era difícil fazer Síria compreender que seu empenho era fundamental para mudanças boas em sua vida.

Retornando da conversa com a irmã, Babete decidiu passar na casa de Otília. Não sabia que ela não estaria e Matias a recebeu.

— Entra. Daqui a pouco minha mãe chega.

Ela aceitou. Na cozinha, pegou um copo e foi beber água.

— Como está a faculdade, Babete?

— Ótima. Bem puxada — sorriu. — Estou adorando. Não sabia que gostaria tanto. Apesar de não ter tempo de dormir o suficiente, comer corretamente nem escovar os dentes... — riu.

— Sei como é. Estou com muita coisa e ainda nem comecei o TCC[1].

— Já estou rascunhando o meu. No semestre que vem, começam os estágios, já disseram que ficará bem complicado e estou me antecipando — ela contou.

— Você sabe se expressar muito bem quando escreve.

— O problema é tempo para escrever. Já avisei a psicóloga que acho que vou me afastar das sessões.

— Tenta evitar isso — Matias aconselhou. — Na época em que se está sobrecarregado é quando mais se precisa. Minha mãe falou que você trocou de psicóloga.

— Troquei. Algo não estava bom para mim.

— O quê?

— Sei lá... Ela me ajudou muito, no começo, mas é daquelas que espera eu ter vontade de mudar. No meu caso, hoje, quero alguém que me dê empurrão, entende? — riu.

— Sei como é. Mas, não é em qualquer fase da vida que o psicólogo ajuda dando um empurrão. Tive uma psicóloga muito boa quando morava em Santos. Era uma pessoa bem madura e experiente. Às vezes, ela me dava uma dura e explicava a razão. Cobrava atitudes e reações. Algumas pessoas não gostam disso. Eu gostava.

— Também gosto que me cobrem atitudes. Fico esperta. Não me melindro. Se ficarem passando a mão na nossa cabeça, vamos nos sentir pobres e coitados, querendo ser carregados no colo. Oh, céus! Por que minha vida é assim? Coitado de mim! Por que não tive uma mãe e um pai diferente? — brincou ao falar engraçado. — Se minha vida fosse diferente, eu seria uma pessoa melhor! Isso não é verdade. Como disse para minhas irmãs, Deus não erra. Tudo, exatamente tudo, o que nos acontece é para termos uma reação benéfica e positiva para nós e para o mundo. Se algo for bom só para nós, alguém estará sendo prejudicado.

— Hoje, também penso assim. Já vi algumas pessoas reclamando, quando se fala em sair da zona de conforto. Outro

---
[1] Nota da Médium: TCC é a abreviação para Trabalho de Conclusão de Curso.

dia, uma colega disse que quem teve infância difícil, cheia de problemas e traumas, precisa ficar confortável até se melhorar. Eu discordo — disse o rapaz.

— Eu também. Ficar confortável é ser um peso para alguém. Precisamos ser independentes emocional e financeiramente. Lógico que existem exceções, pessoas debilitadas, com limitações, que precisam de apoio, ajuda... Mas, muitas delas, são excelentes exemplos de superação, luta, batalha! — ela ressaltou. — Hoje em dia, muitos querem sair, passear, ir pra baladas, comer nos melhores restaurantes, viajar, às custas dos outros. Querem ficar dependentes dos outros. Não pensam em prosperar e progredir pelos próprios esforços. E cada dia que passa fica mais acomodado.

— É o caso da Lana, minha irmã.

— Verdade. Tem dia que durmo três horas por noite, porque fico estudando. E, hoje, ouvi da Síria que tive sorte.

— Não liga pra isso, Babete. Vão falar de qualquer jeito. Foca em você.

— É o que estou fazendo — sorriu. — Fico feliz quando vejo a Agnes se preocupando com o futuro, fazendo planos e agindo. Não larga os estudos, arrumou um trabalho na feira livre e guarda o dinheiro para despesas que nossa mãe não a ajuda. Tenho certeza de que ela vai conseguir fazer algo bom, para si mesma, na vida. Vai progredir e ser independente. Mas a Síria...

Matias a olhou longamente e admirou. Como Babete estava mudada, madura e com opiniões próprias saudáveis a considerar. Pelo jeito, passou dar atenção a si mesma, às necessidades mais importantes de sua vida. Tornou-se sua própria prioridade.

Escutaram um barulho e a voz de Otília, no quintal, entrando em casa com mais alguém.

A mãe surgiu à porta da cozinha e Dione entrou atrás dela.

— Oi! Que surpresa boa! — a dona da casa foi à direção de Babete, envolveu-a e a beijou com carinho.

— Oi... — Dione cumprimentou e sorriu a distância. Era uma jovem muito bonita. Alta, cabelos naturalmente loiros e com luzes mais claras, que os deixavam lindamente especiais, combinando com o seu tipo. Olhos grandes, de um azul profundo. Boca bem torneada. Estava sempre maquiada e bem-vestida. Tinha um corpo muito bonito, que chamava a atenção, uma voz marcante e agradável. Indo para perto do namorado, deu-lhe um beijinho e perguntou: — Tudo bem com você?

— Sim. Está.

— Vamos lá pra sala. Quero te contar uma coisa — pediu a namorada, não se importando com as outras pessoas. Na verdade, desejava isolá-lo.

— Dá um tempinho — ele murmurou. Achou que seria indelicado deixar a visita ali e se retirar.

Otília começou a contar para Babete mais novidades do novo local de trabalho e também que Tânia conhecia Adriano, que era seu dentista. Muito feliz, detalhou algumas situações. Depois, quis saber sobre a jovem e ela, bem animada, contou. Fazia dias que não se viam e a conversa foi demorada.

Ao se ver a sós com o namorado, Dione comentou:

— Babete está ficando exibida. Fala de determinados assuntos como se os dominasse.

— Mas, se fala daquele jeito é porque domina. Não acha que está de implicância? — Matias não gostou da crítica.

— Credo! Você sempre discorda de mim, quando a questão é sua prima. Que na verdade nem prima é.

— Só estou querendo te mostrar o outro lado da situação.

— Com certeza, não é isso. Você sempre implica com a minha opinião, toda vez que o assunto é ela. Não acha?

O rapaz decidiu ficar quieto, não desejaria alongar aquela conversa.

CAPÍTULO 40
Abraço aconchegante

O tempo foi passando...
Ao término de um dia excessivamente movimentado, Otília puxou uma cadeira, próxima à grande mesa comprida e se sentou, largando o corpo e esticando as pernas. Fechou os olhos e procurou relaxar. Sentia-se cansada demais.

Tânia sorriu ao vê-la daquele jeito. Haviam se tornado amigas. Eram mulheres esforçadas, trabalhadoras e conscientes. Sempre se empenhavam ao máximo para progredir e estava funcionando.

Ao escutar o arrastar de uma cadeira para junto dela, Otília, deduzindo ser a sócia, comentou:

— Será que consigo chegar à minha casa hoje?

— Eu te levo de carro. Se não quiser, pode dormir na minha casa — Tânia ofereceu.

— Menina do céu!... Nunca mais vamos pegar quatro encomendas desse porte para o mesmo dia! Entendeu?! — falou como se estivesse dando bronca, mas riu.

— Ficou louca, mulher?! Como pode falar uma coisa dessa?! Não era você quem estava querendo inovar, crescer, progredir?

— Estou só o pó da rabiola! — riu, mas com satisfação.

— Otília, precisamos aumentar o número de funcionários. A Graça e o Lipe não são suficientes.

— Tem razão — disse e se ajeitou na cadeira. Suspirou fundo e comentou: — Hoje foi uma verdadeira loucura. Não paramos nem para almoçar.

— Comemos salgados, horas! — Tânia lembrou.
— Isso não é almoço. Até porque preciso ficar atenta com minha alimentação.
— Você está ótima, mulher!
— Ainda acima do peso. Também, agora, não estou fazendo tanta conta disso. Estou me sentindo bem, principalmente, depois que comecei a fazer dança de salão!
— Tá gostando, né?! Bem que te falei que era bom. Adoro! Faço há anos. E você arrasa, amiga.
— Obrigada, Tânia. Minha vida mudou depois que te conheci.
— Mudou porque você se permitiu, insistiu e não desistiu. Gosto muito da sua animação e positividade. Por isso, a gente se dá bem.
— É verdade — Otília concordou.
— Graças a Deus está dando certo. Só precisamos contratar mais funcionários e que sejam responsáveis como os dois que temos. — Pensou um pouco e perguntou: — Sua prima não seria uma boa pessoa para contratarmos?
— Não. De jeito nenhum. — Otília contou mais sobre Iraci, desestimulando qualquer aproximação. — Teremos muitos problemas com ela. Se quisermos soluções, não é uma boa ideia tê-la por perto.
— Então, esquece. Não trazemos nossos problemas para cá e não podemos permitir os dos outros — Tânia concordou.
— A Agnes... Poderia ser uma boa. É uma menina esforçada, mas o problema é a mãe. Decerto, Iraci viria atrás da filha e faria um inferno.
— Ah, Otília, desculpa minha mãe ter vindo aqui, entrado daquele jeito e dito aquele monte de coisas. Ela é uma pessoa difícil e inconveniente. — Riu com gosto e falou: — Igualzinha à sua, miga! Mas, isso mostra que precisamos trancar o portão e colocar um interfone, urgente, para colocar limites e também para nossa segurança. Orienta a Graça e o Lipe para não deixarem mais ninguém entrar sem nossa autorização.
— Certíssima! Na segunda-feira, procuro interfone para comprar e alguém para instalar. Deixa comigo — a sócia concordou.

Tânia se levantou e foi até o outro lado, retornando com uma garrafa de refrigerante.

— Toma um pouco — ofereceu um copo. — Tá geladíssimo! Do jeito que gosto.

— Só um pouco mesmo — Otília aceitou.

— Senta aqui, Graça! — Tânia falou alto. — Vem tomar um refrigerante com a gente!

A moça acabava de limpar o balcão e respondeu:

— Não, dona Tânia. Obrigada. Quero ir embora logo.

— Chata! — Tânia gritou.

— Sou não! — a funcionária riu.

— Um brinde ao nosso *Buffet*! — Otília propôs com o copo de plástico, esticando o braço para a sócia.

— Viva!

O silêncio foi longo. As duas sorriam sem perceber, pensando na trajetória que havia dado certo.

Passados alguns instantes, Graça se foi e Tânia decidiu dizer:

— Preciso te falar uma coisa.

— O quê?

— O Adriano gosta de você.

— Esquece isso. Não trazemos nossos problemas para cá — Otília falou séria.

Tânia riu alto e com muito gosto.

— E pelo seu jeito, você gosta dele! — gargalhou. Mais séria, perguntou: — Vejo como ele te olha e como olha pra ele. Por que não rola nada? São livres!

— Já namoramos, no passado. Éramos jovens...

— Mas, que babado é esse? Pode contar! — Tânia se ajeitou na cadeira e ficou aguardando, com muita atenção.

Otília contou tudo.

— Não reparou que a vida está dando outra chance pra vocês?!

— Chance? Olha para o Adriano. Olha para mim. Nossas vidas são completamente diferentes. Nós nos tornamos pessoas diferentes. Ainda estou lutando para sobrevier. Ele está estabilizado e bem-sucedido. É um cara todo certinho, cheio de regras. Organizado. E não é só... Veja como ele está. Veja

como estou. Tenho quarenta e cinco anos, estou acima do peso e com cabelos brancos, sem tempo para nada. Saio tão cansada daqui, que é impossível acordar cedo no dia seguinte.
— Deixa de ser besta! Veja o quanto mudou! Olha direito pra você, mulher! Quando te conheci sim, você estava esbagaçada. Não tirava nem as sobrancelhas. Faz caminhada, deixou de comer porcaria, faz dança de salão... Cabelo branco é charme. Está se arrumando mais. Se antes não se cuidava talvez porque tivesse um marido que não te dava valor. Então se largou. Mas, agora é diferente. Você é muito bonita. Sabe se comportar, é inteligente, é trabalhadora, é guerreira. Olha direito pra você e se valoriza! O que está fazendo é dando atenção e valor a tudo o que a chata da sua mãe disse pra ti a vida inteira. Eu conheço bem gente igual à sua mãe. Tenho uma mãe difícil também. Muito difícil!... — ressaltou. — Ela só brigava comigo, implicava com tudo, me criticava demais, não me valorizava. Ajudava outras pessoas e nunca a mim. Qualquer coisa que me dava jogava na cara depois. Namorei um sujeito imprestável com o qual ela implicava. Fiquei grávida e ele sumiu. Isso ela acertou! Tinha razão e reconheceu que o cara era traste, antes de mim. Mas, foi aí que minha vida se tornou um inferno. Um verdadeiro inferno. Não tendo para onde ir nem quem me sustentasse ou qualquer rede de apoio, tive de suportar todos os desaforos da minha mãe. Então, revoltada, eu brigava com ela, respondia... Percebi que ela escondia coisas, principalmente, comida para eu não pegar. Era aí que ficava louca. Gritava, xingava, desejava a morte dela! — Otília a olhou fixamente, surpresa com a confissão. Tânia ofereceu meio sorriso e continuou: — Era difícil entender e admitir que minha mãe não gostava de ter problema e eu era o problema. Eu estava errada por não planejar minha vida e ter tomado decisões que complicaram a vida dela. Afinal, ela tinha de me sustentar com um filho. Sem emprego e com um baita encargo, não sabia o que fazer. Um dia, desorientada e com meu filho dormindo no meu ombro, fui atraída por uma música que tocava. Sem perceber, segui

o som. Entrei no lugar e sentei nos últimos bancos. Pensei que fosse uma igreja evangélica — riu com gosto. — Mas, era uma casa espírita! — Viu a amiga sorrir. — Fiquei, ali, vendo o povo chegar e sentar. Depois, ouvi a palestra. Honrar pai e mãe. — Tânia ficou em silêncio por alguns instantes. — As minhas experiências de vida, com minha mãe, eram totalmente contra a tudo o que aquele homem falava lá na frente. Como que poderia amar e honrar uma pessoa que me deixava confusa, louca, irritada e que negava comida para mim e meu filho? Quando a palestra terminou, uma senhora, bem simpática, se aproximou de mim e perguntou se havia gostado. Pareceu que ela sabia que era minha primeira vez ali. Eu respondi que não. Que aquilo não se encaixava na minha vida, não era a minha realidade. Como eu poderia honrar minha mãe que tanto me fazia sofrer? Então, a senhora me levou para uma sala e me deixou falar, reclamar... Minha primeira queixa era minha mãe não olhar meu filho para eu trabalhar. Então, ela disse que tudo o que vivemos era para criarmos forças e sermos mais fortes. É para explorarmos a nossa capacidade de progredir. Achei que ela foi um pouco dura comigo, quando falou mais ou menos assim: sua mãe não tinha planos de tomar conta do seu filho na idade em que está. Sua mãe talvez tenha tido tantas experiências difíceis e sonhado em chegar a uma fase da vida sem ter de ficar preocupada com criança pequena ou com você. Ela acredita que, se facilitar sua vida, daqui um tempo, você vai arrumar outro filho, outro neto para ela olhar, enquanto trabalha. Se não a consultou para saber se ela gostaria ou não de olhar esse filho, poderá fazer de novo. Sua mãe é amarga, sem dúvidas, mas você está se tornando igual. Podemos ver isso só pelo jeito como fala dela. Da mesma forma que ela não te compreende, você também não tenta compreendê-la. Está faltando diálogo verdadeiro e planejamento de vida. — Breve silêncio. — Fiquei com tanta, mas tanta raiva dessa mulher! Descobri que quando estamos errados e alguém chega e nos mostra nossas falhas, o que não queremos ver, ficamos insatisfeitos, com rancor, mágoa... Não falei nada. Levantei e fui embora, mas não parei de pensar no que ouvi. Em casa, minha mãe estava reclamando que as coisas estavam caras e o quanto a vida estava difícil. Ai, lembrei o que a senhora falou sobre ela sonhar em chegar a uma fase da vida e não ter de se preocupar com criança pequena... Me dei conta de que a irresponsável era eu, que tinha arrumado filho e queria que minha mãe sustentasse. Era certo que eu desejava trabalhar e também achava que tinha o direito de sair, passear, me divertir... Então, vi o quanto um filho, não planejado, dificultava a vida e eu queria passar essa responsabilidade para minha mãe. Por uns três dias fiquei pensando nisso. Certa manhã, chamei minha mãe para conversar. Comecei pedindo desculpas por não ter sido responsável e arrumado um filho, que não tinha condições de criar e jogava essa responsabilidade nas mãos dela. Não trabalhava e vivia, ali, na casa dela, sem pagar nada... Nem água, luz, gás ou alimentação... Eu amava meu filho e não sabia o que fazer. Ela falou que também estava insatisfeita. Tinha planos de me ver independente para ela cuidar da própria vida. Então, eu propus que me desse um tempo, que iria arrumar um emprego e colocar meu filho na creche, assim que ele tivesse idade. Ela aceitou. Os dias não foram maravilhosos, mas ficaram melhores. Ela reclamava e eu ficava quieta, crente que iria passar. Arrumei emprego na padaria do bairro. Trabalhava no balcão, mas sempre que conseguia, ajudava a fazer os doces. Alguns me criticavam, dizendo que estava trabalhando de graça. Não liguei. Quando meu filho foi pra creche, foi um alívio. Tirei a obrigação das costas da minha mãe. Mesmo assim, foi preciso ter uma paciência enorme para continuar ouvindo as reclamações dela. Não ligava, deixava pra lá... Ela era difícil até pra ela mesma — riu. — Reclamava disso e daquilo. Notei que não era eu e então procurei desenvolver a paciência e ignorar. Quando fui demitida da padaria, porque fechou para reforma, arrumei emprego em uma doceria. Conheci uma pessoa que se tornou minha amiga. Nos finais de semana, fazíamos doces e vendíamos para vizinhos e amigos. O que sobrava, vendíamos nos semáforos. Isso dava um dinheirinho a mais.

Pelo fato de ajudar em casa, com as despesas, não me sobrava muito. Tinha de ficar esperta, porque minha mãe adorava gastar o meu dinheirinho, claro. Eu e essa amiga começamos a pegar encomendas de festa. Então tudo aconteceu. Meu filho já estava na escola e precisei muito da minha mãe nessa fase. Ela ia levá-lo e buscá-lo. Reclamando, mas ia. E eu ouvia calada. Não ligava. Era esse o segredo. Mas, não era só isso. Minha mãe criticava meu cabelo crespo, minhas unhas roídas, meus dentes salientes. Eu olhava pra ela e sorria. Enquanto ela falava, eu guardava dinheiro para aumentar meus negócios. Quantas vezes me senti triste. Quantas vezes pensei em desistir... Mas, se desistisse, faria o quê? — silêncio. — Pensei também em não guardar dinheiro nenhum e gastar nos meus dentes, nos meus cabelos... Precisei ser muito forte, muito firme comigo mesma para não fazer isso! — riu. — Olhava para minha amiga e a mãe dela e via o quanto viviam em harmonia. Assim como eu, essa amiga perdeu o pai quando pequena. A mãe dela era tudo para ela. Algumas vezes, se desentendiam, tinham opiniões diferentes, mas logo estavam juntas, se abraçando, mexendo no cabelo uma da outra... Sempre tive vontade de ter isso, mas não tive. Quando minha amiga faleceu, pensei que eu fosse morrer.

— Do que ela faleceu?

— Atropelada por um carro dirigido por um bêbado, que subiu na calçada. A mãe dela, coitada, sofreu tanto... Então, sem saber o que fazer, e lembrando que o espiritismo fala da vida após a morte, levei a mãe dessa amiga à casa espírita que tinha ido, quando meu filho era de colo. Posso dizer que isso a ajudou. Começamos a frequentar esse centro espírita e conhecer mais a Doutrina. Continuei sozinha nesse trabalho. Era a única coisa que sabia fazer. Paguei aluguel para a mãe dessa amiga para continuar trabalhando no espaço que usávamos. Aos poucos, paguei a ela a parte da minha amiga no investimento. Tínhamos comprado a geladeira e o fogão... Dona Elza não queria, mas eu insisti. Passado um tempo, ela foi morar no interior, onde moram duas irmãs e alugou a casa, aí em cima, para mim e continuei nesse espaço. Dei uma re--formada nele, ficou novinho — sorriu. — E fui convidar você para trabalhar comigo. Ah... Quanto à minha mãe? Ainda reclama, mesmo depois que saí da casa dela. Vive dizendo que, se não fosse por ela, eu não seria o que sou hoje. Mas... Sabe, amiga, lá no fundo é verdade. Se minha mãe tivesse sido outro tipo de pessoa, boazinha e passado a mão na minha cabeça, não seria o que sou hoje. Talvez tivesse saído pras baladas, arrumado outro cara irresponsável, talvez tivesse mais filhos sem planejamento e me tornado aquele tipo de pessoa que só reclama e procura quem ajude. Quem quer viver eternamente de ajuda, quem quer tirar vantagens seja de quem for, não evolui. Por isso, amiga, sei como sua mãe é. Faz o seguinte... Faz como eu fiz... Ignora. Não liga. Não responde. Finja-se de boba. Isso basta pra ter paz. Não dê ouvidos às críticas que ela faz. Dê a você mesma nova chance de ser feliz, de ter alguém ao lado, que goste de você e te valoriza. Quando aprendemos a ignorar, totalmente, aqueles que nos maltratam, descobrimos como é, assustadoramente simples, viver bem. Não vejo outro jeito.

 — Fico feliz por você ter se libertado dos comentários e dependência de sua mãe e dos comportamentos tóxicos dela. Para algumas pessoas, não é tão fácil.

 — Mas, é possível — Tânia afirmou.

 — Tive de me afastar, morar em outra cidade. Ela sempre se intrometia na minha vida. Há casos e casos. Pessoas e pessoas. Tudo é diferente.

 — Você tem de encontrar o seu jeito de se libertar e lidar com a situação.

 — É que, agora, por causa da minha filha que esteve na casa dela... Vivia pedindo ajuda, dinheiro...

 — A Lana não está mais lá. Certo? Então tem de ser firme, amiga. Até porque sua filha aprontou poucas e boas. Até bateu em você e não foi só uma vez! Acorda! Precisa impor limites e respeito. Quanto ao Adriano... O que está esperando? Caia logo naquele abraço aconchegante e pense só em vocês dois, mulher! — Tânia aconselhou.

Otília ficou pensativa. Pensaria muito sobre aquilo.

O tempo não parava...

Alguns seguiam com seus desafios, dificuldades dando o melhor de si. Outros nem tanto.

Iraci, vivendo da pensão que recebia como viúva e da ajuda do irmão, só sabia reclamar. Nada produzia ou realizava para ter uma vida melhor.

Síria não seguiu os conselhos de Babete. Não voltou a estudar nem arrumou um emprego. Engravidou do primeiro filho.

Agnes fez um curso de informática, pago pela irmã. Deixou de trabalhar na feira e arrumou emprego em uma imobiliária.

O curso superior escolhido por Lucas e Babete ocupava todo o tempo de ambos. Mesmo exaustos, prosseguiam sem desânimo.

Um ano depois...

Por qualquer motivo, Adriano sempre ia até a casa de Otília, principalmente, no meio da semana, no início da noite, quando sabia que ela tinha mais tempo livre.

— Faltam dois meses para a formatura do Matias — ele lembrou. — Passou rápido.

— Passou mesmo — ela sorriu. — Quando me lembro de tudo, das preocupações... Que bom que aguentamos firmes.

— Gosto desse seu jeito otimista, que faz enfrentamentos... Seria fácil dizer que não dava, que era complicado...

— Se ele fosse outro tipo de filho, provavelmente, eu falaria não.

— E depois que ele se formar, o que você vai fazer?

— Continuar trabalhando. Quero comprar uma casinha. Algo pequeno, só para mim. Decerto o Matias vai se casar ou ter a própria vida... Preciso pensar em mim, agora. Continuarei fazendo caminhada, dança e talvez faça academia. Sabe que estou adorando minha nova vida movimentada — falou achando graça de si mesma.

Otília estava em pé, com o quadril encostado de lado no mármore frio da pia. Sem perceber, sorriu com olhar perdido.

— Você tem um refrigerante aí?

— Tenho suco de acerola. Está uma delícia — ela disse ao ir pegar na geladeira. — Tenho queijo também. Quer?

— Pode ser — ele concordou.

Serviu-o. Sentou-se na cabeceira da mesa e ele na lateral, ficando bem próximos.

— Aos nossos filhos! — Adriano propôs um brinde, erguendo o copo.

— E a nós também! — ela completou.

Tomaram a bebida e o primo disse:

— Com o Fábio fazendo Medicina Veterinária, terei de adiar uma especialização para a qual tinha me programado.

— Suas especializações são caras, mas não duram muito tempo. Se quiser, depois que o Matias se formar, posso te ajudar — sorriu, imaginando o que ouviria.

— Da mesma forma que me deixou ajudar você. Obrigado — fingiu-se zangado.

— Ah... Mas, olha só a vingança!... Que menino tolo...

— Não é vingança, Otília.

— Que nome dá a esse tipo de comportamento?

— Orgulho — ele riu. — Sou orgulhoso.

— Está sendo besta! — achou graça e bebeu o suco.

— Escutando você falar do Matias formado, que pode casar e cuidar da vida... Comecei a pensar nos de lá de casa. Daqui a pouco, Lucas e Babete se formam, depois o Fábio.

— Estamos ficando velhos, meu amigo.

Adriano a olhou longamente, experimentava o coração acelerar de modo diferente. Mesmo depois de todos aqueles anos, tinha fortes sentimentos por Otília. Podia adivinhar o que ela sentia por ele, mas não ousava admitir.

Quem sabe Otília tivesse medo.

Talvez tenha se deixado convencer fortemente pelas opiniões funestas de sua mãe.

Ele também teve problemas semelhantes com seu pai. Sabia como era.

Ela olhava para um canto qualquer, sem fixar a visão em nada.

Levantando-se, Adriano aproximou-se. Percebendo-o, ergueu o olhar bem devagar, encarando-o.

Delicadamente, curvando-se, ele tocou seu rosto com cuidado, afagando-o com carinho. Aproximando-se, beijou-lhe os lábios com amor e Otília correspondeu.

Adriano a fez levantar ao mesmo tempo em que a puxou para si, apertando-a contra o peito num abraço aconchegante e acolhedor, como há muito desejava.

CAPÍTULO 41
As dores são necessárias

Como adolescentes, Adriano e Otília omitiram o romance que iniciaram. Por estarem acostumados a vê-los juntos, os filhos não perceberam nada.

Somente Babete notou algo diferente, um brilho entre eles, mas não disse nada.

O tempo foi passando...

Dione começou a insistir com Matias para que ficassem noivos.

— Noivos, meu filho? — Otília questionou para fazê-lo pensar.

— É, mãe... O que a gente tem a perder?

— Tem a perder um momento bem importante na vida que é, depois de formados, estabilizarem-se profissionalmente. Primeiro, deveriam investir em uma clínica sua, para não ficar dependendo de trabalho na do Adriano. Vai gastar com montagem de casa ou apartamento, decerto vão pagar aluguel.

— Não vamos casar agora!

— Então, para que o noivado? Esse é o primeiro passo para um casamento. Ou está de brincadeira? — perguntou em tom brando.

— Você não gosta da Dione, não é mesmo?

— Não tenho nada contra ela. Só acredito que você se deixa influenciar demais por tudo o que ela quer e não considera as suas vontades e as suas necessidades. Tem coisa que podemos querer e outras que temos obrigação. Quais suas obrigações, agora? Qual sua prioridade, agora? — o filho não respondeu. — Pense bem. Aliás, pense muito bem! — Ela refletiu e decidiu falar: — Além do que, Matias, eu abri mão de um valor muito importante para mim, a fim de ajudá-lo a fazer essa faculdade e você prometeu que me pagaria logo que começasse a trabalhar, no final do curso. Eu tenho a esperança de que cumpra sua palavra. Mas... Ficando noivo e investindo em casamento, agora, não vai montar sua clínica nem pagar o que me deve. Estou certa? — novamente, ficou sem resposta. — Assim como você, tenho planos para a minha vida e não quero ser dependente de ninguém, nem de você. Sei que sou capaz, mas, para isso, preciso do que é meu que, no caso, é o que me deve. Para aumentar minha renda e folgar um pouco mais no trabalho, quero reformar o café, na frente do *Buffet* e preciso desse dinheiro.

Matias ficou calado. Sabia que a mãe tinha toda a razão, mas ele não gostaria de contrariar Dione.

Em conversa com a namorada, explicou o que acontecia.

— Eu sabia! Sua mãe é contra o nosso namoro. Ela adora te controlar, gosta de ter você na palma da mão dela e vai arrumar mil e um argumentos para se opor!

— Não é isso. Até que ela tem razão. Nesse primeiro momento, depois de formado, o correto é investir em montar um consultório meu.

— Nosso! Você quer dizer, não é?! Juntos, podemos unir forças para isso. Noivos ou casados, vamos usar nosso dinheiro para montar o que precisamos para nós dois.

— Não acha que o valor que vamos gastar com casamento, montagem de casa, poderíamos investir em um consultório melhor, de primeira? Não podemos esquecer que precisamos nos especializar. Só faculdade não basta. E outra coisa... estaríamos mais alicerçados antes de casar, com especialização e consultório montado. Mas, não é só... Devo dinheiro para minha mãe.

— Não me conformo com isso, Matias! — alterou-se. — Sua mãe vai mesmo cobrar de você o dinheiro que pagou a faculdade?! Ela está bem financeiramente! Veja o negócio que montou com a Tânia!

— Não é assim, Dione! Quando meu pai morreu, a casa foi vendida. Uma parte ficou para minha mãe, outra para mim e minha irmã. Minha mãe me emprestou a parte dela para que eu fizesse faculdade, porque eu pedi e prometi que pagaria. Dei minha palavra! Nesses anos, não foi fácil pagar meu curso e segurar as despesas da casa. Ela trabalhou duro para manter tudo. Isso nunca poderei pagar, mas o que pedi para que me emprestasse sim, isso estou devendo.

— Como sua mãe é mesquinha! Ela deu sorte! Está bem de vida com o *Buffet* e a sociedade com a Tânia! O que quer mais?! Como vai cobrar do filho um dinheiro de que não está precisando? Você está começando a vida! Ela não percebe isso? Vai ficar te controlando até quando?

Matias, indeciso e insatisfeito, não sabia o que responder.

Os namorados estavam no portão, sentados em um degrau de frente para a rua. Nesse momento, um carro parou na frente da casa de Adriano, por alguns minutos. Dele, desceram Babete, do lado do passageiro e Lucas, do banco de trás. Em seguida, o automóvel se foi. Matias percebeu que Babete, sorrindo o tempo inteiro, deu tchau com a mão ao ver o veículo partir.

Por não gostar de Dione, Babete os cumprimentou a certa distância e acenou ligeiramente, entrando na casa do tio. Lucas, por sua vez, foi até o casal e, sorridente, perguntou:

— E aí? Tudo bem? — trocaram cumprimentos com socos, *fist bump*, batendo o punho fechado. — Oi, Dione!

— Fala, aí! Tudo bem? — perguntou Matias.

— Oi, Lucas. Como está? — ela sorriu, perguntando.

— Estou bem. Um pouco cansado.

— Carro legal! Amigo seu? — Matias quis saber.

— Namorado da Babete. Estudamos na mesma turma. Da hora, aquele carro, né?

Matias só escutou a primeira frase: "namorado da Babete", que ficou martelando na sua cabeça.

Ele a achava ingênua demais. Certamente, um rapaz mais experiente e esperto tiraria proveito, de alguma forma. Não gostou da notícia.

Enquanto Matias pensava, Lucas continuou falando e, por fim, perguntou:

— O que você acha?

— Do quê? — o outro quis saber.

— Tá dormindo, Matias? — Dione indagou. — Ele está nos convidando!

— Ah... Desculpa. Estava pensando naquele carro. Não prestei atenção. Deve ser bem caro, não é? — Matias mentiu.

— Daqui a pouco, o Rafael vai passar aqui para irmos a um barzinho dar uma espairecida. Vamos?

— Rafael? — tornou Matias.

— É!... O namorado da Babete.

— Não sei não... Tô sem vontade.

— Vamos encontrar um pessoal legal. Vamos lá!

— Ah... Vamos, Matias! A gente quase não sai! — a namorada reclamou.

— E você não sabe o porquê de não sairmos, né? — questionou o namorado.

— Saco! Sempre o problema com grana! — ela envergou a boca para baixo e ficou emburrada.

— Legal, Lucas... Valeu pelo convite, mas hoje não dá.

— Se o problema é grana, não esquenta. Cubro sua parte e qualquer hora você cobre a minha.

— Ah... Então nós vamos! Vou me arrumar! — Dione decidiu.

A sós com a namorada, ele advertiu:

— Não temos dinheiro nem pra sair e ainda queremos casar? Acho bom pensarmos bem.

— Ora, Matias! Para com isso!

— Não esqueça que tenho de pagar meu primo! Não vou ser caloteiro, entendeu?

— O que está acontecendo? — Otília, chegando à cozinha, quis saber. O filho, insatisfeito, contou. — Não vai ficar dependendo de ninguém. Toma... — abriu a carteira e pegou algumas notas. — Leve este dinheiro.

Mais tarde, estavam no barzinho reunidos com alguns amigos de Babete e Lucas.

Apesar da música que tocava, o grupo de jovens conversava animadamente em torno de uma mesa. Brincadeiras e muitas risadas, além de histórias engraçadas, das quais todos riam.

Dione logo ficou à vontade, parecendo que conhecia a todos há muito tempo.

Rafael, um rapaz quieto, simpático e agradável, mostrava-se muito carinhoso com a namorada. Às vezes, fazia afagos em seus cabelos vermelhos, longos e bonitos, colocava o braço em seu ombro ou de alguma forma tratava Babete com generosidade.

Aquilo pareceu incomodar Matias, que não se mostrava satisfeito.

E assim foi durante a noite inteira.

Era madrugada quando decidiram ir embora e, novamente, Rafael foi levá-los.

No caminho, quando o assunto mudou para algo relacionado à praia, Matias contou que nasceu e morou por anos em cidade litorânea.

— É mesmo? Gosto muito de praia. Meus pais têm uma casa em Ubatuba — disse Rafael.

— Deve ser o máximo ter casa na praia! Faz anos que não vejo o mar — Dione comentou, com a intenção de que surgisse algum convite.

Foi, exatamente, o que aconteceu.

— Vamos combinar com a turma e, se vocês quiserem, podemos passar um final de semana lá — Rafael ofereceu.

— Fica complicado. Não temos carro — Matias logo quis recusar. Havia entendido a intenção da namorada.

— Podem ir comigo — tornou Rafael.

— Acho que fica apertado — Matias considerou. Desejava recusar.

— Que nada. O Lucas pode ir com o Jonas e a Marcia. Eles se dão bem. Não é Lucas? — Rafael perguntou, olhando pelo espelho retrovisor.

— Sem problema! — o amigo concordou.

— Vou falar com meus pais e... — Rafael tentou dizer, mas foi interrompido.

— Seus pais vão com a gente? — Dione perguntou.

O rapaz sorriu largamente ao responder:

— A casa é deles. Meus pais são boas pessoas, gostam muito dos meus amigos. — Olhou para a namorada ao seu lado e afirmou: — ...e adoram você!

— Nossa!... Já apresentou Babete para sua família? — Dione se interessou.

— Sim. Semana passada eles se conheceram e adoraram essa ruivinha — sorriu. Olhou para ela e beliscou seu queixo, vendo-a sorrir.

Ao chegar à frente da casa de Adriano, Rafael parou o carro. Todos desceram, inclusive ele.

— Eu e o Matias vamos adorar se nos convidar para irmos à Ubatuba — disse Dione ao se despedir de Rafael com um beijo no rosto.

— Vou falar com meus pais e ver quando será possível. Depois, aviso vocês.

Matias se despediu e entraram na casa de Otília. Lucas, após despedir-se do amigo, também entrou.

A sós com o namorado, Babete disse:

— É melhor você ir. Está bem tarde e é perigoso ficarmos aqui. Também fico preocupada até você chegar à sua casa.

Ele a envolveu com carinho, beijou-lhe com amor e a apertou contra si, depois disse:

— Você ficou bem quieta a noite inteira. Aconteceu alguma coisa?

— Estava sem vontade de conversar — sorriu lindamente, deixando as covinhas aparecerem no rosto.

— Está bem... Amanhã conversamos. Se quiser contar, será melhor para eu não ficar pensando coisas — achou graça.

— Não é nada demais. Só que... O Lucas não deveria ter chamado nossos primos sem antes perguntar a você e a mim. Achei inconveniente.

— Não esqueta com isso. Amanhã a gente se vê. Passo por aqui.

— Fico te esperando. Quando chegar à sua casa, manda mensagem.
— Pode deixar.
Rafael a olhou com carinho, reparando seus belos olhos verdes brilharem. Sua vontade era de ficar um pouco mais, guardar Babete em seu peito, mas precisava ir.
Colocou seu rosto entre as mãos, novamente, beijou-a nos lábios com amor e depois se foi.
Ela entrou e se surpreendeu com o tio sentado à mesa da cozinha.
— Oi, tio! Boa noite.
— Oi, Babete. Bom dia.
Ela achou graça e perguntou:
— Algum problema, tio?
— Não exatamente. Só gostaria que não ficasse no portão por muito tempo. É perigoso. Fico muito preocupado.
— É... Eu sei.
— E seu namorado?
— O que tem?
— Está namorando, não está?
— É... Sim. Estou — ficou sem graça.
— Qual o nome dele?
— Rafael. Nós nos conhecemos no primeiro ano da faculdade e... Parece um bom rapaz.
— Mande que entre, da próxima vez. Não é bom ficar no portão e nem existe motivo para isso.
— Ele pediu isso e fiquei confusa. Quer dizer... Ele quer te conhecer. Semana passada, conheci os pais dele. Não foi um encontro formal. Ele veio me pegar e notou que tinha esquecido a carteira. Passamos na casa dele e pediu para que eu entrasse, para não ficar esperando no carro. Seria entrar, pegar a carteira e sair. Nisso, conheci a mãe, o pai e a irmã dele. Pareceu uma família bem simpática, alegre, unida. A mãe dele, dona Nalva, é bem animada — sorriu sem perceber. — O pai é como ele, mais quieto, porém bem receptivo. Ficamos lá pouco tempo e a dona Nalva quer que eu almoce lá semana que vem, para conversarmos e nos conhecermos um pouco mais.

— Que bacana! Gostei de saber! — alegrou-se e se levantou com a intenção de ir dormir.

— Mas... Tio... Como vou apresentar minha mãe e minhas irmãs para ele e a família dele?

— Primeiro, traga-o aqui em casa. Certamente, ele vai querer saber porque mora com seu tio e primos. Então, com calma, você conta. Se realmente ele se interessa e gosta de você, isso não será problema.

— Eu disse que morava com meu tio, porque vim de Minas para estudar e acabei ficando por aqui. Ele não fez mais perguntas. Mas... e a família dele? O que digo para a mãe dele? — pareceu aflita.

— A verdade. Deve dizer sempre a verdade. Mas, deixe que te conheçam um pouco mais.

— Sabendo que moro com meu tio, o Rafael não me faz muitas perguntas. Não é estranho?

— Não sei responder, Babete. Preste atenção no que te falei. Diga a verdade e não fiquem parados no portão. Se quiser conversar, entrem, fiquem no jardim, aqui dentro, no quintal, mas na rua, no portão, não. Não dê sorte para bandidos oportunistas. Está certo?

— Está bem. E... Outra coisa.

— Diga — ia se retirando e voltou para ouvi-la.

— Falei com o senhor Bernardo e disse que quero ajudar minhas irmãs a estudarem para terem uma profissão e... Tio, ele está enviando um valor tão, mas tão pequeno que não dá pra nada. Quero pedir mais, mas estou com vergonha... Ele pagou o curso de informática para a Agnes e ela está trabalhando em uma imobiliária, o senhor sabe. Ela veio me dizer que quer prestar vestibular em Direito.

— E?...

— Ai, tio... O problema é a Síria — puxou a cadeira e sentou. Parecendo inconformada, contou: — Ela acha que está grávida de novo. Quero ajudar. A Síria precisa entender que não pode ficar dependente do Anderson nem da nossa mãe. Ela precisa fazer um curso, ter uma profissão...

— Babete... Vou te contar brevemente a minha história. Tive um pai tão perverso quando sua mãe, minha irmã. Não nos dávamos bem. Ele só me criticava e me humilhava. Namorei uma pessoa de quem gostei e gosto muito. Por causa do meu pai, não fiquei com ela. Tive de seguir caminhos que nunca imaginei. Convocado para servir o Exército, odiei. Mas, foi lá que aprendi muita, muita coisa boa as quais não entendia, no primeiro momento. Saí de lá com novas ideias, com planos, projetos de vida e muito mais determinado. Ganhei força e coragem. Se fui capaz de suportar e me sair bem com aquilo, poderia fazer qualquer coisa. Isso fez com que me empenhasse na faculdade e não desse moleza para mim mesmo. Graças à disciplina, a essa força que adquiri, tenho uma profissão que adoro, da qual me orgulho, me sustento e sustento minha família. Mas, tudo começou porque tinha um pai perverso, que me criticava e com quem não me dava bem. Hoje, por tudo o que tenho, agradeço ao meu pai por ter sido péssimo. Essa condição fez com que me esforçasse para ser melhor do que ele. — Sorriu. — Mas... Vamos lá... Não fiquei com quem eu gostaria, com quem amava. Não dei atenção à minha intuição e encontrei uma pessoa que não foi boa na minha vida. Tive uma péssima esposa. Não percebia o quanto ela me manipulava e extorquia. Só não suportei a traição. Divórcio, filhos que ficaram comigo... Foram momentos difíceis, mas tive força e coragem para suportar e dei meu melhor. Se não foi bom, foi o que consegui fazer com equilíbrio e dando atenção e carinho para os dois. Quem me vê de fora, quem não conviveu, aqui, nesta casa, dias e noites conturbados, como foi nesse período, pensa que foi fácil. Não foi. Pequeno, sem entender, o Fábio chorou por meses querendo a mãe. Chegou a ficar doente várias vezes. O Lucas, com raiva, se revoltava, quebrava tudo, brigava na escola. A mãe nunca vinha visitá-los, por mais que eu implorasse. Não pagava a pensão dos meninos, não saía com eles, não telefonava, não atendia as ligações... Nunca queria saber como estavam os filhos, se iam bem na escola, se estavam com saudade dela... Era a funcionária, a Ane, quem confortava o

Fábio, quando eu não podia, pois precisava trabalhar para não deixar faltar nada, para pagar as contas. A mãe só aparecia quando, para ela, era conveniente. E o Fábio sempre ficava chorando, frustrado, pois sabia que ela demoraria para aparecer, novamente. Conversei com eles, expliquei que eu não iria mais implorar que ela cumprisse qualquer papel como mãe, pois isso nos desgastava muito e nos deixava decepcionados. Então, falei para eles: vamos esquecer a mãe. Sei que vai doer, incomodar pelo descaso, pelo desprezo, mas não vamos esperar mais nada dela. Eles concordaram. Planejei nossas vidas da melhor forma que consegui. Principalmente, dando exemplo. Foi fácil? Não! Meu emocional estava muito abalado, mas precisava continuar firme, por meus filhos. Segui vivendo. Por alguns anos, fui agindo de uma maneira que não admitia alterações na minha rotina, a não ser passeios ou viagens programadas com os meninos. Detesto surpresas e novidades. Aí, surgiu você. Devo admitir que fiquei contrariado ao ter sua guarda. Porém, não adiantaria reclamar, recusar, brigar... Aceitei. Aí me surpreendi. Você foi tão maleável... — sorriu generoso. — Se adaptou tão bem às nossas vidas, à nossa rotina... Sei que não deve ter sido fácil para você. Teve problemas, medos, pânicos, noites insones, pesadelos e até paralisia do sono... E quanto, quanto desejo de que fosse diferente. Mas, se empenhou e se saiu muito bem. — Riu. — Foi como quando fui para o Exército. Foi horrível, mas foi lá que aprendi disciplina, esforço e empenho. Com você, aqui em casa, não foi diferente. — Breve instante e prosseguiu: — Eu olhei para suas irmãs, que ficaram com sua mãe e tive dó. Fiquei morrendo de dó. Mas... Algo em mim dizia que eu não poderia tirar da Iraci todas as suas responsabilidades. Quando soube que ela estava com o Antônio e ficou grávida, pensei que deixar as duas filhas com ela foi o melhor. Agora, veja, Babete... Você acabou de me dizer que a Agnes fez um curso de informática, que trabalhou na feira livre e, agora, está trabalhando em uma imobiliária e pensa em fazer faculdade de Direito. Ela ainda mora com sua mãe. Em seguida, contou que a Síria está grávida de novo. A Síria parou de estudar, foi viver com um rapaz nos fundos da casa da família dele. Sem estrutura, sem planejamento, tiveram o primeiro filho que não deve ter nem três meses e ela está grávida de novo. Vocês três tiveram a mesma mãe. Dores diferentes, por situações diferentes, mas sofreram. Você... Nem preciso dizer muito sobre o que fez com sua vida. Quando estava com medo, em pânico, com pesadelos, eu e a Otília orientávamos, ensinávamos, indicávamos e você ia atrás. Lia, meditava, orava... Na escola, quando veio para cá, tudo era diferente, mas se esforçou muito para acompanhar e se saiu melhor do que esperávamos. A Agnes está lutando para crescer e se libertar com estabilidade. Ela quer fazer Direito! Mas, a Síria... A Síria quer encostar, ser cuidada, tratada, quer viver às custas do esforço dos outros. — Longa pausa. — Sobre ser esforçado, eu entendo muito. Sobre engolir a dor, o desespero e seguir vivendo até que a vida se acalme, novamente, eu entendo bastante. Se ajudarmos, indevidamente, uma pessoa ela não progride, não prospera. Só deixei que continuasse aqui em casa porque se esforçou e se encaixou à nossa rotina. Porque aceita os conselhos, estuda muito, se esforça para tudo. E eu sei que isso não é fácil. Se não fosse por isso, teria voltado a viver com sua mãe. Se eu tivesse trazido para cá a Síria, muito provavelmente, ela me chamaria de ditador. Ela não teria aguentado e eu não teria suportado por muito tempo. Talvez a Agnes se desse bem aqui. Entendeu? Ou ainda não? — A sobrinha não respondeu. — Babete, só valorizamos aquilo que nos esforçamos para conquistar! Só valorizamos aquilo que lutamos para conseguir de modo honesto e justo! O que vem de graça não tem valor. Por isso, entendo o Bernardo. Homem experiente, que não caiu na sua ingenuidade. Acho que ficou claro que, perante a Lei, o Bernardo não tem qualquer obrigação de te ajudar.

— Sim, tio. Sei disso.

— Que bom que sabe. Ele te sustenta, mas com limitações, para que você se esforce e valorize suas conquistas. Agora, ajudar suas irmãs é um sério problema. A Síria não vai usar o dinheiro para se especializar e ter uma profissão. Ela vai torrar tudo e achar que você precisa dar mais. A Síria não te valoriza, não tem qualquer estima por você. Acha que teve sorte. Não é verdade? É pessoa egoísta. A Agnes talvez entenda um pouco mais, porque está ralando para ser independente e não ficar às custas dos outros. — Um instante e lembrou: — Sua mãe recebe pensão e eu dou a ela um salário mínimo por mês. Por acaso ela está trabalhando ou fazendo algo para ter mais dinheiro e deixar de ser dependente de mim? Por acaso ela me procurou lá na clínica e perguntou se tinha emprego para ela? Não. Ela está acomodada. A Síria é igualzinha à mãe. Se você a ajudar, ela vai arrumar mais filhos, não terá capacidade moral, financeira nem espiritual para criá-los e ainda vai sobrar para você! A Síria é capaz de gritar, berrar, agredir as crianças para que você tenha dó e faça alguma coisa. É a Síria que tem que perceber quais decisões tomar na vida. A primeira é assumir responsabilidade, mesmo tendo de aguentar a mãe chata, louca, insuportável, que é a Iraci. Focar no objetivo de ser independente e arcar com a própria vida. Isso é o que você e a Agnes estão fazendo: criando objetivos e sendo independentes. — A sobrinha não dizia nada e Adriano finalizou: — Faça o seguinte: foque em você, concentre-se nos seus estudos, no seu estágio, nas provas, em tudo o que tem pela frente. Não divida sua atenção com mais nada. Esquece a Síria, pois quando ela foi tomar a decisão de ir morar com um cara sem futuro, sem planejamento e arrumar filho, ela não pediu sua opinião! Acorda, Babete! Não se enterre nos problemas alheios ou ficará com eles! Jesus disse: "os mortos cuidem dos seus mortos". Não é questão de egoísmo, Babete. É questão de bom senso. Se não se concentrar em si mesma, será igual à sua irmã. Ficará parada cuidando dos problemas que ela arruma, sem cuidar de si mesma. Afaste-se da Síria, pois ela quer ser carregada nas costas e não se esforçar e prosperar pelo próprio trabalho, estudo, nada! A Síria não quer nada. É típica vampira igual à mãe. Vai sugar você até não ter mais nada. Te contei minha história para ver que não foi fácil chegar aonde cheguei. Se tivesse ajudado minha irmã, arcado com os problemas que ela arrumou, não teria mais nada para mim nem para os meus filhos nem para você. Então, Babete, foque em você mesma e em mais nada, se quiser progredir, ter uma missão de vida, ajudar pessoas, como você mesma me falou. É nessa hora que entendemos a pergunta de Jesus: "quem são meus irmãos?" Se você quiser se realizar, ter uma missão de vida, ajudar pessoas, precisa começar a se concentrar em si mesma. Não dá para oferecer o que não se tem. Então se esforce. Entendeu?

— Entendi. Tá certo... — sorriu. Levantou-se, foi até ele e o beijou no rosto.

— Incentive a Agnes a estudar, prestar vestibular e, quando ela passar, peça para vir conversar comigo. Isso faz lembrar de mim. Eu não tinha a menor chance de fazer faculdade de Odontologia. Mesmo assim, rachei de estudar e passei. Foi quando a ajuda apareceu. Esforço atrai oportunidade.

— Tá bom, tio — sorriu. — Tem razão.

Adriano a abraçou com carinho. Era a filha que não tinha.

— Agora vai dormir, vai... — ele disse. — Já é bem cedo.

— Tá... Até amanhã...

— Até amanhã, nada! Não vou lavar o quintal sozinho. Já viu os presentinhos que os cachorros deixaram no chão?

— Tá certo. Pode deixar. Daqui a pouco ajudo a lavar tudo — ela sorriu.

— Babete... Só com o tempo, só com a maturidade somos capazes de entendermos algumas coisas. Não pense que sou ruim, mau, perverso, egoísta... Não é isso. Eu acho que me tornei um pai e um ser humano que desejava ter ao lado para me orientar quando criança e adolescente. É por isso que tento passar para vocês a realidade da vida, talvez, de uma forma nada gentil, mas... sei que aprendem. Com o tempo, as coisas vão se ajeitando. Acredite. Não queira salvar o mundo ou as pessoas de uma vez. Experiências difíceis são necessárias. Elas nos fazem crescer, ter discernimento e sermos fortes. Não podemos ficar poupando os outros de suas dores. Se não fossem elas, eu não seria o que sou. Por isso, agradeço a Deus pelas dores também. Com o tempo, você vai aprender isso.

CAPÍTULO 42
Sinceridade é importante

Em seu quarto, Babete ajustou o celular para despertar e demorou a pegar no sono. Ficou pensativa sobre a conversa que teve com seu tio. Ele tinha razão. Síria era folgada e se acomodaria ainda mais, caso lhe desse dinheiro para se especializar. Não teria como vigiar e controlar o que a irmã fazia, precisava dar atenção aos estudos, principalmente, naquele período dos estágios e confecção do TCC. O tio estava certo. Não deveria dividir sua atenção. Outra coisa que a fazia pensar foi o comportamento de Dione. Não gostava dela e sua presença junto de seus amigos a incomodou.

Orou, como de costume. Sem demora, sentiu o envolvimento do espírito que conhecia e sorriu sem perceber.

"Vovó..." — disse em pensamento. — "Sempre pediu para eu não sentir raiva, mas, às vezes, é difícil. Tem hora que não é raiva. Mais parece uma implicância do que um sentimento de ódio. É... Estou falando da Dione. Algo nela não me agrada. E não é porque está com o Matias..."

— Algumas pessoas não precisam da nossa atenção, muito menos da nossa companhia. Distância é fundamental para se ter paz.

"O problema foi o Rafael fazer o convite para irmos todos à praia" — tornou a jovem.

— Existem laços de amizade ou companheirismo que podem nos enforcar. Por isso, nunca os estreite. Converse com o Rafael.

"Vou tentar, ou melhor, vou falar." — silenciou. — "Sobre o que o tio Adriano falou a respeito de ajudar minhas irmãs..."

— Babete, sinceridade é algo essencial... Podemos encontrar em Jesus respostas importantes e sinceras para nossas dúvidas. Lembre-se de que o Mestre ensinou a não dar o peixe, mas sim ensinar a pescar. Existem pessoas que, por mais que tentemos ensinar a pescar, elas não querem aprender. Umas se recusam ao trabalho da pesca, outras se distraem. Por isso, às vezes, elas precisam ficar sem refeição para se motivarem a fazer algo por si, já que o rio está lá... Seu tio, exigente como se tornou, aceitou você na vida dele e da família. Por sua vez, você se esforçou para corresponder em tudo. Não foi fácil. Mesmo assim, você é grata por tudo. Precisamos amadurecer muito para entender que existe o bem nos supostos males da vida. São as adversidades que nos impulsionam para evoluirmos e não o conforto.

"E quanto ao Rafael?..." — indagou pensando. — "Ele parece gostar de mim... Mas, tudo, para mim, é tão novo..."

— Ninguém deve te amar mais do que você mesmo. Aprenda isso.

"Quando começamos a namorar, foi mais por insistência do Rafael. Nem achava que poderia gostar dele e... Sempre gostei do Matias, desde menina. Mas, hoje, estou confusa. O Matias namora, parece que não tem interesse em mim como mulher. Isso me dá uma angústia. Fico confusa."

— Babete, dê um tempo para a vida. Enquanto isso, dê atenção ao que precisa fazer.

"Eu só quero paz. Essas coisas mexem comigo."

— O segredo da paz é transformar a própria escuridão em luz. A pergunta correta é: qual a minha escuridão para que eu possa aceitá-la, trabalhá-la, modificá-la e transformá-la em luz?

"Nem sei direito o que a senhora quer dizer com escuridão..."

— Ora, menina!... — achou graça. — A escuridão é aquele lado que precisamos trabalhar em nós. Alguns são fofoqueiros, outros são mestres em queixas e reclamações, existem os que criticam, os que desejam ser carregados e cuidados, os que se vitimizam, os que não controlam a raiva, a inveja, a cobiça, os falsos, os traidores... Temos tantos lados escuros para trabalhar em nós.

"Verdade. Obrigada, vovó."

— Preciso ir. Tenha fé e guarde no coração a certeza de que Deus vai te ajudar a evoluir e progredir, enquanto se esforçar e der o seu melhor diante das provas.

Mesmo com muito sono, Babete se levantou e começou o dia esfregando o quintal, junto com o tio.

Estava na lavanderia limpando os potes de alimentação, enquanto a máquina de lavar lavava os cobertores dos cachorros.

— Babete, lembra de desinfetar a máquina de lavar, depois de tirar os cobertores dos cachorros.

— Pode deixar, tio.

Sem que esperassem, Matias apareceu. Estava desconcertado, sem razão para estar ali.

— Oi, tio! Oi, Babete!

— Chegou tarde, Matias. Já lavamos todo o quintal — Adriano brincou.

— A Ane faz muita falta, nos finais de semana — Babete reconheceu.

— Se quiser, ajudo a dar banho neles — o rapaz ofereceu.

— Melhor não. Banhos constantes não são muito bons. Principalmente, para eles, que já estão com certa idade. Já escovei os pelos e usei um produto para banho a seco — ela comentou.

— Vai passear com eles? Posso ir junto — tornou Matias.

— Mais tarde. Agora, vou ajudar o tio com o almoço.

Adriano entrou e eles ficaram no quintal.

— O Rafael é muito legal. Um cara tranquilo — dizia, enquanto a ajudava a estender as cobertas dos cachorros no varal.

— É mesmo — concordou, tão somente.
— Não sabia que estava namorando.
— É mesmo?
— Poderia ter me contado.
— Acho que deixamos de conversar sobre assuntos pessoais faz algum tempo, não é, Matias? Acredito que foi depois que você começou a namorar a Dione e não deu as satisfações que me devia, não acha?

Ele ficou em silêncio.

De repente, Lucas saiu da casa e foi para o portão, dizendo alguma coisa, mas não foi ouvido. Sem demora, retornou em companhia de Rafael.

Alegre, o primo brincou:
— Achei esse cara lá fora! Você o conhece, Babete?
— Não conheço não — riu. — Não deveria deixar nenhum estranho entrar aqui.

Sorridente, Rafael cumprimentou Matias e depois foi até a namorada, dando-lhe um beijinho rápido.

Percebeu que a jovem ficou um pouco apreensiva. Era o primeiro namorado que deixava entrar em casa. Seu tio ainda não o conhecia e não sabia como seria.

— Rafael, você precisa conhecer meu pai.
— E onde ele está?
— Lá dentro. Vamos entrar — Lucas convidou, seguindo na frente e o amigo o acompanhou.

Babete e Matias fizeram o mesmo.

Adriano já estava de avental, com algumas panelas no fogo, preparando o almoço.

Sorrindo, cumprimentou o rapaz e pediu:
— Desculpe o mau jeito. É que tenho de preparar o almoço. Se não se importar, pode se sentar aí — indicou uma cadeira à mesa da cozinha.
— Sentar nada! Se não for problema, vou te ajudar. Só me mostra onde fica o banheiro para eu lavar as mãos.
— Ali, no corredor. Primeira porta à direita — Adriano informou.

Com muita naturalidade, Rafael retornou, vestiu um avental e foi ajudar nos preparos, enquanto conversavam animadamente.

— Minha mãe também gosta de preparar o almoço de domingo, cedo, para não passar o dia na cozinha. Isso quando não saímos ou encomendamos comida — contou Rafael.

— Também penso assim. Acho chato ficar a tarde toda arrumando cozinha. Se não for sair, quero me esticar no sofá — tornou o anfitrião.

— Quando não estudava e tinha mais tempo, passava a tarde de domingo jogando videogame — contou.

— Os dois daqui de casa fazem isso.

— Fazíamos, né, pai — Lucas o corrigiu. — Agora não dá mais. Depois que começamos a faculdade...

A conversa continuou, enquanto Babete ficou observando o quanto o namorado era simpático e extrovertido em família. Não conhecia esse seu lado. Na faculdade e entre amigos, ele era muito mais quieto.

Não demorou e Otília apareceu.

— Bom dia! — Depois das apresentações, disse: — Vim aqui trazer esses doces para sobremesa, mas acho que terei de buscar mais — riu. — Não sabia que tinha visita.

— Venham almoçar com a gente! — Adriano convidou. — Estou fazendo meu famoso macarrão à bolonhesa!

— É massa, pai. Não se fala mais macarrão — Lucas ensinou.

— Então você vai comer massa em outro lugar. Aqui em casa, é macarrão! Macarronada! *Capiche?!* — o pai brincou.

— Ok! Ok! Macarrão! — Lucas saiu sorrindo.

— Então... Estou fazendo meu macarrão à bolonhesa e com muito, muito molho! — ressaltou. — Assando coxas de frango. O Rafael está encarregado da maionese de batatas e atum. Tem arroz, porque o Fábio gosta de arroz com molho... Venha pra cá, Otília. O Matias já está aqui.

— A Dione tem de vir. Ela está dormindo lá em casa — Otília contou.

O sorriso de Babete se fechou no mesmo instante. Não gostaria que a namorada do Matias fosse almoçar lá. Não simpatizava com ela.

— Pode trazê-la. Sem problemas — Adriano convidou com prazer.
— Vou lá acordá-la e pegar mais uns doces.
— Eu fiz gelatina colorida! — Adriano falou, mas ela não ouviu.

Enquanto almoçavam, Dione queria toda a atenção para si. Por saber que a maionese foi feita por Rafael, não parava de elogiar.
— Que delícia! Nossa!... Vou ter de repetir essa maionese! Huummm... Você sabe cozinhar de tudo, Rafa?
— Minha mãe fez questão que todos nós aprendêssemos a cozinhar, nem que fosse para a própria sobrevivência — sorriu. — Desde pequeno eu, minha irmã e meu pai sempre ajudamos na cozinha e, com isso, aprendemos a fazer um pouco de tudo. Lógico, não como ela. Minha mãe cozinha muito bem.
— Ah!... Você tem irmã. Só uma? — tornou Dione.
— Sim. Só uma.
— É mais velha? — quis saber, novamente.
— Mais nova — o rapaz respondeu.
— Ela estuda? — perguntou a namorada de Matias.
— Acabou de entrar em Medicina.
— Nossa! O que seu pai faz? — perguntou, não dando chance de o rapaz comer sossegado.
— Ele é médico.
— Ah!... Só pode! Para sustentar dois filhos na faculdade de Medicina, só pode ser Médico. E sua mãe?
— Minha mãe também é médica — Rafael começou a responder sem ânimo. Gostaria que o interrogatório terminasse.
— Que especialização eles têm? — Dione não parava.
— Ela é dermatologista. Ele é cardiologista.
— Que família, hein! E ela ainda gosta de cozinhar? Não é estranho? — encarou-o, esperando a resposta. Estava sentada frente a ele.

— Não. Não acho nada estranho. É normal e legal alguém saber e poder fazer sua própria comida.

— Mas, você não acha que... — foi interrompida.

— Dione! — Adriano exclamou. — Deixa o Rafael comer. É a primeira vez que ele almoça com a gente e o macarrão está esfriando. Não sei você, mas eu não gosto de comida fria.

Dione ofereceu um sorriso forçado. Não gostou de ser advertida. Por sua vez, Babete sorriu sem que percebessem.

Outros assuntos surgiram, mas no momento da sobremesa, ela voltou com o interrogatório.

— E você, Rafa, quer se especializar em quê?

— Ainda não sei. Gosto de me concentrar em uma coisa de cada vez. No momento, não quero ter nenhuma DP[1] e terminar o TCC o quanto antes.

— Está certíssimo. Se bem que está dividindo sua atenção entre estudo e namoro, não é mesmo? — riu.

— Não. Não estou dividindo minha atenção por causa do namoro. A Babete não me faz cobranças, não traz preocupações, não faz perguntas... Então, ela não me distrai nem traz problemas. Aliás, estudamos muito quando estamos juntos, fazemos trabalhos e até o TCC, sem distração. Não existe exigência nenhuma, por isso é tão tranquilo — sorriu e olhou para a namorada ao seu lado.

Matias, completamente calado, estava sério e insatisfeito com o comportamento da namorada. Ele percebia que, quanto mais tempo tinham de namoro, mais Dione revelava sua personalidade, e isso o incomodava.

— Nossa, Rafa! Como você é elegante! — ressaltou. — Viu, Matias?! — e cutucou o namorado com o cotovelo. Ele, bem sério, não respondeu. — Rafa, a viagem para a casa de praia, em Ubatuba, está de pé, não está?

— Claro. Hoje cedo, conversei com minha mãe. Vamos marcar para um final de semana que estivermos livres.

---

[1] Nota da Médium: DP é abreviação para Dependência de Disciplina, ou seja, é o que acontece quando um aluno é reprovado em uma matéria e vai necessitar refazê-la.

— Maravilha, Rafa! Será um final de semana bem especial! — Dione disse, mostrando-se excessivamente feliz.

Após o almoço, Otília e Adriano se encarregaram de arrumar a cozinha, liberando os jovens para outras atividades. Sabiam que estudavam muito e não tinham tanto tempo livre.

Babete chamou Rafael para passear com os cachorros e ao ouvir, Dione se convidou:

— O Rafa! Não vai se importar se eu e o Matias formos com vocês, vai, Rafa?! — falou de um modo meloso.

Enquanto Babete pensava em responder, o namorado disse:

— Dione, vou te pedir para me chamar de Rafael. Não gosto que me chamem de Rafa. Por favor.

— Ah... Desculpa — disse sem graça. — Mas podemos ir com vocês, não é?

— Não. Não podemos — Matias se impôs. — Estou com dor de cabeça e não quero andar. Fica pra outro dia.

Babete esboçou um sorriso e não disse nada. Pegou os cachorros, deu uma das guias para o namorado e se foram.

Depois de algumas voltas, pararam no banco de uma praça e ela falou:

— Desculpa o interrogatório. Não era isso o que tinha em mente no seu primeiro dia na casa do meu tio. Nem mesmo eu te bombardeei com tantas perguntas assim.

— Não esquenta. Conheço pessoas desse tipo. Querem ser simpáticas demais, mas têm outros interesses.

— Acha que a Dione é assim?

— Não tenho dúvidas.

— Pensei que fosse implicância minha — Babete considerou.

— Gostei do seu tio. Um cara muito sincero. Fala a verdade, não nos engana tentando ser simpático, empático, educado... Ele expressa o que sente de todas as formas. Basta olhar pra ele. É do tipo que, com todo respeito, fala na cara.

— Acha mesmo?

— Com certeza. Eu me identifiquei muito com ele. Quer um exemplo? Perguntei se gostaria de que o chamasse de senhor, ele disse que não. É para chamá-lo de você, mas com respeito — achou graça. — Eu não gosto que me chamem de Rafa. Na primeira oportunidade, digo para a pessoa que não gosto e pronto. Se insistir, depois disso, não respondo mais, faço de conta que não é comigo. Eu sou direto. Cheguei para a Dione e falei. Não pedi para você falar com ela para não me chamar de Rafa. Entende? Isso é ser direto. É importante ser sincero.

— No começo, quando fui morar com meu tio, achei que ele era grosso. Muito direto. Falava que não queria roupa jogada no quarto. No guarda-roupa tem de ter um cantinho para roupas meio limpas. O que queria dizer que, se usar uma jaqueta ou uma calça uma única vez e não está suja o suficiente para lavar, não pode misturar com as outras roupas que estão limpas. Então são roupas meio limpas — achou graça e riu por lembrar. Depois, arremedou:— Se não está limpa, é no cesto na lavanderia. Se está limpa, é para guardar. De manhã, quando levantar, é para arrumar a cama na mesma hora. Temos empregada, mas não uma escrava. A casa dá muito trabalho e devemos agilizar o serviço da Ane. Não deixe nada jogado. Sapato que andou na rua ou no quintal não pode andar dentro de casa, nunca!

— Eu vi aqueles chinelos, todos iguais, na porta da cozinha e logo imaginei que era para deixar meus tênis ali — Rafael riu. — Ninguém precisou mandar! — gabou-se.

— Você não viu nada! Agora ele está mais flexível por causa da faculdade... Mas, quando fui morar com ele, tinha horário para dormir, para levantar, almoçar, jantar... Ele exigia muito. Um dia, dormi demais e perdi a hora. Ele bateu à porta do quarto e, com jeitinho, perguntou se estava doente ou sentindo alguma coisa. Falei que não era nada, só havia perdido a hora. Ele entrou no quarto, abriu a janela e saiu — riu. — Achei tão grosso. Mas... Sabe que, com o tempo, fui entendendo e percebendo a verdadeira necessidade de algumas coisas. Fiquei um pouco tensa, no começo, até me adaptar. Um dia, estava lendo um livro, que tinha como referência o espírito Emmanuel, mentor do médium Chico Xavier, que indicou ao seu pupilo três pontos cruciais para o bom desempenho de tarefas: disciplina, disciplina, disciplina — achou graça. — É difícil seguir, mas é o único meio de se conseguir sucesso. Com organização, tudo fica mais rápido e fácil de ser feito. Ficamos mais tranquilos, quando as coisas estão organizadas. Só que, para ter organização, precisamos de disciplina. Isso tem me ajudado, imensa e irremediavelmente, na faculdade e em outros projetos.

— Disciplina e empenho são bem importantes. Não podemos ser neuróticos, mas fazer planejamento, se organizar e cumprir metas são essenciais para progredir — disse o namorado. — Quando ficamos confortáveis demais, nós nos acomodamos, não movemos uma palha para sairmos de onde estamos, mesmo se estivermos incomodados com a situação.

— Tem gente que detesta a frase: "Temos de sair da zona de conforto", pois, devido à infância problemática, acredita que precisa ser confortada, cuidada e estabilizada.

— Há casos e casos. Existem situações difíceis a tal ponto que a pessoa trava. Fica cega, confusa e não sabe o que fazer. Lógico que é preciso um período para entender o que está passando, entender o que aconteceu, respirar, criar forças, ganhar entendimento, escolher uma direção e seguir. A maioria precisa de ajuda, muitas vezes, financeira, emocional e espiritual para recomeçar a viver. Mas, tem gente que, quando recebe o mínimo de qualquer ajuda, fica confortável demais e não faz a sua parte para sair de onde está. Só reclama e reclama, achando que os outros precisam entender seus problemas e dificuldades e cuidar dela. Então se torna um fardo, um peso para o outro carregar e não se incomoda, nenhum pouco, que esse outro se desdobre para suportar e vencer sua própria vida, que, além das dificuldades e desafios pessoais, necessita cuidar dela, ouvi-la, orientá-la, dar suporte, sustentação... Essa pessoa confortável esquece ou não se importa que todos, sem exceção, temos problemas.

Quando você ajuda uma pessoa que se ajuda, é gratificante. Mas, carregar alguém nas costas, é complicado. Não dá. O pior é que quando dizemos não, a pessoa nos rotula como egoístas. Porém, é opinião dela.

— Estou com um problema semelhante com a minha irmã do meio — Babete falou em voz baixa, quase se forçando a contar. Encarando-o, perguntou: — Eu disse que morava com meu tio desde a adolescência, mas você nunca perguntou nada a meu respeito, não é mesmo?

Rafael sorriu antes de explicar:

— Todos nós temos algo, em nossa vida, que não desejamos contar para qualquer pessoa. O que queremos dizer, saímos falando sem qualquer problema. Quando percebi que não falava sobre sua vida, infância e irmãos vi que não gostaria de comentar e, simplesmente, respeitei. Embora quisesse muito saber, achei que, um dia, quando fosse necessário ou oportuno, iria me dizer.

Invadindo sua alma com olhar, falou sem trégua:

— Tenho algumas coisas importantes para contar a meu respeito. Uma delas é que vejo e converso com espíritos — revelou e o observou.

Rafael ergueu as sobrancelhas ao mesmo tempo que sorriu, sem mostrar os dentes. De modo respeitoso, perguntou:

— É sério isso?

— Sim. É. Isso se chama mediunidade. Não sei se acredita ou já ouviu falar...

— Sim. Acredito. Tenho um pouquinho de conhecimento sobre o assunto.

— Esse dom, desde pequena, trouxe-me alguns desafios e problemas. Minha mãe não acreditava. Meu pai ficava nervoso quando eu contava o que via, ouvia ou sentia. Sempre acreditei, ou melhor, cresci acreditando que era anormal, que era um problema, que tinha algo errado comigo. Foi minha tia Otília, que aliás não é minha tia, é prima da minha mãe... Foi ela quem me ajudou muito a entender, estudar e equilibrar a mediunidade. Porque ou para que esse dom, ainda não descobri. Mas... Se tiver disposto a ouvir, quero contar a minha história.

— Claro. Quero saber. Se aqui não for um bom lugar, podemos voltar pra casa... — ajeitou-se e ficou de frente para ela.

— Aqui está bom — sorriu lindamente, deixando as covinhas aparecerem nas laterais do rosto. Juntou os cabelos para trás, como se fosse fazer um rabo de cavalo, torceu-os e jogou nas costas. Sentiu a ansiedade correr em seu corpo. Não sabia como ele reagiria ao conhecer sua vida. Respirou fundo e, calmamente, falou: — Minha mãe é de São Paulo. Conheceu meu pai na faculdade. Meu avô paterno e meu pai, assim como o irmão do meu pai eram fazendeiros em Minas Gerais. Meu pai tinha uma fazenda e o principal negócio era gado reprodutor, com títulos internacionais. Meus pais se casaram e foram morar na fazenda... — Babete contou tudo e Rafael ouviu, atentamente, sem interrompê-la. — É por isso que eu e minha mãe não somos próximas. Hoje, durante o almoço, fiquei com muito medo de que ela aparecesse lá e você não sabendo de nada ficasse sem entender... Só espero que, tudo isso que te contei, não seja um empecilho ou uma barreira entre nós.

— Nossa... — murmurou e sorriu. — É uma bagagem e tanto. Agora, sabendo disso, vendo seu jeito, sua forma equilibrada de se comportar e... Te admiro mais ainda — sorriu, invadindo sua alma com o olhar. — Não é o momento para falar, mas... Saiba que eu também tenho um passado. Não vou contar agora porque não quero tirar o foco ou a importância do que estamos falando. O assunto é sobre você. Precisa saber que te entendo perfeitamente. O que importa, para mim, é o que você é, não o que aconteceu. Não somos culpados pelo que os outros nos fizeram sofrer, mas somos totalmente responsáveis por nossa recuperação. Pelo que entendi, pelo que vejo, você se esforçou, incrivelmente, usando todos os recursos que te apontaram para vencer dores, traumas, conflitos, dúvidas e tudo mais. Tem meu respeito e... — sorriu. Aproximou-se, ficou bem perto de seu rosto e disse baixinho: — Sinto orgulho de você e te gosto mais ainda. — Beijou-a nos lábios com carinho, abraçando-a em seguida.

Algum tempo, ela se afastou um pouco, olhou-o nos olhos e disse:

— Não conheço sua história inteira. Médium não é adivinho. Só vou te dizer o que me foi dito.

— O quê? — ele sorriu, descontraído.

— Perto de você, vejo o espírito de uma jovem, branca, bem magrinha, cabelos pretos, muito curtinhos. Ela sorriu bastante. — Rafael ficou sério e pálido. Pareceu incomodado e incrédulo, mas continuou ouvindo com atenção e Babete continuou: — Ela surgiu junto com outro espírito de aparência jovem, um rapaz. Não sei quem são. Mas, ela diz para você não se preocupar tanto. Hoje, ela entende tudo e está muito, muito bem. Aquilo foi preciso. A culpa não foi sua. Sobre a morte dela... Ela diz que foi por agressão de outra pessoa, que nunca faria aquilo consigo mesma e... Também não foi culpa sua. Foram débitos que tinha do passado. Para você seguir com fé, pois tem muita coisa a fazer e muita gente para ajudar.

— O quê?... — indagou, tentando ouvir para crer.

— Só disse isso. O principal é você entender que não foi culpa sua.

Inquieto, o rapaz esfregou o rosto com as mãos. Apoiou os cotovelos nos joelhos e ficou segurando a guia do cachorro na frente do corpo, com o olhar perdido ao longe.

— Desculpa se te incomodei com essa história.

— Não... Tudo bem. É que... Não estou preparado para falar disso agora.

— Está bem. Não se preocupe. Quer voltar pra casa?

— Sim — sorriu, disfarçando o que sentia. — Vamos lá!

CAPÍTULO 43
Juntos

Naquela noite, Adriano esperou que os filhos fossem dormir e foi até o quarto da sobrinha. Bateu à porta e perguntou:
— Posso entrar?
— Entra, tio.
Havia uma música suave no ambiente e um perfume gostoso vindo de um difusor que emanava uma luz azul calmante.
— Que interessante! — Adriano admirou, colocando a mão na neblina que saía do aparelho.
— Ganhei do Rafael. Esqueci de mostrar — contou, sorrindo satisfeita. — Dá para colocar óleo essencial e aromatizar o ambiente.
— Então é por isso que tem esse cheiro gostoso?
— Sim. Esse é cheiro de lavanda — comentou. Estava sentada na cama, com uma caixa onde organizava algumas bijuterias e escolhia um brinco para usar no dia seguinte.
Adriano puxou a cadeira que estava na escrivaninha e acomodou-se junto a ela.
— Estou aqui para falar sobre o Rafael — encarou-a. Babete sentiu um frio correr em sua coluna, mas resolveu aguardar com tranquilidade. O tio comentou: — O Rafael pareceu um bom rapaz. Embora a Dione tenha sido extremamente deselegante e até desrespeitosa por questioná-lo daquela forma, ela fez com que ele respondesse a várias das minhas perguntas. — A sobrinha sorriu. — Babete, apesar de tê-la conhecido somente quando tinha quinze anos, eu me considero seu pai.

Faço e falo como se fosse minha filha. Às vezes, pessoas que nos apontam algo, parecem duras quando se expressam e quando nos criticam. Então, pode parecer que querem nos ofender, machucar, reprimir... Mas, aquelas que nos amam, verdadeiramente, querem apontar situações, caminhos e nos poupar de sofrimentos, querem nos abrir os olhos. Sei que a opinião e críticas dos outros são dos outros e só terão valor de acordo com a atenção que dermos a ela. Mas, é sempre importante avaliar o que está sendo dito.

— Tio, por favor, fala logo. Estou ficando nervosa.

Adriano sorriu largamente e olhou para o canto, antes de encará-la e dizer:

— Serei direto, como sempre. Considero você como minha filha. O Rafael parece um ótimo rapaz e ter uma excelente família. Mas, não se deixe iludir ou se enganar com isso.

— Como assim?! — surpreendeu-se ela.

— Previna-se contra uma gravidez — falou em tom calmo e nítido.

— Tio... — ela murmurou.

— Estou falando sério. Previna-se contra uma gravidez e também doenças sexualmente transmissíveis — repetiu e completou. — Vocês são jovens, são modernos. Estão estudando e passam muito tempo juntos. Estão namorando, é difícil não acontecer uma intimidade maior e, de modo saudável, é bom que aconteça para se conhecerem bem. Sexo responsável não é errado. Mas, é o seguinte: filho não é brinquedo. Parem de romantizar que é lindo ter um filho. Filho tem de ser com planejamento, amor e responsabilidade, sabendo que não dá para voltar atrás. As pessoas estão acostumadas com tecnologia, nos dias atuais, e acreditam que tudo se resolve com o apertar de um botão. Não dá para apertar um botão e desligar uma criança. Se uma gravidez acontecer, será você quem vai ter de ir para o curso enfrentando dificuldades e depois se afastar dele para dar à luz. Isso, se continuar estudando. Depois que nascer, é você quem terá de cuidar e passar noites em claro, porque não dá para desligar um bebê, como te falei. Haverá noites passadas em claro, amamentando e trocando fraldas. Preocupações inúmeras. Não pense que dá para encontrar uma babá perfeita se é que terá condições de ter uma babá. Mesmo podendo pagar, o que será um valor considerável para olhar seu filho dia e noite, você terá de supervisionar. Não pense que as pessoas que te amam, como eu, a Otília, o Lucas, o Fábio e o Matias ou mesmo sua mãe e irmãs têm alguma obrigação de olhar seu filho, porque não têm. Antes de engravidar, ninguém pergunta para os parentes e familiares se querem ajudar e depois reclamam pela falta de ajuda. Cada um de nós já tem seus próprios problemas. Eu até posso curtir um bebê por algum tempo, algumas horas, mas não quero e não vou tomar conta ou mesmo me responsabilizar pela parte financeira. Filho dá despesas e reforço: dá muitas despesas. Se você acha que deve ser uma boa mãe, planeje ter um filho e não fique contando com os outros ou achando que eles têm qualquer responsabilidade sobre o que precisa ser feito, porque não têm. Percebe que tudo isso que te falei vai depender de você e não dele? — não esperou que respondesse. — Talvez o homem fique com você, talvez não. E se o cara não se importou em se proteger de uma gravidez, muito provavelmente, não estará nem aí pra você e vai se confortar em te pagar uma mísera pensão. Nada mais. Posso parecer rude, grosseiro, deselegante, mal-educado em falar tudo isso, mas diga que é mentira. Diga que não tenho razão. Filho é responsabilidade. Filho não dá para devolver. Não dá para dizer pra Deus pegar de volta, porque não gostou da brincadeira. Existem muitas mulheres com depressão pós-parto porque não se prepararam para um filho, depois não sabiam o que fazer. No meu divórcio, por ver a falta de amor que ela tinha por nossos filhos, requeri a guarda. Ela não titubeou e os deixou comigo. Apesar de não serem bebês, perdi noites e noites em claro para confortá-los, ouvi-los, amá-los... Até quando nem mesmo eu tinha condições psicológicas, emocionais e espirituais para lidar com a situação, pois eu também sofria muito. Tive dificuldades financeiras e ninguém para me ajudar. Superei, mas não foi fácil. Imagina, então, ter filhos sem planejamento, sem dinheiro, sem condição. Por isso, Babete, cuide-se. Previna-se contra uma gravidez não planejada. E quando decidir ter um filho, veja, realmente, se está preparada para isso. Se há amor, planejamento... Hoje em dia, existe muita informação a respeito. A internet está aí... Vá ao médico e se consulte, tire dúvidas e tenha informações. Preservativos são distribuídos de graça nos Postos de Saúde. Aborto não é uma opção saudável, moral e espiritualmente falando[1]. Ele marcará sua mente e seu espírito. Trará abalos psicológicos, emocionais. Sabe disso. Então, previna-se. — Um instante e refletiu: — É comum ouvirmos dizer que os problemas sociais são culpa do governo. Discordo totalmente. Problemas sociais, na sua grande maioria, são culpa do cidadão que não planejou direito, fez o que queria e depois ficou exigindo ajuda como se os outros, que são pagadores de impostos, tivessem alguma obrigação de ajudar. Porque, na verdade, não é o governo quem ajuda, é a população que paga imposto.

Babete estava petrificada. Parecia ter perdido o fôlego. Depois de respirar fundo, relaxou um pouco e concordou, talvez, para ver o tio parar de falar.

— Está certo, tio. Tem razão.

— Desculpe meu jeito grosseiro, mas é que, hoje em dia, está comum vermos mulheres jovens, sem preparo nenhum, sem condição alguma, arrastando criança, dando gritos, tapas entre outros tipos de maus-tratos, porque não planejou a vida. Vejo rapazes jovens, mais raramente, claro, de mau--humor, puxando o filho de uma, em companhia da outra, porque não se planejou, não se preveniu. Filho exige muito dos pais e não vai ser diferente com ninguém. Pare de romantizar isso. Criança precisa ser respeitada, ser amada. Precisa de atenção, carinho, educação, escolarização de qualidade.

---

1 O livro: *O Brilho da Verdade*, do espírito Schellida, psicografia de Eliana Machado Coelho, além de um lindo romance com uma trama envolvente, aborda o tema sobre aborto e suas consequências espirituais para o abortado e envolvidos. Uma obra interessante de ser apreciada.

Não se põe filho no mundo por acidente. Fazer isso é desrespeito. E se planejou, não exija de quem está a sua volta para ajudar sempre. Cada um de nós já tem sua própria vida, seus próprios sonhos, seus limites, seus problemas e desafios. Ninguém é obrigado a te ajudar. Não perca sua juventude. Planeje-se. Previna-se, não só de uma gravidez, mas também e, principalmente, de doenças sexualmente transmissíveis.

— Está certo, tio.

Mais tranquilo, Adriano sorriu e comentou:

— As pessoas medíocres sempre apontam para os outros a responsabilidade de seus atos equivocados, de seus erros. A culpa é sempre do outro. Se disser tudo isso que acabei de falar para uma pessoa medíocre, ela vai dizer que estou errado, que falo coisas absurdas. Mas, essa pessoa medíocre vive reclamando da vida por sua falta de planejamento e não se dá conta disso. — Um instante, sorriu e comentou: — Gostei muito do Rafael. Ele é bem agradável e sincero. Me identifiquei com ele.

— Ele também gostou muito de você — ela sorriu.

— Ele não gosta que o chame de Rafa, né?

— Não. Não gosta.

— Bom saber. — Levantou-se. — Então... Era isso o que tinha para te falar. Vou deitar... — Aproximando-se, curvou-se e lhe deu um beijo no rosto, como de costume. — Durma com Deus. Ore.

— Obrigada, tio. Você também. Dorme com Deus.

Na primeira oportunidade, Adriano contou para a prima a conversa que teve com a sobrinha.

— Sim... — concordou, mas com hesitação. — Fez o certo, por ter conversado com ela. Mas... Achei que usou palavras fortes.

— Fortes?! Tenha dó, Otília! As pessoas estão colocando filhos no mundo sem qualquer planejamento familiar. Não pensam a curto, médio ou longo prazo. Filho é eterno! Normalmente, exige muito em todos os sentidos. Dá gasto, requer atenção, cuidado, carinho, respeito... Logo que nasceu meu segundo filho, eu decidi por vasectomia. Paguei por uma cirurgia. Achei melhor isso do que arrumar compromisso que não tivesse condições de arcar. E quando falo de condições, refiro-me amplamente a ter: dinheiro, emocional, tempo... Isso quando temos um filho saudável. Mas, e se não for? E se tiver a saúde comprometida, problemas que vão exigir cuidados e atenção a vida inteira?... Como fica? Temos de pensar! Não dá pra ficar gritando e exigindo do governo que não tem escola, não tem remédio, não tem leite! Quem deveria se planejar para ter tudo isso são as pessoas e não o governo!

— Adriano! Pelo amor de Deus! Deixa de ser duro com a vida!

— Não! De modo nenhum estou sendo duro. Estou sendo realista, Otília! Precisamos assumir mais nossas responsabilidades. Diga que estou mentindo ou errado!

— Prefiro não comentar. Você está sendo cruel.

— Os problemas sociais existem por culpa da população que não se planejou, tá bom! Veja a Síria, por exemplo. Ela é jovem, dois anos mais nova do que a Babete. Em vez de estudar, ter uma profissão, ser independente, não! Foi se juntar com um rapaz igual a ela, sem profissão, sem futuro... Morando de favor em um único cômodo nos fundos da casa da mãe dele e usando um banheiro que fica no quintal, dividido com a irmã dele que mora no outro cômodo, com três filhos. Na casa da mãe dele, residem mais cinco pessoas. Síria arrumou um filho. Não bastasse, está grávida do segundo filho! O rapaz não tem emprego fixo. Vive de bicos. Pensa se essa situação tem chance de oferecer a ela e as crianças uma vida saudável de forma emocional, financeira, física, material e espiritualmente falando, tem? Lógico que não tem! A primeira coisa que já deve acontecer, é ela se desequilibrar, gritar, brigar e bater no filho mais velho. E isso acontece porque não tem espaço saudável para viver, não tem dinheiro, segurança no futuro... Sem dúvida que, espiritualmente, aquele ambiente de um cômodo não é salutar também por causa do estado emocional de indignação, inconformismo, raiva, inveja, gritos, briga e outros comportamentos que atraem espíritos de nível inferior. Se ainda não acontece, vai acontecer de o companheiro brigar com ela, porque é insuportável viver ao lado de uma mulher que grita. Se não houver agressões físicas, pois é bem provável que haja. Então, ele ficará fora o máximo de tempo possível. Muito certamente, vai traí-la, chegar bêbado, deixar faltar as coisas básicas como comida... Ela vai se estressar, ter ansiedade, depressão, pânico... Vai descontar nos filhos... Agora me diga, sinceramente, Otília, isso é problema social ou falta de planejamento?

Ela o encarou por longos segundos, respirou fundo e lembrou:

— Namoramos por três anos. Depois desse tempo, fiquei grávida.

— Os tempos eram outros! Para comprar preservativos tinha de ser escondido, tomar anticoncepcional tinha de pagar consulta médica! Não tínhamos orientação nem meios tão seguros. Hoje, temos redes de apoio nos Postos de Saúde. Preservativos são de graça. E só ir lá. Existe a internet. Muita informação. Não queira comparar quase trinta anos atrás com os dias de hoje! — Adriano esbravejou. Sem pensar, olhou-a e perguntou brando: — Mas... Por que você não teve seus filhos?

— Por que não quis. Para conhecidos e alguns parentes sempre falei que não poderia ter, mas na verdade não quis. Depois do que sofri naquele aborto... Nunca quis. O Cláudio compreendia que eu não desejava e aceitou. Foi uma decisão a dois.

— O Cláudio soube sobre nós?

— Não. Nunca contei. A respeito do aborto também não contei. Só falei, desde antes de nos casarmos, que não desejaria ter filhos meus. Ele aceitou.

— Não acha que está na hora de nossos filhos saberem sobre nós?

— Não sei... — suspirou fundo.

— Penso que deveríamos reuni-los e contar tudo — falou bem sério. — Não temos razão alguma para escondermos nosso relacionamento.

— Fico nervosa quando penso nisso, não sei o porquê.
— Eu conto. Para mim, essa situação está mal resolvida e isso me incomoda, profundamente. Gosto de tudo às claras. Não somos crianças, Otília. Nem sei por que estamos escondendo isso.
— Está bem.

Em sua casa, Rafael parecia preocupado, imerso em seus pensamentos. Percebendo, sua mãe procurou por um momento tranquilo, em que sabia que teriam tempo para conversar e perguntou:
— Filho, algum problema?
Ele sorriu sem mostrar os dentes e brincou:
— Não dá para esconder nada de você, né, mãe?
— Tem um luminoso na sua testa, piscando — achou graça. — Não quer que eu repare, desligue-o — riu. Em seguida, ficou séria e perguntou: — É algo com a Babete? Está tudo bem com ela?
— Está bem sim. É que conversamos algumas coisas e... Ela me contou o porquê de morar com o tio.
— Olha só! — ficou satisfeita. — Falei que ela te contaria e não precisaria se preocupar.
— Não estava tão preocupado. Só achei algo diferente.
— Mas... E daí? Algum problema sobre isso?
— Não. Foi outra coisa, ligada a isso, que ela me contou.
— O quê?
— A história toda é longa. Qualquer hora te conto tudo, mas... Resumindo: ela me disse que é médium.
— Médium?! — indagou, mais por estar surpresa do que por não ter entendido.
— Desde pequena vê e conversa com espíritos. Disse que não é sempre, não é algo ligado direto. Viveu um período complicado, mas depois que a tia Otília... Que não é

tia dela — explicou. — Depois que passou a estudar, entender e frequentar uma casa espírita, se equilibrou.

— Ah... Que bom que ela frequenta uma casa espírita. Em se tratando de mediunidade, não conheço melhor escola do que o Espiritismo. Pode até existir outra, mas não conheço e acho que Kardec nos esclarece maravilhosamente bem a respeito. Não vejo problema nisso. Algo te incomodou?

— Estávamos conversando e, do nada, a Babete disse que viu, perto de mim, o espírito de uma jovem, branca, bem magrinha, cabelos pretos, muito curtinhos, que sorria bastante. — Olhou para a mãe e a viu com olhos grandes, surpresa. — Ela estava em companhia de outro espírito de aparência jovem, um rapaz. Não sabia dizer quem são. O espírito da moça disse para a Babete que não era para eu me preocupar tanto. Hoje, ela entende tudo e está muito bem. Disse que aquilo foi preciso. A culpa não foi minha. E sobre a morte dela, falou que foi por agressão de outra pessoa, que nunca faria aquilo consigo mesma. E isso também não foi culpa minha. Foram débitos que tinha do passado. Que era para eu seguir com fé, pois tenho muita coisa a fazer e muita gente para ajudar — encarou-a firme, esperando sua reação.

— Rafael... — Nalva murmurou, sem saber o que mais dizer.

— É... Eu sei... — seus olhos se encheram de lágrimas e olhou para o canto, fugindo ao olhar da mãe.

— O que mais? — quis saber, com um tom aflitivo.

— Só isso.

— O que disse a ela? — a mãe quis saber.

— Não consegui dizer nada. A Babete percebeu que fiquei diferente. Eu tinha falado que, ali, naquele momento, não era uma boa hora para conversar sobre minha história. Até porque estávamos falando sobre ela. Depois, tornei a dizer que, outro dia, vou contar tudo.

— Filho, não teve algo que você disse sem querer ou?

— Não. Nunca disse nada. Não tem como outra pessoa ter contado algo. A descrição foi perfeita... Ela não conhece ninguém que possa saber de tudo.

— Vai ter de contar. Sabe disso.

— Sei. Mas, vou esperar um pouco.

— Explique a ela que não está preparado. Não a deixe preocupada, com expectativa — a senhora orientou. — A Babete tem mãe viva?

— Sim. Tem. O pai faleceu quando era criança. Tem duas irmãs. Uma é solteira e vive com a mãe. A outra tem um companheiro e mora com a sogra. Tem um filho e está esperando outro. Ela é mineira e mora com o tio desde os quinze anos, quando veio para São Paulo. Outra hora te conto tudo. Agora... Estou sem cabeça...

— Tá certo. — Foi até ele, curvou-se e o abraçou, beijando-lhe a cabeça. — Você está bem?

— Um pouco chocado com o que ela viu. Às vezes, ainda me sinto... Sei lá...

— Rafael, acho que isso foi um presente. Um presente para te libertar da culpa. Fica tranquilo, filho. Agradeça o presente em forma de recado.

Rafael esfregou as mãos no rosto e suspirou profundamente.

Era um rapaz bem bonito. Vinte e oito anos, alto, corpo atlético, pele clara. Cabelos castanho-claros, curtos. Olhos grandes, de um castanho muito claro, que pareciam amarelados, principalmente, com efeito da luz ou do sol. Cílios compridos, que ressaltavam a sua beleza. Barba bem curta e recortada. Aprendeu a ter uma personalidade calma. Era muito reflexivo, prudente e nada impulsivo. Bastante observador, trazia uma aparência séria e ao mesmo tempo tranquila. Na faculdade, muitas mulheres o admiravam, a princípio por sua beleza, depois, pelo comportamento discreto e misterioso.

Porém, não se deixava envolver. Interessou-se por Babete, justo aquela que o tratou com educação e indiferença. Levou um ano do curso para cativá-la. Foram muitos trabalhos e horas de estudo juntos para que ele se fizesse notar interessado e ela aceitar. Namoraram. Mas, só depois de um bom tempo, fez com que ela conhecesse sua família. Desejava se aproximar mais ainda. Tinha sérios sentimentos e planos para com Babete.

Rafael tinha um passado doloroso, que o machucava ainda. Havia dias de um vazio cruel, cujas lembranças o castigavam, mas encontrava em Babete um porto. Mesmo sem saber disso, com jeito calmo e suave, a namorada lhe trazia conforto e tranquilidade, com seu modo de ser equilibrado e gentil.

Rafael passou a ter esperança de uma nova vida de paz e propósitos elevados. Entretanto, precisava contar para ela o que tanto o magoava.

Após o almoço de domingo, Adriano pediu a atenção de todos.

Por ele ser todo meticuloso, cheio de planejamentos e decisões detalhadas, ninguém estranhou. Mas, a surpresa foi geral quando ouviram:

— Eu e a Otília estamos namorando. Era isso o que precisava dizer a vocês.

Silêncio.

Matias, Lucas e Fábio ficaram petrificados. Não sabiam, não desconfiaram, nunca imaginaram que seus pais estavam envolvidos.

— Parabéns! — Babete exclamou, quebrando o silêncio. Sorrindo, levantou-se e foi até Otília, abraçando-a.

— Mãe... — Matias murmurou. — Poderia ter contado.

— E não é o que estamos fazendo agora, meu filho?

— É... Mas...

— Oh, Matias, às vezes, sou desagradável por ser sincero demais. Mas, a vida me fez assim. O que tinha para dizer, não só a você, mas também aos meus filhos, é que estamos só informando, não estamos pedindo permissão.

— Tá, aí! Gostei! — disse Lucas, que se levantou e também foi até Otília, abraçá-la. — Vou poder te chamar de mãe?

— Se quiser... É claro que pode! — ela sorriu, surpresa e feliz com a ideia.

— Não! Ela não é sua mãe! — Matias reclamou.

— Quem deve decidir isso é ela. Né, mãe? — Lucas provocou e riu.

Sem dizer nada, Fábio foi até Otília e a abraçou. Só depois, falou:

— Nos últimos anos, vem agindo como se fosse nossa mãe. Sempre cuida da gente, dá uma força... Gostei de saber que vão casar.

— Ninguém falou em casamento! — Adriano riu e brincou. — Uma coisa de cada vez. — Pegando a mão da namorada, ele disse com jeitinho: — Vamos decidir a data, certo? Mas, que seja logo. Não vou te perder uma segunda vez.

— Segunda vez?! — Fábio indagou.

— Quando jovens, eu e o Adriano namoramos por três anos. Minha mãe e o pai dele foram terrivelmente contra. Sofremos muito e nos separamos. Agora, a vida nos juntou, novamente. E eu perguntei: Por que não? Por que não agora?

— É verdade — disse Adriano. — Vocês estão seguindo suas vidas. Daqui a pouco estarão formados, casados, mudando de rumo... E por que nós não podemos seguir com as nossas, lado a lado? Juntos? Por que não?

— Estão fazendo a coisa certa — disse Babete. — Aproveitem!

— É... Então, tá bom... — Matias sorriu, mas pareceu um sorriso forçado.

CAPÍTULO 44
Veneno e fofoca

Da beirada da praia, onde se esticam as ondas, vinham os risos e gritinhos das jovens, que corriam para não serem molhadas pelos rapazes. A turma da faculdade era alegre e divertida.

Parecendo impiedoso, Rafael alcançou Babete e a agarrou pelas costas, encostando-a em seu corpo molhado e gelado.

Ela gritou, tentando fugir e gargalhou em seguida, quando ele a virou para si, envolvendo-a em um abraço, agora, carinhoso. A namorada se jogou para trás, confiante de que ele a sustentaria.

O rapaz a segurou firme, embalando-a de um lado para outro, vagarosamente, olhando aquele rosto lindo e iluminado, ouvindo seu riso gostoso e descontraído.

Babete havia se tornado muito linda. Um corpo perfeito e exuberante, que poderia ser mais admirado ainda com aquele biquíni.

Seus cabelos ruivos, bem compridos, tinham ondas largas e estavam muito sedosos. Os dentes alvos e bem alinhados, eram ainda mais chamativos pelos lábios vermelhos e carnudos. Os olhos verdes esmeralda sempre iluminados e brilhosos eram sem iguais.

Era uma mulher linda e, a distância, nos braços de Rafael, Matias podia perceber muito bem isso, mas não gostava do que via.

Ele estava sentado em uma cadeira de praia ao lado de Dione, que notou o quanto o namorado olhava para aquele casal, especificamente.

— Vamos pra água? — ela convidou.

— Não. Ainda é cedo e está frio — Matias justificou.

— Ai... Poxa vida! Tá todo mundo lá, correndo, brincando e nós aqui, feito dois velhos ranzinzas! — reclamou, contrariada.

— Vai você! Ninguém está te impedindo.

— Qual é, Matias? Ainda está assim por causa da sua mãe e do Adriano estarem namorando ou tem outro motivo?! — indagou irritada.

— Que motivo? Motivo nenhum!

Um grito, seguido do riso de Babete, chamou a atenção e Matias ficou olhando Rafael, com a namorada nos braços, levando-a para a água.

Alguns dos jovens arrumaram uma bola e estavam jogando vôlei, outros, conversando com os pés na água.

Lucas mostrou que assumiu o namoro com uma das moças, com quem saiu andando de mãos dadas.

Nesse momento, Nalva se aproximou de Matias e disse:

— Tem filtro solar, ali, debaixo do guarda-sol. Se quiser, é só pegar.

— Obrigado. Ainda é cedo. Vou aproveitar esse sol mais um pouco — sorriu gentilmente.

— Cuidado, hein! Este solzinho frio engana — tornou a mulher sorrindo.

Dione, insatisfeita, levantou-se e foi para perto da água, puxar conversa com outras moças.

De cara fechada, Matias continuou, ali, só observando tudo.

Babete conversava com Rafael sobre aquele ser um dia especial. Ela estava feliz. Disse que fazia tempo que não se divertia daquela forma e agradeceu pela viagem.

Ele sorriu lindamente, puxou-a para um abraço e a deitou no seu colo, enquanto estavam sentados na areia.

Afagando seus cabelos, afastou-os e pode ver a cicatriz e a cirurgia que tinha pela facada, que levou da madrinha. Também notou algumas cicatrizes, agora, mais leves, quase desaparecidas, nas costas da namorada, e deduziu que foram feitas pelas surras de chicotes que levou de sua mãe, pois Babete havia lhe contado.

Ficou chateado e indignado, mas nada disse. Não quis fazê-la relembrar tudo. Sabia que toda aquela história a magoava, faziam emergir tristezas inconsoláveis e muita dor.

Desejava ser feliz ao seu lado, construindo uma nova vida, longe de qualquer coisa que a fizesse sofrer.

A noite trazia uma brisa fresca, quase fria, depois de um dia quente.

De onde estava, Babete podia ouvir o vozerio de todos no quintal, perto da churrasqueira, onde os pais de Rafael preparavam algumas coisas para comerem e servirem os convidados, muito animados.

Apressada, ela revirava uma bolsa à procura de uma blusa fina, que tinha a certeza de ter levado. Desejava ir logo para perto dos outros, mas não achava a blusa.

Ao vê-la, Matias perguntou:

— Divertiu-se bem, hoje, não é mesmo?

— Ah... esse pessoal da faculdade é muito bacana, não acha? — continuou mexendo na bolsa.

— Sim. São bem alegres. Fiz amizade na faculdade, mas nem tanto. Já estamos nos separando e nos vendo cada vez menos.

— Acho que é normal, cada um seguir um caminho — encontrou a blusa e vestiu. — Vamos lá pra fora? — sorriu ao convidar. Ele não respondeu. Vendo-o parado, perguntou: — Está tudo bem, Matias?

— Parece que você e o Rafael se dão bem, não é?
— Sim... — sorriu com leveza, pois achou a pergunta estranha.
— Faz pouco tempo que estão namorando.
— Na verdade, não. Demoramos para comunicar as famílias. Queríamos ter certeza de que era sério.
— Eu e a Dione estamos pensando em ficarmos noivos.
— Que bom! Parabéns! — ela mostrou-se feliz.
— Mas... Não sei...
— Bem... Se está em dúvida, melhor esperar.
— Estou precisando conversar e... estou em conflito.
— Se tiver dúvidas, melhor não assumir compromisso mais sério — ela foi se virando para sair. A conversa não lhe agradava.

Matias segurou seu braço, encarou-a e disse:
— Preciso muito conversar com você — falou sério.
— Aqui, não é um bom lugar.

Ele a encarou firme, invadindo sua alma com o olhar.

Sentindo algo estranho, naquela situação, Babete sorriu, puxou o braço que ele segurava. Colocando a mão em suas costas, como se brincasse, empurrou-o e disse:
— Vamos! Vamos lá pra fora, onde todos estão bem animados! — riu.

Levou-o para o quintal.

O que não percebeu foi Rafael que os olhava de outro cômodo, sem ser visto.

A noite foi animada e divertida.

Na manhã seguinte, na praia, Matias parecia mais animado do que no dia anterior. Conversou e interagiu mais com o grupo.

Quando teve oportunidade, perto de Rafael, comentou:
— A casa dos seus pais é ótima e muito bonita. Quero agradecer pela hospitalidade.
— Obrigado. Também gosto muito daqui. Você me falou que é de Santos, não é?

— Sim, mas é a primeira vez que venho para Ubatuba — Matias admitiu. — Aqui, é muito bonito. — Após um momento, perguntou: — Pretende fazer cardiologia, igual ao seu pai?

— Ainda não me decidi.

— É uma boa área. Além do que, será mais fácil, pois seu pai já tem uma estrutura pronta: clínica, pacientes, hospitais conveniados... E um nome já conhecido — sorriu de um modo estranho, talvez, desvalorizando ou achando o outro incapaz.

— Você pensa em montar sua própria clínica odontológica ou ficará trabalhando com seu tio? Afinal, ele já tem tudo estruturado: consultório, pacientes, é bem conhecido... — Rafael perguntou sem trégua. Sabia que Matias usava uma das salas da clínica de Adriano, mas ainda não pagava aluguel por isso.

Matias fechou o sorriso e dissimulou:

— O Lucas e o Fábio seguiram outra área, que não Odontologia. Meu tio já sugeriu que ficássemos juntos, porque é mais fácil. Estou iniciando e preciso me especializar, ainda.

— Pretende casar logo com a Dione? — Rafael, sério, encarou-o e ficou esperando.

— É... Também não sei. É complicado — dissimulou, novamente. Não respondeu.

— Ontem, ela disse que vão ficar noivos. Por isso perguntei.

— Como te falei, é complicado — tornou Matias.

— Gosta de outra pessoa? — indagou Rafael, bem direto.

— A Dione está mudando muito... Está se revelando uma pessoa diferente do que eu imaginava.

— Às vezes, penso que somos nós que, no começo de um relacionamento, enxergamos uma pessoa como queremos, ignorando ver sua verdadeira personalidade. Nós nos iludimos e nos forçamos a acreditar que ela é do jeito que queremos e desejamos. Encontramos desculpas para suas ações e justificamos suas falhas. Nossa dependência emocional nos faz ver isso. Mas, quando a carência acaba, enxergamos com quem, realmente, estamos.

— Pode ser.

— E o contrário, também acontece, Matias. Conhecemos alguém que é indiferente ou só reparamos seus erros e defeitos, mas, só com o tempo, descobrimos o quanto essa pessoa pode ser legal. Porém, acontece que o tempo passou. Perdemos a oportunidade e não temos o direito de estragar sua vida por causa da nossa ambição, do nosso egoísmo ou da nossa falta de bom senso — encarou-o sério, sem piscar.

Matias ficou inquieto. Remexeu-se na cadeira e bebericou na latinha que segurava. Depois que se controlou, disse:

— É verdade. Mas... Mudando de assunto... Tenho uma curiosidade. Você não bebe nada de álcool?

— Não — Rafael respondeu tão somente.

— É estranho. Tem algum problema de saúde?

— Não — riu com gosto. Não quis contar e achou graça a curiosidade do outro.

— A Babete também não bebe, mas tem um motivo.

Nesse instante, Babete chegou e Rafael notou-a muito diferente.

A namorada se controlava, mas seu rosto vermelho e o comportamento um pouco alterado denunciavam certa aflição. Pareceu só ter olhos para ele, quando disse:

— Vem pra casa comigo?

— Sim — murmurou, levantando-se rápido. — O que houve? — perguntou baixinho.

Ela o encarou em silêncio e olhar lacrimoso. Nunca a tinha visto chorar e percebeu que segurava as emoções, naquele momento.

— O que foi, Babete? — Matias levantou e segurou seu braço. — O que aconteceu?

Ela não o olhou e pediu para o namorado:

— Preciso ir embora, Rafael.

— Claro. Onde está sua saída de banho?... Melhor não ir assim... — Um tanto confuso, olhou em volta e localizou a peça de roupa. Pegou-a e a ajudou a vestir.

Rafael abraçou-a pelo ombro e a acompanhou.

A distância, sua mãe observou, achou estranho e entendeu que algo tinha acontecido, mas não disse nada.

Matias ficou sem jeito e sem saber o que fazer. Olhando em volta, tudo e todos estavam normais.

Na casa, preocupado, Rafael quis saber:
— O que aconteceu para você ficar assim?
— Estou passando mal... — sentada no sofá, murmurou e fechou os olhos.
— Está sentindo alguma coisa? O que está doendo? — preocupava-se.
— A alma... — sussurrou e lágrimas escorreram pelos cantos dos olhos e por seu rosto.

O rapaz foi até a cozinha, pegou um copo com água e acrescentou açúcar. Retornou, dando a ela, que o pegou com ambas as mãos, tomando aos poucos, deixando o olhar perdido no chão.

Sentando-se ao lado, ele colocou a mão em seu ombro e perguntou com tranquilidade:
— Pode me contar o que aconteceu? Estou ficando nervoso.
— Aquele assunto... — chorou, erguendo o olhar para encará-lo. — Aquilo que te contei sobre o que aconteceu com minha priminha... ...esfaqueada... A Márcia e o Jonas ficaram assombrados e vieram me perguntar se era verdade... — referiu-se aos amigos de faculdade que estavam na praia.
— Como assim?! — ele se surpreendeu.
— Perguntaram se eu matei mesmo a minha prima, quando eu tinha quinze anos e se o caso foi arquivado... — lágrimas escorriam, uma após outra, em sua face pálida.
— Como souberam?! Nunca contei pra ninguém!
— A Dione contou... — sussurrou, caindo em pranto compulsivo. — Isso dói... Isso me machuca muito... — murmurou com a voz abafada pela mão no rosto.

Rafael a abraçou, agasalhando-a em seu peito. Ficou contrariado. Sentiu raiva como há muito não experimentava.

— Droga... — ele reclamou.

— Gostaria de ir embora agora... Mas, o que dizer para seus pais? — indagou entre soluços. — E depois?... Como vai ser na faculdade?... Como vou olhar para os outros?... Como vão me olhar?... Quando todos souberem, como vai ser?... E agora, Rafael?!...

— Também não sei. Fica calma.

Afastou-se do abraço e desabafou:

— Estou cansada de ser calma a minha vida inteira — falou chorando. — O que preciso fazer para não ter pessoas assim ao meu lado? Para que isso? Por que essa situação? Aquela infeliz da Dione tinha de estragar minha vida... Como vou encarar meus amigos, meus professores?...

Ele a abraçou, novamente, por longo tempo, tentando confortar sua alma. Quando a percebeu mais calma, sem chorar, fez com que se deitasse no sofá, onde estavam.

Ouviu-se um barulho, denunciando a aproximação de alguém. Era a irmã do Rafael.

Sussurrando, a moça perguntou:

— Oiii... Tudo bem?

— A Babete não está bem — ele falou.

— O que ela tem? — quis saber, sentando-se ao lado de Babete, encolhida no sofá. Passou a mão em sua cabeça, fazendo-lhe carinho, algumas vezes.

— Não dá para explicar agora. Aconteceu algo muito grave, mas temos convidados e não sei o que fazer.

— Conta. Talvez eu possa ajudar — a jovem pediu.

— Agora, não, Fernanda. Preciso pensar... — andou, vagarosamente, de um lado para outro.

— Babete... Não fica assim não. Não vai estragar seu passeio por causa de gente idiota — Fernanda aconselhou. — Não sei o que aconteceu, mas só pode ter sido algo de muito mau gosto, feito por gente invejosa e egoísta, que ficou te olhando linda e maravilhosa. Não dê importância.

Babete se sentou. Secou o rosto com as mãos, depois prendeu o cabelo, fazendo um rabo de cavalo. Olhando para o namorado, perguntou:

— E agora?...
— Sabe pra quem ela contou? — Rafael indagou.
— Acho que... Para a Márcia e pro Jonas, com certeza... Não sei se para mais alguém.
— Fernanda, fica aqui com ela, por favor — o irmão pediu, dando uma piscadinha e meio sorriso forçado.
— Tranquilo! — a jovem respondeu.
— O que você vai fazer? — quis saber Babete, parecendo implorar.
— Verificar se os que estão aqui são nossos amigos mesmo. Daqui a pouco eu volto.
Quando Rafael saiu, Fernanda perguntou:
— Estamos só nós duas, não quer me contar o que aconteceu?
— Não consigo... — olhou-a com lágrimas escorrendo no rosto. — Não é por você, é por mim... Tenho vergonha e não consigo. É algo que dói muito...
— Tudo bem... — sorriu e compreendeu.

Era final de tarde quando todos voltaram da praia.
O clima estava diferente entre alguns, estranhamente pesado, embora brincassem entre si.
Retornando para casa, Márcia procurou por Babete. Sem dizer nada, aproximou-se e lhe deu um abraço demorado e bem apertado. Sorrindo com meiguice, ao se afastar. Jonas fez o mesmo. Assim como Bruna e Eduarda abraçaram a amiga, mostrando apoio e compreensão.
— Veneno e fofoca têm antídoto chamado amor e amizade. Conhecemos mais você do que ela. Fica tranquila — disse Eduarda, na sua vez.
Os pais de Rafael ficaram intrigados, assim como Matias e Lucas, que não souberam o que aconteceu.
Voltaram para São Paulo. Ao deixar Matias, Dione e Lucas em casa, Rafael avisou:

— A Babete vai lá para casa. Talvez durma lá ou, se não quiser, mais tarde, eu a trago de volta. Avisa seu pai, tá, Lucas.
— Não vai nos contar o que aconteceu? De repente, ficou um clima estranho. A Babete voltou pra casa e deixou a gente na praia... — Lucas quis saber.
— Amanhã ela te conta — Rafael disse.
— Tá bom, então.
Em seguida, Rafael foi para sua casa, levando a namorada consigo.
No caminho, ela perguntou:
— O que disse pra nossa turma?
— Primeiro, procurei saber pra quem ela falou. Reuni todos e contei a verdade. Expliquei, exatamente, tudo. Depois, falei sobre a indelicadeza da Dione, pra não dizer outra coisa... E pedi que esse assunto não fosse mais comentado para ninguém, em respeito a você. Eles são gente boa e nos conhecem bem. Todos compreenderam e ficaram revoltados com a atitude dela. Agora... Eu quero contar para os meus pais e gostaria que você estivesse presente. Eles perceberam que rolou um clima estranho. Decerto, querem saber o que aconteceu.
— Entendo... Você tem razão.
— Babete, tem uma coisa que você precisa saber sobre minha família: nunca escondemos nada um do outro e somos muito unidos.
— É raro, surpreendente e lindo de ver isso. Para mim, é bem estranho e até me emociono vendo como vocês se tratam.
— A ovelha desgarrada sempre fui eu — viu-a sorrir, duvidando. — Mas, aprendi. A duras penas, aprendi. — Aproveitou o semáforo fechado, pegou sua mão, levou até a boca e a beijou.

A noite estava calma, quando chegaram à casa de Rafael.
Apesar de estarem cansados, os pais do rapaz aguardavam para saber o que havia acontecido.

— Mandei mensagem para vocês, dizendo que viríamos para cá, porque precisamos conversar e esclarecer algumas coisas, ainda hoje — disse o rapaz. Babete, sentada no amplo sofá da sala, tinha o olhar baixo, não encarava ninguém. Tranquilo, ele continuou: — Aconteceu que, lá na praia, a Dione falou algo que não deveria sobre a vida da Babete. Nossos amigos ficaram chocados com a versão errada de como a história foi contada. Lógico que perguntaram para a Babete e isso a deixou transtornada, nervosa... Fomos para a casa... Depois deixei a Fernanda com ela e conversei com o pessoal. — Olhou para a namorada ao seu lado e perguntou: — Posso contar ou você mesmo fala?

— Conta você... — sussurrou. Estava constrangida.

Os pais e a irmã aguardavam ansiosos, mas em silêncio.

Calmo, Rafael contou, exatamente, tudo sobre a vida de Babete e foi ouvido com atenção e sem interrupções.

Depois que o silêncio repousou na sala, por longos minutos, a mãe do rapaz comentou:

— Não sei o que dizer... Isso deve ser um grande peso para você, Babete — falou com voz doce e olhar compassivo. — Todos nós temos um passado, temos dores na alma. Apesar de tudo, é surpreendente ver como você foi capaz de chegar aonde está e... Pelo que vejo, vai longe!... — Levantou-se de onde estava e sentou-se ao lado da jovem. Viu lágrimas escorrerem em seu rosto e afagou seus cabelos. — Você está reescrevendo sua vida de uma maneira linda. Ninguém, aqui, vai te julgar, até porque não podemos, não sabemos de nada. Mesmo se, um dia, provarem que foi sob o efeito de medicações psicotrópicas, que se envolveu em algo que não sabia ou não entendia, não importa. O que importa para nós, assim como para o Rafael, é o que você é e o que faz a partir de agora. Tá bom? — puxou-a para si e beijou-lhe a cabeça.

Inesperadamente, Babete a abraçou com força, como nunca tinha feito com ninguém e caiu num choro compulsivo.

Talvez, por um instante, sentiu aquele abraço de mãe que ama, compreende, não julga e orienta com tranquilidade e amor.

Sandro, pai de Rafael, também se levantou e foi até ela, abraçando-a com carinho.

Rafael sorria satisfeito. Sabia que poderia contar com o apoio de sua família.

— Pois bem... Agora, chega de choro! — Nalva disse sorrindo e animada. — Não vamos dar importância a nada disso.

— Isso que a Dione fez é coisa de gente invejosa! Ela é venenosa! Não consegue ser melhor, por isso tem de prejudicar alguém para se achar por cima — Fernanda opinou. — Olha pra você! Linda! Futura médica! Com muita coisa boa pela frente!... Ela tentou ofuscar sua luz, mas não conseguiu e falou mais sobre si mesma do que sobre você. Nós e seus amigos entendemos.

Babete sorriu, secando os olhos e só murmurou:

— Obrigada pelo apoio e confiança... Obrigada por acreditarem em mim.

— Bem... — disse Nalva. — Vamos fazer um lanchinho antes de dormir?

— Ótima ideia! — Sandro riu e considerou, esfregando as mãos.

— Hoje, você dorme aqui, Babete. Mas, liga para seu tio e avisa. Se quiser, eu mesma falo com ele.

— O Lucas vai avisar o Adriano — Rafael lembrou.

— O certo é ela ligar, meu filho — olhou para ele e deu uma piscadinha.

— Pode deixar. Eu mesma ligo — Babete considerou.

— Então... É isso! Estou na cozinha arrumando os lanchinhos. Venha ajudar quem quiser comer! — a mulher riu ao se levantar.

CAPÍTULO 45
Tem gente que cura

No dia seguinte, Adriano esperou o namorado da sobrinha ir embora para conversar com ela.

— Ontem, não falei nada quando me ligou, mas... Evita dormir na casa do Rafael.

— Dormi no quarto da Fernanda, irmã dele.

— Não importa. Sabe, sou antigo e acho que não fica bem. Tenho opinião arcaica e penso que você deveria se preservar um pouco mais.

— Não achei que tinha nada errado, tio. Até porque, viajamos para Ubatuba e todos dormiram lá na casa de praia, inclusive o Lucas.

— Eu sei, mas foi uma turma... — percebeu que ela não gostou. — Veja... Se quiser, ouça meu conselho. Se não, faça do seu jeito, mas... Não reclama. É assim... precisamos ser mais difíceis se quisermos que os outros nos valorizem. Não fique tão à disposição. Deixe o rapaz com saudade de você. Deixa nascer o querer, a vontade. Pensa nisso. Veja só a Dione, por exemplo. É uma moça bonita, inteligente, sabe conversar, mas... Ela sufoca o namorado. Não o larga, não sai de perto, sempre que pode, quando estamos todos juntos, ela o isola chamando-o para um canto e ficam só os dois... Não dá tempo nem de sentir saudade. Em um relacionamento, o querer ficar junto só cresce com um pouco de distância. É quando acontece aquela vontade de ver, de estar perto, de se encontrarem, saírem... E se isso não acontecer, é sinal de que não há liga, não existe sentimento forte, então é necessário repensar.

— Tá bom — disse, contrariada. Sem demora, contou: — Tio, aconteceu algo muito chato, enquanto estávamos lá na praia

— O que houve?

— A Dione aproveitou o fato de estar junto com nossos amigos e... — Babete contou tudo.

— Você não disse nada pra ela?

— Nem pra ela nem pro Matias. Fiquei nervosa, tremendo... Entrei em pânico. Ainda não sei lidar com essa situação. É algo que me apavora... Me deixa triste... Ainda não esqueço as imagens... Tudo o que vivi... Aquelas pessoas gritando e querendo atear fogo em mim... — emocionou-se, quase chorando. — Tio... É tão difícil, ainda... Fiquei preocupada e envergonhada por causa dos meus amigos da faculdade. Eles não precisavam saber disso! Nem os pais do Rafael, talvez... Não era o momento. Ainda bem que já tinha contado para o Rafael, que chamou nossos amigos num canto e conversou, contou toda a verdade. Mesmo assim, ainda estou com medo de algo ser dito na faculdade e...

— Babete, você não vai desistir do curso por causa de comentários! Nem pense nisso! Se acaso alguém disser algo, ignore! — foi firme.

— É difícil, tio — chorou, discretamente, escondendo o rosto.

— Não tem nada de difícil! Se forem seus amigos, nada será dito. Se não forem... Se prepare para continuar como se nada tivesse acontecido. Ignore. Não fale a respeito. Logo, a situação será esquecida. Seja firme! Outra coisa... Precisa ser firme e chamar a atenção da Dione. Ela não tem o direito de sair falando sobre sua vida.

— Não sei se consigo... — ela murmurou.

— Já deveria ter se posicionado! Já deveria ter feito isso! — o tio ressaltou. — Você deve ser a primeira pessoa a se defender sempre. Mas, com classe!

Nesse instante, a campainha tocou. Fábio, que estava no quintal, disse que iria atender. Ele esperava alguns amigos.

— O Matias pode ficar chateado — Babete considerou.

— Chateado?! Veja o estrago que a Dione pode fazer na sua vida e você está preocupada com quem fica chateado?! Ora, Babete! Isso é sério! Pessoas como ela, invejosa e fofoqueira, precisam ser colocadas em seus devidos lugares! Lembre-se da frase do Evangelho: "O mal vence porque os bons são tímidos." Você vai chamar a atenção dela sim! Isso vai te treinar a fazer enfrentamentos, a se defender, quando necessário. Precisa aprender a se posicionar. Aproveita que ela está aí, na casa da Otília, agora. Vai lá!

— Oi, bom dia! — inesperadamente, disse Iraci, que surgiu pela porta da cozinha.

— Bom dia — Babete balbuciou, sentindo algo desagradável.

— Bom dia — o irmão respondeu secamente.

— Se não venho aqui, ninguém aparece lá em casa — começou a conversa reclamando.

— Estou sem tempo, mãe. Estudo muito.

— Mas, tempo para viajar e ficar dias fora, você tem.

— Tenho o direito de me distrair um pouco, né?

— Sempre malcriada e com resposta pronta pra tudo.

— Como soube que fui viajar?

— Fui à casa da Otília, porque, se esperar que me conte alguma coisa, morro ignorante. A Dione estava lá e falou que foi uma turma da sua faculdade para a casa de praia do seu namorado. Nem para me chamar! Você é desnaturada, Babete! — ressaltou em tom agressivo. — Sou sua mãe! Tenho o direito de conhecer esse moço e a família dele. Vai saber quem são!

— Espera aí, Iraci! — Adriano exclamou bravo. — De que direito você está falando? Deixe de ser ignorante! Foi um grupo de amigos da faculdade, não foi uma reunião de pais!

— Ela tem a obrigação de me levar sim! Sou mãe dela!

— Eu fui convidada e convidado não convida ninguém! — Babete reagiu.

— O Matias e a Dione foram! O Lucas também!

O AMOR É UMA ESCOLHA

— O Lucas estuda com a gente. O Matias e a namorada foram convidados pelo Rafael.

— Ah!... Então o nome do moço é Rafael?! Ora, ora! Nem isso eu sabia!

— E para que você precisaria saber? Pra me fazer passar vergonha? — tornou a filha.

— Vergonha, Babete?! Você tem vergonha da sua mãe?!

— Ai!... Por favor! Pelo menos uma única vez, dá para parar de me criticar? Você nunca me ouve, nunca me respeita.

— Respeitar? Você? — Iraci gargalhou.

— Toda vez que nos encontramos brigamos e discutimos por causa da forma como fala comigo. Não percebe, mãe?

— Quem está discutindo aqui?

— Por acaso, esta conversa está sendo amigável e feliz?

— Você me respeita, menina! Sou sua mãe! Não pensa que só porque vai virar doutora, que vai me tratar como qualquer uma não!

Babete olhou para o tio, como pedido de socorro.

Adriano respirou fundo e perguntou:

— O que te traz aqui, Iraci?

— Vim ver minha filha ingrata, já que ela não vai me visitar.

— E por que será que ela não vai te visitar? Já se perguntou isso? Aliás! Por que será que ninguém gosta de ir à sua casa?

— Porque, nas minhas costas, vocês se reúnem para falar mal de mim. É isso!

— Ora, Iraci... Você é insuportável!

— Insuportável é você! Nem a mãe dos seus filhos quis viver do seu lado!

— O insuportável aqui é quem te ajuda todos os meses! E... A propósito, agora, não é um bom momento para visitas. Vou sair e a Babete também.

— Está me mandando embora?!

— Estou.

Iraci falou muitas coisas ofensivas antes de ir.

Após vê-la sair, Adriano disse:

— Agora, é a sua vez, Babete! Vai até a casa da Otília falar com a Dione!

A sobrinha não estava animada para fazer aquilo, mas percebeu ser necessário. Se não colocasse limite em quem a prejudicava, as coisas poderiam piorar.

Chegando à casa de Otília, após cumprimentar todos, que estavam na cozinha, Babete, bem séria, disse olhando para a namorada de Matias:
— Dione, lá na praia, você foi contar para os meus amigos sobre a minha vida. Disse que matei minha priminha, quando eu tinha quinze anos...
— Babete, espera aí!... — interrompeu-a com agressividade no tom de voz.
— Deixa-me terminar! — Babete exigiu num grito. Otília e Matias ficaram surpresos, petrificados. Nunca a tinham visto se expressando daquele jeito. Babete continuou: — Primeiro, não faço ideia de como ficou sabendo disso, mas imagino — olhou ferozmente para Matias. — Segundo, não sou sua amiga e não dou permissão para que fique falando da minha vida. Terceiro, se você não sabe da história por completo, não divulgue, pois não sabe o estrago que isso pode causar. Não para as pessoas envolvidas, mas para você mesma. Como um deles me disse: contando sobre mim, você falou mais de si do que da minha vida. Se quiser aparecer, faça isso mostrando seus talentos e não sua estupidez!
— Você está me ofendendo, Babete!
— E o que você acha que fez comigo, quando foi falar da minha vida para os meus amigos?! Você foi estúpida! Presta atenção: Cuidado! Quem gosta de coisas erradas ou de fazer o mal, acaba ficando nas trevas! — falou firme. Virou-se para Otília e disse: — Desculpa, tia, por esse tipo de conversa ser na sua casa. — Não esperou que dissessem nada e saiu. Foi embora.
Otília foi atrás para conversarem, enquanto Matias perguntou para Dione:

— Por que você fez uma coisa dessa?! Quando te contei, foi por confiar. Como pôde?! — ficou surpreso e contrariado.

— Vai defender a ruivinha dos infernos, vai?! Contei por contar! Eram amigos dela! Pensei que soubessem! Com isso, a gente vê que ela não considera os amigos como deveria!

— Dione! Presta atenção no que está falando! Presta atenção no que você fez! Se coloque no lugar dela! — Matias se irritou.

— Minha vida é um livro aberto. Não escondo nada de ninguém. Se ela esconde...

— Não é questão de esconder! O assunto é sério! Pode prejudicar a Babete na faculdade e mesmo depois de formada! Se essa história se alastrar... Você não poderia ter falado nada! É questão de respeito, principalmente, porque não sabemos o que aconteceu!

— Vocês protegem muito a Babete! Criatura mimada! Flor de estufa!

— Você não sabe de nada, Dione! Melhor ficar quieta!

Otília entrou e escutou o que foi dito e disse para a namorada do filho:

— Aqui, nesta casa, nós não mimamos ninguém, Dione. Nós nos amamos e nos respeitamos. E quem não estiver de acordo com isso não é bem-vindo. A Babete é como uma filha para mim. Você foi desrespeitosa. Errou em ter comentado sobre a vida dela para os amigos que nem são seus. Isso mostra sua inveja e o quanto quer vê-la em situação complicada.

— Otília!...

— Não terminei! Espero que a procure e peça desculpas!

— Eu?! Pedir desculpas?!

— Acho bom que isso aconteça logo! — Otília exigiu. Virou as costas e saiu.

— Sua mãe está ficando louca! Além de controlar você, pensa que pode me controlar?!

— Eu também espero que se desculpe pelo que fez — Matias falou firme.

— Não acredito no que estou ouvindo! Você vai ficar do lado dela?! Uma mulher louca, que quer dominar tudo e todos a sua volta! Mas, nunca vou me submeter a isso! Sua mãe é narcisista! Manipuladora! Louca!

— E você é o quê?! — O namorado perguntou. Ela não respondeu.

Esbravejando, Dione arrumou suas coisas e foi embora.

Quando se encontrou com Adriano, Otília contou o que aconteceu e desfechou:

— Ainda levei o rótulo de narcisista — riu.

— Pois é... Para se defender, narcisistas vão chamar pessoas firmes, que impõem limites, de narcisistas — ele riu. — Eu forcei a Babete a fazer enfrentamento, impor limite, ser forte e encarar o que for preciso. Essa história da morte da prima não pode continuar abalando a vida dela.

— O caso foi arquivado na justiça, mas, na alma... Como é difícil alguém carregar dor, dúvida, magoa... É difícil dissolver situações complicadas e se libertar.

— Sou duro com a Babete para ela ser firme na vida. Quando protegemos muito uma pessoa, ela se torna frágil. — Adriano sorriu e contou: — Uma vez, encontrei a Babete no quarto com olhos vermelhos. Havia chorado. Estava deitada na cama e o quarto meio bagunçado. Você tinha comprado umas roupas pra ela e a Ane havia passado outras e estavam todas lá em cima da escrivaninha e da cômoda. Entrei no quarto e disse: arruma logo essa bagunça. Organiza seus cadernos. Não quero nada jogado. Vi quando se levantou, parecia que estava se arrastando. Fiquei com dó... Mas, ela levantou e foi arrumar tudo. Tenho certeza de que tirou os pensamentos do que a deixava triste para ficar com raiva de mim — riu.

— Que maldade, Adriano!

— Que ela tirou os pensamentos do que a deixava triste, tirou! Arrumou o quarto, deixou tudo em ordem... Depois, elogiei, chamei para sair comigo e com os meninos e fomos tomar sorvete na praça. Foi o método que sabia usar. Mudar os pensamentos, pensando a mesma coisa não funciona.

Precisamos de novos acontecimentos e para isso necessitamos causar novos acontecimentos. E foi assim que a Babete foi crescendo emocionalmente, criando forças e entendendo que é capaz. Não passei a mão na cabeça dela.

— Seu método é...
— É o quê?

Ela sorriu e não respondeu. Envolveu-o em um abraço.

— Hoje tenho aula de dança de salão. Quer vir comigo? — ela convidou.

— Não sei dançar.

— Tolo... — riu. — Também não sei. É por isso que faço aula.

— Será que vou gostar de uma coisa dessa? — perguntou, desconfiado, olhando-a de um jeito engraçado.

— Se não fizer, não vai saber. Eu adoro! É bem animado. Vai te fazer bem. Você precisa relaxar um pouco — ela sorriu lindamente.

— Então, tá... Vou com você — aceitou. Sorriu e a beijou.

— Que ótimo! Sabe... Você já fez muito. Está na hora de cuidar de si. O amor, muitas vezes, vira sacrifício e eu sempre me sacrifiquei pelos outros. Deixei de fazer isso, mas não deixei de me amar. Uma hora ou outra, precisamos fazer coisas boas por nós mesmos. — Ele a encarou e ficou refletindo sobre o que havia ouvido e ela desfechou: — Uma vez, fiz uma lista de coisas importantes que precisava realizar. No topo, escrevi: eu. Cumpri todos os compromissos da lista, menos o primeiro: eu. Tempos depois, encontrei essa lista e fiquei pensando... Decidi, no meio de tudo o que fazia, encontrar um tempo para o primeiro item: eu. Acho que é importante você fazer o mesmo. Seus filhos estão bem criados. Já fez tudo por eles.

Ele sorriu, deu-lhe um beijo e a apertou num abraço.

Aos poucos, Otília convencia Adriano a cuidar de si e ser menos rigoroso. Já faziam aulas de Pilates juntos, o que ajudou consideravelmente uma dor que ele sentia no ombro, devido à profissão. Ela também o animou a fazer caminhadas e, agora, fariam dança de salão juntos. Isso os unia ainda mais.

Era início da manhã quando Fábio entrou afoito no quarto da prima, chamando-a:
— Babete, vem depressa. O Apolo não está nada bem.
— Como assim?!
— Ele está deitado, com a língua de fora, parecendo bem cansado e não quer levantar. Já tentei de tudo para animá-lo.
Largando o que fazia, Babete foi até a edícula onde os cães dormiam.
Ao olhá-lo, viu Apolo com olhos tristes, língua de fora, respiração alterada e deitado sem querer levantar.
— Nem água ele quis beber.
Ela pegou o celular e enviou mensagem para Rafael.
Sentando-se no chão ao lado do cachorro, começou a chorar, enquanto conversava com ele.
— Calma, meu bebê... Vamos levar você ao médico, está bem? — Virando-se para o primo, perguntou: — E o seu pai?
— Hoje é sábado... Foi caminhar com a Otília.
— Ai... Meu Deus... — chorou. Gostaria de levar Apolo logo ao médico veterinário, o quanto antes.
Fábio se afastou, foi ver quem tocava a campainha. Retornou em companhia de Matias, que tentou mexer com Apolo, para fazê-lo levantar.
— Deixa, Matias... — ela pediu, chorando. Levantando-se, ficou a certa distância olhando para o cachorro.
— Calma... — Matias pediu. — Você sabe... — falou com jeitinho. — O Apolo está velhinho...
Babete chorava e ele a abraçou.
Ela começou a lembrar de quando era pequena e cuidou deles ainda filhotes. Recordou de como andavam juntos com ela para todos os lados. Houve vezes que a protegeu e sabia disso. Chegou a pensar que seus cachorros eram especiais, que tinham, a missão de protegê-la. Mesmo sabendo que esse dia chegaria, Babete sofria.

Em algumas ocasiões, acreditou que somente os cães eram seus amigos e poderiam compreendê-la, pois sempre conversava com eles e recebia de volta carinho.

A dor que sentia era intensa e difícil de controlar.

Novamente, Fábio foi atender ao portão. Era Rafael que acabava de chegar. Estava preocupado com a namorada. Sabia o quanto ela amava aqueles cachorros.

Ao se apressar para chegar à edícula, nos fundos da residência, deparou-se com a cena de Matias abraçando Babete, que chorava. Sentiu um travo de contrariedade, mas não expressou. Ninguém percebeu.

Chegando mais perto, fez-se notar e disse:

— Oi... Vim o mais rápido que pude — olhou para Matias e fez um aceno de cabeça, com um leve sorriso.

A namorada correu em sua direção. Ele a beijou rapidamente e afagou seu rosto, enquanto ouvia o que aconteceu.

— Da última vez que fomos ao veterinário, o médico falou que o coração dele estava fraco. Agora, ele está assim... — chorou.

— Calma... Vamos levá-lo ao veterinário. — Abaixou-se perto de Apolo, fez-lhe um carinho e disse: — Calma, amigão. Vamos cuidar bem de você, tá bom? — Com cuidado, pegou-o nos braços e pediu para Babete: — A chave do carro está no meu bolso. Pega, abre o carro. Vou colocá-lo no banco de trás e você precisa sentar lá com ele.

Em pouco tempo, estavam na clínica veterinária. Matias os acompanhou.

Babete, aflita, ouvia o médico dizer:

— Apolo já tem bastante idade. O coraçãozinho está bem fraco. Esse soro vai hidratá-lo e, por ele, vai receber uma medicação.

— Ele ficará internado? — Rafael perguntou.

— Será melhor, ele não está nada bem e... Não sei se resistirá as dores sem medicações fortes...

Babete tirou a blusa de lã que usava e pediu:

— Pode deixar com ele, doutor?

— Claro. Será ótimo para que o Apolo sinta seu cheiro e não ache que foi abandonado. Se bem que a medicação vai dar um pouco de sono para ele relaxar.

— O estado dele é grave? — ela perguntou, mesmo sabendo a resposta.

— Não podemos fazer muita coisa. O principal é não o deixar com dor. É egoísmo querer que nosso animal de estimação permaneça ao nosso lado a qualquer custo. Eles têm um processo de existência bem diferente do nosso. Não falam, não sabem explicar o que sentem, não reclamam nem dizem onde dói. Sem qualquer queixa, suportam muito mais a dor do que nós, mas quando estão demonstrando dor ou que algo está errado, é por estar em uma escala muitíssimo alta, insuportável — explicou o médico veterinário. — O Apolo está demonstrando isso. Ele é idoso...

— Por que não demonstram? — Rafael quis saber.

— Por instinto, os animais escondem dores, doenças e fraqueza ou qualquer outra coisa que esteja errada para não serem presas fáceis na natureza. Na convivência com humanos fazem o mesmo, não revelam a dor... Quando demonstram, é porque é grave, não aguentam mais.

— Entendi, doutor... Então, por favor, sabendo que não tem muito o que fazer pelo Apolo, não sendo egoísta... Honrando e sendo grata pelos melhores momentos que vivemos juntos, não o deixe com dor... — Babete disse, chorando muito. Aproximando-se do cachorro, que parecia mais tranquilo, menos ofegante, abraçou-o com carinho, beijou-lhe a cabeça e disse baixinho: — Amo você... Obrigada por dedicar sua vida a mim... Sempre vou me lembrar de nós dois... Te amo... — os soluços a interromperam.

Rafael, com lágrimas escorrendo na face, aproximou-se e, com delicadeza, puxou-a para si e a abraçou, confortando-a.

Quando Babete se afastou do abraço, ele foi até Apolo, afagou-o e encostou seu rosto nele, cochichando algo em seu ouvido, que ninguém mais escutou.

Babete olhou para o canto e viu o espírito que foi sua avó, sustentando expressão que não saberia definir.

Ao lado dela, também pôde ver outros dois espíritos que entendeu serem técnicos que ajudariam o desencarne de seu cachorro de estimação.

— Tomarei conta dele tão bem quanto você — disse-lhe a avó.

A jovem, mais uma vez, afagou Apolo e o beijou, saindo em seguida.

Ao vê-la chorar, Matias a abraçou e chorou junto.

De volta à casa de Adriano, sentaram-se na sala em silêncio. Naquele momento, não havia nada que confortasse seus corações.

O sol de primavera atravessava as janelas abertas, tocando os pés da jovem, que olhava para o chão.

Rafael teve a iniciativa de lhe trazer um copo com água e ela agradeceu, olhando-o demoradamente.

— Quando tivermos a oportunidade de sermos generosos, amáveis, gentis, educados e compreensivos, devemos ser, devemos até exagerar... Seja com pessoas ou animais. Somente quando perdemos uma pessoa ou um animal é que nos perguntamos se não poderíamos ter feito mais. A gentileza é transformadora em nossas vidas. Gentileza cura a alma de quem é gentil e afaga o coração de quem recebe. No momento da perda, geralmente, nos perguntamos: será que fiz meu melhor? Será que fui gentil o suficiente? Será que amei o bastante? Não tem como não nos perguntarmos isso e nunca sabemos quando será nossa última oportunidade... — lágrimas escorriam na face pálida de Babete ao falar.

Otília sentou-se ao lado dela e a puxou para um abraço apertado e a jovem chorou muito.

— Você deu o seu melhor. Não se culpe por, absolutamente, nada — Otília a confortou.

No início da noite, na ligação da clínica, o médico veterinário informou que Apolo morreu.

Abraçada ao outro cachorro, Atlas, Babete chorou mais ainda.

No início das férias de final do ano, com o fim da primavera, Babete ainda estava abatida pela partida de um dos seus cães.

Os pais do namorado planejavam uma viagem para ficarem alguns dias na casa de praia e a convidaram, mas ela não quis ir.

Por sua vez, Rafael decidiu ficar e, diariamente, ia até a casa de Adriano para vê-la.

Matias atendia na clínica de Adriano. Iam e voltavam juntos. Por essa razão, o rapaz passou a aproveitar a carona e passava na casa dele, antes de ir para sua, ficando lá por algum tempo.

Matias e Rafael sempre se encontravam e algo muito estranho começou a pairar no ar.

— Oi, você aqui? Pensei que tivesse ido viajar para a praia — perguntou de modo provocativo.

— Como vê, resolvi ficar. E, aí? Você está bem? — indagou Rafael, enquanto brincava com Atlas.

— Ótimo!

— E a Dione? Não iam ficar noivos?

— Demos um tempo.

— E a dona Otília?

— Minha mãe quase não para em casa. Depois que ela e a amiga montaram a doceria e o café, além do *Buffet*, não tem tempo para nada.

— Mas, ela gosta. Dona Otília é muito animada — Rafael considerou.

— E você? Já decidiu se vai trabalhar com o papai? — Matias perguntou com um sorriso malicioso.

— Não. Ainda estou em dúvida. Sabe como é... — o outro sorriu junto. Entendeu que era desafiado para perder a paciência ou a classe. — Ainda bem que você não é assim. Já decidiu ficar na clínica do Adriano mesmo. Pelo jeito, ninguém o tira de lá.

— É. Ele gosta muito de mim. Nenhum filho seguiu a profissão dele, então... Mas, se eu fosse você, me especializaria em cardiologia.

— Não farei minha escolha por meu pai ser cardiologista, mas por gostar. Por isso, ainda não decidi.

— Você entrou tarde na faculdade, não é, Rafael? Já tem vinte e oito anos!

— Vinte e nove.

— Para quem tem pais médicos, demorou muito para se decidir. Pelo visto, é indeciso de nascença — comentou em tom maldoso, para irritá-lo.

— Se não sabe da minha história, Matias, melhor ficar quieto. Pelo jeito, atraiu a Dione por semelhança — levantou-se e ficou sério, encarando-o.

— Desculpa, aí... Não quis ofender.

— Não me ofendi. Só avisei — Rafael disse sério, encarando-o.

— Mas... Cadê a Babete?

— Lá dentro, conversando com a irmã.

Em seu quarto, Babete dizia:

— Sei como é difícil, Agnes, mas...

— Não aguento mais! Ela é um monstro! Um demônio que encarnou como mãe! Jogou meus livros no lixo! — contou chorando. — Rasgou meu material de estudo! Tenho até medo de perder a cabeça e partir para a agressão!

— É isso o que ela quer!

— Trabalho, estudo, cuido da casa! Ela não faz nada! Fica no sofá o dia inteiro, assistindo à TV. Sempre bebe e se acha no direito de falar mais besteiras! Quando chego em casa ela me maltrata, humilha... Se conto alguma coisa boa, que aconteceu comigo, ela me invalida, diz que não é grande coisa que não vou conseguir nenhum objetivo ou que é besteira! Não tenho como sair de casa, agora. Conversei com o tio Adriano e percebi que ele não me quer aqui... Falei em morar na edícula, mas ele não se manifestou.

— O tio tem seus motivos. Não posso culpá-lo. Acho que é porque a mãe virá fazer escândalo, se morar aqui. Ela é desse tipo.

— Pensei em falar com a tia Otília... Sei lá... Não dá pra aguentar morar com a mãe. Ela é um monstro!

— Não sei o que te dizer. Mas... Precisamos ficar inabaláveis com o que ela fala e faz.

— Na teoria é fácil, Babete! Quero ver na prática! No dia a dia! Ela não é só tóxica, que fica falando coisa negativa e infeliz ou reclamando, a mãe é cruel! Entende? Outro dia, cheguei em casa e não tinha comida pronta. Cozinhei macarrão, fiz molho e fui tomar banho. Você acredita que ela comeu tudo?! Tudo! Não deixou nada para mim! Tinha o suficiente para nós duas. Eram onze horas da noite! Como alguém consegue ser má para a própria filha?! — chorou.

— Se souber aproveitar a adversidade, você cresce. — Observou-a por um tempo e concluiu: — Só posso acreditar em reencarnação. Sem dúvida, inimigos não se amam e se agridem, se odeiam, se prejudicam. Porém, todo espírito precisa evoluir, mas nunca evoluímos carregando desejo de vingança, mágoa, ódio ou rancor de alguém. Jesus nos fala isso: "Reconcilia-te com seu inimigo, enquanto está no caminho com ele..." Presta atenção! — ressaltou. — Jesus falou para nós nos reconciliarmos com o nosso inimigo e não para esperarmos que o inimigo se reconcilie conosco. Precisamos fazer a nossa parte. Deus nos permite muitas reencarnações com laços de parentescos, de sangue ou não, para nos unir. Ontem, inimigos, hoje, irmãos, filho, pai, mãe... Sei que já te disse isso antes, mas é preciso repetir, porque é tão forte, sério que não entra na nossa cabeça, na primeira vez. Reencarnamos com a bênção do esquecimento do passado, mas, inconscientemente, guardamos sentimentos negativos e rancores, por isso não temos afinidade, não somos próximos de alguns familiares e temos dificuldades de relacionamento. Por um simples detalhe, por um pequeno desentendimento, sentimos o ódio crescer em nosso ser de uma forma abominável. Queremos agredir, ofender, humilhar... Sei que temos um sentimento inexplicável de ausência de mãe ou de pai, que não nos amou. Queremos um abraço, um simples abraço de mãe e nunca temos. Até meus cachorros me acariciavam mais e ficavam mais do meu lado nos momentos difíceis, do que minha mãe... Essa carência sempre doeu muito e com ela veio a baixa autoestima, a solidão, os pensamentos negativos, a sensação de não merecer o que é bom... Sei como temos de lutar contra tudo isso. Vejo a mãe do meu namorado e observo a maneira como ela trata os filhos. Que inveja por não ter uma mãe assim! — ressaltou. — Tem muita mãe que precisa aprender amar, fazer carinho, dar atenção, conversar com calma, ouvir sem criticar ou interromper... A dona Nalva, mãe do Rafael, demonstra carinho até quando dá bronca — riu. — As recomendações, os conselhos... Ela é tão diferente. A tia Otília também... Tem gente que é amor, tem gente que é farsa. Tem gente que é exibição... Somente quando convivemos, vamos descobrir. O interessante, Agnes, é que nós podemos e conseguimos nos libertar, nos livrar de pessoas tóxicas e maldosas com facilidade. É só nos afastarmos. Mas, não é fácil isso quando se trata de pai e mãe. Tenho me perguntado: por quê? Por que minha mãe não é parecida com a dona Nalva ou a tia Otília ou o tio Adriano? Eu não tinha resposta até dias atrás, quando o Apolo morreu. Chorei muito. Senti muito. Depois veio um vazio e fiquei me perguntando: será que fiz o suficiente? Será que dei tudo de mim? Será que fui gentil o máximo que pude? Será que dei o meu melhor? — silêncio. — Então, numa noite, fiquei pensando em tudo o que estou aprendendo na Doutrina Espírita, na complexibilidade que é um planejamento reencarnatório para nos fazer ser filhos de fulano e cicrano, irmão desse ou daquele... na época certa, no lugar adequado... Tudo isso para ser planejado, deve dar muito, muito trabalho. — Novo período de silêncio, agora, maior. — Não podemos perder a oportunidade, porque para planejar tudo isso de novo, vai demorar e ser bem complicado. Agora, falo por mim... Eu não quero me deparar com essa série de perguntas quando eu ou a mãe morrer. Fiz o bastante? Foi o suficiente? Dei o meu melhor mesmo? — Longa pausa. — Então, terei de me harmonizar com ela de qualquer forma! Sou eu quem devo crescer e me libertar, já que ela não consegue. Deus permitiu essa reencarnação para isso! Quando é que essa possibilidade acontecerá novamente? Não sei. Pode demorar e aí eu ficarei me sentindo culpada porque não fiz o suficiente. Não dei tudo de mim. Não fui gentil o máximo que pude. Não dei o meu melhor porque se tivesse feito, não precisaria mais reencarnar com ela sendo filha ou mãe. — Longa pausa e a irmã ouvia com atenção. — Sabe por que nós nos sentimos culpadas quando respondemos para nossa mãe? Não é porque o mundo inteiro consagrou as mães como se fossem criaturas sagradas. Não é isso. Nós nos sentimos mal, quando brigamos ou respondemos para ela, mesmo sabendo que ela é uma péssima mãe, porque não estamos fazendo o nosso melhor. O sentimento de culpa acontece porque não ficamos neutras, não silenciamos e deixamos que brigasse sozinha, que falasse sozinha. Não demos o máximo de nós. Respondemos, brigamos e entramos na energia amarga, ruim, pesada que ela tem. Precisamos ser gentis. Gentis conosco. Às vezes, ser gentil é não falar. Nós nos sentimos mal e experimentamos culpa porque sabemos que somos capazes de fazer melhor, porque temos consciência disso. Somos melhores do que nos comportamos e a prova disso é que reencarnamos nesta condição, passando por essas dificuldades para provarmos a nós isso. — Encarou-a e prosseguiu: — O que estou te falando serve para o caso da nossa mãe narcisista e também para qualquer pessoa difícil na nossa vida, da qual não podemos nos separar. Na faculdade, conversando com uma professora de Psiquiatria, ela me disse que, muito provavelmente, nossa mãe seja narcisista, com a possibilidade de ter certo grau ou até ser psicopata, uma vez que tem atitudes de torturas. Ela não pode afirmar, pois não a tratou ou examinou. Ainda vou estudar mais a respeito... Mas... Agnes, pensa comigo, espiritualmente falando, nós precisamos tratá-la melhor, não agredir com palavras ou atitudes, não bater de frente, não retribuir o que ela oferece e isso não é por ela, é por nós! Nós precisamos evoluir para nos livrarmos dos débitos do passado e não precisarmos estar no caminho dela, amanhã! Pensa! — enfatizava. — Se dermos o nosso melhor, não teremos de repetir essa experiência de vida nem teremos uma série de perguntas sobre darmos o nosso melhor.

— E ela? Ela não dá o melhor dela!

— Acabei de te dizer: Jesus falou para nós nos reconciliarmos com o nosso inimigo e não para esperarmos que o inimigo se reconcilie conosco. Não importa! A mãe não vai mudar, não vai aprender. Não nesta vida! Mas nós, conscientes de que estamos aqui para evoluirmos, podemos fazer diferente, para sairmos desse ciclo de ódio e inimizade. Outro dia, ela esteve aqui... Disse coisas, me provocou... respondi e, mesmo assim, ela se achou com razão. Ela é a certa, na cabeça dela. Por que eu perdi meu tempo com isso? Me arrependi. Quando ela conta aquelas mentiras, por que eu a repreendo ou desmascaro? Porque não evoluí. Mas, vou conseguir, vou me esforçar. Não se muda da noite para o dia e vou continuar concentrada nas minhas atitudes. E... Coitada.

— Você tem dó dela?

— Passei a ter porque já tenho consciência de que quem precisa mudar sou eu. E ela não enxerga isso. Não acha que precisa mudar e ser uma pessoa melhor, mas terá muito para aprender e harmonizar. O jeito é eu ter de me esforçar para ter paz. Não posso perder essa oportunidade terrena de me reconciliar com ela, mesmo que ela não se reconcilie comigo. Isso não significa que tenho de tratá-la com beijos e abraços. Significa que tenho de me respeitar, preservar minha saúde mental, não responder, não gritar, não ofender nem querer que seja do meu jeito. É ficar calada, mas consciente de que isso vai me trazer paz e equilíbrio, porque não adianta reagir.

— Posso até ficar calada quando ela falar e me provocar, mas quando quebra minhas coisas, rasga meus livros... Não sei se aguento.

— Vai adiantar brigar?

— Mas...

— Você vai ter de se planejar e não deixar ao alcance dela. Deixa comigo, no seu serviço. Terá de desenvolver sua astúcia e mudar o que ela pode te prejudicar.

Agnes ficou pensativa. Havia entendido as explicações da irmã.

Depois que a viu pensar, Babete comentou:

— Geralmente, filhos de narcisistas têm características narcisistas e podem desenvolver esse transtorno de personalidade. Isso acontece porque aprenderam e viveram a vida inteira ao lado de alguém egoísta, com uma visão maldosa das pessoas e do mundo. Só ouviram críticas e nunca comentários sobre o lado bom e bonito das pessoas e do mundo. Para nós, filhas de mãe narcisista, não nos tornarmos criaturas tão amargas, críticas e maldosas quanto ela, precisamos nos vigiar, nos educarmos e nos esforçarmos para não ficarmos como ela. E esse treino, esse modo bom e gentil de tratar as pessoas, deve ser iniciado no tratamento para com ela, nossa mãe. Quando nós a chamamos de monstro, quando dizemos que são demônios, seres das trevas, como já ouvi você e a Síria dizerem, inclusive eu... Nós estamos sendo iguais ou piores do que ela. Estamos sendo maldosas, mesquinhas... Estamos perdendo uma grande oportunidade de evoluirmos. Narcisista ou não, nossa mãe é um ser humano. Ela foi o portal para chegarmos a este mundo, como o Lucas me disse... Se ela é má, merece compaixão. Ser como ela e ofendê-la, criticá-la, desejar seu mal... ...fazer isso é estar a um passo de desenvolver o transtorno de personalidade narcisista. Ela é o exemplo do que não fazer, do que não ser. Vamos corrigir isso em nós. Por isso, Agnes, controle sua mente, invalide as agressões, as respostas abrutalhadas, os xingamentos. Isso é sobre você, não sobre ela. Para ignorar as coisas que ela faz, não é necessário qualquer tipo de agressão. Precisamos aprender isso. Deus não erra. Como diz o ditado popular: "Olhe como a pessoa trata os pais e saberá muito sobre ela."

— Você tem razão, Babete. Temos de fazer parte das pessoas que curam a alma. Não podemos ser como nossa mãe e fazer a alma dos outros adoecerem.

Babete a abraçou com carinho.

CAPÍTULO 46
Planos de mudança

Em uma tarde quente, Babete ficou deitada na rede estirada no fundo do quintal. Era raro ficar sem fazer nada. Ali, quieta, sem conversar com ninguém, perdeu os pensamentos no que fazer da vida.

Apesar das dificuldades e tristezas da infância, das dores e dos momentos de solidão, era grata por chegar até ali e estar daquela forma.

Mas, uma angústia ainda apertava seu coração. Havia uma dor em seus sentimentos que acompanhava imagens embaçadas, gritos que ecoavam indefinidos, algo como que em câmera lenta. Em suas visões, ainda olhava o sangue espalhado no chão e um corpinho largado sobre ele. A imagem de Laurinha era quase vaga e confusa. Mas, ela insistia, buscando detalhes.

Era capaz de perceber a si mesma caindo, experimentando uma fraqueza que a fazia gelar. Embora os olhos estivessem cerrados, conseguia ouvir e sentir... ...e sentia a facada que atravessou o ombro perto do peito.

Aquela dor estava viva na alma, nunca passou.

Suspirou, profundamente, nesse momento, e se perguntou em pensamento:

"Por quê? Por que tudo isso aconteceu comigo? Por que a morte da Laurinha não foi esclarecida? Será que fui eu?... Os remédios que tomava foram capazes de me fazer perder, completamente, a noção e a sanidade a ponto de tirar a vida de uma criança com necessidades especiais?" — não havia resposta ou o surgimento de qualquer lembrança que a ajudasse. — "Eu tinha tanta pena da Laurinha. Ficava imaginando como deveria ser triste, cansativo e doloroso ficar, ali, presa àquela cadeira... Mas, por que a mataria? E os espíritos? Por que não revelavam alguma coisa? Via e conversava com eles, principalmente, na infância e adolescência... Por que nunca me disseram nada? Por que não apontavam de quem era a culpa? Em todos esses anos, Laurinha nunca apareceu ou se comunicou de alguma forma comigo... Qual o enigma no assassinato e na morte daquela menininha?"

Aquele episódio doloroso a levou para viver com o tio que nem conhecia. Isso foi a única coisa boa que lhe aconteceu na infância e adolescência.

A mãe ausente e cruel só lhe oferecia insegurança e dor.

Apesar das manias e conceitos que tinha, Adriano sempre foi gentil, preocupado e muito presente. Sob seu teto, nunca experimentou ausência de companheirismo ou necessidade. Somente aquela angústia atroz, aquele medo cruel sem explicação, a dúvida e a sede de resposta sobre estar envolvida ou não naquele assassinato.

Como viver com isso? Essa sempre foi a pergunta que se fez, desde que se deu conta de que tudo aquilo transformou, totalmente, sua vida.

Muitas noites insones, com a alma trêmula pela incerteza de tudo.

A única esperança ou sonho que cultivou foi sobre Matias. Achava-o lindo, presente, amigo, a referência de um amor que não sabia explicar. Encantava-se por ele. Ou será que sempre se sentiu igual a ele? Quando soube que Matias foi rejeitado e abandonado pela mãe, talvez tenha se identificado.

Às vezes, suas brincadeiras eram desagradáveis, sentia-se triste com isso. Mas, em seguida, ele sorria e passava a mão na cabeça, esparramando seus cabelos como se fosse um carinho e, para ela, era.

Matias adorava conversar sobre sua mediunidade e toda quarta-feira, antes de iniciar a faculdade, iam juntos ao centro espírita e se sentavam lado a lado.

Nunca esqueceu o seu primeiro beijo, quando levaram os cachorros para passearem. Não dormiu aquela noite, só pensando no beijo. Um romance se iniciou e andavam de mãos dadas, mas não falavam nada a respeito. O que será que significou para ele?

Não saberia responder.

Chorou noites seguidas, ao descobrir que ele estava namorando alguém da faculdade e não lhe deu qualquer satisfação, não colocou um ponto final no romance que tinham, como se ela não tivesse importância alguma para ele. Não entendeu o que aconteceu. Dione era linda, mas totalmente incompatível com Matias.

Foram dias e noites regados a uma dor imensurável, que não podia falar para ninguém. O que contou e conversou nas sessões de psicoterapia não parecia o suficiente. Desejava procurá-lo e perguntar o que significou o romance entre eles. Mas, não tinha coragem. Era uma época que não conseguia fazer enfrentamentos. Até porque não gostaria de que a família soubesse.

Seu coração doía sem esperança e sem amor. Achava que não merecia ser feliz. Inconformada, indignada, decidiu se concentrar nos estudos.

No primeiro ano da faculdade de Medicina, conheceu Rafael. Embora todas as outras colegas se encantassem com ele, ela não se importou. Ficou indiferente, até que o rapaz deu um jeito. Aproximou-se de Lucas e se enturmou para que fizessem grupo e trabalhos juntos. Não entendeu que Rafael só desejava se aproximar. Viu uma aura boa nele e gostou. Percebeu que a dor que havia em seu coração pela desilusão, foi se dissolvendo. Deixou-se aproximar pela companhia agradável e amizade tranquila. Sentia e podia perceber que Rafael, realmente, importava-se com ela.

Quando Rafael se declarou, ficou tão surpresa quanto feliz. Afinal, alguém gostava dela. Mas, e Matias?

Matias seguia sua própria vida, egoísta, sem dar qualquer satisfação por tê-la abandonado. Algo ficou sem fim, sem um ponto final entre eles. Talvez isso ainda a incomodasse.

O canto alto de um bem-te-vi a fez sobressaltar e abrir os olhos.

De imediato, viu Matias sorrindo ao vigiá-la.

— Te assustei? — ele perguntou. — Estava dormindo?

— Não. Só de olhos fechados. — Remexeu-se, sentou-se e colocou as pernas para fora da rede.

— O Adriano tá aí?

— Lá na cozinha, com as manias dele. Hoje, ficou reclamando das coisas do armário da cozinha que estão fora do lugar. Disse que tem muitos potes plásticos que não estão sendo usados e precisam ir para doação. Me ofereci para ajudar, mas não... Ele prefere arrumar sozinho, porém não para de falar.

— Desculpe... — aproximou-se, pegou na rede e balançou levemente.

— Do quê?

— Por acordar você — respondeu de um modo generoso, sorrindo constantemente.

— Não estava dormindo.

— Você fica muito bonita quando dorme — ele tornou a dizer. Pareceu não a ouvir.

Babete se sentiu sem jeito. O tom de voz de Matias tinha algo diferente. Ele poderia querer conquistá-la, mesmo sabendo que namorava?

Ela olhou e viu Lucas indo até o portão, atender a campainha.

— Vai sair hoje? — Matias quis saber.

— Não sei... — murmurou.

O primo retornou em companhia de Rafael, que estava sorrindo largamente, até vê-la acompanhada de Matias que, com a mão na rede, balançava-a suavemente.

— Oi... — Rafael cumprimentou. — Tudo bem?

— Tudo ótimo! — Matias respondeu.

Após cumprimentar a namorada com um beijinho rápido, o rapaz disse:

— Mandei mensagem, liguei, mas você não atendeu. Resolvi vir direto — sorriu.

— Esqueci o celular no quarto. Acho que peguei no sono, aqui, na rede.

— Mas, você disse pra mim que não estava dormindo! — Matias se intrometeu. — Estávamos, aqui, conversando.

Rafael olhou para Babete sem entender o que estava acontecendo. Ela suspirou fundo, não gostou do que o outro disse.

— Que tal irmos a um barzinho? — Matias perguntou animado. Virando-se para Lucas, propôs: — Você pode convidar aquela garota com quem ficou lá na praia.

— Não estamos ficando. Estamos namorando. Mas, a ideia é boa!... — animou-se. — Vou falar com ela! — virou-se e saiu, não esperou para saber se a prima e o namorado concordavam.

Rafael consultou Babete com o olhar e ela encolheu os ombros, como quem diz que tanto faz.

Começou a ser comum, Matias chamar para saírem e, de alguma forma, provocar Rafael com seu comportamento. A situação foi se intensificando, de modo que Matias passou a incomodar só com a presença.

Com o tempo, até Otília percebeu e advertiu o filho, mas não adiantou.

Ao término da faculdade, Babete decidiu prestar prova para fazer residência em Psiquiatria, enquanto Rafael optou por cardiologia.

Assim que passou na prova da residência, ela procurou Adriano e disse:

— Tio, chegou o momento de sair da sua casa... — começou a chorar. — Acho melhor alugar um apartamento que seja mais perto do hospital onde começarei a fazer residência e começarei minha vida...

— Pode continuar aqui até terminar sua especialização e... — emocionou-se. Não conseguiu terminar.

— Agradeço muito. Mas, é hora de seguir em frente. Só tem um problema... Não sei como agradecer por tudo o que fez por mim...

Adriano começou chorar. Abrindo os braços, envolveu-a com força.

— Você é uma filha para mim... — murmurou em seu ouvido. — Desculpe por ter sido tão chato, ranzinza, por pegar no seu pé... Se te magoei, foi pensando que isso foi um treino para a vida e para o mundo... Não é fácil viver e precisamos ser fortes. — Afastando-se, ainda disse: — Minha casa está de portas abertas sempre. Não fique longe por muitos dias... Entendeu?

— Entendi. Pode deixar... Virei comer seu macarrão à bolonhesa — riu. — Adoro!

— Mas, chegue cedo para ajudar a preparar... — brincou. Mais sério, perguntou: — O Atlas continuará aqui, certo?

— Sim. Amo meu cachorro, mas, para o bem dele, será melhor que fique, se não se importar.

— Não. Claro — ficou feliz com a ideia. Gostava do cachorro. — Mas, terá de vir lavar o quintal nos finais de semana! — brincou.

— Combinado! — ela sorriu lindamente, deixando as covinhas aparecerem.

— Você já arrumou algum lugar ou está só planejando?

— Planejando e dando uma olhada em apartamentos para alugar, que sejam próximos do hospital onde farei residência. Isso vai otimizar meu tempo. Especialização exige muito. Vou conversar com o senhor Bernardo para ver como fica isso, já que ele é quem vai pagar o aluguel e... Sempre conversamos por telefone e, nos últimos meses, tenho sinalizado que quero continuar na área da saúde, pois não tenho dom ou interesse para administrar indústria de ração, fazendas... Não sei como vai ficar essa parte, tio... Estou preocupada. O senhor Bernardo já tem idade, não sei se ele vai continuar administrando tudo para mim e, sem ele, não tenho ideia do que fazer.

— Podemos ir até Minas Gerais para uma visita e conversar sobre tudo isso pessoalmente. Estou torcendo para que o Bernardo continue administrando tudo para você.

— Tomara. — Um momento e comentou: — Estou querendo que a Agnes vá morar comigo. Minha irmã trabalha na imobiliária e está no penúltimo ano de Direito. Tá bem difícil para ela e, morando comigo, será uma boa companhia. Sempre nos demos bem. O que você acha?

— Babete, no seu lugar, eu deixaria bem claro para sua irmã que vai levá-la para morar junto para uma experiência. Caso a Agnes te incomode, de alguma forma, ela volta para a casa da sua mãe. Apesar de o Bernardo estar pagando tudo para você, a Agnes está trabalhando, por isso ela deve colaborar com as despesas, para aprender a ter responsabilidade. Deve também ajudar nas tarefas da casa, lavar roupas, louças... Tudo isso. Coloque regras, limites para não se desgastar depois. Sabe, Babete, pessoas como nós, que costumamos ter muita empatia, ter tolerância, ter dó dos outros, frequentemente, se dão mal por não impor limites e não deixar as coisas claras. Nos habituamos a ceder muito e nos darmos mal por isso. Existem pessoas que têm consciência, mas nem todas. Algumas, se damos a mão, elas agarram nossos braços e nos amarram, não conseguimos nem nos mexer e ficamos presos aos problemas, às tramas, às dificuldades delas. Elas não ouvem nossa opinião, fazem o que querem e depois acham que temos a obrigação de ouvir suas intermináveis queixas e ajudar, como se não tivéssemos mais nada para fazer. Temos de colocar limites. Temos nossa vida, nossos problemas, nossos desafios. — Breve instante e lembrou-se de dizer: — Não é errado você estar bem. O correto é esse. Outro dia eu vi, em uma rede social, uma pessoa se colocando à disposição de outras para conversar: "Se tiver algum problema, fale comigo." Não sei se isso é correto. Primeiro, porque a pessoa que se coloca à disposição não é da área da saúde mental e é muito perigoso dizer algo que leve o outro a entender errado e fazer besteira. Segundo, quem está com problemas, muitas vezes, não quer só desabafar, quer soluções e ajuda e nem sempre quem se coloca à disposição é competente para ajudar. Terceiro, às vezes, hoje, a pessoa tem um tempinho, amanhã não tem tempinho nenhum e como fica a sua fala sobre fale comigo? Quarto, quem quer soluções gratuitas para seus problemas, não aprende nada e se transforma em dependente e eterno pedinte, nunca vai se esforçar para nada. Você é responsável pelo dependente que cria. Quando procuramos soluções, nós nos desenvolvemos. Não digo que não é para ajudar ninguém, mas afirmo que é para colocar limite e tempo específico para a ajuda. Jesus mesmo falou: não dê peixe, ensine pescar. Seja sua irmã ou sei lá quem for, coloque limites. Deixe tudo muito transparente.

— Tem razão, tio. Pode parecer egoísmo, mas é sinceridade. Melhor fazer isso do que, mais tarde, não ter saúde emocional para lidar com a situação.

— Você é sua prioridade e responsabilidade. Priorize-se.
— Entendi — sorriu lindamente.

Babete foi até a casa de sua mãe. Não era comum visitá-la. Primeiro, porque não suportava suas críticas, queixas e tentativas de manipulações. Segundo, porque, nos últimos anos, não tinha tempo devido aos estudos e estágios. Dedicação de tempo integral ao curso universitário.

Mesmo a contragosto, foi até lá. Precisava conversar com Agnes sobre a ideia de morarem juntas. Seria bem provável que isso trouxesse tranquilidade, não só à irmã, mas também à sua mãe, que sempre se queixava da filha caçula.

Entrou, cumprimentou e se sentou.

Olhou em volta e se lembrou de quando seu tio ajudou a montar aquela casa e instalar os armários e móveis novos que, agora, estavam feios, velhos, quebrados e sem graça, sem qualquer capricho.

As paredes estavam impregnadas de energias que tinham a aparência de uma massa opaca, variando a escuridão conforme o que foi impregnado. Esses miasmas não podiam ser vistos por encarnados, porém, muitas vezes, eram sentidos de diversas formas, inclusive, por meio de doenças ou dores. Essa matéria etérica, fluidos pegajosos e inferiores eram resultados das palavras e pensamentos, principalmente, de Iraci que sempre se queixava, reclamava e só observava e ressaltava o que era negativo.

Algo pesaroso, triste e sem esperança pairava no ar.

— E a Agnes?

— Tá no banho! Duas horas de banho! Depois não quer que eu reclame da conta de água e luz. Deu para gastar com creme de cabelo e outras besteiras. Dinheiro indo pro ralo!

— Dinheiro dela, direito dela.

— Desperdício, isso sim! Olha pra essa casa! Desde que entramos aqui nunca foi pintada. Os móveis estão velhos, precisando trocar.

— Desde que entrei na casa do tio Adriano, que é o mesmo tempo que você mora aqui, nunca vi nenhum móvel ser trocado. Mas, todos cuidam para que as coisas não quebrem, para que durem. E quando algo quebra, logo é consertado.

— Tá querendo dizer o que, Babete?! — indagou agressiva.

— Que você poderia ter conservado mais as coisas. Muitas vezes, já te vi dando murro na mesa, batendo as portas dos armários e outras coisas, só para demonstrar raiva e insatisfação. Além disso não resolver nada, só estraga o que tem.

— Você é desalmada, desnaturada! Olha para a minha situação!

— Mãe, você tem uma pensão como viúva, tem a ajuda que o tio dá todo mês, tem as cestas básicas que ele também dá... Estava trabalhando e parou. Hoje, não faz nada. Fica só assistindo lixo na televisão e reclamando das coisas. A tia Otília...

— Não me compare à Otília! Ela teve sorte! Vendeu a casa que o marido deixou e se deu bem na vida!

— Seu marido deixou uma fazenda produtiva, gado caro! Tudo muito lucrativo e o que você fez? — a filha indagou com muita tranquilidade.

— Tinha três filhas! Tinha de cuidar delas e precisei deixar nas mãos de um aproveitador! Fui enganada!

— Por que não deixou nas mãos do senhor Bernardo?

— Como iria saber? Fiquei desesperada com a morte do seu pai! Era uma mulher despreparada! Fui enganada por um estelionatário! Seu pai confiava nele, por que eu não confiaria?! Não tive quem me ajudasse! Ninguém para me ajudar! Mas, você!... Você teve sorte! Foi a escolhida do seu tio para ficar na casa dele! Por isso é fácil falar de mim!

— Escolhida? Mãe, o tio foi obrigado a ficar comigo — quase riu.

— Com a vida boa que ele tem, isso não foi problema algum. Aliás, o Adriano é um grande egoísta e você também. Com a desculpa de estudar, esquece que tem mãe!

— Oi, Babete! E aí? — Agnes a cumprimentou.

— Credo! Que blusa é essa? Que cor de burro quando foge! — disse a mãe ao ver a filha, que saía do banho.

— Tudo bem e você? — a irmã respondeu, ignorando o que a mãe tinha dito.

— Estou bem.

— Queria falar com você. Como sabe, passei na prova da residência em Psiquiatria e...

— Psiquiatria, Babete?! Tenha dó! — a mãe interrompeu. — Não acredito que vai escolher essa especialização! Formei uma filha médica para ela se dedicar aos loucos! Ah, não! Tenha a santa paciência!

— Mãe! Primeiro, você nunca ajudou a Babete! Segundo, a vida e a profissão são dela!

— Como nunca ajudei?! Sou mãe dela! Sempre a fiz se esforçar para estudar. Se tivesse deixado por ela nem alfabetizada estaria!

— Ai, gente! Para com isso — Babete exigiu.

— Olha o que vocês fazem comigo! Só me fazem passar nervoso! Nunca tenho paz! Ninguém reconhece o que faço, o que ajudo nem o quanto me dedico.

Babete se levantou e disse:

— Agnes, quando der, vai à casa do tio pra gente conversar. Agora, tenho de ir. Vou sair daqui a pouco.

— Vai sair com o namorado, aposto?! Nunca se deu ao trabalho de apresentá-lo para sua mãe! Aquela que a criou, educou, cuidou!... Isso se chama ingratidão! — Iraci esbravejou.

— Qualquer hora apresento vocês dois. Hoje, não é um bom dia. Tchau! Depois conversamos — Babete se virou e saiu. Sabia que não adiantaria conversar.

No dia seguinte, Agnes conversava com a irmã, na casa de seu tio.

— Então é isso. Vou conversar com o senhor Bernardo. Confirmar que seguirei na área da saúde e fazer essa especialização. Não pretendo administrar indústria e fazendas. Durante a residência, vou receber bem pouco e não conseguirei me manter. Acho injusto continuar, aqui, na casa do tio. Uma pessoa sempre dá despesas: água, luz, gás, alimentação, produtos de limpeza, diversão, vestimentas... Por mais que o senhor Bernardo ajude, sempre existem gastos que não aparecem. Durante a faculdade, nesses seis anos, foi bom ter ficado aqui, por causa da segurança, do acolhimento, da companhia, estudo... O ambiente e todos desta casa eram favoráveis. Alguns momentos não eram fáceis. Nem tudo são flores. Tinha dias que pensava em desistir. O tio vinha, conversava, dava força... Aí, secava as lágrimas e continuava estudando — riu. — Queria dormir, mas tinha de ler. Pensava em me divertir, mas tinha hora para cumprir, estágio para fazer, trabalhos para concluir... E as pessoas a sua volta são as que te sustentam com energias boas, conselhos produtivos, força, coragem e até mesmo silêncio e sorriso servem de suprimentos para a alma. O tio Adriano e a tia Otília fizeram isso por mim. Agora, precisam cuidar das próprias vidas e eu construir a minha. Com isso, penso que posso te ajudar, desde que você contribua para isso.

— Lógico! O que quer que eu faça?! — animou-se.

— Continue estudando e trabalhando. Vai ter de colaborar com as despesas e com as tarefas de casa, que vamos dividir. Vai ter de fazer silêncio, porque precisarei estudar muito! — ressaltou. — Também vamos conversar sobre amigos que podem e que não devem frequentar nossa casa. Caso eu não goste de alguém, sinto muito. Terei de te falar e não vou querer a pessoa em casa. Sobre horários... Não vai ser legal você passar a noite fora ou chegar tarde ou chegar embriagada... Tenho certeza de que esse tipo de comportamento vai me incomodar. Ficarei preocupada, pensando onde está, onde esteve e isso vai me atrapalhar e fazer com que me desconcentre do que preciso estudar. Estudo será a minha prioridade. Saiba disso. Caso acredite que não vai conseguir ficar sem balada, bagunças... Não vai dar certo morar comigo. Serei chata com isso.

— Concordo! Você está certa. Também quero me concentrar em mim, na minha carreira, em prosperar, progredir... Podemos até colocar tudo no papel, como a tia Otília faz — achou graça, mas falava sério. — Tenho uma pequena quantidade de dinheiro guardado e quero contribuir para montarmos o apartamento.

— O senhor Bernardo vai ajudar, mas será interessante ter esse dinheiro para montar seu quarto e deixar do seu jeito. E... — Pensou e lembrou-se: — Outro dia, você falou que gostaria de fazer um curso de corretora de imóveis, já que trabalha na área... Por que não usa parte desse dinheiro para isso?

— É um curso de Técnico de Transações Imobiliárias e tem aproximadamente um ano de duração. Já o curso superior, Tecnológico em Gestão Imobiliária, são de dois anos. Fazendo faculdade, agora, seria complicado.

— Melhor terminar a faculdade primeiro.

— Quando pretende procurar apartamento?

O AMOR É UMA ESCOLHA 679

— Já estou procurando. Tenho dois em vista, que gostei muito. Preciso ser rápida, quero me instalar antes de começar a residência. Não pretendo me preocupar com mais nada depois.

— Babete, melhor não contar para a mãe.

— Será?

— Ela vai vibrar contra.

— Verdade...

— Ai... — Agnes sorriu largamente. — Deus ouviu minhas preces!

— Sim, mas você se esforçou e deve continuar se esforçando. Se você fosse igual à Síria, jamais te convidaria para morar comigo. Se estou convidando, é por seus esforços. Espero que continue fazendo sua parte, pois continuarei fazendo a minha. Quem quer progredir e prosperar não tem tempo para balada, folia, bebedeira... Aliás, eu não bebo e não quero bebidas em casa.

— Eu sei, você me falou que teve problemas.

— Depois de tudo o que passei na infância e adolescência, demorei anos para equilibrar emocional e mediunicamente. Tinha pesadelos horríveis, paralisia do sono, insônias... Enquanto dormia, me via em lugares ruins, tenebrosos e não sabia como sair de lá. Aprendi que se tratava de desdobramento, que é sair do corpo enquanto está dormindo e se atrair para lugares ou junto de seres com os quais se afina. O medo e a insegurança, junto à falta de fé e de esperança, fazem com que a gente doe nossa energia para seres ou espíritos que atuam no mal, espíritos sem evolução e que só querem perturbar. Tudo o que aconteceu comigo, a mudança para a casa do tio Adriano, me deixou com medo, insegura, sem fé e sem esperança de um futuro melhor. O medo fazia com que eu cedesse minha energia, gastava da minha essência com a crença de que algo ruim aconteceria, a qualquer momento. E os espíritos inferiores, sem instrução, eram os que se aproveitavam disso. Sofria com dias depressivos, ansiosos, com crises de pânico... Tinha de mudar meu padrão vibratório, minhas crenças limitantes, minha falta de fé. E isso não aconteceu do dia para a noite. Precisei me dedicar muitas horas aprendendo a meditar, ouvindo palestras, participando de cursos, fazendo psicoterapia... Tudo isso e muito empenho, me tiraram desse buraco onde tinha me enfiado por conta do medo e falta de fé. Mesmo com tudo o que a vovó disse... — sorriu sem jeito. — Fiquei bem, equilibrada. Quando fui para a faculdade, estava animada, alegre, desejava me enturmar... Bebi duas vezes para nunca mais! — salientou. — No primeiro instante, uma alegria imensa e diversão. Sem demora, enxerguei espíritos desequilibrados, vingativos e zombeteiros me fazendo companhia, sugando minhas energias. Comecei a sofrer as consequências dessa aproximação com depressão, ansiedade, pânico, noites em claro, paralisia do sono... Via seres bizarros, terríveis me atormentando, enquanto estava presa ao corpo sem poder me mexer. Por sorte, sabia meditar, atrair forças e buscar equilíbrio. Voltei para a casa espírita, sessões de passes, estudos... Tinha de arrumar tempo, mesmo com a faculdade, ou não conseguiria prosseguir. Então, pensei: que se dane a turminha! Não quero e não vou me enturmar com nada que não seja do meu nível, que não seja bom para mim. Quem faz as mesmas coisas, colhe o mesmo resultado. Preciso ser minha prioridade, por isso passei a ser bem racional. Mais uma coisa... Quando formos cuidar da vida, do progresso pessoal, da espiritualidade, da saúde física, mental e emocional, estejamos preparados para perdermos amigos.

— Você está certa — concordou, sorrindo. — Faremos nosso melhor. Vai dar certo!

Agnes se tornava cada vez mais prudente. Sabia ouvir e parava para refletir em tudo o que a irmã dizia. Era bondosa por índole e não deixava que os machucados da vida, fizessem-na ferir o mundo.

Babete sentia que, ao lado da irmã, tudo daria certo.

CAPÍTULO 47
A cor âmbar no campo

Babete decidiu convidar Rafael para irem até Minas Gerais, cidade onde nasceu. Explicou que iria conversar com Bernardo sobre seus planos e que não desejaria cuidar da indústria nem das fazendas. Também gostaria de apresentá-lo ao senhor que considerava como um avô e a Efigênia, que tanto amava.

Aproveitando a oportunidade como passeio, Adriano e Otília foram juntos e levaram os filhos.

A recepção calorosa pareceu muito intensa. Efigênia chegou às lágrimas ao ver como Babete havia mudado.

— Dotora! Minha menininha é dotora, agora... — dizia, pegando em suas mãos, olhando-a de cima a baixo, antes de agarrá-la em um forte abraço.

Após conversarem e se atualizarem, Bernardo convidou:

— Venha, aqui, no escritório, Babete. Quero conversar com você em particular.

Sem pensar, ela deixou todos na sala e o acompanhou.

No escritório, foi para trás da mesa e pediu que ela ocupasse a cadeira à frente.

— Desculpa por chamá-la, aqui, a sós, mas não conheço seu namorado e não sei até onde ele está a par de sua vida.

— O senhor está certo — sorriu.

— Vi que ele ficou bem surpreso, quando falamos das fazendas e da indústria de ração animal.

— Contei minha vida para o Rafael, mas não falei que meu pai deixou tudo para o senhor e pediu que me beneficiasse, quando quisesse. Só contei até a parte em que minha mãe foi enganada pelo veterinário da fazenda, que lhe deu um golpe vendendo tudo, menos as terras, que ficaram abandonadas. Não comentei muito sobre onde o senhor se encaixava, cuidando de tudo. Acho que ele se surpreendeu, porque, na sala, o senhor falou como se tudo isso fosse meu, o que não é verdade.

— É sim. Fiz você minha herdeira, na minha ausência, claro — sorriu. — Já cuidei de tudo. O que herdar de mim serão bens que seu marido ou convivente não terá qualquer direito.

— O que é convivente?

— Convivente é o estado civil de quem vive em união estável. Não se pode chamar de casada a pessoa que vive nesse tipo de união nem de solteira, porque ela está convivendo com outra pessoa. Concubina também não é correto, pois o concubinato ocorre quando se é impedido de casar por já ser casado, quando se infringe o dever de fidelidade, mais conhecido como adultério. Namorido não existe. Convivente é a denominação correta para quem mantêm convívio duradouro, público e contínuo, desejando o reconhecimento como entidade familiar, ou seja, união estável.

— Não sabia — Babete confessou. — O senhor não tem parentes, herdeiros?

— Não. Meu único irmão e a esposa faleceram. Meu único sobrinho, que só procurava notícias para saber se eu estava vivo, também faleceu há alguns anos. Não tenho mais ninguém. — Um instante e prosseguiu com o assunto que mais interessava: — Hoje em dia precisamos pensar em tudo, prevendo situações futuras que podem ser desgastantes ou embaraçosas. Então... Mesmo que se una ou se case, seu marido ou convivente não terá direito a esses bens nem em caso de separação. Foi uma das coisas que exigi ao advogado quando fiz a doação — sorriu. Era um homem que pensava no futuro e Babete entendeu. Ficou atenta e esperta para aprender com ele e não se deixar enganar. — Confesso que ainda tinha esperanças de que se interessasse pela indústria de ração e fazendas... — riu de si mesmo.

— Prefiro seguir como médica e cuidar de pessoas. Acreditando que, quando a mente está bem, todo o resto fica equilibrado, por isso decidi fazer residência em Psiquiatria. E... Ai... Não sei o que fazer com tudo isso que o senhor está passando para mim... — expressou-se de um jeito quase triste.

— Gosto de trabalhar e, mais ainda, do que faço. Vou continuar cuidando de tudo até quando Deus permitir. Na minha falta, poderá vender, se não encontrar quem administre tudo para você. Mas... Ainda penso em fazer uma coisa. As terras da fazenda que pertencem a sua mãe, a você e suas irmãs estão, completamente, abandonadas. Temo por depreciação, desvalorização... Aquelas terras são boas para gado e produtivas também. O que acha de comprarmos essa fazenda?

— Não sei. É possível?

— Sim. Suas irmãs e sua mãe receberão algo justo do que sobrou da herança do seu pai. Suas irmãs têm maioridade, agora, e podem fazer o que quiserem com o dinheiro. Sua mãe também. Lembrando que será só o valor das terras, já que lá não tem mais nada. Creio que nem as casas dão para aproveitar. Melhor isso do que perderem tudo para invasores.

— E o que o senhor faria com as terras?

— Podemos retomar as atividades do seu pai e também transformar aquele lugar em um hotel fazenda, coisa muito comum, hoje em dia.

— Hotel fazenda?! — achou graça. — De onde surgiu essa ideia?

— Do Julião — riu. — O investigador de polícia. Ele veio me procurar para conversar sobre a fazenda. Queria saber o valor, a possibilidade de falar com sua mãe e vocês para comprar. Fiz uns cálculos, mas assim que soube, achou acima de suas posses. Você sabe que ele se casou com a dona Jorgete, aquela que foi sua professora. Os dois estão se aposentando agora. Ele tem faculdade de hotelaria e pensou em comprar as terras, mas não tinha ideia do valor. Desanimou, quando falei. Mas... Dias depois, eu não parei de pensar no assunto. Por isso, estou falando com você. Acho o Julião uma pessoa de confiança para tocar um negócio desse. Não gosto de ver terras desperdiçadas.

— Por mim... Está bem — ela concordou.

— Amanhã, vamos até a fazenda. Podemos sair cedo e passarmos o dia lá, fazermos um piquenique. Contratei um peão para dar uma limpada na estrada e num lugar no campo, perto do lago, pra gente ficar. Daremos uma olhada em tudo. Lá, não deixou de ser um lugar lindo.

— Está certo. Vamos sim — sorriu lindamente ao concordar.

Apesar da idade, Bernardo era futurista, sempre planejando coisas e prevendo situações.

Bem cedo, após o farto café da manhã preparado por Efigênia, todos foram para a fazenda.

Bernardo mostrou o lugar e apresentou suas ideias jovens demais para sua idade. Sorria ao sonhar e se achar capaz de mais aquela aventura. Todos o admiravam, apreciando sua disposição e inteligência.

Olharam os restos do incêndio da casa principal, que aparecia em meio à vegetação crescida.

Nenhuma palavra de Babete. Só seriedade. Um filme pareceu passar em suas lembranças e ela não quis falar sobre o assunto.

Foram para uma campina e se acomodaram perto do lindo lago formado a poucos metros da cachoeira, que era possível ver e ouvir.

Colchas e toalhas postas no chão e fizeram um piquenique.

Otília, ao lado de Adriano, estava encantada com o lugar. Nunca imaginou que fosse tão lindo. Quando Iraci se casou, conheceu somente a fazenda do sogro da prima, não aquela.

Deitou apoiando sua cabeça no colo de Adriano e ali ficaram em silêncio.

Lucas e a namorada foram dar voltas, enquanto Fábio, empolgado, não saia do lado de Bernardo, querendo saber muito mais sobre as experiências do senhor. O homem lembrou de muitas histórias e falou sobre animais, ração, forragem e tudo o que o jovem esperava ouvir, mas nunca parecia suficiente.

Matias, ao lado de Babete, pedia para que contasse sobre a infância e lembranças daquelas terras, mas ela comentou bem pouco. Não queria conversar.

Rafael só observava tudo e todos. Notou que Matias puxava assunto, propositadamente, desejando atenção.

Na primeira oportunidade, Babete saiu sozinha para caminhar e se distanciou de todos, que não viram para onde tinha ido.

A princípio, andou sem rumo. Cruzou pastos abandonados onde cresceram flores de coloração diversas entre a vegetação.

O céu estava de um azul impressionante.

O outono trazia sua brisa fresca, pela mudança de estação, acariciando a pele desprotegida.

O sol, quase deitado na linha das montanhas, derramava sua luz com nuances de tons âmbar, alongando as silhuetas e tonalizando os campos indefinidamente.

Tudo era lindo. A jovem sorriu sem perceber. A cor âmbar, que ela, particularmente, adorava, estava radiante naquela tarde. Combinava com seus cabelos ruivos que o vento soprava. Havia algo de especial no ar.

Sentia.

Quando se deu conta, Babete tinha entrado em uma trilha, que nem imaginava ainda existir e que a levou para pequena clareira. Andava na sombra escura das árvores altas, que encobriam grande parte da claridade e dos raios do sol.

— Elizabeth?

Ela sorriu largamente ao ver o espírito daquela que foi sua avó.

— Vovó...

— Estamos felizes por suas vitórias, por suas conquistas, perseverança e empenho. Diante das dificuldades da vida, é fácil chorar e reclamar, desejando mágica para prosperar. Mas, é sagrada a vitória daqueles que têm enfrentamento e persistem em algo bom, útil e saudável.

— Hoje estou mais calma, porém... Ainda tenho medo.

— Mas, não o pavor nem o medo que não enfrenta. Você vai com medo mesmo. Hoje, no seu caso, o medo é responsabilidade, porque não quer errar nem decepcionar a si mesma. Mas, não se apegue a ele: ao medo.

— Esta fazenda não me traz boas lembranças. Até já tinha pensado em nunca mais vir a esse lugar. Foi aqui que... Minha mãe... — não completou. — Eu não tinha noção... Fui me acostumando e achando que o que ela fazia era normal e...

— E chegou aonde está com honras! Você e a Agnes são vencedoras. Sobreviveram às provas e expiações, harmonizando débitos do passado. Não sentaram e ficaram reclamando nem culpando a mãe eternamente. Tornaram-se heroínas de suas histórias.

— Foi duro, vovó! Poderia ter sido diferente.

— Diferente?! Ora, Elizabeth!... Qualquer coisa diferente que nos aconteça, muda nossa vida, interfere no que fazemos de nós mesmos.

— Mas, não foi fácil e... Tem horas que me esqueço disso e também quero colo — sorriu de modo mimado. Depois, quis saber: — Vovó, e o meu pai? Não o senti nem o vi mais.

— Hoje, ele está melhor. Ficou anos vagando perturbado e confuso, sem condições de ser socorrido, devido ao seu nível vibracional: revoltado, amargo e sem fé... Depois que sofreu o suficiente, desejou socorro, parar de sofrer e orou verdadeiramente.

— Ele se torturou muito pelo que fez com a Joana.

— Sem dúvida.

— E a Joana?

— Está reencarnada. Para sua consciência, não era fácil conviver com o arrependimento também. Na espiritualidade, sentimento de culpa é tão intenso que muitos de nós preferem a oportunidade de reencarnar para ter a benção do esquecimento. Ela pediu a possibilidade de ser a futura mãe de Dárcio.

— Por ele ter tirado a vida dela, no passado, é bem provável que não se harmonizem de imediato e seja aquela relação conturbada entre mãe e filho — torceu a boca ao erguer as sobrancelhas.

— Cada caso é um caso, Elizabeth.
— Provavelmente, um caso de mãe narcisista.
— Elizabeth! — repreendeu-a.
— É... Eu sei... Só imaginando, aqui... — Sem demora, lembrou de contar: — Faz tempo que a senhora não me aparece. Sei que deve saber, mas me deixa contar!... Vou deixar a casa do meu tio para morar em um apartamento. A Agnes vai morar comigo. Mas, acho que minha mãe será um problema, quando souber.
— Provavelmente. A Iraci foi e será um grande instrumento de aprendizado sobre equilíbrio para vocês.
— Ela é má...
— Todos nós somos imperfeitos. Quem disse que nunca fomos como ela, em reencarnações passadas?
— É... Tá certo — disse contrariada.
— Elizabeth, reencarnados, enfrentamos provas e expiações como desafios para a nossa evolução. Lamentações, reclamações são perda de tempo. É preciso equilíbrio, coragem e enfrentamento para encarar e perguntar para a dificuldade: o que você quer de mim? Por que vivo esse problema? — Breve pausa e respondeu à própria pergunta: — É lógico que a resposta será: você vive um problema para sair dele, buscando soluções equilibradas e boas para você e para os outros. Algumas pessoas, em vez de procurarem soluções, envolvem-se em mais problemas ainda, por falta de reflexão, de planejamento e bom senso. A primeira coisa a se pensar é: se estou vivendo isso é porque tenho débitos nessa área ou preciso me aprimorar no equilíbrio emocional. Deus não erra, minha querida. O objetivo é se empenhar e controlar seus impulsos inferiores, para não adquirir mais débitos e não se colocar em situações piores. Sempre precisamos desenvolver em nós empenho e paciência, perseverança e

coragem. Dizer não quando necessário e se manter firme. Também respeitar o não que receber dos outros. Transmutar seu lado escuro, entende? Todos temos nossa escuridão e devemos assumi-la, sem culpar ninguém. Você acha que sua vida seria melhor se sua mãe fosse diferente? Quanto engano! Nascemos na família certa para nos desenvolvermos.

— Mas, não consigo viver com minha mãe nem minhas irmãs conseguem.

— Por merecimento, diferente de suas irmãs, há anos você não vive com sua mãe sob o mesmo teto. Ninguém é obrigado a conviver com outra pessoa que a maltrata, humilha, agride. É necessário buscar forças e encontrar meios de sair das garras de pessoas cruéis, sejam pais ou companheiros narcisistas, tóxicas, criaturas que confundem, manipulam, mentem, sufocam, maltratam física e psicologicamente. Sim! É necessário se libertar dessas pessoas egoístas. Sejamos realistas. Não é ofendendo, respondendo mal, brigando e gritando que vamos conquistar respeito e impor nossa vontade. É sendo firme e dizer, tão somente, o necessário: não. Você e a Agnes fizeram o certo, buscando saída. Mas... observe a Síria. O que ela fez para si mesma? Ela encontrou um companheiro e fez de tudo para que ele a assumisse, engravidou para ele se sentir obrigado a ficar com ela. Síria não mediu consequências. Antes de se unir ao rapaz, não pensou, não refletiu, não planejou sobre como viveriam, como pagariam as contas, como assumiriam as despesas de uma vida juntos. Não falaram sobre trabalho, profissão, estudo, muito menos sobre religião, filosofia de vida, vida financeira, pessoal, desafios imprevistos, parentes... Ela só pensou em encontrar alguém que a assumisse para fugir da casa da mãe. Síria não investiu em si. Ela está sendo, exatamente, igual à Iraci. Egoísta, querendo que o mundo funcione a favor dela, que esteja sempre à disposição dela.

— A senhora disse que não fiquei sob o mesmo teto que minha mãe por merecimento?

— Disse. Foi merecimento ter seu tio para apoiar e o Bernardo para ajudar sempre. Por outro lado, a Agnes vem lutando, enfrentando e se empenhando em fazer tudo certo, mesmo vivendo com a mãe. Percebe que é possível vencer, quando se tem empenho? Assim como um vício destrói uma vida, uma atitude boa vai mudá-la e um bom hábito construí-la. Pare de rotular coisas boas e ruins. Pare de dizer que sua mãe é má. Não reclame, aceite e dê o seu melhor, porque tudo, exatamente tudo, é para nossa evolução. Não complique mais a sua própria vida com reclamações. Pare de se maltratar culpando o outro. Deixe o outro ser o que ele quer, brigar e xingar como quiser. Você não é responsável pela vida dele, mesmo que esse outro seja a sua mãe. A sua dor, a sua revolta é por querer mudar sua mãe. Sabe disso. Você mesma disse isso para sua irmã, mas não ouviu a si mesma. Apenas aceita. Encare a verdade. Tenha respeito por si. Coloque limites, com educação e firmeza. Diga não. Mantenha a calma e atitudes serenas. Serão essas atitudes que farão com que siga caminhos de equilíbrio e paz. — Longo silêncio. — Você vem fazendo um bom trabalho da sua vida. Aí, pode me perguntar por que estou sendo tão dura? A resposta é: porque pode fazer melhor. E se quiser cuidar da mente e da alma das pessoas, seja o exemplo.

— Durante um bom tempo me senti sozinha — sorriu. — A tia Otília explicou e também aprendi no Espiritismo sobre mediunidade, sobre o que via e ouvia quando criança... Mas, teve um período que desejei respostas e não tive nenhuma.

— Ninguém nunca está sozinho. Diga-me o que está pensando e fazendo e direi que tipo de espíritos estão ao seu lado. Quem estiver revoltado está na sintonia do ódio. Quem tiver esperança está na sintonia do amor. Espíritos superiores e instruídos não costumam dar palpites, embora a sintonia mental do encarnado no bem, é possível, sim, receber suas inspirações.

— Por que os mentores e espíritos superiores não são diretos e nos avisam sobre o que temos de fazer?

— Evolução é algo pessoal. Se o espírito superior der opinião, é o mesmo que você colar em uma prova. Não vai aprender, mas vai passar sem mérito, sem honra. A vida é uma prova e se nós colarmos, copiarmos do outro, não aprendemos e teremos de repetir, pois nada escapa da Consciência Divina.

— Preciso aprender a lidar com minha mãe. Às vezes, consigo, oriento a Agnes, mas nem sempre estou atenta e acabo falando o que não devo. Peço que me deem força e inspiração. Vou controlar as emoções e ter equilíbrio.

— Santo Agostinho nos ensinou algo maravilhoso na frase: "Quando orar, comece perdoando". Se me permite acrescentar... quando for orar, comece perdoando e agradecendo.

— Mas...

Adivinhando-lhe os pensamentos, o espírito disse:

— Perdoar é uma coisa, conviver é outra. Perdoar não é querer conviver e não significa esquecer. Perdoar é ter bom senso, equilíbrio, domínio de si. É não se permitir ser mais humilhado, maltratado ou usado e também não fazer isso com quem a magoou. Algo ou alguma coisa fazemos para permitir que alguém nos maltrate ou nos faça sofrer. Algo desta ou de outra vida. Então, faça direito e não dê mais a ninguém essa permissão. Liberte a outra pessoa e se liberte também, em todos os sentidos. Independência é fundamental. Entenda isso. — Aguardou um momento e ainda disse: — Sabe, Elizabeth, com a desculpa de serem desprovidas de sorte, menos favorecidas pelo destino ou nascerem em famílias difíceis, aos poucos, muitas pessoas tornam-se campeãs em reclamações, inutilidade, preguiça e sofrem de aversão ao trabalho. Coloque objetivo em sua vida, para nunca se assemelhar a elas. Síria é uma dessas pessoas. Mas... Não falemos dela, só a veja como exemplo. Síria terá só a eternidade para crescer e aprender como agir.

— Vovó, e o caso da minha priminha, a Laurinha? Por que esse enigma? Por que estou envolvida?... Não tenho paz...

— É uma expiação.

— Fui eu quem matou a Laurinha?

— Ainda irá descobrir. Tenha fé.

— Não a vejo. Nunca a vi depois do desencarne e não sei da Laurinha ou qual seu estado. Por quê?

— Talvez ela, ainda, esteja junto daqueles que precisam.

— Como assim? Não entendi.

— Babete?! Babete?! Cadê você?!

Escutou seu nome ser chamado ao longe.

Ela olhou em direção de onde vinha a voz para ver quem era. Quando se voltou para o espírito daquela que foi sua avó, ele havia desaparecido. Então, murmurou:

— Obrigada, vovó... — sorriu.

— Babete?!

— Estou aqui! — foi ao encontro de Matias.

— Estamos feito loucos te procurando!

— Não me dei conta de ter vindo tão longe.

— Está escurecendo. Precisamos ir logo. Não tem luz elétrica aqui.

O sol já havia se escondido entre as montanhas quando Babete e Matias se aproximaram do grupo.

Eles conversavam e riam de alguma coisa.

Rafael ficou feliz e aliviado ao ver a namorada, mas não gostou de vê-la com Matias, porém não disse nada.

Ao chegar perto, propositadamente, Matias colocou o braço sobre os ombros de Babete, sorrindo e recostando-se nela, falou:

— Pronto! A sumida está aqui! Sã e salva. Só eu mesmo para saber onde estava.

— Ficamos preocupados, Babete — disse Otília. — Já está tarde. Precisamos ir.

— Desculpem... Não vi o tempo passar.

Rafael se aproximou, sorrindo e perguntou:

— Está tudo bem?

— Sim. Está — estendeu a mão para ele, para que caminhassem até os carros, que os levariam para casa.

CAPÍTULO 48
As tramas de Matias

Na cidade, Babete fez questão de visitar o médico da Unidade Básica de Saúde, que ficou muito feliz em vê-la. Também visitou Jorgete e Julião, com quem passou horas conversando.

Nessas idas e vindas, encontrou-se com várias pessoas, que a conheceram ainda menina.

Não tinha quem não se admirasse. Não era mais aquela alma frágil e assustada que quase foi linchada por conta de preconceito e ignorância coletiva.

Por onde passava, arrastava olhares e murmurinho a seu respeito.

— Menina Elizabeth! Quase não a reconheci! — o delegado estendeu a mão, que foi apertada com alegria.

— Doutor Vargas!... Que bom vê-lo aqui. — Sem demora, apresentou: — Este é o Rafael, meu namorado.

Cumprimentaram-se com forte aperto de mão.

— Já ouvi falar muito do senhor — disse o rapaz, simpático.

— Oh... Imagina... Essa menina tem o coração de ouro. Fala bem de muita gente. Ouvi dizer que estava na cidade. Sabe como é... — achou graça. — Assuntos assim correm mais do que fogo em trilha de pólvora — riu. — Fui até a casa do Bernardo, mas não estavam. Aí, olhei um casal de costas e resolvi chamar... Quase não reconheci você! Parece muito bem!

— Fui visitar o médico. Estava com saudade. Visitei também o Julião e a professora Jorgete — sorriu.

— Como estão suas irmãs e a senhora sua mãe?

— Estão bem — falava sempre sorrindo.

— Faz tempo que não nos vemos... — sorriu, admirando-a. — Então, você é médica mesmo!

— Sim. Acabei de me formar.

— Isso é uma bênção, Babete. Mostra que é possível vencer e superar.

— Não sei se a palavra superar se enquadra na minha história, doutor Vargas. Até que tudo se esclareça...

— Visitou sua madrinha? — o senhor perguntou.

— Não.

— Entendo... É que dona Leonora não está muito bem, há anos.

— Sério? Ninguém me disse nada... — ficou preocupada.

— Está sofrendo dos nervos. Às vezes, não fala coisa com coisa... Vive dopada de tanto remédio.

— Medicamentos não curam doenças da alma. Buscar a elevação espiritual por meio do equilíbrio, sim — Babete disse com simplicidade. Rafael olhou para a namorada demoradamente e ficou pensativo naquela frase. — Tenho medo de ir visitá-la. Acredito que não serei bem-vinda.

— É uma situação delicada. Melhor se poupar, Babete. Mas... Me diga, já está trabalhando? Pretende se especializar? — o delegado se interessou em saber.

— Vou começar a fazer residência em Psiquiatria e o Rafael em Cardiologia.

— Que ótimo! Então você também é médico?

— Sim — ficou satisfeito ao dizer. — Nós nos conhecemos no início da faculdade.

— Formam um casal bonito. Desejo sucesso e bênçãos para vocês dois.

— O senhor já se aposentou?

— Quase. Falta menos de um ano...

— E sua filha, doutor Vargas?

— A Denise está bem. Estudou Engenharia Agronômica e trabalha em uma instituição do governo estadual, lá em Belo

Horizonte, onde está morando. Mas, sempre vem nos visitar. Acho que, quando aposentar, eu e a mulher vamos mudar para lá. Sempre fomos unidos. Ficar longe da filha tá difícil. Nas visitas, quando vai embora, ela chora, a gente chora... Não acostumamos não... — continuaram conversando.

Assim que se despediram, Babete e Rafael caminharam em direção à casa de Bernardo.

Ele sobrepunha o braço nos ombros da jovem e ela o enlaçava pela cintura.

Andavam devagar e o rapaz perguntou, baixinho:

— Percebeu como todos nos olham?

— É porque sabem que não somos daqui e também... — não completou.

— Você é famosa — tentou segurar o riso.

Babete não aguentou e começou a rir. Depois, acrescentou:

— Não é todo dia que um cabelo de fogo aparece por aqui! Uma bruxa!... Só falta a vassoura! — exclamou sussurrando.

Ele a fez parar. Ficando à sua frente, sorrindo com leveza, segurou seu rosto e disse:

— Você é linda! Tem uma missão sublime e...

— E?...

— Todos que apreciam as trevas, atiram pedras na luz.

— Do que está falando?

— Já percebeu as coisas que você fala? — Rafael ficou esperando, mas não houve resposta. — Tenho certeza de que você é inspirada sempre. E isso acontece por merecer. É um ensaio para o que poderá fazer, no futuro. Provavelmente, foi por isso que passou tudo o que viveu. Foi um teste para ver o quanto pode ser forte, o quanto a espiritualidade pode confiar em você — Ofereceu uma pausa para que ela refletisse. — Hoje, aqueles que te olham com espanto fazem isso por não terem imaginado, naquela época, o quanto você era abençoada, iria progredir e prosperar. Agora, encaram o quanto foram ignorantes e preconceituosos.

Ela respirou fundo e olhou para o lado.

Rafael sorriu. Abraçou-a com carinho, agasalhando-a em seu peito. Após beijar-lhe a cabeça, afastou-a de si e perguntou:

— Alguma dúvida?
— Muitas...
— Quer visitar sua madrinha?
— Não sei se deveria. Se eu for lá, vão dizer um monte de coisa... Se eu não for, me sinto em débito... E se acontece alguma coisa?... — Um instante perguntou: — Entende a insegurança que vivo? Sou insegura para tudo.
— Então, será uma ótima profissional na área da saúde mental. Sabe o que é sentir medo, insegurança, conhece a dor na alma e aprendeu a superar muitas coisas — disse ele. — Com sua bagagem, entenderá as pessoas que vão procurá-la por desejarem melhorar. Quem já sofreu o suficiente, sabe orientar, dar apoio, fazer apontamentos... — Viu-a pensativa. — Quanto a ver seus tios... Não se baseie pela opinião dos outros. É você quem precisa decidir. Quer visitar sua madrinha?
— Não — murmurou.
— Está decidido. Não importa o que os outros vão pensar. Não importa o que pode acontecer. Hoje, agora, você não deseja ir. Respeite sua vontade. O que não fazemos hoje, provavelmente, poderemos fazer no futuro. Mas, algo impensado, impulsivo que realizamos, não conseguiremos desfazer — Rafael sorriu.
— Será que eu não deveria vê-la?
— E se for vê-la e se arrepender? — não houve resposta. — O que tiver de acontecer, chegará até você. A espiritualidade que te assiste, vai se encarregar disso.
— Não. Não quero ir visitá-la. Tenho medo de ser recebida com aspereza, de não ser compreendida... Afinal, sou uma das suspeitas da morte da filha dela. Não me sinto bem ao pensar em ir lá.
— Não vá e não se sinta culpada por isso. — O namorado observou-a com carinho e comentou: — Estou percebendo que não está tão satisfeita por ficar aqui. Parece que quer voltar para São Paulo.
— É verdade. Já fiz o que precisava — ofereceu meio sorriso.

— Se quiser, nós dois podemos voltar. Eles devem ficar e aproveitar a viagem.
— Vocês por aqui?! — a voz de Matias soou em suas costas.
— Estamos voltando para a casa do Bernardo — disse Babete ao se virar.
— Toma! — Matias estendeu a mão com um embrulho feito presente. — Isto é para você — sorriu, aguardando que ela pegasse.
Não percebendo o rosto sério de Rafael, com simplicidade, ela abriu o pacote e se surpreendeu com uma delicada boneca de pano, cujos cabelos com lãs cor laranja lembravam os seus.
— Que linda! Obrigada! É muito fofa!
Ele colocou uma das mãos nas costas, deu um passo e, bem perto, ofereceu sua própria face, apontando para que ela beijasse.
Ingênua, Babete o beijou no rosto e agradeceu, novamente:
— Obrigada. Adorei.
Babete não pôde ver a rapidez com que Rafael franziu a testa e olhou para o outro lado, respirando fundo, mas Matias percebeu e sorriu levemente por isso.
— Vamos? — ela convidou, sorrindo.
Seguiram para a casa de Bernardo com Matias entre o casal, conversando e contando o que viu em seu passeio pela cidade.

A brisa da noite trazia um friozinho já esperado para aquela época do ano.
Já haviam jantado e todos estavam na varanda, conversando animadamente.
Em pé atrás de Babete, que estava sentada, Efigênia mexia em seus cabelos e mal prestava atenção no que diziam.
Em dado momento, a jovem perguntou:
— Tia Otília, você está gostando daqui?

— Adorando! Estava até falando para o Adriano para irmos novamente amanhã, até a fazenda, para passarmos o dia. Só que vou nadar naquele lago! — riu alto.

— Será ótimo. Mas... Não vão se importar se eu e o Rafael voltarmos para São Paulo, né? — tornou Babete.

— Sério?! Por quê?! — a mulher quis saber, surpresa.

— Ah, tia... Pra mim já deu. Sei que a ideia era ficarmos aqui uns dez dias, mas isso é muito para mim. Além do que tenho muita coisa para fazer em São Paulo, antes de começar a residência. Ficando, não vou me divertir, porque estarei, aqui, com os pensamentos lá.

— Eu vou ficar! Também quero nadar no lago — disse Lucas, olhando para a namorada.

— Podem ir até a outra cachoeira — disse Bernardo. — É um pouco longe, mas vale a pena, pelo lugar lindo.

— Agora é que fico mesmo! Vou ver essa outra cachoeira — tornou o primo.

— Eu também fico — Fábio afirmou. — Gostei muito daqui! Por mim, nunca iria embora! — estava admirado.

— Sem problemas, Babete — Adriano concordou. — Nós ficamos e vocês podem voltar.

— Então, eu volto com você e o Rafael — decidiu Matias, bem direto. — Não tenho muito o que fazer aqui.

Sem erguer a cabeça, Rafael o olhou de modo atravessado, com nítida insatisfação. Tinham ido viajar com três veículos: um dele, outro do Lucas e outro do Adriano. Por que Matias desejava tanto estar junto dele e da namorada? Rafael quase reagiu, mas decidiu ficar calado. Qualquer comentário e poderia ser mal-interpretado.

Já havia se irritado durante a viagem de ida, pois na metade do caminho, em uma das paradas, Matias deixou o carro de Adriano, com quem iniciou a viagem, e se ofereceu para ir com ele e Babete. Aquilo o incomodou muito, pois o outro conversou durante todo o caminho, geralmente, assuntos que o ressaltava ou brincadeiras com Babete, que ele não apreciava.

Sem dizer nada, Rafael se levantou e foi para dentro da casa.

A namorada percebeu algo estranho e foi atrás dele. Alcançando-o na sala, perguntou:

— O que foi?

— Estou com sede. Vou até a cozinha beber água. Quer um copo?

Ela o acompanhou e perguntou, baixinho:

— Não gostou da ideia de o Matias voltar com a gente?

— Para ser sincero, não.

— Meu primo é...

— Ele não é seu primo — interrompeu-a com voz firme. — Nem parente de sangue.

— Rafael!...

Ele suspirou fundo e disse:

— Depois conversamos, Elizabeth. Agora, não é um bom momento — falou em tom grave e baixo. Serviu-se de água, deu um copo para ela e foi para fora.

Babete sentiu-se mal com a situação. Não sabia o que dizer nem o que pensar. Nunca tinha visto Rafael daquele jeito. Ele sempre foi um rapaz tranquilo, quieto, mas aquele momento foi bem estranho.

Sem demora, ela foi para fora e, quando chegou, ouviu Matias dizendo:

— Qual é, Rafael? Qual o problema? — riu. — O cara não sabe nem brincar!

Ela não entendeu e viu Rafael indo para o jardim, no mesmo instante em que Otília se levantou, foi para perto do filho e falou baixinho e firme:

— Pare com isso, Matias!

— O que aconteceu? — Babete quis saber.

— Matias passou dos limites — Otília respondeu brava. — O Rafael já disse que não gosta de ser chamado de Rafa e, além de insistir nisso, o Matias o está chamando de Rafinha. Ele não gostou, ficou quieto e virou as costas. Agiu certo. É desrespeitoso fazer algo que sabe que o outro não gosta.

Na manhã seguinte, após o desjejum, Rafael colocava as malas no carro, mas parou quando viu Matias sozinho. Aproximando-se dele, falou sem trégua:

— Seria muito bom você ficar aqui e ir embora com os outros.
— Não quer me dar carona de volta? — Matias perguntou rindo.
— Não — foi sincero.
— Sério isso, Rafinha?!
— Meu nome é Rafael.
— Qual é, cara?! — falou em tom de zombaria.
— Você fica — virou-se e voltou para perto de seu carro.
— Muito ignorante, hein! — Matias falou zangado. Rafael não respondeu nem se virou. — Estou falando com você!

Sem se importar, Rafael foi para dentro da casa.
Na sala, encontrou a namorada e disse sério:
— Vamos só nós dois. O Matias fica.
— Ah... Ele desistiu?
— Não. Eu disse que ele não vai conosco.
— Rafael! O que é isso?!
— Eu quem pergunto — disse no mesmo tom sério.
— Não estou entendendo...
— Mas, eu estou entendendo muito bem. — Suspirou fundo, passou a mão pelo rosto e pediu, mais gentilmente: — Olha... Seria bom sairmos logo. A viagem é longa.
— Pode me explicar o que está acontecendo? — ela perguntou duramente.
— Posso sim, mas não aqui. Por favor...

Babete ficou nervosa, sem saber o que fazer.
— Vamos nos despedir de todos? — o rapaz convidou e sorriu para quebrar o clima pesado. Aproximando-se, fez-lhe um carinho e beijou seu rosto. Depois, perguntou em tom alegre: — Vamos perguntar, mais uma vez, para a Efigênia se ela não quer ir embora para São Paulo e morar com a gente?

— Adoro a Efigênia!... — Babete sorriu lindamente, deixando as covinhas aparecerem. — Por mim, ela já estaria no carro.
— Quem sabe... Não custa tentar.
— Vamos lá nos despedir, então...
— ...e aguentar o choro — ele riu.

No caminho de volta, fizeram uma parada mais longa, onde observaram a luz âmbar iluminar as montanhas com os raios fracos do sol de outono.

Estavam em silêncio até o rapaz dizer:
— Esta luz, esta claridade avermelhada de outono te representa — olhou-a com carinho. — Adoro finais de tarde de cor âmbar, ruivo igual a você — sorriu.

Ela nada disse.

O atrito entre Rafael e Matias não foi esquecido, mas o assunto adiado.

Babete estava chateada. Ele percebia, porém não dizia nada, fazendo tudo para agradar-lhe.
— Quer mais alguma coisa? — o namorado quis saber, antes de seguirem viagem.
— Não. Obrigada.
— Um sorvete? Sei que gosta.
— Não.
— Água?
— Não. Estou satisfeita.
— Água de coco?
— Não.
— Eu?
— Não... Ai... Para... — riu.

Ele deu um beijinho em seu rosto e comentou:
— Já estou com saudade da Efigênia.
— Nem me fala... Se um dia eu tiver uma casa boa, com espaço bem confortável para ela, vou fazer questão de levá-la para morar comigo.

— Se um dia, não! Você vai ter. Agora... Precisa saber se ela vai querer. A vida, lá, é pacata e muito boa. A casa bem grande, espaçosa, arejada, avarandada, tem quintal grande, jardim com árvores... Sabe o que é isso?! Aquele espaço seria chamado de chácara em São Paulo.

— É... Eu sei. Talvez ela não se acostumasse.

Rafael trazia um ar de arrependimento, quando olhou para a namorada e falou:

— Desculpa... Talvez eu tenha sido grosso demais com você. Mas, é que... Tenho meus motivos, mas acho que não entendeu ainda.

— Não entendi por que tratou o Matias daquele jeito e não quis trazê-lo conosco.

— Prometo que vamos conversar, mas não agora. Vamos tentar curtir a viagem. Nunca fizemos um passeio longo sozinhos. Tá bom?

— Estou chateada com o que aconteceu.

— Eu sei... Existem pessoas que são ótimas em manipular situações, distorcer fatos e se saírem bem, como vítimas, enquanto a verdadeira vítima se passa por culpado. Você sabe, muito bem, do que estou falando. O Matias tem esse dom.

— Imagina! — defendeu. — Conheço o Matias!

— Por conhecer, por estar tão perto, não consegue ver.

— Rafael!...

— Não vamos discutir, por favor. Para explicar tudo o que aconteceu, terei de te contar uma longa história, mas, aqui, não é lugar. E eu também não me sinto preparado para isso. Preciso de um tempo. Está bem?

Ele sorriu, levantou-se e, quando ela se ergueu, o namorado a abraçou com carinho e beijou sua cabeça antes de soltá-la.

Babete apreciou aquilo. Sentia-se amada como nunca foi.

Seguiram viagem...

Assim que voltaram e a vida retornou ao normal, Matias chegou da clínica odontológica, onde trabalhava, e procurou sua mãe para contar:

— Lembra quando eu fazia faculdade de Administração e cheguei embriagado em casa?

— Acho que lembro... — estava ocupada, não deu muita atenção.

— Aí você falou um monte pra mim?

Otília parou com o que fazia e ficou atenta.

— Lembro sim. Depois disso, não quis mais ir para a faculdade e decidiu fazer Odontologia. Pediu emprestado minha parte do dinheiro da venda da casa de Santos e, até hoje, ainda não me pagou — encarou-o com um semblante engraçado.

— Vou pagar! Eu juro!

— É bom. Sei que pode, tem condições. Eu adiei meus planos para realizar os seus. Não é justo que se esqueça disso.

— Tá!... Tá certo... Mas, não é sobre isso...

— Quando vai começar a me pagar?

— Esse mês. Dia vinte. Prometo.

— Combinado. Honre sua palavra. Mas... sobre o que estava dizendo?

— Sobre quando cheguei bêbado em casa, quando fazia faculdade de Administração. Preciso te contar... Na faculdade, conheci uma moça chamada Ludmila, éramos amigos, gostava muito dela. Mas, o pai dela era muito rico. Lembra que te contei?

— Lembro. Eu te incentivei a falar com ela, mas nunca soube o que aconteceu. Deduzi que ela não gostava de você e o namoro não foi pra frente. Imaginei que levou um fora, por isso bebeu daquele jeito.

— Levei fora! Fui humilhado! Ela riu de mim na frente de todos!... — contou tudo.

— Que horror... Não imaginava que, nos dias de hoje, por conta de condições financeiras, uma pessoa seria capaz de humilhar a outra — Otília considerou.

— Não vai acreditar no que aconteceu.

— O que aconteceu?

— Fui atender uma paciente hoje. Era para fazer uma avaliação e orçamento. Ela entrou, eu me apresentei e conversamos rapidamente. Olhei a ficha e quando li seu nome, tive certeza de que era a Ludmila. Eu estava de máscara e ela não me reconheceu. Examinei, fiz o orçamento e dei a ela, para que marcasse a próxima sessão... Então ela me perguntou se não poderia tratar somente o que era prioridade, o que estava doendo. Estava com problemas financeiros e não tinha como pagar aquele valor.

— O que você fez?

— Tirei a máscara e a touca, olhei bem pra ela e disse: vamos fazer tudo. Não vou te cobrar nada. Passe na recepção e marque a próxima sessão. Ela ficou paralisada. Não disse nada. Se levantou e foi para a recepção. Mas, duvido que retorne — falou rindo.

— O mundo dá volta, meu filho. Mas... Desculpe dizer. Você não agiu certo.

— Como não?!

— Você deu o troco. Agiu igualzinho a ela. Humilhou-a sem escândalo, mas humilhou. Quis mostrar que está por cima. Isso é vingança.

— Não!

— Como não, Matias?! Preste atenção! Você está rindo, está feliz com a falta de condição dela. Gostaria que fosse com você? — Viu-o abaixar a cabeça e falou com mais generosidade: — Filho... Não aprendeu nada com tudo o que vivemos? Com o que estudamos e ouvimos em palestras na casa espírita?

— Não pensei... Acho que, até hoje, fiquei com raiva dela.

— Que pena... Essa oportunidade foi para você mostrar o que aprendeu e não para ela, somente.

— Foi mal...

— Foi péssimo. Procure pensar mais — Otília pediu em tom triste.

— Se ela voltar, vou tratá-la diferente, com mais...

— Com menos orgulho. Esse orgulho prejudicial é péssimo para você.

— Tá certo...
— Outra coisa, Matias... — disse, quando o viu se afastar.
— Fala.
— Eu não iria falar, mas... Vou aproveitar a oportunidade. Filho... Reveja seu comportamento o quanto antes.
— Do que está falando?
— O que está fazendo com o Rafael e a Babete não é certo — foi direta. — A forma como a trata, principalmente, perto do namorado não é certo e você sabe disso.
— Ora, mãe!
— Sabe que está errado, Matias. Não tente explicar ou justificar suas atitudes. O que vem fazendo é provocativo e não é papel de homem sério.
— Quer saber a verdade? — não esperou resposta. — Gosto muito da Babete! Não consigo me controlar. Pronto! É isso!
— Se gostasse mesmo, teria mais respeito por ela, pelas escolhas que faz. Afinal, a Babete está namorando sério e você a está deixando em situações difíceis. Isso é gostar?
— Se interferir a ponto de eles terminarem... — encolheu os ombros, demonstrando não se importar.
— Isso é papel de homem, filho? — indagou com tranquilidade. — E se ela gostar dele? Já pensou nessa possibilidade? Acha mesmo que a Babete vai querer você depois de estragar a vida dela? — Viu-o pensativo e acrescentou: — Além disso, Matias, creio que já perdeu sua oportunidade. Seja realista.
— Do que está falando?
— Conheceu a Babete desde menina. Percebeu o quanto ela te admirava e gostava de estar ao seu lado. Várias vezes, cheguei a pensar que aconteceria algum romance entre os dois, mas você lhe agradava e depois dispensava, fazia brincadeiras idiotas ou, simplesmente, não correspondia ao que ela falava... Oferecia atenção, mas logo se afastava. E foi assim por anos. Vi a decepção dela quando soube que estava namorando. Não demorei a perceber que ela ficou meses chateada por isso. Talvez acreditasse que fosse sua melhor amiga ou tivesse fortes sentimentos e achasse que deveria ser a primeira a saber, quando você começou namorar. Tenho

certeza de que ela mergulhou nos estudos para encontrar ocupação, para não pensar nisso. Vi também sua surpresa quando a Babete começou namorar o Rafael, depois de muito tempo sozinha. A partir daí, o que você fez? Principalmente, depois que terminou com a Dione, passou a ser provocativo, tratando a Babete, intencionalmente, com atitudes cativantes, sedutoras... na frente do Rafael, como que ameaçando o rapaz. — Ofereceu longa pausa. Depois decidiu revelar suas suspeitas: — Conhecendo a Dione, sabendo do que era capaz, imagino que você contou, propositadamente, para ela sobre a Babete ser suspeita da morte da Laurinha, só para que a Dione contasse ao grupo de amigos da faculdade de Medicina, certo de que a Babete desistiria da faculdade e se afastaria do Rafael! — falou firme e o encarou.

— Mãe!... — ficou pálido.

— Se contou isso para a Dione, enquanto estavam na praia, então o fez de caso pensado! — expressou-se zangada. — Sabia que ela iria contar para aquela turma. O resultado devastador para a Babete, seria ótimo para você, Matias. Iria se livrar da Dione e ver a Babete abandonar tudo. Talvez, com sorte, o Rafael não soubesse de nada e, por descobrir daquela forma, também se afastaria da namorada.

— Não foi nada disso! — reagiu. Ficou atordoado. Nunca acreditou que fosse descoberto.

— Não nasci ontem, meu filho! Não minta! Não tente me enganar. Você tramou tudo isso. Mas, ainda é tempo. Corrija-se o quanto antes. E toma cuidado, Matias. Aquele que faz maldade sorrindo, paga chorando. Não estou gostando nada do que vejo em suas atitudes. Não foi nada disso que aprendeu em casa. Você foi maldoso. Estou decepcionada... — Viu-o de cabeça baixa e disse: — Sempre acreditei que uma mãe não deve cortar as asas dos filhos, mas tem a obrigação de orientar o voo. E... Filho que não aceita conselho bom, não deve pedir ajuda. Você sempre foi um homem bom, sempre se esforçou para ser uma boa pessoa, por que, agora, vai agir como um cafajeste?

— Não sou cafajeste!
— Está agindo como um! Ou não considera cafajestagem o que fez com a Babete?
— Você deveria estar do meu lado. Gosto dela, você também... Poderia me ajudar! Sou seu filho!
— Está querendo me manipular, Matias? — indagou com muita tranquilidade. Não houve resposta. — Não fico do lado de atitudes erradas, sejam do meu filho ou não. Deveria saber disso, pela forma como ajo com sua irmã. Não tem uma noite, um dia que não oro e peço a Deus que abençoe sua irmã. Fiz tudo o que pude por ela, mas não tolerei atitudes erradas. Não tolerei ser maltratada e agredida. Tentei ensiná-la com carinho, amor e atenção, mas ela não quis. Então, tive de deixá-la para aprender com a vida. Não comigo. Você deveria saber disso. — Longa pausa. — Foi ótimo eu ter uma mãe narcisista e manipuladora, porque não me deixo dominar nem manipular por mais ninguém. É difícil, dói meu coração... Mas, não pense que ficarei do seu lado, por ser meu filho, quando agir errado. Ficarei com pena de você, por ter perdido a oportunidade de aprender a ser digno.

Virou as costas e o deixou sozinho.

Com raiva, Matias deu um murro na mesa.

Otília ouviu e voltou dizendo de modo firme:

— Você não tem o direito de quebrar nada nesta casa! Entendeu?!

Não houve resposta.

CAPÍTULO 49
A história de Rafael

Com o apoio financeiro de Bernardo, Babete alugou e montou, com simplicidade, um apartamento que seria bom o suficiente para ela e sua irmã.

Estava sentada no tapete da sala, enquanto lia um livro e aguardava a entrega do sofá.

Por mensagens, conversava com Agnes, incentivando-a a falar com a mãe, o quanto antes, sobre se mudar para ir morar com ela.

O interfone tocou. Era a entrega do móvel e a jovem autorizou a subida.

Os carregadores colocavam a mobília na sala e ela assinava a nota, quando Rafael chegou:

— Olá! Estou entrando!...

— Entra! Estou aqui... — pediu ao reconhecer sua voz forte.

Os entregadores se foram e ela correu para receber o namorado.

Beijaram-se.

A jovem estava feliz. O sofá era o que faltava.

— Ai!... Que bom! Pensei que tivesse de esperar mais. Me ajuda a tirar o plástico...

— Vamos lá — ele se animou. — Foi mesmo esta cor que escolheu? Parece mais escura...

— Foi sim. É que as luzes da loja deram outra impressão.

— Ah... não entendo muito disso... — tornou ele. Pegando o livro, perguntou: — Lendo romance espírita?

— Sim. É da tia Otília. Ela me emprestou.
— Se der, me empresta depois. Quando não nos reconhecemos em um livro, conhecemos outras pessoas e suas atitudes — riu.
— É verdade. Esse livro é ótimo! — Olhando o sofá, perguntou: — Bonito, né? Combinou com a sala! — estava feliz.
— Confortável! Muito confortável!... — ele se sentou.
— Também achei... — concordou, acomodando-se ao seu lado.
— E a TV? Já está funcionando?
— Já! — pegou o controle remoto e deu a ele. — O rapaz da TV por assinatura acabou de sair. Foi rapidinho, conectar tudo.
— Tentei chegar mais cedo, mas não consegui. Desculpe... Deveria ter vindo para te fazer companhia. É sempre bom ter um homem na casa! — falou fingindo-se arrogante, olhando-a com o canto dos olhos.
— Ah... Vai!... — empurrou-o com o ombro.
— Quando sua irmã vem para cá? — quis saber, procurando canais para assistir.
— Ela quer que eu vá ajudá-la a pegar as coisas e contar para nossa mãe. Mas, penso que a Agnes deveria ter atitude e enfrentar a situação. Ela mesma deve contar.
— Talvez ainda não tenha forças emocionais.
— Mas, precisa começar a ter. Não poderei fazer tudo por ela sempre.
— Já trouxe todas as suas coisas da casa do seu tio?
— Não... — riu. — Estava esperando você por causa do carro. O Lucas foi para a casa da namorada, meu tio saiu com a tia Otília...
— Está na hora da senhorita comprar um carro, não acha? Não vai poder contar comigo sempre. Fala da sua irmã, mas... — riu.
— Ainda estou com medo de dirigir, Rafael... Ai...
— Olha quem estava falando de atitude e enfrentamento, agorinha? — empurrou-a com o ombro, brincando. — Existe curso de direção para pessoas habilitadas. Também podemos pensar em um jeito de você treinar um pouco mais com meu carro.

— De que jeito?

— Nos finais de semana, podemos fazer viagens para cidadezinhas próximas. Você vai e volta dirigindo.

— Tenho frio na barriga só de pensar... — achou graça.

— Você é esperta e inteligente. Sabe que isso passa. — Desligou a TV. Pegou seu braço e a puxou para si, acomodando-a em seu colo. Afagou-lhe os cabelos com delicadeza, enquanto olhava com doçura seus olhos esmeraldas. Com voz forte e afável, falou com carinho: — Você é tão linda — abraçou-a com ternura, apertando-a contra o peito.

Roçando seu rosto na face delicada da jovem, procurou por seus lábios, beijando-a com paixão.

Entre abraços e beijos, ele a fez levantar e a levou para o quarto. Em meio a carícias, tirou a própria camisa e a fez deitar na cama, deixando-se ficar sobre ela, enquanto a beijava na boca, na face, no pescoço. Até que sentiu sua mão espalmar em seu peito e sua voz sussurrante pedir:

— Espera...

Ele a abraçou, beijou-lhe a testa com carinho, virando-se e deitando de costas.

— Desculpa — tornou ela, sem encará-lo.

Ajeitou-a, puxou-a para que colocasse a cabeça em seu peito, beijando sua cabeça, prendendo-a junto a si.

— Não precisa pedir desculpas. Pare com isso.

— Não sei o que me dá.

— Está tudo bem. — Remexendo-se, ficou de frente a ela e perguntou: — Tem conversado isso com sua psicóloga?

— Tenho. Não me sinto segura. Não estou confiante.

— Posso te perguntar uma coisa?

— Claro — estava séria e triste.

— Acaso se lembra de ter sofrido alguma ameaça ou violência? Ou assistiu a algum tipo de violência?...

— Não. Nunca aconteceu comigo. Também nunca presenciei nada do tipo. Mas...

— Mas?...

— Quando eu era pequena, lembro-me da minha mãe me xingar, falar que eu era assanhada e... — escondeu o rosto e chorou. — Dizia que ia me matar se eu andasse pelos matos com alguém da fazenda. Às vezes, quando saia para caminhar e fugir um pouco daquele clima dos infernos, que ela fazia, se demorasse, apanhava.

Rafael a apertou contra si, beijou sua cabeça e murmurou:
— Isso vai passar. Está tudo bem.
— Desculpa... — falou, envergonhada.
— Hei!... — exclamou, sussurrando. — Pare de pedir desculpas. Estou com você. Estou do seu lado. Pode contar comigo.

Babete o abraçou com força e ele afagou seus cabelos, até que pegasse no sono.

Passado algum tempo, o rapaz acordou com o toque insistente do celular da namorada, que estava na sala.

Remexeu-se com cuidado, puxando o braço em que ela recostava a cabeça e se levantou. Pegou sua camisa e saiu vestindo ao procurar o aparelho para atendê-lo.

Na sala, pegou o telefone e olhou. Era Matias.
— Alô — atendeu com seriedade na voz.
— Quem fala?
— Lógico que é o Rafael — respondeu e pensou: — "Quem mais poderia ser?" — Mas, não perguntou.
— É mesmo — riu. — E a Babete?
— Está ocupada.
— Vocês estão no apartamento?
— Estamos.
— Estou indo aí para levar um jogo de tapetes de cozinha, que quero dar pra Babete.
— Melhor não. Estamos de saída. Passamos na casa da dona Otília e pegamos.
— Estou perto. Não custa nada.

Rápido, Rafael mentiu:
— Temos um compromisso com hora marcada.
— Hora marcada? Num sábado?
— Vamos ao teatro.
— Está bem — deu-se por vencido. — Passa lá em casa depois.

— Tá bom. Obrigado.

Ao desligar, Rafael ficou pensativo, com o celular nas mãos.

Sentindo-se observado, virou-se e se deparou com a namorada, olhando-o fixamente.

— Atendi seu celular para não te acordar. Era o Matias. Queria vir aqui trazer um jogo de tapetes. Eu disse que iríamos sair.

— Nós vamos? — indagou bem séria.

— Hoje, quando vim para cá, pensei em irmos ao teatro, mas não sei se ainda dá tempo. Nem todas as suas coisas estão aqui, teríamos de passar na casa do seu tio para você se trocar... — Sério, colocou o celular sobre o sofá, encarou-a e confessou: — Não gostaria de que o Matias viesse aqui. A verdade é essa. Ele é muito provocativo. Não gosto disso.

— Está com ciúme dele? — indagou séria. Pareceu não gostar.

— Não sei se ciúme é a palavra certa. É que...

— Gostaria de que me desse um bom motivo, então.

— Responde uma coisa... — Encarou-a firme e a fez pensar: — O Matias sempre te tratou assim, de forma tão generosa? Sempre conversou com você fazendo um carinho no braço, mexendo no seu cabelo ou te olhando daquele jeito?... Sempre te abraçou por causa de uma brincadeira ou algo engraçado?... De verdade, ele sempre foi assim com você?

Babete respirou fundo, pensou um pouco e respondeu:

— De verdade, não. Só começou agir assim, depois que terminou com a Dione.

— Esse é o bom motivo, que você gostaria de saber, não acha? — Ela não respondeu. — Isso é ser provocativo comigo e desrespeitoso com você. Ele quer que a gente brigue por causa do comportamento dele. Mas, isso não vai acontecer. O comportamento dele é dele. Não depende de você, se não der motivo, claro. Porém, tenho o direito de evitá-lo, porque não gosto disso.

Depois de refletir um pouco, ela concordou:

— Você tem razão. Não tinha me dado conta do jeito dele e... Tem razão. Vamos evitá-lo.

— Sempre vi meus pais conversando até esgotarem um assunto que os incomodava. Muitas vezes, com portas fechadas. Nunca os vi brigando. Isso não significa que concordam em tudo. Às vezes, um quer uma coisa e outro quer outra, mas acabam entrando num acordo. Cresci entendendo que a conversa entre um casal é fundamental para uma boa convivência. Nem sempre é um bom momento para conversar, principalmente, quando um está nervoso ou despreparado. Mas, depois, sempre é possível.

— É bom dizer isso. Não tive essa referência em família. Minha mãe vivia de aparências e meu pai distante. Quando comecei a ter entendimento, ele morreu. Então...

— Vamos conversando. Quando eu tiver dúvida ou algo não me agradar, vou ser sincero com você e gostaria de que fizesse o mesmo.

— Está certo — sorriu lindamente.

Mais descontraído, ele perguntou:

— Dormiu bem?

— Ai... — sorriu. — Não deveria ter pegado no sono.

— Deveria sim — riu. — Estava linda dormindo.

Ela foi para o sofá e se jogou.

— Que sofá gostoso! Muito fofo!

O namorado acomodou-se ao seu lado e sorriu de modo diferente, forçado. Quando ela pegou o controle remoto para ligar a televisão, ele segurou sua mão e disse:

— Já que não vamos sair... — encarou-a sério. — Quero te contar uma coisa sobre mim, sobre minha vida, mas estava adiando... — Séria, ela se ajeitou ao seu lado, olhando-o firme. Rafael respirou fundo e começou a falar: — Aos dezessete anos, passei na faculdade de Medicina, em Jundiaí, uma cidade no interior de São Paulo. Fui morar lá. Fiz alguns amigos e um deles, o Silvano, foi morar comigo. Dividíamos um apartamento perto da faculdade... Quando estava no segundo ano, comecei a namorar uma colega do curso. Nós nos dávamos muito bem. Nossas famílias se conheceram e o namoro ficou sério. — Respirou fundo e fez pequena pausa. Parecia um assunto difícil de contar. — Nós dois fazíamos parte de um grupo de amigos bem bacanas, na faculdade. Sempre nos reuníamos ou saíamos juntos... O Silvano fazia parte desse grupo também. Tornou-se meu melhor amigo, um cara bem próximo. Dormiu em casa muitas vezes e eu na casa dele. Nossa amizade começou antes de eu namorar a Karina. — Deteve-se, novamente, e ficou pensativo. Curvou-se, apoiou os cotovelos nos joelhos e cruzou as mãos na frente do corpo. Sentia-se esgotado, triste. Talvez não quisesse contar toda aquela história, que ainda o machucava muito. — Às vezes, minha mãe implicava um pouco com a minha amizade com o Silvano. Ela dizia: "Cuidado, Rafael. Não confie, totalmente, nesse amigo." Meu pai chegava e criticava minha mãe: "Deixa seu filho. Ele tem de aprender com a vida." E eu? Eu ria. Achava que minha mãe implicava à toa. O Silvano era um cara alegre, muito comunicativo, inteligente. Fazia amizade com facilidade. Ele tinha um jeito de persuadir as pessoas com sua educação, seu jeito, seu charme... Era cativante e meio que manipulador. Agradava, elogiava, mas, depois, sempre queria alguma coisa. — Rafael ergueu o corpo. Acomodou-se de lado, olhando para Babete, que estava bem atenta. — Muitas vezes, a Karina e outra amiga iam para o apartamento onde morávamos e passavam bastante tempo lá conversando, comendo, bebendo, brincando, fazendo planos... O Silvano a conhecia bem. Em particular, eu dizia para ele o quanto gostava dela, que tinha planos sérios... Quando estávamos no quarto ano da faculdade, nas férias, insisti com a Karina para fazermos uma viagem. Ela era de família simples, sem muitos recursos. Pagava os estudos com dificuldade e nunca tinha saído do país. Sabendo disso, propus para viajarmos para o exterior e ficarmos uns dez dias. Meus pais pagariam a viagem, estavam dispostos... Ela relutou um pouco, mas aceitou. Então, decidimos ir para a Europa. Ficaríamos três dias na Espanha, três em Portugal e quatro na França. Começamos a planejar tudo, antes do início das férias. O Silvano, como sempre, dava muitos palpites.

Pensei que ele quisesse só ajudar. Então, alguns dias antes, fizemos as malas, ajeitamos tudo. A Karina não tinha mala e... Tivemos de correr atrás disso também, além do passaporte. Compramos passagens, reservamos hotéis... Tudo pronto. Para viajarmos, ela saiu da casa onde morava com as amigas, lá em Jundiaí, eu saí do apartamento e viemos para São Paulo. Ficamos na casa dos meus pais. Fizemos nova arrumação nas malas. O Silvano havia me emprestado uma mochila para servir como bagagem de mão. A Karina, queria levar muita coisa e chegamos a discutir por isso. Mas... Enfim... Pegamos um voo para a Espanha e lá chegamos. No aeroporto internacional Adolfo Suárez, em Madri... — Rafael fez longa pausa e abaixou o olhar. Era difícil continuar falando. Mas, se forçou: — Lá, fomos parados. Isso é comum. Para mim, seria uma abordagem de rotina, sem causar qualquer preocupação. Já passei por isso algumas vezes e nunca tive nada a temer. Aquela viagem não seria diferente. Nesse dia, ao sermos abordados, estávamos tranquilos. A pedido dos policiais, nós os acompanhamos até uma sala reservada. Fomos muito bem tratados. Várias perguntas, o que é comum... Revistaram a gente, passamos pelo RX e chegou a vez das bagagens. Foi assustador, quando o policial falou que, em uma das mochilas, tinha algo estranho e que iriam abrir. Era a mochila que a Karina carregava. Na nossa frente, eles rasgaram a parte de trás da mochila, encontraram um fundo falso e tiraram três pacotes. Eu nunca tinha me sentido tão mal na minha vida toda como naquele instante. Na nossa frente, fizeram um teste, que deu positivo para cocaína. Fiquei apavorado e percebi que a Karina não estava entendendo nada. Fomos presos. Liguei para o meu pai, que pegou o primeiro voo até lá. Centenas de vezes, expliquei que a mochila foi emprestada de um amigo. Dei o nome, endereço, tudo! — ressaltou. — Fiquei dez dias detido e fui liberado, mas a Karina ficou presa. A maldita mochila, que estava com ela, só tinha pertences e documentos dela, não tinha absolutamente nada meu. — Lágrimas escorreram na face de Rafael. Ele esfregou as mãos no rosto e olhou para o lado, fugindo ao olhar da namorada. — Por mais que eu tentasse explicar ou mesmo assumir alguma culpa, não havia jeito de mudarem nada. — Nova pausa e contou: — Quando estávamos no apartamento, em Jundiaí, arrumando o que levaríamos, a Karina teve problemas, pois as coisas dela não cabiam na mala que havíamos comprado. O Silvano viu e ofereceu sua mochila. Peguei a minha mochila e dei para ela e fiquei com a dele. Mas, quando chegamos à casa dos meus pais, ela pediu para trocar de mochila comigo, pois a do Silvano era bem maior, tinha mais bolsos externos e caberia todas as coisas dela. Então trocamos. A mochila dele ficou com ela, para carregar tudo o que precisava, e a minha voltou para mim. — Fez longa pausa e falou em seguida: — Conversando com um policial de lá, ele suspeitou que o meu amigo, o Silvano, colocou as drogas na mochila e que, quando chegássemos à Europa, em algum lugar, seríamos roubados, levariam as mochilas, uma delas contendo as drogas e nós nem saberíamos que fizemos o tráfico. Resumindo... Mesmo tentando algo que aliviasse alguma coisa, junto aos órgãos oficiais brasileiros, nada adiantou. A Karina foi condenada a cinco anos de prisão, lá na Espanha. Eu fui liberado e voltei para o Brasil... Isso acabou com a minha vida. A família dela me acusando e... — não conseguia falar. Silenciou por alguns minutos. Babete se aproximou e colocou a mão em seu ombro, sem dizer nada. Passado um tempo, prosseguiu: — Quanto ao Silvano, dissimulou e manipulou tudo. Disse que não tinha ideia de como aquilo foi parar lá. Eu o agredi. Amigos nos separaram. Era a minha palavra contra a dele. Desejei que ele morresse, quis matá-lo e ficava planejando como o faria... Não tive estrutura para nada e parei de estudar, larguei a faculdade. Entrei em depressão, voltei para casa dos meus pais... Meu pai gastou com advogados, com isso e com aquilo... Nada adiantou. Na Espanha, as leis são rigorosas. Um ano depois, a Karina faleceu na cadeia. Disseram que ela se suicidou... Minha vida acabou pela segunda vez. Mas, nunca acreditei que ela tivesse feito isso... A mãe dela foi até nossa casa, fez escândalo... Tentamos conversar... Meu pai tentou, várias vezes, falar com a família, enviou alguém como mediador... Mas, nada os conformava e não podemos culpá-los. Muitos ficaram do lado da família dela. Não acreditaram em minha inocência...

— E o Silvano?

— Saiu ileso. Não houve provas contra ele. Terminou o curso e se formou em Medicina. Fiquei algum tempo em tratamento com psiquiatra. Tive assistência incondicional dos meus pais, principalmente, da minha mãe. Ela abriu mão de muita coisa para me levar para cima e para baixo em busca de ajuda. Fomos à casa espírita, fiz psicoterapia, natação, meditação, Yoga e outras terapias... Aos poucos, me recompus. Mesmo assim, precisei de um esforço sobrenatural para prestar vestibular, novamente, e iniciar o curso.

— Poderia ter prosseguido de onde parou.

— Não quis. Até por que, já não me lembrava de nada do curso. Minha mente ficou confusa. Achei melhor começar do zero, em outra faculdade... Nem esperava passar em uma pública. Não foi fácil para mim. Foi como engatinhar, segurar nas coisas para ficar em pé, dar os primeiros passos, cair, levantar de novo... À medida que tentava e o tempo passava, fui me sentindo melhor. Voltava ao psiquiatra e ele mexia nas medicações, reduzindo as doses, até zerar e não precisar de mais nada. Isso foi no final do primeiro ano. Mas... Aconteceu assim — sorriu —, antes do meio do ano, de repente, reparei em você na sala de aula. Não sei dizer o que chamou minha atenção. Ao seu redor, havia um ar angelical e triste ao mesmo tempo. Descobri que o Lucas era seu primo e me aproximei dele para chegar mais próximo de você. Aí, tudo começou. Me esforcei, mais ainda, para me recompor e me recuperar. Fiquei cheio de ânimo e as coisas foram acontecendo. — Breve pausa e comentou: — Precisava que soubesse disso tudo. Era algo bem difícil de te contar. Ainda me sinto culpado pela Karina. Se não fosse por eu aceitar a mochila... Se não tivesse querido viajar... Ainda experimento uma sensação ruim, quando me lembro de tudo, quando encontro algum conhecido da época...

— Como buscaram a casa espírita? Já conheciam o espiritismo?

— Conhecíamos só de ouvir falar, de um livro ou outro que líamos, principalmente, minha mãe. Quando tudo aconteceu, uma enfermeira, que trabalhava com ela, nos indicou livros e um centro espírita, para eu fazer assistência espiritual, pois me sentia louco, tinha pensamentos confusos. Para me distrair, comecei a ler romances mediúnicos. Depois outros livros doutrinários. Isso tirava minha cabeça de desejos mórbidos.

— Não só isso. As leituras saudáveis afastaram os obsessores, que não gostavam de acompanhar o que você lia — disse ela, vendo-o sorrir.

— De fato. É verdade. Quando a Karina morreu... Entrei em desespero pela segunda vez. A culpa foi aumentando. Não dormia, não comia e enchia a cara... Pensava em me matar. Mas aí, lembrava o que tinha lido nos livros que o suicídio não resolveria, pois a vida é eterna, o espírito não morre e que só arrumaria mais débitos para reparar. Meus pais e minha irmã conversavam muito comigo. Era difícil me deixarem sozinho. Devo muito a eles. Tomado por um desespero difícil de explicar, quebrei meu quarto, algumas vezes e... Tenho vergonha disso. Mas, na época, não pude evitar. Passei mal, várias vezes, porque a bebida junto com os remédios... Já sabe. Fiquei mal... Voltei para a casa espírita, tratamento de assistência espiritual, psicólogo, meditação, Yoga, natação, um monte de coisa para me recuperar... Descobri que a pior doença é a que atinge a mente, a alma, as emoções. Parei de beber para fazer o tratamento correto. Desejava, de verdade, me recuperar, sair daquele buraco. Todos se afastaram de mim. Parentes, amigos, conhecidos... Menos meus pais e a Fernanda. — Riu ao contar: — O psicólogo sempre me dava muito ânimo. Ele insistiu tanto, mas tanto para eu prestar vestibular, que foi junto comigo, até o portão, no dia. E esperou terminar. Nem acreditei que fosse passar, principalmente, em uma faculdade federal. Mas, passei. Fiquei animado. Acreditei mais em mim. — Longo silêncio, que Babete respeitou. — Depois disso, minha vida começou mudar. Principalmente, depois que conheci você... Comecei a ter esperança, me sentia motivado ao seu lado... Confesso que fiquei estremecido quando disse que viu o espírito de uma moça magrinha, de cabelo bem curtinho...

— Ela quis que você tivesse certeza de que estava bem.

— Sem dúvidas. — Aguardou um instante e disse: — Mas... Agora... Depois de saber de tudo, espero que acredite em mim. Não tive nada a ver com tráfico. Talvez, em algum momento, alguém da família dela possa nos encontrar e me acusar... Sei lá...

— Obrigada por contar. Se acontecer, estarei ciente.

— É por isso que me afasto de todo e qualquer entorpecente, mesmo sendo drogas lícitas como cigarro e álcool. Não quero isso na minha vida, de jeito nenhum. — Estendendo o braço, passou a mão suavemente no rosto dela e sorriu ao dizer: — Quando soube que você também não bebia nem fumava, fiquei muito feliz. — Viu-a sorrir também e ainda disse: — É por isso, também que observo muito as pessoas. Minha mãe dizia para eu tomar cuidado com aquele amigo e não a ouvi. Meu pai dizia que eu precisava aprender com a vida e achei graça. Os dois estavam certos. Aprendi com a vida, aprendi a duras penas. Descobri que uma pessoa pode morar com você, ser seu melhor amigo, saber dos seus sonhos, da sua vida e te trair, te enganar, te prejudicar da pior forma sem uma gota de remorso. O Silvano dormia no mesmo apartamento que eu, dividíamos despesas, amizades, estudos, trabalhos... Eu achava que o conhecia muito bem. Ele sabia quem era a Karina. Uma moça simples, esforçada, que lutava para conquistar seus sonhos. Sabia que eu gostava muito dela e tinha planos... Mas, nada disso importou para ele. Nada. O meu melhor amigo, o cara em quem mais confiava destruiu minha vida e exterminou com a vida dela. Não foi fácil me recuperar e estar saudável, novamente. Hoje, sou quieto, cauteloso, analiso pessoas... Sim. Faço isso para tentar me proteger e viver melhor. Não quero mais me vingar de ninguém. O espiritismo me ensinou que a lei do retorno não falha, mas não preciso ser eu a fazer o trabalho sujo para ela acontecer. Agradeço muito a Deus por ter me abençoado com pessoas que acreditaram em mim e me ajudaram. Agradeço por eu ter conseguido forças para reagir e encontrado meu caminho, ter motivação e esperança — encarou-a.

Babete sentou-se mais próxima e o abraçou com força. Rafael silenciou e a envolveu com carinho.

— Você começou uma vida nova e fico feliz por fazer parte dela — disse em tom generoso. — Muitas vezes, precisamos passar por situações bem difíceis para encontrarmos o caminho. Depois disso, é importante não se desviar e seguir em frente.

— É o que quero fazer ao seu lado. — Um momento e disse:
— Agora sabe por que entendo, perfeitamente, o que é ser acusado de algo que não cometeu e, ao mesmo tempo, sentir-se culpado porque, talvez pudesse ter feito alguma coisa diferente que mudasse tudo aquilo?

Abraçaram-se mais ainda.

Quando se afastaram, o celular de Babete tocou e ela atendeu.

Era sua irmã. Falava chorando e quase não entendia. Ao desligar, contou:

— A Agnes falou com nossa mãe sobre sair de casa e discutiram feio. Acho melhor eu ir até lá.

— Vou com você.

— Minha mãe não te conhece. As coisas podem piorar.

— Não tem problema. Vamos lá.

Pegou a chave do carro e foram.

CAPÍTULO 50
Vida nova

Ao chegarem à casa de Iraci, ainda no portão, ouviram os gritos.

Envergonhada, Babete olhou para o namorado e falou:

— Desculpe... — entrando, em seguida.

Na cozinha, deixou-se ver e Iraci gritou:

— Sua infeliz dos infernos! Vai morar sozinha para ter sua vida de vadia e quer levar sua irmã junto!!! — surpreendeu-se ao ver Rafael, que apareceu inesperadamente.

— Oi, mãe — disse a filha mais velha com tranquilidade.

— Boa noite — o rapaz cumprimentou, mas a mulher não correspondeu.

— É um absurdo sua irmã sair de casa! Não vou permitir isso! — esbravejou.

— A Agnes é maior de idade. Vai morar comigo por livre vontade. Não tem com o que se preocupar — Babete disse com extrema calma.

— A mãe rasgou minhas roupas! — Agnes surgiu chorando. — Jogou tudo no quintal, lá nos fundos e disse que vai pôr fogo... — chorou.

— Vou mesmo! Quem ela pensa que é?! — passou a xingar e esbravejar.

Agnes também respondia. Houve um momento em que não se conseguia entender nenhuma das duas. A irmã mais velha começou a ver e perceber, mediunicamente, a interferência espiritual inferior influenciando as duas. Espíritos sem instrução, obsessores riam e inspiravam-nas com zombaria e sarcasmo. Riam e se divertiam com o que presenciavam.

Babete foi para junto da irmã, com firmeza, segurou-a pelo braço e exigiu:

— Para de falar! Pega tudo o que puder, o que for mais importante e vamos embora! — disse com autoridade, olhando-a com firmeza.

Agnes a encarou e pareceu cair em si. Não adiantava brigar. Era necessário atitude e não palavras.

Enquanto a filha mais nova foi para outro cômodo, Iraci se aproximou de Babete, começou a gritar e ofendê-la.

— Se não mora aqui, não tem de dar palpite! Sua infeliz dos infernos! Você nem deveria ter nascido! Vai dar opiniões e fazer politicagem na sua casa! Inferno!!! — segurou-a pelos braços e chacoalhou. A filha se desvencilhou e se afastou.

— Mãe, se a Agnes sair daqui você ficará melhor. Sempre discutem e brigam... Não terá mais com quem brigar.

— Agora?! Nessa fase da minha vida é que resolvem fazer isso?! Depois que sugaram meu sangue, vão me deixar sozinha?! Estou doente! Ficando velha! Terei de viver desamparada e sem ninguém! Sem ajuda!

— Você nem tem cinquenta anos. É uma pessoa capacitada e que pode se ocupar.

— Fazer o quê?! O que eu posso fazer?! Pra você, a vida foi fácil! Ficou às custas do seu tio, vivendo naquela mansão, tendo do bom e do melhor, enquanto sua mãe ficou aqui, vivendo à mingua!

— Você teve sua chance, mãe! — Agnes voltou e gritou. — Mas, jogou tudo fora! O pai nos deixou muito bem! Mas, você teve de correr atrás do Rogério e não tomou conta do que era nosso!

— Cala sua boca!!! Não venha falar de mim! Imunda desavergonhada! Desde pequena era safada e se assanhava para o Rogério!

— Nunca tive mãe! Nunca se importou com a gente! Nunca amou suas filhas! Que tipo de mulher não ama os filhos?! Eu vou embora sim! É a primeira vez que tenho a chance de ter paz! Quero viver bem longe de você! Por isso, vou morar com a minha irmã sim!

— Ela não é sua irmã! Por que acha que foi só a Babete que herdou o resto que era do Dárcio?

Agnes ficou parada com uma sacola de livros abraçada ao peito, encarando-a, sem dizer nada.

Ligeira, Babete puxou a irmã pelo braço, dizendo:

— Vamos embora logo daqui.

Ao saírem, ainda escutaram Iraci dizer:

— E você, seu moço! Vai ver com quem está se metendo! Essa... — xingou e ofendeu, mas eles não pararam para ouvir.

Passaram na casa de Adriano e Babete contou o que aconteceu. Em seguida, falou:

— Vou pegar mais algumas coisas e vou pro apartamento. Depois venho buscar o restante. Preciso ficar lá com a Agnes.

Sentada à mesa da cozinha, a irmã olhava para o chão e permanecia em total silêncio.

— Está bem... — Adriano concordou. — O que não conseguir levar, vem pegar depois. Não há pressa. E... Agnes... — viu-a olhar e falou: — O Lucas deixou um notebook aí, disse que era pra você. É usado, mas está em ótimo estado. Aproveita e leva.

— Está bem. Obrigada, tio. Depois agradeço ao Lucas — expressou-se sem ânimo.

— Agnes — disse Otília —, é um momento difícil, quando se sai de casa, nas condições em que está saindo. Mas, essa sensação ruim vai passar. Sei, perfeitamente, como é. Logo vai se recompor, novas oportunidades vão aparecer, vai conseguir se concentrar mais nos estudos, fazer novos planos... Tudo isso será esquecido, em breve. Não fique assim. Não se deixe abater. Se concentra, o quanto antes, em tudo o que for novo. Vai lá pro apartamento, arruma o que puder. — Sorriu e lembrou: — Já pega algumas roupas da Babete e separa pra você — riu. — Vai fuçar o notebook que ganhou...

— É mesmo — disse Babete — Preciso montar um lugar de estudo antes de iniciar a residência. Comprei uma escrivaninha que tem uma estante de livros acoplada, mas o montador ainda não foi lá montar. Aquela mesa pequena, que levei, dá pra ir pro quarto da Agnes e ser seu lugar de estudo.

— Não! — animou Adriano. — Pega a escrivaninha que tem, aqui no quarto que você usava, e leva para ela. Leva a cadeira também. É mais prática, tem espaço para livros, gavetas...

— Obrigada, tio — Agnes agradeceu e sorriu com simplicidade.

Nesse momento, Matias chegou. Cumprimentou a todos, foi para junto de Babete e deu-lhe uma puxadinha no cabelo, como se brincasse.

— Ué! Não iam ao teatro?

— Tivemos de mudar os planos — ela respondeu.

— Mas, o Rafael disse que iriam ao teatro. — Olhando para ele, perguntou sério: — Não queria que eu fosse lá, é isso? — Rafael não respondeu e Matias insistiu, parecendo dar bronca: — Deixa de ser grosso, cara! Tô falando com você!

— A Babete acabou de dizer que precisamos mudar os planos. Qual parte disso você não entendeu? — Rafael perguntou sério.

— Matias! O que está acontecendo? — Otília interferiu. — Por que as pessoas são obrigadas a responder às coisas, quando o assunto não é da nossa conta?

— Nossa! Agora tem um complô contra mim?!

— Sabe qual é o mal de muitas pessoas? É querer detalhes da vida alheia e serem incapazes de ouvir um simples não. Ninguém é obrigado a dar satisfações da própria vida para quem não ajuda a pagar as contas. E se a outra pessoa diz um não, ela, simplesmente, disse não e não é obrigada a dar satisfações. Simples assim! — tornou Otília. — Aceite o não e pronto!

— Oh! Que saco! — disse o filho.

— Tio, vou pegar algumas coisas, no quarto que era meu, e vou lá pro meu ap.

— Fique à vontade. A casa ainda é sua... — sorriu e deu uma piscadinha para ela.
— Vou te ajudar — disse Rafael, levantando-se e seguindo a namorada.
— Credo, mãe! Precisava falar desse jeito? — indagou Matias chateado.
— Que pergunta é essa? — olhou-o, insatisfeita. — Olha para você, Matias. Perceba o que está fazendo e não se sinta vítima!
— Bem... — Adriano interrompeu. Não gostaria de que brigassem. — Que tal pedir pizza?
— Pergunta pra Babete — Otília sugeriu. — Precisa ver se ela quer ficar.
Adriano concordou e foi atrás da sobrinha.
Virando-se para Agnes, Otília indagou:
— Está se sentindo melhor?
— Estou.
— Faça planos. Ocupe sua mente com o que precisa ser feito para ficar tudo melhor à sua volta. Na semana, vou até o apartamento, se quiser conversar...
— O que foi? Aconteceu alguma coisa? — Matias quis saber.
— A Agnes está indo morar com a Babete, definitivamente. A Iraci não gostou e brigou com ela, quando estava saindo de casa. Era de se esperar...

Babete não quis ficar para a pizza. Agradeceu e prometeu voltar outro dia. Junto com a irmã e com a ajuda de Rafael, retornou para o apartamento, levando algumas coisas.
Ao chegarem, sorriu e disse:
— A partir de agora, aqui é seu quarto. Vida nova, minha irmã! — sorriu feliz. — Sinta-se bem-vinda ao seu novo cantinho. Com empenho seu, tudo será diferente. Como não trouxe roupas, terá de usar as minhas. Vou separar algumas pra você experimentar. Até que possamos comprar outras. Vai lá tomar um banho e relaxar um pouco.

Agnes olhou para o quarto. Viu uma cama de solteiro, um armário e uma cômoda. Tudo simples, mas, para ela, um verdadeiro luxo. Emocionou-se. Com olhos afundados em lágrimas que embaralhavam sua visão, virou-se para a irmã e agradeceu:

— Obrigada, Babete. Vou me esforçar, fazer o meu melhor para retribuir.

— Eu sei... — sorriu. Sabia o quanto aquilo era importante para Agnes.

Abraçaram-se.

Rafael se aproximou e admirou a cena. Sorriu ao vê-las chorando e secando as lágrimas, uma da outra.

Mais perto, ele abraçou as duas e, depois, afastou-se e disse, com uma mão no ombro de cada:

— Registrem este momento. Se algum dia as coisas estiverem difíceis, lembrem-se dele, dos planos, dos sonhos... — viu-as sorrir. — Mas, agora, por favor, liguem para a emergência.

— Por quê? — a namorada perguntou sem entender.

— Vou desmaiar de fome... — riu.

— Ai... Coitado de você! — ela brincou e o empurrou para a sala. — Vamos pedir uma pizza!

— Pelo amor de Deus! Só uma não!

— Babete, você tem sabonete? — Agnes surgiu e perguntou.

— Ai... Acho que só aquele pedacinho lá... — franziu o rosto. — Esqueci de comprar.

— Peça as pizzas e, enquanto não chega, vou lá comprar. Tem uma farmácia, na esquina, há uma quadra daqui — o rapaz propôs.

— Então... Traz xampu, condicionador, sabonete e um hidratante também, por favor — a namorada pediu.

— Trago sim — aproximou-se dela, deu-lhe um beijinho e se foi.

— O Rafael é tão bacana, não é mesmo? — Agnes considerou.

— É sim. Ainda estranho muito suas atitudes, seu jeito, sua compreensão, seu carinho... Não estou acostumada a isso.

— Não estamos acostumadas a sermos bem-tratadas. Esse foi o problema. Não nos achamos merecedoras.

— Tem razão... — Olhou-a e perguntou: — Você está melhor?
— Estou péssima... Tentando disfarçar, mas... Quando a mãe falou daquele desgraçado do Rogério... Em pensar que aquele monstro é meu pai... — Um momento e disse: — Fiquei com tanta vergonha do Rafael, por ele ouvir tudo aquilo, presenciar aquela baixaria...
— Ele sabe entender. Fica tranquila.
— Estou com nojo de mim... — quase chorou. — Trabalho, estudo, dou dinheiro em casa, mesmo ela tendo pensão e a ajuda do tio... Sempre notei que nunca fui amada... Como isso dói. Ela não muda... Sempre julga, acusa... Nem te contei — Olhou para a irmã e falou: — A mãe começou a insinuar que tenho caso com o dono da imobiliária, disse que me vendo para continuar no emprego. É mentira. Não acredite.
— Eu sei.
— Cansei de ser desrespeitada por ela, que sempre me coloca pra baixo. Ia dormir com ela falando e acordava com ela fazendo a mesma coisa, quando não gritava. É insuportável. Quem aguenta isso? Mas... Aí eu olhava para você, que passou por tantas coisas e me inspirava. Você teve forças e continuou e... Eu achava que poderia fazer o mesmo. Por isso, quis estudar. Só que a saída da casa dela, desse jeito... Ela rasgou minhas roupas, me bateu, jogou tudo no quintal. Não sei como não perdi a cabeça e reagi.
— Ainda bem que não fez isso. Ainda bem que não reagiu. Se a violência que recebeu está em seus pensamentos, palavras ou ações para justificar que foi vítima, você tem sérios problemas. Deixou de ser vítima para ser pior do que quem te agrediu, pois tem consciência de que ferir é errado, machuca. A mãe tem todas as características de pessoa narcisista. Pessoas assim são egoístas, frustradas, só pensam em si, tudo é para se beneficiar de alguma forma... Quando encontram vítimas, dependentes dela de forma emocional ou financeira, são abusivas, gostam de torturar psicológica ou fisicamente. Manipulam, mentem, tiram vantagens. São invejosas. Sempre se aperfeiçoam, pioram... Mas, o pior é que

não mudam. Somos nós que precisamos mudar nossa forma de agir com elas. Não podemos nos desequilibrar, entrar no jogo, na manipulação. — Observou-a atenta e disse: — Reclamação é vício. Agnes, daqui pra frente, vamos focar em nós. Vamos viver diferente do que aprendemos ou seremos como ela.

— Está bem. Obrigada por tudo. Espero poder retribuir. Estou com um problema. Hoje, durante a briga, a mãe pegou meu dinheiro e meu cartão do banco, mas não sei onde ela colocou.

— Ela sabe a senha?
— Não.
— Vamos cancelar. Dinheiro, eu te arrumo.
— Obrigada, por isso também — sorriu levemente.

Rafael chegou e Babete disse:
— Você demorou. Estava começando a ficar preocupada.
— Estava conversando com o porteiro. Ele ficou curioso para saber quem passou a morar aqui. Estava de férias e não foi apresentado a você. — Olhando em volta, perguntou: — E as pizzas? Chegaram?

Babete arregalou os lindos olhos verdes e exclamou:
— Esqueci de encomendar!

Rafael cambaleou até o sofá e se jogou nele, como se desmaiasse.

Riram e encomendaram as pizzas.

CAPÍTULO 51
O conflito de Babete

Naquela semana, Babete estava muito atarefada com as últimas coisas que necessitava montar no apartamento. A irmã, que só levou os materiais da faculdade e as roupas do corpo, também foi um problema a mais para resolver.

Sabendo que se achava atarefada, Otília foi até lá para ajudar.

— Trouxe o que te prometi: estes copos, pratos e talheres.

— Obrigada, tia. Estava mesmo precisando.

A mulher ficou observando-a colocar as coisas no lugar, sorriu e comentou:

— Como você mudou, Babete. Adoro olhar você e lembrar aquela menina magrela, amedrontada e sem jeito que chegou à casa do Adriano. Deve ter tido muito choro, noites maldormidas, medos e conflitos, mas venceu tudo, superou todos.

— Quando os medos e conflitos chegam, achamos que nunca vão passar. Não foi fácil, tia. Tive tantas dúvidas...

— Junto com elas, teve equilíbrio. Pensou, planejou sua vida e foi por isso que deu certo. Não ficou revoltada, reagindo negativamente, se envolvendo com pessoas e companhias duvidosas.

— O tio Adriano me orientou bastante. Não posso negar.

— Mas, as escolhas foram suas. A Lana, minha filha, teve muita orientação, amparo, apoio. Tentei de tudo. Mas, ela não aceitou. Seguiu por outro caminho, com amizades duvidosas, fazendo tudo o que achava bom sem pensar nas consequências. Não tem uma única noite em que não penso nela, que... — quase chorou.

— Sabe dela, tia?

— A Lana morou com minha mãe por um tempo. Furtou a avó e voltou a morar na praia. Sei que faz artesanatos para vender em feirinhas no litoral. Vive com um grupo aqui e ali. Não tem paradeiro nem teto. Alugam uma casa, não pagam o aluguel e são despejados... Invadem um canto, depois são despejados e assim vai. — Breve instante e disse: — Amei, eduquei, ensinei, dei exemplo, falei... Não adiantou. Lana preferiu um caminho diferente. Então, eu tive de me esforçar a entender que ela precisa crescer e aprender por outros meios, talvez, mais difíceis.

— Se ela quiser voltar a morar com você, tia?

— Não posso aceitá-la, Babete. De forma alguma. Falem o que quiserem. Não posso viver no mesmo teto que minha filha. Vou sofrer, ela não vai se regenerar e vai acabar com a minha vida. Sei que, um dia, muito provavelmente, a Lana vai voltar maltratada, precisando de ajuda, talvez doente... Vai tentar me manipular, mentir, fazer de tudo para morar comigo, mas não posso aceitar. Sei que serei julgada, mas só quem convive com pessoa assim sabe como é terrível o dia a dia. Já estou me preparando para esse momento. Na teoria é fácil falar, mas sei que quando for pôr em prática...

— O que vai fazer?

— Alugar um cômodo e colocá-la para viver nele. Vou ajudar, vou prover com o básico, mas viver juntas, não. Sei que vão me julgar, falar... mas tudo o que pude fazer por minha filha, já fiz. Não sou obrigada a me colocar à disposição de qualquer tipo de agressão psicológica ou física. Ninguém é. Sobre minha mãe, é a mesma coisa. Ela é do jeito que é e não sou obrigada a me machucar, prejudicar minha vida, minha saúde mental, só para cumprir com uma obrigação moral imposta pela sociedade, que não tem ideia do que vivi. Quem nunca conviveu com narcisista vai falar um monte, pois não tem ideia de como é o sofrimento. Amar a si mesmo é Lei Divina. Se o seu amor ao próximo vier em primeiro lugar, esquecendo de amar a si mesmo, não estará fazendo direito. — Esperou um momento e disse: — É engraçado como muitas pessoas dão palpites em nossas vidas. Dizem que temos de acolher, amar, cuidar, fazer nosso máximo. Mas, em suas próprias vidas, não dão conta do mínimo. Por isso, cheguei a uma fase de não dar mais qualquer atenção à opinião dos outros, pois sei, exatamente, o que já fiz pelos outros esquecendo de mim. Preciso pensar e fazer por mim. Eu tenho o direito de ser feliz também. Tem pessoas que você se dedica a vida inteira e ela não faz nada com o que recebeu. Você só perde o seu tempo e deixa de fazer muito por si mesma.

— Tia, desde quando eu era pequena, ouvi você falando sobre narcisistas, mães que não amam, pessoas que não têm o mínimo de consideração pelo que somos, companheiros egoístas que deixam suas parceiras confusas e as tratam de uma forma que as levam ao desequilíbrio... Onde aprendeu isso, naquela época? Isso é tão pouco falado.

— Foi assim. Eu e o Adriano namoramos escondido... — contou tudo.

— Então você perdeu um bebê? Pensei que não pudesse ter filhos.

— Sempre pude, mas não quis. Decidi por não ter. Tudo o que vivi me fez sofrer muito. Entrei em depressão e, com a mãe que tinha, não conseguia me recuperar. Busquei uma psicóloga, depois outra... Essa segunda ficou bastante interessada na minha relação com minha mãe. Eu dizia que ela era má para mim, mentia, manipulava situações, me criticava pelo meu peso, pela aparência... Invalidava minhas dores dizendo que aquilo não era nada. Teve um dia que eu estava com muita cólica, não tinha qualquer remédio em casa e eu pedia a ela que fosse comprar. Minha mãe falou que era frescura, que não precisava de remédio nenhum, para levantar da cama e limpar a casa que passaria. Chegou a me puxar pelos cabelos para isso. Essa psicóloga falou que tinha uma mãe igual. De psicoterapeuta e paciente passamos a ser amigas.

Já naquela época, ela disse que fazia um estudo a respeito de Transtornos de Personalidade Narcisistas e que pessoas com esse transtorno eram terríveis. No Brasil, não tinha muita coisa a respeito, mas estudos e literaturas estrangeiras já falavam muito a respeito. Nós duas nos enquadrávamos como filhas de mães narcisistas. Sempre gostei de ler, então, ela fazia sua tese de doutorado e tudo o que encontrava passava para mim. Como eu disse, viramos amigas. Um dia, ela foi à minha casa e conheceu minha mãe, que não sabia que ela era psicóloga. Ficou reparando em tudo. Eu trabalhava, fazia pós, ajudava financeiramente em casa, ajudava com a limpeza, lavagem de roupas e outras coisas... Apesar de tudo isso, eu era a pior filha. Para a minha mãe, a filha de ouro, a dourada, a filha perfeita e mais querida era a minha irmã, que não fazia metade do que eu realizava. Era para a minha irmã que minha mãe guardava a carne, o sorvete, o melhor pedaço do frango. Era minha irmã que ganhava presente, era elogiada... Minha irmã não trabalhava e quando o fazia, era por pouco tempo. Vivia nos bailes, na rua, nunca ajudava em casa. Dormia até tarde, era respondona, implicante... Mesmo assim, nossa mãe a protegia e a queria como filha de ouro. Li e estudei tudo sobre narcisismo e os resultados catastróficos que eles proporcionam para suas vítimas. Me vi como vítima de mãe narcisista. E a solução para isso é o afastamento. Não depender de nada das pessoas narcisistas, sejam elas pais ou companheiros. Se for companheiro, você pode desaparecer da vida do cara, mas, quando são os pais, é complicado... A pessoa narcisista tem uma capacidade impressionante de fazer com que você se sinta culpada. Tudo o que acontece de ruim na vida dela, a infelicidade dela, a insatisfação, os prejuízos, as preocupações que ela tem ou sente são culpa sua ou de outra pessoa. Nunca delas. Elas se acham com razão sempre e, quando você consegue, com imensa dificuldade, provar que a culpa é dela, ela encontra justificativas para se eximir da culpa ou fala de uma forma que você se sente culpada por expor a culpa dela. Entende? — Babete pendeu com a cabeça positivamente e Otília ainda disse: — Em qualquer discussão com pessoa narcisista, você sai perdendo e se sentindo mal. Pais e mães narcisistas agridem seus filhos de forma psicológica, quando têm um dia difícil, só porque a criança ou adolescente quer atenção ou simplesmente conversar e eles são rudes, procuram criticar, ignorar, mandar fazer tarefas ou atividades para ficarem longe deles. Depois são capazes de dizer: eu estava com preocupações e problemas no serviço e você ainda vem me trazer mais dificuldades. — Breve pausa e falou: — Companheiros e maridos narcisistas são capazes de agredir a esposa ou a parceira e depois se justificar, dizendo: você apanhou porque mereceu. Onde já se viu me deixar nervoso. Eles submetem a companheira ao ridículo, ao escárnio, afirmam que traíram porque estavam entediados. Traem porque a companheira está acima do peso, velha, sem beleza e se acham com toda a razão. Justificam seus erros culpando o outro, a outra. Eles são os únicos corretos.

— Várias vezes, vi espíritos terríveis, zombeteiros e maldosos acompanhando e sugerindo atitudes para minha mãe. São do mesmo tipo que vejo perto da tia Acácia — referiu-se à mãe de Otília —, a ex do tio Adriano...

— Sem dúvida, Babete. Sempre atraímos espíritos que apreciam nosso comportamento e nos querem inferiores como eles. Espíritos que se vingam desejam, intensamente, que o encarnado crie ainda mais débitos para atrasarem sua evolução e terem mais dívidas terrenas. Existem algumas pessoas que convivem com narcisistas e aprendem com eles a manipularem, mentirem, fazerem mal, porque vão adquirindo ou aperfeiçoando o transtorno. As atitudes, pensamentos, palavras e ações perversas, maldosas, de prejudicar ou usar os outros atraem espíritos inferiores. Enquanto atitudes boas, pensamentos de esperança, fé, palavras equilibradas, ações generosas atraem espíritos bons, mais elevados que querem incentivar para que possamos progredir logo. Temos o poder de decisão, que chamamos de livre-arbítrio. Livre-arbítrio é Lei Divina.

— É interessante... Livre-arbítrio ou poder de decisão, hoje, se enquadra na ciência. Uma professora disse isso em uma aula. Neuroplasticidade ou plasticidade cerebral foi o nome dado para a mudança física do cérebro, que é a capacidade do sistema nervoso sofrer alterações. Os cientistas acreditavam que o cérebro de uma pessoa é formado e modificado pelos fatores externos de convivência com família, parentes, conhecidos, professores, amigos... A neuroplasticidade permite que novas ligações entre neurônios sejam realizadas. Os cientistas acreditavam que somente experiências externas poderiam mudar a plasticidade do cérebro, mas estavam enganados. Falo de mudanças físicas, químicas.

— Não sei se entendi. Desculpe...

— É assim, tia. O estudo sobre isso é longo, mas vou simplificar ao máximo. A endorfina é considerada o principal hormônio do bem-estar e da felicidade. É produzida pela hipófise, uma glândula localizada na parte inferior do cérebro. Na corrente sanguínea, a endorfina é liberada para todo o corpo. Suponhamos que estou feliz. Para isso acontecer, tenho o hormônio da felicidade em alta no meu cérebro. Se estou triste, deprimida a endorfina está em baixa. Antigamente, os cientistas acreditavam que somente fatores externos tinham a capacidade de causar mudanças no cérebro, que a neuroplasticidade só ocorria pelas experiências que vivíamos com família, amigos, etc... Mas, estavam enganados. Hoje, tem-se a certeza de que fatores internos podem, sim, modificar nosso cérebro e permitir novas ligações entre neurônios. Em outras palavras, podemos produzir, em nosso corpo, hormônios que nos equilibrem. Foi difícil esses cientistas admitirem que nossos pensamentos, palavras, ações e práticas são responsáveis por essas mudanças, pela produção de hormônios simples como o da felicidade. A meditação é um exemplo maravilhoso! E eu acredito que a prece de gratidão, sentida, feita com amor e felicidade também! — ressaltou.

— Incontáveis pessoas têm saído do estado depressivo e se libertado da ansiedade pela prática da meditação. Com ela, essas pessoas têm alterado a neuroplasticidade do cérebro, encontrando o equilíbrio. Mas, não basta somente meditar. É necessário mudanças de hábitos, principalmente, hábitos comportamentais.

— Há anos, falei com você sobre reforma íntima. Lembra?

— Foi exatamente isso que lembrei. Os ensinamentos espíritas vêm falando de mudança comportamental, que fazer o bem faz bem, vem falando sobre reforma íntima...

— Sabe, Babete, às vezes, queremos que um comprimido resolva nossos problemas, mude nossa vida, nossa saúde, mas isso não é possível. Somos nós quem precisamos nos mudar. Precisamos parar de culpar a vida, o mundo, o time de futebol, o governo, os parentes, os vizinhos pelo que nós cultivamos. É possível ser bom em qualquer fase da vida e em qualquer época da humanidade. São nossos pensamentos acelerados, nossa mania de querer controlar tudo e todos, nossa negatividade, nossas críticas seja ao que for, nossas crenças limitantes que nos deixam pra baixo. Quando estamos no fundo do poço, desejamos sair, não percebemos que fomos nós que nos colocamos lá e somos nós que temos de nos tirar dali.

— Quando queremos sair, encontramos quem nos ajude. Isso é certo.

— Sim. Isso é lei da atração. Todos transtornos são adquiridos pelas nossas práticas. Somos nós quem determinamos nossos atos, palavras e ações e, pelo visto, a neuroplasticidade está aí provando que nossas escolhas podem, sim, nos mudar, para melhor ou pior.

— Se uma pessoa é narcisista, ela vai ter de se esforçar muito para se livrar de comportamentos egoístas e maldosos, nesta ou em outra vida. A pessoa narcisista sempre sofre, vai adquirir débitos e dores que precisará harmonizar. Pode não parecer, mas ela sempre experimenta dor. O desejo de sair do sofrimento é o que vai motivá-la a tratar melhor outras pessoas.

— Por isso, sofremos. O sofrimento é o que nos faz procurar o que é bom, é o que nos faz mudar nosso comportamento e práticas. Babete, lógico que em diferentes graus, mas... pessoas narcisistas, egoístas, maldosas passam a vida infernizando os outros e, quando chegam à velhice amarguradas, doentes, mesmo que finjam estarem bem, por dentro, estão deprimidas e infelizes. Elas só enxergam as coisas ruins, tristes, só destacam o que não serve, só fazem sofrer... Não são capazes de amar.

— Precisamos orar e vigiar, né tia? No meu e no seu caso, precisamos tomar cuidado para não revidarmos o tratamento que recebemos de nossas mães.

— Sim. Precisamos tratá-las com respeito, carinho e consideração, mas, principalmente, impondo respeito, colocando limites, não deixando que invadam nossas vidas.

— Não é fácil...

— Se estamos passando pela experiência, é possível conseguir. É nossa obrigação tentar, fazer e evoluir.

— Tia, quando comecei a namorar o Rafael, o tio Adriano me deu um sermão sobre cuidado para não engravidar, que não me esqueço até hoje — riu alto.

— E ele estava errado?

— Não. Na época, comecei a pensar que ele era narcisista também — riu com gosto.

— Não podemos ver narcisismo em tudo — Otília achou graça. — Acho que é assim: quando sofremos muito nas mãos de um narcisista, passamos a achar que todos, que nos forçam a ver determinadas coisas, são também. Seu tio não estava errado. A intenção dele era te alertar. Imagine-se com um filho agora. Não é errado ter um filho, mas, no momento, iria te atrapalhar, seria mais uma preocupação ou, provavelmente, você teria desistido do curso. Olha para a Síria! Veja o que ela fez da própria vida. Enquanto você e a Agnes estão dando foco para ficarem independentes, a irmã de vocês está se afundando. E ainda digo que ela vai ficar igualzinho à Iraci.

— Será, tia?!

— Claro! Em vez de se libertar, se esforçar para ser independente, procurou um companheiro para cuidar dela. Não vive em boas condições, sabe disso e o terceiro filho já está a caminho. Não precisa ser médium para prever o final dessa história. A Síria já está reclamando que ninguém a ajuda. Briga e bate nas crianças. Reclama que não tem fraldas, leite, alimentos, remédios... E diz que ninguém dá as caras lá na casa dela porque é pobre.

— Ela planejou a vida para que os outros a ajudem. Acha que temos obrigação. Quando teve o primeiro filho, não percebeu que teria gastos, aumento de despesas, preocupações?... Não vai demorar para dizer que eu, por ser médica, tenho obrigação de ajudar.

— Não vai é demorar para a Síria voltar para a casa da sua mãe.

— Vai ser um inferno... — Babete murmurou.

— Você e a Agnes devem tomar bastante cuidado para não caírem na manipulação emocional da Síria e da Iraci. São mulheres fortes e boas para trabalharem. — Um instante e disse: — Olha, Babete, estou cheia de aturar gente assim e preciso me colocar em segundo ou terceiro plano. — Esperou um momento e decidiu confessar: — Eu estava me preparando para deixar o Cláudio. Ele bebia. Era de vez em quando, mas não conseguia parar. Chegava à nossa casa tropeçando, falando coisas e não mudava. Não era agressivo, mas eu não merecia limpar vômito do chão e aturar aquele cheiro horrível de cachaça. Estava cansada de lavar cueca e roupa de cama com xixi... Embora fosse bonzinho, o Cláudio não se ajudava, não nos ajudava. Prometia mudar, dizia que era a última vez, mas não mudava e isso era um desrespeito à nossa família e a todo o meu esforço. Achei que merecia me respeitar. Sei que não existe ninguém perfeito, mas existe quem te respeita. O Cláudio tinha certo grau de narcisismo e eu sabia disso.

— Sério, tia?

— Claro! Existe o narcisista aberto, declarado, que mostra claramente quem é. Aquele que você deve satisfazer. Aquela colega, mãe, pai, irmão ou irmã ou parente a quem você deve ceder sua vez, dar prioridade, tem de atender na hora, dar satisfações da sua vida ou essa pessoa reclama, exige, se acha no direito. Já o narcisista oculto, esse tenta ser esperto. Não deixa evidente o que ele é, o que ele quer de você. Aparentemente, se mostra humilde, é falso honesto, manipulador, mentiroso, demonstra-se com baixa autoestima, normalmente, é passivo-agressivo, deixa você com sentimento de culpa. Fala que ele dá o seu melhor e mesmo assim ninguém o compreende ou valoriza. Dá uma de coitado. Não cumpre ou demora para cumprir seus compromissos e os outros têm a obrigação de aguardar e compreender. Esse tipo nem todo mundo nota. Existe o narcisista produtivo, que abraça grandes causas, tem senso de grandeza, sempre envolvido em grandes projetos e tudo tem de sair do jeito dele. Costuma se gabar, silenciosamente, do que faz. Tem o narcisista maligno, que o agride com palavras e ações. É desconfiado, crítico, quer manter a todo custo um dependente emocional, que sempre fica com dó de largá-lo e que sempre acha que ele vai melhorar. E, por último, mas não menos importante, existe o narcisista induzido que, normalmente, é dependente químico, de drogas ou álcool, dependente sexual, de jogos e outros. É aquele que compromete os que estão à sua volta. Acredita-se vítima da sociedade, da família, do meio onde vive. Sempre quer chances. Dá uma de coitado hoje, mas é agressivo amanhã. Promete melhorar hoje, que vai se tratar, mas não vai. Destrói mãe, pai, irmão, mulher, marido, filhos... Desaparece, depois volta. Promete que vai ser diferente, que vai se curar, se tratar, mas não vai nunca. Nunca mesmo. — Ofereceu longo minuto de pausa e comentou: — Em menor grau, esse último era o Cláudio. Só reconhecia meus esforços, meus valores da boca para fora. Mas, ele mesmo, nunca mudava, nunca se esforçava. Eu já estava cheia. Não me separei antes por causa dos filhos... Então, aconteceu o acidente que, por estar embriagado, provavelmente, foi atropelado e morreu. Lógico que sofri, fiquei triste. O Cláudio, com seu grau de narcisismo, era egoísta. Não se esforçava o suficiente para mudar. Por muitas vezes, me arrependi de ter deixado meu emprego e ter seguido para Santos por causa do trabalho dele. Por isso, Babete, foque em você. Seja independente emocional e financeiramente. Pense muito antes de tomar decisões. Em uma união, principalmente com filhos, o fardo da mulher é sempre maior. Não é fácil equilibrar isso e mudar a cultura de que a mulher não pensa na roupa para lavar, na limpeza, na comida...

— Tia, tenho uma dúvida sobre o Rafael... — silenciou.

— Ai... Desculpa. Falei demais. Não quero te desestimular, fazer com que perca as esperanças. Está em uma fase tão linda da vida. Namorando, com planos para o futuro... Deixe-me completar... Lógico que todos temos defeitos e nossos companheiros também terão. Não vamos encontrar ninguém perfeito, ideal em tudo. Mas, que essa pessoa te compreenda, te respeite, seja parceira, te ame... Isso é muito importante perceber.

— Não. Não é isso. A família do Rafael é muito diferente de tudo o que conheci. Ele chega à casa dele e beija a mãe e o pai no rosto. A mãe dele sempre sorri, pergunta as coisas, conversa... A irmã dele é tratada bem... Outro dia, a Fernanda estava com cólica e a mãe fez chá e foi levar para ela com um remédio. Nunca vi isso. Ele é amoroso... Ele ligou para a mãe porque ela foi trabalhar com dor de cabeça. Quis saber se tinha melhorado.

— Eles são unidos — sorriu. — Não fomos acostumadas a isso.

— Mas, já vi a dona Nalva muito brava. Falou um monte para a Fernanda por causa de uma colega da filha que fez não sei o quê. Brigou com o Rafael porque levou uma multa. Falou do perigo que se expôs e colocou os outros também e se continuasse sendo imprudente, iria se acostumar a isso. Se não era capaz de respeitar a legislação de trânsito poderia perder o respeito pelas pessoas. Nossa!... Ela ficou realmente zangada. O Rafael, com a idade que tem, abaixou a cabeça e não disse nada. Só torceu o nariz. Depois, tudo volta ao normal. E... Acho estranho como se abraçam, se beijam.

— É uma família saudável. Coisa rara, nos dias de hoje, quando os meios de comunicação costumam ensinar a dissolver a família. Muitos filhos não ajudam nem colaboram em casa.

Esquecem que tudo tem custo: alimentação, água, luz, internet, sabão, amaciante, produtos de limpeza e muito mais. Eles reclamam dos pais injustamente... Não reconhecem, não dão valor. É tão importante conversar dentro de casa. Conversar é deixar todos falarem. Não é gritar. Por isso, é essencial orarem em família. — Observou-a e perguntou: — É dessa união que você não gosta?

— Não sei se amo o Rafael. Estou em conflito.

— Você já amou outra pessoa, para dizer isso?

— Sim... Quer dizer... Não sei. Gostei muito de alguém, por muito tempo, mas essa pessoa não me enxergava. Fiquei decepcionada e procurei esquecer. Quando superei, o Rafael apareceu. Ele me trata como se tratam em família. É atencioso, gentil, amoroso e achei estranho porque nunca recebi tanto carinho. Gostei disso. Gosto do jeito dele. Aí, essa pessoa do passado começou a se aproximar e me tratar bem.

— Entendo... — Otília ficou pensativa. Esperta, sabia do que ela falava, mas não disse nada.

— Tia, estou em dúvida.

— Babete, quando somos jovens, nós nos apaixonamos com facilidade. Basta o menino ser lindo que já o amamos — riu. — Sem pensar, sem planejar, sem conhecer o dinamismo de viver juntos, nós achamos que é fácil viver só do amor aparente. Não levamos em conta o caráter, o respeito, a presteza, a amizade, o companheirismo, que representa, verdadeiramente, o amor, o que é completamente diferente da paixão. Quando somos bem jovens, não entendemos isso. Normalmente, as primeiras paixões são próprias da idade, dos sonhos. Sonhamos e idealizamos que tudo será prefeito, que junto daquela pessoa seremos felizes para sempre. Não quero acabar com o sonho de ninguém, mas tudo pode virar pesadelo se um dos dois não tiver caráter, comprometimento, respeito, companheirismo. E em pouco tempo de convivência, de romance, de parceria é quase impossível saber e conhecer algo do outro. Quando somos espertas, aprendemos isso com as experiências alheias. Você vai ter de analisar. A pessoa que gostou, no passado, será mesmo a pessoa que corresponde ao que precisa hoje? Será que não foi um sonho da adolescência ou juventude? Gostar dessa pessoa não foi uma forma de fantasiar em uma época da sua vida? Essa pessoa não se importava com você e agora se importa, por que será? Será que é por ter se tornado o que você se tornou? Por você estar com outro e essa pessoa é competitiva? Ao te conquistar, ela não vai te abandonar e pensar só nela, novamente, sem dar satisfações?

— E como saber, tia?

— Responda você. Quando se apaixonou por essa pessoa, era uma menina, adolescente que fugia das dificuldades que passava com sua mãe? — Não houve resposta. — Daqui há dez ou vinte anos, pense em se ver ao lado do Rafael e depois, imagine-se ao lado dessa pessoa. Qual dos dois vai te trazer mais paz? — Viu-a reflexiva. — Lembre-se, Babete, as pessoas não mudam pela nossa vontade, elas só aperfeiçoam o que já são.

— Você se arrepende de não ter procurado o tio Adriano e ter se casado com o Cláudio?

— Não. Tenho certeza de que foram necessárias todas as experiências que vivemos, separadamente, para aprendermos o que sabemos hoje. Isso, muito provavelmente, reforçou o que sentimos um pelo outro. Talvez, lá atrás, eu e o Adriano não fôssemos maduros o suficiente e ainda poderíamos deixar outras pessoas se meterem entre nós e isso complicaria nossas vidas. Hoje, bem diferente do passado, estamos juntos e muito equilibrados, com sentimentos e emoções verdadeiras.

— Queria se separar do Cláudio. Pensava em voltar a encontrar o tio Adriano?

— Confesso que essa ideia me passou pela cabeça. Mas, antes, desejava muito, muito mesmo vencer por mim mesma, para não ficar dependente dele.

— Entendi...

— Como te disse, Babete, as pessoas espertas aprendem com as experiências dos outros. Por isso, adoro ouvir as pessoas contando suas vidas — sorriu. — Pense bem. Analise bastante. Cuidado para não fechar a porta entre você e o Rafael e depois se arrepender. Se quiser voltar a abrir, ela pode estar trancada para sempre. Precisa ter certeza do que quer e, se fechar a porta do passado, que ela nunca mais se abra.

— Pode ser ilusão minha, né?

— É você quem deve responder.

— Quando não procurou o tio Adriano e se casou com o Cláudio, você fechou a porta do passado?

— Sim. Definitivamente. E quando pensava em me separar, não era com a ilusão de voltar para o Adriano. Não mesmo.

— Estou com medo...

— Babete, você sabe o caminho. Peça sustentação e orientação aos espíritos amigos, ao seu mentor e a Deus, para que tenha luz em suas decisões.

Após um momento pensando, Babete perguntou:

— Tia, falando em narcisista induzido, podemos dizer que a Lana é narcisista?

— Podemos. É egoísta, só pensa nela e em suas necessidades para viver bem, sem o menor esforço. Acredito que, para pessoas assim, devemos ser instrumentos mostrando que esse comportamento não é correto e não vale a pena. Essa cultura de assistencialismo baseado em quem tem mais precisa ajudar quem tem menos, por tempo indeterminado, causa dependentes eternos, faz pessoas imaturas não crescerem, não amadurecerem nunca e continuarem irresponsáveis. Provoca estresse, cansaço, fadiga, ansiedade naquele que provê, que ajuda, fazendo-o se sentir na obrigação e responsável pela vida do outro. Isso não é certo. Cada um tem o dever de ser responsável por sua existência, por suas escolhas, pelo que fez ou deixou de fazer. Hoje em dia, vemos muitas pessoas com necessidades especiais, que nasceram sem ou perderam membros, visão ou tem intelectualidade reduzida mostrando-se muito capazes, dando *show* de perseverança e empenho. Então, creio que as pessoas que não têm limitação necessitam, sim, se esforçarem e darem seu melhor.

Para isso, muitas vezes, é preciso que a mamata acabe. Filhos precisam se afastar de pais abusivos. Pais precisam se afastar de filhos abusivos. Companheiros precisam se afastar de companheiros abusivos. Não é errado nos afastarmos de pessoas assim. Até Jesus perguntou: "quem são meus irmãos?"

— Nossa tia, aprendi mais nas nossas conversas do que nas aulas — riu com graça.

— Experiências de vida nos ensinam muito, quando queremos aprender. Não creio que seja errado filhos morarem com pais a vida inteira, desde que correspondam, que vivam bem, colaborem em todos os sentidos. Não é errado filhos, que se dão bem com os pais, procurarem uma vida independente. Nada é errado. Desde que cultivem o respeito e a paz, está tudo bem. Está tudo certo. O que não pode haver é desequilíbrio, abuso em qualquer sentido.

CAPÍTULO 52
A forma de falar

Os meses foram passando...
A residência em Psiquiatria começou e Babete precisava se esforçar muito para acompanhar o curso. Ao mesmo tempo, de forma intensa, Rafael também se dedicava arduamente à residência de Cardiologia Clínica.

Quase não se viam. Não tinham folgas em dias compatíveis. Comiam mal, dormiam mal, estudavam muito.

Praticamente separados, conversavam bem pouco por meio de mensagens rápidas onde, às vezes, comentavam o que acontecia. Mesmo assim, muitas das mensagens não eram vistas nem respondidas.

Os cursos eram exigentes e só quem se dedicava, totalmente, podia acompanhar.

Apesar de dividirem o mesmo apartamento, as irmãs não tinham muito tempo juntas. Agnes havia terminado a faculdade de Direito e estudava para prestar exame na OAB.[1] Ela mudou de emprego. Passou a trabalhar em um escritório de advocacia. Embora seu salário fosse maior, não executava serviço que lhe agradasse.

— Vou aguentar as pontas até ter um bom dinheiro. Estou fazendo o curso de Corretagem de Imóveis. É um curso técnico em transações imobiliárias, requisito indispensável para o exercício da profissão de corretor de imóveis em todo

---

[1] Nota da Médium: OAB e a abreviação para Ordem dos Advogados do Brasil.

o Brasil, exigido para o credenciamento no CRECI.[2] Estou otimista! — dizia com alegria na alma. — Quero abrir minha própria imobiliária! Gostava muito do que fazia e, agora, formada em direito, ficará bem mais fácil. Vou poder... — olhou para a irmã, que segurava a cabeça com as mãos, apoiando os cotovelos na mesa. Inclinou-se e teve a certeza de que Babete estava dormindo. Sorriu. Sabia entender.

Com jeitinho, acordou-a e a levou para o quarto.

Agnes estava bem diferente.

Havia tingido os cabelos de ruivo, o que lhe caiu muito bem. Ficou um pouco mais parecida com a irmã e ambas gostaram do novo visual.

Com nova aparência, bonita, parecia ousada com delicados *piercings* e tatuagens bonitas que, para ela, representavam conquistas. Suas roupas também eram diferentes e combinavam com seu jeito mais alegre de ser.

Agnes tornou-se uma pessoa amável e compreensiva, típica de sua índole. Também firme e decidida. Mais determinada e segura do que a irmã. Aprendeu a tomar decisões e escolher caminhos, amizades e companhias. Não tinha receio ou medo de desfazer ou se afastar de pessoas, conhecidos ou amigos nem de mudar de caminho. Fazia isso com tranquilidade e sem conflitos. Aprendeu a lidar com a mãe. Visitava Iraci periodicamente pela obrigação que sua consciência exigia, mas não se sentia culpada nem irritada com tudo o que via e ouvia.

A mãe a espezinhava, criticava seu cabelo, suas tatuagens, suas roupas, mas a filha caçula permanecia plena, oferecendo silêncio e sorriso, o que deixava Iraci revoltada e ainda mais nervosa, brigando sozinha.

Agnes sempre se lembrava de que aquela era a melhor maneira de se mostrar bem, de exibir que estava feliz consigo mesma e de não precisar da aprovação de sua mãe ou de mais ninguém. Aprendeu a não brigar nem discutir. Quando visitava Iraci, sempre levava frutas, às vezes, remédios. Depois ia

---

[2] Nota da Médium: CRECI e a abreviação para Conselho Regional dos Corretores de Imóveis.

embora com a certeza do dever cumprido. Sabia que jamais conseguiria mudá-la nem modificar sua forma de ser e pensar. Então, não se desgastava.

Doente da alma, Iraci ofendia, xingava, mas tudo o que dizia voltava para ela como energia pesada, nociva e funesta, que se impregnava em sua alma e se manifestava em dor. Não entendia o que era. Exigia demais, criticava imensamente, reclamava em demasia e isso deixava sua mente mais doente a cada dia.

Foi diagnosticada com depressão e ansiedade, mas não mudava seu jeito de ser, de pensar, agir, viver. Sempre se envolvia em pequenas grandes confusões. Culpava a todos pelo seu sofrimento. Não fazia nada para ajudar ninguém nem se ocupava com algo útil para si.

Ela reclamava demais e praguejava por Babete não conseguir visitá-la. Mesmo com as explicações de Agnes, Iraci não aceitava.

— Ela está estudando. O curso é puxado, mãe.

Não adiantava. A mulher xingava:

— Aquela infeliz, desnaturada! Nem parece que deve muito a mim! Ingrata! Igual a você! Fica me dando migalha, mas eu sei que está bem, tem dinheiro! Montou a imobiliária com aquele seu amiguinho nojento, que vive com um homem! Onde já se viu isso? Quanta indecência!

— Sua parte, do dinheiro que recebeu com a venda da fazenda, foi investida?

— Aquela ninharia?! Não deu pra nada! Sua irmã e aquele velho me deram um golpe!... Recebi uma droga de quantia que já acabou!!! Além do que... — só reclamou.

A filha não disse absolutamente nada. Só ouviu e ficou com pena de sua mãe. A sua parte, Agnes investiu.

Antes de retornar para o apartamento, Agnes passou na cafeteria de Otília, que ficou feliz em recebê-la.

— Aqui está ótimo, né, tia?

— Você gostou? — perguntou alegre.

— Muito! O ponto é muito bom, também. Perto de metrô... E o espaço é bem acolhedor. Tudo limpo, claro, alegre... Se eu pudesse, viria aqui todos os dias — sorriu;

— Como você está, Agnes?

— Bem, tia. Agora, com a imobiliária, sinto que estou me realizando. Quando planejava, imaginava, às vezes, achava que não conseguiria — riu.

— Você lutou e se esforçou para conseguir. Sinto orgulho quando te olho e vejo que é possível. A Babete passou por dificuldades imensas, principalmente, em questão emocional. Até hoje, não se sabe sobre a morte da Laurinha e isso a abala demais. Mesmo assim, sua irmã aproveitou toda a ajuda que teve do seu tio. Mas, você!... Você é uma guerreira!

— Minha fé, tia! Minha fé me trouxe até aqui. Apesar de tudo ir contra meu progresso, sempre acreditei, orei, tive esperança e me esforcei de todas as formas. Hoje, vejo que vale a pena ter fé, esperança e lutar pelo que se quer. Ficar parada e se queixando, não nos leva pra frente.

— Admiro muito você, Agnes! — enfatizou. — Não imagina. A forma como aprendeu a lidar com sua mãe, também aprecio muito.

— Quando entendi que minha mãe não mudaria nunca, que não há nada que eu possa fazer e se ficar nervosa e irritada sou eu quem terei prejuízo, ficou mais fácil. Depois disso, precisei me treinar e me treinar a ficar perto dela sem me alterar. Entendi que minha mãe é uma peça fundamental, na minha vida, para que eu encontre equilíbrio em qualquer situação que experimente. Ela é um ícone que representa meu crescimento espiritual. Quando a vejo, penso como foi bom eu não ser como ela e ter percebido que aquele comportamento tóxico é prejudicial, em todos os sentidos. Então, faço brincadeiras.

— Brincadeiras? Não entendi — disse Otília.

— Ela me invalida, me desvaloriza e eu penso: coitadinha. Minha mãe precisa desvalorizar o que faço, o que sou, o que tenho para se sentir melhor. Mesmo assim, isso é só por fora. Lá no fundo, sabe quem está fazendo o melhor. Agora mesmo, implicou com minhas tatuagens, com meu cabelo, com minha roupa... Eu me sinto bem. Nem expliquei que essas tatuagens de andorinhas, para mim, significam ter ido morar com a Babete. Simbolizam liberdade. Esta aqui — mostrou —, foi quando me formei em Direito! — tratava-se de uma balança com flores nos pratos, simbolizando equilíbrio. — Sinto muito orgulho dela. Esta, quando parei de sentir raiva da minha mãe e passei a sentir pena.

— É um coração com uma rosa... — Otília observou.

— Sim. É o meu coração com uma rosa desabrochando. É a descoberta do meu amor por ela, sem exigir nada em troca. Quando passamos a ter amor verdadeiro, a raiva se dissolve. Eu gostaria de ter uma mãe diferente, mas não tenho e preciso me conformar com o que não posso mudar. Porém, descobri que eu posso amá-la e respeitá-la, independente da forma como ela me vê. Sabe, tia, amar é uma escolha — sorriu lindamente, iluminando o rosto com expressão alegre. Depois, perguntou: — Tia, você acha errado fazer tatuagem?

— Quem sou eu para achar algo sobre isso? — achou graça. — Se eu tivesse, poderia ter opinião, mas... Não julgo.

— Mas... O que você acha de tatuagem?

— Agnes... Acho que a tatuagem tem de representar algo bem importante para a pessoa. Ter um significado positivo, agradável, feliz, já que ela vai passar a vida inteira olhando para aquilo. Tem de ser um símbolo que traga felicidade, honra, orgulho. Deve ser um registro de uma coisa com a qual se sinta muito bem ao olhar. Acho que não deve ser algo com a intenção de agredir ou chocar ninguém. Se assim for, estará registrando agressão e raiva em seu corpo. Tipo assim... Vou fazer essa tatuagem com essa coisa só porque meu pai odeia, para que ele fique irritado. Entende?

— Entendi. Não é meu caso. Cada uma delas, para mim, significa algo bom, próspero, que conquistei e sou feliz e grata a Deus por isso.

— Você cresceu, Agnes... Evoluiu muito — Otília sorriu e a admirou.

— Ah! Tia! Deixa te contar! — animou-se. — Junto com um grupo, estou envolvida em um projeto de assistência social na casa espírita. Como você sabe, quando não ajudamos os outros a vida não nos ajuda, o universo não retribui, a energia não circula — sorriu. — Estamos arrecadando cestas básicas para famílias que se inscreverem. Faremos uma visita à residência, relacionando as dificuldades e necessidades de cada um, determinando o tempo que a família receberá o auxílio. Cadastraremos todos e também procuraremos ajudá-los a encontrar empregos. Contei para o meu sócio, que é muito bom em internet, e ele está nos ajudando com isso. Aliás, o Marco e o companheiro dele começaram a frequentar o centro espírita e estão adorando. Eles já enfrentaram dificuldades em participar de alguma religião ou filosofia que os aceitasse, sem preconceito, por serem casal. Todo lugar aonde iam sempre tinha quem os olhasse torto. Sabe como é... E me disseram que, lá no centro espírita, se sentiram bem, acolhidos e todos os trataram normalmente.

— Ah!... São aqueles dois que vi com você lá na casa espírita faz uns meses?

— Eles mesmos. São ótimas pessoas. Nós fizemos faculdade juntos. Não deu para te apresentar.

— Precisei voltar logo — Otília explicou. — Tinha de preparar salgados e congelar para entregar no dia seguinte para outras cafeterias e estava sem meus colaboradores. São encomendas e não podia falhar.

— Tudo bem. Outra hora te apresento.

— Traga-os aqui! — a tia convidou.

— Minha mãe está implicando com eles, tia, por serem *gays*.[3]

---

[3] O livro *Mais Forte do que Nunca*, do espírito Schellida, psicografia de Eliana Machado Coelho, além de um lindo e surpreendente romance, com uma trama envolvente, aborda, magnificamente, temas sobre orientação sexual, homossexualidade, heterossexualidade, identidade sexual, gênero, transgêneros, intersexuais, transexuais entre outros, demonstrando, por meio de raciocínio lógico e sob a luz da Doutrina Espírita, que essas e tantas outras condições sexuais também são obras de Deus. Esse livro é importante e interessante de ser apreciado. Traz entendimento que nos faz vencer preconceitos.

— O preconceito é filho da ignorância. Não liga para a Iraci, mas previna seus amigos, caso se encontrem...

— Já fiz isso. Eles adoram a Babete. Outro dia, lá no apartamento, o Marco estava arrumando o computador dela e...

Continuaram conversando, animadamente.

Naquela tarde, Rafael conseguiu ir ao apartamento de Babete. Agnes não estava. Ao entrar, foi direto para a sala, onde viu a namorada deitada no tapete, com livros ao seu redor. Ela dormia.

Silencioso, ele se acomodou ao lado, esticando-se no tapete. Sem demora, também dormiu.

Babete despertou, olhou-o e o acordou para que pegasse a almofada que entregou a ele. Viraram, cada um para um lado e dormiram, novamente.

Assim era o namoro...

O tempo foi passando...

Agnes continuava firme com a sociedade na imobiliária com seu amigo. Estava dando muito certo.

Babete concluiu a residência em Psiquiatria. Até que montasse o próprio consultório, conseguiu trabalho na rede pública de saúde.

A vida se tornou um pouco mais tranquila para ela, mas não para Rafael. Ele seguiu estudando para passar na prova para fazer a segunda residência, pois gostaria de ser cirurgião cardiovascular.

Babete ficou triste com a morte do seu outro cachorro, que o tio e o primo cuidaram até o último dia de vida. Ela não pôde acompanhar a situação devido à residência, mas sentiu muito.

Sua alegria retornou quando Bernardo veio para São Paulo e se hospedou na casa de Adriano. Ele trouxe consigo Efigênia, que se surpreendeu com tudo o que via na Capital Paulista.

— Fifi, você nunca tinha saído daquela cidade?

— Nunquinha, fia! E num vejo a hora de vortá. Aqui, tudo é muito agitado. Custumo não!

— Mas, só está aqui há dois dias — disse Babete rindo.

— A menina sabe que gosto do meu cantinho. Lá tô sussegada.

— Fiz questão de trazer a Efigênia para ver você, Babete — disse Bernardo. — Ela não parava de reclamar da sua falta de visita.

— Agora, que terminei a especialização, estou com mais tempo livre. Acho que poderei ir lá visitá-los com mais frequência.

— E o Rafael? — o senhor quis saber.

— Passou em outra prova de residência muito concorrida e está se especializando em Cirurgia Cardiovascular.

— Eita, moço bão! — disse Efigênia, com jeitinho mimoso. — Quiria ver ele. Tô cum sardade.

— Ele gostou tanto de você, que até tem ideia de trazê-la para morar aqui em São Paulo — Babete riu.

— Deus me livre e guarde! Gosto daqui não!

Riram e Bernardo disse:

— Babete, quero falar com você sobre a indústria de ração e a fazenda de forragem.

— O senhor está pensando em vender?

— O Julião está tomando muito bem conta da fazenda que foi de vocês. Se não tem lucro, não tem prejuízo e isso é bom. Mas, gostaria de continuar com o que seu pai fazia e, ao mesmo tempo, ir passando a direção da indústria de ração e da fazenda de forragem para outra pessoa. Estou ficando velho... — sorriu. — Quero fazer isso enquanto estou bem e posso orientar.

— Não iria me procurar se não tivesse solução. Pelo visto, já tem alguma coisa em mente, não é? — tornou ela.

— Sim. Tenho. Não falei antes porque estava estudando. Não quis ocupar suas ideias.

— Em que o senhor está pensando?

— No Fábio, o seu primo. Ele se formou em Medicina Veterinária. Quando esteve lá, mostrou amor por tudo o que via. Sei que aquilo tudo é seu e continuará sendo, mas pelo visto não administrará nada do que tem lá.

— Também acho. Estou gostando do que faço.

— Se você aceitar e o Fábio quiser, poderei ensinar tudo o que sei a ele. Mas, preciso da sua autorização. É você quem o conhece melhor do que eu. Posso estar enganado e...

— Não. O Fábio sempre mostrou caráter. É um bom rapaz, correto, honesto... Creio que pode dar muito certo, se ele aceitar.

— Podemos falar com ele?

— Claro que sim. Mas... — sorriu. — Não sei o que o tio Adriano vai dizer, pois terá de ficar longe do filho.

— Será um bom motivo para ele ir nos visitar com mais frequência — Bernardo sorriu. — Falarei com o Fábio, mas quero você presente. Desde já, ele precisa entender que deve satisfações a você. E, se por acaso, eu perceber algo inconveniente, ele estará fora.

— Combinado, senhor Bernardo. Não é por ser parente que precisamos aturar coisas erradas ou desonestas. Devemos ser honestos e instrumentos bons na vida dos outros.

Fábio não poderia ficar mais feliz com o convite. Animado, passou a fazer planos e a se preparar.

Surpreso, Adriano ficou feliz com a novidade e o progresso do filho.

— Obrigado, Babete, pela oportunidade que está dando ao Fábio. Nunca imaginei... Nunca passou pela minha cabeça essa possibilidade. Tenho certeza de que ele vai corresponder com honestidade e muito trabalho. Conheço o caráter do meu filho.

— Eu que agradeço, tio. Junto de vocês, encontrei uma família da qual, mesmo longe, sinto fazer parte.

— Continue acreditando nisso, pois é verdade. Você é uma filha para mim.

Naquela noite, todos se reuniram na casa de Adriano para o jantar que Efigênia fez questão de preparar com a ajuda de Otília.

A noite estava quente e Babete foi para fora, para perto do jardim. Ficou algum tempo lá, sentada em um banco, pensando em tudo o que acontecia.

Fez uma prece, agradecendo pela vida, pelas oportunidades e amparo que sempre teve. Não havia o que pedir, somente agradecer. Sentiu o envolvimento do espírito que foi sua avó e sorriu, falando em pensamento:

"Vovó... Quanta coisa aconteceu, não é mesmo? Se me dissessem que minha vida seria essa, não acreditaria. Só tem uma coisa, que ainda me incomoda. Mas... Seria muito ter de pedir uma luz a respeito do caso da Laurinha. Acho que se fosse para sabermos de algo, já teríamos sabido. Ainda assim, só tenho a agradecer."

— O egoísmo pode ser tão grande, tão intenso que faz com que a pessoa sofra, mas não se liberte da mentira.

"Não estou entendendo, vovó."

— Não é preciso que entenda, agora. É só um comentário.

"A vida está seguindo, coisas acontecendo... É uma pena minha mãe ainda estar presa àquele jeito tão tóxico de viver."

— Mas, Iraci evolui ao observar a prosperidade de todos a sua volta.

"Não creio nisso!" — admirou-se.

— De alguma forma, dentro do seu quadro de tristeza, vazio e dor existencial, está percebendo que os outros progridem, prosperam, seguem em frente, mas ela está parada, dependente... Essa dor na alma que experimenta, vai mostrar o quanto precisa se modificar.

"Não vejo progresso. Não a vejo fazer nada" — continuou pensando.

— Talvez, nesta vida, não veja. Mas, teremos a eternidade para apreciar sua evolução. Ela vai evoluir, assim como todas as criaturas de Deus, nossos irmãos.

"Não sei se seria útil saber qual ligação tive com minha mãe, no passado."

— Você foi madrasta de Iraci.

"Então melhor não saber mais nada e agradecer a bênção do esquecimento. Tem coisas que são preferíveis não saber. Mas..." — pensou por um instante. — "A curiosidade é tanta... Fico tão dividida."

— Não vou detalhar, embora minúcias sejam tão importantes quantos grandes acontecimentos. Contarei superficialmente — sorriu com leveza. — Inconscientemente, trazemos de vidas passadas sentimentos que não trabalhamos, não dissolvemos. A raiva, o ódio, o rancor, a mágoa, o desejo de vingança ficam cravados na alma, adoecendo o ser até que isso mude, transmute e se dissolva por meio do perdão. Iraci guardou muito rancor, muita raiva de tudo o que viveu em determinada existência e sempre desejou se vingar, mas nunca se deu conta de que sempre experimentou o que ela fez aos outros. — Breve instante. — Por necessidade do que impôs, em vidas passadas, Iraci casou-se por obrigatoriedade, forçada pela família. Como madrasta dela, você poderia tentar interceder, mas não o fez. Após o matrimônio, ela foi maltratada de todas as formas. Aconteceu de a família do marido perder os bens e falir completamente. O esposo se matou e ela ficou na rua, sem ninguém. Voltando a procurar a família, foi recebida com desdém e mantida como serviçal. Era como se não fosse mais da família. Passou a ser desprezada, agredida física e emocionalmente, principalmente, pelos irmãos e por você. Agnes, encarnada como irmão mais velho, era quem mais a maltratava e ridicularizava, humilhando-a o quanto podia.

"Eu não fazia nada?" — indagou Babete.

— Não. Ajudava-os, incentivando quando ria, achava graça e ignorava acreditando ser normal aquele tratamento. Seus enteados gostavam de você e, certamente, não desejaria perder o bom grado deles, principalmente, após ficar viúva. Dárcio era avô paterno de Iraci e seus outros dois irmãos. Ele era o provedor com título de nobreza. Mesquinho, avarento, maldoso, negava tudo a essa neta, com o estímulo e a ajuda da amante Joana que, bem mais jovem, roubou-lhe o que pôde, sem que ele percebesse, em vida. Síria, a irmã mais nova de Iraci, abusava de seus serviços de todas as formas, Iraci era como sua escrava pessoal. Na espiritualidade, você, Agnes e Síria sofreram e se arrependeram, e Dárcio também. Iraci tornou-se um espírito perseguidor de todos, mesmo após algumas encarnações. Dárcio decidiu dar a ela o que tanto lhe cobrava: dinheiro, fortuna. Nesta encarnação, como marido, ele cumpriu o prometido: deu-lhe tudo. Mesmo se não tivesse acontecido seu assassinato disfarçado de acidente, Dárcio teria falecido e a deixado com tudo. Rogério e Joana não eram para se intrometerem na vida de todos como fizeram. Mas, a ganância desmedida não os deixou parar. Ainda assim, Dárcio teve tempo de deixar bens valiosos para Iraci.

"E eu? Por que fiquei herdeira do restante que ele deixou para o senhor Bernardo tomar conta?" — tornou a encarnada em pensamento.

— No passado, Bernardo, algumas vezes, abandonou a família em troca de aventura. Nessa, aproveitando aqueles que precisavam passar pela experiência, perdeu toda a família. Em um passado ainda distante, Bernardo e Dárcio sempre foram amigos. Nesta existência, encontraram-se e se ajudaram mutuamente de alguma forma. Dárcio lhe deu apoio no momento mais difícil de sua vida e Bernardo, bastante esperto, comprometeu-se em cuidar de tudo para ele, ou melhor, para você. Dárcio também precisava deixar o que tinha subtraído de você, Elizabeth, no passado e que Joana o furtou.

"Peraí, deixe-me ver se entendi... Eu me casei com um homem viúvo, pai de Agnes, que era um rapaz, de Síria e de Iraci. Iraci fez um casamento arranjado, por conveniência. Dárcio era pai da mãe dos três e subtraiu o que era meu por direito, quando fiquei viúva?"

— Sim. Quando ficou viúva teria direito a herança de seu marido, mas Dárcio, que era avô materno dos três filhos de seu marido, não lhe deu o que era seu por direito. Nesta vida, precisou devolver.

"Entendi..."

— Desencarnada, Iraci sempre se sentiu injustiçada, achando que faria grandes projetos se tivesse oportunidade e dinheiro. Naquela época, experimentou um casamento forçado e outras situações por ter de expiar o que fez em vidas passadas. Na espiritualidade, exigiu reparação. Conforme planejamento reencarnatório e o arrependimento de Dárcio, na vida atual, teve tudo o que desejou. Recebeu o que achou que lhe foi tirado. Mas, não conseguiu fazer nada, nesta vida, com o que herdou, com o que recebeu. Ela é um espírito ainda sem evolução, acomodado, preguiçoso, egoísta, materialista, ganancioso, sem escrúpulos, sem moral... Esta experiência de vida provará a ela, futuramente, na espiritualidade, o quanto precisa se melhorar em todos os sentidos. Olhando seu passado, deverá perceber que, quando não nos esforçamos para fazer e ter, não progredimos. O que vem de graça, vai de graça — longa pausa.

"Por que da minha mediunidade?" — Babete perguntou.

— Você, em outros tempos, usou recursos mediúnicos para se exibir, brincar, entreter pessoas em vez de ajudar a divulgar, com seriedade, que não existe somente este mundo perceptível aos encarnados, mostrando o quanto é importante cuidarmos de nós como espírito. Nesta existência terrena, solicitou vir com esses atributos para trabalhar e ajudar pessoas, sem ser um entretenimento. Para se livrarem da cobrança de suas consciências e tentarem criar vínculos de amor com Iraci, você, Síria e Agnes decidiram solicitar e aceitar reencarnar como filhas dela. O intuito era e é de aprenderem, equilibrarem-se, trabalharem-se para serem pessoas melhores, mais calmas, mais tranquilas e exemplo de perseverança. Toda experiência traz grandes aprendizados. Hoje, você e Agnes conseguiram grande parte de seus objetivos. Você também foi testemunha de uma situação e não quis dizer a verdade, deixando outra pessoa viver com sentimento de culpa e dúvida por muito tempo.

"Entendo... Mas, não nos harmonizamos com nossa mãe." — tornou a pensar.

— Quem disse isso?

"Nossa mãe ainda nos maltrata, agride com palavras, olhares e fala coisa que..."

— É ela quem fala. É ela quem maltrata. Ela é quem está fazendo o errado. Vocês duas, não mais. Sabe, Elizabeth, quando desencarnamos é que conseguimos entender a dinâmica da vida, dos planejamentos reencarnatórios tão difíceis de serem elaborados e colocados em prática. Entendemos que, tudo sobre o outro, é do outro e que devemos vigiar e prestar atenção em nós. Faça o que é importante para a sua elevação, para o seu crescimento moral e espiritual. Esquece o que o outro precisa fazer, se ele não quer fazer algo é um problema dele. Uma coisa é ajudar uma pessoa como a Agnes que desejava crescer, é empenhada, ouve seus bons conselhos, faz seu melhor. Outra coisa é ajudar sua mãe e a Síria, que preferem ser providas eternamente. O Mestre Jesus não forçou ninguém a segui-Lo. Ele somente deixou lições, foi exemplo e apontou o caminho. Mais nada. E outra coisa: aqueles que queriam cura, mudança, milagres iam atrás de Jesus, esforçavam-se para segui-Lo. Quem deseja melhorar, tem o dever de buscar, o dever de ir à procura e se empenhar. Milagres não caem do céu e é preciso merecê-los.

"Nunca evoluímos quando não damos nada aos outros, em todos os sentidos. Ouvi isso da Agnes e fiquei pensando..."

— É a pura verdade, mas não podemos escravizar os outros para que fiquem mendigando o que podemos ofertar. Precisamos ensiná-los a pescar. Entendeu?

"A Agnes está com um projeto de auxílio com cestas básicas e..."

— Ela está colocando um prazo e ajudando com a profissionalização de pessoas e com o encontro de emprego também. É um trabalho abençoado, que faz o irmão crescer e caminhar por meios próprios sem dependência, sentindo-se digno e honrado por suas próprias conquistas.

"Verdade..."

— Você disse bem: nunca evoluímos quando não damos nada aos outros, em todos os sentidos. Dar esmola é ver o outro, enxergar que o outro está ali e satisfazer sua necessidade momentânea. Dar condições de o outro se sustentar e ter dignidade é dar bênção, é dar vida, é dar crescimento pessoal. Qual o melhor? — Não houve resposta. — Fora da caridade não há salvação, disse-nos o senhor Allan Kardec. A verdadeira caridade é libertar seu irmão e não o fazer cativo e dependente, seja de alimento, fé, esperança, religiosidade. Tem gente tão egoísta que só oferece alimento, outros tão egoístas que só oferecem oração. É importante pensar que devemos sim ajudar e oferecer alimento, mas é imprescindível ensinar nosso irmão a ganhar o próprio pão, ter seu sustento e, com isso, ter honra, autoridade, respeitabilidade. É importante orar pelo irmão, doando de nós, dando o que tem o nosso coração e dizer que você torce por ele, que vibra positivamente para as suas realizações, mas é imprescindível que o ensine a orar, indique uma casa de oração que o ensine a ter fé e esperança. É imprescindível que fale para ele que Deus também o ouve e o ampara, que a sua oração, fé e esperança também têm poder, pois Deus ouve a todos e ele não precisa pagar por isso.

"Entendi..."

— Que bom que entendeu, Elizabeth! Espero que comece a fazer sua parte, desde agora. Abrace tarefas na casa espírita com humildade, perseverança e amor. Podemos escolher amar tudo o que fazemos, reconhecendo o bem que aquilo traz para nosso ser e para os outros. Pense nisso. Agora que já tem as explicações para tudo o que viveu e experimentou, comece a tarefa terrena com amor.

— Babete?!

Assustada, ela olhou na direção de onde vinha a voz. Era Matias, à sua procura.

— Oi... — falou de um jeito estranho.

— Pensei que o Rafael havia chegado e estavam aqui.

— Não. Ele não pôde vir. Está estudando muito e... A especialização em cirurgia cardiovascular exige muita disciplina, dedicação total, muito empenho e disposição... — a interrupção de sua conversa com o espírito que foi sua avó foi tão brusca, que se sentia confusa, falava automaticamente.

— Por outro lado, ele está sempre te abandonando, te deixando de lado.

— Não. Não vejo dessa forma. — ficou atenta. — Não me sinto de lado nem abandonada. Não temos horário compatível e, muitas vezes, ele precisa descansar, porque o curso exige, como já disse.

— Quando gostamos, sempre damos um jeito de ficarmos perto, vermos com frequência. Acho você conformada com essa distância. Não se importa se estão juntos ou não. — Olhou-a indefinidamente e perguntou em tom morno, sem que esperasse: — Babete, por que você está com o Rafael?

— Por quê? Que pergunta é essa? — surpreendeu-se. Não sabia como responder.

— É porque não parece que gosta tanto assim dele. Vivem muito bem quando estão distantes.

— Do que você está falando, Matias?! — indagou em tom sério, franzindo a testa e parecendo zangada.

Ele se aproximou, tocou seu rosto com a palma da mão aberta e disse em tom macio:

— Gosto muito de você... — olhou-a nos olhos.

Imediatamente, ela deu um passo para trás.

Aproximando-se, novamente, Matias segurou seu rosto com as mãos e inclinou-se para beijá-la. Nesse instante, ela colocou a mão em seu peito, virou o rosto e se afastou, dizendo:

— Deveria me respeitar e não me colocar em situação difícil. Meu namoro com o Rafael é sério. — Afastou-se. Virou-se e percorreu o corredor para dentro da casa. Estava estremecida. Não entendia o que havia sentido. Não esperava aquela atitude de Matias.

De longe, pela janela, Otília assistiu à cena, mas não disse nada.

Bernardo e Efigênia retornaram para Minas Gerais. Ele disse que aguardaria, com satisfação, a ida de Fábio para lá. O rapaz trabalhava em uma clínica e precisaria encerrar seus compromissos antes.

Com um pouco mais de tempo livre, Babete frequentava a casa do tio e, normalmente, Agnes a acompanhava.

Em uma dessas reuniões, Adriano se admitiu, diante de todos:
— Tenho orgulho da Agnes e da Babete. Depois de percorrerem caminhos diferentes e difíceis, estão se realizando. Aliás, todos vocês. A Babete abriu consultório, a Agnes uma imobiliária, o Lucas trabalhando como neurologista em um hospital, o Fábio indo para Minas...

— E eu, tio? Esqueceu de mim? — Matias lembrou, rindo.

— Claro! Também tenho orgulho e admiração por você, Matias. Que, aliás, não pagou o aluguel deste mês! — falou brincando e rindo.

Todos riram junto.

— Oh, tio!... Já fiz o depósito. Só não caiu. Mudei de banco e... Sabe como é...

— Vou ver isso de perto — Adriano continuou brincando. — Falando sério... Também admiro você, Matias. Foi muito esforçado e persistente. Aproveitou toda oportunidade e ajuda que recebeu. Mas, minha admiração maior é pela Otília que, em meio a tantas dificuldades, deu duro e soube empresariar sua vida, os negócios e sustentar um filho na faculdade. É dona de uma confeitaria, de um café e doceria, um *buffet*... — Olhou para ela e a viu sorrir. — Focou toda a atenção, energia e empenho no que desejava e, por essa razão, venceu. Não se deixou distrair com nada. Não sentou para reclamar nem quis depender de ninguém. E?... — Fez breve pausa. — Quero aproveitar a presença de todos para comunicar que vamos nos casar. — Olharam-se. Ela ficou muito surpresa e ele perguntou: — Quer casar comigo?

— Casar?!... — sorriu de um modo engraçado, com expressão de surpresa e felicidade no olhar.
— Só responde sim ou não e não me deixa mais nervoso... — Adriano murmurou enquanto todos os demais riam baixinho ou brincavam com a situação.
— Sim... — ela murmurou sorrindo lindamente.
— Mais alto, por favor... — tornou ele.
— Sim! Eu aceito! — e o abraçou. Trocaram um beijo rápido. Estavam felizes.
Todos ovacionaram, aplaudiram e disseram frases de incentivo, cumprimentando o casal.

Um pouco depois, Babete estava deitada na rede, quando Matias se aproximou. Pegando nas cordas, balançou-a bem devagar, dizendo:
— Pelo visto, vou morar sozinho lá em casa. Ou... Talvez alugue um apartamento. Tem algum vazio lá no seu prédio?
— Que eu saiba, não — não ficou contente com o questionamento. Havia algo estranho naquele jeito de falar.
— Posso te fazer uma pergunta? — tornou ele.
— Pode. Mas não garanto responder — forçou o sorriso.
— Você ainda vê as coisas? Vê espíritos?
— Às vezes.
— Tem visto aquela que foi minha mãe?
— Não. Nunca mais a vi.
— Sempre penso nela... É difícil viver sem um passado, sem saber quem foi seu pai, sua mãe... Se teve ou tem parentes como irmãos, tios, avós... Devo admitir que sinto um vazio que me incomoda, de vez em quando. Agora, com minha mãe seguindo a vida, novamente, estou me sentindo rejeitado.
— Ela não está te rejeitando — Babete explicou. Tinha se comovido, novamente, e se disponibilizou a ouvir e tentar ajudar.

— Eu sei que não. Mas, é como se tivesse. Vou ficar sozinho. O Lucas vai casar, o Fábio vai para Minas. Você já se mudou e minha mãe vai se casar.

— Não acho que ela e o tio Adriano vão mandar você ir embora de casa. O Lucas não vai se casar agora e continuará morando com eles. É algo para vocês conversarem.

— Sei que não vão me expulsar, mas... Cada um está tomando um rumo e eu... Às vezes, penso que se encontrasse alguém que, realmente, fosse meu parente...

— Você foi encontrado em um hospital-maternidade, não foi?

— Fui.

— É bem provável que ela tenha te deixado no mesmo hospital onde deu à luz. Lugar que conhecia. Não acha?

— Provavelmente... — falou pensativo. — Sempre me contaram que eu ainda estava com o cordão umbilical.

— Todo hospital tem ficha de seus pacientes. Já pensou na possibilidade de fazer uma investigação sobre as mulheres que deram à luz nessa maternidade, dias antes de você nascer?

Matias arregalou os olhos e afirmou com ênfase:

— Nunca pensei nisso! — animou-se. — Não deve ser difícil! Descobrindo quem deu à luz lá no período em que fui encontrado... Daí é só descartar as que estão vivas e focar nas que tiveram meninos e já morreram e...

— ...e família que não ficou com o bebê.

— Claro! É isso!

— Matias... — disse em tom piedoso. — Pense bem antes de fazer isso.

— Por quê?

— Não sabemos as consequências e... A tia Otília pode sofrer, não acha?

— Minha mãe é uma mulher forte demais, firme, direta e audaciosa.

— Isso não significa que não sofra. Muita gente está destroçada por dentro, mas com sorriso no rosto. Com jeitinho, conversa com ela, explique o que está sentindo e que o fato de buscar seu passado e sua origem não quer dizer que está invalidando ou desvalorizando tudo o que ela fez por você.

Sabe, Matias, precisamos pensar em cada atitude e palavra para não ferir, embora, muitas vezes, precisemos falar. Mas, dá para fazer isso com equilíbrio. Tudo sem equilíbrio é prejudicial. A mesma água que mata a sede, em demasia, afoga. Seja sensato, tá?

— Você tem razão — sorriu com generosidade cativante. — Vou seguir seu conselho e conversar com ela direitinho — deu uma piscadinha e a viu sorrir. Obrigado.

— Imagina... — remexeu-se e se sentou para se levantar.

Matias estendeu a mão para ajudá-la e Babete aceitou.

Ela foi à procura da irmã e a convidou:

— Vou até a casa da mãe. Quer ir?

— Sim... — suspirou fundo e sorriu. — Vamos lá.

Lado a lado, as irmãs foram para a casa de Iraci. No caminho, Agnes passou em um mercadinho e, como sempre, comprou algumas frutas. Por sua vez, Babete comprou biscoitos, chocolates e outras guloseimas.

Chegando ao portão, ouviram o falatório enervado que vinha de dentro da casa.

Entraram.

Ao ver as filhas, Iraci nem deixou que a cumprimentassem e foi falando:

— Só essa que me faltava! Não importa o quanto a vida seja uma porcaria, ela pode piorar! A irmã de vocês acabou de me dizer que está vindo para cá com os três filhos e outro na barriga! Falou que não suporta mais o Anderson com tantas mentiras, traições e agressões! A Síria só pode ter mentido! Duvido que o Anderson seja abusivo!

— Oi, mãe... — Agnes a cumprimentou.

— Como você está, mãe? — Babete perguntou.

— Agora, depois da ligação da Síria, como posso estar?! Como ficará esta casa com ela e mais quatro crianças?! Ela não pode vir pra cá! Vocês duas têm de dar um jeito!

— Mãe, eu trouxe estas maçãs. As peras não estavam muito boas. Mas, sei que vai gostar das laranjas. São daquelas bem doces. O mamão também está ótimo. Tomei o maior cuidado para não amassar — disse Agnes, sem dar importância ao que a mãe havia falado.

— Passamos no mercadinho e vi estes biscoitos que a senhora gosta. Comprei logo quatro pacotes e uma caixa de bombons sortidos. Tem mais estes salgadinhos... — disse a outra filha.

— Tá! Deixa aí! Mas, lembrem-se que não estou pedindo esmola para vocês! Em vez de me darem ninharias, deveriam me oferecer coisas melhores e mais necessárias para mim! Onde já se viu, duas filhas formadas, uma médica e outra advogada, abandonarem a mãe nessas condições, sozinha, com depressão e muitos problemas de saúde?!

— Esta casa é muito boa. Tem tudo o que alguém precisa e muito mais. É espaçosa, os cômodos são grandes, tem um banheiro muito bom, tem quintal e até jardim. Pena não ter nada plantado lá... Quando éramos crianças, vivemos em lugar muito, muito pior — Babete disse, mas se arrependeu do que falou, no mesmo instante. — Mas, lembro das roseiras lindas que você plantou na casa da cidade. Davam tantas rosas!

Iraci só deu atenção ao que foi dito de negativo.

— Vivemos naquelas condições por culpa do seu pai! Não se esqueça disso! Aquele infeliz acabou com a minha vida!!! — gritou.

— A propósito... — tornou a filha mais velha, falando com calma ao mudar de assunto. — Semana que vem, vamos à consulta médica que marquei. Não esquece.

— Não adianta ser médica e incapacitada, não é mesmo? Não consegue nem curar a própria mãe! Que decepção!

— Não é isso. Seus exames deram alteração na glicemia. Essa médica é endocrinologista, eu não. É importante fazer acompanhamento com o especialista certo. É coisa simples. Daremos um jeito.

— O que você tem de dar um jeito é na vida da sua irmã! — falou de modo agressivo. — A Síria, com três filhos pequenos e um na barriga, vai largar o marido e vir morar aqui! Minha vida vai ser um inferno! Você tem de arrumar uma casa, um lugar pra ela. Não quero nem saber!

— O bom disso é que você não ficará mais sozinha e abandonada, mãe. Acabou de dizer que suas duas filhas aqui te abandonaram nessas condições, sozinha, com depressão e muitos problemas... — Agnes lembrou.

— Eu não falei nada disso! Você está inventando!

— Falou sim — Babete confirmou. — Em seguida, eu disse que essa casa é boa, espaçosa... Que, quando éramos crianças, vivemos em lugar muito pior...

— Vocês duas querem me enlouquecer! Não disse nada disso! Só porque é médica de louco acha que todo mundo é insano! Aliás, não sei como conseguiu seu diploma! Por acaso, contou aos seus professores que via gente morta? Que tem esquizofrenia e tomou remédio psiquiátrico? Acho que ainda toma medicação escondido, né? Contou também que matou sua prima?

— Pare com isso, mãe! — Babete exigiu com firmeza. Aquilo mexeu com suas emoções. — O que falou é mentira. Não vou admitir que invente coisas a meu respeito. A única verdade no que acabou de falar é que eu via gente morta sim. E se eu vi, você também. Estávamos no cemitério, visitando o túmulo do papai, quando apareceu um espírito, conversou comigo e com você, depois, quando se virou, não o viu mais. Lembra-se disso?

— Mentira sua! Mais uma mentira! Não aconteceu nada disso!

Babete ficou olhando para sua mãe com um sentimento quase inexplicável: uma mistura de mágoa, decepção e rancor. Era injusto o que Iraci falava e a forma como manipulava qualquer conversa.

Virando-se para a irmã, falou baixinho:

— Vou embora — foi à direção da porta.

— Também vou — levantou-se.

— Isso!!! Não aguenta a verdade! Vai embora! Corre! Vai lá pra aquele seu namorado insonso! O rapaz parece retardado. Entrou aqui e saiu sem falar nada! Mal cumprimentou!

— Tô indo, mãe. Qualquer coisa, manda mensagem ou liga — disse Babete saindo porta afora.

— Também vou. Tchau, mãe.

— Lembre-se de que nem conheço o apartamento onde vocês moram!

— Lá não tem nada demais. É tudo simples e muito, muito pequeno — disse Agnes, saindo atrás da irmã.

— Sou mãe das duas! Vocês me devem respeito e atenção! Onde já se viu me tratarem assim? — saiu falando.

— Estamos aqui toda semana. Sempre que precisa estamos aqui e a tratamos bem. Isso é atenção e respeito — Agnes foi dizendo, sem olhar para trás.

— Respeito?! Nem conheço onde vocês moram! Por acaso existe algum segredo lá?!

— Nenhum. É que o lugar é pequeno mesmo e não paramos em casa — tornou a filha caçula.

— Já sei! Não querem que eu veja o conforto que têm! — segurou-a pelo braço e a fez parar. — É isso? Não é? Alguma coisa vocês estão escondendo! Deve ser o que têm! Vivem no luxo, no conforto e me largam aqui!

— Mãe... Quando o tio montou esta casa estava tudo em ordem e novinho. A senhora não cuidou, não limpou, não conservou as coisas. Agora, precisa economizar em algo, juntar dinheiro e substituir o que estiver estragado. Uma casa não se limpa nem se conserta sozinha.

— Seu tio é rico! As coisas são fáceis para ele. Custava ele e vocês darem assistência para mim?

— Mais? — Agnes perguntou.

— Eu bem que poderia morar com vocês duas e deixar a Síria aqui com as crianças! Eu cuidaria de tudo para vocês enquanto estivessem trabalhando.

Na calçada, Babete e Agnes se entreolharam, com uma cara engraçada, arregalando os olhos uma para a outra e quase riram.

— Aquele apartamento não tem espaço nem para um gato, mãe. Eu falo para a Babete para arrumarmos um gatinho, mas não tem espaço nem para ele.

— Estou decepcionada com vocês duas! Ingratas, mesquinhas, mal-agradecidas e egoístas.
— Tchau, mãe! Precisamos ir — disse Agnes.
— Tchau. Semana que vem, um dia antes, te aviso sobre a consulta em que vou te levar. Não se atrase.

As irmãs se foram, deixando Iraci com suas amarguras e incertezas.

No caminho para a casa de Adriano, Agnes falou:
— Outro dia, uma amiga me disse que perder a mãe é sentir uma dor profunda, é ficar sem referência, sem amor, sem chão, sem estrutura e ter de aprender a ser mãe de si mesma. Ela estava tão triste, lembrava de momentos felizes entre ela e a mãe. Mostrou fotos de passeios, cafés e lanches que fizeram juntas. Contou sobre os conselhos que recebia, das broncas que levava... Ainda chora quando se lembra da felicidade da mãe quando ela conquistava alguma coisa, de quando cortava o cabelo e isso rendia uma conversa longa... De quando falavam das roupas bonitas, da cor do esmalte, do batom... Essa amiga fala de tantos detalhes que ela e a mãe curtiam, cultivavam... Disse que as duas ficavam horas conversando sobre diversos assuntos. Ela até falou que muitas coisas não tinham mais graça sem a mãe ao lado. Que os aniversários não seriam mais os mesmos, que os Natais não teriam mais a mesma alegria... Então eu disse: sua mãe te preparou para viver a vida com alegria e equilíbrio. Te ensinou como deve ser para viver momentos bons e marcantes. Se você não comemorar mais nada pela ausência dela, não aprendeu nada com ela. Seja a alegria que ela foi. Seja participativa como ela ensinou. Seja ouvidos, opiniões positivas, felicidade e parceira como ela demonstrou que tem de ser. É certo que sua mãe teve, na vida dela, perda de pessoas queridas, amadas e nem por isso se deixou abater, deixou de comemorar com você, deixou de te ouvir e ser participativa na sua vida.

Honre o que aprendeu com ela e passe adiante tudo de bom que aprendeu. Comemore os aniversários sim! — enfatizou. — Comemore o Natal sim! Passe adiante e seja luz para quem estiver ao seu lado. Dignifique o que ela te ensinou. Onde sua mãe estiver, ela terá orgulho de você. Tenho certeza de que ficará feliz em te ver feliz e comemorando. Faça um brinde a ela nas ocasiões especiais. Multiplique tudo o que ela te ensinou de bom.

— Nossa!... Você foi muito inspirada. Aqueles que partiram e deixaram aqui pessoas amadas gostariam de dizer isso a elas. Eles querem que sejamos felizes e façamos nossa parte neste mundo — Babete considerou.

— Só não disse uma coisa para ela... — fez longa pausa.

— O quê? — Babete perguntou.

— Precisei aprender tudo isso sozinha, pois não tive referência. Tive de aprender a ficar feliz com minhas roupas, com meu novo corte de cabelo, com a cor do meu esmalte... Tive de aprender a ficar feliz no meu aniversário, nos Natais... Não aprendi nada disso com a minha mãe. Pior do que perder uma mãe para a morte, é ter mãe que nunca foi referência, nunca deu amor, nunca ofereceu estrutura emocional e se sentir perdida, confusa, insegura, desde sempre...

— Sei como é... Desde que fui para a casa do tio, comemorar meu aniversário era uma tortura. Sempre chorava o dia inteiro.

— Também... Quando fez quinze anos...

— É... Eu sei. Mas, a tia Otília insistia. Dizia que tinha feito o seu melhor bolo para o meu aniversário... Nós nos reuníamos em volta da mesa da casa do tio para cantar parabéns... Daí, fui acostumando e me forçando para que o dia não fosse tão triste. Mas... Se minha mãe fosse e conversasse comigo... Fui me treinando e me acostumando. Hoje, não sinto aversão desse dia.

— Essas coisas nos fizeram fortes, não amargas. Ainda bem que nos trabalhamos a respeito. Hoje mesmo, tínhamos todos os motivos para nem olharmos na cara da mãe, mas... Conseguimos fazer isso sem nos alterarmos e ainda tendo dó dela.

— Outro dia, uma paciente me procurou, visivelmente, com transtorno de depressão, ansiedade e muito sofrida. Reclamou, chorou e contou toda sua vida em poucos minutos. Havia um tom prepotente e arrogante em sua voz e fiquei observando... Entre muitas coisas que falou, ressaltou que sua maior dor era pelo fato de a filha mais velha ter se afastado por bobeira, por coisa simples, como ela mesma disse. Acreditava ser a melhor mãe do mundo. Sempre orientou e falou tudo o que precisava, sempre foi transparente, dizia a verdade na cara e achava que estava certa. Tinha uma visão que outras pessoas não tinham. Mas, a filha se afastou e deixou até de visitá-la regularmente. Parecia uma atitude totalmente injusta por parte da filha, que decidiu por contato zero. A moça não atende mais suas ligações, bloqueou-a nas redes sociais, nos aplicativos de mensagens... Fiz perguntas e acabou afirmando que sempre foi ótima mãe, em vez de responder ao que indaguei. Chorou e reclamou bastante... Só porque ela falava do corpo da filha, a moça não gostava. Achava que a filha deveria malhar, deixar de engordar. A mãe comentou que, tempos antes, tinha implicado um pouco com o cabelo da filha que, para ela, era muito feio, estava com uma cor de burro quando foge. Mas, sempre sincera, dizia a verdade doa a quem doer. Afinal, se estava certa, não deveria mudar seu jeito de ser nem esconder sua opinião. Não é mesmo? — olhou para a irmã e deu um sorrisinho. — Daí, acabou contando que, uma vez, quando iam para uma festa, ela fez a filha trocar de roupa, porque estavam com vestidos da mesma cor. Onde já se viu isso, não é mesmo?! — Breve pausa. — Alegava que precisava falar, dizer o que pensava. Ela não iria mudar, seria sempre sincera e se orgulhava disso. A filha deveria compreender sua forma de ser, sua personalidade, sua maneira sincera... Não conheço a filha e, dessa história toda, só tenho a versão da mãe. Mas, se eu não fosse filha de uma mãe narcisista, com traços de psicopatia, porque psicopata bate, agride, maltrata, judia sem se preocupar com a dor do outro. Se eu não tivesse vasta experiência prática nessa área, diria que a filha está errada em se afastar. —

Pararam em frente ao portão da casa do tio e falou: — Sabe aquela reflexão pobre, medíocre, mesquinha e incompleta que muitos dizem que você sofre, fica doente porque não disse o que precisava? Que sua dor é pelo que não disse?

— Sei. Já ouvi isso e não sei se concordo. Mas... — riu. — Quero ver a versão de uma profissional.

— Pessoas tóxicas, narcisistas, más, que não querem evoluir, que não querem assumir responsabilidades pelos seus atos e acham que todos devem suportá-las, aturá-las, compreendê-las, costumam dizer isso. Como desculpa para continuarem sendo como são, elas se justificam com a seguinte frase: eu posso ou eu preciso dizer tudo o que penso do jeito que quiser. Tenho de expressar minha opinião. Quem quiser que me aceite como sou, pois não vou mudar. — Olhou para a irmã. — Sim. Isso não é errado. Preciso e devo expressar minha opinião, quando e se for necessário, mas... O problema é como se faz isso. — Fez longa pausa e contou: — Pessoas que dizem tudo o que pensam e da forma como querem são cruéis e não se dão conta disso. Elas magoam, entristecem, ferem, maltratam, abusam dos demais e acham que os outros têm a obrigação de aturá-las e ajudá-las. Quem é assim passará por dificuldades, sofrerá e ainda vai acreditar que merece ser acolhida e amparada. Quer dizer que os outros têm de ceder aos seus caprichos, precisam mudar seu comportamento por causa dela, mas ela não tem qualquer dever de melhorar sua forma de ser. Lamento dizer, mas preciso contrariá-la quando ela diz que não vai mudar. Existimos para sermos melhores e vamos mudar de qualquer jeito. Evolução é Lei Divina. Afirmo que essa pessoa só está adiando sua mudança e perdendo oportunidades de ser mais gentil, agradável e amorosa, mas que vai precisar mudar, que vai evoluir, ela vai sim! Só que, essa evolução será a duras penas, enfrentando dores e dificuldade, pois vai atrair diversas situações, nesta ou em outra vida, para acabar com sua arrogância, seu egoísmo e seu orgulho. — Silenciou por segundos e contou: — Então, eu perguntei para essa paciente, para essa mãe depressiva cuja filha se afastou: como você se expressou quando falou do cabelo? Que tom usou para criticar o corpo da sua filha? Por acaso, olhou-a de cima a baixo, torcendo o nariz, franzindo o rosto, com voz irritante? Ou sentou, ficou calma, olhou para ela com carinho e empatia verdadeira de quem, realmente, quer ajudar e disse, em tom amável: filha, e se você tentasse algo diferente com seu cabelo? Será que mudando um pouquinho o corte não iria te valorizar mais? Você é bonita, já pensou em malhar, fazer caminhada, ter alimentação saudável? Acho que muita coisa mudaria e ficaria ainda mais atraente. Posso até ir junto. Faria bem para mim também. Eu gostaria de te ajudar nisso. Quer que eu procure uma academia? Nesse momento, percebi que a mãe me olhou espantada. Ela não sabia que não é o que se fala que ofende, mas o tom da voz, o jeito que se olha, a forma como se impõe. É o tom da voz, a forma como se fala, a prepotência em querer ficar por cima e ter razão, o sarcasmo escondido nos olhares que agridem, magoam, ferem, decepcionam. Com a desculpa de fazer críticas construtivas, muitos estão ficando sozinhos e não se dão conta disso. A mesma coisa faço quando chega um jovem reclamando dos pais. Pergunto: qual expressão você usou? Qual o tom que falou? Como contou o que aconteceu? Sentou-se, olhou nos olhos, falou baixo, com calma?...

— Nos dias de hoje, está faltando conversa calma, tranquila, sem TV ligada, sem olhar no celular... Está faltando um contar como foi seu dia e o outro, simplesmente, ouvir. Digo mais, está faltando religiosidade em família.

— Sim. Na maioria das vezes, encontro convivência tóxica em diversos graus. E isso é tão fácil de ser eliminado. Basta mudar a forma de falar. Entender que gritos distanciam, olhares tortos, críticas sarcásticas, deboches nunca, nunca ajudaram o outro e, quem faz isso, está querendo dizer: estou te rebaixando para ficar por cima.

— Mas, como temos a eternidade para aprender... Vamos treinando a forma de falar, até acertar — Agnes riu.

— É... Vamos entrar — Babete sorriu e puxou a irmã, depois de abrir o portão.

CAPÍTULO 53
Habilidade emocional

Enquanto dirigia a caminho do apartamento, Babete comentou:

— Poxa... Até que seria bom a mãe morar com a gente — riu.

— Acho que você está tomando remédio escondido mesmo, mana — Agnes brincou.

— Como o apartamento é pequeno, arrumo outro lugar para mim e deixo vocês duas lá — gargalhou com gosto.

— Irmãzinha querida... Até que eu gostava de você, viu? — achou graça.

— Percebeu como a pessoa narcisista manipula a conversa, mente e inventa as coisas?

— Vi isso minha vida inteira. Ela deixa a gente confusa. Várias vezes, cheguei a pensar que eu era a errada, que não tinha entendido.

— Não. Não somos nós. O transtorno é dela.

— Babete, não tem jeito mesmo de um narcisista mudar, ficar curado do transtorno?

— A custa de extremo empenho, talvez a pessoa possa melhorar sua convivência com a ajuda de psicoterapia, claro. Mas... — olhou-a. — Para o narcisista, ele sempre está certo, com total razão. Ele é o símbolo perfeito da raça humana. Sempre encontra desculpas e justificativas para o que fala e faz, assim, a culpa é totalmente do outro, do mundo, nunca dele. Então, sendo ele dessa forma, não aceita tratamento, desiste da psicoterapia, pois vai querer manipular o psicólogo e não vai conseguir. Narcisistas se afastam de quem não conseguem manipular e mentir, não encontram suprimento para seu transtorno, pois o que querem é ter dependente emocional. Eles sentem prazer quando encontram com quem trocar energia de briga, quem conseguem enganar, mentir, trair... Eles não aceitam tratamento. Eles sempre estão certos. Conversando com um professor, ele disse que, em raríssimos casos, quando um narcisista sofre uma catástrofe imensa em sua vida, uma dor absurda, às vezes, pode ser que ele passe a pensar um pouco diferente. Eu disse raramente e às vezes. Isso não é regra. O professor contou que, em sua família, teve uma tia com transtorno de personalidade narcisista. Era uma narcisista aberta, declarada. Uma mulher orgulhosa, egoísta, daquelas que maltratavam empregados e servidores, sempre falando como se eles fossem inferiores, humilhava essas pessoas com facilidade. Ria e zombava de pessoas ou situações, espezinhava parentes, etc... Achava-se perfeita, linda, rica, maravilhosa. Tinha duas filhas. Uma era a filha de ouro, a dourada, como se diz. A outra era a filha que ela pegava para Cristo, para bode expiatório, quem ela criticava, humilhava, invalidava... Tudo do bom e do melhor era para a filha de ouro, mas para a outra... A filha humilhada e tratada com inferioridade sumiu. Terminou a faculdade e desapareceu. Disse ele que guardou segredo, pois sabia que essa prima foi para a Europa. Arrumou emprego em Portugal e se estabilizou por lá. Mesmo sem saber onde ela estava, a mãe não deu importância. Ficou feliz com a filha dourada. Aconteceu que essa mulher orgulhosa era empresária e tiveram um problema sério e a empresa faliu. O marido com outra. Para piorar, a filha querida teve um câncer. Muita dor e sofrimento. Diversos médicos e tratamentos não ajudaram. O dinheiro acabou. Ao longo de dois anos, o estado da moça ficou tão difícil que quase não encontravam enfermeiros e cuidadores que aceitassem trabalhar na casa, para tratamento paliativo, que é o tratamento que serve para aliviar momentaneamente. A mulher não se conformava e seu dinheiro quase acabando e sem saber o que fazer e onde trabalhar. Ela precisou mudar, ser gentil e implorar para os cuidadores aceitarem o serviço.

— Sério? Ficou tão ruim assim? — Agnes quis saber. — O que aconteceu?

— Ficou. Ela teve séria obstrução intestinal causada por tumores, mesmo após várias cirurgias, chegando a um ponto inoperável. Os movimentos intestinais não conseguiram expulsar a formação do bolo fecal e acontecia o refluxo de fezes do intestino para o estômago e boca. Precisou ser feito uma colostomia e...

— Para, por favor... Por que foi me contar isso? — a irmã não gostou. Era sensível e ficou aflita com a história.

— Você quem perguntou. Bem... Sem condições de cuidar sozinha da filha, precisou ser humilde e generosa com os enfermeiros, cuidadores e outros que a ajudavam. Muitos, nem mesmo com um bom salário, aceitam humilhação. Ela precisou mudar, verdadeiramente, para que os profissionais sentissem empatia. Esse professor disse que, extremos casos, bem raros mesmos, podem fazer um narcisista repensar seu comportamento. Depois que a filha morreu, a mãe enfrentou depressão profunda. Ficou isolada por um tempo, ninguém a queria por perto. Aí, arrumou um emprego, começou a frequentar uma igreja católica, dedicou-se a trabalhos de ajuda ao próximo... Disse que ela mudou, ficou diferente, não era mais aquela pessoa arrogante. Mesmo assim, passou a viver isolada. Acho que pensando na razão de tudo. — Alguns segundos e Babete explicou: — Ter empatia não é suficiente. Empatia é somente entender a dor do outro, saber que ele sofre e sentir pena. Porém, mais importante do quer empatia é ser solidário, gentil para fazer bem ao outro. A generosidade, a solidariedade, a dedicação em fazer bem a alguém necessitado faz despertar mudanças em nosso cérebro, mudança química, isso quando nos sentimos bem em fazer o bem.

— Esse caso é de uma mãe narcisista, envolvendo perdas materiais, traição, a filha doente e a dor em todos os sentidos... É de se compreender a mudança, principalmente, depois que ela procurou mudar e fazer algo por alguém. Porém, quando se trata de namorado, marido, companheiro, creio que nada muda um narcisista.

— Não. Não mudam. O parceiro ou parceira jura que vai mudar, que deixará de ser egoísta, parar de humilhar, maltratar, agredir física e emocionalmente, mas isso não é verdade. Não acredite. Quando o narcisista encontra suprimento em sua vítima, ele vai e volta, agride e acaricia, humilha e elogia... Isso não para e só piora. Faz da vida da vítima um inferno. Ele a enche de esperança, mas, depois, volta a ser o que sempre foi, só que pior. Seu prazer é se sentir superior diminuindo a vítima. Vai mentir, trair, aprontar todas e enlouquecer com quem vive. Será abusivo de diversas formas e vai prometer ou dar indícios de que vai mudar, mas não vai. A pessoa com transtorno de personalidade narcisista acredita ser perfeita. É uma sorte alguém tê-la ao lado. Acha-se a oitava maravilha do mundo! — riu. — Ela tem certeza de que você tem de se doar para ela. O narcisista só fala dele. Fala muito! É algo insuportável! — ressaltou. — Quando se conta algo ele não presta atenção. Corta o assunto para falar sobre a experiência dele, que sempre é melhor. Ele compete para se ressaltar em tudo, até nas catástrofes. Caso alguém relate um acidente, ele interrompe para falar que o acidente dele foi pior. E mais! Se um amigo ou conhecido dizer que o que ele faz é errado, é desagradável, que é egoísmo ele vira a cara. Não aceita. O outro está errado. Vai falar mal do amigo, do conhecido...

— Por isso Deus, a Inteligência Suprema, permite a reencarnação, quantas vezes forem necessárias, para a criatura humana aprender.

— Sem dúvidas — Babete concordou.

— Hoje, vi o quanto você melhorou! Fiquei orgulhosa! A mãe pegou direto no seu ponto mais fraco e você não reagiu! — Agnes enfatizou. — Parabéns! Continue assim.

— Ela não para de querer conhecer o ap.

— Não. Não podemos levá-la lá. Vai aprender o caminho... Não. Precisamos ser firmes e preservar nossa paz.

— Você está certa. Ela não vai mudar — a irmã mais velha afirmou. — Outra coisa... A Síria tornou-se uma grande vitimista, dependente emocional e quer que alguém a ajude eternamente. Por isso, é possível que viva um vai e volta com o Anderson.

— Gente carente é confusa e se encaixa, perfeitamente, no papel de bobo e não percebe. Corre atrás de companheiro que maltrata, humilha e não sabe se valorizar. Sabe... Conheci um cara que se interessou por mim. Ele me levou para sair, demonstrou que gostava das mesmas coisas que eu, me deu presentes... Falava coisas lindas!... — ressaltou e riu. — Depois de um tempo, começou a dizer que gostaria que me vestisse de outra forma, sugeriu que meu cabelo deveria ser diferente, cogitou a possibilidade de eu não ser tão alegre e divertida no meio dos amigos, quando saíssemos em grupo. Lembrei tudo o que você e a tia Otília falaram sobre narcisistas e dei um pé no sujeito. Até as músicas que eu gostava o cara pensou em controlar.

— É isso mesmo. Fez o certo. É preciso separar uma sugestão que te faça pensar, de uma manipulação que é para você mudar, se moldar ao que ele gosta e ser submissa a tudo o que ele pedir. Não é fácil perceber, por isso é necessária muita atenção. Como o nome já diz, o narcisista oculto é difícil de ser notado, não é evidente, não percebemos nos primeiros momentos. Ele parece humilde, honesto, dá uma de coitadinho, mas quando menos esperamos, nos damos conta de aceitar suas manipulações, concordando com ele, favorecendo-o de todas as formas, deixando de fazer o que gostamos para vê-lo feliz. Abandonamos amigas, não usamos maquiagem, mudamos o tipo de *look*, paramos de sorrir! — gargalhou. — Passamos a viver para servi-los. Todos narcisistas oprimem e confundem suas vítimas, deixando-as em conflito e pisando ovos. Existem vários casos em que a mulher é convencida pelo narcisista a pagar para ele cursos, estudo, dar casa, comida e roupa lavada. No final, ele dá um pé na mulher que o proveu de tudo e se manda.

— Pessoa que abala sua saúde emocional não pode ser o amor da sua vida. Narcisista ou não, não se deve admitir alguém que faça da sua vida a extensão da vida dela. Ouvi isso da tia Otília.

— Acho que por isso me dou bem com o Rafael. Ele me dá apoio, não se mete em minhas opiniões e gostos...

— O Rafael é um anjo — Agnes considerou e sorriu.

Estavam chegando. Após estacionar o carro na garagem, subiram.

Ao abrir a porta do apartamento, Babete percebeu a luz acesa e sorriu. Sabia que era o namorado.

Foi até a sala e viu a TV ligada e ele deitado no sofá. Ligeiro, levantou-se, indo à sua direção.

— Oi... — beijou-a rápido.

— Deveria ter dito que estava aqui. Teria vindo para cá — Babete comentou.

— Oi, cunhado! E aí? — Agnes cumprimentou alegre.

Ele beijou seu rosto e respondeu:

— Tudo bem. E você?

— Estou ótima! — sorriu e foi para o quarto.

— Não quis te incomodar — respondeu para a namorada. — Precisava ficar um pouco sozinho e quieto. Você tinha mandado mensagem, dizendo que estaria na casa do seu tio, então, vim para cá.

— Algum problema? — percebeu-o chateado.

Rafael se sentou e ela acomodou-se ao seu lado, olhando-o fixamente.

— Estou chateado, mas vai passar.

— O que aconteceu?

— No meio de uma cirurgia, um paciente veio a óbito. O professor doutor Otávio, assim como todos nós, fez de tudo, mas não foi possível salvá-lo. Não bastava eu ter ficado mal, o professor me escolheu para, junto com ele, dar a notícia aos familiares.

— Sabemos que nem sempre é possível salvar uma vida. Existem situações que não podemos prever, não conseguimos controlar, mesmo dando o nosso melhor.

— Eu sei... — murmurou. — Nas visitas diárias, conversei muito com esse senhor. Ele era alguém positivo, confiante...

— E continuará sendo. Pessoas que vibram respeito, perdão, amor, compaixão são positivas e compreensivas em qualquer circunstância, portanto são abençoadas. Ele foi acolhido e amparado.

— Falei para ele que conversaríamos no final da cirurgia, mas...

— Ainda pode conversar. — Rafael a encarou e a namorada orientou: — Tudo o que quiser dizer a alguém, pode falar. Sente-se e fique tranquilo. Ore. Peça a Deus proteção e amparo. Peça a seu mentor sustentação. Depois, imagine a pessoa te ouvindo com amor e bondade. No seu caso, explique que deu o seu melhor, mas não dependeu de você, pois Deus tem outros planos para a evolução dele e que já tinha cumprido sua missão terrena. Diga que gostou tanto dele que deseja o seu bem, o seu refazimento, a sua elevação. Que tem a certeza de que todo seu positivismo vai ajudá-lo a permanecer em lugar elevado, de luz, amor e bondade. Diga o que seu coração quer.

Rafael abaixou o olhar e ficou pensativo. A namorada afagou suas costas com carinho, demonstrando apoio.

— Preciso desenvolver habilidade emocional para lidar com isso.

— Se você está consciente de ter dado o seu melhor, de que fez tudo ao seu alcance, naquele momento, agora, apesar de triste, fica em paz. Aprenda isso. Quando fez o seu melhor e deu errado, fique em paz. Isso é habilidade emocional.

Ele ofereceu um sorriso fraco e recostou-se nela.

— Não seria bom comer alguma coisa? — ela sorriu.

— Pode ser. Mas não sei o quê.

— Vou perguntar para a Agnes, saber se tem alguma sugestão.

Meses se passaram e Babete visitou sua mãe.

Iraci, nervosa e irritada, nunca tinha nada de positivo para dizer.

No quarto, Síria estava chorando e ela foi conversar com a irmã.

— O que houve?

— O Anderson pediu para voltar... Peguei as crianças e voltei pra lá. Uma semana depois, peguei fotos no celular dele. Era o Anderson e outra mulher abraçados, rindo e tomando cerveja em um bar. Ele a apertava bem juntinho... — chorou. — Em outra, ela encostava a cabeça no ombro dele, em outra com selinho — referiu-se a beijo. — Lógico que fui tirar satisfação! Falei um monte! Reclamei da falta de respeito! Da falta de consideração! Aí, passou uma semana, ele demorou para voltar para casa... Fui até o bar onde ele fica e encontrei o Anderson dançando e se beijando com outra mulher. Nem era a mesma da foto! Fiz um escândalo! Joguei uma cadeira de plástico nele! — chorou mais ainda. — Falei muita coisa e ele riu de mim...

Calma, Babete perguntou:

— E o que você falou para si mesma?

— O que gostaria que falasse? Em casa a gente brigou. Ele me deu um tapa... — secou as lágrimas. — Mesmo eu estando grávida... Aí, peguei minhas coisas e as crianças e voltei pra casa da mãe... Agora, estou aqui nesse inferno! A mãe não para de brigar! Me acorda às 5h da manhã... As crianças choram e brigam... não sei o que fazer! Minha vida é uma porcaria! — Olhou-a de cima a baixo e afirmou: — Você e a Agnes tiveram sorte!

— Não! Espera, Síria! Nós fizemos escolhas diferentes das suas e nos esforçamos muito! Não percebe isso?

— Fiquei com o Anderson porque precisava sair deste inferno!

— E a Agnes não? Mas, ela se esforçou para não arrumar mais problemas do que já tinha.

— Está querendo dizer que eu arrumei problemas?!

— Você foi morar com um sujeito que!... Pelo amor de Deus! Que futuro esperava que tivessem juntos?! Só amor?!

Amor não é o suficiente para pagar as contas! Você pulou da frigideira direto ao fogo!

— Eu não esperava ficar grávida!

— Ah, não? — Babete indagou com ironia, mas, no mesmo instante, arrependeu-se. — Síria... Você não pensou, não planejou sua vida. Não previu os resultados, que eram óbvios. Agora, seus filhos precisam de você. Não seja para eles a mãe que tivemos. Ao lado desse companheiro só encontrou insegurança e infelicidade. Voltando para o Anderson, novamente, não será diferente. Entenda isso. É hora de reagir.

— Como?!

— Coloque seus filhos em uma creche pública. Enquanto está gravida, arrume alguma coisa para fazer em casa.

— O que posso fazer?

— Sei lá!... Procure. Nem se for bordar pano de prato para vender. A pensão das crianças não é grande coisa, mas...

— Falar é fácil, Babete! Queria ver você no meu lugar! Não preciso de críticas, preciso de quem me ajude! Você está folgada na vida! Não tem problemas, está com a vida ganha. Agora, é só diversão!

— Vou te ajudar com uma cesta básica.

— Preciso de fraldas! — exigiu.

— De pano! — a irmã falou firme. — Vou procurar onde vende fraldas de pano. Assim você lava e terá fraldas limpas sempre. Sabão em pó é mais barato...

— Vai pro inferno, Babete!!! — berrou.

A irmã mais velha se levantou, virou as costas e foi.

No apartamento, contou tudo para Agnes.

— Vamos pensar bem no que fazer. Posso contribuir com uma compra bem-feita. Você pode ir ao mercado, paga tudo, depois eu te pago.

— A Síria grávida e as crianças precisam de mais coisas do que tem na cesta básica comum. Leite, cereais, biscoitos... Detergente em pó, amaciante... Mas, não vou dar fralda descartável não! De jeito nenhum! Filho com um ano e meio dá para tirar as fraldas. Basta a mãe se esforçar. Se quiser descartáveis, que trabalhe e compre — disse Babete.
— Dinheiro?
— Não. Não vou dar dinheiro de jeito nenhum! Só mantimentos e frutas.
— Combinado! — Agnes concordou.
— Eu me encarrego de comprar medicações e outras coisas de farmácia que elas precisarem.
— Certo. Você entende mais disso.
— E não vamos nos sentir culpadas por fazer só isso, o que é muito, pois nossa irmã é forte, poderia trabalhar, mas fez escolhas que comprometeram sua vida e, agora, acha que devemos suprir todas as necessidades — tornou Babete. — Não mesmo.

Agnes sorriu e lembrou:
— Ah!... Falei com o Matias. A tia Otília e o tio Adriano vão casar no mês que vem.
— Que ótimo! Precisamos pensar em um presente para eles.
— Não tenho muita ideia... Eles têm tudo.
— Pensaremos em algo — Babete sorriu. No mesmo momento, recebeu uma mensagem em seu celular. Leu e comentou: — O Matias quer conversar comigo. Diz que só pode ser pessoalmente.
— Babete... Às vezes, acho que o Matias tá muito ligado em você. É impressão minha?
— Não. Faz tempo que isso incomoda a mim e o Rafael...
— Cuidado.

A irmã sorriu ao mesmo tempo em que mandou mensagem, marcando o encontro.

Ao se encontrarem, Matias disse:

— Precisava ver você pessoalmente. Não é algo que dê para contar por mensagem.

— O que aconteceu? — ela se interessou.

— Contratei um investigador particular. Forneci todos os dados e informações que tinha. Ele encontrou pistas e... Na maternidade em que fui encontrado, naquela mesma semana, dez mulheres deram à luz ali. Seis nasceram meninas. Das quatro que tiveram meninos, duas estão mortas. Uma das que faleceu, o marido cuidou do menino, que hoje está um homem. A outra falecida era solteira e a família, mãe e irmão, não ficaram com o menino. Nem o conheceram.

— Você acha que pode ser sua avó?

— Muito provavelmente, pois o nome da mulher falecida é Lilian — fitou-a firme. — Você falou que o espírito que estava ao meu lado tinha esse nome. Bem... Não sei se devo procurá-los. Minha avó, meu tio... Não sei se tenho mais parentes...

— Conversou com a tia Otília a respeito?

— Ainda não.

— Deveria — Babete insistiu. — Ela precisa saber.

— Ela está animada com o casamento e a festa...

— Quando pretende contar? No dia?

— Não, né! Você poderia vir comigo? — olhou-a como se implorasse.

— Ir contar para ela?

— Contar para ela e viajar para Santos também. Acho que vou procurá-los.

— Posso ir com você contar para sua mãe. Ela precisa saber. Mas, ir até a cidade de Santos conhecê-los... Não sei se é uma boa ideia.

Naquela mesma noite, Babete acompanhou Matias até em casa.

— Mãe! Olha quem encontrei lá no consultório e trouxe pra te ver! — disse o rapaz, animado ao chegar.

— Babete! Que bom te ver!

— Oi, tia! Já está tarde. Nem deveria ter vindo.

— Ora... Pare com isso. Está frio e fiz sopa. Você vai tomar com a gente — alegrou-se.

— Nem estamos no inverno e o outono chegou com todo frio que pôde — disse Matias, que tentava disfarçar seu nervosismo.

— Gosto do outono. É uma estação linda. A cor do céu sempre impressiona com um azul limpo e profundo ou a cor âmbar, mesclada de esperança traz conforto ao coração — disse Babete, oferecendo um lindo sorriso, deixando aparecer as covinhas.

— Esperança? — ele perguntou.

— Sim. Quando olho o horizonte, com o sol se pondo no outono, o céu âmbar, a luz âmbar, me dão esperança.

— Interessante. Nunca tinha pensado nisso. Agora, todas as vezes que vir a luz âmbar e cor âmbar no horizonte, vou me lembrar de ter esperança — disse Otília sorrindo. — Mas, já sei por que gosta dessa cor! É a cor dos seus cabelos!

— Isso mesmo, tia — ela riu junto.

Matias parecia apreensivo, enquanto ouvia a conversa e sua mãe notou, mas nada disse.

— Vou tomar banho e já venho para jantar — ele decidiu e foi para outro cômodo.

Ao se ver a sós com a moça, Otília perguntou:

— Algum problema? — estava desconfiada.

— Não diria problema...

— Ele tem algo para me falar e te chamou para dar apoio?

— Mais ou menos isso — Babete sorriu.

— É sobre o casamento?

— Não. Ele está animado com seu casamento. Preocupado com o que vai fazer, onde morar...

— O Adriano propôs que o Matias morasse com a gente. Não somos do tipo que colocam filhos para fora de casa, desde que não nos tragam problemas de rebeldia... Já sabe...

— Sei.

— Hoje em dia, observamos muita gente que quer destruir a base estrutural do ser humano e deixar as pessoas sem alicerce. Querem destruir a religiosidade, a família, a moral, o Cristianismo... Tudo para sermos desestruturados e dependentes do Estado. Quanto mais besteiras as pessoas fazem, quanto mais equívocos cometem, mais problemas emocionais desenvolvem, ficam confusas, sem rumo e com isso são dominadas pelo medo, pelo estresse, pela angústia, pelo ódio... Tornam-se números, CPFs, consumidores, meros pagadores de impostos, manipulados e dominados. É em casa estruturada que o diálogo precisa acontecer, é no lar que a empatia e a solidariedade começam. Pais não devem mandar filhos embora, a não ser em extremo caso, como aconteceu com a Lana. Embora eu não a tenha mandado e ela tenha ido por conta própria, não a quero em casa. A minha filha me agrediu, fez um inferno nas nossas vidas. Não aceitava viver com acolhimento e aconselhamento. Deu no que deu... O Matias ouve, entende e, apesar de algumas opiniões diferentes, ele é pacífico, não briga ou causa atrito. Aceita o que a gente conversa, cumpre o combinado, colabora com as despesas dele e assim vivemos bem. Igual ao Lucas, que vive na casa do pai e não provoca transtornos. Contribui com tudo. O Adriano propôs para o Matias morar lá. Poderia ficar com o quarto que era seu.

— Seria uma boa. Pena que nem todos os pais pensam e agem assim como vocês. Gostaria que minha mãe fosse diferente. Gostaria de viver com ela numa boa, conversar, pedir orientação... — Um momento e comentou: — Tia, existe uma massa de espíritos inferiores influenciando e atuando para desestruturar e destruir famílias. Não podemos não ligar para o que os filhos fazem. Não podemos achar que não é nossa responsabilidade. Devemos insistir em orientar e amar incondicionalmente. As pessoas precisam de orientação sobre isso. Quando os jovens estão longe da família, fazem o que não serve, o que não edifica, o que não os deixa evoluir. Somente mais tarde, com a idade, percebem quanta

coisa terão de consertar na vida, terão de harmonizar. Daí vem o sentimento de culpa, arrependimento, dor, angústia. Isso acontece quando não aprendemos com os mais velhos, não seguimos bons caminhos... Muitos jovens, hoje em dia, acreditam-se eternos, imortais e inabaláveis. Grande engano. Tudo o que fazemos recebemos conta para pagar. Meu consultório está cheio de jovens sem rumo, que não querem ouvir a família, que se revoltam, mas sofrem de ansiedade, depressão e outros transtornos por conta do que já fizeram.
— Suspirou fundo e ainda disse: — Sabe, tia, tenho observado o número de pais narcisistas que cresce. Filhos confusos, que não sabem o que fazer. Também o número de filhos narcisistas e abusivos é absurdamente assustador e bem maior do que o de pais. Eles acusam os pais, querem ter direitos incabíveis, são provocativos, irritantes...

— Lar que não tem amor nem religiosidade é doente — disse Otília. — Na casa espírita, vejo gente querendo ajuda espiritual para equilibrar suas necessidades, doenças, mas não aceitam mudar e levar Jesus para sua casa... Fico com pena de famílias que ensinamos fazer *O Evangelho no Lar* e elas dizem que esqueceram, que não têm tempo. Como não ter tempo para Deus? Como não conseguem tirar meia hora, por semana, para agradecer e pedir luz a todos do lar? Quer egoísmo maior do que não ter tempo para Deus? Não ter tempo para orar? Não fazem uma prece, de um minuto, no momento da refeição agradecendo pela comida?... Não ter tempo para orar é a pior desculpa que Deus pode receber... Lamentavelmente, isso é egoísmo e não percebem. Depois, quando os espíritos inferiores tomam conta, fazem zombarias, atacam impiedosamente, correm para as igrejas, templos, casa espírita pedindo milagre. Mas, aí, pelo menos na casa espírita, a gente orienta a orar, fazer *O Evangelho no Lar*, ir às sessões de passes... E a pessoa ainda reclama, diz que não dá, que é chato, não tem tempo...

— Minha avó me lembrou que Jesus não corria atrás de ninguém. Quem realmente desejava, precisava e acreditava, ia ao Seu encontro.

— Isso foi há mais de dois mil anos e as pessoas ainda não entenderam. Querem que o milagre caia do céu, sem qualquer esforço da sua parte, como se Deus tivesse obrigação de ajudá-las a se libertarem dos encargos que arrumaram para si.

— O egoísmo está em detalhes e não percebemos, tia.

— As pessoas egoístas fazem da vida dos outros um inferno. Não é saudável conviver com egoísta. O ideal é distância, mas nem sempre é possível. Vejo por minha mãe. Agora, velha, doente, amarga, ansiosa, depressiva, presa na ilha de angústia que criou para si mesma. Amarrada a programas de TV que vomitam mentiras, impõem medo, estresse, raiva, ódio, miséria... Criando dentro do próprio lar, energias prazerosas para espíritos inferiores que vivem, ali, com ela, sugando-a, vampirizando-a a bel prazer. Espíritos zombeteiros felizes com o que encontram lá, com o que a veem fazer. A conta chega para o egoísta, para o narcisista. Ele encontra sempre uma dor cruel que o vai consumindo lentamente. Pior que ela ainda diz que nada do que faz e cultiva no lar é ruim. Falou para mim que o que assiste na TV não a prejudica e sim a distrai. Então eu pergunto: se o que ela faz, cultiva, pratica, pensa, fala não é prejudicial, por que ainda está sofrendo com ansiedade e depressão? — Otília indagou em tom triste.

— Cada caso é um caso, tia. Mas, sem dúvida de que o que fazemos nos leva a transtornos, embora não acreditemos nisso. Como dizem: não se pode obter outros resultados fazendo as mesmas coisas. As doses homeopáticas de tudo o que chega até nós, de tudo o que aceitamos, interferem na nossa mente. Por causa de programas, novelas, seriados, etc, por exemplo, muitas pessoas passam a achar o errado certo e normal. Assiste a um filme e acaba torcendo para o bandido. Os meios de comunicação estão fazendo as pessoas aceitarem certas coisas que fazem mal para a mente, para a alma e, mesmo assim, não se acredita nisso. Por que, antigamente, o número de transtornos era menor? — Babete não esperou resposta. — Os meios de comunicação estão estimulando o orgulho e o egoísmo. Não estou falando no sentido de avareza do dinheiro, estou falando de exagero anormal de se demonstrar superior de alguma forma, do conteúdo emocional que as pessoas estão tendo a necessidade de exibir e ostentar, pela exigência dos padrões.

— Em *O Evangelho Segundo o Espiritismo*, pergunta qual é o pior defeito e a resposta é o egoísmo e o orgulho — Otília lembrou. — O egoísta e o narcisista nunca ajudam ninguém, só atrapalham, maltratam, ferem e sempre se acham certos, com total razão. Orgulhosos, não admitem pensar no que os outros falam. Uma única encarnação não servirá para o narcisista harmonizar o que desarmonizou e aprender o que precisa. Mas, nós, que aprendemos muitas lições convivendo com eles, superamos e evoluímos, a partir do momento em que lamentamos por eles, sentindo amor, compaixão, perdão e respeito.

— É possível amar e perdoar totalmente, tia?

— Sim, Babete. É. No meu caso, foquei nos meus objetivos. Quis crescer, prosperar, ser melhor, não para provar para minha mãe, mas para mostrar para mim mesma a minha capacidade, coisa de que duvidava. Com isso, conseguimos descobrir que somos autossuficientes. Não podemos ficar olhando para quem nos maltrata e continuar reclamando, isso não nos leva a nada. Fazendo isso, estamos sendo iguais ao narcisista, estamos sendo vitimistas. Precisamos seguir exemplos motivadores, que nos fazem pensar: se outra pessoa venceu tanta dificuldade, eu posso vencer também.

— O tio Adriano teve de cuidar do pai, que ficou doente. Deve ter sido difícil.

— Talvez... Ele fez o certo. Sabe-se lá qual o débito do passado que o abençoado esquecimento não nos deixa saber. Eu também estou me preparando para isso e você deve fazer o mesmo. Não precisamos viver sob o mesmo teto que nossas mães narcisistas, mas como para com qualquer outro ser humano, devemos respeito. Quando respeitamos, amamos. É outro nível de amor, mas é amor. Então, podemos afirmar que o amor é uma escolha. Pretendo fazer igual ao Adriano.

Não deixarei faltar nada para minha mãe. Vou ajudar, prover no que for possível, sem deixar que ela abuse de mim. Visitar, ouvir... Levar ao médico, mas não vou permitir que ela faça parte da minha vida. Vida que eu fiz. Como disse Allan Kardec: "Honrar pai e mãe não é somente respeitá-los, mas também os assistir nas suas necessidades, proporcionar-lhes o repouso na velhice, cercá-los de solicitude, como eles fizeram por nós, na infância." — sorriu, olhou para Babete e completou: — Percebe que, fazendo isso, pessoas como o Adriano, eu e você, proporcionamos aos nossos pais muito mais do que recebemos na infância? — Não esperou por resposta. — Dessa forma, minha querida, quitamos nossos débitos com eles. Ninguém poderá dizer ou pedir mais nada.

— Pelo visto, tia, a velhice do narcisista, geralmente, é muito solitária. É o retorno do que fizeram no decorrer da vida. Sem beleza, sem vitalidade, sem família... A velhice deles é triste e vazia... Própria de quem só prejudicou os outros e fez maldade.

— Isso mesmo. Lamentavelmente, é isso mesmo.

CAPÍTULO 54
Tudo é escolha

Matias saiu do banho e foi para a cozinha onde as encontrou conversando.

Após lavar as mãos, Babete se acomodou à mesa e tomaram sopa. Falaram sobre vários assuntos, até o rapaz dizer:

— Mãe, não sei se fiz o certo, mas... Contratei um investigador particular... — contou tudo. — Gostaria de ir até lá.

Otília o observou por alguns segundos. Havia algo indefinido em seu olhar. Talvez não quisesse ser precipitada com uma opinião contrária, por isso disse:

— É o que você quer, filho? — séria, esperou a resposta.

— Sim. É. Você sempre será minha mãe. Aquela que sempre esteve ao meu lado. Mas... Sinto que quero saber da minha origem. Já pesquisei, procurei saber e... Cerca de noventa e nove por cento de filhos adotados querem sempre saber sua origem. Não sou diferente.

— Então vá — sorriu forçosamente.

— Quero que a Babete vá comigo. — Olhando para ela, perguntou: — Você vai, né?

— Dependendo do dia... — concordou sem nem mesmo saber o porquê. Aquilo não lhe agradou. Mas, como negar?

— Combinado! — ele ficou satisfeito.

— Tomem cuidado... — tornou Otília.

— Cuidado com o quê? Não se preocupe, mãe! — disse o filho sorridente.

Babete ficou incomodada com aquela situação. Sentia que não deveria ter concordado. Combinou com Rafael que manteria Matias distante, mas deixou-se envolver pela ideia de querer ajudar.

Ao se encontrar com o namorado, contou tudo. De imediato, percebeu a insatisfação do rapaz.

— Desculpa... Deveria ter pensado mais antes de responder. Agora, fica chato dizer que não vou.

— Entendo. De verdade, não gostei. Mas, se deu sua palavra... Entendo. Ajuda no que for possível. Sei como é bom ter alguém de confiança ao lado e dando apoio.

— Nossa vida é mais feliz quando damos aos outros um pouco de alegria do nosso coração e da paz das nossas emoções — disse e ofereceu um sorriso fraco. — Mas... Não estou feliz. Tínhamos combinado certa distância dele e...

— Esquece. Tá bom? — sorriu e pegou em seu queixo, brincando. — É preciso. Não esquenta.

— Conversei com a tia Otília e, como sempre, o papo foi tão bom. Fico leve quando nos falamos. Lógico que o assunto foi sobre minha mãe e... — contou.

— Sua mãe não é a pessoa que você gostaria que fosse. Ela está perdendo ótimos momentos ao seu lado. Ainda bem que você e a Agnes se libertaram, cortando laços de rancor.

— Verdade — recostou-se em seu ombro. — É difícil quem entenda essa situação com pais narcisistas. Tem filhos pequenos, crianças ou adolescentes que são massacrados e sufocados por anos, vivendo com famílias tóxicas, que jogam na cara o quanto ele gasta e é dependente. Ouvem que são lentos, improdutivos, burros. Têm seus emocionais, seus psicológicos destruídos a tal ponto que não conseguem forças para se defenderem, se libertarem... Não é fácil... O suicídio de jovens vem aumentando e ninguém sabe o porquê. E o oposto também acontece! — salientou. — Pais generosos demais, que cedem, que permitem tudo estão sendo sufocados por filhos violentos, abusivos, narcisistas e psicopatas que os torturam, exigem o que não podem dar, passam dos limites... Quem tem uma família boa, equilibrada, que conversa, conforta, acolhe, que agradeça e se esforce para que continue assim. É muito complicado, é muito difícil tentar explicar para pessoas que têm bons pais e família boa que existem pessoas cruéis. Pais narcisistas nunca querem saber como você se sente, não vão se importar com seus problemas, não se arrependem das punições cruéis, ao contrário, gostam de humilhar, de rebaixar...

— Quando me contou sobre sua mãe, procurei ouvir com atenção e, na primeira oportunidade, fui procurar informações a respeito. Eu não conhecia nada sobre narcisismo. Depois disso, comecei a repassar algumas situações que vivi e encaixei o Silvano como narcisista com traços de psicopata.

— Bem isso...

— Não somos responsáveis pelo que recebemos dos outros, que nos feriu e machucou, mas seremos responsáveis por tudo o que fazemos de nós, depois disso. Sabe... Quando começamos a mudar, colocar limites, ter posicionamentos, fazer valer nossa vontade, pessoas tóxicas, abusivas se afastam. Precisamos é ter coragem e determinação para fazer isso. — Encarou-a, sorriu e ainda disse: — Não importa o que, em outras vidas, aconteceu para passarmos o que vivemos. O que mais me admiro é saber de tudo isso e olhar para você e ver que pessoa de fibra, corajosa, determinada que é, para chegar aonde chegou.

— Obrigada... — sorriu lindamente, quase constrangida. — É bom receber palavras que confortam e estimulam...

Ele se inclinou e a beijou com carinho.

— Tenho orgulho de você, Elizabeth!

— Ah... Preciso te contar... Lá na casa espírita, a instrutora do curso mediúnico pediu para eu dar uma palestrinha para o pessoal do primeiro ano.

— Que ótimo! Você fala bem, tem uma voz bonita, sabe se expressar e, além de tudo isso, é afinada com a mediunidade. Deveria se tornar expositora, dar palestras...

— Já pensei nisso...
— Pense com carinho e aceite as oportunidades.
Longo silêncio...
— Elizabeth... — ela o olhou. — Em dois meses, termino a residência — sorriu.
— Que ótimo! Estava lembrando isso. Passou tão rápido.
— Não pra mim — riu. — Fui convidado para trabalhar em um hospital de renome. Fui indicado por um professor doutor.
— Parabéns! — inclinou-se e o beijou. — Você merece! É esforçado, dedicado e será um ótimo médico. Cada vez melhor!

Rafael a puxou para si e a abraçou com força. Afastando-se, disse:
— Sei que, nesses anos todos, não fui tão presente. Sempre estive ocupado e... Você me deu força, coragem, incentivo... Agora, depois de me especializar, o que acha de ficarmos noivos e cuidarmos dos preparativos para nos casarmos? Quer casar comigo?

Babete ficou olhando-o, indefinidamente, enquanto seus lábios abriam um lindo sorriso. Não esperava o pedido.
— Não me deixe nervoso... — ele sussurrou e riu. — Responde logo...
— Sim. Claro que sim!

Rafael ajeitou-a nos braços, afagou seu rosto e a beijou com carinho.

Um beijo de amor demorado. Acariciou-a com delicadeza e amor, envolvendo-a.

Afastando-se um pouco, começou a contornar seu rosto com as pontas dos dedos, tocando sua boca. Invadiu sua alma com o olhar e a beijou devagar, conquistando-a. Beijou-a no rosto e pescoço, percebendo o coração acelerado e a respiração alterada de Babete, viu seu semblante doce e atraente. Contemplou-a por longos segundos, ajeitou-a no colo e a levou para o quarto.

Pelas frestas da janela, a claridade invadia o quarto.

Babete se remexeu e abriu os olhos. Respirou fundo e sorriu ao ver Rafael olhando para ela com lindo sorriso no rosto.

Ela fez um gesto gracioso, puxando o lençol macio, cobrindo a boca como se estivesse constrangida.

O namorado estava quase sentado, apoiado em travesseiros, observando-a com ternura no sorriso suave e constante.

— Dormiu bem? — Rafael murmurou com voz grave.

— Dormi... — ela sussurrou.

— Bom dia — curvou-se e a beijou.

— Bom dia — retribuiu com jeito meigo.

Rafael se aproximou e a puxou para si, acomodando-a em seu braço. Com a outra mão, fez-lhe carinho no rosto, nos cabelos, admirando-a com visível emoção estampada na face.

Sentia algo forte, que não conseguia explicar. Só sabia dizer que era bom.

Amava Babete de uma forma inexplicável. Não desejaria que ela mudasse em nada, somente a aceitava. Aceitava e a queria para si.

— Como é que ficamos agora?

— O que quer dizer? — ela não entendeu.

— Escutei sua irmã chegando. Ela deve estar no quarto dela. Talvez, dormindo. Se sairmos, a Agnes pode nos ver e?...

— Diremos que vamos ficar noivos? — riu gostoso ao fazer a pergunta.

Ele gargalhou.

— Acha que adianta?

Rápidas batidas e a porta do quarto foi aberta abruptamente e se ouviu:

— Babete! Tudo bem? Ai, meu Deus!... — a porta se fechou.

Babete olhou para ele e disse:

— Problema resolvido.

Minutos depois, o casal estava na cozinha tomando café e nenhum sinal de Agnes.

— Acho que ela ficou constrangida. Melhor eu ir. Também não estou à vontade — ele comentou.

Após o namorado ir embora, Babete procurou a irmã, no quarto.

— Com licença... — bateu à porta e foi entrando.

— Entra aí! — sorriu.

— Oi... Bom dia.

— Bom dia! — a irmã se ajeitou e respondeu.

— Desculpa, Agnes... — ficou sem jeito. — Quando viemos morar juntas combinamos de não fazer esse tipo de encontro aqui e...

— Escutei um barulho estranho no seu quarto, voz de homem e... Não pensei. Deveria ter batido e esperado sua permissão e... Mas, não vi nada! Nada mesmo! — falou de um jeito estranho, sem olhar para a irmã. — Vocês estavam cobertos com lençol e... Saí rápido... Outra coisa, o apartamento é seu.

— É nosso. Dividimos tudo. Por isso, te peço desculpas. Não te respeitei.

— Conserta a chave, que não tranca, e fecha bem a porta, da próxima vez.

— Não vai acontecer novamente. Prometo. Foi um descuido e... — Babete estava sem jeito.

— Tudo bem. Não esquenta... — falou de modo mais suave e sorriu para não a ver mais constrangida. — Só fiquei com vergonha do Rafael pela casa, por isso fiquei aqui — agora, riu alto. — Ai!... Tinha de acontecer comigo? — gargalhou.

— Ele também ficou sem jeito e já foi embora. — Riu e acomodou-se sobre a cama da irmã, cruzando as pernas. Fez um rabo de cavalo nos cabelos, torcendo-os ao lado do ombro, remexeu-se e disse: — Preciso te contar uma coisa. — Agnes ficou atenta. Era difícil ver a irmã daquele jeito. — O Rafael disse que vai terminar a residência e me pediu em casamento. Falou para ficarmos noivos — sorriu.

— Ai! Que notícia ótima! — abraçou-a forte e a beijou no rosto demoradamente, fazendo barulho alto. — Parabéns! Vocês formam um casal lindo! Se completam! São unidos, simpáticos, não se pressionam... Acho tudo isso tão lindo! —

fez um gesto gracioso, encolhendo os ombros ao sorrir. Torcia pela felicidade da irmã.

— Verdade. Ele nunca me pressionou nem eu a ele. — Ficou séria. — Ele pode me pedir algo, me fazer entender uma situação para mudar de ideia, mas me forçar? Nunca.

Vendo-a séria, Agnes perguntou:

— Por que essa cara? Deveria estar com sorriso de orelha a orelha.

— Talvez eu tenha algo que ainda não resolvi.

— Como assim, Babete? — ficou preocupada.

— Eu adoro o Rafael, admiro... — silenciou.

— Mas, o quê? Pelo amor de Deus, Babete! Esse cara é...

— Não me julgue! — interrompeu-a. — Vou te contar... Quando eu era pequena, com doze anos, nós fomos à casa da tia Otília e... Desde essa época comecei admirar o Matias. Era um menino bonito. Fiquei encantada com tudo o que ele fazia. Voltamos para casa, mudamos para a fazenda e em cada situação difícil, cada momento de dor, angústia, tristeza ou desespero eu imaginava o Matias comigo. Ele me ajudava, confortava, me dava carinho. Na minha imaginação, ele me salvava, gostava de mim... Quando fui morar na casa do tio, ele começou a me ajudar com deveres da escola... Conversávamos bastante, passeávamos com os cachorros. Foi ele quem me beijou pela primeira vez. Me encheu de esperanças e sonhos. Tivemos um romance...

— Você e o Matias?!

— Mas não aconteceu nada! — enfatizou. — Era um namoro de longas conversas, enquanto passeávamos com os cachorros, andando de mãos dadas... Tudo era tão gostoso. Ninguém soube. Meu coração sempre acelerava perto dele. Fiquei esperando que ele contasse para todos, mas isso não acontecia nunca. Então, o Matias foi para a faculdade e, um dia, simplesmente, ele apareceu com uma namorada.

— A Dione?

— Ela mesma. Fiquei em choque, triste, decepcionada... Como foi capaz de arrumar outra sem falar comigo? Por que não assumiu nosso namoro? Onde foi que eu errei?

— E por que você era quem deveria estar errada? Por que o erro ou o problema tinha de ser seu? — Agnes perguntou e ficou esperando.

Babete ficou pensativa e não respondeu.

— Então, o Lucas ficou me animando a fazer faculdade e quando falava em Medicina eu também ficava empolgada, mas não acreditava na minha capacidade. Não bastava tudo o que tinha vivido, mesmo sendo tão nova, lidar com a rejeição do Matias foi difícil. Aí coloquei um objetivo na minha vida. Decidi estudar e ver o quanto era capaz. Entrei para uma faculdade federal com uma das melhores notas. No primeiro ano, namorei, uns dois meses, um rapaz, mas não deu certo.

— Nem soube disso.

— Só o Lucas soube. Era um rapaz agitado, muito rápido em tudo e eu precisava de um tempo. Entende?

— Não.

— Arrastei traumas por causa da mãe... Ela me xingava, ofendia. Quando eu saia e me afastava de casa para fugir do inferno que ela fazia, a mãe dizia que eu ia caçar homens nos matos...

— Disso eu lembro. Falava o mesmo para mim e para a Síria.

— Então... Sempre fiquei pensando que eu era sem-vergonha. Quando o Matias me beijou foi o máximo. Mas, depois, veio a insegurança. Me achei sem dignidade, sem moral... Mas, ao mesmo tempo... Era uma confusão sem tamanho na minha cabeça. Insegura, não sabia o que era certo ou errado. Não distinguia limites... Quando o Matias arrumou namorada sem me dar satisfação, sem terminar comigo, fiquei péssima! Fiquei achando que tinha sido precipitada por tê-lo deixado me beijar, que ele não me valorizou nem me levou a sério porque o deixei me beijar...

— Sei como é isso... — Agnes abaixou a cabeça e ficou pensativa.

— Então, aquele namorado da faculdade não durou muito. Eu, sempre insegura, precisava de tempo... Enfim... Não deu certo. Pouco depois, o Rafael se aproximou. Primeiro, fomos amigos. Fazíamos trabalhos e estudos juntos. Só depois começamos a namorar. O Rafael sempre foi compreensivo, tranquilo, respeitava minhas vontades... Esperou e... Ontem foi nossa primeira vez.

— Sério?! — a irmã indagou surpresa.

— Sério. Ele... Ele... — sorriu. — Não me vejo com outra pessoa senão ele. O Rafael é maravilhoso. Mas...

— Babete, fico aliviada em saber que você é psiquiatra e tem dúvidas e insegurança.

— Antes de ser médica e psiquiatra sou um ser humano, sou uma pessoa como qualquer outra. O fato de ser médica não significa que nunca mais ficarei doente, assim como o fato de eu ser psiquiatra não quer dizer que não possa sofrer, emocionalmente, como qualquer outra pessoa.

— Que ótimo! Será uma excelente profissional na área que escolheu. Saberá entender muito melhor seus pacientes — Agnes sorriu. — Não vou julgá-la. Mas... Preciso te dizer que a pessoa que você fantasiou sendo o Matias, não é real! — salientou, fazendo-a prestar atenção. — Foram suas carências, medos, dúvidas, dores que te fizeram sonhar para conseguir suportar tudo o que vivia ao lado de uma mãe louca e família disfuncional. Como médica e psiquiatra sabe disso.

— Sim! Eu sei disso. Mas, a energia densa das fantasias ainda existe. Tudo o que imaginamos e pensamos se torna energia, que se impregna em nós. Tudo em nossa imaginação, em nossos pensamentos e em nossas imagens mentais tem um poder concreto sobre nossas vidas, podemos usar isso a nosso favor ou contra nós. Dependendo do que criamos e desejamos, podemos ser escravos de algo que nos perseguirá pelo resto de nossas vidas, até encontrarmos conhecimento e entendimento que desfaça e dissolva o que concretizamos em nosso ser e aquilo se reverta. Veja como exemplo o nosso caso! — enfatizou. — Passamos a infância, a adolescência e parte da vida adulta desejando, fazendo de tudo para que nossa mãe nos amasse, nos tratasse com carinho de uma forma que nunca conseguiremos porque ela tem transtorno de personalidade narcisista. Hoje, mesmo sabendo que ela não vai mudar, ainda assim, ficamos com esperança de que ela mude, porque nos esforçamos e criamos em nós, durante toda a vida, energias de desejo que se concretizaram em nossa mente. Ainda esperamos e queremos ser amadas por ela, o que não vai acontecer. Quando alguém cria ilusões, sonha e se apaixona por alguém ruim, por alguém que é tóxico ou até narcisista e acha que esse alguém vai mudar, é a mesma coisa. Ela acredita e continua acreditando piamente.

— Não é tão fácil assim se libertar de crenças, eu sei bem. A maioria de tudo o que existe nos sistemas, é feito de tal forma que nos leve a acreditar e não a saber. Toda crença pode ser manipulada e somente o conhecimento liberta. Mana! Sabendo disso, tome distância! Fique longe! Não dê seu tempo nem sua atenção ao que não traz paz nem propósitos bons para a sua vida ou estará criando mais energia sobre isso. Como você diz, se somos capazes de criar algo que nos escravize, devido aos nossos pensamentos e imagens mentais, somos também capazes de direcionar nossa atenção para pensamentos e atitudes saudáveis longe daquilo que nos prejudica. Afaste-se disso tudo! — Agnes ofereceu uma pausa, depois disse: — Tenho percebido que o Matias está dando em cima de você, faz tempo! Te falei isso. Pensa bem, o Matias já teve a oportunidade que precisava e provou a você que não tem caráter. Penso que está sendo competitivo, audacioso para satisfazer o próprio ego. Se ele quisesse mesmo ter ficado com você, teria assumido o namoro, naquela época. Se te respeitasse, teria dado satisfação e terminado antes de apresentar outra namorada. Isso é papel de homem imaturo, egoísta e sem caráter! Cuidado! Ele vai te deixar em situação difícil com seu namorado, futuro noivo, que acabou de te pedir em casamento! Acorda, Babete! — quase gritou. Viu-a silenciosa por longo tempo. Após alguns segundos, disse: — Percebo e sinto o quanto você é feliz com o Rafael. Vocês são maduros, calmos, se compreendem e se aceitam. Vejo o quanto o relacionamento de vocês é produtivo e tem uma história de apoio, sem cobranças. Isso não basta?

— Sim. Basta! Adoro o Rafael.

— Mesmo assim e sem gostar do Matias, pensa nele?

— É isso, Agnes.

— Isso acontece, porque o Matias está te manipulando e brincando com essa situação. Ele não gosta do Rafael. Para o Matias, você é um troféu. Não percebe? — Aguardou um instante e falou: — Olha para você, minha irmã! Valorize-se! O Matias é um cara legal, mas é um moleque também. Devemos admitir isso. É alguém que não sabe o que quer na vida e poderia ser pior se não tivesse a mãe que tem. Ainda assim...
— Não completou. — Babete, isso é obsessão. Algum espírito zombeteiro quer atrapalhar sua vida, seu desempenho que, futuramente, será voltado a ajudar pessoas de forma como mais ninguém faz. Leve isso em consideração. Quando foi morar na casa do tio, passou por um processo obsessivo muito grande. Depois de mudar pensamentos, fazer assistência espiritual, ganhar conhecimento, tudo se equilibrou. Mas demorou e não foi fácil. Você deu foco total a uma vida nova e a sua capacidade. Agora, creio que passa por novo processo obsessivo. Não tão grande e complicado, mas embaraçoso o suficiente para prejudicar sua harmonia com o Rafael. — Esperou-a refletir e ainda disse: — Uma vez, faz tempo... Você me disse que podemos e conseguimos nos libertar, nos livrar de pessoas tóxicas e maldosas com facilidade. É só se afastar.

— Você deveria ser psicóloga — Olhou-a com ar de arrependimento e contou: — O pior que aceitei ir para Santos com o Matias... — Babete contou tudo.

— Muito me admira o Rafael não se incomodar! Mana!... Pensa! Será que deve ir?

— Vai ficar chato eu recusar agora.

— Acho que não deveria ir, mas... — Não gostou de vê-la triste e tentou amenizar sua opinião: — O Rafael é muito bom e um cara bem legal. Mas... Talvez, nessa viagem com o Matias, você perceba que ele não é nada do que imaginou. Provavelmente, entenderá que os encantos que criamos nas nossas imaginações não passaram de fantasias e fantasias decepcionam, quando enxergamos a realidade.

— Verdade... Foram fantasias que criei para suportar momentos difíceis, que me deixaram dúvidas. A mente nos prega peças e achamos que é realidade, que nos fará bem...

Babete se aproximou da irmã e recostou em seu ombro.

— Mana... — Agnes falou em tom mimoso. — Vamos arrumar um gatinho?

— Já disse que não. Quase não paramos em casa.

— Vamos telar as janelas, comprar uns brinquedos de gato e arranhadores...

— Não... — olhou-a com o canto dos olhos. — Não temos tempo nem espaço. Teríamos de mudar algumas coisas e isso não me agrada. Ele vai desfiar as cortinas, arranhar o sofá... Aqui, não tem condições.

— Aqui tem segurança e amor, tudo de que um gatinho de rua, abandonado, faminto, triste, com medo precisa. Esse ap é melhor do que as maldades que ele pode encontrar por causa de pessoas cruéis. Nem todos os gatos unham as coisas. Existem protetores de sofá...

— Ah... Vamos pensar bem. Depois, não terá volta. Dá um tempo pra eu pensar...

— Vai se casar e esse apartamento será só meu! — alegrou-se. — Esqueceu disso?

— Quando eu não estiver, você arruma um gato.

Agnes se alegrou com a ideia, mas não falou nada.

— Babete, você acha que o Matias é narcisista ou tem certo grau de narcisismo?

— Acho que todos podemos ter certo grau de narcisismo. Mas... Não posso afirmar nada. Quando estamos envolvidos em uma situação, não é correto avaliar. Diagnosticar fica difícil, porque envolve muito sentimento, emoções... Não conseguimos ter um panorama de tudo.

— Entendi... — ficou pensativa. No instante seguinte, decidiu mudar de assunto: — Mas... Me conta! Quando ficarão noivos?

— Acho que logo após o término da residência — sorriu. Aquela ideia lhe agradava. — O Rafael foi convidado, por um professor doutor, para trabalhar em um hospital renomado.

Depois disso, podemos pensar no noivado e em casa para comprar e mobiliar...

— Festa de casamento com o capricho da tia Otília!

— Claro! — De imediato, Babete, fechou o sorriso e voltou atrás: — Não. Nada de festa. Será complicado. Imagina a família do Rafael encontrando a minha?

— Dê a você o que você merece! Não fique se privando das coisas boas por causa dos outros. Simplesmente, não avise a mãe e a Síria.

— Eu e o Rafael precisamos conversar. Vamos pensar nisso juntos.

Naquela noite, ao receber Adriano em sua casa, Otília contou:

— Hoje, a Lana me procurou na doceria. Quase não a reconheci... — não conseguiu falar. Chorou.

— Calma... — ele a abraçou. — O que houve?

— Ela... Estava tão acabada, magra, abatida... Era uma menina tão linda...

— O que ela queria? Dinheiro?

— Antes fosse só isso — secou o rosto com as mãos. — Veio me procurar porque está doente. Está com HIV e a Aids se desenvolvendo. Já apresenta dificuldade para andar, a fala está comprometida, quase não se entende direito o que ela diz... Precisei pedir, várias vezes, que repetisse o que dizia. Não tem amigos, não tem nada, não tem ninguém... Veio me pedir ajuda. Ainda falou que eu era a última pessoa a quem ela iria recorrer ou... iria se matar. Uma forma de me chantagear, talvez... Como saber?...

— O que vai fazer?

— Não precisava ser médium, vidente para saber que seria assim. Que correria para mim quando tudo, na vida dela, desse errado!

— O que você vai fazer, Otília? — Adriano perguntou firme.

— Não posso me casar com você e levá-la para morar conosco. Isso não é certo.

— Otília, você...

— Espera! Deixe-me terminar. — Encarou-o. — Não é justo levar a Lana para dentro da nossa casa. Eu, mais do que ninguém, sei que ela dará muito trabalho, em todos os sentidos. — Esperou por um instante e disse: — Posso cuidar dela e desistir da minha vida ao seu lado. Mas, isso é justo?! — Silêncio. — Tudo é escolha. Independente do que se está passando, vivendo, sofrendo sempre podemos escolher. Podemos escolher ler um bom livro, que nos traga boas reflexões, ou podemos passar horas na internet olhando foto de maquiagens. A todo momento é possível escolher. Fiquei horas fazendo salgados, conquistando clientes com degustações, horas em pé trabalhando duro para ter o que tenho hoje! E ainda existe quem diga que tive sorte. Não foi sorte! Estou colhendo os frutos de minhas escolhas. Iraci fez suas escolhas e está colhendo os resultados. Síria fez suas escolhas e colhe os resultados. Babete fez suas escolhas e colhe os resultados. Agnes fez suas escolhas e colhe os resultados. Matias fez suas escolhas e colhe os resultados. Lucas fez suas escolhas e colhe seus resultados. Lana fez suas escolhas e?... — chorou. Longa pausa e exclamou: — Eu fiz minhas escolhas! — ressaltou e ficou olhando para ele. — Todas as escolhas oferecem resultados bons ou ruins! É justo, mais uma vez, eu escolher ajudar alguém e anular a minha vida por isso? Quando, cada um escolheu o que desejava, por prazer ou necessidade, não pensou em mim! Até onde devemos ceder e nos escravizar pelos outros? — Viu-o esfregar a mão no rosto, parecendo nervoso e esclareceu: — Serei chamada de egoísta com o que vou fazer. Mas, deixar de se sacrificar, não é deixar de amar.

— O que você vai fazer, Otília? — ficou na expectativa.

— Vou me casar com você — disse com mais tranquilidade. — Como planejamos, vamos morar na sua casa. Vou alugar uma casa para a Lana e provê-la de tudo o que precisar, mas morar junto ou perto não. Vou visitá-la quantas vezes forem

necessárias. Mas, morar no mesmo teto não. Se precisar, vou providenciar uma cuidadora. Mas... — abaixou a cabeça.
— Isso seria egoísmo?
— Não. Isso é consequência, resultado das escolhas da Lana. Tenha em mente que ela sofre os resultados das escolhas que fez assim como todos que mencionou. Ela não pode e não deve arrastar para o mesmo poço em que se colocou alguém a quem não ouviu, magoou, agrediu de todas as formas e fez de tudo para ajudá-la. Você tem sua vida, Otília. Arcou com todas as responsabilidades que surgiram, arcou com a vida deles também, cuidou dos seus filhos até onde pôde e deveria, orientando, suprindo, dando tudo, inclusive, exemplo. Deu de tudo! Agora, tem o direito de seguir em frente e cuidar só de você. É certo que haverá momentos de que precisará ficar mais perto da Lana, levar a médicos, exames, consultas, mas, agora, não! Morar junto não! Perdoe a minha sinceridade, mas sua filha sempre foi egoísta, narcisista e desnaturada. Nunca te procurou para saber como você estava, se havia adoecido, precisado de ajuda... Nunca admitiu que escolheu errado nem voltou pedindo emprego para recomeçar a vida. Lógico que não vai abandoná-la e eu vou te ajudar no que for preciso. Vamos alugar uma casa pequena e boa. Em outro bairro, de preferência. Daremos tudo do que ela precisa. Se a saúde da Lana chegou a esse ponto é porque não realizou nenhum tratamento para diminuir a carga viral ou, se fez, não o fez corretamente. Existem milhares de pessoas que vivem com HIV sem desenvolver a Aids porque se cuidam, fazem acompanhamento e ninguém diz que são soropositivas.[1]
— Sabe que vão falar muitas coisas sobre essa minha decisão.
— Deixe que falem. Você sabe que ofereceu o seu melhor e continua fazendo o que pode. Sua consciência está tranquila.

---

1 O livro: *O Silêncio das Paixões*, do espírito Schellida, sob a luz da espiritualidade, traz-nos inúmeros ensinamentos a respeito do HIV e da Aids, da vida sexual na Terra, dos nossos comportamentos e das nossas viciações, alertando-nos que o progresso moral será sempre mais rápido se refletirmos sobre nossas atitudes de agora, sem demora. Essa obra é interessante de ser apreciada.

A Lana não tem condições de viver na mesma casa que você, o irmão ou mesmo comigo. Não se sabe o que ela pode fazer. Ela não é uma pessoa confiável e não está em condições de escolher o que você poderá dar. — Encarou-a, levantou-se e foi até ela.

Abraçaram-se.

— Obrigada... — murmurou.

— Otília, precisamos parar de deixar pessoas assim estragarem nossa felicidade. É importante impor limites, sem ligar para o que pensam de nós. Isso não é egoísmo. Ninguém usou seu sapato apertado e caminhou pela mesma estrada pedregosa ao seu lado para saber o que viveu e ter condição de dar palpite. — Olhou-a. — Preciso te contar uma coisa... Senta aí. — Ela obedeceu e ele se acomodou na sua frente. — O Lucas me disse que a mãe o procurou no hospital. Ele estava em cirurgia e ela esperou mais de três horas para vê-lo. Você conhece o Lucas... Quando se trata da mãe, ele é firme, decidido e não cede. Acho que temos muito o que aprender com esse comportamento. Então, recebeu-a daquele jeito, com aquela cara.

— O que a Filipa queria?

— O Lucas contou que ela o abraçou no saguão do hospital, passou a mão no seu rosto como se fosse a mãe mais carinhosa e atenciosa do mundo. Ele a levou para se sentar e a Filipa falou, de forma triste e melancólica, que perdeu a clínica que montei e que, no divórcio, ficou para ela.

— De que jeito?! — Otília se surpreendeu.

— Não sei. Nem quero saber. O Lucas disse que ela inventou uma história, caiu em contradição algumas vezes. Queria que ele a ajudasse com dinheiro. Disse que está sozinha, com dívidas, com depressão, desesperada e precisava de ajuda.

— E o Lucas?

— Conhece meu filho... Virou as costas e a deixou sozinha.

— E daí?! — ela quis saber.

— A Filipa me ligou. Bem... Ligou para o telefone fixo da clínica, pois está bloqueada no meu celular. Não sei de que forma ela soube que vamos nos casar. Primeiro, contou sua história triste, que se envolveu em dívidas e perdeu a clínica, a casa, tudo o que deixei com ela. Eu disse que não era um problema meu. Ela chorou, falou que me tornei uma pessoa ruim por sua causa, que se nós dois nos casássemos eu ficaria pior. Chegou a insinuar uma possível volta...

— Voltar a quê?! — indagou brava. — A morar ou casar, novamente, com você?!

— Mais ou menos isso. Ela é tão... É aquele tipo de pessoa que é capaz de qualquer coisa para ter o que precisa.

— Queria dinheiro?

— Lógico. Mas não só! — Adriano salientou. — Pediu para eu deixá-la trabalhar em uma das salas da minha clínica!

— Você vai deixar, lógico?! — Otília perguntou com extrema ironia, fazendo cara de zangada. — Só espero que diga sim para a Filipa, antes de nos casarmos, para eu poder cancelar o casamento!

— Ficou louca? — sorriu. — Nem pensar! Mas, eu a orientei. Falei que ela tem profissão e que existem várias clínicas iguais à minha que alugam para odontologistas e nem são tão caras. Na minha não há sala vaga. Bem... Orientei a secretária sobre não me passar mais qualquer ligação dela. Nem se for caso de morte.

— Está certo. Precisamos nos afastar de gente que estraga nossa felicidade.

— Estou te contando, pois... Vai que ela te procura...

— Estarei preparada. Foi bom falar.

— Narcisistas são manipuladores, egoístas, materialistas não têm um pingo de sentimento por ninguém. Não podemos dar chances. Eles são lições em nossas vidas. — Esperou um tempo e comentou: — Sobre a viagem... — sorriu largamente. — Já conversei com o pessoal da empresa...

Continuaram conversando sobre a viagem que fariam e os preparativos do casamento.

Alguns dias se passaram...

Babete e Matias viajaram para a cidade de Santos, litoral de São Paulo.

O rapaz estava bastante ansioso. Não sabia o que o esperaria. Conversaram sobre muitas coisas, até que ele perguntou:

— Como está indo no consultório?

— Bem. O espaço é muito bom. São três salas que divido com duas colegas. Uma é neurologista a outra endocrinologista. Começamos a atender alguns planos de saúde. Aliás já pensamos em criar uma clínica, talvez, em um espaço maior, diversas especialidades... Falei com a mãe do Rafael e ela acha uma boa ideia.

— Vai ser bom. Espero que dê certo.

— Obrigada — sorriu.

— Estamos quase chegando... — ele olhou em volta, diminuindo a velocidade do carro.

— Tem certeza de que é aqui? — Babete estranhou. Não gostou muito do lugar. — É o endereço certo?

— Parece que sim... — Matias estava ansioso e não reparou direito. Desejaria encontrar a residência.

O dia estava quente e ensolarado. Nenhuma nuvem no céu.

Em frente ao endereço, o rapaz estacionou e desceu. Olhou em volta e não se deteve, indo direto ao portão. Após bater palmas, a distância, foi atendido por um homem de meia idade, com barba por fazer, mal-arrumado e que o olhou de modo insatisfeito.

— Bom dia. Meu nome é Matias. Gostaria de conversar com o senhor.

— O que é?! — perguntou mal-humorado, em tom grosseiro.

— É um assunto delicado, senhor. Preciso da sua atenção — disse, querendo que o homem chegasse mais perto.

— Pode falar! — pediu de modo arrogante, aproximou-se, colocando a mão sobre o portão, que os separava.

— Aqui, morou uma mulher de nome Lílian? — Matias perguntou.

— Por que quer saber? — indagou no mesmo tom, olhando-o de cima a baixo.

Nesse instante, uma senhora bem magra, pele muito bronzeada e enrugada, usando blusa de alça fina e com furos, bermuda manchada e fumando cigarro, apareceu. Tinha em torno de setenta anos. Cabelos maltratados, mal tingidos, presos com uma presilha, que deixava pontas escaparem para todos os lados da cabeça. Com voz rouca, própria de quem tinha as cordas vocais prejudicadas pelo fumo, perguntou sem qualquer gentileza:

— O que ele quer, Jairo?! — e foi andando para perto do portão.

— Sei não!

— O senhor conheceu a Lilian? — tornou Matias, agora, com voz abafada.

— Ele quer saber da Lilian! Mas, não fala por quê — disse, olhando para a senhora.

A mulher abriu o portão, olhou Matias de cima a baixo e depois para Babete, um pouco mais atrás. Observou o carro e reparou que era um veículo caro, incomum por ali.

— Sô mãe dela — falou em tom baixo. — Quer dizer... Fui.

— Sou filho dela — o rapaz disse sem trégua, em tom baixo, olhando-a fixamente. — Fui abandonado em uma caixa, nos fundos do hospital, ainda com cordão umbilical e... As investigações mostraram que, de todas as mulheres que tiveram filhos ali, naquele período, nos dias de hoje, somente duas estão mortas. Uma delas era casada e o marido cuidou do filho. A outra era a Lilian. Tudo indica que sou filho dela.

— Você é a cara do meu filho — disse Jairo em tom mais amigável.

— Teve um cara que veio saber da Lilian e pagou pelas informações — disse a mulher, menos rude, agora.

— Por que não me falou, mãe?! — olhou feio para ela.

— Você ia querer ficar com o dinheiro! — expressou-se com modo agressivo, deixando a voz mais grave e rouca.

— Eu paguei pela investigação particular. Queria saber sobre minha origem — Matias pareceu constrangido.

— Pagou, é? — a senhora sorriu, somente com os lábios. — Então... Você é meu neto?... — perguntou, mudando o tom de voz e jogando o cigarro fora, perto do carro.

Com o olhar, Babete acompanhou a bituca caindo e rolando pelo chão de terra para dentro de uma poça onde corria água com espuma de sabão, provavelmente, de alguma residência, mostrando que o bairro não tinha saneamento.

Abrindo os braços, a senhora foi à direção de Matias e o envolveu.

O rapaz retribuiu, mas sentiu algo estranho.

— Vamos, Jairo! Abraça seu sobrinho, homem! — pediu com sua voz rouca. O filho obedeceu.

— Qual o seu nome, senhora? — Matias perguntou, tímido.

— Lindaura! Lindaura Souza! — riu de um modo que mostrou a falta de alguns dentes. — Vamos! Entra!

Agora, sem qualquer animação e automaticamente, Matias obedeceu e Babete o seguiu.

Na sala, sentaram-se em um sofá destruído, torto por ter um dos lados mais baixos e envolto por uma coberta bem suja. No canto, uma cama desarrumada, com algumas roupas jogadas, tudo muito bagunçado. Quase ao lado, uma mesa encostada à parede, com várias coisas em cima e um pano jogado sobre tudo. Em uma beirada, tinha uma garrafa de cachaça, uma tábua de madeira com limão cortado e copos com caipirinha pronta. Havia um quarto que, devido à janela fechada, não tinha luz e não dava para ver nada lá dentro. Mas, de onde estavam sentados, enxergavam a cozinha, muito bagunçada e suja, com moscas voando sobre a mesa ocupada por vários utensílios. De vez em quando, as mesmas moscas voavam até a sala, tentando pousar sobre eles que precisavam espantá-las com o abanar das mãos.

Toda a casa estava sucateada, nada agradável e com um cheiro horroroso, misturado ao odor de cigarro.

Quase encolhida, sem perceber, Babete sentia a energia pesada do lugar. Às vezes, era capaz de ver os espíritos viciosos que se encontravam ali e os hostilizavam. Em pensamento, ela orou pedindo proteção a ambos. Mas, não conseguia deixar de ficar nervosa, incomodada, pensando em um jeito de sair, o quanto antes, dali.

— Ela é sua mulher? — Jairo perguntou, sentando-se em uma cadeira sem encosto.

— Não. Ah... Desculpem... Essa é a Babete. Ela é... — titubeou.

— Sou prima do Matias — ergueu-se, estendeu a mão e os cumprimentou, oferecendo sorriso simples, que se fechou em seguida.

— Prima, é? — a senhora perguntou, com a voz tão rouca que quase não conseguiram ouvir direito.

— Sim. É... — o rapaz respondeu meio desconsertado, sem saber o que falar.

— Somos primos de segundo grau. Minha mãe é prima da mãe dele — Babete contou.

— Então você tem mãe, Matias? — tornou Lindaura, mostrando-se muito curiosa.

— Sim. Fui adotado. Tive uma família muito boa e... — Ele se atrapalhava ao falar. Não era o que esperava e estava confuso.

— O que você faz? — indagou a senhora, acendendo um cigarro.

— Sou dentista.

— Ah! Dentista! — sorriu, novamente. — Puxa, menino, nunca achei que a gente ia conhecer você. A Lilian, minha filha caçula, era desorientada. Vivia com más companhias. Pegou barriga em uma festa e nem sabia quem era o pai — ela riu. — A gente até tentou descobrir, mas ela não sabia mesmo quem era. Brigamos muito, porque ela engravidou. Não tivemos dinheiro pra tirar. Lilian sumia uns tempos, depois voltava. Não sei onde teve a criança e apareceu sem neném nenhum. Falou que teve um menino. Não é Jairo?

— É sim. Pensamos que ela tinha vendido a criança, porque apareceu com dinheiro.

Os olhos de Babete cresciam à medida que a história se desenvolvia.

— Ficamos pensando se tinha sido certo, mas não tinha o que fazer. Lilian não tomou jeito. Não demorou, se envolveu com traficante da favela e acabou morrendo. Foi triste... — fez-se parecer sofrida e deu uma tragada forte no cigarro e jogou em um pote, que havia no chão.

— Minha família morou em Santos, por muitos anos. Quando meu pai faleceu, mudamos para a capital, São Paulo.

— Ora! Deus abençoe sua mãe por ela ter criado você tão bem! Por ter feito de você um dentista! Que glória! E o que ela faz? Trabalha em quê?

— Minha mãe é empresária — não detalhou o que fazia.

— Você teve sorte, menino! Viveu bem. Teve família de muita sorte. Glória Deus! — A senhora sentou-se perto de Matias e ele sentiu um cheiro forte de bebida alcoólica misturada ao odor de cigarro. Ela pegou sua mão e começou a alisar, falando: — Aqui, tudo ficou difícil, depois que Lilian morreu. Tivemos que pagar as dívidas dela. Dívidas de drogas. Se não pagasse morria todo mundo. Oh, meu filho, passamos muitos momentos cruéis, horríveis. Hoje, tô velha, doente... Vivo do auxílio do governo, que é uma miséria. Seu tio, o Jairo, não tem idade para trabalhar. Ninguém mais quer ele.

— Sei... Está difícil para muita gente — puxou a mão que ela segurava.

— É... Mas tô doente, meu filho — expressou-se com voz doce e sofrida. — Curei uma pneumonia, que só Deus sabe. Nem temos o que comer. Nem vou oferecer café porque não tem. Foi Deus quem te mandou aqui! — enfatizou, unindo as mãos como em oração, olhando para o teto.

Nesse momento, ouve-se o barulho do portão rangendo ao abrir. Sem demora, entrou na sala um homem alto, forte, corpulento e incrivelmente parecido com Matias.

— E aí?! De quem é aquele carrão lá fora?! Disseram que entraram aqui! É freguês novo, vó?! — indagou a voz estrondosa de quem parou e ficou olhando em volta.

Babete arregalou os olhos e procurou o olhar de Matias. Estavam surpresos e assustados. Não sabiam com quem haviam se envolvido.

— Pare de bobagem, Elizeu! Fala baixo! — exclamou Lindaura, com voz grave e rouca. — Este é seu primo. Ele se chama Matias. Cumprimenta, Elizeu! — Enquanto o rapaz estendia a mão para o casal, ela explicou: — Ele é filho da sua tia Lilian.

— Aquela vaga... — não completou e riu alto. — Era pequeno, mas lembro dela. — Olhou para o outro de cima a baixo, riu alto, novamente, falando: — E!... Olha pra você, cara! É magrelo, mas se parece comigo, mano! — aproximou-se e deu um tapa forte no ombro do primo.

— Ele é dentista, Elizeu! Veio de lá de São Paulo pra ver a gente. Pagou investigação pra se encontrar com a família, aqui — a senhora riu.

— Dentista, é?! Só podia! Com aquele carrão, tá montado na grana, né, mano?!

— O Elizeu é filho do Jairo, mas vive com a mãe dele, na outra comunidade — a avó explicou.

— É! Tenho que dar um tempo por aqui de vez em quando — riu Elizeu. — Sabe como é! Tem umas paradas que num dá pra encarar.

Babete não suportou a tensão e se levantou.

— Bem... Já que conhecemos todos vocês, vamos marcar para voltarmos em outro momento. Não é mesmo, Matias?

O primo se levantou.

— Sim. Da próxima vez, vamos avisar para não chegarmos de surpresa — sorriu, forçadamente.

— Que é isso, menino?! Veio conhecer sua avó e vai saindo assim, tão depressa?! Não agradamos vocês?! — a senhora reclamou.

— Não é isso... É que a Babete tem compromisso e um horário para cumprir e precisamos ir — Matias tentou disfarçar.

— Um moço bonito, dentista, rico, não pode ir tão depressa assim, só porque a vó é pobre, desdentada, doente... Vi que não gostou da gente.

— Prometo que voltaremos — ele foi para junto da porta.

— Vão voltar nada! Ficaram é com medo da gente! — Elizeu gargalhou. — Mas, se não vão voltar, podem, ao menos, deixar alguma coisa. Uma lembrancinha... — riu. — A vó tá precisando cuidar da saúde, sabe como é?!...

O AMOR É UMA ESCOLHA

Matias e Babete se sentiram coagidos. Ela, inspirada, falou:
— Claro. Vamos pegar. Está lá no carro — alçou a bolsa no ombro e foi saindo porta afora, enquanto Matias a seguiu.

Ela entrou no carro, deixando a porta de um jeito que quase não a viam direito. Abaixou-se e fingiu pegar algo no porta-luvas, enquanto mexia na bolsa aos seus pés. Pegou uma quantia em dinheiro e entregou a Matias que, imediatamente, entregou nas mãos da senhora.

— Foi bom conhecê-la — disse Babete quando se curvou e beijou Lindaura, que estava mais atenta ao dinheiro que Matias lhe entregou do que na despedida. Em seguida, a moça sorriu, estendendo a mão para Elizeu e depois a Jairo. Não esperou mais nada, virou-se e entrou no carro.

— Foi bom conhecê-los e saber que tenho parentes — Matias falou ao se despedir, sem saber mais o que comentar.

— Não vai voltar mais, não é, meu neto? — fez-se triste.

— Quem sabe... Conforme o tempo... Agora, preciso ir. Obrigado por nos receber.

Matias entrou no carro sentindo-se atordoado. Tremia ao ligar o veículo.

— Vamos sair daqui logo! — Babete exigiu, falando baixinho, enquanto sorria.

Abalado, Matias dirigiu sem pensar para onde iriam. Pelo retrovisor, viu a imagem da senhora sumindo ao longe.

Foram à direção do centro da cidade de Santos. Depois procuraram um lugar para estacionarem perto da praia. Ficaram muito tempo em total silêncio, só olhando para as ondas. Mais de uma hora havia se passado, quando ela perguntou:

— Quer conversar?

— Não. Agora, não — murmurou, com olhar fixo nas ondas do mar.

Babete passou a trocar mensagens com a irmã e com Rafael. Algum tempo e o namorado avisou que havia sido chamado para uma emergência e não poderiam conversar mais. Mesmo assim, ela enviou mensagem dizendo que estaria na casa de Otília, à noite. Achava melhor estar junto, quando a tia soubesse o que aconteceu em Santos. Avisou que, depois, voltaria para o apartamento. Mas, percebeu que ele não visualizou o texto.

Matias não quis voltar de imediato, experimentava uma decepção inominável pelo choque de realidade, que desfez todas as suas ilusões e fantasias criadas. Acreditava que sua vida teria sido melhor se tivesse ficado com sua mãe e família consanguínea. Algo que nunca contou para ninguém.

Procuraram um restaurante e o silêncio os acompanhou a todo momento. Retornaram para São Paulo no final da tarde e chegaram à casa de Otília, à noite.

Babete olhou no celular e viu a mensagem do namorado dizendo que, à noite, ele passaria na casa de Otília para pegá-la. Ela sorriu sem perceber.

Matias estacionou o carro. Em pé, parados em frente ao portão, antes de entrarem, ele pediu:

— Deixe que eu mesmo conto para minha mãe. Por favor.

— Certo. Você está bem? — Babete quis saber.

— Estou. Foi muito bom desfazer a ilusão que criei toda a minha vida e... Foi bom ter você ao lado, me apoiando. Desculpa por ter te colocado naquela situação. Foi nítido que o Elizeu não era pessoa de bem. Até creio que nos colocamos em risco.

— Sem dúvidas! Não viram a gente com bons olhos. Fiquei com medo, de verdade — sorriu de nervoso.

— Desculpa... — Sorrindo levemente, Matias estava de frente para ela e colocou a mão em seu ombro e massageou-o, olhou em seus olhos sem saber o que mais dizer.

Ela entendeu que esse gesto era um pedido de perdão verdadeiro, por tê-la feito passar por aquilo tudo.

Matias suspirou fundo e olhou para longe. Nesse momento, notou o carro que surgiu devagar, quase parando do outro lado da rua. Reconheceu o automóvel. Ao ver o vidro quase abaixado, percebeu Rafael dirigindo.

O namorado ia chamar Babete, mas, nesse instante, Matias segurou o rosto da moça, curvou-se e a beijou nos lábios.

Não teve como não ver nitidamente a cena. Rafael não esperou. Trêmulo, olhou para frente e seguiu, acelerando o veículo.

CAPÍTULO 55
Escolha amar

— O que está fazendo?!!! — Babete gritou ao empurrá-lo com força e dar um tapa no rosto de Matias. — Idiota!! Canalha!!!

— Desculpa... eu... — olhou e não viu mais o carro.

Ela alçou a bolsa no ombro, bateu nele, novamente, e o xingou.

Por causa do vozerio, Otília, que já se aproximava do portão, correu e foi ver o que era.

— O que aconteceu? — a mulher perguntou.

Babete não respondeu nem olhou e foi para a casa do tio, ao lado. Porém, percebia-se que estava extremamente irritada.

Adriano a recebeu. Nunca a tinha visto tão nervosa.

A sobrinha chorava, com muita raiva.

— Aquele cretino!!! Idiota!!! Canalha!!! O que ele está pensando?!! — xingou outros nomes.

— Calma, Babete. O que aconteceu? — o tio quis saber.

Depois de xingar mais, ela contou, mas não sabia que Rafael tinha visto tudo.

— O Matias errou, sem dúvida alguma. Mas... Agora, não é um bom momento para ir falar com ele. Amanhã terei uma conversa séria. Pode ser assim?

— Quero matar esse infeliz! Eu poderia fazer queixa dele na delegacia! Ele me beijou à força!

— Calma... Amanhã converso com ele. Quer que eu a leve para casa ou quer dormir aqui?

— Não... O Rafael vai passar na casa da tia Otília para me pegar e... — lembrou-se disso.

— Liga pra ele e peça para passar aqui em casa.

— Vou mandar mensagem... — pegou o celular.

— Babete... — esperou-a olhar. — Se contar isso pro Rafael, poderemos ter problemas. Conta! Não minta! — enfatizou. — Mas, não agora, de imediato. Chega à sua casa primeiro. Se contar quando ele chegar, pode ser capaz de ele querer bater no Matias.

— Verdade... Que nervoso, tio! Que raiva, que nojo do Matias! Isso não é papel de homem! — chorou indignada. — Olhou o celular e nenhuma resposta.

O tempo passava. Rafael visualizava suas mensagens, mas não respondia.

— Que estranho... — a sobrinha comentou. — Ele não responde.

— Essa coisa de mensagens não é pra mim — disse Adriano. — Liga logo pra ele! — enfatizou.

Ela ligou. O telefone do namorado chamou, mas não foi atendida nem houve retorno, mesmo depois de horas.

Preocupada, aceitou que Adriano a levasse para casa.

Ao retornar, ele procurou Otília.

— O Matias está estranho. Não me contou o que aconteceu em Santos. Perguntei por que a Babete estava xingando e ele disse que não foi nada. Se trancou no quarto e... Não sei o que fazer!

— A Babete me contou o que aconteceu em Santos. Foi o seguinte... — revelou tudo. Também contou sobre o beijo que Matias deu nela à força. — Isso foi cafajestagem, Otília!

— Concordo totalmente! — ficou indignada, irritada e pensativa. — Mas, tem algo mais, além disso, Adriano. Com tantas oportunidades, por que o Matias faria isso justo hoje, depois de ela tê-lo ajudado? — Encarou-o e ainda perguntou: — Por que o Rafael não respondeu às mensagens e não atendeu à Babete? — ficou desconfiada. — O Rafael combinou de vir buscá-la, não foi?

— Você acha que o Rafael apareceu e o Matias se aproveitou da situação?! — assombrou-se.

— Eu não tenho dúvidas! O Matias é ambicioso, faz de tudo para ganhar qualquer competição! Vou falar com ele!

— Amanhã! Fale amanhã. Pensa... Já é tarde e está com raiva. Não é um bom momento. Vou entrar, ligar para a Babete e ver se ela está bem.

Desabafando com a irmã, Babete contou tudo. Ainda estava nervosa, indignada e com muita raiva de Matias, mas também preocupada com o namorado.

— Que estranho o Rafael não te atender nem responder às mensagens. Combinaram mesmo de ele te pegar na casa da tia?

— Sim... — mesmo afirmando, conferiu o celular para se certificar das conversas. — Foi isso mesmo — teve certeza.

— Será que o Rafael não viu esse beijo? — Agnes desconfiou.

— Não! Não mesmo! Se ele tivesse visto, teria visto eu bater nele, descido e brigado com o Matias! Sem dúvida! — falou irritada.

— Babete... Será que o Rafael viu a cena toda? — Agnes perguntou de modo frio. — Ele pode ter visto o beijo e nem parou para conferir o que aconteceria depois.

— Não me deixe mais nervosa! — pegou o celular e, novamente, ligou. — Não atende... Vou ligar pra mãe dele.

— Fala com calma. Nunca te vi tão agitada.

— Oi... Dona Nalva...

— Oi, Babete! Tudo bem com você?

— Estou bem. E a senhora?

— Tudo ótimo — ficou aguardando. Não era comum a moça ligar.

— Dona Nalva... O Rafael está aí?

— Não... Ele disse que ia pegar você na casa da sua tia.

— Que estranho... Ele não foi. Estou no meu apartamento. Ele não respondeu às minhas mensagens nem atendeu quando liguei.

— Vou fazer contato com ele, depois te aviso — ficou inquieta.
— Obrigada. É que estou preocupada.
— Daqui a pouco te ligo — tornou a senhora.
Após alguns minutos angustiantes, Nalva ligou:
— Babete, o Rafael atendeu minha ligação. Disse que surgiu um imprevisto com um paciente e voltou para o hospital. Que depois fala com você, pois está em uma emergência.
— Por que ele mesmo não me disse isso?
— Não sei... Está tudo bem com vocês? — perguntou em tom tímido.
— Até onde eu sei, sim. Está. É bom saber que ele está bem. Fiquei aflita. Desculpa incomodar a senhora.
— Imagina... Qualquer coisa, pode me ligar.
— Obrigada. Tchau.
— Tchau.
Olhando para a irmã, contou tudo.
— Ele viu! Só pode ser isso! — Agnes afirmou.
— Desgraçado do Matias!!! Pessoa infeliz consigo mesma, sempre quer estragar a vida dos outros!!! Desgraçado!!! — chorou de raiva.

Rafael não respondeu às mensagens nem atendeu as ligações de Babete. E ela decidiu não o procurar mais.
— O Matias acabou com a minha vida... — chorou, de bruços na cama, quando a irmã foi ver por que não tinha levantado àquela hora do dia.
— O Rafael está nervoso. Logo vai te procurar para saber o que houve.
— Não vai... Sinto que não vai... O Matias fez isso de caso pensado. Ele viu o Rafael e armou isso. Ele conseguiu... O mal venceu desta vez... — chorou. — E você me avisou...
— Vamos até a casa do Rafael! — Agnes falou decidida. — Vou com você!

— Não... Não vou me expor nem me rebaixar... Ele acreditou no que viu. Não vou me submeter a qualquer tipo de humilhação. Por estar na casa dele, poderá falar o que quiser.

— O casamento da tia é semana que vem. Como vai ser?

— Nem sei se vou... Estou tão pra baixo, tão mal... Não quero encontrar o desgraçado do Matias. Aquele infeliz...

— Onde o Rafael trabalha? Vou conversar com ele! — Agnes decidiu.

— Não quero. Esquece. Ele deveria confiar em mim.

— Viu vocês se beijando, não sabe o que houve depois e quer que ele confie em você? Tenha dó! — mostrou-se indignada.

— Sai daqui... Me deixa sozinha...

— Matias, eu soube que a Babete não está bem. A Agnes me contou que ela mal está indo trabalhar. Abandonou todos os projetos nas salas comerciais que alugou com as amigas médicas. Nem à casa espírita está indo. O Rafael não conversou com ela, desde aquilo que você aprontou — disse Adriano zangado. — Você sabia que eles iam ficar noivos? Que já estavam planejando comprar casa e cuidar do casamento?

Não houve resposta.

— Ela também não atende mais minhas ligações. Não quer conversar comigo — disse Otília, também insatisfeita. — Errar, todos nós erramos. Mas, somente quem tem honra, corrige o erro. Pensei que eu tivesse um filho maduro, com caráter e dignidade. Vamos nos casar amanhã e não terei a presença de uma pessoa muito querida e importante na minha vida: a Babete! Estou triste e decepcionada!

— Se o Rafael não quer conversar com ela, problema dele! — o filho falou com arrogância.

— Não seja cafajeste, Matias! — gritou a mãe. — Foi você quem armou essa situação! O que achou que iria acontecer?! Que a Babete correria para os seus braços, depois de estragar a vida dela com o rapaz que ela escolheu ficar?!

— Ela gostava de mim!

— Você teve muitas oportunidades e as perdeu! O tempo passou! Perdeu sua chance! Fim! Acabou! — falava nervosa. — Devemos aprender a dizer não, mas também devemos aceitar os nãos que recebemos! Ela gosta de outro e pronto! Não crie ilusões de que a Babete possa querer ficar com você, ainda mais, agora! — Ofereceu uma pausa, procurando se acalmar. — Viveu iludido sua vida inteira, acreditando que se tivesse vivido com sua mãe e sua família consanguínea, tudo seria melhor! Precisou passar pela experiência de vê-los daquela forma, vivendo naquele lugar, daquele jeito, saber quem são de verdade e se dar conta da vida que teria com eles. Será que entendeu que Deus não erra e te colocou no meu caminho? Só então valorizou o que recebeu de mim e do seu pai?! Se eles estivessem bem de vida, fossem ricos, bem-sucedidos, você viraria as costas para mim?! — Viu seu olhar de raiva. — Deixe de ser egoísta! Ganancioso! Competitivo a ponto de prejudicar os outros! Não foi isso que te ensinei! — falava firme. — Não pense que será feliz destruindo a vida de alguém! Seja homem para procurar o Rafael e dizer a verdade! Esclareça isso de uma vez por todas!

Matias virou as costas e saiu.

— Meu Deus do céu! Onde foi que eu falhei ao criar meus filhos?!

— Não falhou, Otília! Personalidade é algo que vem com a alma. Procuramos educar, guiar, mostrar o que é certo, servir de exemplo, mas livre-arbítrio é Lei e o retorno do que oferecemos, também. Pare de se culpar.

— Vou procurar a Babete — ela decidiu. Pensou e falou: — Não vou viajar com isso na cabeça. Não vou deixar essa menina desse jeito por algo que meu filho fez.

— Vou procurar o Rafael — disse Adriano. — Tenho um trunfo! O Rafael vai acreditar na Babete! Lógico que vai! — Sorriu largamente ao se perguntar: — Por que não pensei nisso antes?!!! — Animado, sorridente, foi saindo ao dizer: — Preciso ir lá em casa rápido! Depois conversamos!

Otília, nervosa, não prestou atenção no que ele disse.

Otília foi até o apartamento de Babete e Agnes a recebeu, como sempre, sorridente.

— Oi, tia! Que bom ver você aqui!
— Oi, fia... Como você está?
— Estou bem. Cansada e animada — sorriu largamente. — Vou abrir a segunda imobiliária! — contou, bateu palminhas e pulou de um jeito engraçado. — Será em outro bairro e isso está dando bastante trabalho, mas é tão gostoso!
— O que aprendemos nos empenhando e trabalhando, descanso nenhum ensina. Continue firme. Fico feliz por você, Agnes. Você merece prosperar e ser feliz.
— Mas, ainda não tenho um gato... — suspirou fundo, de um jeito mimoso. — Conta, tia!... Tudo pronto para amanhã?
— Vim falar com sua irmã. Ela está no quarto?
— Não. A Babete foi para Minas Gerais. Eu insisti para que tirasse uns dias de férias. Ela não estava bem, tia. Desmaiou no serviço. Está abatida, fraca, não come direito nem dorme bem... — contou, fechando o sorriso. — Tia, nunca vi minha irmã assim. Nem nos piores momentos pelos quais passamos. Quase não conversa e não ri mais das minhas palhaçadas. A colega dela, uma médica que tem uma sala ao lado da dela, esteve aqui. Ela é neuro. Também achou a Babete muito mal. Nesses últimos dias, ela definhou de um jeito...
— E foi dirigindo assim, na estrada?! — zangou-se.
— Calma, tia... Ela foi de ônibus. Ligamos para o Bernardo e combinamos tudo. Enfiei minha irmã no ônibus aqui e ele vai tirá-la lá. Tá tudo certo. Estou trocando mensagem com ela. Olha... — mostrou o celular.
— Quando a Babete viajou?
— Ontem à noite eu a levei à rodoviária. Está quase chegando.

— Então ela não vai ao meu casamento... — ficou triste. — Gostaria tanto de falar com ela. Mas, não atendeu nem minhas ligações. O Matias foi infeliz no que fez.

— É... Dizem que pessoas enroladas enrolam a vida dos outros. Pessoas infelizes trazem infelicidade para a vida dos outros. Ainda bem que existem pessoas positivas e felizes que distribuem alegria para o mundo todo.

— Essa história não terminou, Agnes. O Matias vai ter de resolver isso.

Ao chegar à sua casa, Otília contou tudo para Adriano. Por sua vez, ele disse:

— O Rafael me recebeu no *hall* do hospital. Foi muito educado, me recebeu bem, mas percebi que estava com semblante caído, triste, até achei que estava magro demais. Muito gentil, como sempre, convidou para ir até seu consultório e me ouviu com atenção. Mas, o telefone tocou. Surgiu uma emergência. Ele pediu desculpa, porque não poderia conversar mais. Pedi para marcarmos para outro dia, se quisesse me dizer alguma coisa. Mas... Tenho certeza de que falei o suficiente. Ele vai procurar a Babete.

— Não me conformo de ir viajar amanhã e deixar essa situação assim, sem resolver.

— Me diz uma coisa... Você acha que o Matias é narcisista?

— Sinceramente, não. Ele é idiota mesmo. Ambicioso com toque de egoísmo. Frustrado consigo, com a vida... Por isso, não mediu consequências. Está arrependido. Narcisistas não se arrependem, se justificam, encontram desculpas para si e culpam os outros. O Matias se sente culpado, mas é tão tolo e tão orgulhoso que não sabe como desfazer o que fez.

— Verdade... Bem... Vou lá em casa. Depois você vai lá.

— Toma... Leva essa sacola de roupa.

— Mais?... — ele murmurou ao pegar.

— São saias novas, para a dança de salão — ela riu.

— Ah... Tá... — ergueu as sobrancelhas e não disse nada.

Adriano a beijou rápido e se foi. No caminho, lembrou-se de quando Babete chegou ali e disse que sua mãe aconselhou para ter paciência e voltar a sorrir. Que seus desejos só iriam se realizar ao lado de quem gostava, se fosse mais flexível, ficasse de bem com a vida, novamente. Estava muito sério, muito rígido. Agora, sentia que havia mudado, deixado sua vida mais leve, fazendo muitas coisas em companhia de Otília.

Sorriu sozinho.

Não demorou muito, Matias chegou à sua casa. Estava amargurado, triste o bastante para não querer conversar.

— Oi, mãe... — beijou-a no rosto como sempre fazia.

— Oi, filho. — Antes que ele fosse para o quarto, pediu: — Matias, enquanto estivermos fora, preciso que visite sua irmã a cada dois ou três dias. Também envie mensagens, todos os dias, para saber se ela está bem.

— Eu já mando mensagens todos os dias para ela — murmurou.

— Ah... Que bom. Outra coisa... A lista de compras do mercado, frutas, castanhas e dos remédios que levo lá, semanalmente, está em cima do móvel na sala. Compre o que for preciso, depois te transfiro o dinheiro. Se puder comprar as castanhas lá no empório perto da doceria, seria bom. São sempre fresquinhas e a dona Inácia já sabe o quanto levo de cada uma.

— Pode deixar. Não precisa me pagar nada. Quero te ajudar com as despesas da Lana. Vou pagar metade do aluguel e dos gastos que tiver com ela. Também vou visitá-la com mais frequência, assim, você não se sobrecarrega.

— Obrigada, filho... — sorriu. Quando ele ia se virando, a mãe o chamou com voz suave: — Matias... — viu-o olhar com jeito constrangido. — Não sou sua inimiga, meu filho. Amo você com toda força da minha alma. — Foi para junto dele, pegou suas mãos e falou com extrema bondade: — Somos uma família. Não importa que tenhamos opiniões diferentes ou que façamos coisas que não são certas, aos olhos do outro. Todos falhamos. Nesses anos todos, em alguns momentos, devo ter falhado com você, com sua irmã, com seu pai... Respondido mal, feito alguma coisa que não foi legal. Mas, isso não quer dizer que não os ame. Quer dizer que sou humana, tentando acertar e me corrigir. Corrigir as falhas, mudar de opinião faz parte da nossa evolução. O valor do nosso caráter aumenta quando admitimos nossos erros e fazemos de tudo para corrigir ou compensar. Olha para você... Está sofrendo e se arrependeu do que fez, sem refletir nas consequências, num instante de entusiasmo.

— Mãe, eu amo a Babete. Sempre amei, mas fui burro. Um perfeito idiota. Sabia que ela gostava de mim, fiz joguinhos para ser ainda mais querido e admirado por ela... Um dia a tratava bem, dava esperança de corresponder e, no outro, a ignorava. Achava que, dessa forma, ela iria se apegar mais a mim. Criei fantasias, mas não deram certo. Logo que arrumei uma namorada, achei que ela ficou com ciúme. Gostava de pensar que a Babete sentia ciúme de mim. Mas, o Rafael apareceu. Um cara que... Não fui páreo para ele, que a tratou como merecia. Ele respeitou a Babete, deu atenção, carinho, compreensão, amizade, parceria... — Abaixou o olhar. — Lembra quando eu tinha raiva e batia nos garotos da escola? Agredia porque invejava a vida que tinham e eu não? — Não esperou que respondesse. — Em menor grau, fiz o mesmo com a Babete. Com os anos, melhorei, mas não o suficiente. Eu a maltratei e não percebi isso... Você tem toda razão, embora eu odeie admitir... Criei fantasia sobre minha genitora, a que me deu à luz. Achei que ela deveria ser uma garota rebelde, de família, que não quis deixar a gravidez aparecer. Pensei que a família que iria encontrar fosse igual à do Rafael. Quando vi a casa que eles têm em Ubatuba, achei que minha família consanguínea teria uma igual. Por que não?

— sorriu forçadamente. — Mas... Fui até onde o investigador chegou... Uma comunidade. Rua de terra, com esgoto correndo a céu aberto, na beira da casa... Casa sem estrutura, feia, não era limpinha, sem reboco... A senhora, que é minha avó, estava descalça, era magra, muito maltratada pela vida, sem dentes, fumante, cheirando a bebida alcoólica... O meu tio parecia um catador de reciclagem, desses que puxam carrinho na rua.

— E por isso teve vergonha deles?! — ficou zangada. — Quer dizer que se fossem elegantes e ricos, você viraria as costas para mim?!

— Não! Não é isso! Não tive vergonha. Fiquei confuso e pensando do que o destino me poupou. Uma família sem estrutura, da qual fiquei com dó... A mulher, que é minha avó, falou que minha mãe teve dívidas com drogas... Não fui abortado por falta de dinheiro... Um primo chegou e... tudo indica que ele não tem uma ficha criminal limpa. Entende? Esse homem, que se apresentou como meu primo... Aliás, somos bem parecidos... Ele tinha um jeito... Ainda nos intimou a dar dinheiro pela visita. Sabia? — ficou olhando-a. — Nessa hora, senti vergonha sim. Se tinha alguma esperança com a Babete...

— A Babete não gosta do Rafael pelo dinheiro que a família dele tem. Ela tem caráter, além de ser herdeira de um patrimônio... Você sabe.

— Estou me sentindo mal com tudo isso. Pelo que fiz com ela, pelo que você pensou de mim... Tinha razão em tudo o que falou. Fiquei revoltado na hora, mas... Você tinha toda a razão. Por ser egoísta, ter esperanças fantasiosas...

— Não tinha como saber, Matias. Precisou aprender da pior maneira. Mas, onde e com quem errou, pode e deve corrigir. A Babete não está nada bem. Passou mal no serviço, desmaiou, não come, não dorme direito... O Rafael não liga pra ela. Por conselho da Agnes, ela tirou férias. Viajou. Nem vai ao meu casamento.

— Pra onde ela foi?

— Não sei — mentiu. — Mas, sei que o Rafael também não parece bem. O Adriano tentou falar com ele. Não conseguiu. Disse que está bem abatido. — Esperou um pouco ao vê-lo pensativo. — Só sei que corrigir essa situação depende de você. Isso vai deixar todos bem. — Suspirou fundo e avisou: — Amanhã viajo com o Adriano. Voltamos em quinze dias.
— Tudo bem... — abaixou o olhar. Quando a viu se virar, chamou: — Mãe... — ela o olhou. — Você acha que sou narcisista?
— Não. Você é imaturo e um perfeito idiota.
— Poxa, mãe...
— Antes isso do que narcisista. Quer conhecer um narcisista? Observe como trata aqueles que ele não precisa. Ele não trata bem aqueles que não o serve. Narcisista não se sente mal com o que faz de errado e sempre encontra, na sua própria cabeça, justificativas para o que apronta. Ele gosta de ver os outros pra baixo, machucados, feridos, dependentes dele. Não se arrepende, não se sente culpado. Você, meu filho, é ambicioso e emocionalmente idiota. Mas, não é um homem mau nem perverso. Paga suas contas com satisfação e orgulho, ajuda o próximo... Lembro o dia em que terminou de me pagar e adicionou um bom valor como se fosse juros... — sorriu. — Foi tão fofo... Você é uma boa pessoa. Fora isso, só é idiota mesmo. Pense nisso.

Alguns dias depois, Matias foi até a casa onde Lana morava. Bastante debilitada, ela o recebeu com satisfação.
— Oi... — beijou-a e sorriu. — Trouxe essas coisas — entregou-lhe algumas sacolas.
— Obrigada... Entra. Senta aí... — pediu, falando com dificuldade.
— Como você está? — indagou, ainda em pé.
— Bem... — Lana sorriu e ficou olhando-o por longo tempo.

— A mãe tem te mandado notícias, não é? — o irmão quis saber.

— Sim. Mandou fotos também. Sempre envia mensagens umas duas ou três vezes ao dia.

— Você tem tomado os remédios direitinho?

— Tenho. Olha ali... — sentada, apontou para um móvel onde havia uma série de medicações e um papel com os horários. — Tô tomando direitinho.

Ao verificar, sobre o móvel comprido, ele também viu livros que, certamente, sua mãe teria levado para Lana. Um pequeno aparelho de som tocava músicas New Age bem baixinho, mas o irmão não disse nada no que reparou e perguntou:

— Tem se alimentado bem? — Matias quis saber.

— Tenho. A mãe não deixa faltar nada. — Sorriu de um jeito constrangido e confessou: — Tô sentindo falta dela... Ela vinha todo dia... Passava correndo, mas vinha me ver todo dia, desde que me colocou para morar aqui. Mas, desde que ela foi viajar, a Tânia tem passado aqui. Me trouxe bolo e biscoitos.

— A Tânia é muito bacana — ele considerou ao sorrir. — Gente fina! Ela e a mãe se dão muito bem. Acho que foi muito bom tê-la encontrado para fazer sociedade. Deu muito certo.

— É atração, Matias. Lei da atração. A mãe mereceu, a Tânia mereceu a mãe... É bênção, lei do retorno... — abaixou o olhar. Depois de algum tempo, perguntou: — Quer café?

— Não. Obrigado.

Lana não sabia o que fazer nem o que falar e comentou:

— Estou gostando daqui. A casa é boa. Móveis novos... Ah... Depois você pode dar uma olhada na minha televisão? Acho que apertei alguma tecla do controle remoto e só aparece uma tela escura — riu.

— Pra já! — ele animou-se, foi até a sala, pegou o controle remoto e arrumou o que precisava, ensinando a irmã o que deveria ter feito.

Voltaram para a cozinha. Matias se sentou, colocou os cotovelos sobre a mesa, entrelaçou os dedos e apoiou o queixo sobre as mãos. Olhou-a nos olhos e contou:

— Procurei minha família consanguínea. Minha mãe biológica faleceu, um tempo depois que nasci. Conheci minha avó, um tio e um primo.

— Sério?! — surpreendeu-se. — Como foi?! — indagou com os olhos brilhando.

Ele contou tudo, parecendo triste e insatisfeito com o que aconteceu.

— Sabe, minha irmã... Às vezes, é melhor aceitar o destino do que procurar sarna para se coçar e se decepcionar.

— Se nossa família biológica fosse boa, teria ficado com a gente, meu irmão. Sabe, Matias, acho que não ficaram com a gente porque precisávamos de algo melhor, então, Deus permitiu outros caminhos e alguns espíritos nos guiaram para famílias compatíveis ao que merecíamos, mas não valorizamos.

— Como dizia minha psicóloga, quando entendemos que tudo o que nos acontece é para mudarmos a nós e não ao mundo, passamos a ter inteligência emocional. É perigoso nos fortalecermos como vítimas. Não somos coitados. Temos o poder de escolha. E... Como a mãe diz: nada é por acaso. Deveria ter ouvido mais a nossa mãe... Como me arrependo, Lana! — exclamou baixinho, pendendo a cabeça negativamente.

— Eu também... Hoje, me arrependo de muita coisa... Olha para mim — disse Lana. — Não só perdi meu tempo, perdi minha família, perdi oportunidades, perdi minha juventude, minha saúde... A mãe sempre me falava sobre amigos duvidosos que queriam me ver na lama... Mas, não dei importância e olha como estou... A mãe falou que, quando pessoas de mau caráter querem levar a gente para o lado delas, querem tirar vantagens de alguma forma, elas falam mal daqueles que te amam e levantam suspeitas sobre esse amor. Pessoas más, que querem se aproveitar, fazem insinuações sobre aqueles que ajudam a gente. Elas desejam que a gente fique sozinha, sem apoio, sem conforto para correr para elas. A mãe falou tanta coisa... Que amigos duvidosos são assim. Pessoas sem moral, sem escrúpulos, sem caráter são assim. Fazem de tudo para que não veja o quanto a gente é querida, amada e protegida. Não querem que a gente prospere. Levantam dúvidas, questionam sentimentos dos nossos pais... Pessoas que estão na lama, na pior situação de suas vidas, geralmente, não gostam de ver as que estão bem. Muitas delas, querem tirar proveito de você, vão fazer de tudo para te ver sem equilíbrio, para que enxergue o mal onde não existe, se sinta incomodado, não seja honesto, não faça o bem nem faça o que é certo e melhor pra gente mesmo... Elas querem te ver na lama, igual a elas. Para depois se acharem cheia de razão. Matias... Como me arrependo por não ouvir a mãe... — chorou. Secou o rosto e ainda contou: — Uma vez a Valéria, aquela sua psicóloga, me disse que, na vida, quando algo errado ou problemático acontecer, os amigos vão sumir. E foi o que aconteceu. Estou sozinha. Ela também disse que nós somos nosso próprio problema e quando não enxergamos isso, culpamos os outros. — Longa pausa. — Não esqueço duas perguntas que ela me fez.

— Quais? — indagou diante da demora.

— O que eu gostaria que mudasse na minha vida? O que estou fazendo para essa mudança acontecer?

— E quando descobrimos o que desejamos mudar na nossa vida, precisamos ser cautelosos para mudar, mas sem prejudicar ninguém. Lana, ter ambição não é errado, o errado é ser ganancioso, é não ter escrúpulos para conseguir o que se quer. Agi errado... Sempre gostei da Babete e fiz o que fiz... Estou decepcionado comigo mesmo. — Encarou-a e incentivou: — Não importa o que esteja vivendo, a partir de agora, dê o seu melhor, seja boa, faça o que é certo e faça direito.

— Está me dizendo para dar meu melhor, ser boa, fazer direito... Quando é que você vai fazer isso para si mesmo, Matias? — indaguei, fazendo-o pensar.

O vento soprava frio e cortante pela paisagem âmbar. O sol, quase na linha do horizonte, deixava seus raios sem calor iluminar as montanhas e o pasto.

Babete caminhava para a clareira. Seus cabelos vermelhos esvoaçavam como se dançassem, brilhando com a luz do sol que os tornava ainda mais bonitos. Ela olhava para baixo, vendo onde pisava, enquanto segurava a saia comprida que se enroscava na vegetação. Chegando onde desejava, abaixou-se e se sentou no gramado ralo, queimado pelo frio, em meio as árvores.

— Vovó... Estou tão triste... Preciso te ver... — pediu, implorando. — Tanta coisa aconteceu. Tá doendo... minha alma está doendo...

— Elizabeth!

— Vovó! — animou-se. — Estou tão triste.

— Por que está se deixando abater? Acaso não sabe que tudo passa? Já enfrentou dificuldades piores.

— Essa é diferente, vovó.

— Acalma o seu coração. Se o amor for verdadeiro, ele vence.

— Não sei...

— Já começou a fazer as palestras, Elizabeth. Consegue ver o seu mentor? Aquele que vai acompanhá-la nessa tarefa?

— Sim. Eu o vi me acompanhado nos estudos para a preparação de uma palestra.

— Você está se saindo muito bem. Estamos felizes.

— Não tenho mais aquela mediunidade desequilibrada de ver qualquer coisa, ficar impressionada com tudo, ver isso ou aquilo e não saber o que fazer... Absorver energia dos ambientes, das pessoas... Isso me incomodava muito.

— Esses episódios foram para chamar sua atenção para o estudo. Depois de aprender o que é e como lidar, o equilíbrio chega.

— Quando essa dor vai passar, vovó?

— Só isso importa? É só nisso que pode pensar, Elizabeth?

— Mas, vovó... Não é a queda que machuca, é saber quem empurrou. A senhora não entende? Eu não sabia que gostava tanto do Rafael. Não sabia que o Matias era capaz de tramar e agir como fez e, pior, não desfez o que aprontou.

— Isso foi bom para acabar com a fantasia que criou e descobrir quem, afinal, é a pessoa mais importante na sua vida.

— Foi bom? Quer dizer que o Rafael é a pessoa mais importante na minha vida?

— Não estou falando do Rafael. Estou falando de você. Você é a pessoa mais importante na sua vida. Por isso, aprenda a dizer não. Aprenda a aceitar o não. Coloque limites e não expectativas nas pessoas. Entendeu?

— Mas, vovó... — estava quase chorando.

— Preciso ir, Elizabeth.

— Não. Espera... Vovó!...

Não a viu mais. Com imenso esforço, levantou-se do chão. Passou a mão na roupa, tirando algumas folhas secas.

Lentamente, fez o caminho de volta.

Os raios do sol, ainda mais baixos, dificultavam a sua visão, derramando sua cor dourada pela paisagem. Ela precisava desviar o olhar para ir em frente e seguir a trilha de volta.

Algum tempo e estava perto do açude e se lembrou da mala que encontrou lá. Nesse momento, decidiu que não iria mais àquela fazenda, que só lhe trouxe experiências difíceis.

Continuou caminhando. Viu a silhueta de alguém e pensou ser um dos empregados de Julião, que administrava o hotel fazenda. Certamente, estava à sua procura. Planejavam uma festa junina para animar os hóspedes. Gostariam que ela ficasse e não voltasse para a cidade, para a casa de Bernardo.

Não conseguia enxergar direito e precisava olhar, constantemente, para o chão e ver onde pisava. Sem explicação, seu coração acelerou. Mais uma vez, esforçou-se para ver quem era. Parecia ser algum conhecido, mas não poderia afirmar.

— Rafael... — murmurou sem perceber, acelerando os passos, até ficarem frente a frente.

Pararam e se olharam na alma.

— Rafael...

— Elizabeth... — tirou a jaqueta e disse ao colocar sobre seus ombros: — Deve estar com frio. Os ventos de outono... — sorriu. Encarando-a, comentou: — Pensei que fosse voltar logo. Estava te esperando...

— Não sabia... Não me avisou.

— Precisamos conversar. Deixei de responder suas mensagens, não atendi suas ligações... As coisas não podem ficar assim.

— Não aconteceu nada. Quer dizer... Aconteceu, mas não correspondi. Você não viu tudo. Eu empurrei o Matias e bati nele! Deveria ter visto! — estava ansiosa para que ele compreendesse.

— De fato, não vi tudo — abaixou o olhar. — Quando cheguei, vi vocês dois conversando e ele com a mão no seu ombro. Você sorria. Sabe que não gosto do Matias e... Decidi nem desligar o carro. Abaixei o vidro e ia te chamar, mas vi o beijo.

— Mas não correspondi! Por favor, você precisa acreditar em mim! Eu te amo, Rafael!

O rapaz a encarou por longos segundos. Sério, ainda disse:

— Quando vi aquilo... Fiquei desorientado. Olhei para a frente e acelerei o carro.

— Não vi você... — lágrimas escorreram em sua face pálida. — Ele foi um cafajeste! Um cretino! Ele te viu e quis que a gente terminasse, queria irritar você... E conseguiu... — Olhou-o nos olhos e afirmou: — Amo você, Rafael. Precisa acreditar em mim.

— Nunca tinha dito que me amava.

— Te amo! Acredite em mim.

— Acredito. Agora acredito. Não porque o Matias foi me procurar e contar toda a cafajestagem que fez, não porque seu tio também foi me procurar para me dar uma cópia da filmagem da câmera de segurança da casa dele, mostrando você batendo no Matias e o que aconteceu depois que fui embora...

— Não estou entendendo... — ficou confusa.

— Seu tio foi ao hospital. Nem conseguimos conversar direito, fui chamado para uma emergência... O Adriano me entregou uma cópia da câmera de segurança da sua casa. Assisti em casa. Mas, fiquei com uma dúvida. Apesar de ter certeza de que você não correspondeu ao Matias, alguma coisa fez um inferno na minha cabeça. Sempre ouvi que me adorava, mas nunca me disse eu te amo, nesses anos todos que estamos juntos. Agora, acredito porque acabou de me dizer.

Ela começou chorar e murmurou:

— Tenho certeza... Eu amo você...

Rafael deu um passo e se aproximou mais. Babete recostou em seu peito e ele a envolveu com carinho. Procurando seu olhar, disse:

— Eu também te amo — beijou-a com amor. Afastou-se um pouco, sorriu, secou seu rosto com as mãos e admitiu: — Você é linda chorando também, sabia? — viu-a sorrir, constrangida. — Nunca te vi chorar assim.

— Para... Não fala isso. Não gosto de chorar...

— Puxa vida! Não precisava ter vindo tão longe para se esconder.

— Não estamos tão longe... — envolveu-o pela cintura e começaram a fazer o caminho de volta.

— Mais de doze horas de viagem e me diz que não é longe? — riu e a apertou junto a si. Depois contou: — Um colega veio comigo.

— Quem?

— O João Carlos. Gente fina. Faz um ano, passou por uns problemas com a noiva. Terminaram e ele ficou bem mal. Agora está melhor. Bem mais animado. Nós nos conhecemos na residência. Acho que te falei dele... Ele foi trabalhar no hospital, ficamos mais amigos... Pedi uns dias de folga e o convenci a fazer essa viagem. Ele está adorando o lugar! Claro! Aqui é lindo! — Um instante e contou: — Ah... Quase esqueci. Tenho uma surpresa para você!

— O que é?

— Só quando chegarmos à casa do Bernardo! — riu.

— Ah... Não é justo! O Julião quer que eu fique para a festa junina... Vamos chegar bem tarde ou talvez até tenhamos de dormir aqui.

— O João Carlos falou que vai ficar por aqui, na fazenda. Não vai perder a festa do Julião por nada. Adorou a fazenda, a cidade, o médico da cidade... Já conheceu tudo e todos. Não sei como dá conta... — sorriu. — Podemos dormir aqui e ir pra cidade amanhã cedo. Sua surpresa está sendo bem cuidada — falou sorrindo e a viu olhar com o canto dos olhos, desconfiada.

Chegando à casa de Bernardo, Babete ouviu chorinho de cachorrinhos novos, que Fábio tinha nas mãos.
— Olha que gracinha! Que fofo! — foi à sua direção.
— São seus! Essa é a surpresa! — o namorado falou.
— O Rafael encontrou na estrada — Fábio contou.
— Dois cachorrinhos... Ai... Que lindos... — Babete falou com voz mimosa, pegando os filhotes.
— Acho que são Atlas e Apolo — disse Rafael. Depois, contou: — Pedi que eles voltassem para nós. Cochichei no ouvido deles, antes de partirem, quando estavam velhinhos...
Babete se emocionou e segurou-os mais perto do queixo.
— Aprecio cachorros, mas gosto mais de gatos. Tenho dois — disse João Carlos.
— Minha irmã é louca para adotarmos um gatinho. Mas... — sorriu. — Nem sei por que não deixei.
— Gatos são especiais — disse João Carlos. — Se tomar posse garante a propriedade, a casa é dos gatos. Se adotar um, lembre-se disso, ele vai tomar posse da sua casa! — riu.
— Eles ficaram sozinhos, enquanto está aqui? — tornou Babete.
— Ficaram no meu apartamento. Minha irmã, mora no prédio em frente, vai lá duas vezes ao dia para cuidar deles, ver se está tudo bem. Por isso não posso ficar muito tempo. Esse cara aí — olhou para o amigo —, disse que não era longe. No final, passamos mais de doze horas dirigindo e ele dizia: é ali!
— Já adotou a mania dos mineiros! — Bernardo brincou. — É ali!...

Riram.

Conversavam e brincavam quando a campainha soou. Ninguém deu importância, a não ser Bernardo, que foi atender.

Passado um bom tempo, o senhor retornou em companhia do delegado, o doutor Vargas e do advogado, o doutor Osvaldo.

Parecia uma visita normal, até Bernardo pedir licença a todos e chamar Babete para ir ao escritório. Aceitando, ela acompanhou os senhores.

— Babete, é melhor você se sentar. Senta aí os senhores também — Bernardo pediu.

Ela sentiu um frio correr em seu corpo. Achou muito estranha aquela reunião inesperada. Procurou se acalmar.

— Só agora consegui vir falar com você, Babete. Precisava resolver outros assuntos antes — disse o delegado. — Bem... Há dois dias, o seu tio Heitor me procurou na delegacia. Muito abatido, maltratado pela vida, ele quis conversar. Começou contando que a Cleide, filha dele, sua prima, desde pequena, foi diferente, bem especial. Filha perfeita, graciosa e atenciosa. A mulher dele, dona Leonora, era extremamente ligada a essa filha. Sempre colocava a menina em um pedestal e... Enfim... Depois da morte da filha Laura, dona Leonora ficou doente, depressiva. Tentou tratar em vários médicos. Nesses anos todos, não se recuperou da morte da filha caçula. O senhor Heitor disse que achou bem estranho. Como pai, ele sentiu, sofreu, mas achou que a filha caçula descansou, se libertou da cadeira, da cama, do corpinho que não correspondia a uma vida saudável... Também achou estranho a mulher querer um culpado, exigir que você fosse punida. Disse que era comum a dona Leonora gritar, urrar de dor e de saudade, mostrando um desespero sem fim, por causa da filha que morreu. Contou que, nos últimos meses, ela vinha piorando. Berrava, gemia o dia inteiro... Ele pensou: a Laurinha parou de gritar, mas a Leonora continua fazendo isso no lugar dela. A dona Leonora começou a ter manchas pelo corpo. Foi levada ao médico que suspeitou que ela estava sendo agredida, pois não tinha nada errado com a saúde dela.

— Não sei se soube... Sua prima Cleide se formou em direito — disse o senhor Osvaldo, o advogado. Não exerce a profissão nem tentou OAB. Ficou cuidando das finanças da fazenda.

— Não sabia. Não tive mais notícias deles.

— Pois é... — tornou o delegado. — Com a sua prima cuidando dos negócios e o pai da parte braçal, eles contrataram empregados para trabalharem na casa e cuidarem da dona Leonora. Mas, esses contratados não paravam muito tempo no serviço. Não suportavam os gritos e gemidos da mulher.

— Imagino. É preciso muita saúde emocional para isso — disse Babete.

— O senhor Heitor falou que, numa noite, a mulher chorou baixinho e disse para ele que precisava contar uma coisa. Ele sentou na cama e ficou ouvindo com atenção. Dona Leonora disse que a filha estava batendo nela, por isso tinha aquelas marcas roxas pelo corpo. Ele não acreditou, duvidou, porque a esposa tinha aquele jeito esquisito de falar, aquele jeito desequilibrado, mas não desacreditou totalmente. O senhor Heitor viajou para uma feira de agropecuária e viu câmeras para gravação de segurança, de fácil instalação. Acreditando que, em vez de ser a filha, as agressões poderiam ser de algum empregado, ele comprou a câmera e colocou na estante da sala. Quando foi ver as imagens, que também gravou os sons, ficou apavorado com a Cleide agredindo a mãe. Ao bater na genitora, sua prima dizia que se ela contasse alguma coisa, morreria igual à Laurinha. Chorando, dona Leonora falava que a irmã estava, ali, junto da Cleide e desejava vingança. O senhor Heitor levou a câmera até a delegacia e pediu para o novo delegado, pois estou aposentado, para me chamar, porque se sentiria mais seguro com a minha presença. Ele chorou muito, coitado... Dona Leonora foi para o hospital e a Cleide levada para uma prisão feminina em outra cidade. Mesmo muito abalada, dona Leonora contou que sabia que a filha mais nova, tinha sido morta pela irmã mais velha. No dia do crime, quando chegou à sua casa, na fazenda, viu Cleide sobre o corpo de Laurinha. Ensanguentada,

Cleide olhou para ela e disse: "Não vou ter de tomar conta de nenhuma irmã deficiente quando você e meu pai morrerem." Dona Leonora disse que ficou enlouquecida, mais por causa do que a Cleide fez do que pela morte da filha caçula. Mesmo assim, fez de tudo para Cleide não ser suspeita nem acusada. Dona Leonora havia chegado da sua fazenda, conversado com sua mãe, dona Iraci. Viu você dormindo na sala. Então, mandou a filha mais velha se lavar e queimou suas roupas ensanguentadas no fogão a lenha. Foi para junto da menininha morta e fez um teatro, gritou para você acordar. Sabia que estaria confusa. Decidiu incriminar você, achando que não teria problema, pois, menor de idade e por causa do uso de medicamentos, o caso ficaria sem punição.

— As pessoas nunca pensam nas consequências emocionais destruidoras, devastadoras que acontecem na vida de alguém por causa de suas mentiras, sejam elas grandes ou pequenas. Toda a dor que sofremos, no momento do acontecido, voltam. Toda cena se passa novamente como um filme lento e doloroso em sua mente. Vivi isso esses anos todos. A dúvida foi cruel... Fui esfaqueada pela madrinha e ela fez isso para proteger a filha assassina. Passei por cirurgia, quase fui linchada, fui perseguida e vivi com medo... Senti-me confusa a vida inteira, insegura por ser acusada por algo que ela sabia que eu não tinha feito...

— Pois é, Elizabeth. Ontem, no depoimento, a Cleide confessou tudo com um sorriso no rosto. Sabe que não haverá punição por ter matado a irmã. Ela tinha quinze anos de idade, era menor. Vai responder por ter agredido a mãe, mas... Por ser ré primária, será colocada em liberdade — tornou o delegado. — Ela disse que tem um grande futuro pela frente e nele não estava incluso cuidar de uma pessoa com deficiência, como a mãe sempre falou que teria.

— O seu tio Heitor me procurou — disse o advogado. — Ele quer deserdar a Cleide e deixar tudo o que tem para você.

— Para mim?! Não! Não quero nada nem fazenda nenhuma!

— Ele quer um favor seu. Quer encontrá-la, junto com sua madrinha, pedir desculpas e também pedir para cuidar deles, na velhice, para garantir que a Cleide não se aproxime mais deles.

O encontro foi marcado. Chorando, muito abalada, Leonora tinha os olhos arregalados, quando disse:
— Eu não queria que acusassem minha filha... Queria proteger a Cleide. Fiquei pensando o quanto ela ficava apavorada quando eu falava que ela iria tomar conta da irmã deficiente... Eu via a Laurinha zangada, furiosa com a irmã... — chorou. — A culpa é minha. Se eu não tivesse falado aquilo...
— Não, madrinha. A Cleide é psicopata. Tenho certeza disso. Errei quando não contei que ela quebrou os ovos com pintinhos perto de nascerem. Eu era boba e ela me ameaçou. Dizia que bateria em mim, que me mataria igual aos pintinhos... Ela também jogou no riu os filhotes de cachorro que nasceram... Quando gritei, ela me bateu, apertou meu pescoço... Disse que falaria para minha mãe que fui eu, pois minha mãe já me achava esquisita, por eu ver gente morta... Nunca contei isso pra ninguém e agi errado. Deveria ter falado. A pessoa psicopata é cruel por prazer, não se importa com a dor do outro, e isso é desde criança. Só pensa em si e vai se aperfeiçoando com o tempo. Uma pessoa normal, equilibrada, que não quisesse tomar conta da irmã com necessidades especiais, certamente, a colocaria em uma instituição. Nada justifica tirar a vida de alguém como ela fez. A Cleide matou a Laurinha por prazer, para sentir que tinha o controle sobre a vida e sobre a morte de alguém. — Fez longa pausa. Sentiu que não deveria falar mais sobre aquilo para pais tão sofridos.
— Ela falou para mim que quem quebrou os ovos foi você... — Leonora chorou. — Vi a Laurinha roxa e ela insinuou que foi você... A Cleide já planejava incriminar você, Babete... Desculpa...

— Eu desculpo a senhora por ter me acusado e me agredido. Entendo que quis proteger sua filha... Prometo cuidar de vocês, mas em uma boa instituição, caso precisem, quando estiverem velhinhos — falou com bondade e sorriu. — Irei visitá-los e garantir que fiquem muito bem. Usarei os recursos que herdarei de vocês e o que sobrar, doarei. Estou bem e não preciso de nada. Não posso prometer levá-los para minha casa, para a minha vida...

— Não vamos te pedir isso e não faremos cobrança alguma... Gostei da sua ideia. Só quero garantir que não vamos sofrer nas mãos da Cleide. Minha filha é doente... — Heitor chorou.

— Fica tranquilo quanto a isso. O doutor Osvaldo vai cuidar de tudo para que ela não possa se aproximar de vocês. Existem leis para isso. — Sorriu e se levantou, dizendo: — Vocês têm meus contatos. Virei visitá-los todas as vezes que vier para cá. Agora, virei com mais frequência. Quero que se cuidem. Meu primo, o Fábio, sempre virá aqui na fazenda ver como as coisas estão.

— É um bom moço. Gosto muito dele — o tio falou.

Heitor a abraçou com carinho e admiração. Leonora, mesmo mostrando desequilíbrio, fez o mesmo. Não esperava que a afilhada fosse perdoar-lhe.

Ao retornarem para São Paulo, Rafael e Babete ficaram noivos e anunciaram o casamento no mesmo dia.

Com delicadeza, ela relembrou à família do noivo sobre sua mãe, que era alguém difícil, tecia críticas e não se importava em desagradar às pessoas, pois dona Nalva, sua futura sogra, incentivava em fazerem uma festa, mesmo com poucos convidados, para celebrarem o casamento.

Bem positiva e admirável, a mãe de Rafael afirmou que saberia lidar com a situação. Conhecia pessoas como Iraci e não a deixaria estragar um momento tão importante na vida do filho.

— E o que a senhora pretende fazer? — Babete perguntou, preocupada.
— Na festa, devemos dar toda... Não! Devemos dar imensa, grandiosa atenção para sua mãe. Cercá-la de mimos e pessoas de confiança para satisfazê-la. Deixa comigo! Minha irmã, a Fernanda e a sua tia Otília podem dar conta disso muito bem. Dessa forma, ela não vai estragar sua festa. Você nem vai perceber a presença da sua mãe. Só nas fotos.
— Será que dará certo, dona Nalva?
— Deixa comigo! — animou-se. — Cuide de você!

O tempo foi passando...
Otília, já instalada em sua nova casa, arrumava algumas coisas antes de sair para trabalhar.
— Tô indo, mãe! — Lucas disse a ela, beijando-a no rosto, ligeiramente. — Tô atrasado!
— Toma! Leva esse pedaço de bolo! — ela gritou. Voltando, pegou o embrulho de suas mãos, beijou-a novamente e foi saindo. — Vai estar na clínica ou no hospital? — ela perguntou.
— No hospital! — gritou, saindo às pressas.
— Vai com Deus. Ore!
— Tá bom!...
Não demorou e Matias entrou, chamando:
— Mãe!...
— Oi, filho! — alegrou-se. — Entra!
Ele a beijou no rosto e contou:
— O Lucas estava saindo e entrei... Tem café?
— Tem, sim. — Pegou uma xícara e a ofereceu, junto com um pedaço de bolo. Serviu-se com uma xícara de café também e sentou-se à sua frente. — Já se acostumou no apartamento?
— Digamos que já — Matias sorriu. — É estranho morar sozinho, chegar em casa e não ter ninguém. Mas...

— O Adriano ofereceu para vir morar, aqui, quando quiser. Sabe disso — Otília lembrou.

— Sei. Fica tranquila. Acho que estou em outra fase da vida e preciso seguir em frente.

— Daqui a pouco, vou lá à casa da Lana, antes de ir para a cafeteria. Tenho de levar as peças de artesanatos que ela está fazendo. A danada é talentosa! — sorriu. — Faz cada coisa linda! Coloquei algumas para vender na cafeteria e estão saindo bem. Quer ir comigo até a casa dela?

— Vou sim. Mas... Antes, quero conversar com você. — Matias a olhou de modo diferente. Havia uma apreensão em seu jeito. Por fim, revelou: — Aconteceu o seguinte... Fui acionado pela justiça para fazer exame de DNA e, dando positivo, pagar pensão para a minha avó.

— O quê?! Como?! — ela se surpreendeu.

— Lembra que fui procurá-la?

— Sim! Claro! — ainda estava em choque, querendo entender.

— Mal disse meu nome, mas... Anotaram a placa do meu carro e levantaram todos os meus dados. Descobriram o hospital onde a Lilian deu à luz. Foram ao orfanato, onde fui entregue, buscaram a ficha de minha estada lá até a adoção... Seu nome, o do pai... Investigaram minha vida inteira. Eles têm tudo, sabem de tudo sobre mim, sobre nós... Pesquisaram tudo! — exclamou, mas em tom baixo. — Procuraram a Defensoria Pública e deram entrada em um processo, solicitando comprovação de parentesco e, na sequência, pleitearão pensão alimentícia para a minha avó.

— Matias... — murmurou, estarrecida.

— Tive de procurar um advogado para me orientar. Ele me avisou que haverá exumação da Lilian para o teste de DNA que eu também terei de fazer, mas... Tenho certeza de que será positivo. Esse exame comprovará que sou neto da dona Lindaura... Depois... Resumindo... A justiça irá analisar o pedido de pagamento de pensão alimentícia e fixar um valor. O advogado falou que devo ser ouvido junto com testemunhas... Ao representar, ele vai alegar que nunca recebi nada deles e... — ofereceu uma pausa. — Ah... Já estou tão cheio, tão cansado disso e o processo mal começou... Às vezes, acho que seria melhor pagar logo. Vai ser até ela morrer e...

— Matias, eles nunca souberam de você... Nunca o procuraram nem colaboraram com nada em sua vida... Como podem querer algo?...

— A minha avó vai pleitear, tentando receber e é bem provável que consiga. Não sei... Serei ouvido, mas... É possível que eu tenha de pagar pensão alimentícia a ela e... — falou sem nenhum ânimo. — Como diz o ditado popular... "Antes de entrar em qualquer aventura, convém verificar se a porta de saída não é muito estreita." E se é que tem porta... — Ficou em silêncio por um tempo e lamentou: — Onde fui me meter?... Por que fui procurá-los?...

— Encare como lição, Matias. Ficar irritado só vai te fazer mal. Se for determinado que pague a pensão, pague. Se for injusto, Deus fará chegar até você tudo o que precisa para repor o que saiu injustamente da sua vida.

— Pensei nisso também. Nem estou lamentando em ter de pagar pensão a ela, não é isso. Como te disse, acho que vou pagar sim. Fiquei com muita pena dela, das condições em que vive. Vou pensar melhor no assunto. Mas, não quero ter de ir visitá-la lá. Coisa que ela pode solicitar também. Se você conhecesse meu primo, saberia do que estou falando... O advogado disse que se eu oferecer dinheiro em vez das visitas... — não completou. — Mãe, fiquei com medo. Não quero, nunca mais, voltar àquele lugar. Nunca mais! — falou de um jeito aflito.

— Claro que não. Se for preciso, creio que possa escolher outro lugar para as visitas.

— Não sei como funciona isso. Nunca fui processado em nada. Mas, o que me deixa imensamente chateado é eu não ter percebido o que poderia acontecer. É ter ficado cego para o que fazia... Eu nem sabia que existia lei que determina que filhos e netos paguem pensão para pais e avós, englobando as necessidades de moradia, alimentação, lazer, saúde...

Que pode ser vinculada à renda mensal da pessoa e... — silenciou por instantes. — Quando entramos na comunidade, a Babete ainda perguntou se estávamos no endereço certo! Como eu pude continuar?!...

— Ficou a lição, filho. Se eu pudesse te ajudar...

— Você já me ajudou muito! — estendeu as mãos sobre a mesa e ela as pegou. — Eu deveria pagar pensão a você.

— Deus me livre precisar! — exclamou e riu. — É uma bênção ser independente, competente e produtiva! Agradeço a Deus por isso e me valorizo muito por saber o quanto sou capaz, por ter saúde perfeita e disposição. Sou grata e me sinto abençoada.

— Você é o máximo, mãe! Tenho muito orgulho de você — sorriu com generosidade.

— Obrigada... Também tenho orgulho de você, filho. É um homem de valor, cumpre com seus compromissos e conserta os erros. Isso é típico de quem tem dignidade.

— Se não fosse tão burro, teria aproveitado mais tudo o que me ensinou.

— Posso ter ensinado, mas foi você quem escolheu seguir ou não. Não tenho tanto mérito assim.

— Mudando de assunto... A tia Iraci vai ao casamento da Babete? Não acha que ela pode estragar alguma coisa?

— Acho! Vou te contar... Por estar ocupada, correndo atrás das coisas para o casamento, a Babete não pode ir com a mãe a algumas consultas, exames, etc... Então eu fui.

— A tia Iraci é hipocondríaca, tem mania de doença, só reclama... É tão chato.

— É, mas o incômodo que sentia tinha origem — disse Otília em tom sério. — Essa semana, o médico a encaminhou para um oncologista.

— Sério? O que aconteceu?! — ele ficou surpreso.

— Os exames mostraram um câncer no esôfago.

— Nossa... E a Babete?

— Ainda não sabe. A Iraci pediu para não falar. Lógico que ela mesma quer dar essa notícia para a filha no dia do casamento.

— Será?! Ela não faria isso!

— Você é tão ingênuo assim?! Lógico que faria! Já conversei com a Nalva. Amanhã vamos contar para a Babete. A Iraci já está com depressão profunda e se abateu ainda mais. Ela sofre, sem dúvida. Porém, não acredito que deixe de querer estragar o dia da filha. A Iraci falou que não vai ao casamento e vai pedir para a Babete ir até a casa dela, vestida de noiva, para vê-la e cumprimentá-la. Provavelmente, será nesse dia que pretende contar. Eu e a Nalva não vamos deixar que isso aconteça. Ela não vai deixar a filha triste e aflita. Até porque vai ser complicado levar a noiva até lá. O casamento será na praia. Não tem como a Babete sair de noiva, daqui da capital, só porque a mãe não vai. Tenha dó! O melhor é deixar a Iraci pensar que a filha vai lá cumprimentá-la. Só que, no dia, vamos dizer que isso não será possível.

— Entendi. E a Síria?

— Está morrendo de inveja da irmã! — ressaltou. — Disse que a Babete é metida, orgulhosa e a convidou para o casamento só para exibir sua sorte.

— Sorte? — sorriu e balançou a cabeça negativamente.

— Pois é, meu filho. Quem não sabe se esforçar, acredita que as conquistas dos outros são sorte. Resumindo... A Síria e a mãe não vão ao casamento. Eu e a Nalva vamos conversar sobre tudo isso com a Babete. — Um instante e comentou: — Fiquei triste pela Iraci. Já começou a receber de volta o que ofereceu à vida inteira... Nem ficou para a próxima encarnação, a harmonização começou nesta vida mesmo.

— Se é que, o que já está sofrendo, é só desta vida. A tia Iraci nunca amou ninguém, nem as próprias filhas.

— Matias... O pior que tem muita gente como a Iraci. Pessoas que são como ela, mesmo estando em outro grau, são iguais. Ofendem, maltratam, zombam, fazem piadas sem se importarem com o sentimento do outro e não respeitam. Sabe... Um dia, lá no café, uma funcionária falava sobre o amor incondicional. Ela defendia o amor incondicional com unhas e dentes. Mas, tem, em suas redes sociais, uma série de postagens com piadinhas, brincadeiras que não são agradáveis para todos... Nelas, essa pessoa não se deu conta de zombar sobre a condição de alguém. Zombar do outro, fazer piada, mesmo que seja por brincadeira, é uma forma de não praticar o amor incondicional, porque magoa, machuca, ofende... Essa moça também faz muitas críticas políticas. Criticar não é uma forma de usar o amor incondicional. Daí, fiquei pensando... Qual a capacidade e o direito que essa pessoa tem para falar sobre amor incondicional? Em que ela se baseia para querer que o mundo seja de paz e amor? — Fez breve pausa. — A vida dela é complicada. Ela tem ao seu redor energias e vibrações de tudo o que faz e não sabe o porquê de estar com dificuldades, sempre com problemas, dores, depressiva, ansiosa... Precisamos pensar sobre isso. Cada prática, cada detalhe do que fazemos, cada pensamento, palavra, sentimento, emoção, trazem, para nós, energias e vibrações que orbitam em nosso ser, atraindo e compondo o nosso futuro. Por isso, respeitar é muito importante. No instante em que fazemos algumas coisas, não notamos, não vemos resultados nem consequências. Mas, com os anos a conta chega. O que fazemos, o que escolhemos falar e pensar durante a vida, apresentam a conta, os resultados... Doenças são uma forma de apresentação do que fizemos, nessa ou em outra vida e, para evoluir, precisamos mudar isso. Só conseguimos escolhendo diferente. Se não sabemos como amar, devemos respeitar. Respeito é a melhor forma de expressar o amor. Respeito é amor incondicional a todos, mas, principalmente, a nós mesmos. Por isso, Jesus disse para amar o próximo como a nós mesmos. Respeite o seu próximo e o estará amando, seja ele quem for. Amor incondicional é respeito total a todos. Amor incondicional também é dizer não e aceitar um não como resposta. É impor limites por você se amar e para o outro aprender com aquela lição, mas faça isso com serenidade, seriedade e respeito. Você ama a si mesmo quando diz não e não deixa situações ou pessoas te magoarem. Amor incondicional é pensar que o outro está em determinada fase evolutiva que, no momento, tudo o que ele pode fazer é aquilo, mas somente ele deverá arcar com as consequências dos resultados e, acredite, Deus é tão justo que a conta chega. Ah... se chega! Nesta ou em outra vida, chega. Não podemos ser coniventes e apoiar coisas erradas, mas críticas não valem nada sem a ação em benefício do bem. Críticas só destilam ódio e trazem débitos. Por isso, escolha amar, respeitando.

Matias ficou reflexivo e mudaram de assunto...

A sós, os noivos planejaram e conversaram sobre várias situações que deveriam se comprometer após o casamento. Divisão das despesas, controle dos gastos, ajuda nas tarefas da casa, diversão, viagens... Religiosidade não seria um problema, mas se programavam para terem tempo nas tarefas da casa espírita que frequentavam. Falaram sobre filhos, mas isso ficou indefinido, a princípio.

Em dado momento, Rafael disse:

— Outra coisa... Após nos casarmos tenho duas coisas para te pedir.

— Pode falar. Também tenho algo para pedir — a noiva ficou aguardando.

— A primeira é... Vamos tratar o Matias bem, educadamente, mas com distância. Impondo limites.

— Concordo — ela sorriu.

— A segunda é... Sou muito ligado à minha família atual. Adoro minha mãe, meu pai e minha irmã. Apesar de, às vezes, querer chacoalhar na Fernanda... Adoro minha irmã... — riu.

— Quando nos casarmos, eu e você formaremos nossa nova família e eles serão nossos parentes.

— Certo. E o que tem isso?

— O que tem é que vou visitá-los com frequência. Sempre me aconselhei com eles e...

— Espera. Não vou concordar com isso se você não me levar! — exigiu em tom de brincadeira. Riu ao vê-lo desarmado do susto. Depois, completou: — Adoro seus pais. Admiro muito sua atual família e gostaria de que formássemos uma família igual, com os mesmos princípios e valores que tornam vocês tão unidos. E mais! Adoro a Fernanda e se brigar com ela, vai se ver comigo! — riu.

— O que mais? — ele quis saber, achando graça.

— Também quero que alguns dos meus parentes, assim como os seus, façam parte da nossa vida, comemorando Natais, aniversários... Minha irmã Agnes é muito importante na minha vida. A tia Otília, o tio Adriano e os filhos dele...

— Lógico! Nem precisava dizer.

— Vou manter minha mãe afastada e sei que vai entender isso. Mas, precisarei visitá-la com frequência e acompanhá-la às consultas, exames e tratamentos... A Agnes disse que vai dividir comigo essa empreitada. Vai ajudar com nossa mãe. Mas, não podemos contar com o auxílio da Síria para tratamento hospitalar, químio... Ela ficará com o encargo de olhar nossa mãe em casa, pois já tem os filhos.

— Vou te apoiar e ajudar sempre que for preciso. Não tem problema. Essa doença da sua mãe foi uma surpresa...

— Não para mim. Faz tempo que vejo em torno da minha mãe uma energia pesada, grosseira, se acomodando perto do pescoço... São as amarguras que ela acumulou, destilou... Sempre viveu criticando e fazendo maldades. No caso dela, a doença se deu por isso. Muita amargura, muita negatividade, muitas críticas, raiva... Deu nisso.

— Nem todos que passam pela prova do câncer significa que foram pessoas amargas.

— Não. Claro que não. Cada caso é um caso. O câncer nos chama aos cuidados para conosco mesmo. Alguns abandonaram cuidados com a saúde, outros trazem harmonizações de outras vidas... Há quem guarde raiva, rancor, desejo de vingança, outros são amargos e por aí vai... Minha mãe não aprendeu nesta vida... Coitada. É provável que não fique muito tempo junto de nós. Em tudo que eu puder, e a Agnes disse que fará o mesmo, vamos cuidar dela. Por ela, mas, principalmente, por nós, por nossa consciência. E escolhemos cuidar com amor.

Ele se inclinou e a beijou no rosto. Ficaram em silêncio por longos minutos, até Rafael dizer:
— Tenho outro pedido... Todos os dias quero ouvir: eu te amo!
— Ah... Que fofo!... — ela abraçou-o. — Eu também! Quero ouvir o mesmo — beijou-o.
— Ah!... Avisou seu tio que pegaremos o Atlas e o Apolo só depois de retornarmos de viagem, né?
— Avisei. Pior que ele e a tia Otília estão se apegando aos cachorros — ela riu.
— Que arrumem outros. Aqueles são nossos! — riu. — É questão de nos mudarmos para a casa e levá-los com a gente. — Logo, comentou: — A Agnes ficou toda feliz com o gatinho que adotou, não é?
— Nem imagina. Ela estava chorando quando fui pegar as coisas para levar pra casa, porque ia ter de morar sozinha. Aí, peguei o gatinho e entreguei a ela. A Agnes abriu um sorrisão! Pegou o gatinho e começou a acariciar, brincar... Até deixei de ser importante. Veja só... — simulou-se triste. — Ela e o João Carlos estão se dando muitíssimo bem. Acho que teremos outro casório logo — Babete riu. — Minha irmã merece. É esforçada, alegre...
— Ele é um cara muito bacana. Também merece ser feliz. Ficam tão bonitos juntos. Dá para perceber o carinho, a atenção entre eles... Elizabeth, quando escolhemos respeitar, amamos. É outro nível de amor. É um amor lindo — olhou-a e sorriu. — Então, podemos afirmar que o amor é uma escolha.
— Eu te amo — disse, invadindo sua alma com o olhar.
— Eu te amo mais.
...e beijou-a com amor.

Schellida

Levamos o livro espírita cada vez mais longe!

Av. Porto Ferreira, 1031 | Parque Iracema
CEP 15809-020 | Catanduva-SP

www.**lumeneditorial**.com.br
www.**boanova**.net

atendimento@lumeneditorial.com.br
boanova@boanova.net

17 3531.4444

17 99777.7413

Siga-nos em nossas redes sociais.

@boanovaed   boanovaeditora

CURTA, COMENTE, COMPARTILHE E SALVE.
utilize #boanovaeditora

Acesse nossa loja   Fale pelo whatsapp